Kresley Cole

Diplômée d'un master d'anglais, ancienne athlète et coach sportif, elle s'est reconvertie dans l'écriture, où elle a pleinement trouvé sa voie et une tout autre forme de célébrité. Récompensée à deux reprises par le prestigieux RITA Award pour sa célèbre série de romance paranormale *Les ombres de la nuit*, elle est lue dans le monde entier. Vampires, Valkyries, loups-garous sont, entre autres, des créatures qu'elle aime à faire vivre dans ses histoires sombres et sensuelles, toujours pimentées d'une pointe d'humour.

La prophétie du guerrier

Du même auteur
aux Éditions J'ai lu

LES OMBRES DE LA NUIT

1 – Morsure secrète
N° 9215

2 – La Valkyrie sans cœur
N° 9314

3 – Charmes
N° 9390

4 – Âme damnée
N° 9554

5 – Amour démoniaque
N° 9615

6 – Le baiser du roi démon
N° 9714

7 – Le plaisir d'un prince
N° 9888

8 – Le démon des ténèbres
N° 10144

La Convoitée et l'Intouchable
N° 10228

KRESLEY

COLE

LES OMBRES DE LA NUIT – 9

La prophétie du guerrier

Traduit de l'anglais (États-Unis)
par Agnès Girard

J'AI LU

Vous souhaitez être informé en avant-première
de nos programmes, nos coups de cœur ou encore
de l'actualité de notre site *J'ai lu pour elle* ?

Abonnez-vous à notre *Newsletter* en vous connectant
sur **www.jailu.com**

Retrouvez-nous également sur Facebook pour avoir
des informations exclusives.

Titre original
DREAMS OF A DARK WARRIOR

Éditeur original
Pocket Books, a division of Simon & Schuster, Inc., New York

À Roxanne St. Claire,
merveilleux auteur et amie très chère.

Prologue

Oyez ! Oyez cette légende, celle d'Aidan le Fier et de Regin la Radieuse, deux amants que le destin a unis et maudits à la fois.

Elle commence, comme nombre de légendes, par la rencontre entre une immortelle qui jamais n'aura de dernier souffle et un mortel qui ne vit que pour tuer.

Le malheur jalonne cette histoire. Soyez attentifs et tirez-en les conséquences…

- i -

Les terres du Nord, en des temps reculés

— Alors c'est ça, la débauche, murmura Regin comme deux gardes l'introduisaient dans la salle à hydromel d'Aidan le Fier, célèbre seigneur de guerre.

À douze ans, fraîchement sortie du Valhalla, Regin avait bien là de quoi se rincer l'œil.

Tandis qu'elle et les gardes se frayaient un chemin parmi les centaines de berserks, elle regarda, bouche bée, les guerriers ivres vêtus de pagnes en tissu auxquels des filles de joie tout aussi légèrement vêtues servaient de la bière et des pièces de viande, quand elles ne satisfaisaient pas... d'autres besoins.

Heureusement, le déguisement de Regin cachait son expression et son rayonnement. D'une main gantée, elle s'assura une nouvelle fois que son manteau la recouvrait bien. La capuche en était profonde et dissimulait son visage.

Dans la lumière projetée par les braseros, malgré la fumée qui montait jusqu'au toit de chaume, elle distinguait des bouches qui embrassaient, des mains qui caressaient. D'autres actes se pratiquaient aussi, sur lesquels son jeune âge ne savait pas encore mettre de nom.

Pourtant, dans ce campement proche de la ligne de front, personne ne riait, aucune musique entraînante ne résonnait.

Même s'ils avaient connu la victoire aujourd'hui – du haut des collines, elle les avait regardés combattre une armée de vampires –, tous les soldats semblaient sur des charbons ardents. Certains grognaient, même. Un peu comme les ours que ces mortels révéraient.

Sur un mur étaient accrochées des têtes d'ours empaillées aux crocs menaçants. Des glyphes vikings représentant des ours affamés décoraient les poutres et les portes.

Tout ce qu'elle avait entendu à propos de ces barbares de berserks semblait vrai. Sa sœur préférée lui avait dit un jour : « Les berserks sont sinistres, envieux, possessifs et sauvages quand ils doivent affronter la perte de quelque chose qui leur appartient. Ils sont obsédés par la guerre et le sexe, ne pensent à rien d'autre qu'à cela. Même nos sœurs les plus âgées les évitent. »

En venant ici, Regin savait donc qu'elle prenait des risques, mais elle n'avait pas peur. Lucia lui avait aussi dit : « Je me demande parfois si tu as conscience de la peur que tu devrais avoir. » Ce que Regin avait interprété comme : « Tu ne connais pas la peur, ô grande Regin. »

Mais, de toute façon, elle n'avait pas le choix. Elle avait besoin de l'aide de ces mortels. Elle n'avait pas de cheval et avait échappé de justesse, quelques jours plus tôt, à une embuscade vampire. Elle avait le ventre vide – les marmites de ragoût et les quartiers de chevreuil posés sur les tables la faisaient saliver.

Et surtout, Lucia était en danger.

Son objectif de nouveau en tête, Regin se redressa. Puisque les berserks formaient la garde de son père, il était sûrement de leur devoir de la servir, elle aussi. Mais s'il le fallait, elle recourrait sans hésiter à la longue épée qui battait dans son dos et à ses griffes. De petites fentes, au bout de ses gants, leur permettaient de sortir, et de larges manches les dissimulaient…

Deux soldats nus engagés dans un corps-à-corps passèrent tout près d'elle. Un peu partout, on se battait, pour une femme, une arme, un pichet de vin. À la moindre provocation, les hommes s'abandonnaient à leur fureur sacrée, leurs yeux rougeoyaient, leurs muscles prenaient du volume.

Que le campement se trouve en bordure d'une zone de guerre était plutôt pratique. Depuis des décennies, ces berserks défendaient ce col stratégique contre la menace immortelle, protégeant ainsi les villages de la vallée. Devant ce spectacle, Regin ne tarda pas à penser que tout ce qui pouvait maintenir ces hommes ici, sur le front – et loin de toute civilisation – était un véritable bienfait.

Soudain, elle s'arrêta. À quelques mètres d'elle, assis sur un trône installé sous un dais, se trouvait un homme qu'elle avait vu au combat, quelques heures plus tôt. Un homme qu'elle avait observé avec fascination.

Au vu de sa vitesse incroyable et de la puissance avec laquelle il maniait sa hache de guerre, elle l'avait identifié comme étant le chef des berserks, Aidan.

Une petite brune plantureuse était assise sur un des bras du trône et remplissait la chope en étain d'Aidan tout en lui murmurant quelque chose à l'oreille.

L'excitation brillait dans son regard ; elle avait le souffle court. *Elle le trouve beau ?* Le regard de Regin parcourut le corps de l'homme. *Je suis d'accord avec elle.*

Il avait de larges épaules et des bras musclés, était aussi massif qu'un ours. Quelques mèches de ses épais cheveux blonds avaient été tressées pour ne pas gêner son champ de vision. Il avait encore toutes ses dents, qui étaient bien alignées et blanches. Sa peau hâlée soulignait le gris froid de ses yeux.

Aujourd'hui, quand la fureur sacrée l'avait saisi, ces mêmes yeux avaient brillé comme des nuages d'orage illuminés par la foudre.

Il attira la femme sur ses genoux, sans doute pour s'adonner à la débauche à son tour. *Et voilà, c'est parti*… Il délaçait son bustier.

— Sire, un moment, intervint alors un des gardes – peut-être pour l'entretenir avant qu'il ne soit trop tard.

— Qu'est-ce que c'est ? demanda Aidan sans même détacher le regard des seins volumineux qu'il tentait de libérer de leur carcan.

— Ce jeune garçon voudrait vous voir.

Garçon. Les hommes partaient toujours du principe qu'elle était du même sexe qu'eux, simplement parce qu'elle portait un pantalon et était armée d'une épée.

Aidan se retourna, posa les yeux sur Regin.

— Qui es-tu ? demanda-t-il de sa voix grave.

Dans la salle, les discussions animées se calmèrent, on cessa de forniquer.

— Je suis un voyageur éreinté qui a besoin d'aide, répondit Regin.

En entendant ces mots, il fronça les sourcils.

— Ta voix m'est... familière.

Il retira sa main du bustier de la femme et se redressa sur son trône, soudain tendu, comme si le simple fait d'entendre la voix de Regin l'avait inquiété.

— Mais ton accent est étrange.

— Ta langue n'est pas ma langue première.

Elle avait d'abord parlé la langue ancienne des immortels et n'avait appris qu'ensuite le norvégien que parlait Aidan.

— Approche.

Obéir à un vulgaire humain lui coûtait, mais elle avança d'un pas.

Le regard d'Aidan se fit scrutateur. Elle savait qu'il observait tout chez elle – sa démarche, l'étoffe extraordinairement délicate de son manteau, la fibule en or qui maintenait sa capuche en place.

La brune tenta de regagner l'attention d'Aidan en prenant son visage entre ses mains, mais le berserk l'écarta d'un geste. Quand elle se mit à bouger de façon suggestive sur ses genoux, il lui décocha un regard noir et lui dit quelque chose à l'oreille qui la fit s'éloigner avec un soupir vexé... ce qui ne l'empêcha pas de lui lancer un regard langoureux par-dessus son épaule.

Sans qu'elle sache pourquoi, le fait qu'Aidan renvoie cette femme fit plaisir à Regin. Sans doute était-elle simplement soulagée d'avoir toute son attention.

— Je t'ai vu sur le champ de bataille aujourd'hui, dit-elle. Tu t'es bien battu.

Comme d'habitude, elle avait parlé sans réfléchir. *Tu dois apprendre à tenir ta langue. Tu viendrais à bout de la patience d'un glacier, avec cette façon de faire.*

Il se pencha en avant.

— Nous sommes des berserks, jeune homme. Nous nous battons *tous* bien.

Ce n'était pas vrai. D'un geste du pouce, elle indiqua le jeune homme aux cheveux noirs qui se trouvait à la droite d'Aidan.

— Pas lui. Sa garde est trop basse.

Tiens ta langue, Regin !

Il y eut un silence stupéfait, puis quelques rires gênés. Même Aidan sourit, avant de sembler surpris par sa propre réaction.

L'homme qu'elle venait d'insulter bondit et s'approcha d'elle, menaçant, son regard vert rivé sur elle.

— Je vais t'en montrer, de la garde basse, moi...

Aussitôt, Regin tira sa longue épée de son fourreau. Il la toisa d'un air dégoûté.

— Cette épée est plus grande que toi, avorton.

— C'est mieux pour t'apprendre à lever ta garde, bâtard.

D'autres rires fusèrent. L'homme serra les poings, la tension monta... Déjà, on le sentait au bord de la fureur.

— Retiens ta main, Brandr, ordonna Aidan.

Elle n'aurait sans doute pas dû venir ici. Ces hommes étaient trop violents et s'emportaient trop facilement pour pouvoir l'aider. Et, venant d'une Valkyrie, une telle constatation n'était pas à prendre à la légère !

Même Aidan, qui se contrôlait apparemment un peu mieux que les autres, semblait maintenant sur des charbons ardents... mais pourquoi ?

Même si les berserks étaient les gardes de Wotan, ils risquaient de s'en prendre violemment à elle s'ils découvraient qu'elle était une femme. Qu'aurait fait Lucia en pareille situation ? Elle aurait quitté cet endroit immédiatement.

— Jeune homme, soit tu es très courageux, soit tu es très stupide de défier ainsi un de mes meilleurs guerriers, dit Aidan. Maintenant, dis-moi ce qui t'a fait venir jusqu'à moi.

Il pencha la tête sur le côté avant d'ajouter :

— Et pourquoi tu es couvert comme un vieux druide.

— Il a dû avoir la vérole, grogna Brandr.

La vérole ? Elle s'apprêtait à riposter d'un grognement quand Aidan ordonna :

— Ça suffit. As-tu été malade, alors ? demanda-t-il en passant une main sur sa barbe naissante. Peut-être n'as-tu pas la force de brandir cette longue épée – ou de défier des hommes plus grands que toi.

Regin ouvrit des yeux comme des soucoupes.

— Pas la force ?

Elle n'avait peut-être que douze ans, était encore vulnérable, et sa foutue épée était effectivement trop grande pour elle, mais elle aurait pu massacrer tous ces mortels s'il l'avait fallu, et...

Sans prévenir, Brandr se jeta sur elle. Avant qu'elle ait pu se défendre, il lui avait donné deux puissants coups au poignet, lui faisant lâcher son épée.

Quand il se redressa, un sourire suffisant aux lèvres, elle ignora l'arme à ses pieds. Son instinct avait pris la relève. D'un bond, elle monta sur la table qui se trouvait sur sa droite et, d'une pirouette, retomba sur la gauche du guerrier, lui lacérant le torse de ses griffes au passage.

Mmm... cette sensation de chair qui se déchire... À quoi bon posséder une épée ?

Elle atterrit souplement et resta accroupie, prête à bondir de nouveau, tandis que le guerrier hurlait, les yeux fixés sur les entailles profondes qu'elle lui avait faites. Ses griffes avaient même coupé la lanière en cuir de son fourreau.

— Il a des dagues cachées sur lui ? Aidan, laisse-moi le tuer ! Un peu plus haut, et il me tranchait la gorge !

— J'ai *choisi* de ne pas te trancher la gorge, précisa Regin. Tu peux me remercier, avec une chope de bière.

Une main énorme se posa soudain sur sa nuque, tandis qu'une autre lui retenait les mains dans le dos. Sifflant de fureur, elle se retourna et planta ses petits crocs dans un avant-bras musculeux.

Celui du seigneur de guerre ! Aidan l'avait attrapée ! Comment avait-il fait pour se déplacer aussi rapidement ?

Dehors, la foudre tomba, le tonnerre gronda. *Si seulement l'éclair tombait sur moi !*

— Cesse cela ! ordonna-t-il en secouant le bras qu'elle mordait jusqu'à ce qu'elle lâche prise.

En un éclair, il saisit un pan de son manteau et tira.

— Non ! Non !

Il arracha le vêtement. Eut un hoquet de surprise. La lâcha.

Tous les hommes s'approchèrent en ouvrant de grands yeux stupéfaits. Elle siffla encore, découvrit ses crocs, montra ses griffes, tout en pivotant pour tenter de maintenir la menace à distance.

— Mais elle est *quoi*, exactement ? demanda l'un d'eux.

Aidan l'observa un moment, les sourcils froncés.

— Elle est… Ce n'est qu'une… petite fille.

— Par la barbe de Wotan ! s'exclama Brandr. Elle brille !

— Il n'a pas de barbe ! rétorqua Regin.

En entendant ces mots, Aidan comprit. Il examina ses oreilles pointues, puis ses yeux. À la façon dont il la regarda, elle sut que ces derniers passaient de l'ambre à l'argenté.

— Tu es une Valkyrie. Celle dont la peau luit. Nous avons entendu raconter des histoires sur toi.

— Vous ne savez rien de moi !

Il haussa les sourcils et, comme pour la défier, récita un poème récent :

— Des yeux de la couleur de l'ambre au soleil, la peau et les cheveux comme de l'or en fusion ; combattante d'un courage sans pareil et d'une beauté qui dépasse la raison. Tu es Regin la Radieuse.

Un peu partout dans la salle, des hommes répétèrent : « Regin la Radieuse… » d'un ton où se mêlaient respect et crainte.

Mais pas Aidan. Il secoua la tête.

— Tu es bien loin de chez toi, Lumignonne.

Et, bien sûr, cet idiot de Brandr ne put s'empêcher de demander :

— Elle ? Une des filles adorées de Wotan ?

Regin redressa les épaules.

— La plus adorée. Avant toutes mes sœurs.

Si l'on exceptait Lucia. Et Nïx. Et sans doute aussi Kaderin. Mais ces mortels n'avaient pas besoin de savoir qu'elle n'était peut-être pas la préférée. *En ce moment*.

— Que fais-tu en plein milieu d'une guerre, alors que ta place est au Valhalla, en sécurité ? demanda Aidan sur le ton du reproche. Tu es si petite.

Il la regardait maintenant avec une intensité particulière, différente de celle qu'elle voyait dans les yeux des autres. Plus… protectrice.

D'un geste, elle écarta les tresses qui pendaient devant son front et releva le menton.

— Qu'est-ce que ça peut te faire, où je me trouve ? Et je ne suis pas si petite que ça.

— Tu es… *jeune*.

Fixant Aidan, Brandr demanda :

— Qu'y a-t-il, mon ami ? Ton regard devient féroce.

Aidan ouvrit la bouche, puis la referma, avant de parcourir la salle du regard. Il paraissait découvrir la scène qui l'entourait pour la première fois.

— Seigneurs…

Il tendit une main devant le visage de Regin, comme s'il cherchait à lui cacher des horreurs.

— Suis-moi, petite. Cette salle n'est pas un endroit pour toi.

Elle recula d'un pas. Cette fois, il la fixa d'un regard réprobateur.

— J'ai juré de servir ton père. Tu es née de sa foudre. Te faire du mal serait me condamner moi-même.

Comme elle restait sur ses gardes, il ajouta :

— Viens. Tu dois avoir faim. Tu pourras dîner dans mes appartements.

Il ramassa l'épée de Regin et la lui tendit en la tenant par la lame.

— Il y a beaucoup de choses à manger.

Cela ne la surprenait guère. L'armée d'Aidan avait pillé ce pays à la manière d'un nuage de criquets. Tout le gibier qu'elle aurait pu chasser avait été abattu.

Elle leva les yeux, regarda son visage. Le mortel semblait honnête. Et peut-être ferait-il ce qu'elle lui demanderait, ou au moins lui donnerait-il un cheval et de quoi manger afin qu'elle puisse poursuivre son voyage.

Regin reprit son épée et la glissa dans son fourreau. Mais quand Aidan passa un bras protecteur autour de ses épaules, elle se raidit.

— Je peux marcher toute seule, berserk.

— C'est une marque de faveur que je t'adresse devant tous, répondit-il à mi-voix.

— Une marque de faveur, répéta-t-elle sèchement. De la part d'un *mortel*. Mince, comment vais-je faire pour m'en passer désormais ?

Elle se laissa néanmoins guider à travers la foule de soldats et de femmes qui la regardaient tous fixement.

Quelques berserks cherchèrent à toucher ses boucles blondes et sa peau lumineuse, mais la main d'Aidan se fit plus ferme sur son épaule, ses yeux lancèrent des éclairs, et tous reculèrent en blêmissant, sans dire un mot.

Aidan et Regin quittèrent la salle et sortirent dans la nuit estivale. Alors seulement il se détendit, même s'il semblait encore inquiet. Elle en profita pour le regarder de plus près.

Il lui parut encore plus grand qu'à l'intérieur – il devait mesurer près de deux mètres. Sa tunique blanche parfaitement ajustée à ses larges épaules était coupée dans une étoffe finement tissée. Une culotte de cuir noir souple soulignait la puissance de ses jambes. Quand un vent léger, chargé d'une odeur de blé, souffla depuis la vallée et souleva quelques mèches blondes autour de son visage, elle eut du mal à retenir un soupir.

Le soleil de minuit s'était enfin couché. Tout en marchant, Aidan leva les yeux vers les étoiles, comme s'il y cherchait un conseil. Au cours de la semaine qu'elle venait de passer à la recherche de Lucia dans cet étrange monde de mortels, Regin avait souvent fait de même.

— Quelle que soit ta question, guerrier, les étoiles ne te répondront pas.

Il la fixa de son regard gris intense, ranimant en elle cette ridicule envie de soupirer.

— Peut-être qu'elles ont déjà répondu.

Avant qu'elle puisse s'interroger sur le sens de ses paroles, il s'arrêta devant le baraquement le plus imposant du campement, en ouvrit la porte et s'effaça pour la laisser passer. L'intérieur était richement décoré, et des tapis recouvraient le sol de terre battue. Une table couverte d'argenterie ainsi que deux chaises se trouvaient à un bout de la pièce. À l'autre extrémité, une couche était aménagée, confortable, avec d'épaisses fourrures. Au centre brûlait un feu dans un brasero.

Aidan prit deux chandelles, en alluma les mèches dans le feu et les installa dans des chandeliers fixés de part et d'autre d'un crâne d'ours.

— Tu es riche ? demanda Regin. Pour un mortel, je veux dire.

— J'ai eu ma part de butins. Mais que sais-tu de l'argent ? Tu es née des dieux.

— Je sais que je n'en ai pas et que j'en ai besoin pour pouvoir manger.

Il alla vers la porte, ordonna à un serviteur d'aller leur chercher de quoi manger et s'installa à la table. Puis il lui fit signe de prendre l'autre chaise.

Quand elle retira ses gants et son manteau, les vêtements masculins qu'elle portait en dessous – culotte et tunique – lui valurent un nouveau regard réprobateur. Elle haussa les épaules et le rejoignit, se sentant adulte à l'idée de partager la table d'un seigneur, même s'il ne s'agissait que d'un seigneur de guerre.

— Cet endroit est dangereux pour une jeune fille, Regin. Et tu n'es pas invulnérable.

Elle hocha la tête. Effectivement, elle n'avait pas encore atteint l'immortalité. Elle pouvait être blessée, tomber malade, et même mourir. Et tandis qu'une Valkyrie adulte n'avait plus besoin de se nourrir, Regin, elle, devait encore manger pour grandir et se développer.

— Alors, quelle raison a bien pu te pousser à quitter la sécurité de ton foyer, enfant ?

— Je ne suis pas une enfant ! Et je n'ai pas couru de risques.

En dehors des ennemis assoiffés de sang qu'il m'a fallu affronter pour atteindre ce côté-ci de la ligne de front.

— J'ai éliminé des vampires.

Là aussi, j'ai perdu mon épée au tout début de l'affrontement.

D'un geste, il écarta ses paroles comme s'il ne s'agissait que de fables.

— Réponds-moi, Regin.

Avec un inconnu comme celui-ci, elle avait vaguement le sentiment qu'il lui fallait rester sur la défensive et garder son secret, mais elle n'avait jamais appris à faire ni l'un ni l'autre. Et elle avait besoin de son aide. La vérité sortit d'un trait.

— Je suis partie avec ma sœur préférée quand elle a suivi un homme. Il a promis d'épouser Lucia, mais je sens que quelque chose ne tourne pas rond. Elle est tout pour moi, et je pense qu'elle est en danger.

Elle n'aurait pu expliquer comment elle en était arrivée à cette conclusion, mais elle en était sûre : la fin de sa sœur était proche.

— Tu as quitté le paradis pour elle ? Alors que tu ne pourras jamais y retourner ?

— Une Valkyrie qui a quitté le Valhalla ne peut pas revenir en arrière.

— J'applaudis ta loyauté.

— Elle aurait fait la même chose pour moi.

Regin exaspérait Lucia – et toutes ses sœurs, à vrai dire –, mais elle savait que Lucia l'aimait.

— Tu me cherchais, ce soir, dit Aidan. Qu'attends-tu de moi ?

— J'ai besoin d'aide pour retrouver Lucia.

— C'est d'accord. Je ferai tout ce qui est en mon pouvoir pour vous réunir.

Regin le regarda en clignant des yeux.

— Parce que tu sers Wotan ?

Il se leva pour faire quelques pas, passa une main sur sa bouche.

— Non. Je fais cela parce que nous allons nous aider l'un l'autre.

— Je ne comprends pas ce que tu veux dire.

— Je ne vois guère comment le dire autrement qu'ainsi : Regin, quand tu auras grandi, tu deviendras ma femme.

— Es-tu fou, mortel, comme ma sœur Nïx ? s'écria-t-elle, sa peau brillant soudain de façon plus intense.

— Nïx la Savante ? La devineresse ?

— Elle a des visions. C'est quoi, ton explication, à toi ?

Il sembla réprimer un sourire.

— Tu es très directe. C'est bien. Mais je ne suis pas fou. Je suis un berserk. Sais-tu ce que les hommes de mon peuple sont exactement ?

— J'ai entendu diverses choses à votre propos. Vous êtes plus forts et plus rapides que les autres mortels. Et vous êtes tous possédés par l'esprit d'une bête furieuse. Les grognements, le goût de l'affrontement, le caractère possessif – vous avez tout d'un ours affamé pendant l'hiver.

— C'est vrai. Et la bête en moi a senti sa femelle, s'est éveillée dès les premiers mots que tu as prononcés. Je pensais que tu serais plus âgée au moment de notre rencontre, mais c'est déjà une très grande chance de t'avoir trouvée.

Regin resta sans voix, ce qui était rare.

— Demain matin, continua-t-il, je t'emmènerai sur les terres de mes parents, dans le nord. Ils poursuivront ton éducation et te protégeront jusqu'à mon retour. Je ramènerai ta sœur pour qu'elle te tienne compagnie.

Elle avait affaire à un véritable dingue ! La situation devenait intéressante. Elle commençait à se dire que jouer avec ces mortels allait peut-être lui plaire.

— Et tu penses revenir dans combien de temps ? demanda-t-elle du ton le plus sincère qu'elle put.

— Cinq ans... peut-être six. Quand tu auras grandi et que j'aurai suffisamment combattu pour gagner l'immortalité. Alors, nous nous marierons.

Ah oui, elle se rappelait, maintenant : les berserks pouvaient obtenir l'*ohalla*, la non-mort, de la part de Wotan, s'ils livraient et gagnaient deux cents batailles en son nom. En signe de dévotion au dieu, ils portaient sa marque – deux corbeaux en vol – tatouée sur leur torse.

Elle se demanda si les batailles étaient venues après cette règle, ou si la règle avait déclenché les batailles.

— Je suis censée t'attendre, et c'est tout ? Et si un autre mortel décide que je suis à lui aussi ?

Il serra les poings.

— Tu es à moi et à moi seul, dit-il d'un ton étrange. Comprends-tu ce que je te dis ?

— Je ne suis pas complètement ignorante de ces choses.

Enfin, pas complètement, mais presque. Les hommes, le mariage, elle n'y connaissait rien et ne comprenait pas pourquoi sa sœur avait volontairement quitté le paradis qu'était le Valhalla pour suivre un homme.

Un homme en qui je n'ai pas confiance.

— Tu ne connaîtras aucun autre mâle que moi, Regin, dit-il en plongeant son regard dans celui de la Valkyrie. À partir de cet instant, je nous considère comme mari et femme.

Vraiment fêlé, ce mortel. Ça n'allait pas bien du tout dans sa tête. Son père en ferait un tas de cendres, s'il osait l'enlever et la forcer à l'épouser. Sans doute valait-il mieux qu'elle cesse de jouer avec Aidan.

— Je suggère que tu réfléchisses encore un peu. Tu es bien trop vieux pour moi. Tu as quasiment un pied dans la tombe, et l'autre tout au bord.

Il eut l'air furieux.

— Je ne suis pas si vieux que ça ! Seulement trente hivers !

Hou là. Le faire changer d'avis allait être plus difficile que prévu.

— Bon, je veux bien étudier ta proposition de me courtiser, mais seulement si tu m'aides d'abord à sauver Lucia.

Il secoua fermement la tête.

— Tu me diras où la trouver. Et je n'irai la chercher qu'après t'avoir mise en sécurité auprès de ma famille.

— Sans moi, tu ne la trouveras jamais.

Regin, en tant que Valkyrie et sœur de Lucia, pouvait sentir sa présence si elle s'approchait suffisamment d'elle.

— De toute façon, on n'a pas le temps de discuter, ajouta-t-elle.

— Tu es venue à moi pour que je te conseille, et telle est ma décision.

— Que tu me conseilles ? Mais t'es ouf ! Et d'une arrogance, avec ça ! Mes parents sont des *dieux*. Je suis venue à toi pour que tu me fournisses un cheval, de quoi manger, et peut-être une escorte afin que je puisse continuer ma route !

— La messe est dite, Lumignonne. Dans ce royaume, ma parole est définitive.

La petite brune arriva sur ces entrefaites, chargée d'un plateau. Elle posa sur la table deux assiettes d'un ragoût savoureux, faisant en sorte que sa généreuse poitrine soit exposée au regard d'Aidan.

Regin pensa à sa propre poitrine, tout juste naissante. Pour la première fois de sa vie, elle ne se sentit pas à la hauteur.

Peut-être était-elle un peu jalouse, aussi. Mais c'était tout de même elle qui dînait à la table du seigneur de guerre, comme une adulte. C'était Regin l'obstinée que le mortel fou voulait épouser. Elle lança un sourire suffisant à la femme.

— Pas de cervoise pour la petite, Birgit, dit Aidan. N'avons-nous pas du lait ?

Regin sentit ses joues virer au rouge pivoine. Le pire, c'était qu'elle avait très envie d'un verre de lait.

Quand Birgit réapparut et posa un pichet sur la table, Aidan la renvoya avec un tel mépris que Regin se sentit tout de suite mieux.

Le parfum savoureux du ragoût de gibier raviva sa faim, et elle attaqua son assiette avec énergie. La viande fondit dans sa bouche. Seigneurs, ils s'y connaissaient vraiment en cuisine, ces mortels.

— Parle-moi de ton pays, dit Aidan en coupant un morceau de pain qu'il posa sur l'assiette de Regin.

— C'est un pays très beau, noyé dans la brume. Tout y est lent et paisible.

En général. Parce que quand Loki se manifestait ou que quelqu'un libérait Fenris, le loup géant…

— Et ta vie ? Décris-moi ta vie.

Regin avala une bouchée de pain.

— Tu veux vraiment que je… parle ?

La plupart du temps, ses sœurs lui ordonnaient de garder le silence et d'être sérieuse.

— Je voudrais en savoir plus sur toi.

Elle haussa les épaules. Autant profiter de ces instants avec ce guerrier têtu et inébranlable, puisque, à moins d'arriver à le faire changer d'avis, elle avait l'intention de s'éclipser pendant la nuit et de reprendre ses recherches.

Au moins aurait-elle le ventre plein, et probablement un cheval volé.

Elle le régala donc d'histoires ayant Valhalla pour théâtre et la bêtise des demi-dieux pour objet. Il rit chaque fois, réellement amusé semblait-il.

À un moment, son expression trahit même une certaine fierté. Elle fronça les sourcils.

— Tu… Mon humour te plaît ?

— Bien sûr ! Cela faisait longtemps que je n'avais pas autant ri.

— En général, j'agace les gens. Et je plaisante toujours au mauvais moment. Freyja dit que c'est à la fois un don et un défaut que j'ai. Je mets les gens hors d'eux.

— J'aime ta façon d'être, Regin. La vie est très longue quand elle est dénuée d'humour.

Elle fut tentée de se rengorger après un tel compliment, mais le guerrier aux yeux d'acier ajouta :

— Nous sommes faits l'un pour l'autre, Lumignonne.

— Alors, tu penses toujours qu'on sera ensemble... soupira-t-elle.

Elle voyait bien qu'Aidan était un homme honorable, mais il se trompait complètement sur ce point. Wotan ne laisserait jamais Regin épouser un berserk mortel.

Quant à l'*ohalla* qu'Aidan recherchait, il n'existait à sa connaissance qu'un seul berserk à l'avoir jamais obtenue. Les autres avaient perdu la vie sur le champ de bataille bien avant le deux centième combat.

Wotan le savait bien.

— J'en suis certain, petite épouse.

Son repas terminé, Aidan se leva et se dirigea vers sa couche. Il divisa les fourrures en deux tas égaux qu'il disposa contre deux murs opposés, fit signe à Regin de prendre le premier avant de s'installer sur l'autre. Allongé sur le côté, la tête sur une main, il la regarda et dit :

— Quand tu seras plus grande, tu comprendras que toute femme a besoin d'un homme, même une Valkyrie.

— Pourquoi ? demanda-t-elle en se laissant tomber sur les fourrures.

— Tu verras quand tu te transformeras.

— Tu veux dire quand je deviendrai immortelle ?

Quand la jeune fille vulnérable qu'elle était deviendrait une femme invincible. Ses sœurs évoquaient ce moment à mi-voix, mais Regin ignorait pourquoi. Cet homme allait peut-être le lui dire.

— Ce seront des mois agréables, dit-il en s'allongeant complètement. Et tu verras que la présence d'un homme – *ma* présence – te sera alors indispensable.

— Pourquoi ? Qu'est-ce qui va se passer ?

— Tu deviendras une femme. Et tu auras besoin de moi de la même façon que j'aurai besoin de toi.

— Tu vas essayer de m'embrasser ? demanda-t-elle, finaude.

— Assurément.

— Et ?

— Et pour le moment, tu devrais dormir. Un long voyage nous attend demain.

— Dis-moi !

Elle croisa les bras. Dehors, la foudre tomba.

Il eut un petit rire. *Non, mais en voilà des façons !*

— Et pourquoi est-ce toi que je choisirais d'embrasser, d'abord ?

De nouveau, il se mit sur le côté et plongea son regard dans celui de Regin.

— Pourquoi pas ?

— Tout ce que tu sais faire, c'est te battre.

— C'est vrai, et je suis plutôt doué pour cela. Ce qui signifie que je serai toujours en mesure de te protéger. Et quand tu auras grandi, j'aurai accumulé suffisamment de richesses pour te gâter.

— Tu n'es pas noble, ni raffiné.

Il hocha la tête.

— C'est vrai. Mais j'ignore la fourberie. Tu sauras toujours ce que je pense.

— Et tu es persuadé que cela te donne droit à une épouse valkyrie ?

— Je suis le berserk le plus puissant qui ait jamais existé, déclara-t-il sans mépris, simplement comme s'il annonçait un fait indiscutable. Donc, si ce n'est pas moi, qui ?

Elle haussa les épaules.

— Tes charmes me laissent tout de même assez sceptique, Aidan.

Autre fait indiscutable.

— Il y a une autre raison…

— Laquelle ?

— Tu dois me choisir parce que… je t'aimerai, Regin.

Elle sentit son cœur battre plus vite.

— Comment peux-tu dire cela ? Tu ne peux pas voir l'avenir !

— Je le sais, parce qu'à douze ans tu m'as conquis avec ton esprit et ton courage. Et ton indéfectible loyauté, aussi.

Il s'allongea de nouveau et sourit en fixant le plafond.

— Lorsque tu seras parée de tous tes charmes féminins, je ne pourrai plus résister. Alors, autant accepter ma défaite dès maintenant.

— Quand je serais grande, d'autres se disputeront ma main.

— Certainement. Mais tu m'appartiens.

L'agacement de Regin fit tomber la foudre de nouveau. Il croyait réellement qu'il avait le droit de lui prendre sa liberté, de faire d'elle un trophée qu'il conserverait bien à l'abri tandis que lui poursuivrait sa vie de débauche ? Peut-être était-ce ainsi que fonctionnaient les choses chez les mortels. *Mais pour moi, ça ne va pas le faire*.

— Écoute-moi bien, berserk, dit-elle. Je fais le serment de t'être aussi fidèle que tu me le seras.

Voilà qui allait lui river son clou. Jamais il ne pourrait se passer de Birgit plus d'une semaine.

— Pour chaque femme qui se mettra sur tes genoux, j'irai à mon tour minauder sur ceux d'un soldat. Pour chaque bouche que tu embrasseras, les lèvres d'un autre se poseront sur les miennes.

Il la fixa d'un regard brûlant, comme si la simple pensée d'un autre homme avec elle déclenchait sa colère. Luttant pour se maîtriser, il lâcha d'une voix rauque :

— Alors, tu as ma parole que je ne toucherai plus jamais une autre femme. Es-tu satisfaite, petite épouse ? As-tu d'autres exigences ?

— Je dois partir à la recherche de Lucia avec toi.

— Sur ce point, je ne céderai pas. Tu es vulnérable. Tu peux être blessée. Et cela, je refuse de l'envisager.

Avant de moucher les chandelles, il se pencha pour déposer un baiser sur ses cheveux, puis lui prit le menton.

— Lumignonne, le temps passera lentement pour moi jusqu'à ce que tu deviennes une femme. Chaque soir, je rêverai à celle que tu seras.

Il retourna vers sa couche, et, dans la pénombre, elle crut deviner qu'il souriait.

Intérieurement, elle soupira. *Tu ne me verras jamais grandir, guerrier. Mais il est possible que, de temps en temps, je pense au mortel obstiné qui s'est montré gentil avec moi.*

- ii -

Neuf ans plus tard

— Qu'est-ce que tu fais, sœurette ? demanda Lucia l'Archer en déboulant dans la chambre de Regin.

Regin avait espéré pouvoir sortir en catimini, mais elle partageait sa maison avec Lucia, et les sens de chasseresse de cette dernière étaient vraiment trop fins et toujours en alerte.

Le mieux serait de mentir. Mais ce fut la vérité qui sortit de sa bouche.

— J'essaie de voir quelle tenue plaira le plus à un seigneur de guerre.

Lucia ravala un cri. Ses mains se posèrent aussitôt sur l'arc qu'elle portait toujours en bandoulière. Ses doigts jouèrent nerveusement avec la corde.

— Tu pars chercher ce berserk ?

Regin serait bientôt une immortelle à part entière et ses désirs devenaient irrépressibles, ainsi qu'on le lui avait prédit.

Quand elle imaginait les satisfaire, le visage d'un seul homme lui venait à l'esprit. Comme Aidan le lui avait annoncé, elle avait besoin de lui aujourd'hui.

— Il n'est pas loin. Son armée s'est installée dans la forêt.

Au cours des années, tandis qu'elle et Lucia cherchaient d'autres Valkyries dans cette dimension et ailleurs, Regin avait souvent entendu parler de son berserk. Il approchait lui aussi de l'immortalité, mais avait passé trop de temps à la chercher, et pas assez à se battre pour obtenir l'*ohalla*. Et il avait déjà quarante hivers.

On disait qu'il avait changé, que sa nature bestiale avait pris le dessus. Il était preste au combat et laissait parler sa fureur sacrée à la moindre provocation.

Pourtant, elle ne cessait de penser à lui.

— Alors... est-ce que je mets la jupe transparente ou le pantalon qui me fait comme une seconde peau tellement il est serré ?

Sa sœur s'étrangla.

— Tu as raison, Lucia. Les hommes me matent plus quand je mets le pantalon.

Elle l'enfila, y logea – au prix d'un certain effort – son généreux postérieur et s'allongea sur le lit pour en nouer les lacets. Puis elle passa un gilet à manches courtes en cuir, dont le décolleté profond ne laissait rien ignorer de sa gorge.

Lucia faisait les cent pas.

— On a déjà parlé de ça.

— *Tu* en as parlé, rectifia Regin en tressant une dizaine de petites nattes dans sa chevelure, laissant le reste de ses cheveux flotter au vent. Moi, je n'ai pas pris position.

Lucia voulait qu'elle devienne membre des Skathiennes, l'ordre d'archers célibataires auquel elle-même appartenait. Mais Regin était trop curieuse des choses de l'amour, trop impatiente de découvrir ce que promettait le sourire du seigneur de guerre, le soir de leur rencontre.

Ce n'était cependant pas que pour cette raison qu'elle allait le chercher. Il s'était montré arrogant et buté, mais il avait aussi ri avec elle et apprécié son humour. Depuis, les hommes l'avaient considérée avec désir, révérence et parfois respect, mais Aidan, lui, l'avait regardée comme si elle lui plaisait exactement telle qu'elle était.

— C'est de la folie d'aller le retrouver, Regin. Il est convaincu que lui seul te possédera. Comme je ne sais quelle... chose ou quel objet. Jamais il ne te laissera partir !

— Alors, il ne m'aura pas. Nous passerons un accord pour trois mois, sinon rien.

Elle explorerait les méandres de l'attirance qu'elle éprouvait pour lui, assouvirait ses désirs et mettrait ainsi un terme à l'emprise qu'il avait sur elle.

Regin plongea une main dans son coffre à bijoux – fort bien garni, mais ne contenant évidemment aucune pierre brillante. Elle opta pour des bijoux en or mat. Les hommes étaient fascinés par la façon dont elle les faisait scintiller. Elle fit remonter des bracelets serpentins le long de ses bras et posa sur sa tête une petite couronne avec des franges qui retombaient sur son front.

— Si tu dois vraiment faire ça, choisis un autre homme. N'importe qui, mais pas un berserk ! Ce sont des animaux, et tu sais que je n'emploie pas ce mot à la légère, dit Lucia, dont le regard était encore hanté par sa propre rencontre avec un homme, neuf ans auparavant.

L'homme qu'elle avait cru aimer s'était révélé être un monstre qui s'était retourné contre elle et lui avait infligé d'indicibles souffrances.

Regin avait eu raison de s'inquiéter – et de fausser compagnie à Aidan. *Un seul jour de plus et…*

— Je ne peux pas choisir un autre homme. Ce serait rompre un serment. J'ai juré à Aidan que je lui serais fidèle autant qu'il me le serait. Et, d'après les rumeurs, il aurait repoussé toutes les autres. Si c'est vrai…

Mais cela ne fit que renforcer l'inquiétude de Lucia.

— Une bête insatiable est tapie en lui, une bête qui ne cherche qu'à s'accoupler, à conquérir et à posséder. Et je souhaite de tout mon cœur qu'il n'ait pas passé presque dix ans à essayer de brider cette bête…

— J'y vais, dit simplement Regin en se dirigeant vers l'escalier.

Sa décision était prise, et quand elle avait décidé quelque chose, elle revenait rarement en arrière. Peser le pour et le contre, réfléchir, remettre à plus tard, ce n'était pas son genre. Elle, elle agissait.

Lucia soupira et la suivit jusqu'à la porte.

— Alors, pour une fois, sois prudente, dit-elle en tendant son manteau à Regin. Étudie la situation avant de pénétrer dans son campement comme si c'était ta maison de campagne. Promets-le-moi.

— Promis.

Regin passa le manteau et sortit sur le perron. Un orage printanier s'annonçait.

— Souhaite-moi bonne chance, dit-elle d'un ton enjoué, avant de s'éloigner, laissant Lucia jouer avec la corde de son arc d'un air désapprobateur.

Regin s'enfonça dans la campagne, traversant d'un pas rapide les champs de glace en pleine fonte. Elle avançait avec une telle détermination que l'orage ne la rattrapa même pas.

Alors qu'elle approchait du campement d'Aidan, elle perçut des voix féminines parmi celles des hommes. Des filles à soldats, assurément. Quelles scènes de débauche allait-elle découvrir, cette fois ?

Peut-être Aidan avait-il une nouvelle maîtresse chaque soir.

Cette seule pensée lui fit sortir ses griffes. *Il m'a promis*. Pourtant, son désir était si puissant qu'elle s'imaginait sans difficulté tirer cette femme de son lit et prendre sa place.

Non. S'il avait rompu son serment, elle ne lui offrirait pas son innocence.

Il faut que je sache... En bordure d'une clairière, elle grimpa dans un arbre, ajustant son manteau pour dissimuler sa luminescence. Autour d'un grand feu étaient installés des berserks de tous grades. Tous avaient une femme sur les genoux ou une chope d'hydromel à la main, certains avaient les deux.

Sauf un.

Aidan.

Il était assis à l'extrémité d'un long banc, sa tête blonde entre les mains. On aurait dit qu'il pressait délibérément ses paumes sur ses tempes.

Brandr, ce mufle, était assis à côté de lui, une main sous la jupe de la fille assise sur ses genoux. De son autre main, il tapotait l'épaule d'Aidan.

— Tu trouveras d'autres pistes, mon ami.

Aidan redressa la tête. Il semblait profondément malheureux.

— J'en étais certain, pourtant... Cette nuit, j'ai rêvé que je la retrouvais.

Regin ravala un petit cri en le voyant dans cet état. Il semblait las et abattu. Mais, malgré les stigmates du temps, il restait l'homme le plus beau qu'elle eût jamais rencontré.

— Tiens, bois ça, reprit Brandr en lui tendant une chope.

Aidan la repoussa.

— Je dois garder la tête froide. Nous partons pour le nord, demain.

— Oublie tout cela, pour une nuit, dit Brandr en faisant claquer sa paume sur le postérieur de la fille.

Ce geste lui valut un regard désapprobateur de la part d'Aidan, qui considéra de la même manière les hommes autour de lui et les femmes qui se contorsionnaient sur eux. Il prit la chope, la vida d'un trait, puis essuya sa bouche avec la manche de sa tunique.

— Seigneurs, mais c'était quoi ? Ce truc m'a brûlé la gorge.

— C'est un des meilleurs alcools que nous ayons ! Maintenant, continue sur ta lancée, en choisissant une des meilleures femmes !

Non, ne fais pas ça !

— Pour une fois, Aidan...

Pour une fois ? Il a donc vraiment tenu sa promesse ?

Quand Aidan le regarda, Brandr soupira. Il repoussa la fille assise sur ses genoux.

— Va en satisfaire d'autres pendant un moment. Je te retrouverai plus tard.

Quand les deux hommes furent seuls, Brandr se tourna vers Aidan.

— Ça ne peut pas continuer ainsi, Aidan. Je suis ton ami, et je n'en peux plus de te voir dans cet état.

— Et que veux-tu que je fasse ?

— Redeviens le chef que tu étais. Pour l'amour des dieux, Aidan, je suis plus proche de l'*ohalla* que toi, alors que tu es de six ans mon aîné ! Défais-toi de cette obsession. Tu ne penses qu'à cette fille.

— Comment peux-tu m'en vouloir ? Imagine la femme qu'elle a dû devenir.

Il leva les yeux vers le ciel, comme s'il la voyait, en cet instant précis, et le cœur de Regin manqua un battement. Puis il reporta son regard sur Brandr.

— Non, ne l'imagine pas, je te l'interdis.

Brandr soupira.

— Il y a toutes les femmes que tu veux, dans ce camp. Des femmes qui brûlent de coucher avec toi. Tu dois pouvoir la remplacer.

— Cette idée est ridicule, et tu le sais bien.

— Je préférerais sentir une femme chaude sous mes mains plutôt que d'avoir l'esprit occupé par une Valkyrie glaciale.

Glaciale ? Non, mais qu'est-ce qu'il en sait, lui ?

— Au fait, ajouta Brandr, tu as bu suffisamment pour abattre un cheval, et tu ne vas pas tarder à piquer du nez. Peut-être même qu'enfin tu dormiras toute une nuit.

Aidan se leva brusquement avec un grognement et marcha jusqu'à une tente toute proche, dans laquelle il disparut.

— C'est ça, rejoins ta couche de solitaire, mon vieux ! lui lança Brandr.

Ce Brandr, je vais te le provoquer en duel un de ces quatre, moi... songea Regin. Puis, passant d'une branche à l'autre, elle s'approcha de la tente d'Aidan. D'où elle se trouvait, elle pouvait, grâce à une ouverture entre deux pans de toile, voir l'intérieur plongé dans la pénombre.

Aidan retira sa tunique, révélant ses larges épaules et son dos musclé qui descendait en s'amincissant jusqu'aux hanches. Quand il bougeait, ses muscles roulaient sous sa peau hâlée et lisse.

C'est un homme magnifique. Elle sentit son souffle frémir sous le coup de l'émotion.

Il donna un coup de pied dans un bouclier posé à terre, avant de renverser une cruche sur une table. Puis, tandis que sa colère montait en puissance, il s'en prit à tous les objets autour de lui. Les armes cognèrent, le bois se fendit.

Regin pencha la tête sur le côté, cherchant à comprendre un tel massacre.

Quand un premier éclair déchira le ciel, il se figea. Elle crut l'entendre murmurer :

— La foudre. *La foudre ?*

Il sortit de la tente en titubant – l'alcool faisait visiblement effet – et quitta le campement.

Regin descendit de l'arbre et le suivit en silence. Bientôt, ils atteignirent un champ dans lequel se dressait un monolithe de plus de trois mètres de hauteur gravé de symboles. Ces monuments étaient nombreux ici, dans les terres du Nord, et chacun représentait une voie directe jusqu'à l'oreille de Wotan.

Aidan se plaça face à la pierre.

— Tu m'envoies la foudre, ce soir ? Pour me rappeler ce que j'ai perdu ?

Il avait d'abord parlé à voix basse, puis s'était mis à crier un peu plus fort à chaque mot. D'un geste brusque, il écrasa son poing contre la pierre.

Regin resta bouche bée devant un tel blasphème.

Aidan frappa encore, et le sang coula sur sa main.

— Pour me rappeler ce que je n'arrive pas à trouver ?

À chaque mot, elle sentait sa douleur. Elle tombait sur elle à la manière d'un déluge, anéantissait jusqu'à son désir. Jamais elle n'avait connu une telle souffrance, qui ne tourmentait pas seulement son corps, mais aussi son âme.

Son cœur ?

Jamais elle n'avait pensé qu'il en arriverait là.

Elle s'approcha, mue par une force invisible. Quand il brandit une nouvelle fois son poing sanglant, elle retint doucement son bras.

Il se figea, mais tout son corps se mit à vibrer. Celui de Regin aussi. Et les émotions puissantes qu'elle ressentit alors provoquèrent une pluie de foudre autour d'eux.

Lentement, il se tourna vers elle. Il tendit une main tremblante vers son manteau et parla à voix haute, probablement sans même s'en rendre compte.

— Faites que ce soit elle, seigneurs, je vous en prie. Faites que ce soit elle.

Il dénoua les liens du manteau, qui tomba aux pieds de Regin. Devant son visage découvert, Aidan retint un cri. Ses yeux injectés de sang retrouvèrent leur gris lumineux tandis qu'il les laissait courir sur les traits de la Valkyrie. L'air soucieux, il saisit une mèche de ses cheveux, y fit glisser ses doigts.

— Si clairs.

Une petite pluie fine se mit à tomber, mais il ne sembla pas la remarquer. Il contemplait Regin.

— *Ängel*. J'ai rêvé de toi ainsi. Chaque nuit.

Puis il se détourna en fronçant les sourcils.

— Mais non, je rêve encore. Cet alcool était effectivement l'un des meilleurs.

— Ce n'est pas un rêve, seigneur de guerre...

Un bras se referma autour des épaules de Regin, l'autre autour de ses bras et de son torse. En un éclair, elle fut contre lui, sentit un grognement sourd monter de sa poitrine.

Jamais elle n'avait été aussi près d'un homme.

— Tu es revenue. Je n'ai plus à m'inquiéter pour toi, seule quelque part dans ce monde, murmura-t-il d'une voix assourdie par l'émotion. Tu n'étais qu'une petite fille, et je ne pouvais pas te protéger. Mais tu es une femme, aujourd'hui. *Ma* femme.

Il enfouit son visage dans les cheveux de Regin, inspira profondément. Elle sentit son érection contre son ventre.

La peau nue de son torse était douce contre sa joue et si chaude, sous la pluie… Son odeur l'enveloppa, la séduisant autant que les muscles qui l'enserraient. Quand il frotta son menton contre la partie sensible de son oreille pointue, ses griffes sortirent, prêtes à plonger dans sa chair et à l'attirer plus près encore.

Mais il s'écarta soudain, l'air méfiant.

— As-tu couché avec un autre ?

Elle se renfrogna et, réellement curieuse, demanda :

— Tu ne voudrais pas de moi si c'était le cas ?

Un muscle tressauta dans la mâchoire d'Aidan.

— Y en a-t-il eu un autre, Valkyrie ? Dis-le-moi ! La bête en moi se réveille. Elle ne peut partager sa femelle. *Je* ne peux partager ma femelle !

L'intensité de son regard mit Regin mal à l'aise. Il ne renoncerait jamais, n'accepterait jamais les quelques mois qu'elle avait eu l'intention de lui offrir.

— Je… C'est… Je n'aurais pas dû venir.

— Il y en a eu un autre !

Jetant la tête en arrière, il poussa un rugissement animal, véritable cri de douleur, la serrant d'une main contre lui tandis que, de l'autre, il frappait la pierre humide, encore et encore.

— Tu m'étais destinée ! À moi, et à moi seul !

— Aidan, arrête ! s'écria-t-elle en tentant de se dégager, sans succès. Écoute-moi !

— Je t'ai été fidèle, Valkyrie !

Sous ses coups, la pierre se fendit.

— Je massacrerai quiconque t'a touchée !

Ne voyant pas d'autre solution, Regin planta ses crocs dans un des muscles de son torse. Il ne réagit même pas. Elle mordit un peu plus fort, jusqu'à faire jaillir le sang.

Enfin, il cessa de frapper.

— Tu m'as mordu ?

Elle lâcha prise en levant les yeux au ciel.

— Si tu cherches à me faire souffrir, il va falloir trouver mieux. Je sors de neuf ans de malheur absolu.

— Je cherche surtout à attirer ton attention, Aidan. Jamais personne ne m'a touchée. Mais je ne vois pas en quoi cela a de l'importance, dans la mesure où, de ton côté, tu es loin d'être innocent.

Elle le sentit se détendre contre elle et ajouta d'un ton sarcastique :

— Bref, ma virginité t'attend toujours.

Il la prit au sérieux.

— Elle m'appartient. *Tu* m'appartiens ! S'il y en avait eu un autre, je lui aurais fait manger ses propres viscères !

Elle cligna des yeux.

— T'es un drôle de sentimental, dis donc.

— Ne cherche rien de romantique en moi, Regin. J'ignore les mots que d'autres emploient dans ces circonstances. Je viens à toi en homme inaccompli.

Un homme brut, massif et sinistre. Son regard glissa partout sur elle, dévorant.

— M'acceptes-tu ? demanda-t-il en prenant ses mains dans les siennes, ensanglantées et calleuses.

Ses yeux brillaient, la pluie collait ses cils.

La foudre tomba, et elle retint un cri. Dans la lumière de l'éclair, le visage d'Aidan était encore plus beau.

— Guerrier, tu m'as dit une fois que je saurais toujours ce que tu penses. Quelles sont tes pensées, en cet instant ?

— D'un côté, je redoute de me couvrir de honte en déchargeant dans mon pantalon, rien qu'en te sentant près de moi.

Une de ses mains glissa sous les fesses de Regin, les empoigna.

— Oh !

— Et d'un autre côté, je redoute de t'effrayer et de te faire fuir de nouveau.

— Tu ne m'as pas effrayée, la dernière fois. Rien ne m'effraie.

— Alors, pourquoi es-tu partie ?

— Parce que tu refusais de m'écouter. Tout ce que tu voulais, c'était me priver de ma liberté.

— Et te donner la mienne en échange, femme ! Pourquoi revenir aujourd'hui ?

— Essentiellement à cause de... du changement. Quand ces désirs m'ont assaillie, je suis venue à toi pour que tu les assouvisses.

Il sembla se calmer.

— Tu es venue à moi, répéta-t-il d'une voix rauque. Tu es venue jusqu'à ton mâle. Regin, tu me fais bomber le torse de fierté. Et tu fais durcir mon sexe, aussi, ajouta-t-il avec un sourire. J'ai hâte de découvrir les courbes nouvelles et généreuses que tu m'as apportées.

— Je te plais ainsi ? demanda-t-elle en redressant les épaules. J'avais peur de ne pas avoir suffisamment grandi.

— Si tu me plais ?

Il eut un rire grave.

— Tu m'éblouis. Ah, petite épouse, si tu n'as pas grandi, tu as certainement pris de l'amplitude.

Il posa une main sur un de ses seins, qu'il pressa délicatement. Quand il frémit de plaisir, elle sentit un frisson la parcourir de la tête aux pieds.

— Et tu es venue à moi pour que je t'apaise ici ?

Son autre main descendit doucement pour se poser sur son sexe.

Elle lâcha un petit cri.

— Oh... euh... oui.

Le regard d'Aidan était brûlant d'excitation, de fierté.

— Je vais faire tomber ta foudre comme si c'était de la pluie.

Il pressa sa paume un peu plus fermement, et elle laissa tomber sa tête en arrière.

— Oh oui ! Fais-moi l'amour, seigneur de guerre !

— Je reconnais là les mots de mes fantasmes... Mais je ne peux pas. J'ai besoin de plus de temps.

Regin se redressa.

— Je ne comprends pas.

— Je veux plus de toi. Je veux l'éternité.

— De quoi parles-tu ?

— Si je déflore une Valkyrie avant de l'épouser, je peux dire adieu à l'*ohalla*. Wotan ne me l'accordera jamais.

— M'épouser ?

Elle repoussa la main d'Aidan.

— Une immortelle ne peut pas épouser un mortel ! C'est contre nature.

Le regarder mourir un peu chaque jour, le voir se flétrir avec l'âge... non merci !

— Justement. Je dois donc devenir l'un des tiens. Et même si ce n'était pas interdit, je ne t'épouserais pas avant d'avoir obtenu l'*ohalla*. Je n'ai jamais rencontré de guerrier de plus de soixante hivers. J'en ai quarante. Deux décennies ne me suffiraient pas pour goûter aux plaisirs de la vie à tes côtés.

— Tu veux que... j'attende ? demanda t elle, dépitée.

Tout son plan tombait à l'eau. Non seulement elle n'obtiendrait pas ce qu'elle était venue chercher, mais en plus, elle serait punie pour avoir essayé.

— Seulement d'être possédée. Tu peux être certaine que, d'ici là, je saurai te satisfaire par d'autres moyens.

Mais elle voulait tout connaître, tout découvrir.

— Combien de batailles te reste-t-il ?

— À peine six douzaines.

— Mais il n'y a même pas assez de guerres pour ça, si ?

— Entre les vampires et les démonarchies non alliées, il y a de quoi faire la guerre toute une vie.

— Soixante-dix batailles, ça peut prendre des années ! Je suis venue ici parce que je voulais que tu sois mon premier amant.

— Par tous les dieux, je le serai, femme. Mais pas tout de suite. Attends-moi, Regin. J'obtiendrai l'*ohalla* pour toi, pour nous.

— Et qu'est-ce que je suis censée faire, moi, pendant que tu te battras ? Ma nature de Valkyrie aspire à la guerre autant que la tienne. Et je ne porte pas les vampires dans mon cœur.

Le peuple de sa mère, les Radieux, avait été exterminé par les vampires.

— Tu resteras en arrière...

Les yeux comme des soucoupes, elle ouvrit la bouche pour lui lancer une réplique cinglante.

— ... pour t'entraîner, comme le font tous mes hommes avant d'aller au combat.

Regin s'esclaffa.

— M'entraîner ? J'ai passé ma vie à me préparer à la guerre.

— En te servant de la mauvaise arme. Tu as toujours cette immense épée ?

— Oui.

— Avec ta petite taille et ta rapidité de Valkyrie, tu devrais combattre avec deux épées plus courtes. Je pourrais t'apprendre.

Elle pinça les lèvres, intriguée bien malgré elle par cette suggestion.

— Et quand je serai entraînée...

— Tu pourras me rejoindre sur le front. Mais seulement quand je t'estimerai prête à le faire.

Elle planta un croc dans sa lèvre inférieure, réfléchissant à cette proposition.

Sans doute prit-il son silence pour un accord, car il se pencha pour l'embrasser dans le cou. Sa bouche était si chaude, sous la pluie...

— Et sache une chose, Lumignonne, murmura-t-il d'une voix rauque, avant de lécher les gouttes de pluie sur sa peau. Je t'en fais le serment aujourd'hui, je serai ton *dernier* amant.

Elle n'arrivait plus à réfléchir, quand il faisait ça !

— Je... je n'ai pas encore accepté. Je n'ai donc jamais voix au chapitre, avec toi ?

Il inspira profondément, comme pour se contrôler, et leva la tête.

— Donne-moi une chance, et je saurai conquérir ton cœur. Je n'ai besoin que de temps.

Elle ne le croyait pas. Une immortelle comme elle ne pourrait jamais tout à fait aimer un mortel. Ses instincts se rebelleraient contre de tendres sentiments comme ceux-là.

Après tout, comment pourrait-elle donner son cœur à un homme qui l'emporterait dans la tombe, la laissant brisée et malheureuse pour l'éternité ?

Mais il y avait quelque chose de captivant dans l'assurance avec laquelle Aidan affirmait le contraire. Comme s'il savait quelque chose sur elle qu'elle-même ignorait. De plus, le désir qu'elle ne parvenait pas à contrôler rendait difficile tout refus.

— Je te donne trois mois, dit-elle enfin. Tu as trois mois pour gagner mon cœur.

Il lui souleva le menton.

— Ah, Valkyrie... deux suffiront.

- iii -

Sept mois plus tard

Où est-il ? Je deviens folle ici sans lui.

Regin allait et venait dans la maison longue et étroite qui était désormais la leur. Aidan aurait dû être de retour de campagne depuis une semaine déjà. Pendant plusieurs jours, elle avait parcouru les terres alentour à sa recherche, sans trouver aucun signe de lui.

Et des rumeurs le disaient prisonnier...

Était-il seulement en vie ?

Aidan. Cet ours de guerrier qu'elle ne pourrait jamais se laisser aller à aimer mais qu'elle désirait plus que n'importe quel autre.

Elle avait atteint l'immortalité, désormais. Son appétit pour la nourriture avait disparu, son besoin de combattre s'était développé, et pourtant, elle restait ici, au camp, et l'attendait.

Être ici, avec lui, m'a rendue meilleure. Elle maniait mieux l'épée, même si Aidan ne la trouvait pas encore prête pour la guerre. D'ailleurs, sans le dire, elle craignait qu'il ne la trouve jamais prête.

Elle était meilleure amante, aussi, bien qu'il ne l'eût pas encore possédée.

Sept mois plus tôt, elle avait tenté de le séduire, encore et encore, de le contraindre à la prendre. Mais, avec le temps, elle avait voulu autre chose de lui. Non, il ne pouvait gagner son cœur, mais il avait gagné son désir. Il lui avait donné du plaisir sans relâche et lui avait appris à le satisfaire, lui aussi.

Chaque fois qu'il partait au combat, elle le suppliait :

— Emmène-moi avec toi !

Pour s'assurer qu'elle resterait et l'attendrait, il avait trouvé la meilleure des parades. Il la laissait sexuellement comblée, épuisée par le plaisir et rayonnante de bonheur, ne pensant déjà plus qu'à son retour.

Et cette question qu'il lui avait posée bien des années auparavant, elle se la posait à son tour : pourquoi pas lui ?

Car, depuis qu'elle avait appris à connaître son berserk orageux – elle savait désormais à quel moment le taquiner, quand le griffer, quand le prendre dans ses bras et murmurer : « Chut, calme-toi, seigneur de guerre » –, la vie à ses côtés s'avérait étonnamment agréable.

Il la traitait comme une déesse, la couvrait de cadeaux, de surprises. Et, ensemble, ils riaient. Beaucoup. Elle aimait entendre son rire résonner dans son torse massif, aimait aussi les mots d'affection qu'il lui soufflait d'un ton bourru.

Un autre homme pourrait-il lui faire éprouver ce qu'elle avait ressenti le soir où, effleurant son ventre de sa barbe blonde naissante, il avait murmuré : « Je veux des enfants de toi. Des fils berserks et des filles valkyries » ?

Puis il avait levé la tête pour plonger son regard gris dans le sien et avait demandé :

— Tu m'en donneras, un jour ?

Avoir une Valkyrie pour compagne n'avait en rien modéré son arrogance. Il se comportait déjà comme un immortel, peut-être même avec un peu plus de hauteur et de noblesse, et elle adorait cela.

— Wotan me considérera avec bienveillance, lui avait-il déclaré. Aucun homme ne chérira sa fille plus que moi.

C'était aussi simple que cela. Regin le désirait plus que tout autre homme et savait qu'il en serait éternellement ainsi. Ce qui signifiait que deux décennies seraient beaucoup, beaucoup trop courtes…

Il entra soudain dans la maison.

Elle poussa un cri, se leva d'un bond.

— Dieux merci, tu es de retour ! Où étais…

Elle se tut devant son regard fou.

— Aidan ?

Des flammes dans les yeux, il jeta sa hache ensanglantée, arracha son ceinturon, puis sa tunique tachée de rouge. Un souffle rauque soulevait son torse tatoué quand il se dirigea vers elle d'un pas lourd. Instinctivement, elle recula d'un pas. Puis d'un autre.

— Aidan, dis quelque chose.

— Ils ont essayé de me retenir. De m'empêcher de te rejoindre, dit-il en la plaquant contre la table, tel un prédateur.

— Qui ? Les vampires ?

— *Personne* ne me retient loin de toi. Ni les immortels, ni les hommes, ni les dieux. Rien ne peut me séparer de toi.

— Aidan, que… qu'est-ce que tu fais ? Tu es sur le point de te transformer. Tu dois te calmer !

— J'ai vu ma vie défiler devant moi, Regin. Je me suis rué sur les champs de bataille parce que je te veux pour toujours… mais mourir sans avoir passé une seule nuit en toi ? Cette idée m'a rendu fou !

Elle ne l'avait jamais vu ainsi en dehors des champs de bataille. Tous deux avaient toujours tout fait pour éviter qu'il n'entre dans l'état de fureur sacrée qui transformait le berserk en bête incontrôlable.

Or, la bête rugissait à présent en lui, le poussant à posséder sa femelle.

D'une main, il lui saisit la nuque et l'attira contre lui.

— Je n'ai laissé que la mort dans mon sillage pour te rejoindre. Pour faire de toi ma femme, te posséder enfin !

Il baissa la tête et prit son sein dans sa bouche, lui arrachant un petit cri.

— Ce soir, je posséderai ton petit corps, je le labourerai jusqu'à ce que tu hurles de plaisir.

Elle le repoussa, mais il la reprit et la serra plus fort encore.

— As-tu de la fièvre ? Tu es devenu fou ! Nous ne pouvons pas, et tu sais très bien pourquoi !

— Bien sûr que si, nous pouvons ! Tu es à moi ! Et je dois te posséder ! Je mérite l'*ohalla*, et je l'exige ! C'est mon droit !

— C'est la fureur qui parle en toi... et qui ne raconte que des absurdités ! Réfléchis à ce que tu dis ! Nous nous sommes fixé un cap, et nous nous y tiendrons !

Regin savait que plus sa fureur monterait, plus sa puissance et sa rapidité augmenteraient. Si elle ne parvenait pas à décamper très vite, tout serait perdu. Elle feinta sur la gauche, puis se jeta à droite et courut vers la porte.

Il l'attrapa par sa robe, la ramena brusquement vers lui.

— Aidan ! Non !

Il l'enferma dans la cage de ses bras, la porta jusqu'à leur lit et s'allongea sur elle.

— Nier ainsi le désir n'est pas naturel. Tu le sais. Tu ressens la même chose que moi !

Ses poings se refermèrent sur l'avant de la robe de Regin. Avec un rugissement, il déchira l'étoffe et la dénuda. Son regard brûlant se posa sur sa poitrine, puis descendit jusqu'à son sexe.

Il entrait dans un état de transe incontrôlable, ses muscles se développaient.

— Tu voulais que je te prenne, tu te souviens ? Aurais-tu changé d'avis ?

— Bien sûr que non ! Je te veux, mais pas tout de suite !

Il retira ses bottes et son pantalon, se remit au-dessus d'elle. Son membre puissant se dressait, turgescent, quelques gouttes luisant déjà au bout de son gland.

Malgré elle, Regin sentit son sexe devenir moite, ses seins durcir, s'alourdir.

Chaque fois que l'esprit de l'ours s'éveillait en lui, son corps réagissait, comme si une partie de la bête n'était là que pour elle.

Et quand la bête prenait le dessus, Regin n'avait d'autre choix que de répondre à son appel.

Pourtant, à cet instant, elle lutta contre le désir.

— Non ! Ne fais pas ça ! hurla-t-elle en le frappant.

Mais lorsqu'il était dans cet état, sa force était largement supérieure à celle de la Valkyrie. Il lui prit les poignets, les immobilisa au-dessus de sa tête.

— Aidan... je t'en supplie, attends...

Les mots s'étranglèrent dans sa gorge. Il avait refermé la bouche sur un de ses seins, qu'il suçait avec avidité, et venait de glisser un doigt en elle.

— Tu es trempée... murmura-t-il. Et c'est pour moi.

Il fit rouler sa langue autour de la pointe de son sein et glissa un deuxième doigt en elle. Ses lèvres étaient gourmandes ; sa langue tournait et tournait encore.

Il changea de sein. Regin sentit son sexe frémir sous ses caresses.

— Aidan !

— Tu es prête. Tu vas jouir.

Mais il retira ses doigts, lui tirant un gémissement impatient. Elle se cambra pour aller à sa rencontre.

Alors, il la recouvrit de son corps tout entier, sans lui lâcher les mains, s'installa entre ses cuisses.

— Tu es à moi, Regin !

Elle sentit son membre qui palpitait, qui la cherchait...

Et, malgré elle, elle bascula le bassin pour qu'il la trouve et se loge enfin en elle.

— *À moi !* rugit-il.

— Voilà, c'est fait, Lumignonne, souffla Aidan d'une voix éraillée par le plaisir, le corps en paix, chaud, sur celui de la Valkyrie. On ne peut plus revenir en arrière.

Il posa son front contre le sien.

Regin avait du mal à retenir ses larmes. Au cours des heures qui venaient de s'écouler, elle avait connu une extase plus intense qu'elle n'aurait pu l'imaginer. Mais, désormais, le sable s'écoulait dans le sablier, le temps leur était compté.

— As-tu des regrets, mon beau guerrier ?

— De ne pas avoir fait ça à chaque minute de ces derniers mois ? Oui.

Elle se força à sourire.

— Tu as intérêt à faire des vingt ans à venir les meilleures années de ma vie.

— Tu penses que j'ai renoncé à l'éternité avec toi ?

Il se leva devant elle, nu, massif, fier. Si beau qu'elle en aurait pleuré.

— Si tu savais les exploits que j'ai accomplis, les batailles que j'ai gagnées pour échapper aux vampires... Tu n'as donc pas compris ? *Rien* ne peut me séparer de toi ! Rien ne pouvait me toucher. Avec toi à mes côtés, je me sens déjà immortel.

Et le fait était qu'il en avait l'air.

— Wotan devrait se sentir honoré de m'avoir comme fils.

— Aidan !

— Me repoussera-t-il quand j'aurai gagné mille batailles en son nom ?

Il frappa d'un poing son torse tatoué.

— Je conquerrai le monde entier pour lui s'il le faut !

La robustesse de ce corps. La force de cette volonté. La puissance de cette épée...

Il était si sûr de lui qu'elle-même commençait à y croire. Ensemble, pourquoi ne parviendraient-ils pas à gagner toutes les batailles ?

Il revint vers elle, la couvrit de nouveau de son corps.

— Et tu m'attendras. Je ne te le demande pas, je l'exige.

Ses lèvres descendirent sur les siennes, son baiser fougueux ne laissant place à aucun refus.

Elle se cambra pour se coller à lui, consciente qu'elle l'attendrait à jamais. Quelque chose, chez cet homme, l'avait toujours attirée, captivée. Elle n'aurait su expliquer pourquoi, mais elle avait désormais renoncé à lutter contre cette attirance. Amour ou pas, cet homme était le sien, pour toujours.

D'autres ébats passionnés suivirent, des heures de plaisir fou. Quand elle se laissa glisser vers le sommeil, le corps éprouvé, comblé, encore plaqué contre celui d'Aidan, celui-ci prit son visage entre ses mains et déposa de légers baisers sur son front, ses joues, ses lèvres.

— Je te promets l'éternité, petite Regin. Et chaque jour, je t'aimerai plus que le précédent...

Une douleur soudaine transperça la poitrine de Regin, telle une dague de feu.

— Aidan !

Une lame s'était-elle plantée en elle ? Mais comment ? Prise de panique, elle le repoussa. Le sang jaillit quand leurs deux corps se séparèrent.

— Regin ? demanda-t-il.

La pointe d'une épée sortait de son torse.

— Aidan ! hurla Regin. Seigneurs, non !

Un vampire se dressait derrière lui. Le tueur s'était téléporté jusque dans leur maison et avait frappé Aidan dans le dos.

Le vampire retira son arme et la leva de nouveau, pour en finir avec Regin.

— Pour les vies que tu as prises hier, berserk ! Pour toutes les guerres que tu as menées... aujourd'hui, ta femme et toi allez mourir !

Il abattit son arme. Aidan s'interposa pour protéger Regin et prit le coup en travers du dos.

Comme le vampire s'apprêtait à frapper encore, Brandr surgit et lui coupa la tête avec sa hache. Le vampire s'effondra.

Brandr se tourna vers Aidan et tomba à genoux.

— Aidan… souffla-t-il. Cette ordure a dû te suivre sur le chemin du retour.

Luttant toujours pour protéger Regin, Aidan se retourna sur le dos, tendit la main vers son épée.

Brandr l'aida à s'en saisir, tout en lui disant :

— Il était seul, mon ami. Il n'y a plus de vampires. Repose-toi.

Quand Aidan se tourna vers elle, Regin se sentit défaillir. Sans plus de force, elle se recroquevilla contre lui, mais, intérieurement, elle hurlait encore, hurlait son désir de massacrer la chose qui avait fait cela.

Aidan respirait faiblement, et avec difficulté.

— Brandr obtiendra l'*ohalla* et te protégera, dit-il, avant de se tourner vers son ami et d'ajouter : Je veux que tu me le promettes.

— Je t'en fais le serment, déclara Brandr d'une voix blanche.

L'air soulagé, Aidan regarda Regin.

— Je t'aime, petite Regin.

Elle ravala un sanglot. *Non, ce n'est pas possible.*

— M… moi aussi, je t… t'aime.

— Ton cœur… reste à toi, souffla-t-il en levant une main ensanglantée.

À la façon hésitante dont il la tendait vers son visage, elle comprit qu'il ne voyait plus.

— J'aurais tellement aimé avoir plus de temps… dit-il.

Elle saisit sa main et la serra fort.

— Alors prends-le, guerrier. Prends plus de temps, bats-toi pour nous ! Tu guéris si vite, tu peux te remettre de ces blessures !

Mais les paupières d'Aidan se fermèrent, son souffle se fit hésitant. Brandr poussa un rugissement de douleur.

— Aidan, reviens ! supplia Regin. Reviens-moi ! Ne me laisse pas !

Ses larmes coulèrent sur le torse transpercé tandis qu'elle laissait libre cours à son chagrin.

Juste avant son dernier souffle, Aidan jura :

— Je trouverai un moyen, mon amour... Je te retrouverai.

Et c'est ce qu'il fit.

Cherchant Regin sans relâche, il passa le millénaire suivant à renaître, encore et encore, se réincarnant sous différents traits, dans différentes vies, sans jamais avoir le souvenir de son passé. Mais chaque vie empruntée connut une fin plus tragique que la précédente.

Deux amants, unis et maudits par le destin.

Certains racontent qu'il faut y voir la punition de Wotan, qui condamne Aidan à périr juste au moment où il retrouve Regin et se souvient de son amour pour elle.

D'autres disent que la volonté d'Aidan est telle qu'elle lui permet d'échapper à la Faucheuse, mais aucun homme ne peut fuir la faux noire à jamais.

D'autres encore pensent que le baiser de la Valkyrie était si doux qu'il a enchanté le mortel et que celui-ci, guidé par le désir fou qui anime son cœur, la retrouve à travers le temps.

Quelle que soit la vérité, aujourd'hui encore, Regin attend.

Et aujourd'hui, Aidan revient...

« Mets un maillot avant de tomber dans l'eau » ?
*Si j'entends ce *$&%@#! de conseil encore une fois…*

Regin la Radieuse, Valkyrie,
grande farceuse devant l'Éternel,
guerrière des temps modernes.

Un bon immortel est un immortel mort.

Declan Chase, maître de l'Ordre.

1

Dans les environs de La Nouvelle-Orléans, de nos jours

Declan Chase engagea son 4 × 4 dans un chemin tortueux qui menait à Val-Hall, le domaine qui abritait un célèbre coven de Valkyries.

Ma cible sera à l'intérieur.

Regin la Radieuse.

Le manque de sommeil enserrait son crâne dans un douloureux étau, et il était à cran, comme souvent, mais il éprouvait malgré tout une pointe d'excitation en pensant à sa mission. Depuis qu'il avait reçu son dossier, deux semaines plus tôt, Declan était impatient d'enlever cette femelle.

Était-ce parce que aucun maître de l'Ordre n'avait encore capturé de Valkyrie ? Peut-être. Mais il ne devait pas oublier que l'enlèvement de ce soir ne serait qu'un enlèvement de plus, une prisonnière de plus à livrer à l'Ordre – l'armée de mortels à qui il avait voué son existence.

Quand il aperçut de la lumière au loin, il se gara dans un bosquet, suffisamment à l'écart du chemin pour qu'on ne le voie pas. Il coupa le contact et se prépara pour la nuit, avec l'efficacité et la rapidité acquises au cours de nombreuses années de combat.

Il attacha son épée à son côté, puis vérifia les pistolets de son double holster et les munitions dans les poches de son gilet pare-balles. D'autres chargeurs emplissaient les poches de son treillis. Il savait bien qu'une arme à feu ne pouvait pas tuer un immortel, mais une balle en titane entre les deux yeux, à bout portant ou presque, pouvait en assommer un.

Il ouvrit un attaché-case bourré d'instruments électroniques et en sortit un minuscule appareil d'écoute à distance doublé d'un GPS, qu'il glissa soigneusement dans une autre poche, avant de tester son oreillette.

Il était très tard, mais la chaleur dans le bayou était encore intense, et l'air fut bientôt irrespirable dans l'habitacle. Avec son blouson, ses gants et son pull à col roulé, il fut très vite en nage. Des gouttes de sueur se mirent à rouler sur son torse et sur les innombrables cicatrices qui le zébraient, traces définitives d'une vie passée en enfer.

Refoulant ses souvenirs, il se concentra sur sa mission. Celle de ce soir était l'une des deux seules qui lui restaient. Ensuite, il pourrait regagner son île, son sanctuaire. *Et retrouver mon médicament…*

Avec cette idée en tête, il sortit dans la moiteur et partit à petites foulées sur le chemin de terre.

À l'abri d'une forêt de chênes, évitant les nids-de-poule boueux, il parcourut ainsi la distance qui le séparait de l'entrée du domaine : deux colonnes de pierre en piètre état, et un portail rouillé dont chaque battant ne tenait plus que par un gond.

Il ralentit, surpris par le spectacle qui l'attendait.

Le manoir des Valkyries, une fière bâtisse construite avant la guerre de Sécession, était enveloppé d'un épais brouillard qui ne bougeait pas, alors même que soufflait une brise légère. La foudre tombait tout autour – le parc était hérissé de paratonnerres. Des spectres volaient ici et là pour défendre le manoir contre toute intrusion.

Une impressionnante collection de voitures de luxe était garée dans l'allée. À l'intérieur, la musique hurlait, et l'on entendait des éclats de rire féminins. Par intermittence, des cris de Valkyries perçaient la nuit.

C'était donc ici que vivait Regin la Radieuse.

L'Ordre possédait beaucoup d'informations sur les autres espèces d'immortels – les vampires et les démons, par exemple –, mais seulement quelques renseignements de base sur les Valkyries.

Elles n'avaient besoin que de très peu de sommeil et ne mangeaient ni ne buvaient, puisant leur « nourriture » à quelque source magique inconnue. Bien qu'elles fussent toutes différentes en apparence et en compétences, elles avaient en commun une force et une rapidité surhumaines, ainsi que la capacité de se régénérer.

Declan ne connaissait qu'un moyen de les détruire : la décapitation.

Sur Regin, l'Ordre avait réussi à réunir quelques détails supplémentaires. *Passé : on estime son âge à plus de mille ans. Description physique : environ un mètre soixante, menue, petites griffes et petits crocs. Oreilles pointues. Cheveux blonds jusqu'à la taille. Couleur des yeux : ambre.*

Sa caractéristique la plus remarquable était sa peau. On l'avait surnommée la Radieuse parce qu'elle avait la peau *luminescente*.

Le dossier ne fournissait pas vraiment de photos d'elle. À l'endroit où elle était censée se trouver, la pellicule n'imprimait jamais qu'un halo lumineux.

La peau lumineuse. Encore un monstre de la nature. Et pourtant, elle se déplaçait librement parmi le reste de la population.

En général, elle portait deux petites épées en croix dans le dos, même en public, et on disait d'elle qu'elle excellait dans leur maniement.

Talent qui ne la sauverait pas ce soir.

Si Declan avait été chargé de la capture de cette immortelle, c'était forcément qu'elle était une priorité pour l'Ordre. Il n'avait jamais échoué dans ses missions, avait toujours rapporté la cible. En cet instant précis, des soldats l'attendaient en ville, prêts à lui prêter main-forte, à se mobiliser en un instant.

Il avait d'abord pensé prendre le manoir d'assaut, provoquer le plus de dommages possible. Mais il y avait d'autres Valkyries à l'intérieur, et même si leur espèce était uniquement femelle, il s'agissait là des créatures les plus puissantes et les plus féroces du Mythos.

Regin était peut-être menue, mais elle était capable de soulever une voiture sans difficulté.

Venir avec une équipe, c'était risquer inutilement la vie de ses hommes, et il en avait déjà perdu quelques-uns lors d'une récente capture – un vampire puissant, âgé, qui s'était battu comme rarement il en avait vu se battre.

De plus, Declan ne savait pas du tout comment s'y prendre avec les spectres qui protégeaient la propriété. Non, il allait attendre que Regin la Radieuse soit séparée de ses semblables, et là, il frapperait.

Il s'approcha de la rangée de voitures et sortit son petit appareil électronique. Trouver laquelle était celle de Regin fut facile. La plaque minéralogique indiquant « RegRad », sur une Aston Martin rouge, ne laissait guère place au doute.

Les notes, dans son dossier, disaient son goût pour l'ostentation. Elle aimait afficher ses particularités en public. Pas étonnant qu'on en ait fait une cible. Un des objectifs de l'Ordre était d'empêcher les humains de découvrir un jour la présence d'immortels parmi eux.

Il ouvrit la portière de l'Aston Martin et fixa le mouchard sous l'appui-tête du conducteur. Après en avoir testé le fonctionnement, il referma doucement la portière et allait s'éloigner quand, du coin de l'œil, il aperçut une lumière.

Il se tourna et, par une des fenêtres de la façade principale, la vit, ou plutôt vit la lumière qu'elle dégageait.

Ça alors... Elle brille vraiment.

Sans faire de bruit, il alla se placer derrière un arbre, à une soixantaine de mètres de l'entrée. Il ne voyait pas son visage, mais distinguait très bien ses courbes. Elle portait un jean à la taille très, très basse assez indécent et un tee-shirt rouge moulant et court qui ne cachait rien de sa chute de reins.

Et deux courtes épées dans leurs fourreaux étaient bien entrecroisées dans son dos.

Ses longs cheveux cascadaient jusqu'à sa taille. Ici et là, de petites tresses retenaient les mèches qui, sinon, auraient barré son visage.

Declan la soupçonna aussitôt d'être aussi séduisante de face que de dos. C'était souvent le cas des femmes du Mythos. Il détestait tous les immortels en général, mais les femmes en particulier. Elles se servaient de leur physique pour faire perdre la raison aux mortels.

Elles te séduiront et te feront oublier ton objectif. Combien de fois ses supérieurs lui avaient-ils répété cette phrase ?

Entre lui et le manoir, une rangée de buissons bougea.

Un autre ennemi attendait-il, embusqué ? Les Valkyries avaient de nombreux adversaires...

La porte d'entrée s'ouvrit brusquement, et une femme sortit en trombe.

Regin.

Il en eut le souffle coupé.

Les tresses retenant sa crinière, il découvrait enfin son visage, et ses traits délicats. Elle avait des pommettes hautes parfaitement dessinées et un petit nez retroussé. Des sourcils blonds coiffaient un regard lumineux, ambré, et ses lèvres charnues étaient entrouvertes.

Il émanait d'elle une lumière dorée d'une absolue pureté.

Un sentiment de déjà-vu envahit Declan. Aussitôt, la tension presque handicapante qu'il éprouvait depuis des décennies commença à s'estomper. Pourquoi ? Comment expliquer cela ?

Regin n'était pas la première beauté surnaturelle que l'Ordre chassait – la forteresse de l'Ordre, qui se trouvait sur une île, en était pleine –, et il s'était cru préparé à des traits aussi avenants. Mais là, il avait peut-être bien devant les yeux la plus belle de toutes.

Pour moi, en tout cas.

— Place, place, les garces ! hurla-t-elle à l'intention des spectres, en leur jetant… une tresse de ses cheveux ?

Quand les créatures en aube rouge s'écartèrent, elle descendit les marches du perron, les talons de ses bottes claquant sur la pierre.

Sur la pelouse, elle s'arrêta, pencha la tête sur le côté et tira ses épées de leurs fourreaux avec une indicible grâce. On apercevait une de ses oreilles pointues, qui tressautait, à l'écoute de la nuit. Elle allait voir Declan… elle allait *sentir* sa présence.

Il s'apprêtait à reculer dans la forêt quand, devant lui, les buissons bougèrent de nouveau.

Sans réfléchir une seconde, elle bondit, plongea et se mit à frapper ce qui se cachait là. Quelques instants plus tard, la tête coupée d'une goule jaillit des buissons. Quand Regin réapparut, ses épées avaient déjà regagné leurs fourreaux, et elle avait des brindilles dans les cheveux. D'une main, elle se tâta la tête, les sentit et les laissa là en haussant les épaules.

Quand trois autres femmes sortirent sur le perron en titubant, Regin ramassa la tête et la brandit dans leur direction, avant de faire la révérence. Elles la félicitèrent bruyamment. Elles étaient ivres. Des sorcières, sûrement. Elles étaient alliées avec les Valkyries, et leur penchant pour la bouteille était notoire.

L'une d'elles riait tellement qu'elle se fit un croche-patte à elle-même et tomba, avant de rire de plus belle.

Regin se retourna pour regarder en direction de Declan. Sa peau était de plus en plus brillante, et elle s'amusait visiblement beaucoup. D'un puissant coup de pied, elle envoya la tête de la goule bien au-dessus de lui et, la main en visière, suivit son parcours jusqu'à un étang en commentant d'un ton fier :

— Et… c'est… le… buuuuuuuuut !

Non. Elle ne peut pas avoir mille ans.

Les sorcières redoublèrent d'applaudissements et de cris.

Son objectif atteint, Regin tira un téléphone satellite de sa ceinture et rédigea un SMS. Ses doigts allaient si vite qu'on ne les voyait pas bouger. Puis elle se dirigea vers sa voiture et mit le contact. Le moteur ronronna aussitôt. Elle roula jusqu'au pied du perron, donna des coups de Klaxon et fit descendre les vitres.

— Nïx ! lança-t-elle. Ramène tes fesses !

À voix basse, elle ajouta quelque chose à l'intention des sorcières, qui hurlèrent de rire. Mais quand Regin se détourna d'elles, son sourire n'était plus aussi naturel, et elle semblait préoccupée.

Une autre Valkyrie sortit de cette maison de folles. Elle avait les cheveux noirs, des yeux vides, et portait comme un bébé ce qui ressemblait de loin à une chauve-souris paralysée.

Ce devait être Nïx la Savante, une puissante devineresse. Bien qu'elle eût l'air d'avoir vingt-cinq ans, c'était la plus vieille – et la plus folle – des immortelles identifiées jusqu'à présent par l'Ordre.

Elle portait une longue jupe flottant au vent, des bottes de cow-boy et un tee-shirt sur lequel était imprimé « Valkyrie » en lettres majuscules, avec une flèche pointée vers le haut.

Elles se donnent en spectacle. Quelle arrogance ! Seigneur, il les détestait.

Elle aussi lança une tresse aux spectres – un péage à payer, peut-être ? –, puis rejoignit Regin dans la voiture en lançant un baiser aux sorcières. Les deux Valkyries démarrèrent, l'autoradio à fond – une chanson dont les seules paroles semblaient être « da-da-da » et sur le rythme de laquelle elles secouaient frénétiquement la tête.

Quand elles passèrent à sa hauteur, Declan recula encore dans la forêt, le cœur battant à tout rompre. Mais la brune tourna la tête vers lui et le fixa de son regard étrange.

Il sentit les poils se dresser sur sa nuque quand elle articula à son intention :

— Tu es en retard.

Tout en fonçant sur les petites routes de campagne mal éclairées, Regin la Radieuse sentait bien qu'un ennemi lui collait aux basques.

Mais elle n'avait tout simplement pas le temps de se battre à mort pour le moment. Elle devait retrouver Lucia avant qu'il ne soit trop tard.

Elle régla le rétroviseur.

— On est suivies ?

Nïx hocha joyeusement la tête.

— En général, oui.

Puis elle se tapota le menton de sa main libre.

— Tu sais, tu crois que tu n'aimes pas ça, mais ça te manque quand ça s'arrête.

Regin regarda sa sœur d'un air furieux, faisant de son mieux pour ignorer Bertille, la chauve-souris que portait Nïx et que lui avait offerte un admirateur secret.

— Vu qu'on est en route pour le Mythoport, tu pourrais me dire où je pars, ce soir.

La dernière fois que Nïx avait « vu » Lucia, c'était en Amazonie. Rien que ça.

— Euh... je devrais m'en souvenir ?

— Moi, qui retrouve Lucia, laquelle se prépare à régler son compte à Cruach, son pire cauchemar ?

Crom Cruach était le dieu cornu antique des sacrifices humains et du cannibalisme – et le monstre qui avait réussi à séduire Lucia et à lui faire quitter le Valhalla. Tous les cinq cents ans, il tentait de quitter sa prison. Les deux dernières fois, Lucia, avec l'aide de Regin, l'en avait empêché.

— Ça te dit quelque chose, tout ça, Nïx ?

Silence.

— Ô Seigneurs, j'ai pas le temps, là, merde !

Lucia était là-bas, seule, Cruach s'impatientait, et Nïx avait un *blanc* ?

— Ne crie pas ! gémit Nïx. Tu vas faire mal aux oreilles de Bertille, et elle en a besoin pour l'écholocation.

Elle se mit à caresser son animal avec amour, et ses yeux parurent plus vides que jamais. Ses visions de l'avenir étaient de plus en plus fréquentes et violentes. Elle était au bord de l'épuisement.

Des connards s'amusaient à parier que Siphonnïx aurait perdu tout ce qui lui restait de tête à l'arrivée de la prochaine Accession. Déjà qu'il ne lui en restait pas grand-chose...

— Calme-toi, ma chérie, dit-elle d'un ton rassurant.

— Mais comment tu veux que je me calme... Attends, tu parles à cette foutue chauve-souris, c'est ça ?

Du bout d'une griffe, Nïx caressa le ventre de la bestiole.

— Gnougnougnou...

Et Regin aurait juré entendre l'animal émettre un petit cri de contentement avant de se blottir un peu plus contre la devineresse.

Nïx l'avait-elle nourrie de son sang ?

— Tu ne sais donc pas que ces bêtes répandent la rage ? T'es de pire en pire, Nïx, tu le sais, ça ? Encore plus barrée que d'habitude.

Nïx leva brièvement les yeux.

— C'est juste.

Regin rétrograda brusquement et fit une embardée pour éviter un opossum. Ses pneus crissèrent sur le bitume.

— Hou là.

— Et toi, t'es pas un peu barrée aussi, Regin ? demanda Nïx. Tu te conduis très mal depuis quelque temps. Tu abuses des sorts d'ivresse et tu te bats avec n'importe qui. Tu cherches à te faire remarquer, et cela doit tout simplement cesser. Sauf si tu m'invites à tes fêtes.

Nïx n'avait pas tort. Mais que pouvait-elle faire d'autre ? Un an plus tôt, Lucia et elle s'étaient engagées dans une mission casse-gueule visant à découvrir le moyen de régler son compte une bonne fois pour toutes à Cruach l'immortel. Ensemble, elles avaient parcouru le monde entier en risquant leur vie.

En d'autres termes, elles s'étaient éclatées à fond. Puis le prince Garreth MacRieve, un loup-garou qui s'était entiché de Lucia, s'était mis à la suivre partout et à fourrer son nez où il ne fallait pas. La solution qu'avait trouvée Regin ? L'euthanasie.

La solution de Lucia à la solution de Regin ? Profiter d'une gueule de bois en plomb pour la planter là.

Elle m'a abandonnée comme un tas de fringues démodées. Les griffes de Regin s'enfoncèrent dans le volant. Après un millénaire sans jamais se perdre de vue. *Mais le tas de fringues est décidé à faire son come-back*.

— Nïx, tu avais promis de me dire où était Lucia si je faisais tout ce que tu me demandais. J'ai nettoyé ta chambre, j'ai emmené ta Bentley chez le garagiste après ta énième sortie de route. Et j'ai fait un paquet d'heures au foyer d'accueil du Mythos avec ces petites bébêtes que tu aimes tant.

Elle avait rebaptisé l'endroit le Mythorphelinat et était quasi sûre que cela lui resterait.

— J'ai *besoin* de bouger, de toute façon, et tu le sais. Il va bientôt revenir.

Aidan. Avec son sourire à tomber en pâmoison et ses grandes mains pressées de prendre possession de ce qu'elle lui offrait. Même si elle brûlait de revoir son Viking, quelle que soit sa nouvelle incarnation, elle était aujourd'hui persuadée qu'il aurait droit à une vie entière s'il ne la retrouvait pas.

Nïx soupira.

— Tu as vraiment renoncé à trouver un moyen d'être avec lui ?

— Tu vois des raisons d'espérer, toi ?

— Je crois t'avoir conseillé, autrefois, de « trouver ton berserk et de te le faire », non ?

— Euh… oui, mais j'ai essayé, et ça n'a pas vraiment marché. Pour moi, en tout cas. Je ne peux pas… Il est hors de question que je recommence.

Aidan avait connu trois réincarnations, et chaque fois, la culpabilité avait accablé Regin un peu plus. Elle était sa malédiction, lui apportait la mort. Autant le tuer elle-même, dans ces conditions.

Aidan avait été transpercé par une épée dans sa première vie, empoisonné dans la deuxième, perdu dans un naufrage dans la troisième et tué par balle dans la quatrième. Et toujours immédiatement après qu'ils avaient fait l'amour pour la première fois.

— À moins que tu ne puisses me dire que ce sera différent, cette fois, ajouta Regin.

Intérieurement, elle s'en voulait de sembler à ce point aux abois. Mais Nïx aidait d'autres immortels dans ce domaine. *Alors, pourquoi pas moi ?*

— Tu serais prête à quoi, pour être avec lui ? Hein ? Quel sacrifice accepterais-tu de faire ?

— Pour rompre la malédiction ? Je serais prête à tout, ou presque.

— Ou presque ?

Il y eut un long silence. La tension, dans l'habitacle, était palpable. Puis Nïx déclara :

— Je n'ai rien à te dire.

Elle ne pouvait pas tout prédire. Elle n'était pas omnisciente, finalement. Mais on l'avait surnommée la Savante parce que, depuis trois mille ans, ses visions se réalisaient toujours.

— Rien à me dire ?

Elle ne s'attendait pas que Nïx trouve la parade à une malédiction vieille de plus de mille ans avant le feu rouge suivant, mais une miette d'espoir aurait été la bienvenue.

— Rien. Tu dois trouver de quoi t'occuper. Il y a autre chose dans la vie que la chasse aux vampires.

— C'est ça. Autre chose, comme l'élimination des dieux cannibales méchants avec Lucia, dit Regin, pas mécontente de la transition.

— Tu en reviens toujours à Lucia. Tu es excessivement fidèle à tes amies, à ton détriment, même.

— Si tu le dis. La fidélité n'est pas une mauvaise chose, tout de même.

— Ça l'est quand tu l'invoques pour quitter le paradis. Ça l'est quand tu ne reçois rien en échange. Par exemple, ton compteur à amoureux est à zéro. Qu'est-il arrivé à ce changeforme léopard plutôt sympa qui voulait t'inviter à dîner ? Un mâle à formes multiples, ça présente des avantages non négligeables.

Si ses sœurs – ou, pire, ses amies sorcières – découvraient qu'elle n'avait pas fait l'amour depuis presque deux cents ans, ce serait sa fête. Mais, telle une idiote sentimentale, elle restait fidèle à Aidan et à ses réincarnations.

— Es-tu heureuse, Regin ?

Elle jeta à Nïx le regard que méritait une telle question.

— Je suis l'espiègle de la bande, je te rappelle. Celle qui est toujours de bonne humeur et qui fait des farces à tout le monde. Demande à n'importe qui, on te répondra que je suis la plus joyeuse des Valkyries.

Son regard se posa sur les cernes sombres qui soulignaient les yeux de sa sœur.

— Pourquoi ? T'es heureuse, toi ? Tu as tout le temps l'air fatiguée.

Sans parler de ses crises de hurlements, de ses disparitions régulières et de ses excentricités, qui ne faisaient qu'empirer.

— Je suis activement impliquée dans la vie de milliers d'êtres, que j'aide à tenir le cap. Cela affecte directement l'existence de millions d'autres, avec un effet domino pouvant atteindre plusieurs milliards. Si quelqu'un disait : « C'est pas facile d'être Nïx », je ne le traiterais pas de menteur.

Regin n'avait jamais vraiment réfléchi à la pression qui devait peser sur Nïx. Alors, si la chauve-souris l'aidait à être heureuse et à trouver un peu de calme... *Bienvenue dans la famille, Bertille.*

— Et pourtant, poursuivit Nïx d'un ton acerbe, tout le monde ne parle que de l'importance des pouvoirs de l'Ennemi de Toujours dans le Mythos, alors qu'à côté des miens, c'est de la gnognotte.

Comme Nïx, Lothaire, l'Ennemi de Toujours, était un des êtres les plus vieux et les plus puissants du Mythos. Mais le vampire était l'incarnation du mal.

— Lothaire n'est pas plus sain d'esprit que moi, conclut Nïx.

Et comme Regin ouvrait la bouche pour la corriger, elle rectifia :

— Enfin, pas beaucoup plus.

Regin tendit le bras pour tapoter l'épaule de Nïx, mais la chauve-souris lui montra les dents.

— Pourquoi tu ne te mets pas avec quelqu'un ? Ça pourrait te faire du bien de te caser avec un mec un petit moment, non ? Tu ne voyais pas un animateur télé, il y a quelque temps ? Mike Rowe, c'est ça ?

Nïx soupira.

— Il me manque, effectivement, ce vaurien à voix de baryton. Mais ma carrière passe avant tout. Je n'ai pas de temps pour le badinage.

— Tu pourrais quand même prendre quelques jours, non ? Faire un peu de tourisme.

Cette conversation est peut-être la plus normale que j'aie jamais eue avec Nïx.

La devineresse tourna son regard vide vers la vitre.

— J'ai trois mille trois ans. J'ai *tout* vu.

Elle se redressa brusquement sur son siège, les yeux écarquillés.

— Écureuil !

Bon, on oublie le « normale ».

— Hé, mais je sais ! Tu pourrais venir avec moi à la recherche de Lucia !

— Peut-être qu'elle n'a pas envie qu'on la retrouve tout de suite. Tu sais très bien qu'elle t'appellera juste avant le dernier acte de son combat contre Cruach. Pour le moment, je t'ai dit qu'elle était avec MacRieve.

— Comment ça, avec ? Je refuse de croire qu'une autre Valkyrie s'envoie en l'air avec un loup-garou.

Et encore moins Lucia, toujours tirée à quatre épingles et très à cheval sur les convenances.

Le Lycae était un bon vivant qui adorait le sexe, or les pouvoirs d'archer de Lucia reposaient sur sa chasteté. En se mettant à l'horizontale avec un mec, elle risquait d'être chassée de l'ordre des Skathiennes et de perdre pour toujours ses dons d'archer, dont elle avait absolument besoin pour combattre Cruach.

D'où sa fuite pour échapper à MacRieve et consorts.

— Que ça te plaise ou non, je te dis ce que je vois, dit Nïx. Bon, maintenant, j'ai un dernier truc à te demander. J'aimerais que tu ailles dans le Vieux Carré pour combattre quelques ennemis. Et il me faut une tuerie qui serve d'exemple.

— Une tuerie exemplaire ? Et tu n'y prendras pas part ?

Nïx cligna des yeux et la regarda, outrée.

— Et qui s'occuperait de Bertille ?

Sans commentaire.

— En plus, je dois aller à la boutique vaudoue de Loa. Elle fait des soldes spécial Accession. Tout doit disparaître.

Elle ricana.

— Si je fais ce que tu me demandes, est-ce que tu me diras enfin comment retrouver Lucia ?

Nïx caressa longuement la chauve-souris.

— Ne t'inquiète pas, ma chérie. Ce soir, tu t'envoleras, je te le promets.

— À qui tu parles, là ? À moi ou à Bertille ? Oh, à moi ? Très bien, alors.

Regin enfonça l'accélérateur et prit la direction du Vieux Carré. *J'arrive, Lucia… Tiens bon !*

— Dis-moi où se trouvent mes victimes.

2

En retard pour quoi, exactement ? Qu'avait voulu dire la devineresse ? Declan avait à moitié envie de poser directement la question à Nïx, mais les ordres de ses supérieurs étaient formels : il ne devait pas lui adresser la parole.

Donc, en attendant d'avoir une réponse, il filait les deux Valkyries. Son 4 × 4 ne faisant pas le poids à côté de la voiture de sport de Regin et de sa conduite de malade, il les suivait à distance, tout en écoutant leur conversation grâce au mouchard qu'il avait placé dans l'Aston Martin – enfin, ce qu'il parvenait à saisir de leur conversation malgré les interférences. On eût dit qu'un champ électrique brouillait les ondes.

Ce qu'il avait entendu n'avait que peu de sens pour lui – elles parlaient de berserks et de cannibales, et aussi d'une sœur absente. La seule chose dont il fût sûr était que Nïx avait envoyé Regin tuer des ennemis.

Mais qui et pourquoi, il l'ignorait.

Une tuerie exemplaire.

Historiquement, les ennemis de Regin étaient les vampires et certains démons. Il était possible qu'elle le mène jusqu'à un nid entier de ces deux espèces.

Une fois dans le Vieux Carré, il repéra rapidement la voiture de Regin, garée à cheval sur le trottoir. Un bijou à trois cent mille dollars qu'elle traitait comme une épave. Il la corrigerait rien que pour ça.

Il se gara à quelques pâtés de maisons de là et s'enfonça dans la foule, à la recherche des deux Valkyries. Bien qu'ayant plusieurs minutes de retard sur elles, il retrouva bientôt Regin, seule, se baladant d'un pas nonchalant dans Bourbon Street.

Il était facile de la suivre : elle laissait dans son sillage une ribambelle d'hommes bouche bée.

Et ils ne réagissaient pas qu'à sa peau luminescente. Sa démarche était d'une sensualité surnaturelle, ses hanches ondulaient dans son jean taille basse, et la rondeur de ses fesses attirait les regards comme une flamme les papillons de nuit. Certains hommes se rajustaient, gênés par d'incontestables érections, ou frottaient leur joue endolorie par la gifle donnée par une petite amie vexée.

Declan lui-même, en la suivant, sentit son membre tressaillir, comme s'il tentait de se réveiller pour elle – même si son « médicament » rendait cela impossible.

Il était excité par une répugnante *detrus*, quand rien d'autre ne parvenait à tenter son corps meurtri et ses sens émoussés ?

D'autres, dans l'Ordre, appelaient les immortels des *ernats*, pour « erreurs de la nature », mais Declan préférait le mot *detrus*, le plus fort qui existât dans leur langue pour les immortels.

Il signifiait « pire des abominations ».

C'était ainsi qu'il les voyait, qu'il les avait toujours vus, depuis qu'il avait appris leur existence, vingt ans plus tôt.

Plusieurs individus abordèrent la Valkyrie. Des sorcières tentèrent de la convaincre de sortir avec elles. Deux femelles aux oreilles pointues – probablement d'autres Valkyries – brandirent leur épée, comme si elles se préparaient à combattre et invitaient Regin à les accompagner.

Elle refusait toutes les propositions d'un sourire, qui disparaissait presque aussi vite qu'il était apparu.

Mais plus nombreux encore étaient ceux qui l'évitaient. Declan vit plusieurs mâles imposants changer de direction à sa vue. Tous portaient un chapeau. Des démons cornus, à n'en pas douter.

Dans le dossier qu'il avait sur elle, il était précisé qu'elle était particulièrement dure avec les démons, alors qu'elle se contentait de supprimer les vampires.

Quand elle s'arrêta pour rédiger un SMS sur son portable, il se cacha et l'observa. Elle leva alors les yeux. Son regard était empreint d'une indicible tristesse qui ne collait pas du tout avec son visage lumineux, un peu comme la joie sur le visage d'un mourant.

Elle raccrocha son téléphone à sa ceinture et s'engagea dans une ruelle, derrière un hôtel de quatre étages. Sans même prendre d'élan, elle sauta jusqu'à un balcon du dernier étage, d'où elle grimpa sur le toit. Il la vit alors s'accroupir au bord, les oreilles aux aguets.

Une tueuse parfaite.

Sans l'Ordre, il était probable que les immortels auraient dirigé le monde.

Ces derniers temps, ils s'étaient attaqués à plusieurs dirigeants humains bien connus un peu partout dans le monde. Le commandant de Declan, Preston Webb, lui avait confié :

— Même les espèces les plus modérées s'en prennent à nous, fils. Il est rare qu'une trêve soit respectée bien longtemps.

La guerre était réellement incontournable. Comme toujours, Webb avait raison.

Declan perdit Regin de vue. Il pressa le pas, tourna dans une rue, puis dans une autre, mais il ne la voyait plus sur les toits. Où était-elle passée, à la fin ? Il arpenta tout le quartier en regardant en l'air.

Soudain, il lui sembla entendre une explosion au loin. Quelques secondes plus tard, dans son oreillette, il reçut un appel du chef de son unité de renfort. À l'autre bout de la ligne, c'était comme si la guerre avait éclaté. Des cris. Des rafales. Et ça, c'était le gémissement du métal en train de ployer, non ?

— Maître, la cible…

— Vous n'aviez pas reçu l'ordre de la frapper !

— Chef, c'est elle qui nous a trouvés !

Une tuerie exemplaire. Les proies, c'étaient ses hommes.

Putain de merde ! Il se rua en direction du bruit et repéra la tueuse à sept cents mètres de là, en plein centre-ville, sur les quais.

Jamais il n'avait vu un spectacle pareil.

Un de leurs trois minibus noirs était au bord du fleuve, reposant sur son radiateur. Le deuxième était couché sur le côté dans la rue, la carrosserie lacérée par des griffes. Il y avait des corps de soldats tout autour.

Declan se mit à courir, mais ne parvint pas à atteindre la Valkyrie avant qu'elle ne frappe une nouvelle fois, ses épées tournoyant à la manière d'une tornade et découpant ses hommes à une vitesse inimaginable.

Une dizaine de soldats avaient ouvert le feu sur elle avec leurs fusils à impulsion électrique, mais ces armes, pourtant puissantes, ne la ralentissaient pas.

Le visage barré de mèches folles, elle encaissait l'électricité et semblait l'absorber. Un sourire aux lèvres, elle rengaina ses épées et ouvrit les bras.

L'espace d'un instant, elle ferma les yeux de plaisir.

Tout en courant, il se sentit frémir, sans en comprendre la raison. Des pensées qu'il n'aurait jamais dû avoir lui vinrent à l'esprit, des pulsions longtemps refoulées…

— Z'avez rien de mieux, bande de connards ? les invectiva-t-elle, brillant de plus en plus, au point d'illuminer la rue. J'aime l'électricité, pauvres nases ! Allez-y, balancez la sauce !

Ils tirèrent. Elle absorba, se rechargea. Autour d'elle, la luminosité des lampadaires redoubla, se nourrissant de l'énergie qui se dégageait d'elle.

— Et vous savez quoi ? Je suis très bonne conductrice, aussi.

D'une main, elle encaissa une décharge et la renvoya de l'autre. Elle frappa un soldat, qui s'envola dans les airs, instantanément pulvérisé.

Declan sentit la fureur monter en lui. La puissance et la vitesse contre lesquelles il luttait tant exigeaient d'être libérées. Le sang se rua dans ses muscles, réfléchir devint difficile. En un éclair, il fondit sur elle, brandissant son épée.

— T'en veux un peu ? disait-elle à un soldat avant de tirer une nouvelle fois. Et toi ?

Et elle tirait, tirait encore.

Declan arriva derrière elle, passa un bras autour de son cou et tira violemment en arrière. Il sentit son odeur, son corps, hésita. *Frappe-la. Mets-la hors d'état de nuire.*

Quand elle se propulsa contre son torse avec une force démente, ses réflexes prirent le dessus, et il planta son épée dans son flanc avant de tourner la lame dans la plaie.

La foudre tomba tout près. Elle poussa un cri de douleur. La blessure était sérieuse, même pour une immortelle.

Le sang jaillit, de l'entaille et de sa bouche. Il sentit son petit corps trembler contre le sien et sa peau refroidir tandis que sa lumière s'affaiblissait.

Quelque chose cloche ! lui hurla son bon sens. La tête se mit à lui tourner, et une tension familière s'empara de tous ses muscles, les nouant jusqu'à gêner ses mouvements. Il vacilla, retira son épée.

Sans lui pour la soutenir, Regin s'effondra et se recroquevilla sur le sol crasseux. Tandis qu'une flaque de sang se formait sous elle, elle leva les yeux vers lui. Des yeux brillants, aux reflets argentés, cernés de cils blonds qui semblaient scintiller. Deux larmes roulèrent sur ses joues.

Quelque chose cloche.

Il serra le manche de son épée ensanglantée, l'estomac retourné au point d'en avoir la nausée. Elle le fixait comme si elle le reconnaissait et lui en voulait de l'avoir… trahie.

— *Toi*… souffla-t-elle. Tu me le paieras.

Certains des soldats encore vivants avaient observé la scène sans comprendre. Leur présence rappela à Declan quelle était sa mission.

— Embarquez-la, ordonna-t-il.

Gênée par sa blessure, elle ne put se défendre quand deux soldats lui attachèrent les mains dans le dos. Elle voulut hurler, mais on lui colla quelque chose sur la bouche. Deux autres soldats approchèrent, l'un avec un sac noir destiné à sa tête, l'autre avec une seringue.

Elle se débattit violemment quand ils attachèrent le sac sur sa tête, mais ils lui administrèrent un sédatif. Deux soubresauts l'agitèrent encore, puis elle s'immobilisa, inerte. Profondément vulnérable.

Cette créature avait fait preuve d'un pouvoir gigantesque, et voilà qu'elle gisait, comme morte.

Les soldats la désarmèrent, puis la jetèrent dans le dernier minibus encore en état de marche. Ce faisant, ils soulevèrent sa chemise, révélant la blessure que Declan lui avait infligée.

Pourquoi avait-il la nausée ? Il passa une main dans ses cheveux, se pressa le front entre les doigts. Il avait l'impression que son crâne allait exploser.

Mille fois, il avait frappé des ennemis et les avait ramenés dans le domaine de l'Ordre. Pourquoi était-ce si différent, aujourd'hui ?

— Maître ? demanda un soldat. Est-ce que ça va ?

Le regard de Declan se posa sur la prisonnière, puis sur ses mains gantées, et il vit combien elles tremblaient. *Non, ça ne va pas du tout !* Il regrettait presque que ses mains n'aient pas été nues quand il l'avait tenue contre lui. Sentir la peau d'une femme après si longtemps…

Il avait rêvé de la toucher, alors même qu'il plantait son épée en elle.

Malade.

Declan regarda le soldat.

— Bien sûr que ça va, répondit-il froidement, tout en se disant : *Ton chef est fou.*

3

Dans la cabine de l'avion-cargo, Declan se traîna jusqu'au lit, encore mouillé après sa douche. Il retira la serviette qui lui ceignait les hanches et se laissa tomber sur le matelas de mousse. Les paumes plaquées sur les yeux, il frotta jusqu'à ce que ses paupières soient douloureuses.

Son épuisement n'était pas si surprenant. Chaque fois qu'il laissait ses pouvoirs prendre le dessus, il était saisi ensuite d'une intense fatigue. C'était d'ailleurs pour les contenir qu'il prenait des médicaments. De plus, il dormait très peu lors de ces chasses à l'ennemi.

Quelques heures à peine après avoir capturé la Valkyrie, ce qui restait de ses hommes et lui avaient repéré et capturé – facilement – une sorcière. Maintenant, il pouvait enfin rentrer chez lui.

Il aurait dû sombrer dans le plus profond des sommeils, mais la tension l'habitait encore, lui interdisant le repos. Depuis toujours, une douleur permanente lui serrait la poitrine, tandis que l'angoisse lui nouait les tripes. À cela s'ajoutaient de fréquents cauchemars dans lesquels un ennemi lui sautait sur le dos, son corps était transpercé par une lame d'acier, et une femme hurlait.

Cette terrible sensation de perte…

Il l'appelait son fardeau. Et, très tôt, il avait compris qu'un jour, il l'écraserait.

Les médicaments aidaient un peu, mais ces injections nocturnes ne parvenaient jamais à l'apaiser complètement. Le fardeau était si lourd, si accablant...

Pour le moment, il était insupportable, et Declan avait épuisé la veille ses provisions de voyage. Ils étaient encore à plusieurs heures de leur destination reculée – une installation secrète dans le Pacifique Sud. Il lui restait donc des heures à tenir sans médicament.

Declan s'était toujours dit que devoir s'injecter quelque chose dans les veines était son destin.

Le voyage était agité, les turbulences nombreuses. Voler ne lui faisait rien – il avait suivi une formation pour être pilote –, mais là, même lui avait la nausée.

Ou alors, c'étaient les effets secondaires de sa nuit de travail.

Le regard trahi de la Valkyrie continuait à le hanter. Quand il capturait des immortels, il lui arrivait d'être gravement blessé – il avait même été ensorcelé, une fois. Mais jamais une de ces créatures ne l'avait regardé ainsi. Il avait eu le sentiment qu'elle le reconnaissait et en souffrait profondément, comme s'il avait brisé la plus sérieuse des promesses.

Et jamais aucun enlèvement ne lui avait donné la nausée.

Il souleva les plaques d'identité métalliques cerclées de caoutchouc qu'il portait autour du cou. Derrière l'une d'entre elles, il avait soudé un petit médaillon, un vieux porte-bonheur irlandais que son père lui avait offert quand il était enfant. Dans des moments comme celui-ci, Declan avait pris l'habitude de frotter son pouce contre le métal, même si le médaillon ne lui avait jamais porté bonheur.

C'était une façon de se souvenir de ce que les créatures de son espèce lui avaient volé, de ce dont elles étaient capables.

Cette Valkyrie avait tué dix de ses hommes.

Et pourtant, il ne pouvait s'empêcher de regarder en direction de la porte de sa cabine. Elle se trouvait dans la zone de cargo ; d'ici, il pouvait facilement y aller.

Mais qu'est-ce que j'ai, à la fin ? Pourquoi avait-il le sentiment qu'il allait mourir s'il ne la voyait pas à la seconde ?

Il se souvint de l'expression extatique sur son visage et de la façon dont il avait réagi. Les pensées qui avaient traversé son esprit à cet instant lui revinrent, et il eut honte.

Toucher cette peau luminescente, sentir sa brûlure...

Quand il l'avait prise dans ses bras, il avait failli pousser un grognement. C'était la première fois depuis des années que son corps touchait celui d'une femme. Son odeur et ses courbes l'avaient fasciné.

Mais, au bout du compte, son entraînement avait repris le dessus, et il avait plongé son épée en elle.

Il prit l'arme qu'il gardait toujours à portée de main, à côté du lit, la tira de son fourreau, la tourna et la retourna devant ses yeux, examinant sa lame tachée de rouge.

Cette épée a répandu tant de sang... Du sang d'immortel.

Deux nuits plus tôt, il s'en était servi pour capturer un très, très vieux vampire, responsable de la mort de milliers d'humains au cours de sa vie éternelle, véritable fléau silencieux.

Declan avait reçu cette épée des mains de Preston Webb, le jour où il avait été admis dans l'Ordre. Et Preston lui avait dit : « Ta famille aurait été fière de toi, fils. »

Oui, elle l'aurait été, si tous ses membres n'avaient pas été torturés par des créatures répugnantes, sous mes yeux.

Mieux valait qu'ils n'aient pas survécu. Ils seraient tous devenus fous, comme Declan. Et son frère, Colm, qui avait eu la gorge tranchée à quinze ans ?

Il avait eu de la chance.

Saisi d'un frisson, Declan replaça l'épée dans son fourreau. *Pourquoi est-ce que je pense à cela ?* Il avait enfoui ces souvenirs au plus profond de sa mémoire. Et les médicaments l'aidaient à les y garder.

Depuis plusieurs mois, il envisageait de doubler les doses. Cela lui semblait être le bon moment pour le faire. Il allait donc avoir besoin de voir son « fournisseur » dès son retour sur l'île. Pour l'instant, il ne pouvait qu'attendre.

De nouveau, il jeta un coup d'œil en direction de la porte…

Quand Regin ouvrit les yeux, elle était ligotée et bâillonnée, avait une cagoule sur la tête et était attachée à une sorte de civière. Elle comprit qu'elle se trouvait dans un avion, sentit l'odeur de l'eau salée, à des kilomètres au-dessous d'elle.

Je crois que ça va être difficile de faire plus merdique, comme soirée…

Les souvenirs lui revinrent : des hommes la bombardant d'électricité dans l'ombre… son bonheur d'en recevoir autant… un mâle immense lui tombant dessus à une vitesse surnaturelle…

Il l'avait poignardée ? La douleur lancinante qu'elle éprouvait le lui confirma.

Seigneurs ! C'était Aidan. Réincarné une nouvelle fois.

Elle se sentit comme enivrée, saisie d'une irrésistible envie de rire. Elle avait cru sa soirée pourrie ? *Aidan, es-tu revenu pour périr de la plus horrible des façons ? Alors, je suis ton homme ! Enfin, façon de parler.*

Mais jamais, dans ses autres vies, il ne lui avait fait de mal. S'il s'agissait réellement d'Aidan, les autres hommes, eux, étaient assurément des ennemis, et il avait dû être obligé de jouer leur jeu.

En retournant l'épée dans la plaie ?

Il avait été si rapide, si puissant. Rien d'étonnant à cela. Le berserk en lui n'avait jamais vraiment disparu, quelle que soit son incarnation.

Une chose était sûre, en tout cas : elle devait s'en aller. Elle tira sur les liens qui entravaient ses poignets dans son dos, sans succès. Il s'agissait probablement de liens magiques. Et cette injection avait dû l'affaiblir.

Elle ne pouvait donc rien faire d'autre que rester allongée ici, dans le noir.

Regin ne savait pas être zen, n'était pas folle comme Nïx, ni raisonnable comme Lucia. Chaque seconde l'éloignait un peu plus de l'endroit où elle avait besoin de se trouver, et cela la rendait folle. « Ne t'inquiète pas, ma chérie. Ce soir, tu t'envoleras, je te le promets », avait dit Nïx. *Très drôle. Tu me le paieras.*

Mais pourquoi Nïx aurait-elle fait une chose pareille ? Surtout après lui avoir lâché une info terrible, juste avant qu'elles ne se séparent, dans Bourbon Street : « Quand Cruach se réveillera, cette fois, il sonnera l'apocalypse. Tout être vivant sur terre sera saisi du besoin de sacrifier celui ou celle qu'il aime le plus au monde. »

Putain, Nïx, resserre un peu les boulons ! Ça peut plus le faire, là…

Un cliquètement dans une serrure, une porte qui s'ouvre, des pas. Quelqu'un s'assit à côté d'elle. Elle sentit la tension qui l'animait. Comprit qu'il s'agissait d'Aidan.

Qui, pour une raison qu'elle ignorait, l'avait poignardée dans une ruelle crasseuse.

Il se leva, fit quelques pas, puis s'assit de nouveau. Il ne dit pas un mot, resta immobile, mais elle savait qu'il la regardait.

Quand elle pensa à respirer, il dit :

— Déjà réveillée.

Un léger accent teintait sa voix grave, mais elle n'aurait su dire lequel. Il lui retira sa cagoule.

La lumière, bien que faible, la fit cligner des yeux. Mais, peu à peu, elle vit plus clair, distingua divers détails. Il était imposant, aussi grand que le seigneur de guerre dont elle était tombée amoureuse, et habillé de noir, des gants au treillis en passant par la veste. Son teint pâle était souligné par une chevelure de jais qui masquait en partie une joue zébrée de cicatrices. Il devait avoir entre trente et quarante ans, avait une mâchoire puissante, des pommettes larges. Et les yeux d'Aidan. Mais, dans ce visage, ils étaient froids.

Même si, elle s'en souvenait maintenant, dans la ruelle, alors qu'elle se vidait de son sang, ils avaient brillé un court instant de la lumière des berserks.

Aidan. Elle avait du mal à y croire. Et pourtant, elle sentait depuis trois décennies qu'il s'était réincarné, avait été prévenue par Nïx pendant tout ce temps.

— J'ai des questions à te poser, Valkyrie.

Et moi donc. À commencer par celle-ci : pourquoi m'as-tu passé les entrailles au mixeur ?

— Réponds-y honnêtement, et plus aucun mal ne te sera fait ce soir.

Ce soir seulement ? Elle finit par hocher la tête. Il tendit une main gantée vers sa bouche, posa le canon d'un pistolet armé sur sa tempe de l'autre.

— Je sais qu'un coup de feu ne te tuera pas, mais il te fera taire. Essaie un de tes cris de Valkyrie, et je te mets une balle dans la tête.

Il ne bluffait pas, c'était évident. Génial. Son Viking était revenu en miettes, et les morceaux étaient recollés n'importe comment. Elle s'était pourtant dit que cela arriverait tôt ou tard. *Tard, j'avais dit !*

Tous les efforts qu'elle avait faits pour le fuir ces trois dernières décennies et lui épargner bien des déconvenues n'avaient servi à rien.

Mais pourquoi l'avait-il capturée ? Et qui étaient les hommes qui l'accompagnaient ?

— Est-ce que tu as compris, femme ?

Elle hocha une nouvelle fois la tête, et il retira d'un geste sec le ruban adhésif qu'elle avait sur la bouche, lui laissant les lèvres en feu. Elle ravala un juron. Chaque seconde qui passait voyait sa peur diminuer et sa colère monter. Son caractère de chien était légendaire, et ce n'était pas pour rien.

— Comment ta sœur Nïx savait-elle que je te suivais ? Et pourquoi t'a-t-elle envoyée attaquer mes hommes ?

Il avait dû mettre un mouchard dans sa voiture ! Qu'avait-il entendu, exactement ?

— Envoyée, tu dis ? C'était plutôt une suggestion de sa part, un peu comme : « Essaie la côte de bœuf. »

Un méchant rictus courba les lèvres pâles de son gardien.

— Tu as déjà reçu une balle dans la tête ? Je me suis souvent demandé quel genre de douleur cela pouvait produire.

— J'en ai déjà reçu, et ça fait mal. Je répondrai à tes questions si tu me dis qui tu es et pourquoi j'ai été capturée.

— Je m'appelle Declan Chase…

C'est ce que tu crois. Mais plus pour longtemps.

— Je travaille pour l'Ordre, une armée de mortels en guerre contre ton espèce.

Je suis mal.

— Jamais entendu parler. Mais pourquoi m'avoir capturée, et pas simplement tuée ?

Allait-elle servir de trophée ? Alors, l'histoire se répéterait. Elle ravala un rire hystérique.

— Tu as été sélectionnée pour être capturée. Nous procédons aussi à… l'étude des immortels uniques en leur genre.

Quelque chose dans sa manière de préciser ce dernier point lui donna la chair de poule.

— Vous faites des expériences sur nous, c'est ça ?

— C'est ça.

OK. Je suis vraiment mal. D'un regard rapide, elle examina la soute dans laquelle ils se trouvaient. Comment allait-elle pouvoir s'échapper ?

— Et c'est là que tu m'emmènes maintenant ? Dans une prison ? Ou dans un labo, plus probablement ?

— Nous appelons cela un établissement. Maintenant, réponds à mes questions, dit-il.

Il parlait avec un accent de plus en plus prononcé, soit irlandais, soit écossais. Elle avait affaire à une version celtique d'Aidan, donc. Jusque-là, il avait été chevalier français, corsaire espagnol et officier de cavalerie anglais.

— Nïx sait à peu près tout, dit Regin. C'est une devineresse. En fait, je suis certaine qu'elle a déjà « vu » où tu m'emmènes. Et je ne sais pas pourquoi elle voulait que j'attaque tes hommes.

À moins qu'elle n'ait fait en sorte que je sois capturée. Connaissant Nïx, cette dernière avait sans doute vu là l'occasion d'organiser un rendez-vous galant entre Regin et Aidan.

— Avec elle, en général, je ne pose pas de questions.

— Nous le découvrirons, de toute façon. Dis-moi, maintenant, as-tu pris du plaisir à tuer mes hommes ?

Regin leva les yeux au ciel.

— Ben, évidemment que j'ai aimé les buter. C'est vous qui êtes venus sur notre territoire, je te rappelle !

Tout doux, Regin !

— Je devrais te tuer, là, tout de suite.

Inconsciemment, il se mit à faire monter et descendre le canon du pistolet sur la joue de la Valkyrie.

Elle aurait pu hurler avant qu'il ne tire et faire voler en éclats le verre des hublots. Elle pouvait sortir vivante d'un crash. Mais Aidan, lui, n'en réchapperait pas. Or, malgré la situation, elle hésitait à lui faire du mal.

— Tu n'imagines pas combien tu le regretterais.

— Parce que tes congénères te vengeraient en s'en prenant à moi ? Tu n'as pas idée du nombre de fois que j'ai entendu cela.

Elle secoua la tête.

— Non, non, je ne te parle pas de vengeance. Tu regretterais de m'avoir fait souffrir.

— Tiens donc ! Je méprise ton espèce. Ça m'a plu de te faire du mal, et j'attends avec impatience de pouvoir recommencer.

Mais quand la mémoire te reviendra, le souvenir de tes actes t'accablera.

— Pourquoi as-tu fait comme si tu me connaissais ? demanda-t-il.

Comment répondre à cette question ? Plus vite il se rappellerait leur histoire, plus vite il mourrait. Par le passé, elle avait tout fait pour l'empêcher de se souvenir. *Je ne peux pas lui dire.*

— Je t'ai pris pour quelqu'un d'autre, dit-elle en haussant les épaules.

Ce mouvement réveilla la douleur à son côté. Serrant les dents, elle ajouta :

— Mais puisque tu as abordé le sujet, oui, mon espèce me vengera. L'enfer ne sera rien à côté de ce que tu subiras.

Il se pencha, comme s'il allait partager un secret avec elle.

— Alors, tes amies ont intérêt à se dépêcher. Parce qu'une fois qu'on t'aura interrogée et examinée, on te coupera la tête. Tu me supplieras de te laisser la vie sauve, mais je ne céderai pas.

Une peur glaciale la fit frissonner.

— Putain, mais qu'est-ce que je t'ai fait ? murmura Regin.

Il recolla l'adhésif sur sa bouche et rabaissa la cagoule d'un coup sec. Puis il se pencha et lui souffla à l'oreille :

— Tu existes.

Une nouvelle injection dans le bras, et Regin replongea dans les ténèbres de l'inconscience.

4

De retour au domaine, Declan remit ses prisonniers inconscients au gardien, un salaud mal dégrossi aux yeux chassieux nommé Fegley.

L'homme détestait Declan. Le sentiment était réciproque.

Fegley était chargé de l'« accueil » des détenus. Il leur retirait leurs effets personnels et toute arme qu'ils seraient parvenus à dissimuler, les enregistrait et leur mettait un torque. Les médecins profitaient de l'occasion pour faire des prélèvements divers, afin de lancer les premières analyses, puis les prisonniers étaient transférés dans l'une des trois cents cellules réparties dans deux bâtiments de détention.

— Dans quelle cellule vas-tu mettre la Valkyrie ? demanda Declan.

— La soixante-dix.

— Pourquoi celle-ci ?

Deux détenus occupaient déjà cette cellule. Certes, la prison était surpeuplée, et il avait fallu renoncer à ne mettre qu'un prisonnier par cellule, mais le placement ne se faisait en général qu'après mûre réflexion.

Alors, pourquoi mettre la Valkyrie avec une tueuse fey et un mâle halfelin en état de semi-catatonie ?

— D'autres prisonniers sont arrivés pendant ton absence, répondit Fegley en haussant les épaules. Webb a ordonné qu'elle soit mise là, et je ne discute pas les ordres.

Réprimant une terrible envie de le frapper, Declan tourna les talons et se dirigea vers le bâtiment qui abritait les labos de recherche ainsi que ses appartements.

Il ne comprenait pas pourquoi Webb avait pris cette décision, mais n'était pas en mesure de discuter les ordres non plus. Ni de remettre en question les choix de Webb, d'ailleurs. Même lorsqu'il se demandait comment son chef trouvait de nouvelles informations sur leurs ennemis. Ou comment cette île restait invisible aux devins et sibylles *detrus*...

En arrivant chez lui, Declan ouvrit la pièce qui lui servait de vestibule. De là partaient deux couloirs, dont les entrées étaient cachées par des pans de mur. L'un menait à un entrepôt – avec un tunnel secret pour pouvoir s'échapper en cas d'urgence –, l'autre à ses appartements privés. Il s'agissait d'un lieu assez spacieux, sur plusieurs niveaux mais sans cloisons, avec une salle de gym, une cuisine, une chambre-bureau et une salle de bains.

Depuis près de dix ans, cet endroit était son seul foyer.

Dans sa chambre, il retira ses gants et son blouson. Il ne se sentait suffisamment à l'aise que dans deux endroits au monde pour ôter les épaisseurs de tissu qui cachaient sa peau si abîmée : ici, dans son sanctuaire, et dehors, au cœur des forêts sinistres qui recouvraient l'île.

Il poussa un long soupir de lassitude et se laissa tomber dans le fauteuil, devant sa console de contrôle. Au-dessus du bureau en demi-cercle et du clavier d'ordinateur s'étendait un écran LCD de quatre-vingt-seize pouces. Sur cet écran de contrôle, il avait accès en diffusion multiple à ce que filmaient les caméras de surveillance installées un peu partout dans l'établissement.

En un clic, il pouvait voir – et entendre – les occupants de n'importe quelle cellule et, si nécessaire, prendre des mesures de sécurité à leur encontre.

De cette console, il pouvait diriger tout l'établissement. À vrai dire, c'était souvent ce qu'il faisait.

Cette installation militaire ne servait autrefois que de prison et de centre d'interrogatoire. Aujourd'hui, elle abritait également une branche recherche, dans un bâtiment spécifique. Les scientifiques qui y vivaient consacraient leurs recherches à l'étude du système immunitaire des détenus immortels, de leurs caractéristiques physiques et, surtout, de leurs points faibles.

Webb avait confié le contrôle de l'établissement à Declan une dizaine d'années plus tôt. Depuis, la vie de Declan se résumait à une routine dont il sortait assez peu : exercice physique le matin, pour canaliser ses forces quasi surnaturelles ; supervision des opérations et interrogatoire des prisonniers les plus importants l'après-midi.

Il se plongea dans plusieurs dossiers en attente, tout en avalant sans y penser une ration alimentaire destinée à l'armée.

Son repas terminé, il se brancha sur la caméra de surveillance de la cellule soixante-dix. Fegley et un garde y jetaient justement la Valkyrie. Elle était toujours inconsciente et cagoulée.

— T'as une nouvelle coloc, fey, dit le gardien-chef à la tueuse qui se trouvait déjà dans la cellule. C'est une Valkyrie. Peut-être qu'elle te parlera, elle.

La fey ne fit pas un geste pour aider Regin, qu'elle regardait avec une indifférence glacée.

Bizarre. D'après ce qu'il savait, les fey et les Valkyries étaient alliés depuis toujours, ou presque. Mais, après tout, la tueuse n'était pas complètement fey.

L'autre détenu, un adolescent halfelin, continua de se taper la tête contre le mur. Le gamin ignorait qu'il était de l'espèce des *detrus*, ignorait même leur existence jusqu'à ce que l'un des quatre maîtres l'envoie ici. Apparemment, il n'avait commis d'autre crime que celui de poser les yeux sur la fille qu'il ne fallait pas – celle d'un des maîtres.

Quand il était arrivé ici et avait découvert ces monstres vivants, il était tombé en quasi-catatonie.

Declan avait à peine dix-huit ans lorsqu'il s'était retrouvé face à ces êtres pour la première fois. Il avait survécu à cette rencontre.

Mais il n'en était pas sorti intact...

Pendant un long moment, il observa le soulèvement régulier de la poitrine de la Valkyrie. Son tee-shirt était remonté sur son ventre plat, révélant sa blessure. La peau était déjà pratiquement refermée.

Typique des immortels, ça. Combien de fois avait-il maudit cette aptitude à se régénérer qui faisait d'eux des adversaires cauchemardesques ?

Sans parler du fait qu'ils possédaient d'autres pouvoirs – les vampires avaient la capacité de se téléporter ; les sorcières, les mauvais sorts. Sans l'Ordre, qui contrôlait leur nombre, rien ni personne n'aurait pu les arrêter.

Il pianota sur son bureau. La Valkyrie venait de commettre dix meurtres, et malgré tout, il était curieux de la connaître mieux, de découvrir un peu plus de détails sur elle que ceux, limités, qui figuraient dans son dossier.

Mais qu'est-ce que j'ai ? De tous les immortels qu'il avait capturés, c'était elle qu'il aurait dû détester le plus – elle se vantait de ce qu'elle était, avait été fière d'éliminer ses hommes.

Et puis, la curiosité ne faisait pas partie du jeu, en principe. Declan était juste censé exécuter des ordres. Depuis presque vingt ans, c'était ce qu'il faisait. Il était le bras armé de l'Ordre.

Sa vie n'avait rien de fantastique mais, au moins, il se sentait utile. Il devait tout à Webb – sa vie, sa carrière, et le peu de santé mentale qu'il lui restait.

On sonna à sa porte. Seules trois personnes pouvaient oser faire une chose pareille : Calder Vincente, un ancien militaire devenu son bras droit ; Webb, lors de ses rares visites ; et Kelli Dixon, la doctoresse chargée des recherches sur les prisonniers.

La caméra du couloir montrait Dixon tenant dans ses mains une boîte métallique qu'il ne connaissait que trop. Il mit ses gants et appuya sur le bouton d'ouverture à distance.

Elle entra, avec son sourire niais, qu'il méprisait. Dixon se comportait parfois comme une collégienne enamourée. Declan savait qu'il l'attirait, mais c'était ainsi avec toutes les femmes, finalement, sans qu'il comprenne vraiment pourquoi. Plus il les traitait froidement, plus elles semblaient le désirer.

Pourtant, même s'il avait trouvé Dixon à son goût – ce qui n'était pas le cas, son physique était insignifiant, sa silhouette flirtant avec celle de la planche à pain –, elle, plus que toutes les autres, aurait dû savoir pourquoi rien n'était possible entre eux.

Elle attendit qu'il lui dise de s'asseoir. Ce qu'il ne fit pas, dans la mesure où le seul endroit où cela était possible dans cette partie de ses appartements était le lit.

— Comment s'est passé ton voyage ?

— La chasse a été plus que bonne.

— C'est ce que j'ai entendu dire.

Elle remonta ses grosses lunettes sur l'arête de son nez et le dévisagea à la manière d'un praticien qui sait ce qu'il cherche.

— Tu as l'air épuisé. Tu as pu dormir, quand même ?

— J'ai une semaine devant moi pour récupérer.

En général, il ne dormait que quatre heures par nuit, mais lorsqu'il partait en mission, celles-ci se réduisaient à deux. Et son dernier voyage avait duré deux semaines, la préparation de ses trois enlèvements ayant pris beaucoup de temps.

— Ton rythme cardiaque, ça donne quoi ? Tu as eu des palpitations ? Le médicament a eu des effets secondaires ?

Dixon lui fournissait le nécessaire à ses injections depuis plus de dix ans – depuis qu'elle avait commencé à lui faire ses bilans annuels.

Elle gardait ses petits secrets et lui donnait sa dose depuis tout ce temps.

— Pas d'effets secondaires. J'ai décidé qu'il fallait doubler la dose.

Elle posa la boîte sur la console. À l'intérieur, il trouverait en doses et en seringues de quoi tenir deux semaines. Le petit kit du parfait toxico.

— Chase, ce que tu te fourres dans les veines mettrait un cheval K-O. Cela va finir par affecter durablement tes capacités intellectuelles. Tu risques de graves complications.

Il se demandait depuis déjà quelque temps si elle n'ajoutait pas un opiacé au mélange médicamenteux, en augmentant la dose progressivement. Maintenant, il en était sûr.

— Alors, j'ai dû développer une certaine accoutumance, parce que ça ne fait plus assez effet.

Quand il avait capturé le vampire, et même la Valkyrie, il avait éprouvé cette fureur qui lui était si familière, accompagnée des symptômes physiques typiques. Toute capacité de pensée l'avait quitté, et son cœur lui avait paru sur le point d'exploser. Ses muscles avaient été pris de tressautements, puis s'étaient mis à gonfler, comme s'ils ne parvenaient plus à assimiler le sang qui affluait vers eux. Il avait alors senti une montée en puissance de sa force physique et de sa vitesse, mais ensuite, un sentiment d'épuisement absolu l'avait laissé sur le flanc.

Derrière ses lunettes, les yeux de Dixon se plissèrent.

— Si je ne t'avais pas testé moi-même, je jurerais que tu es l'un d'eux.

— Je ne suis pas un de ces répugnants *detrus*.

Le terme la fit sursauter légèrement.

— Et tu m'as effectivement testé, sans rien trouver, lui rappela-t-il.

Il guérissait plus vite que la plupart des humains, mais ses cellules restaient vulnérables à la contagion et à la mort. Sa peau gardait des cicatrices. Ses os brisés se réparaient en fabriquant du calcium, alors que ceux d'un immortel se ressoudaient comme s'ils n'avaient jamais été cassés.

Bien sûr, il n'avait pas éprouvé le besoin de lui dire que, tel un animal, il voyait dans l'obscurité et entendait un murmure à des lieues.

— Dixon, c'est toi qui es venue me trouver pour me proposer ces injections. Et maintenant, tu veux arrêter ?

— J'ai besoin de procéder à d'autres tests sur toi. Pour qu'on sache exactement de quoi il retourne.

Mais, déjà, les pensées de Declan retournaient à la Valkyrie.

— J'en ai assez des tests. Tu as suffisamment de cobayes ici.

De plus, il craignait de savoir pourquoi sa force décuplait ainsi.

Du sang qui n'était pas le mien…

— En trouvant la cause principale de ton état, on n'aurait plus à procéder par élimination.

Ils avaient déjà discuté de cela. Non seulement les médicaments émoussaient les capacités de Declan, mais il effaçait toute émotion, supprimait tout appétit, que ce soit pour la nourriture ou pour le sexe.

Dixon ne semblait pas vouloir croire que ce dernier point le réjouissait.

— Chase, nous sommes amis depuis dix ans.

Amis, c'était vite dit. *Je me sers de toi*. Elle était son fournisseur, son dealer, fidèle au poste deux fois par mois avec la marchandise nécessaire.

D'une drogue à l'autre. *Juste pour quelques dollars, je t'en supplie…* Il écarta cette pensée.

Dixon s'appuya contre la console, juste devant l'écran.

— Tu es un homme en pleine force de l'âge. Ça ne te manque pas ?

Non. Non, cela ne lui manquait pas. Son corps avait été trop maltraité.

— Chase, il faut que je te parle de quelque chose.

— Ça ne peut pas attendre demain ?

La Valkyrie avait bougé, là, non ?

— Je n'en ai que pour une seconde. Et c'est important pour moi. Pour nous.

Pour nous ? Il eut un regard menaçant, dont le message était clair – *je t'assure que tu n'as pas envie de me gonfler ce soir*.

Elle blêmit.

— N… nous pouvons en parler plus tard, bien sûr. Je te laisse te reposer.

Elle faillit poser une main sur l'épaule de Declan, mais son regard glacial la fit renoncer, et elle recula en direction de la porte.

— Je vais faire préparer d'autres tubes, si tu veux doubler la dose tout de suite. Le temps que je mette au point une formule plus puissante.

Tu as intérêt à faire vite.

— Parfait, docteur.

Quand la porte se referma derrière elle, il comprit qu'il n'allait pas être facile de repousser les avances de Dixon. Cette garce cinglée était persuadée d'être amoureuse de lui. Comment pouvait-elle désirer un homme qu'au fond, elle craignait ?

Il poussa un soupir agacé. Merde, il avait juste envie de regarder son écran, de voir si sa nouvelle captive…

La Valkyrie se réveillait.

Parce que sa codétenue la bourrait de coups de pied.

5

— Où suis-je ? marmonna Regin d'une voix pâteuse, luttant pour sortir du sommeil.

Quelqu'un était-il en train de lui donner des coups de pied ?

— C'est qui ? Pourquoi est-ce qu'il fait nuit ?

— Enlève ta cagoule, imbécile, lui répondit une voix féminine à l'accent britannique.

Cagoule. Kidnapping. Ce n'était pas un rêve.

— Ça suffit, les coups de pied, dit Regin.

Cette fois, à peine la botte entrée en contact avec sa hanche, elle la saisit à deux mains et la tordit jusqu'à ce que sa propriétaire tombe. La douleur se réveilla dans son flanc et lui arracha une grimace, mais Regin ôta sa cagoule et se leva.

Très vite, elle jeta un regard autour d'elle. *Je suis dans une cellule* ? Alors, c'était ça, la prison de l'Ordre ?

Une femme brune se relevait prestement et la fixait d'un regard violet. Elle portait un short moulant, un débardeur en cuir, des bas résilles pleins de trous et des bottes à talons aiguilles comme jamais Regin n'en avait vu.

— Mais je te reconnais, toi, dit-elle. Tu es Natalya l'Ombre. Une tueuse fey.

Elle se souvenait des lèvres et des griffes noires de la créature. De ses griffes *empoisonnées*. D'après la rumeur, même son sang était noir.

— Et toi, tu es la Valkyrie qui brille.

Elles avaient eu un petit différend, autrefois. Regin et ses sœurs se moquaient d'elle et l'appelaient la Fey Clochette Qui Se La Pète, jusqu'à ce que Natalya leur lance des poignards empoisonnés. Par réflexe, Regin leva les mains pour saisir ses épées…

— Nan-nan. Y a plus d'épées, dit Natalya en rejetant sa crinière de jais par-dessus son épaule, avant de se mettre à tourner autour d'elle, toutes griffes dehors.

— Et plus de poignards à lancer.

À son tour, Regin sortit ses griffes, tout en essayant de reprendre ses esprits.

La cellule, toute petite, contenait deux fois deux lits superposés, des toilettes et un lavabo. Trois de ses quatre murs étaient en métal, le quatrième en verre très épais. Dans un coin se trouvait un autre détenu, un jeune homme, qui ne devait pas avoir vingt ans. *Je ne vois pas de quelle espèce il peut être*. Il se cognait la tête contre la paroi métallique, les yeux vitreux.

Le long du couloir, qui semblait interminable, se succédaient d'autres cellules.

Bon, revenons-en à Natalya.

— T'étais pas censée être morte, toi ? demanda Regin tandis qu'elles se jaugeaient, à la recherche de faiblesses chez l'autre.

Le regard de Natalya se posa sur la blessure de Regin, celui de Regin sur l'étrange collier que portait Natalya.

Elle porta une main à son cou. Merde alors… *Moi aussi ?* Elle tira sur le bandeau de métal, mais ne parvint pas à le retirer.

— Pas morte, dit Natalya. Juste mise sur la touche.

— Donc, on est encore adversaires. À moins que donner des coups de pied ne soit ta façon de dire bonjour ?

— J'ai le même mode opératoire que toi : je frappe d'abord et je pose les questions ensuite. Mais il me semble qu'on va devoir renoncer à cette habitude si on veut sortir de cet endroit. Il va falloir qu'on unisse nos forces, conclut la fey en baissant les mains.

En temps normal, les feys et les Valkyries étaient alliés. Mais Natalya était une fey de l'obscur – moitié fey noble, moitié démon esclave.

— Je suis d'accord pour une trêve, mais de toute façon je me tire d'ici, avec ou sans ton aide, dit Regin, baissant les mains à son tour.

Elle n'avait pas besoin du poids mort d'une fey de l'obscur qui allait la ralentir dans sa fuite. Dès qu'elle aurait une idée de l'endroit où elle se trouvait, des protocoles de sécurité et des horaires, elle mettrait un plan sur pied.

— En plus, mes sœurs ne vont pas tarder à venir me chercher.

— C'est ce que tout le monde répète, ici, mais personne n'a jamais organisé d'expédition de sauvetage. Nous pensons que cette prison et toutes les installations alentour sont invisibles de l'extérieur.

— Mais tout le monde n'a pas Nïx la Savante dans son camp, répliqua Regin d'un ton méprisant.

Même si c'est peut-être elle qui m'a envoyée ici !

— On aurait pu croire que la sibylle la plus puissante de la planète te toucherait un mot de cet enlèvement.

— Tout ce que Nïx fait, elle le fait pour une raison précise.

Le moindre de ses regards perdus ou de ses aphorismes un peu barrés pouvait avoir des conséquences radicales sur l'avenir. Mais déchiffrer ce genre d'indice demandait plus de patience que n'en possédait Regin.

— J'ai les infos qu'il te faut, dit Natalya. Le bouche-à-oreille des immortels fonctionne plein pot, ici. En deux semaines, j'ai entendu toutes sortes de choses sur cet endroit et sur nos kidnappeurs. Par exemple, je sais que c'est le maître qui s'est occupé personnellement de toi.

— Le maître ?

— Declan Chase. Grand, très pâle, un regard sans âme.

— Sans âme, oui, c'est ça. Comment tu sais que c'est lui qui m'a enlevée ?

Regin repéra la caméra de surveillance, installée de manière à filmer tout ce qui se passait dans la cellule. Il était probablement en train de la regarder. *Écœurant*.

— Parce qu'il t'a frappée au côté. Il est surnommé la Lame. Parfois, l'Ordre enlève plusieurs d'entre nous d'un coup, et d'autres fois, il cible quelqu'un en particulier. Apparemment, tu étais sur la liste de courses du maître.

— Et « maître », ça veut dire que c'est lui qui commande ?

Génial. Aidan était le chef de ces mortels assez fous pour provoquer les immortels.

— Je crois que c'est juste en dessous du grade de commandant.

Derrière elles, la tête du jeune garçon cogna à un rythme plus soutenu.

— Euh... tu peux me dire ce que c'est, son problème ?

Leur codétenu était beau, brun, bâti comme un athlète et ne devait pas avoir plus de dix-sept ou dix-huit ans. Il avait une apparence étrangement humaine, avec son tee-shirt aux couleurs d'une équipe de foot de lycée, son jean troué et ses bottes de cow-boy usées.

— Parce qu'à ce rythme, il va vieillir très vite.

Sur sa tempe droite, les cheveux étaient collés par le sang.

— Il est comme ça depuis son arrivée, il y a quatre jours. Il ne mange pas, ne boit pas. Il se cogne la tête, les yeux grands ouverts, c'est tout.

— Il est quoi ?

— Je n'arrive pas à trouver. Il n'a pas de cornes, ni d'oreilles pointues, ni besoin de manger, apparemment. Il a de tout petits crocs, mais il a aussi la marque du maillot.

— Tu as *vérifié* ? Oh, Natalya, grosse coquine !

— Hé, fallait bien que je sache si c'était un suceur de sang ou pas ! Mais maintenant, je ne sais plus quoi penser.

Faisant de son mieux pour ignorer cette tête qui cognait, Regin demanda :

— Et sinon, c'est qui, les autres prisonniers ?

— On a quasiment tout le *Who's Who* du Mythos.

Regin décocha à la fey le regard que méritait sa remarque.

— Comme le prouve *ma* présence en ces lieux.

— Volos le roi centaure et Uilleam MacRieve le Lycae sont ici depuis quelques semaines. Carrow Graie est arrivée juste avant toi.

Carrow ? La sorcière et Regin étaient amies. *Mon mec est responsable de tout ça ?*

— Il y a aussi des dizaines de goules, de wendigos, quelques sorceri très puissants. Pas mal de succubes et de vampires…

Du coin de l'œil, Regin vit deux gardes traînant un prisonnier immense. Elle se retourna et resta bouche bée.

Lothaire. L'Ennemi de Toujours.

Le vampire avait été drogué. Sa tête dodelinait, ses cheveux blancs étaient pleins de sang. Ses vêtements étaient indiscutablement de grande qualité – pantalon de cuir ajusté et chemise sur mesure recouvraient son grand corps mince. Mais la chemise était maculée de sang et déchirée sur le côté.

— La Lame a fait ployer *Lothaire* ?

Le vampire russe était diabolique. Si ces humains étaient parvenus à le capturer et à le contenir…

Il leva péniblement la tête. Son regard lourd se posa sur Regin, ses iris rougis s'assombrirent. Sans dire un mot, il lui montra les crocs.

— Mais les deux, là, avec Lothaire, ce sont vraiment des humains ? dit Regin après le passage du vampire. Quel merdier !

— C'est à cause des colliers. Les mortels les appellent des torques. Ils nous affaiblissent, diminuent nos pouvoirs grâce à je ne sais quelle magie.

Regin tira une nouvelle fois sur le sien.

— Comment on les enlève, alors ?

— On ne peut pas les casser. Il n'y a que le gardien-chef ou le maître qui puissent les débloquer – avec une empreinte du doigt.

Hou là, je suis vraiment dans la merde.

— Bon. Tu parlais d'une alliance possible ?

Regin leva les yeux vers la caméra de surveillance, se frotta la nuque.

— Tu as quel âge ? demanda-t-elle à la fey.

— Pourquoi ?

Elle passa au langage ancien des immortels et poursuivit :

— Parce qu'il est possible que tu connaisses cette langue.

Natalya répondit dans la même langue.

— Oui, je la connais.

— Y a-t-il eu au moins un prisonnier qui ait réussi à s'évader ?

Mais Regin craignait de connaître déjà la réponse à sa question. Si elle n'avait jamais entendu parler de l'Ordre, c'était pour une bonne raison.

— Le changeforme renard, à côté, est ici depuis des années. Il entend *tout*. Toutes les conversations qui viennent des autres bâtiments. Personne n'a jamais réussi.

— Il doit bien y avoir un moyen.

— D'après ce qu'on raconte, nous sommes sur une île, loin de toute côte, au milieu d'eaux infestées de requins. Pour avoir une chance de quitter cet endroit, il faudrait pouvoir sortir de la cellule, or le verre est blindé. Ils ne nous en sortent que pour trois choses : la torture, les expérimentations et les exécutions.

— Écoute-moi bien, fey. Je vais m'évader de cet endroit. Et si tu m'aides, je t'emmènerai avec moi.

Natalya se tapota le menton d'une griffe noire.

— Si je croyais cela possible, je dirais que tu as un atout dans ta manche.

— Peut-être bien.

Regin était au courant d'un événement à venir.

La disparition imminente de Declan Chase.

6

Mais quelle langue parlent-elles, bordel ?

Declan avait observé avec grand intérêt la prise de contact entre la Valkyrie et la fey. Il était fasciné par la hiérarchie et les alliances qui régissaient le Mythos. Toutes ces classes, toutes ces castes étaient tellement prévisibles.

Mais une fois leur discorde initiale surmontée, elles s'étaient mises à discuter calmement dans une autre langue, qui lui était vaguement familière.

Pendant toutes ces années, il avait travaillé de son côté à l'étude des langues parlées par ses ennemis – le russe des vampires, le gaélique des Lycae, le démon rudimentaire des différentes démonarchies –, mais celle-ci, il n'arrivait pas à l'identifier.

D'un clic, il lança un programme destiné à traduire leurs paroles, certain d'obtenir très vite une traduction de tout ce qu'elles disaient.

Erreur.

C'est quoi ce bordel ? Son programme ne reconnaissait pas cette langue ? Il appela un technicien.

— Je veux une traduction de la cellule soixante-dix. Immédiatement.

— Elles parlent une langue inconnue, chef.

Declan raccrocha, tenta de réprimer sa frustration. Il avait entendu parler d'une fey omnilingue, une créature elfique qui connaissait toutes les langues. Il la plaça sur sa liste d'enlèvements.

Le téléphone sonna. Webb était le seul à l'appeler sur sa ligne personnelle. Declan n'avait ni famille ni amis.

— Tu as réussi tous tes enlèvements ! s'exclama Webb. C'est du bon travail, fils.

C'était chaque fois pareil, mais Declan savoura le compliment. Il savait qu'il traitait Webb comme un père de substitution, mais, de la même façon, celui-ci lui faisait jouer le rôle du fils. Tous deux avaient perdu des êtres chers dans cette guerre.

— Merci. Mais nous avons eu des pertes, lors de l'enlèvement du vampire et de la Valkyrie.

— J'ai vu les vidéos. Mais nous savions que capturer Lothaire ne serait pas facile. Tu lui as confisqué une bague ?

— Un anneau en or. S'en défaire l'a mis dans un état de fureur incroyable.

— Ce doit être un anneau magique. Tâche de trouver ce qu'il peut faire. Et la Valkyrie ? Comment a-t-elle été au courant de notre présence ?

— C'est sa sœur devineresse qui l'a envoyée attaquer mes hommes.

— Nïx la Savante a fait ça ? s'étonna Webb d'un ton étrange. Quand est prévu l'examen de celle qui brille ?

Declan afficha le planning à l'écran.

— Pas avant la semaine prochaine.

Il y avait beaucoup trop de détenus, l'Ordre prenait du retard. Pourtant, Webb insistait pour capturer d'autres immortels, malgré les protestations de Declan.

— Interroge-la plus tôt. Soutire-lui autant d'infos que tu pourras avant que les toubibs s'occupent d'elle. Il faut absolument découvrir comment elle produit cette énergie, comment elle la canalise…

— Vous saviez qu'elle pouvait canaliser l'électricité ? Cette information aurait pu sauver des vies, ce soir.

— On ne l'a compris qu'au moment de sa capture, en regardant comment elle se défendait. Réfléchis, Declan : elle ne boit pas, ne mange pas, mais produit de l'énergie sans discontinuer. Puiser à sa source pourrait résoudre le problème inhérent aux FIE.

Les fusils à impulsion électrique, ou lanceurs de charge, qu'utilisait l'Ordre, étaient incroyablement efficaces contre les *detrus*, Regin la Radieuse mise à part. Mais leur autonomie de tir était limitée.

— Si tu arrives à trouver ce qui l'alimente, nous pourrons nous en servir contre sa propre espèce…

Faire de leur force une faiblesse. L'équipe de scientifiques de Dixon ouvrirait la Valkyrie pour trouver la vérité. Et comme ils avaient besoin de résultats quantifiables et généralisables, ils l'ouvriraient autant de fois qu'il le faudrait.

Declan jeta un œil à l'écran de contrôle et fixa la Valkyrie, cherchant à comprendre.

— En tout cas, maintenant que nous avons enfin une Valkyrie sous la main, il nous faut découvrir tout ce que nous pouvons sur son espèce, ainsi que ce qui fait de celle-ci un être à part.

Jusqu'ici, chaque fois que l'Ordre avait été sur le point de capturer une Valkyrie, la cible s'était évanouie dans la nature, comme si quelqu'un – probablement Nïx la Savante – l'avait avertie de ce qui l'attendait.

Alors, pourquoi Nïx avait-elle permis la capture de Regin ?

Et pourquoi lui avait-elle dit qu'il était en retard ?

— Il faut aussi qu'on en sache plus sur l'anneau du vampire, ajouta Webb. Je sais à quel point il est difficile de faire parler ces *ernats*, mais j'ai confiance en toi, tu obtiendras des réponses.

En matière de torture, Declan avait beau être efficace, les immortels restaient étonnamment muets, refusant même de donner des informations sur leurs ennemis naturels. La seule façon d'en tirer quelque chose était de s'attaquer à l'un de leurs proches ou à leur âme sœur, mais de ce côté-là Declan n'avait aucun moyen de pression sur la Valkyrie ou le vampire.

Mais il finirait bien par les faire craquer.

— Oui, monsieur, répondit-il d'un ton absent.

Webb soupira.

— Dis donc, fils, tu n'éprouverais pas de la pitié pour la Valkyrie, par hasard ? Est-ce parce que tu as dû attaquer une femelle ?

Trente-cinq ans de *quelque chose* étaient remontés à la surface, mais sinon, rien.

— Souviens-toi que sa beauté est une arme dont elle n'hésitera pas une seconde à se servir contre toi... Aurait-elle obscurci ton jugement ? Éveillé des tentations en toi ?

— Mais non ! répondit Declan d'une voix éraillée.

En cas de relations intimes avec un *detrus*, la sanction de l'Ordre était toujours la même : lavage de cerveau et exclusion du groupe. Même un ensorcellement involontaire entraînait l'effacement de la mémoire du sujet.

Mais pas moi.

Deux ans plus tôt, une sorcière avait ensorcelé Declan, lui faisant revivre les moments les plus terribles et les plus douloureux de son existence.

Webb lui avait fourni un antidote avant que Declan ne perde complètement la raison – du moins avant que cela ne se remarque. Puis le commandant avait étouffé toute l'affaire.

Combien d'autres règles le vieil homme briserait-il encore pour lui ? Couvrirait-il d'autres transgressions ?

Le soir de la capture de la Valkyrie, Declan avait savouré la sensation que lui procurait le corps d'une captive dans ses bras. *Et puis... je suis en train de changer*. Et les médicaments peinaient à contrôler ce changement.

Banni.

À cette idée, une goutte de sueur perla sur sa lèvre supérieure. Declan n'avait rien d'autre que l'Ordre. Il préférait mourir plutôt que d'en être chassé.

— J'obtiendrai ces réponses, je vous le promets.

— Je viendrai peut-être voir de quoi il retourne le mois prochain. Je pense que ce serait le bon moment, étant donné tout ce qui se prépare.

— Très bien. Et nous pourrons parler de la meilleure façon de nous débarrasser de certains détenus.

Declan ne tenait pas à ce qu'on les garde en cellule, encore moins qu'on fasse d'autres prisonniers. Il voulait qu'on les extermine, tous.

— La prison est vraiment surpeuplée, vous savez.

— Nous en parlerons lors de ma visite.

Après avoir raccroché, Declan fit appeler Vincente. L'ancien militaire était aussi digne de confiance qu'un autre, pensait-il, même s'il ne se fiait réellement à personne en dehors de Webb.

Quelques instants plus tard, l'homme se présenta. Une fois de plus, Declan se demanda s'il lui arrivait de dormir.

Il tendit à Vincente la boîte contenant l'anneau du vampire.

— Fais analyser cette bague. Demande au métallurgiste de la tester pour savoir si elle est dotée de pouvoirs magiques. Les précautions d'usage s'appliquent : personne ne la touche. Et je veux la récupérer avant d'interroger Lothaire.

L'homme hocha la tête, prit la boîte et s'en alla.

Malgré la mise en garde de Webb, Declan se tourna vers l'écran de contrôle pour observer de nouveau la Valkyrie. Elle était assise par terre devant le mur vitré, le front et les mains posés dessus, comme si elle attendait l'ouverture imminente de la paroi.

La voir ainsi fit resurgir en lui l'inexplicable conflit qui l'animait. Il n'avait fait que son devoir en la capturant. Alors, pourquoi ce sentiment… de culpabilité ? Il se prit la tête entre les mains.

Pourquoi ai-je l'impression de devenir fou ? Et si c'était le cas, pourquoi cela avait-il mis tant de temps à venir ?

Il avait toujours su qu'il n'était pas un soldat parfait, qu'il avait commis des fautes. Comment aurait-il pu en être autrement ? Les tourments qu'il avait connus avaient eu des conséquences sur sa santé mentale. Mais il faisait son boulot correctement, contrôlait ses excentricités et ses déviances à coups de traitements épuisants.

Chaque jour, il faisait de l'exercice dans sa chambre, soulevait de la fonte jusqu'à ce que ses muscles hurlent de douleur, puis il courait au moins soixante kilomètres – la moitié de la longueur de l'île. Il ne mangeait que le strict nécessaire, anesthésiant sa faim plus qu'autre chose.

Canaliser sa puissance, avoir l'air aussi normal que possible, tel était son credo.

Pendant des années, les injections avaient fait de lui un automate poursuivant aveuglément les objectifs de l'Ordre. Ces années-là avaient été les plus satisfaisantes de son existence.

Il était clair qu'il lui fallait désormais des doses de médicaments plus fortes s'il voulait retrouver sa « forme » d'alors. Ce soir, il allait les doubler. Cela l'aiderait à oublier cette nouvelle prisonnière et à dormir enfin un peu.

Déterminé, il se déshabilla et s'empara de la boîte métallique laissée par Dixon. Assis sur le bord de son lit, il sortit une seringue de son compartiment et s'en servit pour vider les deux tubes de verre remplis d'un liquide transparent.

Il posa le coude droit sur son genou, serra le poing, baissa les yeux sur sa peau constellée de marques de piqûres. Une veine affamée répondit à l'appel.

Tue la tension et la douleur, donne-moi du repos...

Il appuya sur le piston... et soupira de soulagement tandis que les battements de son cœur ralentissaient, que son souffle s'allongeait. Cette double dose confirmait ses soupçons.

Dixon avait effectivement ajouté quelque chose d'illicite à son médicament. *Bénie soit-elle*.

La tension retomba, la douleur de ses vieilles blessures s'apaisa, et il put enfin s'allonger – sans quitter des yeux l'écran de contrôle.

Il sentit ses paupières s'alourdir alors qu'il regardait la Valkyrie et finit par s'endormir.

Mais l'oubli tant espéré ne vint pas avec le sommeil. Toute la nuit, il rêva du soir, à Belfast, où sa vie avait basculé, alors qu'il avait à peine dix-sept ans.

7

Declan s'écarta de la fille et roula sur le dos. Il fixa le plafond pourrissant de l'entrepôt, au-dessus du matelas.

Peut-être que, cette fois, il ne l'éprouverait pas. *Ce sentiment, dans mes tripes, dans ma poitrine...*

Il attendait...

— Oh, Dekko, c'était tellement bon... susurra la fille – il ne se souvenait même plus de son nom.

Conneries.

C'était une gamine paumée qui traînait avec la bande de junkies qu'il fréquentait depuis trois ans. La ville pour eux était sans pitié. Depuis qu'il les connaissait, au moins la moitié d'entre eux étaient morts. Les autres étaient comme lui, ils allaient de fille en fille, escroquaient tous ceux qui passaient.

— Mais à un moment, reprit-elle à mi-voix, j'ai cru que tu jouirais jamais...

Et elle s'endormit.

D'un geste brusque, Declan retira sa capote vide. *Je n'ai pas joui.* Anticipant déjà la souffrance qui suivrait, il avait serré les dents et s'était appliqué à faire comme un homme. Sans y arriver.

Il la regarda, sentit la tension monter en lui. *Mauvaise pioche.* Mauvaise fille à côté de lui, mauvais moment, mauvais endroit. Il frotta le médaillon qui pendait à son cou, fit tourner son pouce dessus, de plus en plus vite...

Il se redressa brusquement, plaqua sa main sur sa bouche pour retenir la maigre pitance qu'il s'était forcé à avaler pendant la journée. Tout son corps était parcouru de frissons.

Il éprouvait cela chaque fois qu'il était avec une femme.

Non, à vrai dire, il se sentait tendu en permanence. Chaque matin, son angoisse était pire que la veille, lui donnant l'impression d'avoir l'estomac rongé par l'acide et le cœur enserré de barbelés.

Des traces parcouraient ses bras ; il pouvait se nourrir, ou pas, cela lui était indifférent, alors qu'il était en pleine croissance. D'horribles cauchemars hantaient ses nuits.

Depuis toujours, il avait le sentiment étrange de devoir *accomplir* quelque chose. Où qu'il soit, il avait l'impression qu'il aurait dû être *ailleurs*.

Et cette tension le tuait.

Chaque fois qu'il faisait l'amour, elle augmentait, comme si une bête vivait en lui et lui lacérait les entrailles à coups de griffes pour se libérer. Il n'avait que dix-sept ans, mais se sentait prêt à renoncer aux femmes.

En attendant, il atténuait cette sensation de la seule façon qu'il connût. Il tendit la main vers la caisse en bois posée à côté de son matelas sur le sol et s'empara de la seringue déjà prête.

Pourquoi s'attendait-il toujours à éprouver autre chose après avoir fait l'amour ? Il savait bien, pourtant…

Parce que t'es pas encore prêt à accepter l'idée que t'es pas un homme, Dekko.

La seringue lui sembla plus légère que d'ordinaire. Il fronça les sourcils. Il se piquait à l'héroïne depuis trois ans, et là, elle était trop légère. Il baissa les yeux, inquiet.

La seringue était vide.

La fureur s'empara de lui. Il jeta la seringue à travers la pièce, puis se tourna vers la fille et se mit à la secouer.

— Putain, tu me l'as piquée ? Salope !

C'était tout ce qui lui restait. Et il n'avait pas un sou pour racheter une dose.

La fille ouvrit les yeux.

— Besoin d'un remontant… marmonna-t-elle.

— Fous le camp ! hurla-t-il en la forçant à se lever pour la mettre dehors.

Il lui jeta ses vêtements à la figure et claqua la porte. Son poing s'abattit sur le mur, le plâtre moisi explosa. Ce soir, il ferait encore les mêmes cauchemars. Un monstre qui le poursuivait. Une brûlure dans la poitrine. Les cris de douleur d'une femme.

Ces cris…

Prêt à tout pour éviter ces cauchemars, pour étouffer la pression, il mit son pantalon et passa un blouson. En sortant, il vit la fille, dans le couloir, et lui cracha dessus.

Une demi-heure plus tard, il plaidait sa cause auprès de son dealer.

— Juste une petite dose, merde. Donne-la-moi maintenant et je te file les bijoux de ma mère s'il le faut.

Était-il réellement prêt à voler sa propre mère ?

Oh que oui. Mais aller chez ses parents et en revenir allait lui prendre du temps.

Verdict :

— Le fric d'abord, Dekko.

Et il lui faudrait encore plus de temps pour piquer la camelote. En tout, pas loin d'une journée. Il n'avait pas ce temps-là.

— Je t'en supplie.

Il était sur le point de vomir. Le dealer pensait sans doute que c'était à cause du manque. *Non, c'est plutôt à cause de la folie*. Il était prêt à n'importe quoi pour éviter ce qui l'attendait. Certains, dans la bande, n'avaient aucun problème à donner de leur personne pour obtenir leur came. Avec cette idée en tête, il lâcha :

— Il y a bien quelque chose que je pourrais te donner, non ?

Son dealer ouvrit des yeux comme des soucoupes. Jamais il n'aurait cru que Declan Chase serait prêt à sucer pour obtenir sa dose.

Moi non plus. Mais cela pouvait-il être pire que le sentiment qui l'étreignait ?

— Va montrer ta queue ailleurs, Dekko, dit l'homme en lui donnant un coup de pied dans le dos qui l'envoya rouler dans le caniveau.

Sans savoir s'il était soulagé ou pas, Declan disparut dans la nuit.

Un vent mordant soufflait de la mer. Bientôt, ses frissons devinrent tremblements, et il se mit à claquer des dents. D'un regard désespéré, il balaya la rue, envisagea de cambrioler une maison là, sur l'artère principale, puis renonça. Partout, des barreaux protégeaient les fenêtres.

Il n'avait d'autre choix que d'aller chez ses parents. C'étaient des ouvriers, et les rares bijoux que possédait sa mère lui venaient de sa propre mère ou avaient été achetés par son père, au prix d'un dur labeur.

Mais elle n'en a pas autant besoin que moi.

En chemin, Declan passa devant la cathédrale délabrée dans laquelle il avait servi la messe comme enfant de chœur. À quatorze ans, à la confession, il avait parlé de ses douleurs permanentes au ventre et de sa tension au prêtre de la paroisse, un vieux type raide comme la justice qui lui avait conseillé de garder ses douleurs pour lui et de se trouver une vocation.

En fait de vocation, Declan avait trouvé l'héroïne. Il n'avait jamais parlé à personne de ce à quoi il était confronté chaque jour. Pas même à son frère Colm, pas même avant leur brouille.

Sa mère ne serait pas la première à qui Declan volait quelque chose.

Quand il arriva chez ses parents, à 3 heures du matin, il tremblait tant qu'il ne voyait plus clair. Il avait déjà vomi deux fois. La tension qui l'habitait était insupportable. *Ces cris*…

La porte d'entrée n'était pas verrouillée. Il se glissa à l'intérieur et alla tout droit à la cuisine, à la bouteille de whisky qu'il était sûr de trouver dans un des placards. L'alcool l'aiderait à supporter les quelques heures à venir. Il saisit la bouteille…

Il la reposa, scruta l'obscurité. Dans un coin de la cuisine, quelqu'un était allongé sur le sol. Son frère avait bu et s'était effondré là ?

— Putain, Colm, t'es trop jeune. Tu veux finir comme moi ?

Il allait lui botter le cul, à ce petit con.

— Colm ? répéta-t-il en s'approchant. Putain, mais qu'est-ce que…

Les yeux sans vie de son frère fixaient le plafond. Sa gorge était ouverte de part en part, laissant voir le blanc des cervicales.

— C… Colm ?

Quelqu'un avait assassiné son petit frère ? Il le regarda longuement, les yeux pleins de larmes. Et soudain, il entendit un cri étouffé venant du salon.

Quelqu'un est en train d'attaquer mes parents aussi ! La fureur monta en lui aussitôt, chassant les larmes. Dans un demi-brouillard, il se glissa dans la chambre de ses parents et y attrapa la batte de base-ball toujours posée près du lit, du côté de son père.

Quand il pénétra dans le salon, il hésita, son esprit refusant d'assimiler la scène qui s'y déroulait. La pièce était pleine d'êtres aux yeux rouges pourvus de crocs et de griffes. Certains avaient des corps d'humains, d'autres possédaient des ailes. Ces derniers avaient les yeux globuleux et les membres disloqués.

Ils avaient bâillonné et attaché ses parents sur le sol, pour pouvoir tranquillement… *se nourrir*. Leurs bouches déformées arrachaient lambeau de chair après lambeau de chair sur les corps encore vivants de ses parents poussant des hurlements d'agonie.

Ma tête va exploser. Ce n'est pas possible. Je n'y crois pas, j'ai des hallucinations. Au moment où Declan crut défaillir tant son cœur battait fort, un des monstres leva la tête. Le sang dégoulinait de sa bouche.

Le sang de papa.

La fureur prit le pas sur tout le reste, et Declan les attaqua. Il n'entendait plus que les battements de son cœur, ses hurlements, le bruit de la batte brisant les os, faisant exploser les têtes. Il ignorait d'où provenaient cette frénésie et cette puissance, mais il frappait, frappait encore.

Pourtant, si fort fût-il, ils l'étaient plus que lui. Ils se défendirent, puis l'attaquèrent encore et encore et finirent par le plaquer au sol. Sans cesser de se débattre, il entrevit alors une étrange lueur d'intelligence dans le regard d'un des monstres ailés. Et il eut un instant de lucidité.

Colm a eu de la chance.

Comme d'habitude, l'esprit de Declan refusa de revivre ce que ces créatures lui avaient fait subir – les tourments inimaginables qu'il avait endurés jusqu'à ce qu'il perde conscience. Vingt ans plus tard, son cauchemar marqua une pause, pour reprendre, plus posément, au moment où une lueur de conscience s'était de nouveau instillée en lui.

De l'extérieur, devant la maison de ses parents, lui parvinrent des voix, puis l'obscurité vacilla. Autour de ses poignets et de ses chevilles, il sentit la tension des liens se relâcher. Le sang se remit à circuler dans ses mains et ses pieds, avec une telle vigueur qu'il faillit hurler. Combien de temps était-il resté attaché ?

Des jours…

Il entendit une voix d'homme lui dire qu'il allait vivre, qu'on était là pour l'aider.

— Ces saletés ont été massacrées, fils. Elles ne feront plus jamais de mal à personne.

— Papa ? fit Declan d'une voix rauque, avant que les ténèbres ne l'engloutissent de nouveau.

Dans une sorte de crépuscule, il sentit que l'on remettait ses os en place, que l'on transperçait sa peau pour recoudre ses multiples blessures.

Quand il reprit conscience, il se trouvait dans un lit d'hôpital, couvert de pansements, plâtré de toutes parts. Un homme brun et grand était assis à côté de lui.

— Je suis le commandant Webb, dit-il avec un fort accent américain. Tu es dans une clinique privée. Et tu es en sécurité.

Declan reconnut la voix de celui qui lui avait sauvé la vie. L'homme avait une quarantaine d'années et les cheveux coupés très court. Il portait une sorte d'uniforme militaire, mais Declan n'en avait jamais vu de tel.

— Que… que s'est-il passé ?

— Tu es encore en état de choc, j'en suis sûr. Les médecins n'en reviennent pas que tu aies survécu.

— Et ma famille ?

— Je suis désolé, Declan. Ils sont tous morts.

Au fond, il le savait. Mais il avait continué d'espérer.

— C'est vous qui m'avez sorti de là ?

— Mon équipe et moi, oui. J'appartiens à une organisation appelée l'Ordre, et notre travail consiste à protéger les gens de ces *ernats*. Malheureusement, nos éclaireurs ont localisé cette meute trop tard.

— *Ernats* ? Meute ?

Declan se pinça le front et grimaça quand la peau de sa main tira sous le pansement.

— Des erreurs de la nature, expliqua Webb. Ce sont des êtres immortels. Tous ceux que tu croyais n'être que des mythes sont en fait bien réels. Il arrive que différentes espèces d'immortels s'allient pour former des ligues.

Declan resta bouche bée. Il avait aussi espéré que les créatures entrevues n'étaient pas réelles, qu'il avait juste été pris de folie. Et voilà que quelqu'un, un homme respectable et haut placé, le regardait en face et lui confirmait ce que ses yeux avaient vu. Intérieurement, Declan peinait à l'accepter.

— Vous les avez tués ?

— Oui. Extermination totale. Mais, encore une fois, nous sommes arrivés trop tard pour tes parents, ton frère et…

Et toi. L'homme n'avait pas eu besoin de le dire.

Ce que ces monstres lui avaient fait, avaient fait à sa peau… *Le sang dans ma bouche, du sang qui n'était pas le mien.*

Declan détourna le regard, honteux. Il se sentit rougir.

— Ils… ils se sont nourris.

— Il s'agissait de néoptères, les plus cauchemardesques d'entre eux.

— Pourquoi nous ?

En prononçant ces mots, Declan eut conscience que jamais encore il n'avait compris ce qu'était vraiment l'amertume. Jusqu'à cet instant. Une haine froide, définitive.

— Pour autant que l'on sache, vous avez été choisis au hasard, ta famille et toi. Ils attaquent juste parce qu'ils en sont capables. Certains se nourrissent d'humains comme nous d'animaux. D'autres jouent avec nous, nous torturent. C'est pour cela que nous les poursuivons sans relâche et que nous les tuons sans pitié.

Pouvoir les chasser à mon tour…

— Ils se font appeler créatures du Mythos, continua Webb. Nous, nous les appelons juste fils de pute.

Il plongea une main dans sa poche et en sortit le porte-bonheur de Declan.

— Nous avons trouvé ceci. C'est à toi ?

— Oui, c'est à moi.

Glissé sur un lien de cuir se trouvait un fin médaillon sur lequel étaient gravés deux oiseaux. Son père le lui avait acheté à une foire.

Mon père est mort.

Il tendit brusquement la main pour prendre le médaillon. Un peu partout sur son corps, les points tirèrent.

— Je veux en faire partie. De l'Ordre.

— Je m'attendais que tu dises cela. Mais ce n'est pas si simple. Tu n'as même pas dix-huit ans. Peut-être que si tu étais plus âgé, avec un entraînement militaire minimum…

— *Maintenant*, l'interrompit Declan. Je veux en faire partie tout de suite, nom de Dieu !

— Et la drogue, tu en fais quoi ? J'ai vu ton bilan toxicologique.

Declan rougit de nouveau.

— Je vais arrêter.

— En admettant que l'on fasse une exception pour toi, tout le monde ne peut pas entrer dans l'Ordre. Tu devras t'entraîner au combat, et ce n'est pas une mince affaire. Des rangers et des marines nous ont avoué qu'à côté du nôtre, leur entraînement était une partie de plaisir.

— Je m'en fous.

Webb plongea son regard dans celui de Declan.

— Tu encaisseras des coups quotidiennement pour t'endurcir, pour pouvoir combattre ces salauds. À chaque instant, tu devras manifester ta détermination, ton obsession d'éradiquer les immortels.

— Cette obsession est la mienne, Webb. Ma détermination est plus forte que celle de n'importe qui. Et vous le savez.

— Réfléchis-y. Longuement. Sérieusement. Parce que pour combattre ces monstres, fils, tu devras en devenir un.

Declan se redressa brusquement, réveillé en sursaut, trempé de sueur. Des gouttes tombèrent de son front sur son torse, roulèrent sur ses plaques d'identité militaires, sur ses cicatrices saillantes.

Avec un frisson, il regarda les blessures qui lui couvraient le corps du cou jusqu'à la taille. D'autres balafraient son dos, ses deux bras, jusqu'à ses doigts.

Il prit sa tête entre ses mains. Les néoptères avaient mangé sa chair et l'avaient forcé à boire le sang de ceux qu'il avait tués. Pourquoi ? Et quelle quantité de sang était venue contaminer le sien ce soir-là ?

Peut-être était-ce cela qui avait fait naître en lui cette force, cette rapidité et avait contribué au développement accru de ses sens. Peut-être les médicaments avaient-ils réussi à contenir ces changements pendant tout ce temps. Comment expliquer cela, sinon ?

Seigneur, devenir une chose pareille…

Rien qu'un Glock dans la bouche ne puisse résoudre, Dekko.

Il se força à se rallonger, pour contrôler les battements fous de son cœur. Il était trop tôt pour une autre injection.

Vingt ans ont passé, et je me shoote toujours.

Mais le rêve avait été si réaliste qu'il l'avait plus marqué que tous les autres. Il fixa le plafond, repensa aux années qui avaient suivi, se concentrant sur tout ce qu'il avait dû faire pour en arriver où il était aujourd'hui.

Après sa cure de désintoxication – une période sinistre où nausées et tremblements ne l'avaient pas quitté –

et quatre mois de rééducation physique pour se remettre de ses blessures, il avait enfin été admis au sein de l'Ordre.

L'entraînement avait été aussi difficile que Webb l'avait promis. La douleur était quotidienne, mais Declan s'était effectivement endurci. Les commandants qui le faisaient souffrir le plus étaient ceux qu'il respectait le plus.

Quand il avait entendu d'autres recrues se plaindre de « techniques dignes d'un lavage de cerveau », Declan avait été stupéfait de constater que certains critiquaient ce que les commandants leur inculquaient, voire n'étaient pas d'accord avec eux.

Comment Declan aurait-il pu être poussé à haïr les *detrus* plus qu'il ne les détestait déjà ?

Physiquement, il était très avantagé, par rapport à ses condisciples. Malgré ses dix-sept ans, il était déjà plus grand, plus rapide, plus puissant. Webb attribuait cela à l'héroïne, à l'entraînement, aux vitamines et au régime alimentaire.

Pour une fois dans sa vie, Declan avait excellé dans un domaine, s'était même épanoui.

Et tandis qu'il apprenait tout sur les armes, les tactiques de filature et la stratégie militaire, il s'était aussi éduqué lui-même, avait gommé son accent. Il ne voulait pas que ses ennemis puissent deviner quoi que ce soit à son sujet.

Il avait enterré toute trace de son passé, afin que personne ne puisse jamais faire le lien entre lui et le junkie ignorant de dix-sept ans qui avait supplié qu'on lui laisse la vie sauve tandis que ses bourreaux riaient, la bouche pleine de sa chair et de son sang.

Après son initiation, Declan avait chassé pour l'Ordre les descendants et tous les parents de ceux qui avaient massacré sa famille. Mais cela n'avait pas suffi à le satisfaire. En trouver d'autres, les éliminer de la surface de la terre était devenu son obsession.

Et les *detrus* avaient beau le supplier – il les poussait toujours à le faire –, il les tuait systématiquement. Rien ne lui procurait plus de plaisir.

Puis deux choses avaient changé.

Ses capacités physiques étaient devenues trop évidentes. Dixon et ses injections avaient alors fait leur entrée dans sa vie.

Webb lui avait confié la direction de la prison, le chargeant de capturer et d'enfermer des créatures que Declan ne rêvait que de tuer.

Bien sûr, il avait obéi aux ordres, ignorant ses propres besoins. Après tout, Webb lui avait sauvé la vie, lui avait redonné un but dans l'existence.

Repensant à tout ce que Webb avait fait pour lui, Declan tenta de mieux se contrôler, de maîtriser ses... pulsions.

Je ne connais personne de plus discipliné que moi. Il jeta un coup d'œil à l'écran, vit la Valkyrie luminescente allongée sur un des lits, ses longs cheveux blonds répandus autour de son visage comme une auréole.

J'anéantirai cette attirance.

Les yeux brillants de haine, il se leva et éteignit l'écran.

8

— Le maître Chase fait des rondes aujourd'hui ! murmura précipitamment le changeforme de la cellule voisine.

Regin leva les yeux au ciel.

— Hou ! Vite, il faut que je me recoiffe !

Allongée sur le dos tout près de la paroi vitrée, elle avait les jambes contre le mur et les bras pliés derrière la tête. La mise en beauté n'était certainement pas à l'ordre du jour.

Sur son lit, Natalya, qui venait de s'éveiller d'un petit somme, bâilla. Au fond de la cellule, Codétenu Numéro Trois se cognait la tête contre le mur. Enfin, contre la veste roulée en boule que Natalya avait glissée là.

Bam… bam… bam…

Et voilà que se termine ma première semaine dans la maison des horreurs. Depuis l'endroit où elle se trouvait, Regin regarda la procession des chercheurs du mal et des gardes en route pour leur sélection du jour.

Fegley, qui leur empoisonnait l'existence en permanence, n'avait fait que la première de ses trois rondes quotidiennes. Ce troll imbu de lui-même adorait titiller les immortels. Il les provoquait jusqu'à ce que ceux-ci commettent quelque acte violent, puis éclatait de rire quand la sécurité envoyait les gaz dans les cellules.

Et voilà que Chase faisait une apparition. Génial.

— Tu peaufines ton plan d'évasion, j'espère ? demanda Natalya. Je te rappelle que l'élément « temps » est crucial, là, Valkyrie. Ça va bientôt être mon tour de subir un examen. Et tu as de grandes chances de passer avant moi, dans la mesure où tu étais une cible prioritaire.

« Examen. » Terrible euphémisme pour « vivisection ». Le sujet était disséqué vivant et conscient. Jusque-là, elles avaient vu deux victimes en revenir les yeux vitreux, la cage thoracique refermée par des agrafes métalliques, véritable fermeture Éclair de chair bouffie et ensanglantée.

— J'ai entendu dire qu'on ressent la douleur comme jamais on ne l'a ressentie, lui avait raconté Natalya. Ils coupent les nerfs ou les agacent juste pour voir comment tu réagis. Tu es conscient quand ils t'ouvrent la cage thoracique pour atteindre ton cœur. Ensuite, ils te recousent avec du fil de fer.

Malheureusement, Regin n'avait pas encore de plan d'évasion. Elle n'était certaine que d'une chose : plus elle en apprenait sur Declan Chase, plus elle avait envie de le pulvériser.

C'était vraiment lui, le responsable de cet ignoble endroit. Toutes les opérations, des expérimentations aux interrogatoires menés sous la torture, étaient dirigées par sa poigne de fer. Lui-même avait la réputation d'être un tortionnaire extrêmement efficace.

Elle baissa les yeux sur ses griffes. Il lui suffisait de penser à la Lame pour qu'elles sortent et s'aiguisent. Pour Aidan, elles s'étaient recourbées, afin d'attirer son corps contre le sien.

— Ça te dirait, un petit brainstorming pour faire mûrir ton plan ? demanda Natalya. J'ai moi-même un peu d'expérience dans le domaine de l'évasion.

— On verra.

Regin avait tout de même un atout dans sa manche. S'il se souvenait d'elle, Chase ne tarderait pas à mourir. Mais elle pouvait être charcutée ou exécutée avant que cela ne se produise.

Elle commençait à comprendre pourquoi certains prisonniers devenaient fous ici. Leur codétenu n'était pas le seul à se taper la tête contre les murs. Le temps passait avec une lenteur insoutenable. Comme il n'y avait pas de douche, elle envisageait de plus en plus une toilette au lavabo, à la manière des prostituées. Sa blessure s'était complètement refermée, mais ses vêtements étaient raides de sang séché.

Sa colère envers Chase augmentait à chaque seconde. On approchait dangereusement du niveau d'alerte maximal.

— Je me souviens d'un truc qu'on disait sur toi, reprit Natalya dans leur langue ancienne. Tes baisers droguent les hommes, ou un truc comme ça, non ?

— C'est ce que tout le monde dit.

Regin n'en savait trop rien, en réalité. Aidan avait juré que ses lèvres étaient comme une drogue. Et, à chaque réincarnation, c'était son baiser qui lui avait rendu la mémoire. Dès que leurs lèvres se touchaient, il était assailli par son passé.

Il y avait pire, comme réputation, alors Regin avait laissé dire.

— Tu pourrais embrasser Fegley, ou Chase, puis lui ordonner de nous libérer, suggéra Natalya.

Beurk. Ils la dégoûtaient autant l'un que l'autre.

Ses oreilles la titillèrent.

— Quand on parle du loup…

Les chaussures orthopédiques bon marché de Fegley grinçaient, annonçant son arrivée.

Quand le gardien-chef apparut devant leur cellule, son regard se posa aussitôt sur la poitrine et le décolleté de

Regin. Répugnant. Quand les hommes la fixaient ainsi, Regin avait tendance à les fixer en retour.

— Ben dis donc, comment tu fais pour la trouver quand t'as envie de pisser, avec un bide pareil ?

Natalya étouffa son rire sous sa main.

Fegley plissa ses petits yeux noirs et frappa sa matraque sur la paroi de verre, à hauteur de la tête de Regin, ce qui provoqua chez Numéro Trois une accélération de la cadence du cognement. Elle serra les dents, luttant contre sa propre fureur.

— Tu n'en as plus pour très longtemps, Valkyrie, lâcha Fegley avant de s'éloigner, toujours aussi grinçant.

Regin le suivit du regard jusqu'à ce qu'il disparaisse.

— Un jour, je vais te corriger ce goret, il rentrera chez sa man-man en pleurant toutes les larmes de son corps.

Et elle se leva en soupirant, pour aller réconforter Numéro Trois.

La seule chose qui rompait la monotonie, dans cette prison, était l'étude de ce curieux codétenu, dont elle n'était toujours pas arrivée à déterminer l'origine. Jusque-là, elle n'avait réussi à comprendre que trois choses à son sujet.

D'abord, ce devait être un hybride ou un halfelin, car, physiquement, il ne rentrait dans aucune catégorie précise.

Ensuite, son tee-shirt gris indiquait qu'il jouait au foot dans l'équipe des Tigres de Harley High.

Enfin, il était mignon comme un cœur.

Il faisait plus d'un mètre quatre-vingts, était musclé de partout, avait des yeux noisette tachetés de bleu et des cheveux bruns épais et ébouriffés.

La première fois que Regin avait, d'un geste hésitant, posé sa main sur sa tête pour le calmer, il avait haussé les sourcils. Ce à quoi Regin avait répondu : « C'est ça, mange-moi. »

Cette nuit-là, Natalya lui avait lavé les cheveux pour en retirer le sang, puis l'avait couvert de sa veste dans son sommeil. À partir de là, elles avaient commencé à le considérer comme une espèce de mascotte.

Regin s'agenouilla devant lui.

— Ne laisse pas le ver Fegley te bouffer de l'intérieur.

Sans la regarder, le gamin ralentit les balancements de sa tête.

— Là... Ça, c'est un bon... mâle d'espèce indéterminée...

Par-dessus son épaule, elle lança à l'intention de Natalya :

— Il faut qu'on lui trouve un nom, quand même.

— Et si on l'appelait Tigrou ? suggéra la fey.

— Rapport à son équipe de foot ? Bonne idée.

— Pas exactement.

Devant le regard interloqué de Regin, elle précisa :

— Il a un tigre dans le caleçon. C'est peut-être la seule chose qui fonctionne chez lui, mais la nuit dernière, dans son sommeil, moi je te dis qu'il a rêvé très, très fort aux pom-pom girls. Fallait voir ça.

— Naaaaan...

Natalya leva la main droite.

— J'ai eu du mal à me retenir.

— Je constate qu'on reste au rayon grands chats, miss couguar... Mais si je peux me permettre, c'est un *bébé*.

— Qu'est-ce que tu veux que j'y fasse ? Ça fait des lustres que je n'ai pas côtoyé de mecs disponibles.

— Comment ça se fait ?

— J'ai été prise en otage pendant la bataille des Sept Collines.

Regin fit claquer ses doigts.

— Ça y est, je me rappelle !

Rater ce conflit épique entre les feys et les centaures l'avait mise hors d'elle. Rien ne la vexait plus que de ne pas être invitée à une guerre.

— Mais le bruit a couru que tu étais morte sur le champ de bataille.

Natalya secoua la tête.

— Le bon vieux roi Volos avait prévu de demander une rançon pour moi, mais n'avait pas compris que j'étais ignoble et que personne ne voudrait la payer. Il m'a fallu dix ans pour m'évader.

— Comment as-tu fait ?

— Son neveu – et héritier du trône – m'a sortie de ma cellule pour faire de moi sa concubine. J'ai joué le jeu, et dès que l'occasion s'est présentée, je lui ai planté mes griffes empoisonnées dans la couenne et je l'ai décapité.

Natalya racontait cela d'un ton très neutre, mais son regard avait changé. D'ordinaire, ses iris étaient couleur prune, mais, sous le coup de l'émotion, des stries noires venaient l'assombrir.

— Au moins, j'ai réussi à m'échapper. Mais, à peine une semaine plus tard, j'ai été capturée par ces branleurs. Tout ça pour dire que j'ai besoin de baiser.

Elle eut un regard attendri en direction du gamin.

— Il a au moins six cents ans de moins que toi, dit Regin. Et je refuse de jouer le rôle du baromètre moral de cette cellule ! Je passe l'essentiel de mes week-ends à me bourrer la gueule, j'adore l'humour scato, et parmi mes hobbies, tu trouveras « faire des farces nucléaires » et « forcer les démons à manger des trucs ». Enjoliveurs, extincteurs, cartons de pizza...

Elle était amie avec la plupart des espèces de démons, mais les autres étaient souvent ses victimes préférées.

— Valkyrie, je les prends pas au berceau d'habitude, mais là... Seigneurs, regarde-le !

Il y avait de quoi soupirer après lui, c'était indéniable. Mais Regin se contenta d'un haussement d'épaules.

— Qu'est-ce que tu vas faire de lui s'il sort de cet état ? Jouer un porno pour les caméras de surveillance pendant que je me boucherai les oreilles en me chantant une petite chanson ? Et puis, il n'est pas encore complètement immortel. Un seul coup de griffe, et tu le tues.

Natalya baissa les yeux sur ses griffes.

— Rends-toi à l'évidence, Nat, ce tigre ne sautera pas dans ton cerceau de feu...

Dans le couloir, des pas se rapprochaient. Chase. Elle reconnaissait ses longues enjambées, le bruit de ses boots militaires sur le ciment.

— Voilà la Lame.

9

— Quelque chose ne va pas, maître ? demanda Dixon avec son habituel air servile, tandis qu'ils longeaient le couloir, inspectant les nouveaux prisonniers.

— Tout va très bien, mentit Declan d'un ton brusque.

C'était une journée pourrie à tous points de vue, et il n'était même pas encore midi.

Les tests pratiqués sur l'anneau du vampire n'avaient rien révélé, ce qui rendait l'interrogatoire de Lothaire, programmé pour l'après-midi, plus crucial encore.

De plus, Declan ne parvenait pas à étouffer la fascination agaçante qu'il éprouvait pour la Valkyrie, et ils approchaient de sa cellule.

Et il venait d'apprendre l'arrivée de nouveaux prisonniers capturés par un autre maître, alors qu'il n'avait pas encore eu le temps de passer en revue ceux qu'il avait lui-même ramenés de sa dernière expédition.

Dixon avait proposé de le briefer sur les nouveaux arrivants, et il avait accepté parce qu'elle lui avait apporté les doses supplémentaires dont il avait besoin, et parce qu'il se doutait qu'elle n'oserait pas aborder avant un certain temps le sujet de leur relation. Sur ce dernier point, il avait eu raison.

Elle lui donnait donc les détails de la capture et des origines de chaque nouvelle créature mythique.

Il passa ainsi devant des cerunnos, créatures douées de raison affublées d'une tête de bélier et d'un corps de serpent, puis devant des revenants – des zombies contrôlés par un maître sorceri invisible.

Il y avait même un vrekener ailé et cornu – version démoniaque d'un ange.

D'un ton bourru, Declan dut reconnaître que cette dernière chasse avait été bonne, même si elle n'était pas à la hauteur de la précédente. *Et encore moins à celle de la prochaine, en ce qui me concerne*. Il prévoyait de tendre un piège à la créature immortelle la plus puissante qui ait jamais été. Un démon vampire…

Alors qu'ils passaient devant la cellule de Uilleam MacRieve, le Lycae lui lança :

— C'est toi, le maître ?

Il parlait avec un lourd accent écossais, et ses yeux bleus brillaient de rage.

Declan le regarda à peine. Dans moins d'une demi-heure, Dixon devait procéder à l'examen du loup-garou. Elle et son équipe testeraient également sur le Lycae une arme sonique destinée à immobiliser les créatures possédant une ouïe aussi développée que celle de MacRieve.

Faire d'une force une faiblesse.

MacRieve montra les dents.

— Quand j'aurai quitté cet endroit…

Declan continua son chemin sans un mot, préférant l'ignorer.

Je serai encore plus riche que je ne le suis aujourd'hui…

Ces immortels bouffis d'orgueil pensaient tous qu'ils arriveraient à s'évader, partant du principe que des humains n'étaient pas capables de les retenir éternellement. Pourtant, au cours des siècles, personne n'avait encore réussi à sortir des prisons de l'Ordre.

Et tant que Declan serait aux commandes, personne n'y parviendrait. Il avait mis en place tant de systèmes de sécurité que les commandants et les autres maîtres se moquaient de lui. Ils voyaient là un excès de précautions, coûteux par-dessus le marché. Mais pour Declan, il s'agissait de mesures standards de sécurité.

Les murs des cellules étaient en acier d'un mètre d'épaisseur. La paroi vitrée était faite avec les mêmes matériaux que ceux utilisés dans la fabrication des vitres des navettes spatiales. Si rentrer dans l'atmosphère terrestre ne brisait pas ce verre, alors un immortel porteur d'un torque n'y parviendrait pas non plus.

Mais au cas où... un système de cloisons hydrauliques – des barrières d'acier de deux mètres d'épaisseur – se mettrait en place aussitôt, fermant simultanément les trois couloirs. Une fois ces barrières abaissées, un processus d'autodestruction se déclencherait, que seul un officier pourrait interrompre.

J'ai tout envisagé, se dit-il, satisfait, même si le trop grand nombre de détenus le préoccupait.

— Tu as l'air ailleurs, remarqua Dixon. Est-ce à cause de l'interrogatoire que tu prépares ?

— Lothaire n'est qu'un vampire parmi d'autres, répondit-il froidement.

Il mentait, là aussi. Même si l'Ordre en savait plus sur les vampires – leurs origines, leurs points faibles, leurs pouvoirs divers – que sur toute autre espèce, Lothaire restait un mystère à bien des égards.

Certains vampires, quand ils buvaient le sang de leur victime, s'imprégnaient de sa mémoire. Et s'ils la tuaient tout en se nourrissant, ils s'appropriaient sa force et ses pouvoirs magiques. Avec le temps, les plus vieux, hantés par trop de souvenirs, devenaient fous. On les reconnaissait à leurs iris devenus rouges.

Lothaire avait cette capacité, et c'était un des plus vieux vampires encore vivants. Pourtant, ses yeux n'avaient pas encore complètement viré au rouge. Il parvenait, sans que l'on sache comment, à consommer beaucoup moins de sang que ses congénères, s'accrochant au peu de santé mentale qui lui restait.

L'Ennemi de Toujours était une anomalie. Et les anomalies fascinaient Declan.

Le vampire avait néanmoins volé suffisamment de mémoires pour être sujet à des crises d'instabilité et d'hallucinations. Declan l'avait vu s'ouvrir les veines d'un coup de griffe pour se nourrir de son propre sang tout en se parlant à lui-même. À d'autres moments, ses yeux rougis semblaient brûler d'une intelligence et d'une ingéniosité hors du commun.

Quelle facette de Lothaire Declan allait-il découvrir aujourd'hui ?

Une chose était certaine : l'adversaire serait digne de respect. Les vampires nés vampires, comme Lothaire, étaient physiquement incapables de mentir, si bien que, pour éviter de le faire, ils rusaient ou se lançaient dans d'inénarrables circonlocutions. Lothaire était un maître dans le domaine de la duperie.

Peu importait. *Je serai meilleur que lui. Comme je serai meilleur que la Valkyrie, quand je l'interrogerai, demain.*

Ils approchaient de la cellule de cette dernière, et il sentit un frisson le parcourir. Jusque-là, il l'avait ignorée. Mais ce matin, sa curiosité avait pris le dessus, et il l'avait observée via la caméra de surveillance.

Elle se coiffait, tressant ici et là de petites nattes qu'il trouvait plutôt jolies – même si, avec mille ans de pratique, on aurait pu s'attendre à un résultat plus régulier. Quand une bagarre avait éclaté dans une cellule, un peu plus loin dans le couloir, elle s'était mordu le poing en criant avec emphase : « Pourquoi est-ce qu'on ne peut pas faire la paix, tous ? »

Voyait-elle une sorte de jeu dans tout cela ? Quand Declan en aurait fini avec elle, demain, elle comprendrait peut-être combien sa situation était précaire…

Pour le moment, voir la Valkyrie dans sa cellule, emprisonnée aux côtés d'autres créatures surnaturelles, allait lui rappeler que, sous des apparences plutôt agréables, elle restait une *detrus*.

Sa beauté la rendait juste un peu plus dangereuse que les autres.

L'Ordre lui avait enseigné que ces êtres n'étaient que des monstres vivants parmi les humains, mus par le mal et la haine de l'espèce humaine, une perversion de l'ordre naturel, un fléau qu'il fallait éradiquer.

L'expérience n'avait fait que confirmer cet enseignement.

10

Quand elle entendit approcher la voix grave de Chase, Regin reprit sa place habituelle, par terre.

Encore quelques pas…

Et il apparut, pâle, l'air contrarié, regardant droit devant lui. Ses pupilles étaient dilatées – tout le monde ici savait qu'il prenait quelque chose. Et il portait toujours les mêmes gants de cuir noir. D'après la rumeur, Chase détestait le contact physique et portait des gants pour l'éviter. *Monstre.*

À côté de lui se trouvait le docteur Dixon, la responsable des recherches-dissections. Dixon ne jouait pas dans la même catégorie que Regin – elle était sportive, avait des traits réguliers, mais c'était loin d'être un canon. Elle avait des cheveux mous et plats et devait être très, très sûre d'elle pour porter des lunettes aussi moches.

Chase semblait ne l'écouter qu'à moitié et lui répondait par monosyllabes, alors que Dixon était visiblement folle de lui. *Le couple de mortels typique. Beurk.*

Quand ils s'arrêtèrent devant une cellule située en diagonale par rapport à la sienne, Regin observa Chase, tentant de comprendre ce que cette femme lui trouvait.

Certes, cette épaisse chevelure de jais était séduisante, et il avait des traits plutôt agréables. Le menton était volontaire, les pommettes hautes, les joues creuses juste comme il faut, le nez droit et fin.

Sa posture rigide était toute militaire, et sa tenue de soldat confirmait l'aspect viril de l'ensemble – boots cirés, pull noir ras du cou avec des empiècements aux épaules et pantalon de treillis qui ceignait ses hanches étroites et moulait presque ses cuisses musclées.

Tout bien considéré, elle se serait peut-être retournée sur lui dans la rue, mais il n'avait rien des autres incarnations, toutes magnifiques, d'Aidan. Sans parler de sa santé mentale.

Un tortionnaire doublé d'un toxico ? *Je te le laisse, Dixon.*

— Il fait visiblement des efforts pour ne pas te regarder, souffla Natalya dans leur langue ancienne. Pourquoi, à ton avis ?

Regin s'était attendue qu'il la fixe d'un regard interloqué, manifestant son étonnement face à l'attirance qu'il ressentait pour elle, mais il se comportait comme si elle n'existait pas.

Cela avait le don de l'agacer, elle qui était toujours le centre d'attention. La silencieuse et dangereuse Lucia lui avait dit un jour qu'elle adorait sa façon de capter l'attention, parce que cela lui permettait à elle de rester dans l'ombre et de frapper comme bon lui semblait.

Pour Regin, être ignorée était inhabituel et assez bizarre, mais qu'une des incarnations d'Aidan ne la fixe pas au point de se cogner dans les arbres, voilà qui était franchement troublant.

— Comment veux-tu que je le sache ? répondit-elle.

Mais Natalya avait bien compris que Regin en savait plus qu'elle ne le disait.

— Oh, bien sûr, tu n'as rien remarqué, occupée que tu es à l'examiner sous toutes les coutures, en particulier celles de son postérieur ferme et musclé.

— Retire ça tout de suite.

— Ah, et regarde ses mains. Il vient de serrer et desserrer le poing. Je me demande pourquoi.

— Je m'en contrefiche.

Enfin, il avait réagi !

Seigneur, je sens *son regard dans mon dos*.

Declan était tellement à cran qu'il n'arrivait plus à se concentrer sur ce que Dixon disait.

Pour ne rien arranger, la fey et la Valkyrie avaient recommencé à parler dans cette langue qu'il n'était pas arrivé à traduire. Pourtant, bien qu'il ne les comprît pas, il savait qu'elles parlaient de lui.

Quand Dixon et lui passèrent devant sa cellule, la Valkyrie lança en anglais :

— Hé, Dekko ! Il faut que je suce qui, ici, pour avoir droit à une douche ?

Il se raidit et faillit répondre « Fegley », mais parvint à se retenir et continua. Encore une victoire pour sa volonté de fer.

Malgré cela, Declan ne parvint pas à chasser la Valkyrie de son esprit. Feignant de regarder sa montre, il s'adressa à Dixon :

— Nous ferons le reste des détenus plus tard. C'est bientôt l'heure de ton rendez-vous.

— Il faut encore qu'ils transfèrent et préparent le patient, dit-elle. Et puis, on n'a pas vu le berserk.

Cela attisa sa curiosité. Le premier soir, la Valkyrie et sa sœur avaient parlé d'une de ces créatures. L'Ordre s'intéressait assez peu aux berserks, qui étaient rares et, pour la plupart, mortels.

— Un berserk ?

— Apparemment. Il a été capturé en même temps que d'autres *ernats*. Il est aussi fort que les meilleurs mâles du Mythos, et les tests ont révélé qu'il était immortel.

— Immortel ? Alors c'est une anomalie. Allons-y.

Tandis qu'ils approchaient d'une autre cellule surpeuplée, un détenu attira son attention, une brute épaisse qui se tenait à l'écart.

Quand il croisa le regard de Declan, il resta bouche bée, et ses yeux verts se mirent à scintiller.

Pourquoi me regarde-t-il comme s'il me connaissait ? C'était le second prisonnier à réagir ainsi.

En outre, sa tête lui disait quelque chose.

Non, non, Declan n'oubliait jamais un *detrus* qu'il avait déjà croisé. Son cœur se mit à battre plus vite – ce n'était pas tout à fait vrai. Celui-ci était-il présent la nuit où Declan avait été torturé ? Était-il entré dans le salon de ses parents tandis qu'il gisait là, inconscient ?

Sentant la tension entre eux, Dixon fronça les sourcils.

— C'est le berserk. Il s'appelle Brandr.

— Tu ne me reconnais pas, n'est-ce pas ? dit celui-ci. Bien. Cela signifie que nous avons encore un peu de temps.

Ses tournures de phrase étaient modernes, mais son accent évoquait une autre époque, plus ancienne.

— De quoi parles-tu ?

— Si tu as capturé une Valkyrie nommée Regin, tu ne dois l'approcher sous aucun prétexte.

Ses yeux scintillaient de plus en plus. Cela était visiblement très important pour lui.

Donc, il connaissait la Valkyrie ? Les berserks étaient si rares… Ce Brandr était peut-être celui dont avaient parlé Nïx et Regin.

Celui après qui languissait Regin. Declan serra les poings.

— Tu oses me donner des ordres ?

— Ce n'est qu'un avertissement, Aidan.

En entendant ce nom, Declan se tendit un peu plus encore.

— Comment m'as-tu appelé ?

— Je t'ai appelé de ton nom, mon cher frère.

Declan se tourna vers Dixon, qui le fixait avec de grands yeux.

— Mets-le sur la liste, Dixon. C'est un candidat de niveau quatre.

Elle sembla surprise. Le niveau quatre comprenait les expériences les plus cruelles, dont la vivisection. Brandr remarqua son regard.

— Merde, mais qu'est-ce que tu fous, Aidan ?

— Occupe-toi de le faire passer immédiatement, ordonna Declan.

Dixon s'éloigna sans rien dire. Declan s'approcha de la paroi vitrée.

— J'en ai rencontré beaucoup dans ton genre, et chaque fois, j'ai remarqué le même trait de caractère, quelle que soit votre espèce : la fourberie. Vous ne vivez que pour tromper, tous autant que vous êtes. J'ignore quel est ton objectif…

— Mon objectif est de m'évader d'ici avec toi et la Valkyrie luminescente.

— Tu envisages de me prendre en otage ?

Le berserk se redressa.

— J'envisage de t'emmener avec moi parce que tu fais partie des miens.

— Qu'est-ce que c'est que ces conne…

— Bats-toi ! hurla quelqu'un dans une cellule.

Et d'autres détenus répétèrent à leur tour :

— Bats-toi ! Bats-toi !

11

Regin faisait sa toilette au lavabo quand elle se retrouva complice d'une tentative d'évasion.

Elle leva les yeux et vit passer deux gardes traînant Uilleam MacRieve. Le loup-garou avait en principe été drogué, mais il ne semblait pas complètement HS. Sa tête dodelinait, mais le mouvement semblait contrôlé. Et les oreilles de Regin s'étaient dressées, lui indiquant que quelque chose se préparait.

Sautillant jusqu'à la paroi de verre, vêtue en tout et pour tout d'une culotte et d'un soutien-gorge en dentelle noire, elle s'adressa directement aux gardes.

— Hé, les gars ! J'ai besoin d'aide.

Comme ils ralentissaient le pas, ouvrant des yeux telles des soucoupes, elle leur lança d'un ton enjôleur :

— Est-ce que l'un de vous pourrait m'aider à avoir un orgasme ?

Puis, pivotant pour leur présenter un postérieur que tout le monde s'accordait à trouver renversant, elle ajouta :

— Oh, qu'est-ce que je suis maladroite, moi… J'ai fait tomber un truc.

Et elle se pencha en avant.

Profitant de la distraction des gardes, MacRieve les repoussa et, joignant ses mains menottées devant lui, attaqua, toutes griffes dehors, crocs dénudés.

— Bats-toi ! Bats-toi ! se mirent à hurler les autres détenus en tapant contre la paroi vitrée de leurs cellules.

— Allez, botte-leur donc le cul à ces mortels, l'Écossais ! s'écria Regin. Fais-leur mordre la poussière !

Derrière elle, le gamin se mit à se cogner la tête de plus en plus vite contre le mur. Natalya se précipita vers lui pour tenter de le calmer.

Hurlant à la mort, MacRieve trancha la jugulaire d'un des gardes et mordit l'autre à la gorge. Le sang jaillit.

Soudain, Chase apparut et se rua sur MacRieve en hurlant. Ils roulèrent sur le sol, échangeant des coups d'une incroyable violence.

En temps normal, le loup-garou aurait eu le dessus – les Lycae faisaient partie des créatures les plus puissantes du Mythos. Mais MacRieve était affaibli par son torque.

Chase n'aurait pourtant pas dû le neutraliser si facilement. Il ne se contentait pas de maîtriser le loup-garou, il le massacrait.

Il se battait comme un *berserk*. Un ours en hiver.

Cette façon de bouger…

Sous les yeux de Regin, ses muscles se développèrent, son corps grandit, s'élargit, à l'étroit soudain dans les vêtements noirs trop ajustés. À chaque coup, ses poings gantés brisaient un os.

Quand d'autres gardes arrivèrent, ils durent arracher un MacRieve en bouillie des mains du maître.

Chase les regarda s'éloigner avec le Lycae, puis se releva, le souffle court. Son visage, d'ordinaire si pâle, était tout rouge, et ses yeux gris semblaient plus brillants. Ses cheveux avaient enfin été écartés de son visage, révélant l'incroyable finesse de ses traits.

En cet instant précis, Regin le trouva beau, puissant, et tellement semblable à Aidan qu'elle lâcha un petit cri. C'était exactement comme avec Aidan : elle était attirée par lui de façon incontrôlable.

Il tourna brusquement la tête dans sa direction. La tenue légère de la Valkyrie, plutôt que de la surprise, alluma dans son regard un désir brûlant et possessif.

Un désir qui fit battre le cœur de Regin.

Une étincelle s'alluma dans les yeux de Chase, tel un éclair dans un ciel d'orage. Il fit deux pas dans sa direction.

Elle fit deux pas à son tour, en miroir. Puis elle posa les mains sur la paroi de verre, et ses griffes crissèrent sur la vitre qui les séparait.

Tout le reste était oublié. Declan Chase était oublié. Elle ne voyait plus qu'Aidan.

Je veux être près de lui.

Lorsqu'elle comprit qu'il allait bientôt l'abandonner, un vieux réflexe lui revint. En norvégien ancien, elle s'entendit prononcer les mots :

— Emmène-moi avec toi, guerrier.

L'emmener avec moi ?

En cet instant, Declan était très tenté de le faire.

Dieu tout-puissant, ce corps...

Il eut un soupir frémissant devant cette créature vêtue de dentelle noire. Ses sous-vêtements microscopiques ne cachaient rien de ses jambes élancées, de sa taille étroite ni de ses hanches rondes. Ses seins, hauts, rebondis, semblaient chercher à s'échapper de leur carcan noir. Sa peau brillante était humide et lisse.

Lorsqu'elle frissonna et que la pointe de ses seins se dressa, il fut captivé.

Puis il se souvint de ce qu'elle était. Une abomination. Une ennemie.

Il lui jeta un regard méprisant, se détourna et repartit vers ses appartements, les poings serrés, l'esprit en ébullition.

Parce qu'il bandait.

Pour elle. *Dieu m'en préserve !*

C'était impossible. Le médicament l'empêchait d'avoir une érection. Et n'avait-il pas pris deux doses cette nuit ? Et la nuit d'avant encore ?

Pourtant, l'effet qu'elle avait eu sur lui était indéniable.

Dans sa chambre, il se mit à aller et venir, luttant contre l'envie de la regarder par écran interposé. *Abomination ! Ennemie !* Ces mots résonnaient sans cesse dans son esprit.

Il inspira profondément... pour finir par pousser un soupir rauque alors que l'étoffe de son pantalon frottait contre son membre douloureux.

Il jura et s'installa devant la console pour se brancher sur la cellule de la Valkyrie. Elle regardait encore dans le couloir, et il ne la vit que de dos.

De la dentelle noire sur une peau dorée et couverte de gouttes d'eau... Son fessier rebondi était trop généreux pour être recouvert par sa minuscule culotte.

Il entendit un grognement et fut choqué de réaliser qu'il venait de lui. Son sexe palpitait littéralement, maintenant.

Cela faisait tellement longtemps qu'il n'avait pas eu d'érection, et plus longtemps encore qu'il n'avait pas joui. *Profites-en, c'est le moment.*

Le sexe ne lui manquait pas tant que cela, mais sentir sa semence chaude se répandre hors de lui, ça, oui, ça lui manquait.

Se branler pour une *detrus* ?

Declan risquait de se laisser séduire, et il le savait. Certains employés s'étaient déjà entichés d'immortels, faisant preuve, pour lui, d'une bêtise qui dépassait l'entendement. Aucun *ernat* ne méritait que l'on prît ce risque.

Le bannissement.

Jamais.

Il se leva d'un bond, se remit à faire les cent pas. *Reprends-toi*. Il pouvait surmonter cela. *Aucun homme n'a plus de volonté que toi, Dekko*.

Il avait du travail. Une tentative d'évasion venait de se produire, il y avait des victimes, et il devait interroger Lothaire.

Quand il aurait fait parler le vampire, Declan irait courir dans l'île, pousserait son corps jusqu'à ses limites, parcourrait des dizaines de kilomètres. Il connaissait les moindres recoins de cet endroit – les forêts, les cavernes dans la montagne, les rives rocheuses –, l'emplacement de chaque bombe incendiaire.

Parce que c'est moi qui les ai toutes installées. Secrètement, Declan considérait l'île comme son propre territoire.

Les minutes s'écoulèrent. Enfin, il soupira, sûr d'avoir retrouvé le contrôle de lui-même. La Valkyrie l'avait fait vaciller, mais il avait retrouvé l'équilibre.

Va faire parler le vampire.

Mais il devait d'abord effacer les preuves de sa réaction face à la Valkyrie. On ne savait jamais qui regardait les bandes vidéo de surveillance. Il se repassa une fois celle de leur échange, scrutant l'image, s'efforçant de comprendre quel genre de pouvoir la Valkyrie avait exercé sur lui.

Il allait effacer la scène quand il remarqua une chose qui le plongea dans la perplexité.

À la fin, elle ne lui avait pas parlé en anglais, ni dans cette langue inconnue qu'elle utilisait pour communiquer avec la fey.

Elle s'était adressée à lui dans une autre langue. Une langue qu'il ignorait. Et pourtant, il l'avait comprise.

— Je te préviens, je ne lâcherai pas le morceau, dit Natalya à Regin.

Cela faisait deux heures qu'elle exigeait de savoir pourquoi les yeux de Chase avaient changé, pourquoi *il* avait changé face à Regin. Malheureusement, tout en calmant le gamin, elle n'avait rien perdu de leur échange.

— Je te demande juste de ne pas parler de ce que tu as vu, se contenta de répondre Regin.

— Je n'en parlerai pas si tu me dis ce qui s'est passé. Sinon...

Regin eut un regard noir.

— Très bien. Alors, jure sur le Mythos de ne jamais répéter ce que je vais te dire.

Natalya jura, et Regin lui raconta dans les grandes lignes son histoire avec Aidan, les réincarnations de celui-ci, ses morts.

— Et aujourd'hui, conclut-elle, il s'est de nouveau réincarné. En Declan Chase.

— Donc, tout ce que tu as à faire, c'est rappeler son passé à Chase ? T'arranger pour te trouver seule avec lui et qu'il t'embrasse ?

— Oui. C'est tout.

Sans qu'elle sache vraiment pourquoi ni comment, son baiser provoquait un retour en arrière automatique dans l'esprit de la réincarnation, renvoyant celle-ci au moment précis dans la vie d'Aidan où il l'avait possédée pour la première fois.

— *Rien* ne peut me séparer de toi ! avait-il grogné.

Et depuis, rien n'y parvenait.

Il la possédait dans un accès de fureur sacrée et mourait peu de temps après, accidentellement ou pas. Cela faisait mille ans que les choses se passaient ainsi.

Cette fois, si Regin était avec lui au moment de sa mort, elle pourrait utiliser l'empreinte de Chase pour retirer son torque et s'évader, puis revenir avec des renforts pour libérer ses alliés.

Natalya se leva et se mit à faire les cent pas dans la cellule.

— Mais pourquoi tu hésites, alors ?

— Je t'ai dit les sentiments que j'avais pour lui !

Et tout à l'heure, face à Chase, ces sentiments avaient tous refait surface.

— Chase ne va pas tarder à te faire subir un interrogatoire. Et ensuite, tu passeras à la vivisection. Et surtout, *je* vais bientôt passer à la vivisection !

— Je sais, figure-toi !

Regin était furieuse contre Chase, mais de là à mettre sur pied un plan destiné à assassiner Aidan... Elle revoyait les petites rides au coin de ses yeux quand il souriait, entendait son rire résonner comme si c'était hier. *Souviens-toi du jour où j'ai juré de t'aimer pour toujours...*

— Ces mortels veulent nous exterminer ! dit Natalya. Et j'ai l'impression qu'ils en prennent rapidement le chemin. Les feys survivront, d'accord, mais combien de Valkyries êtes-vous aujourd'hui ?

Pas assez.

Regin pensa à Lucia, sur le point d'affronter son pire cauchemar. *Il faut que je la retrouve.*

En précipitant la mort d'un homme que je pleure depuis des siècles ?

Derrière elles, le gamin parla alors pour la première fois.

— Elle... brille.

12

Lothaire, l'Ennemi de Toujours, s'éveilla sanglé sur une table dans une pièce d'un blanc aveuglant. Des néons éclairaient l'endroit, leur lumière vive agressant ses yeux sensibles.

Il se débattit, tirant sur ses liens, cherchant à comprendre. *Retrouver mon anneau. Pour la retrouver.* Son But Suprême le lui ordonnait. Mais Lothaire ne parvenait pas à se libérer.

Pendant des millénaires, jamais aucun ennemi n'avait réussi à le faire prisonnier. Et voilà qu'un mortel l'avait capturé – il ignorait comment, mais jamais il n'avait croisé d'être humain aussi rapide que lui.

Quand Chase entra dans la pièce, les crocs de Lothaire s'aiguisèrent. Il plissa les yeux. Quelque chose n'allait pas chez cet homme. Il dégageait trop de colère.

— J'ai des questions à te poser, vampire, dit-il d'une voix grave un peu éraillée. Si tu y réponds, tu t'épargneras des souffrances inutiles…

— Qui est ton chef ? l'interrompit Lothaire.

— Quelle importance ?

Le visage de l'homme était livide et marqué de cicatrices.

Je méprise les cicatrices.

— Je suis un roi. Je ne négocie pas avec les mortels de ton rang.

— Un roi, vraiment ? Ce n'est pas ce que mes informations me disent. De toute façon, c'est moi qui dirige cet endroit. Tout passe par moi, ici.

— Alors, tu dois pouvoir m'apporter mon anneau. Je veux le voir.

— Nous y viendrons. Mais d'abord, tu vas me dire ce que tu sais sur la Valkyrie.

Je sais que briser le cou d'une Valkyrie procure un plaisir proche de l'extase. À ce souvenir, il tira sur ses liens, puis soupira.

— L'Archer. L'Archer dans l'enfer vert.

Son cou avait cédé comme une brindille. *Je sais que les Valkyries sont odieuses*.

— Moralisatrices, fouineuses, orgueilleuses.

Chase regarda Lothaire comme s'il disait des absurdités.

— Mon anneau, mortel !

— Celui-ci ? dit le maître en le sortant d'une boîte dans sa poche.

Lothaire écarquilla les yeux. À la vue de son anneau, il se perça la lèvre inférieure d'un coup de croc pour sucer son propre sang avec avidité.

— À quoi sert-il, vampire ?

Merde, il portait des gants ?

— Retire un gant et touche-le. Tu comprendras mieux son pouvoir.

Et tu seras le dernier à le toucher.

Chase le regarda d'un air suspicieux.

— Non, je ne crois pas.

— En le gardant ici, tu attires le mal sur cet endroit.

Elle allait venir le chercher. Mais il devait retourner vers elle. Il avait encore des miettes de sa chair momifiée dans sa poche. Avait encore des flocons d'or tombés de son corps.

— Quel genre de mal ?

— Le mal qu'*elle* inflige !

Dès que les eaux se seraient retirées, elle et ses horribles gardes arriveraient.

— Étant donné qu'aucun mal ne peut *sortir* d'ici, dit Chase, je suis en mesure d'affirmer que le contraire est également vrai.

Elle pouvait atteindre Lothaire dans le temps, s'il le fallait. Une vulgaire prison de mortels ne pourrait pas l'en empêcher.

— Tu joues avec les pouvoirs d'un dieu. Elle veut l'anneau.

— Quel est le pouvoir de l'anneau ? Pourquoi tiens-tu tant que cela à le récupérer ?

Lothaire fixa le plafond sans répondre. Il comptait les secondes qui le séparaient du retour de la Dorée.

— Dis-moi ce que fait cet anneau ! Maintenant !

Chase lança son poing dans le visage de Lothaire. Celui-ci eut le sentiment de prendre une enclume de plein fouet. Il secoua la tête, puis sourit, découvrant ses crocs ensanglantés.

— *Blyad' !* jura-t-il en russe. T'es pas un mortel normal, toi !

Il reçut un nouveau coup, plus violent encore. *Pas étonnant que ce type ait réussi à me capturer !* Lothaire sentait que Chase n'était pas à proprement parler un immortel, mais devinait qu'il s'agissait d'un humain quelque peu… amélioré.

Sans doute prenait-il un produit chimique qui développait sa force. Il avait les pupilles dilatées, et sa peau dégageait une odeur sucrée.

— Je me demande quel goût tu aurais.

— Réponds, sale sangsue !

Lothaire soupira.

— *Chto ti nesyoch ?*

— Pourquoi je m'embête avec ça, c'est ce que tu me demandes ?

— Tu parles ma langue ? s'étonna Lothaire.

— Suffisamment. Réponds-moi, maintenant !

— Sinon ? Que peux-tu me faire qui ne m'ait pas déjà été infligé ?

Il eut un éclat de rire, puis reprit :

— J'ai été pendu avec mes propres intestins. Émasculé avec un fouet de barbelé tranchant. Il a fallu plusieurs coups, cela va sans dire. J'ai regardé un seigneur lycae manger mes yeux après les avoir arrachés de leurs orbites avec une cuillère rouillée. Bien sûr, je ne l'ai vu faire que pour le premier. Pour le second, j'ai juste entendu des bruits de mastication, jusqu'à un « plop » qu'il a semblé particulièrement apprécier.

Quand la Dorada le ferait prisonnier, là, on pourrait parler torture.

— C'est le problème avec vous, les *detrus*, répondit Chase d'un ton absent. Vos corps sont des abominations. Si je te coupais les bras…

Lothaire bâilla bruyamment.

— … tu te régénérerais, et on n'en parlerait plus. Tu aurais peut-être un peu mal, mais tu ne connaîtrais pas l'horreur de la perte définitive.

Lothaire commençait à s'ennuyer ferme.

— Quand je serai libre, je crois que je t'arracherai la colonne vertébrale. Puis je te la tendrai l'air de rien, poliment, même, comme si j'attendais que tu fasses un commentaire dessus.

Chase poursuivit sans relever :

— Bien sûr, les mortels, eux, ne souffrent pas… du *soleil*.

Il actionna un interrupteur, et les lumières changèrent.

Des lampes à UV. La peau de Lothaire se mit instantanément à brûler.

Chase déchira la chemise de Lothaire pour exposer son torse. Celui-ci, du fait de son âge, n'était pas aussi sensible au soleil que les autres vampires, mais là, les rayons étaient intenses.

— Chase, je te remercie, dit-il avec un rire. Tu me prépares… aux épreuves à venir.

Des lambeaux de chair carbonisée tombèrent de son squelette ; son corps se recroquevilla, à l'agonie. Ses cheveux devinrent suie, le bout de son nez et de ses doigts se désintégra.

Et il ne pouvait cesser de rire.

— Elle brille, répéta le gamin en regardant Regin.

Il se leva – il était immense – et se tourna vers Natalya.

— Et vos lèvres sont noires.

Il eut un petit rire tendu et sembla sur le point de recommencer à se cogner la tête.

— Les serpents ont des bras et parlent, et les hommes ont des cornes et…

— Respire, mon pauvre garçon, dit Natalya. Tiens, viens t'asseoir à côté de moi.

Elle l'installa sur un des lits et s'assit tout près de lui.

— Vous avez toutes les deux les oreilles en pointe.

— Je suis une fey et je m'appelle Natalya. Et voici Regin. C'est une Valkyrie.

— Et toi, comment t'appelles-tu ? demanda Regin.

— Thaddeus Brayden, madame, répondit-il d'un ton absent. Mais tout le monde m'appelle Thad.

Madame ?

— Comment es-tu arrivé ici ? Tu te souviens de quelque chose ?

— Euh… j'allais chercher ma copine en voiture, dit-il, hésitant.

— Continue, dit Natalya en posant une main sur sa cuisse.

— Pendant que je l'attendais, son père n'arrêtait pas de me regarder d'un drôle d'air et de me poser des questions. Puis il s'est calmé et m'a même offert un whisky. Quand je me suis réveillé, j'étais ici, et je voyais des *trucs*. Des trucs qui n'existent pas.

— Tu es un quoi ? demanda Regin.

— Je suis un terminale, madame.

— Mmm... murmura Natalya. Je pourrais le manger...

Et elle le serra un peu plus encore. Leurs cuisses se touchaient.

Regin la fusilla du regard, puis reformula sa question.

— Je voulais dire, à quelle espèce appartiens-tu ? Es-tu humain ?

— Ben bien sûr que je suis humain ! P... pourquoi vous me demandez un truc pareil ?

— Parce que, ici, tu es dans une taule haute sécurité pour créatures du Mythos, répondit Natalya. Une prison pour immortels, quoi.

— Je ne comprends pas.

Natalya lui fit un topo rapide sur l'Ordre et le Mythos.

— Mais ils ont dû se tromper, dit-il. Je joue au foot, je vais à la messe le dimanche. Je suis scout ! Et je n'ai jamais entendu parler de ce que vous me racontez !

Il passa une main dans ses cheveux ébouriffés.

— Tout ce que je veux, c'est rentrer chez moi.

Regin eut un petit rire.

— Comme nous tous ici.

En réalité, ce qui lui importait, c'était de retrouver Lucia. Sa sœur était-elle encore en Amérique du Sud ?

Natalya tapota une nouvelle fois la cuisse de Thad.

— Qu'est-ce qu'il t'a dit, le père, avant de te droguer ?

— Que je jouais au foot mieux que n'importe qui. Mais c'est ce qu'on me répète toujours, vous savez, dit-il avec candeur. J'ai battu plein de records, faut dire. Alors, j'ai cru qu'il allait m'accuser de me doper, mais moi je touche pas à ces trucs.

— Des records, hein ? dit Regin. On parlerait force et rapidité surhumaines que ça m'étonnerait pas.

Il soupira.

— Peut-être. Mais si je suis pas humain, je suis quoi, alors ?

— Nous ne le savons pas, reconnut Regin. Tu n'as pas de cornes, tes oreilles ne sont pas pointues, ta peau n'est pas couverte d'écailles ni scarifiée...

— Je pensais que tu étais peut-être un vampire, ajouta Natalya, mais tu as la marque du maillot.

D'un ton calme, Thad demanda :

— Comment vous savez que j'ai la marque du maillot ?

— J'ai vérifié, pour m'assurer que tu n'étais pas un vampire. Parce que les vampires de la Horde sont nos ennemis.

Regin fixa le gamin.

— Dis donc, tu n'aurais pas utilisé de l'autobronzant, par hasard ?

— Bien sûr que non. J'ai passé tout le week-end à jouer au foot au soleil. J'étais dans l'équipe des torses nus.

Natalya était au bord de la pâmoison.

— Tu entends ça, Regin ? Il a joué au foot *torse nu*.

Regin leva les yeux au ciel. Heureusement, Thad était trop inquiet pour remarquer que la couguar prenait feu à côté de lui.

— Alors, ça veut dire que je suis invincible ? Je peux prendre une balle et ne pas mourir ?

— Non, non, tu es encore complètement vulnérable, dit Regin. Au moins tant que tu n'as pas fini ta croissance et atteint le stade de l'immortalité totale.

Des grognements menaçants s'élevèrent dans une cellule. Une nouvelle bagarre venait d'éclater. Voyant le regard de Thad se voiler, Regin claqua des doigts.

— Hé, gamin ! Reste avec nous. Parle-nous de toi. Ils sont comment, tes parents ?

Très forts ? L'air sans doute pas beaucoup plus vieux que toi ?

— Tu n'as rien remarqué d'étrange, chez eux ?

— Ma mère est veuve. Mon père est mort sur un chantier quand j'avais quatre ans. Ils m'avaient adopté pas très longtemps avant ça.

Un orphelin. Pas étonnant qu'il ignore ce qu'il était.

— Je vis avec ma mère et ma grand-mère, maintenant. Rien de particulier. Maman aime faire la cuisine, et mamie fait de la couture.

— Donc, tu manges ce que prépare ta mère ?

Il sembla offusqué.

— Évidemment ! Elle cuisine super bien !

Hou là. Susceptible, le gamin.

— Je voulais dire... est-ce que tu manges ?

— Ben, évidemment que je mange.

— Ça remonte à quand, la dernière fois que tu as avalé quelque chose ? demanda Regin.

— J'ai mangé un hamburger hier.

— Là, tu te trompes, mon garçon, dit Natalya. Tu es ici depuis plus d'une semaine.

Il se leva d'un bond.

— Une semaine ? Et j'ai même pas faim ! Comment c'est possible ?

— Certaines espèces n'ont pas besoin de manger beaucoup. Celle de Regin n'a pas besoin de se nourrir du tout. Comme les fantômes, les spectres, les succubes, les incubes, et peut-être une demi-douzaine d'autres espèces, expliqua Natalya, avant d'ajouter à mi-voix, à l'intention de Regin : Je parie – et j'espère – que c'est un incube.

— Mais c'est pas possible ! Une semaine ? Merde, j'ai raté le match de vendredi. L'entraîneur va me tuer...

Si les mortels ne te tuent pas avant...

— Maman et mamie doivent être mortes d'inquiétude. J'ai toujours respecté les horaires qu'elles me donnent. Toujours.

Puis il ajouta, plus bas :

— Est-ce… est-ce qu'elles risquent quelque chose ?

— Nous n'en savons rien, répondit Regin. Mais dans la mesure où tu as été adopté, ce sont probablement des mortelles, ce qui signifie qu'il ne leur arrivera sans doute rien.

— Si quelqu'un les touche…

Ses yeux changèrent de couleur, devinrent noirs.

Natalya et Regin échangèrent un regard. Le noir, c'était la couleur des vampires ou des démons.

Mais le regard de Natalya glissa alors en direction du couloir.

— Seigneurs ! Regarde, Valkyrie.

Deux gardes traînaient Uilleam MacRieve. Les yeux bleus du loup-garou étaient éteints, son corps agité de soubresauts, sa peau livide. Dixon l'avait disséqué vivant, puis avait recousu sa cage thoracique avec des agrafes. Ses oreilles saignaient.

— Qu… qui c'est ? bredouilla Thad.

— Un de mes alliés, répondit Regin.

Les Lycae étaient désormais du côté des Valkyries et faisaient partie de l'armée Vertas. D'ailleurs, Regin était une lointaine parente par alliance de Uilleam. Sa nièce Emma, une halfelin, avait épousé le cousin de Uilleam, le roi des loups-garous, lequel vouait à sa femme une adoration sans bornes et se montrait extrêmement protecteur avec elle.

Le prince des Lycae, lui, était amoureux de Lucia. Et il avait intérêt à la protéger aussi, étant donné que Regin n'arrivait pas à la retrouver.

Avant que tout cela n'arrive, Regin envisageait d'appeler les Lycae « les toutous » et de leur raconter des blagues de Scoubidou. Puis elle s'était dit que non.

Aujourd'hui, sa loyauté allait à Uilleam. Elle courut vers la paroi de verre.

— On va bientôt sortir d'ici, MacRieve ! Tiens bon !

Elle le suivit du regard jusqu'à ce qu'il disparaisse au fond du couloir.

— Des alliés ? On a besoin d'alliés ?

Thad regarda le mur, comme s'il hésitait à retourner y cogner sa tête.

— Ils vous ont fait la même chose qu'à lui ? Est-ce qu'ils vont me le faire à moi aussi ?

Regin se tourna vers Natalya.

— On va tout faire pour l'éviter.

Je n'ai pas réussi à faire craquer le vampire.

Les gardes et les chercheurs s'écartaient prestement devant Declan, qui longeait le couloir sinueux d'un pas martial. Il entendait leurs murmures.

— C'était pas beau à voir, même pour la Lame…

— J'étais à deux doigts de plaindre la sangsue…

Quand Declan avait quitté la salle de torture, la peau de Lothaire avait brûlé jusqu'à l'os, et son corps était plus cendres que chair. Les lampes à UV brûlaient les vampires de la même manière que les gelures attaquaient les mortels. Le froid s'attaquait d'abord aux extrémités, puis remontait le long des membres, telle la gangrène.

Declan avait été impitoyable.

Pourtant, Lothaire n'avait pas parlé. Vers la fin, il répétait juste : « Elle arrive, elle arrive. Et elle va vouloir le récupérer… »

« Elle » était-elle seulement réelle ? Ne s'agissait-il pas plutôt d'une hallucination ?

D'autres soldats s'écartèrent devant lui, le regardant d'un œil inquiet. Declan savait qu'ils le craignaient, les avait souvent entendus parler de lui. Récemment, il avait surpris une nouvelle recrue qui murmurait :

— Chase me fout une trouille pas possible. Ce type est capable de t'ouvrir la gorge juste parce que ta tête ne lui revient pas.

Mais Declan se moquait complètement de ce que l'on pensait de lui, du moment que l'on obéissait à ses ordres.

Dans le couloir des cellules, il soutint le regard de tous les prisonniers qui osaient le dévisager. Sentaient-ils quelque chose de différent chez lui, comme l'avait senti le vampire ?

— T'es pas un mortel normal, lui avait dit Lothaire.

Sa journée, qui avait déjà mal commencé, n'allait pas en s'améliorant. Il avait raté l'interrogatoire de Lothaire à cause de la Valkyrie. Et la tentative d'évasion de MacRieve n'avait fait que souligner les problèmes de sécurité inhérents à la surpopulation carcérale.

Malgré cela, Webb continuait d'accepter de nouveaux détenus, faisant fi des recommandations répétées de Declan concernant l'élimination des prisonniers. Ils allaient devoir en discuter sérieusement tous les deux. *Soit je dirige cet endroit à ma façon, soit Webb vient prendre la barre*.

Une pensée lui traversa brusquement l'esprit. Et si Webb tombait d'accord avec lui… et décidait d'éliminer la Valkyrie ?

Qu'il en soit ainsi, se dit-il. Pourtant, cette idée le fit frissonner. Et il ignorait pourquoi ! Son boulot, son but dans la vie était d'anéantir cette espèce, individu après individu.

S'il n'y arrivait pas, alors que faisait-il ici ? Maudite soit-elle, quelle était donc cette emprise qu'elle avait sur lui ?

J'ai prévu de la torturer demain. Pourtant, elle m'attire comme aucune autre femme avant elle.

Et rien que pour cela, il la détestait.

13

— Hé, viande fraîche ! lança un démon féral depuis sa cellule, tandis qu'un garde trapu emmenait Regin. Tu fais moins la maligne quand tu peux pas nous attraper, hein ?

Regin avait été menottée et sentait encore les effets du gaz toxique qui l'avait étourdie. Elle était en route pour un interrogatoire, ou une vivisection.

Et voilà que les démons osaient la narguer ? Elle se rua contre la paroi vitrée.

— Tout doux, Valkyrie, dit le garde – un certain Vincente, lui semblait-il.

Les démons s'écartèrent brusquement. Elle entendit l'un d'eux raconter :

— Elle m'a fait bouffer une nasse à homard l'été dernier.

Regin esquissa un sourire. Il lui avait bien semblé le reconnaître, effectivement. Mais son sourire disparut lorsqu'elle aperçut l'occupante de la cellule suivante.

Carrow la Taularde, une de ses bonnes copines, une qui savait vraiment faire la fête. La sorcière aux cheveux noirs se tenait juste derrière la vitre.

— C'est un peu comme une gueule de bois en plomb qui s'éternise, hein ? lança-t-elle en se forçant à sourire.

Derrière elle se tenait une sorceri que Regin reconnut aussi. La Reine de la Persuasion. Les sorceri étaient des êtres rusés ; certains avaient bon fond, d'autres très mauvais.

— Ça va, là-dedans ? demanda Regin, jouant la Valkyrie dure à cuire à qui on ne la fait pas, toujours prête à régler un problème.

Carrow hocha la tête.

— Ma coloc est plutôt cool. Et toi ? Tu pars pour un interrogatoire ? Ou pour… un examen ?

Regin usa de tout son flegme pour répondre d'un ton détaché :

— Chais pas. Chase ou Dixon ? Un des deux va prendre mon pied dans le cul, en tout cas, c'est sûr. À plus, ma vieille.

Dix cellules plus loin se trouvait Brandr, le frère d'armes d'Aidan, qui avait pris son serment de loyauté envers son chef et ami *très* au sérieux.

Il bondit de son lit.

— Regin !

— Tiens, tiens, mais toute la bande est là, on dirait…

Nïx avait dû le renseigner sur les activités de Regin. Encore une fois.

— Je vais te sortir de là, dit-il.

Ses yeux verts brillaient d'une lueur étrange. Regin eut un petit rire.

— Tiens-moi au courant, branleur.

Découvrir Brandr dans cette prison ne faisait que souligner la situation critique dans laquelle elle-même se trouvait.

— Mais c'est curieux, quand même, reprit-elle. En général, tu n'apparais qu'au moment où on l'enterre.

Brandr encaissa la pique avec un petit sursaut, et aussitôt, Regin s'en voulut. Tous deux avaient une responsabilité dans cette malédiction. Regin provoquait toujours la mort d'Aidan, Brandr arrivait toujours trop tard pour le sauver. Et pourtant, il continuait à essayer.

Dans le Mythos, on l'appelait de plus en plus souvent Brandr le Fidèle.

— Sais-tu qui m'a amenée ici ? demanda-t-elle d'un ton plus doux.

— Oui. C'est *lui*, même si j'ai du mal à le croire. Regin, tiens bon. Je vais trouver une solution.

Vincente la poussa en avant.

Quand ils passèrent devant la cellule du roi des centaures, Volos pointa un index en direction de Regin, puis le fit glisser sur sa gorge.

— Dis donc, je t'aurais pas vu enfiler un âne à Tijuana, toi ? Non ? Tu as un jumeau, alors…

— Allez, avance, ordonna Vincente d'un ton menaçant.

Elle le regarda. Il ressemblait à un ancien boxeur professionnel, catégorie poids lourds. Front bas, menton carré, et une barbe naissante dont elle aurait parié qu'aucun rasoir ne pouvait venir à bout. Il avait les cheveux noirs et les traits d'un Amérindien croisé avec un mafioso.

C'était le premier humain ici qui ne la fixait pas avec animosité.

— Tu m'emmènes où, mon grand ?

Pas de réponse. La veille, des gardes avaient ramené Lothaire après l'interrogatoire de Chase. La chemise du vampire était déchirée, révélant sa peau carbonisée. Les yeux mi-clos, il avait croisé le regard de Regin et murmuré quelque chose en russe.

Lothaire était un ennemi – il avait infligé à la Valkyrie des souffrances inimaginables –, alors comment aurait-elle pu éprouver de la compassion pour lui ?

— *Da svidaniya*, connard, avait-elle répondu.

Aujourd'hui, c'était elle qui avait rendez-vous avec Declan, ou avec la folle qui se faisait passer pour un médecin.

— Alors, demanda-t-elle à voix basse au garde, on va me mettre une fermeture Éclair à moi aussi ?

Tiens ? avait-il secoué la tête imperceptiblement ?

— Je vais être interrogée, alors ?

Rien. *Merde, c'est l'interrogatoire, donc*.

Quelques instants plus tard, il la fit entrer dans une pièce austère avec une caméra de surveillance vissée au plafond, un miroir – de toute évidence sans tain – sur un des murs blancs et une table et deux chaises au milieu.

Vincente lui indiqua une des chaises, celle qui était fixée au sol.

— Assieds-toi.

— Je préférerais rester debout...

D'une main sur l'épaule, il la fit asseoir, puis attacha ses menottes à un barreau du dossier.

Quand elle fut ainsi immobilisée, un technicien en blouse blanche entra et lui planta une intraveineuse dans le bras. Le tube transparent était relié à une poche probablement pleine d'une drogue destinée à faciliter la tâche de son tortionnaire.

Regin comprit rapidement qu'il n'aurait qu'à appuyer sur un bouton pour envoyer la dose nécessaire.

Vincente et le technicien s'en allèrent, et Chase entra, l'air soucieux, les cheveux encore humides, comme s'il sortait de sa douche. Il les avait coiffés en arrière, dégageant son visage rasé de frais, révélant un peu plus la finesse de ses traits ainsi que les minces cicatrices qui montaient le long de son cou. De larges cernes soulignaient ses sinistres yeux gris.

Malgré ses nombreux défauts, Declan Chase avait quelque chose de triste, de malheureux qui le rendait presque séduisant. Regin éprouva un certain réconfort à l'idée que, d'une certaine façon, il était aussi désespéré qu'elle en cet instant.

Il s'assit en face d'elle sans dire un mot. Il portait la même tenue militaire que d'habitude, mais aujourd'hui, son pull de laine semblait trop étroit pour ses épaules et son torse. Il était plus musclé qu'elle ne l'avait d'abord cru.

— Hou, mais c'est Musclor, ce matin !

Comme il la fusillait du regard, elle tapa du pied.

— Quoi ? Qu'est-ce que j'ai dit ?

Dans sa bouche, c'était un compliment.

Mais, de près, il était difficile de ne pas voir la haine qui animait Chase. Et si elle avait refusé jusque-là d'envisager une évasion impliquant de rappeler son passé au maître, elle réalisait maintenant que cela allait être difficile de faire autrement.

Elle balaya la pièce d'un regard las.

— J'ai l'impression de me retrouver dans un épisode de *New York Police Judiciaire*. Est-ce que je ne devrais pas appeler mon avocat, avant que tu m'en colles pour vingt ans ? Non ? Bon, qu'est-ce que t'as l'intention de me mettre dans les veines, exactement ?

— Du poison douloureux, pris à la Reine sorceri des Agonies et reproduit pour servir nos objectifs.

Les Reines, chez les sorceri, pouvaient manipuler à leur guise un élément particulier. *Résultat des courses : ça va faire mal.*

— Encore un outil piqué au Mythos ? C'est comme vos torques, hein ? Et on raconte aussi que cet endroit est protégé par des pouvoirs magiques. Vous vous servez de la magie quand ça vous arrange, alors que c'est un truc à *nous*.

— Tu me dis ce que je veux savoir, ou je t'envoie une dose, dit-il comme s'il ne l'avait pas entendue.

Et il lui montra le boîtier de contrôle qu'il tenait dans la main, avec un petit bouton rouge en son centre.

— La torture ne marche pas sur nous, elle nous met juste très en colère. Et la colère finit par s'accumuler, avec le temps.

— J'obtiendrai des réponses de toi d'une manière ou d'une autre, Valkyrie. Soit par le biais de cet exercice douloureux que tu considères comme insignifiant, soit grâce à une conversation entre interlocuteurs civilisés.

— Tu appelles ça civilisé ?

Elle tira sur ses menottes, pour pouvoir se pencher en avant.

— Hé, Chase, murmura-t-elle. Tu la sens, pourtant, la tension sexuelle qu'il y a entre nous, non ? C'est fatigant, de résister comme ça.

Le regard de Chase se fit plus glacial encore, comme si elle venait de blasphémer.

— C'est toi le chef, ici, alors ? J'ai vu que t'avais pris Lothaire. T'as carrément des couilles, de t'attaquer à un type pareil.

— As-tu des informations sur ce vampire ? Cela pourrait jouer en ta faveur.

— Tu veux faire de moi une balance ? Que je te révèle tout ce que je sais ? Plus je parle, mieux tu me traites, c'est ça ?

Il la fixait toujours, sans cacher son dégoût.

— Alors, tu vas en prendre plein les oreilles, je te préviens ! Lothaire ? Tout le monde trouve qu'il est plus chaud que le soleil qu'il ne verra jamais, mais moi, je ne vois vraiment pas pourquoi on dit ça.

Certaines de ses sœurs valkyries le décrivaient comme fascinant, quasiment ensorcelant.

— Je veux dire, OK, il a un corps de rêve – quand il n'est pas trop grillé –, mais c'est une sangsue, un parasite ! Ses iris sont presque rouges. D'après ce que les filles racontent, on ne sait jamais s'il va vous tuer ou vous embrasser. Et moi, c'est le genre de chose que j'aime bien savoir d'emblée, quand même… C'est important, non ?

Chase plissa les yeux.

— Soit dit en passant, moi, je les aime jeunes, un peu cons et bien membrés. Et Lothaire ne remplit qu'un de ces trois critères. En plus, c'est un vampire, et je méprise les vampires. C'est d'ailleurs un truc qu'on doit avoir en commun, toi et moi...

— Tu refuses de révéler des informations pertinentes sur ton ennemi ?

— Je suis prête à parier que Lothaire ne dira rien sur moi non plus. D'ailleurs, je suis aussi prête à parier que tu ne sais pas grand-chose sur les Valkyries.

— Si c'est vrai, tu ne vas pas tarder à combler mes lacunes.

— Tu n'avais jamais capturé de Valkyrie avant moi, je me trompe ?

Avait-il entendu un certain mépris dans sa voix ?

— Mais j'en ai une, maintenant.

Comme son pouce caressait le bouton rouge, elle le considéra avec stupéfaction.

— Tu vas vraiment me... torturer ?

Il lui lança un regard étonné.

— Pourquoi ne le ferais-je pas ?

Parce que dans les siècles passés, tu m'as aimée, tu m'as chérie.

— Je croyais qu'il y avait eu quelque chose entre nous, hier... T'as pas aimé la dentelle noire ?

— Pourquoi les lanceurs de charge n'ont-ils pas d'effet sur toi ? demanda Chase d'une voix monocorde.

Il va vraiment le faire ? Merde, qu'il aille se faire foutre, alors. Alerte maximale.

— Chase, je me donne du plaisir avec des vibromasseurs plus puissants que tes pistolets électriques.

Pas de réaction.

— Tu as absorbé l'énergie dégagée par les lanceurs et tu l'as canalisée pour en user à ta guise. Comment peux-tu faire ça ?

— J'ai branlé un extraterrestre, il y a longtemps. Il avait la bite radioactive.

Il appuya sur le bouton.

Elle suivit des yeux la goutte de poison qui s'engageait dans le tube et grommela :

— Tu ne me laisses pas vraiment le choix, là, Chase...

Le souvenir lui revint des moments passés avec Aidan, quand il lui enseignait l'art de la guerre. Elle se trouvait aujourd'hui sur un champ de bataille et ne voyait qu'une tactique pour s'en sortir : l'attaque. Allait-elle une fois de plus causer la mort de celui qu'elle aimait ?

Se contenter de croupir ici, en cellule, c'était attendre la mort. Regin n'était pas restée vivante pendant tant de siècles en prêchant l'inaction.

Quand le poison atteignit son bras, elle serra les dents pour ne pas crier – c'était comme si le feu s'engouffrait dans sa veine. Elle se mit à transpirer, tandis que tous les muscles de son corps se tétanisaient.

— Quand je m'évaderai... souffla-t-elle.

— Valkyrie... personne ne s'est jamais évadé de cette île.

— En dehors d'un bataillon... d'immortels morts ?

— Précisément. Maintenant, dis-moi quelle langue tu parles avec ta codétenue.

— L'immortellien ? Non. L'immortelland ? L'immortalois !

— Tu veux que je te fasse du mal ?

Une nouvelle goutte glissa dans le tuyau.

— Je veux que tu ailles te faire foutre ! lâcha-t-elle juste avant que le poison ne pénètre dans sa veine.

Elle s'arc-bouta et enfonça ses griffes acérées dans ses propres paumes pour s'empêcher de hurler. La lumière des lampes se fit plus vive, tandis que, dehors, le tonnerre grondait.

Du sang coula de son nez. Elle en sentit dans sa bouche, aussi.

S'il recommence, ma décision est prise.

— On me dit que l'effet va croissant. Plus j'injecte de poison, plus il est douloureux.

Il expliquait cela avec calme, mais il était livide, plus pâle encore qu'en temps normal.

— Mais si tu me parles des points faibles des Valkyries, je t'administrerai l'antidote.

— Des points faibles ? Il y en a tellement… Avant tout, on craint… les chatouilles.

Une nouvelle goutte quitta la poche.

— Tu me le paieras !

La douleur était atroce, comme si de l'acide lui dévorait les entrailles. Regin jeta la tête en arrière et hurla. Ses bras tirèrent violemment sur les menottes.

Tchac ! Son épaule se démit. Au-dessus d'elle, les ampoules explosèrent.

Je vais le tuer ! Je vais le faire moi-même ! Quand les effets de cette nouvelle vague de douleur se calmèrent, elle ne voyait plus qu'à travers un filet de sang. Des gouttelettes rouges sourdaient de ses pores.

— Tu brilles moins, dit Chase. C'est l'émotion ?

Elle lui cracha dessus et sourit.

— Ce que tu es en train de faire te coûtera cher… bien plus cher qu'à moi.

Je dois faire en sorte que la mémoire lui revienne.

— Voilà que tu te comportes encore comme si nous nous étions déjà rencontrés.

— Je t'ai connu, oui. C'était bien longtemps avant tout cela. Tu ne te souviens pas de moi ?

Il bondit de sa chaise, contourna la table et referma une main sur la gorge de Regin.

— Étais-tu présente cette nuit-là ? murmura-t-il en serrant.

— Où… où ça ?

— Étais-tu là ?

— Aidan ou pas… tu vas le sentir passer !

Elle lança son genou dans l'entrejambe de Chase, mais il se protégea de sa main libre.

— Comment m'as-tu appelé ?

Il serrait toujours plus fort.

— Connard ! lâcha-t-elle dans un souffle.

Mais de quelle nuit Chase parlait-il ? Elle ne comprenait pas, n'arrivait pas à réfléchir !

— Pourquoi m'as-tu appelé Aidan ?

Elle perdait conscience. Son cœur battait à tout rompre.

— Tu veux le savoir ? Amène-moi... dans ton bureau... demain. Juste toi et moi. Je te dirai... *tout*.

Quand la tête de la Valkyrie tomba en avant et que sa luminescence baissa encore, Declan la laissa et regagna ses appartements, furieux.

Il atteignit les toilettes juste à temps et vomit tout ce qu'il avait dans l'estomac. Quand les spasmes se calmèrent, il se releva péniblement, s'agrippa au lavabo et attendit de retrouver l'équilibre. Et son sang-froid. *Que m'arrive-t-il ?*

Administrer ce poison à la Valkyrie l'avait affecté presque autant qu'elle. Et pourtant, il avait déjà infligé cela à des centaines de prisonniers.

Quand il avait torturé Lothaire, la veille, il avait regretté que la session se termine, aurait aimé avoir encore de la chair à tourmenter.

Après cette séance avec Regin, Chase avait le sentiment qu'on l'avait torturé, *lui*.

Et elle l'avait appelé Aidan. Comme le berserk. S'ils avaient l'intention de le rendre parano...

Ça marche, bordel.

Debout devant le miroir, il grommela :

— Je la hais.

Et pourtant, il sentait toujours cette attirance...

Y compris au moment où j'étais prêt à la tuer...

Un chasseur mortel et sa proie immortelle. *Mais je ne suis peut-être pas complètement mortel.* Il frissonna.

Elle voulait le voir dans son bureau ? Qu'avait-elle en tête ? Ils avaient *toujours* quelque chose en tête. Ces êtres vivaient pour tromper.

Il retira ses gants et se passa de l'eau sur le visage.

Accéder à sa demande était de la folie, mais il avait besoin des réponses promises à Webb. Et il savait qu'il n'arriverait pas à la torturer de nouveau. Recevoir une prisonnière en tête à tête dans son bureau lui vaudrait des haussements de sourcils dubitatifs, mais Declan s'en contrefichait. Personne n'oserait le lui interdire.

J'ai besoin de savoir pourquoi elle m'a appelé ainsi.

Il se rinça la bouche et regagna sa chambre d'un pas hésitant. Là, il se laissa tomber dans le fauteuil, devant la console, et se brancha sur la cellule de la Valkyrie.

Vincente et un autre garde – équipés de gants épais, car le poison qui suintait de la peau de la détenue était létal pour les mortels – étaient en train de l'y ramener. Vincente la déposa sur le sol, avec plus de précautions que l'autre garde ne l'aurait fait.

Le corps de la Valkyrie était toujours agité de convulsions sous l'effet de la douleur, et elle ne brillait presque plus.

Declan aurait dû observer cette scène d'un œil impassible. Au lieu de quoi, il sentit la bile remonter dans sa gorge.

À peine Vincente eut-il refermé la cellule que l'halfelin arracha son tee-shirt pour essuyer le sang de Regin. La fey l'écarta vivement, avant qu'il ne touche sa peau et ne s'empoisonne. Puis elle frappa l'épaule de la Valkyrie juste en dessous de l'articulation, forçant la tête de l'humérus à rejoindre sa cavité.

Avant de perdre conscience, Regin murmura quelque chose à Natalya dans cette langue inconnue, cette langue qui le rendait fou car il ne parvenait pas à l'identifier.

Et ce qu'elle lui dit sembla *soulager* la fey. Declan venait d'enfouir la tête entre ses mains quand un message s'afficha sur son écran. Cela venait de Webb.

Dis-moi comment s'est passée ta session avec la Valkyrie. Productive, j'en suis sûr. Petit changement : les infos concernant leurs points faibles passent maintenant avant tout le reste. On oublie la source d'énergie de la Valkyrie et l'anneau du vampire pour le moment.

Declan connaissait désormais la marche à suivre.

14

— Encore ? s'étonna Carrow en voyant Vincente escorter de nouveau la Valkyrie dans le couloir.

Quand le garde était venu la menotter et l'emmener, sans la gazer au préalable, Regin avait tout de suite compris.

Chase avait mordu à l'hameçon.

— Qu'est-ce que tu veux que je te dise, Carrow ? Le maître apprécie beaucoup ma compagnie.

— J'ai vu comme tu as apprécié la sienne hier, lâcha la sorcière dans un murmure précipité. Peut-être que tu pourrais essayer de ne pas le mettre en colère, ce soir ?

C'est l'objectif, précisément.

— J'y vais avec un gage de paix. Regarde, dit Regin en baissant les yeux sur sa propre poitrine. J'ai pas mis de soutif.

Carrow secoua la tête.

— Toujours aussi allumeuse, à ce que je vois.

En passant devant la cellule de Brandr, Regin lui lança, en norvégien ancien, qu'elle n'en avait plus pour longtemps ici. Elle était sûre d'elle, mais savait aussi qu'un certain nombre de facteurs allaient jouer contre elle.

D'abord, elle n'était pas très éloquente, ni très persuasive. À dire vrai, pour ses congénères, elle était même le contraire de tout cela : elle n'avait aucun sens de la nuance et frisait l'impertinence plus souvent qu'à son tour.

Ensuite, elle n'avait jamais recours à la ruse, à laquelle elle préférait toujours la franchise, même brutale.

Enfin, elle avait la réputation de partir en vrille à la moindre provocation. Réputation tout à fait méritée. Son humeur versatile était de notoriété publique.

Malgré cela, elle allait devoir feindre d'être attirée par un homme qui l'avait torturée sans merci, alors que sa seule envie était de lui apprendre à s'habiller avec ses propres intestins.

— Lui non plus n'en a plus pour très longtemps ici.

En entendant cela, Brandr se rua contre la paroi vitrée. Ses yeux verts étaient injectés de sang, son beau visage était blême. Chase avait dû le *travailler*, lui aussi.

— Regin, ne fais pas ça ! Je le mettrai en garde !

Brandr et Regin ne s'étaient jamais vraiment entendus, mais s'il était une chose dont elle ne pouvait douter, c'était la loyauté de Brandr envers Aidan.

— Ne te mets pas en travers de mon chemin, tu briserais ton serment…

Elle se tut. Étaient-ce des *agrafes* qui dépassaient du col de Brandr ?

Seigneurs, Chase avait ordonné la vivisection de Brandr ? S'il avait fait subir cette horreur à celui qui était autrefois son ami le plus fidèle, il agirait de même avec elle.

Quand Vincente et elle arrivèrent au sas qui reliait ce bâtiment aux deux autres, le garde la poussa vers celui qui n'abritait que des bureaux et des laboratoires, tous déserts à cette heure tardive. Ils allèrent jusqu'au bout du couloir et entrèrent dans un bureau lambrissé de bois sombre.

Chase s'y trouvait déjà, assis derrière un grand bureau. Il portait la même tenue que d'habitude, son impeccable uniforme. Regin sentit même l'odeur du cirage. Il cachait de nouveau son visage derrière une large mèche, et il n'était pas aussi pâle que d'ordinaire. *Jolies lèvres*, se surprit-elle à penser.

— Laisse-moi deviner, dit-elle. Tu avais bien préparé ton petit speech d'introduction, mais tu as tout oublié quand tu as vu que je ne portais pas de soutien-gorge.

Le regard furieux de Chase se posa sur sa poitrine. Son tee-shirt ajusté moulait d'autant plus ses seins qu'elle avait les bras attachés dans le dos.

— Laisse-nous, Vincente, ordonna Chase.

L'homme obtempéra sans mot dire.

— Que les choses soient bien claires, tout de même, continua Regin, ce n'est pas ma faute si j'arrive ici avec ce look d'entraîneuse. Tu m'as prise de court, le jour de la lessive, et mes sous-vêtements sont en train de sécher. Mais si c'est pour toi, je peux bien supporter un peu plus de gémissements de désir dans mon sillage.

Il changea discrètement de position derrière son bureau. Bingo. Il avait la gaule. *Regin : un, Chase : zéro*.

Mais son ressentiment sembla redoubler.

Elle ignorait quand Chase la convoquerait de nouveau, et s'il la reconvoquerait un jour, alors il fallait absolument qu'elle saisisse sa chance aujourd'hui. Pour raviver la mémoire de Chase, elle devait soit le contraindre à l'embrasser, soit provoquer le berserk en lui.

Sexe ou violence, c'était au choix.

— Oui, c'est bizarre, mais notre cellule n'a pas de buanderie, alors ce que je fais, c'est que je lave mes sous-vêtements un jour et le reste de mes vêtements la fois d'après, comme ça, j'ai toujours quelque chose à me mettre pour les caméras. Je ne suis pas pudique, mais j'ai eu ma part de types qui s'astiquent le jonc devant des vidéos de moi, et là, je dis stop. Surtout qu'on est passé de la simple idolâtrie à quelque chose de beaucoup plus sinistre.

Elle s'approcha du bureau d'un pas léger et monta dessus, avant de s'asseoir sur les papiers de Chase.

— Ôte-toi de mon bureau, Valkyrie, ordonna-t-il sans desserrer les dents, ses yeux affamés rivés sur ses seins rebondis.

— Pff, qu'est-ce que t'es susceptible... soupira-t-elle en sautant à terre, avant de faire le tour de la pièce.

Il ne dit rien, se contenta de ranger ses papiers tout en l'observant.

La déco était moderne et prétentieuse. En dehors du grand bureau en acajou et de la bibliothèque qui allait avec, il y avait un immense canapé en cuir, avec les fauteuils assortis. Des rangements avaient été installés le long des murs, et deux immenses fenêtres révélaient une forêt plongée dans le noir. Ce genre d'arbres ne devait pas pousser dans beaucoup d'endroits sur terre...

Il n'y avait aucun tableau, aucun élément de décoration. Les rayonnages de la bibliothèque étaient vides.

Elle se tourna vers lui.

— Je suis vraiment soulagée de savoir que tu ne faisais pas partie de ceux qui se paluchaient devant ma vidéo. Car tu n'en faisais pas partie, n'est-ce pas ? demanda-t-elle avec un clin d'œil appuyé.

Mais il restait de glace.

— Alors, c'est pour quoi, les gants, exactement ? On raconte que tu n'aimes pas toucher les autres, ni être touché. Tu veux bien m'expliquer ?

Elle s'installa sur le canapé, remonta un genou contre sa poitrine.

— Je me demande comment tu fais pour baiser. Mais peut-être que tu ne baises pas ?

Tout semblait éteint en lui. La colère, l'intérêt, tout.

— Tu ne sais rien de moi.

— La lame de la Lame est dans son fourreau, pas vrai ? dit-elle avec un sourire en coin. Je peux te jurer que je te connais mieux que tu ne te connais toi-même.

— C'est ce que tu répètes à l'envi.

Tu joues ta vie, là, Regin. Elle inspira profondément. *Aidan voudrait que je vive.*

Et puis, elle n'avait pas le choix, de toute façon. Elle devait s'en sortir, Lucia avait besoin de son aide. Mais ce n'était pas si facile. Des siècles d'espoir secret et d'attente luttaient contre le besoin de sauver Lucia – et de se sauver elle-même...

Ce fut la Valkyrie qui l'emporta.

— Ouais. Il y a très longtemps, tu t'appelais Aidan le Fier. Je te connais depuis plus de mille ans.

Bizarrement, il sembla se détendre un peu.

— Et pourtant, je n'ai pas encore quarante ans.

— Tu te réincarnes. Beaucoup.

— Je me réincarne, et souvent, en plus ? Tiens, tiens, voilà qui est intéressant, dit Chase avec un rire narquois. Et là, j'en suis à combien de fois ?

— À ma connaissance, c'est la quatrième.

— J'ai toujours la même tête ?

Il jouait avec elle.

— Tes yeux sont les mêmes, mais le reste est toujours différent. Je peux te reconnaître, et tu as toujours l'impression de me connaître. Même là, dans une certaine mesure, c'est l'impression que tu as. Notre petite session de torture t'a sans doute fait autant de mal qu'à moi.

— Tu es folle, dit il.

Il semblait sûr de lui.

— Je te jure sur le Mythos que je dis la vérité. Tu sais que ce genre de serment m'engage de façon irrévocable.

— Seulement s'il est fait à une autre créature du Mythos.

L'expression de Chase s'assombrissait, menaçante. Mais il en fallait plus pour arrêter Regin.

— Je sais que tu refuses de croire que nous avons quelque chose en commun, toi et moi. Mais tu appartiens au Mythos.

Elle entendit les gants de cuir crisser sous le bureau, comprit qu'il s'imaginait sans doute en train de l'étrangler.

— Écoute, je te propose un marché. Je te donne des infos sur le Mythos, plus que tu n'en as jamais obtenu de n'importe quel prisonnier, et en échange, tu m'accordes quelques privilèges.

— Par exemple ?

— Tant que je te donne des infos, tu ne me tortures pas, et tu ne tortures pas Carrow, ni Brandr, ni Uilleam MacRieve, ni Natalya, ni Thad. Tu nous laisses tranquilles, mes amis et moi, et je te tuyaute.

Elle voyait presque les rouages tourner dans son cerveau. Il la prenait pour une folle absolue. Mais il pensait aussi qu'elle pouvait lui révéler des choses importantes.

Une nouvelle fois, il mordit à l'hameçon.

— C'est d'accord. Alors dis-moi, Valkyrie, comment nous sommes-nous rencontrés ?

15

— Tu étais un seigneur de guerre dans les terres du Nord, dit la Valkyrie.

Declan lui fit signe de poursuivre, mais elle sembla hésiter. Déjà, un peu plus tôt, il avait eu le sentiment qu'elle se demandait quelle décision prendre. *Elle cherche probablement la meilleure façon de tromper un mortel.*

Mais peut-être ne jouait-elle pas. Parmi les plus vieux immortels, un grand nombre finissait par sombrer dans la folie. Il était possible qu'elle croie ce qu'elle racontait.

Pourtant, son regard semblait lucide.

— Un seigneur de guerre *berserk*.

Il se figea. De toutes les factions, il avait fallu qu'elle choisisse celle-ci... Brandr le berserk lui avait paru familier, tout comme Regin.

Non, non, tout cela n'était qu'un coup monté, un piège destiné à le déstabiliser. Il ravala sa colère, conscient qu'il devait supporter toutes ces conneries s'il voulait obtenir des informations.

— Dis-moi ce qu'est pour toi un berserk.

Feindre d'entrer dans son jeu lui répugnait, mais il ne voyait pas d'autre solution.

— Un berserk est un mortel doué d'une vitesse et d'une force inhabituelles, répondit Regin. Il voue un culte à l'ours et peut canaliser sa férocité, la transformer en une fureur qui fait de lui l'être le plus puissant de la terre. Temporairement, du moins. Quand sa fureur retombe, il est très faible.

Elle le fixa d'un regard scrutateur.

Chase ne manifesta aucune réaction, alors même que le doute s'insinuait en lui.

— Les berserks ont juré fidélité à Wotan et ont combattu en son nom.

Les mythes correspondaient rarement à la réalité, mais Declan avait fait des recherches sur les Valkyries.

— Wotan est censé être le père des Valkyries, non ?

Elle hocha la tête.

— Oui. Mes parents sont des dieux. Enfin, deux de mes trois parents.

— Comment ça, trois parents ?

— Quand une guerrière vierge, au moment de mourir, supplie les dieux de lui donner du courage, Wotan et Freyja envoient la foudre sur elle et l'emmènent au Valhalla, la sauvent ainsi. Je suis née de cette foudre.

Devant l'expression de Chase, elle demanda :

— Tu ne me crois pas, c'est ça ?

— Les immortels sont connus pour en rajouter quand ils évoquent leurs origines. Mais j'ai appris à ne jamais rien rejeter en bloc.

— C'est tout à ton honneur.

— Je me demande néanmoins pourquoi tes parents m'ont laissé te capturer, si ce sont vraiment des dieux...

— Pour conserver leurs pouvoirs, Wotan et Freya dorment. Ils se nourrissent de l'adoration de leurs disciples, or, ces derniers siècles, dans le Grand Nord, la dévotion s'est faite plus rare.

Si quoi que ce soit là-dedans était vrai... *Toutes ces infos, à portée de main.*

— Qui est ton troisième parent ?

— Ma mère biologique appartenait à un peuple appelé les Radieux, une race ancienne de mortels qui brillaient. Est-ce que savoir qu'une mortelle m'a enfantée change l'opinion que tu as de moi ?

Cela le surprenait, plutôt.

— Où est-elle, aujourd'hui ? Et les Radieux, où habitent-ils ?

— Elle est morte depuis bien longtemps. Ils sont tous morts. Je suis la dernière représentante de ce peuple.

— Comment sont-ils morts ?

— C'était une race très ancienne, comme je te l'ai dit, et ils étaient mortels. Le temps donne beaucoup, mais il prend aussi, dit-elle avec un haussement d'épaules.

Mais ses yeux brillaient, indiquant que le sujet la touchait plus qu'elle ne le laissait entendre.

— Berserks, Valhalla et dieux nordiques... Je suppose que tu as rencontré Aidan devant une corne d'hydromel.

Elle se leva et marcha jusqu'à une fenêtre de ce pas chaloupé qui captivait le regard de Chase et accélérait son pouls. Sachant qu'elle pouvait entendre les battements de son cœur, il tenta de les contrôler.

— En fait, je venais de quitter le Valhalla quand on s'est rencontrés. Et je ne buvais pas d'hydromel. Je n'avais que douze ans.

— Où se trouve le Valhalla ?

— Dans une autre dimension. Une dimension divine.

— Alors, pourquoi en es-tu partie ? C'est un peu comme quitter le paradis, non ?

— Oui, mais ma sœur Lucia était en danger. Alors, je me suis jetée dans ce monde étrange et dur en pensant pouvoir la sauver. J'ai été attaquée par des vampires tout de suite. Et je me suis échappée de justesse.

— C'est pour cela que tu les détestes tant ?

— En partie. La Horde a été très dure avec les Valkyries. Toute l'armée du Pravus l'a été. Tu sais qui ils sont exactement ?

— Je sais que vous êtes répartis en groupes.

Les Valkyries, les wiccae, les fey et les Lycae appartenaient à une alliance baptisée le Vertas. Les vampires de la Horde, quelques démons et la plupart des créatures les plus bestiales du Mythos étaient réunis au sein du Pravus.

— Tout ce que tu dois savoir, c'est que pour l'Accession, il faut te mettre du côté du Vertas. Tu sais ce qu'est l'Accession, n'est-ce pas ?

— Bien sûr. C'est une guerre entre toutes les factions du Mythos, qui éclate tous les cinq cents ans. Mais on ne sait jamais quand, ni où exactement.

Elle eut un petit rire.

— Quoi, c'est pas ça, peut-être ?

— Il ne s'agit pas d'une simple bataille. C'est une *force*, qui jette les factions les unes contre les autres. L'Accession nous plonge dans le conflit malgré nous. C'est une façon de contrôler notre nombre.

Encore une belle info. Une des choses qu'il détestait le plus chez les *detrus*, c'était qu'ils se multipliaient de façon incontrôlable, la maladie, les accidents et la vieillesse n'ayant aucune prise sur eux. Et voilà qu'elle lui annonçait l'existence d'un mécanisme propre à leur monde destiné à les faire s'entre-tuer !

— Pourquoi ne pas résister à cette force ?

— Parce qu'elle génère aussi des alliances et permet aux âmes sœurs de se trouver. Et puis c'est rigolo, de se battre.

— Et aujourd'hui, l'humanité se trouve entraînée dans votre bataille si *rigolote*.

Regin éclata de rire.

— Des mortels ? À l'Accession ? Sur le banc de touche, alors, les petits, hein ! N'allez pas vous faire mal.

Seigneur, elle l'exaspérait.

— Le Vertas et le Pravus ont tous deux pris des humains pour cibles récemment. Ils ont même agressé l'Ordre. Nous n'avons eu d'autre choix que de nous défendre contre les deux.

Regin revint vers le canapé.

— Je suis désolée de te corriger, mais nous ne vous connaissons pas. Je n'avais jamais entendu parler de votre petite organisation avant que tu me kidnappes. Et autour de moi, personne n'est au courant.

— Une guerre entre les humains et les immortels se prépare.

— Les humains ne vont pas nous faire la guerre, ils ne sont même pas au courant de notre existence ! C'est ridicule.

— Vous avez au moins une chose en commun, tous autant que vous êtes : l'arrogance. Ce qui est ridicule, c'est que vous pensiez que nous ne sommes pas au courant. Une partie de notre mission est de dissimuler votre existence au monde... ce qui est quasiment impossible quand tu t'exhibes en public avec ta peau luminescente !

Elle porta les mains à ses joues en s'écriant :

— Ma peau est luminescente ? Ça alors... Je devrais être privée de sortie juste parce que j'ai touché une bite radioactive ? Arrête de dire des bêtises, Chase.

Je la déteste, bon Dieu ! Elle n'était qu'une tueuse sans états d'âme, grossière, insensible au mieux, vicieuse au pire. Et voilà qu'elle le fixait de son regard étrange, les oreilles en mouvement.

Puis il comprit enfin. Elle disait cela pour le provoquer, pour voir comment il réagirait. Jusqu'à présent, il l'avait prise pour un être frivole et insouciant, mais il voyait maintenant qu'elle avait systématiquement pratiqué de petites lézardes dans son armure.

— Écoute, je ne suis pas venue ici pour me battre. J'étais en train de t'expliquer que tu étais un berserk. Même si tu ne crois pas un mot de ce que je dis.

— Mes parents étaient des mortels ordinaires.

— Tu as peut-être hérité d'un gène récessif. Il y a déjà eu des exemples.

— Comme c'est pratique.

— Il m'a semblé que tu me comprenais quand je t'ai parlé en norvégien ancien.

— Tu t'es trompée, mentit Chase.

Je deviens fou. Il avait cherché cette langue dans les banques de données de l'Ordre, mais n'en avait pas compris un traître mot.

Pourtant, il avait parfaitement compris Regin quand elle l'avait parlée.

— Raconte-moi ce que tu as ressenti juste après m'avoir capturée à La Nouvelle-Orléans. Un gros coup de mou juste après la montée d'adrénaline ?

— Qui ne se sent pas fatigué après une épreuve physique intense ?

— Je parie que tes sens sont très développés. Tu vois et tu entends mieux que tous ceux qui t'entourent, je me trompe ?

Il haussa les épaules.

— Tu es dans le déni. Normal.

— Je ne nie rien du tout. Sauf le fait d'être un berserk.

— Mais ça va ensemble ! Tu ne peux pas prendre ce qui t'arrange et jeter le reste. C'est tout ou rien.

— Je soupçonne votre sibylle Nïx d'avoir tout organisé. Elle a fait en sorte que ce soit moi qui te capture et que tu sois informée de mes capacités hors du commun. En dehors de cela, je n'ai rien d'un berserk. Tout cela est un coup monté.

— C'est drôle. Dans tes autres réincarnations, t'étais pas si con.

Je ne peux pas l'étrangler encore une fois…

— J'ai vu que tu avais un autre berserk, ici. Tu n'as pas eu l'impression de l'avoir déjà rencontré ?

— Il m'a fait le même coup. De toute évidence, vous vous connaissez et vous avez mis ce plan sur pied. J'ai vérifié le compte rendu de sa capture. Il s'est quasiment laissé faire. Comme s'il savait que tu allais être capturée aussi.

La Valkyrie hocha la tête.

— Il voulait effectivement être amené ici, pour être près de moi. C'est mon… protecteur.

Protecteur. Donc, ils étaient amants. Pourquoi cette idée lui était-elle insupportable ? Il lui prenait une soudaine envie de massacrer le berserk.

Les mains de Brandr sur sa peau luminescente… Cela faisait longtemps que Declan n'avait pas éprouvé une telle envie de tuer. Il n'avait plus que des pensées primaires, soudain. La nuance n'avait plus de place dans son esprit.

Elle est à moi de plein droit ! Elle n'a été engendrée que pour moi.

— Chase, tes yeux lancent des éclairs, là. Tu devrais aller te voir dans la glace.

Il se leva brusquement, se dirigea vers l'autre fenêtre.

— Et croire tes mensonges ?

Elle s'avança derrière lui.

— Calme-toi, murmura-t-elle d'un ton apaisant.

Aussitôt, il sentit ses paupières s'alourdir, ses muscles se détendre. *Quelle est cette emprise qu'elle a sur moi ?*

— Qu'est-ce qui te met dans cet état ?

Sa propre réaction ne fit qu'attiser la colère qu'il éprouvait.

— Toutes les conneries que tu me racontes.

— Tout est vrai, pourtant.

Il se tourna vers elle.

— Alors, comment expliques-tu ce que m'a dit Nïx ? Le soir où je t'ai kidnappée, je me suis d'abord rendu à Val-Hall. Je vous ai vues sortir, et quand vous êtes passées devant moi en voiture, elle m'a regardé en face et a articulé : « Tu es en retard. »

— Je vais la tuer !

La foudre tomba juste devant la fenêtre.

— Tu as raison sur un point : c'est Nïx qui a tout manigancé. Mais je te jure que je suis moi aussi un vulgaire pion sur son échiquier.

— Pourquoi a-t-elle fait ça ?

— Elle savait à quel point Aidan me manquait. Elle a dû se dire que c'était la solution idéale, une façon de forcer l'intimité, tout ça. Je parie qu'en ce moment, elle se vante de ses exploits auprès de sa saleté de chauve-souris.

— *Aidan* te manquait ? Tu te mélanges les pinceaux, Valkyrie. Tu viens de me dire que tu étais avec Brandr.

Elle eut un petit rire.

— Avec Brandr ? Arrête tes conneries. J'ai dit qu'il était mon protecteur, pas que j'étais avec lui. Ça signifie qu'il essaie de parer aux dangers qui me guettent.

Le soulagement qu'éprouva Chase le dégoûta un peu plus encore et raviva sa colère. Il s'éloigna de Regin, retourna à son bureau.

— Pourquoi se sacrifierait-il ?

— C'était ton meilleur ami. Tu lui as fait jurer de gagner l'*ohalla* et de veiller sur moi.

— L'*ohalla* ?

— Si tu remportes deux cents batailles en portant la marque de Wotan, celui-ci t'accorde l'immortalité et la puissance.

Vrai ou pas, voilà qui était fascinant.

— Et quelle est cette marque ?

— Deux corbeaux.

Declan retint de justesse sa main, réprimant son envie de toucher le porte-bonheur qui pendait à son cou. Celui sur lequel étaient gravés deux oiseaux en vol.

Il repensa au jour où il l'avait reçu. Il avait six ans, et ses cauchemars venaient de commencer. Son père se faisait du souci pour lui et, bien qu'il n'en eût pas les moyens, l'avait emmené à une fête foraine, avec Colm. Une diseuse de bonne aventure avait offert le pendentif à Declan, en lui disant de le garder près de son cœur, afin qu'il lui porte chance.

— Chase ?

— C'est pour cela que Brandr est immortel ?

— Oui. Contre toute attente, il a gagné l'*ohalla*. Aujourd'hui, il est aussi fort que la plupart des démons et des vampires. Et rapide, aussi. Quand il est en état de fureur sacrée, il peut même défier un Lycae.

— Il a tenu sa promesse pendant tout ce temps ?

Donc, Aidan avait eu Regin pour femme, et un compagnon fidèle à ses côtés.

— Pendant les deux premiers siècles, il nous a suivies partout, Lucia et moi, toujours prêt à voler à notre secours. Et nous, on le semait dès que l'occasion se présentait. Nïx a fini par avoir pitié de lui et a promis de le prévenir si j'étais en danger – ou si tu revenais.

— Pourquoi Aidan n'a-t-il pas obtenu l'*ohalla* ?

— Tu y travaillais, avec l'intention de m'épouser quand tu serais devenu immortel.

Elle s'assit par terre et replia ses genoux contre sa poitrine, la tête posée contre la fenêtre.

— Tu m'as demandé de rester à tes côtés pendant que tu livrais tes batailles. Pour moi, tu n'aurais dû être qu'un mortel un peu plus intéressant que les autres, mais quelque chose m'attirait en toi. Alors, j'ai décidé de te donner ta chance.

Elle sourit, avant d'ajouter en murmurant :

— Et ma virginité.

Declan se tendit. À sa grande horreur, il se surprenait à imaginer ce que cela avait dû être. Il se vit l'allongeant sur un lit, puis se glissant en elle doucement, pénétrant son sexe vierge, étouffant son petit cri de surprise sous ses lèvres…

Son membre se raidit de nouveau. Un peu plus tôt, le simple fait de regarder sa poitrine libre sous son tee-shirt lui avait donné une érection comme jamais il n'en avait eu. Avant de la rencontrer, il avait passé dix ans sans même ressentir un tressautement de ce côté-là. Et voilà qu'en sa présence il démarrait au quart de tour. Pourquoi ne parvenait-il plus à se maîtriser ?

— Même après un millénaire, il me suffit de penser à nous deux au lit pour que mes griffes se recourbent.

Elle se tourna pour qu'il les voie. Elles étaient effectivement recourbées.

— Qu'ont-elles à voir là-dedans ? demanda-t-il d'une voix rauque.

Elle eut un petit rire.

— Tu le découvriras bien assez tôt.

Et avant qu'il n'exige une réponse digne de ce nom, elle poursuivit :

— La vie au camp était agréable. Et avec toi, c'était… palpitant.

Elle soupira, nostalgique.

— Contre qui Aidan se battait-il ?

— Contre les sangsues. Toujours la Horde. Tu avais installé ton armée dans une zone stratégique, un passage important, et chaque jour, tu repoussais les vampires, pour protéger les villages qui se trouvaient dans la vallée, un peu plus bas. Toi, un berserk du *Mythos*, tu as sauvé des milliers de vies humaines.

D'un geste impatient, il lui fit signe de poursuivre.

— Ton armée était bien entraînée, et bien tenue. Tes hommes t'aimaient, t'auraient suivi jusqu'en enfer.

Les hommes de Declan le craignaient et le méprisaient. *Et je m'en contrefous du moment qu'ils obéissent à mes ordres*.

D'un ton plus distant, elle décrivit la vie au camp – les uniformes, les armes, la salle à hydromel avec, sur les murs, les têtes d'ours montrant les crocs –, jusqu'à ce qu'il sente pratiquement l'odeur des feux et du gibier en train de rôtir, entende presque le tintement incessant des épées sur le terrain d'entraînement.

Elle décrivait un monde masculin, un monde qui attirait Declan.

Il sentit qu'il se détendait, se laissait prendre par le récit de la Valkyrie. De son côté, elle ne cessait de chercher sur son visage un signe indiquant que la mémoire lui revenait.

— Est-ce que cela te dit quelque chose ?

— Pas pour l'instant. Continue.

— C'est toi qui as parfait mon entraînement au combat. Aujourd'hui encore, si je porte deux épées, c'est à cause de toi. Auparavant, je me servais d'une énorme épée, mais elle était plus longue que je n'étais haute. Enfin, je *portais* deux épées, rectifia-t-elle avec un froncement de sourcils.

— Elles sont ici, dans l'entrepôt.

Dont l'entrée secrète se trouvait à quelques mètres de Regin.

— Ah bon ?

Elle avait dit cela d'un ton nonchalant, mais ses yeux avaient viré à l'argenté. Ces épées devaient être très importantes pour elle.

— Je me souviens encore du jour où tu me les as données. C'était un jour de premières fois, ajouta-t-elle avec une expression douce, teintée d'un léger sourire.

Ce sourire, son ton presque sensuel le firent se redresser. Un jour de premières fois ? Il ne pouvait qu'imaginer quel genre de premières fois. Jaloux d'Aidan,

Declan eut soudain envie de faire du mal à Regin pour la punir de l'avoir aimé.

— Mais il est mort quand même, ton Aidan.

Le sourire de la Valkyrie disparut.

— Oui. Un vampire s'est téléporté jusqu'à nous et l'a assassiné.

— Tu tiens beaucoup à ces épées que t'a offertes ton premier amour. En plus de mille ans d'existence, tu as dû accumuler les biens, mais ces épées sont ton trésor le plus précieux, n'est-ce pas ?

Les yeux de Regin scintillèrent un peu plus.

— C'est bien ça, conclut Declan. Je les détruirai donc si tu ne me donnes pas de renseignements sur ton espèce.

— Détruis-les. Je m'en fous.

— Les immortels ne savent pas bluffer, Regin. Tes yeux te trahissent chaque fois. Et à en juger par ta réaction, je suis prêt à parier que tu ferais n'importe quoi pour préserver tes épées. Réponds à mes questions, ou je les fais fondre moi-même.

— Tu me demandes de mettre mes sœurs en danger ?

— Est-ce que toutes les Valkyries canalisent l'électricité ? Parle, ou je donne tes précieuses épées à Fegley et je le laisse jouer avec. À moins que je ne les envoie à la Horde, avec tes compliments. Les vampires devraient posséder les armes qui ont éliminé un si grand nombre des leurs.

Au lieu de discuter, elle se leva et se dirigea vers lui, balançant les hanches de manière appuyée. Un mouvement capable de captiver n'importe quel homme un peu faible.

— Chase ? murmura-t-elle.

Il se leva à son tour.

— Quoi ?

Autour d'elle, l'air était chargé d'électricité. Il en eut la chair de poule, mais c'était agréable – c'était une sensation… *familière*. Qui s'intensifia à l'approche de Regin, jusqu'à le faire frémir. Il plongea son regard dans celui, ensorcelant, de la Valkyrie.

Le tonnerre fit trembler les murs.

— Accroche-toi, maître.

16

Les colères légendaires de Regin ? *Classées alerte rouge.*

Chase la regarda, décontenancé.

— Accroche-toi ? Qu'est-ce que ça veut dire ?

— Ça veut dire qu'on ne touche pas à mes affaires !

Sa jambe se leva brusquement, et son pied botté cogna en plein dans son entrejambe.

— Espèce de salope ! hurla-t-il, luttant pour rester debout. Tu vas me le payer ! Tu ne sais pas à qui tu as affaire !

— Bien sûr que si ! J'ai affaire à un *berserk* !

Tout en reculant, elle tordit volontairement son bras et se déboîta la même épaule que la veille. Avant qu'il ait pu l'attraper, elle avait sauté par-dessus ses menottes comme une gamine saute à la corde.

Il lança son poing en avant.

Elle esquiva le coup, de quelques millimètres à peine. Il avait voulu frapper si fort qu'il en perdit l'équilibre, et Regin en profita pour remettre son épaule en la cognant contre la bibliothèque. L'os reprit sa place dans un craquement audible.

Chase chargea une nouvelle fois. Elle feinta, pivota et se retrouva derrière lui. Les deux mains réunies, elle le frappa aux reins. Mais le torque ralentissait ses mouvements, les affaiblissait. Chase lui attrapa un bras et le maintint fermement, le temps de préparer son coup…

Elle leva le menton, et il hésita.

Elle en profita, lança la tête en avant et le frappa à la pomme d'Adam. Puis elle se baissa, lança sa jambe contre ses chevilles et le fit tomber sur le dos.

Il se releva en un éclair, lui fit face.

— Cette fois, plus de pitié, Valkyrie !

Il prit son poing gauche dans sa main droite et chercha à la frapper en pleine tête, mais elle se baissa et éclata de rire.

— Hou, mais je vois qu'on retrouve ses habitudes de mauvais garçon ! Et l'accent de prolo irlandais que tu cherches à cacher revient à grands pas, on dirait.

D'un bond, elle sauta sur le bureau et le frappa au passage à la tempe.

— Ces épées sont *à moi* ! Tu les touches, et je m'en servirai pour te couper les couilles ! Pour en faire un porte-monnaie !

Elle recula, prête à frapper de nouveau, mais il attrapa sa cheville et tira. Elle tomba à terre.

Il se rua sur elle dans un hurlement, la plaqua au sol en maintenant ses bras au-dessus de sa tête et la força à écarter les jambes.

Elle le sentit bander dans la seconde, malgré le coup qu'il avait pris à l'entrejambe.

— Hou là ! Mais le petit Declan a l'air tout excité de me voir ! Sauf que le petit Declan n'est pas petit du tout ! Au train où vont les choses…

Elle se mit à remuer sous lui et vit sa bouche s'ouvrir, ses paupières s'alourdir. Elle n'avait voulu que le titiller, mais ce corps-à-corps commençait à l'exciter elle aussi.

Les muscles qui roulaient sous sa peau, son odeur de propre, la pression délicieuse de son membre contre son ventre…

Elle le regarda dans les yeux. Ce gris acier si familier…

Puis il secoua la tête.

— Ça suffit ! Où irais-tu si tu parvenais à m'échapper ?

— Euh… je n'avais pas prévu de m'en aller tout de suite…

Il se hissa sur les coudes.

— Si ceci n'était pas une tentative d'évasion, qu'est-ce que c'était, alors ?

— Un avertissement, pour que tu comprennes qu'il ne faut pas abîmer mes affaires. Ou une façon de briser la glace, dans la mesure où tu es sur moi et où on est tous les deux, disons… émoustillés. Je suggère qu'on s'embrasse et qu'on se pelote.

La Valkyrie haletait, sa poitrine se soulevant contre le torse de Chase. Ses lèvres étaient entrouvertes, charnues, attirantes.

— T'embrasser ? Moi ?

Il s'attendait à éprouver du dégoût, mais rien ne vint. Il se demandait juste comment elle réagirait. Gémirait-elle contre sa bouche ?

— Cela t'aidera à te souvenir de moi. Embrasse-moi. Allez, vas-y. Tu sais que tu as très envie de moi.

— Jamais.

Éloigne-toi d'elle, bon Dieu, éloigne-toi d'elle. Mais il avait besoin d'être ainsi sur elle, de la maîtriser, d'affirmer sa supériorité.

— Jamais ? Ton sexe vient de te traiter de menteur.

— Petite salope.

Il se cala entre ses jambes, avec le désir de lui faire mal.

Dehors, la foudre tomba. Regin ouvrit de grands yeux argentés.

— Encore.

Tentatrice ! hurla intérieurement Chase.

D'un mouvement du bassin, elle vint frotter son sexe contre son membre.

Il poussa un cri, se frotta contre elle en retour. *Seigneur, c'est si bon.*

— Tu me laisserais te baiser là, hein ? Te prendre par terre comme une putain ?

— Encore quelques poussées comme celle-là, Chase, et je vais devoir l'exiger, dit-elle en cambrant les reins.

Le tee-shirt de Regin était remonté, laissant entrevoir ses seins. Ses mamelons, encore couverts, frottaient contre le tissu. *Je veux les voir.*

Un coup de reins involontaire fit bouger sa poitrine, découvrant un peu plus de peau luminescente. *J'y suis presque...*

Son sexe palpitait. Quand il le frotta entre les cuisses de la Valkyrie, la pression monta tellement qu'il serra les dents, hésitant entre le plaisir et la douleur. Encore quelques poussées, et il jouirait sur elle. En cet instant, il en avait envie.

Cela faisait des lustres qu'il n'avait pas regardé une femme ainsi. Il fouilla dans sa mémoire, cherchant à se souvenir...

La nuit où il avait été torturé.

En un éclair, la fureur éteignit tout désir. Il s'écarta brusquement d'elle, se passa une main sur le visage et retourna à son bureau pour appeler Vincente.

— Ne me touche plus jamais, *detrus*. *Plus jamais*. Viens la chercher ! ordonna-t-il au garde.

Pas plus émue que cela, Regin se leva.

— Ouais, t'as raison, je crois qu'il vaut mieux que j'y aille, dit-elle en feignant un bâillement. Tu as du travail, et moi, il faut que je retourne dans ma cellule. C'est un grand soir pour moi. J'ai prévu de planter quelqu'un pour obtenir un morceau de savon. Mais je pense qu'on a quand même le temps pour un petit coup rapide, là.

Il lui jeta un regard méprisant.

— Rien ne peut nous empêcher de coucher ensemble. On est comme deux aimants attirés l'un vers l'autre.

C'était le problème, avec les aimants : ils ne choisissaient pas celui qui les attirait.

— Tu ne coucheras plus jamais avec personne, Valkyrie. Pas avant d'être exécutée.

— Pff, tu casses l'ambiance, là.

Elle s'approcha et leva la tête pour le regarder.

— Écoute, Chase, j'espère que tu ne vas pas garder un mauvais souvenir de ce qui vient de se passer. Je ne voudrais pas que tu aies une sale image de moi. En général, je suis plutôt rigolote. Et si tu respectes les conditions de notre accord, je te donnerai peut-être des détails croustillants sur la façon dont tu as pris ma virginité alors que tu étais en proie à la fureur sacrée. Comment tu as arraché ma robe et m'as jetée sur un lit de fourrures pour me faire des choses que jamais je n'aurais imaginées possibles.

— Tu me racontes une histoire, et en échange, je t'épargne ? Tu crois que je ne vois pas où tu veux en venir ? J'ai lu *Les Mille et Une Nuits*, figure-toi !

— Oh oui, appelle-moi Schéhérazade, bébé ! Tu sais que c'est une fieffée garce, d'ailleurs ? Elle me doit encore vingt pièces d'or et une livre de sésame.

Tout en parlant, elle s'était rapprochée de lui, pour qu'il sente la chaleur qu'elle dégageait, cette électricité si irrésistible.

— Tu sais que mes infos sont valables. On pourrait reprendre un peu plus tard, je te promets que je me conduirai bien. Mais si tu préfères, je fais la pute. C'est comme tu veux, vraiment.

Declan se souvint du message de Webb. *Si je ne peux pas la torturer, alors je n'ai d'autre choix que de la revoir*.

— Je croyais que vous n'aviez pas le droit de parler du Mythos à ceux qui n'en font pas partie ?

— Tu es des nôtres.

— As-tu seulement une idée de l'insulte que cela représente pour moi ?

— La vérité est souvent difficile à avaler, mon grand.

Vincente entra sur ces entrefaites.

— Emmène-la, ordonna Chase.

Sans un mot, l'homme obtempéra, sans réagir au fait que la Valkyrie avait les mains attachées devant elle, ni au baiser qu'elle envoya à Chase en partant. Mais, après tout, son rôle n'était pas de réagir, ni de faire quoi que ce soit en dehors de ce qu'on lui disait de faire. Et puis, il était redevable à Chase.

Il y avait plusieurs mois de cela, Declan l'avait surpris établissant des contacts répétés avec un succube. Comme l'Ordre ne fournissait aucune nourriture aux représentantes de cette espèce, la créature dépérissait, mourait de faim sexuelle et usait de tous ses charmes pour convaincre Vincente de la libérer, afin de pouvoir le violer et se nourrir.

Plutôt que d'effacer la mémoire de Vincente, Declan se servait de cet écart momentané pour s'assurer la loyauté du garde. Sur le moment, le fait que Vincente risque sa carrière pour une femme, une *detrus* qui plus est, avait stupéfié Chase.

Et voilà que je soupire après une Valkyrie et que je ne pense qu'à voir ses seins.

Quand la porte se referma sur Regin et Vincente, il alla dans la salle de bains et se regarda dans le miroir. Seigneur, ses yeux n'étaient ils pas plus clairs ?

Non, elle réussit à me faire imaginer des choses. C'est une detrus. *Tout chez elle n'est que mensonge et corruption.*

Et malgré cela, il bandait encore pour elle. Il allait attendre que la pression atteigne son maximum, décidé à prendre cela comme une punition bien méritée.

Il attendit…

Penser à elle suffirait à faire monter son angoisse. Alors, il s'imagina lui descendant son jean sur les genoux et enfonçant son membre dans son petit sexe étroit.

Il attendit…

Rien ? Il était tendu à cause du besoin de baiser, mais l'angoisse était moins intense que d'ordinaire.

À vrai dire… elle *diminuait*, même.

Il ravala un rire de dément. Pour une raison qu'il ignorait, qu'il s'agisse d'ensorcellement ou non, la pression était retombée.

Le bon moment, le bon endroit, la bonne… personne ? Sauf qu'elle n'était pas humaine ! C'était une tueuse, qui aimait le sang et partirait en courant à la minute où elle le verrait nu.

Sans parler du fait qu'il était de son devoir de la garder prisonnière pour, à terme, l'exécuter.

Son sexe ne semblait pas se préoccuper de tout cela. Il baissa sur lui un regard courroucé. S'il se caressait maintenant, elle aurait gagné. Il s'y refusa. Elle était des leurs. Une abomination.

Elles séduisent les humains, les détournent de leur objectif. Pour bien s'en souvenir, il retira son pull, se mit torse nu.

Ces créatures avaient arraché sa peau non pas au hasard, mais en respectant des cercles et des lignes. Les blessures ainsi provoquées étant trop étroites pour qu'une greffe soit possible, le chirurgien avait recousu directement la peau qui restait, en tirant dessus. Avec le temps, ses cicatrices étaient devenues des bourrelets.

Pourtant, même la vue de son torse scarifié ne réussit pas à calmer son érection. Il ne connaissait qu'une chose capable d'y parvenir.

D'un pas rapide, il gagna son lit, ouvrit la boîte, prépara une seringue.

Quand il avait commencé à prendre ce médicament, dix ans plus tôt, il avait tenté d'en faire quelque chose de digne, comme un diabétique qui s'injecte de l'insuline. Il plantait doucement l'aiguille dans sa veine et appuyait délicatement sur le piston, pour que le geste ne soit pas identique à celui qu'il avait tant pratiqué dans les ruelles sombres de Belfast.

Aujourd'hui, il se piquait comme un junkie qui ne rêve que de son shoot.

Ses paupières s'alourdirent de plaisir. Il était juste assez défoncé pour ignorer la douleur persistante entre ses jambes et s'endormit bientôt, glissant dans le monde des rêves.

17

— Aidan enchaîne sans répit les batailles, juste pour pouvoir rejoindre sa femme.

Les paroles de ses hommes résonnaient derrière lui, mais Aidan ne leur prêtait aucune attention. Eux aussi auraient mené rondement les choses, s'ils avaient connu autant de bonheur que lui.

Une déesse à la peau dorée, née de la chaleur de la foudre.

Certains de ses hommes se moquaient de lui, parce qu'il avait mis Regin sur un piédestal. Mais n'était-ce pas là l'unique place qu'on pouvait lui donner ?

De retour au camp, il alla directement aux bains, se lava du sang des vampires. Puis, une serviette nouée autour des hanches, il courut jusqu'à leur maison.

Il trouva Regin assise près du feu, perdue dans ses pensées, fixant les flammes. *Réfléchissant à sa nouvelle vie à mes côtés ?*

Mais dès qu'elle le vit, elle se leva, et son visage s'éclaira un peu plus.

— Aidan ! Te voilà !

En approchant, il fut de nouveau stupéfait de voir à quel point elle avait grandi. Son corps n'était qu'un paradis de rondeurs et de douceur dans lequel il aspirait à se perdre. C'était comme si elle avait été créée pour lui, guerrière au cœur fier et à l'esprit vif, animée d'une passion égale à la sienne.

Sa chevelure dorée lui arracha un sourire moqueur. Les petites nattes folles qu'elle avait tressées enfant étaient encore là, bizarrement provocantes désormais, cet effet « décoiffé » donnant l'impression qu'il venait de la renverser sur le lit.

Elle posa ses lèvres entrouvertes sur les siennes.

Sentant son goût, il ne put s'empêcher de pousser un grognement.

— Tes lèvres, femme, sont la douceur incarnée.

C'est comme une drogue…

Avant de s'abandonner au plaisir engourdissant de son baiser, il se força à s'écarter.

— J'ai un cadeau pour toi, Lumignonne, dit-il en la prenant dans ses bras pour la porter jusqu'à leur lit.

— Et je l'ai attendu toute la journée, souffla-t-elle d'une voix rauque.

Seigneurs, sa voix seule l'enflammait. Et quand elle porta la main à son entrejambe, il eut du mal à l'écarter, bien qu'il fût flatté de voir sa moue déçue.

— Non, je te parle d'un vrai cadeau.

Il se leva, alla chercher l'objet dans un sac de cuir.

— Une surprise ? J'adore ça !

— Tu adores les cadeaux. Et le simple fait de posséder des choses, dit-il en lui tendant un paquet emballé dans un morceau d'étoffe. Je suis tout à fait conscient d'avoir une Valkyrie pour femme.

D'une manière générale, les Valkyries aimaient posséder des choses, et il tenait à gâter Regin, mais sa motivation ne s'arrêtait pas là. Il avait peur pour elle. Tant qu'elle n'était pas complètement immortelle, elle était presque aussi vulnérable que n'importe quel humain. Les vampires étaient partout sur terre, et ils chercheraient à se venger sur elle de la guerre qu'il leur faisait depuis des décennies.

Elle défit le paquet et découvrit une paire de courtes épées dans leurs fourreaux de cuir. Aidan sentit son excitation lorsqu'elle en tira une et la leva devant ses yeux pour l'examiner à la lumière du feu.

— Elle est si belle, Aidan !

Il avait fait fabriquer ces épées avec les métaux les plus durs connus dans le Mythos. Les lames étaient parfaitement équilibrées, gravées de glyphes représentant des éclairs et polies jusqu'à pouvoir refléter la lumière de Regin.

Elle se leva, tira la seconde épée de son fourreau et se mit à les manipuler avec sa grâce de Valkyrie. Ses mouvements étaient si naturels qu'on l'eût dite née avec ces armes à la main. Le cœur d'Aidan s'emballa devant ce spectacle. Elle allait devenir une combattante légendaire.

— Aidan, jamais on ne m'a fait plus beau cadeau.

Ses yeux brillaient d'émotion. Exactement de la même façon que lorsqu'il lui donnait du plaisir.

Après deux semaines seulement passées à ses côtés, la vue de ces iris argentés raidissait son membre.

— J'apprendrai à les manier à la perfection, dit-elle en le regardant comme s'il était un héros.

Un regard pareil pouvait faire tourner la tête de n'importe quel homme. Déjà, il se tenait plus droit quand elle était près de lui.

— Je ferai en sorte que tu y parviennes.

De même que je ferai en sorte que tu finisses par m'aimer. Il savait que cela prendrait du temps. Elle hésitait encore à rester avec lui plus longtemps que les trois mois sur lesquels ils s'étaient mis d'accord.

Mais le visage de Regin s'éclairait – littéralement – quand elle le voyait. Et chaque bataille le rapprochait du moment où il pourrait la posséder complètement. Il enchaînait les combats aussi rapidement qu'il le pouvait, se demandant parfois combien de temps il allait encore pouvoir résister à l'attirance qu'elle exerçait sur lui.

Baissant le regard sur l'érection qui tendait la serviette, elle murmura :

— Peut-être que notre entraînement pourrait attendre demain matin…

Déjà, elle tremblait, et ses griffes se recourbaient pour son homme. De toute évidence, elle avait attendu son retour avec impatience.

Il lui prit les épées des mains et les remit dans leurs fourreaux.

— Demain matin, oui. C'est très bien. D'ici là, je vais t'embrasser, ainsi que j'en ai eu envie toute la journée.

Il la prit dans ses bras, la porta jusqu'au lit de fourrures et l'y allongea. Puis il ôta sa serviette et s'allongea à son tour.

La débarrasser de sa tunique ne lui prit que quelques secondes. Enfin, elle était nue, offerte à son regard affamé. Où l'embrasser en premier ? Les pointes de ses seins semblaient chercher à attirer son attention tant elles étaient dressées. Il décida de s'en occuper sans plus tarder.

Quand ses lèvres se refermèrent sur la première, Regin se cambra et, dehors, la foudre tomba.

Tandis qu'il suçait son mamelon avec avidité, elle l'attira contre elle, pétrissant son dos musclé avec une fièvre qui allait croissant. Il s'écarta de la pointe de son sein quand elle fut suffisamment dure et souffla dessus.

— Aidan !

Elle se cambra un peu plus, et il prit l'autre sein, fit virevolter sa langue sur la pointe. Ses seins étaient d'une sensibilité exquise, de même que ses oreilles. Et son sexe… Il adorait cette partie-là de son corps, pouvait la lécher pendant des heures. D'ailleurs… Avec cet objectif en tête, il abandonna la poitrine de Regin et descendit plus bas, hissant ses jambes sur ses épaules.

Au premier coup de langue, le plaisir le submergea. Rien d'étonnant à ce qu'il ait faim d'elle à tout moment et devienne irritable quand une bataille se prolongeait, écourtant les heures qu'il pouvait ainsi passer à embrasser ce sexe délicieux. Oui, s'il tuait plus vite, c'était pour rentrer au plus tôt se repaître de ce miel.

Sa langue tourna autour du bouton sensible, mais déjà, elle était au bord de l'extase. Il sourit. Sa petite déesse aimait le sexe.

— Tes doigts, Aidan, gémit-elle.

Elle adorait être pénétrée, même quand il la léchait. Elle jouissait puissamment autour de ses doigts quand il les glissait loin en elle.

Sa petite Regin était si prête à être possédée... Elle l'attendait.

— Tu jouiras trop vite, mon amour.

Elle poussa un soupir frustré, mais il voulait la maintenir ainsi au bord du plaisir. Alors, il s'écarta et s'allongea pour l'installer sur lui, sur sa bouche. De cette façon, il pouvait la voir onduler au-dessus de lui, sa peau brillant intensément.

Il plaqua ses mains sur les cuisses de Regin, la maintint ainsi et glissa sa langue en elle, léchant son sexe, encore et encore, son membre plus raide qu'un pieu.

Elle gémissait sourdement.

— S'il te plaît, Aidan, maintenant... *maintenant* !

Incapable de lui refuser l'extase, il glissa sa langue plus loin encore, une fois, deux fois, donnant chaque fois un coup de reins...

Elle jeta la tête en arrière quand l'orgasme vint.

— Ah... seigneurs... oui ! hurla-t-elle en ondulant sur lui.

Dehors, la foudre tomba, et le tonnerre fit trembler le sol tandis qu'Aidan la léchait, grognant de plaisir.

Quand il eut tiré un dernier gémissement de son aimée, ils s'allongèrent l'un contre l'autre sur les fourrures, épuisés, haletants.

Pourtant, bientôt, elle déposa dans son cou un petit baiser, puis un autre, suivant un chemin sensuel jusqu'à son torse, et plus bas.

Si seulement elle avait pu avoir aussi faim de lui qu'il avait faim d'elle… Il n'avait jamais insisté pour qu'elle lui donne le même plaisir. Elle était encore jeune, et il tenait à ce qu'elle y vienne progressivement.

— Regin, mais que fais-tu ?

— J'ai envie de t'embrasser comme tu m'embrasses.

Il toussota pour se donner une contenance.

— Oh. Et que sais-tu de ce genre de pratique sur un homme ?

Elle le regarda, les oreilles aux aguets.

— Je sais au timbre de ta voix que c'est important pour toi.

— Tu es très observatrice, Valkyrie, dit-il avec fierté.

Je l'aime chaque jour un peu plus.

— Apprends-moi comment on fait.

La gorge serrée, il guida sa tête vers le bas, goûtant avec délices à la caresse de ses cheveux sur son torse.

— Pose tes lèvres ici, Regin, dit-il en montrant son gland turgescent. Et donne un petit coup de langue.

Elle fit glisser sa langue le long de la fente. Une goutte de semence perla.

— Tu n'es pas obligée…

Il se tut quand elle le lécha goulûment, comme si elle en voulait une autre.

— J'aime ce goût. *Ton* goût.

Elle était comme une récompense, qu'il allait chérir pour l'éternité ! Il prit le visage de Regin entre ses mains tremblantes.

— J'ai beaucoup plus que cela à te donner. Accepteras-tu de le prendre ?

— Est-ce que c'est ce que les autres femmes t'ont fait ?

Sans poser d'autres questions, elle lui caressa les testicules, darda sur eux sa langue coquine.

— Aaah !

Il lutta pour rester immobile.

— Je n'ai pas le souvenir d'autres femmes que toi, dit-il honnêtement. Tu m'as ensorcelé.

— Je veux te prendre.

— Alors, suce fort le gland tout en me serrant dans ton poing. Et tu auras à tes pieds un esclave volontaire.

Sa petite Regin si intelligente le caressa avec la même perfection qu'elle le suçait, sans cesser de le regarder, ses yeux mi-clos brillants de désir.

Il posa une main sur sa nuque, écarta les jambes.

— Caresse-toi, mon amour, souffla-t-il. Je veux que tu jouisses... avec mon sexe loin dans ta bouche.

Elle gémit autour de son membre tout en se masturbant de ses petits doigts agiles. Dehors, sa foudre illumina une nouvelle fois le ciel nocturne.

— Valkyrie, tu me rends fou.

La pression augmenta tandis que sa bouche et sa main caressaient son membre. Sa semence montait pour elle.

— Regin ! Je vais jouir ! dit-il en se retenant de donner des coups de reins. Je vais me répandre dans ta bouche si tu ne te retires pas...

Elle l'empêcha de poursuivre en suçant plus fort encore, exigeant l'offrande de son homme.

Il ne put rien faire d'autre que la lui donner.

L'océan était déchaîné et venait exploser violemment sur le rivage de l'île, reflétant les pensées tumultueuses de Declan tandis qu'il courait face au vent.

Un peu plus tôt dans la nuit, il avait fait le rêve le plus réaliste de son existence, dans lequel il avait vu la

Valkyrie et son berserk. Il s'était réveillé en sursaut, sur le point de jouir, le bassin agité de soubresauts, le gland trempé.

Il aurait juré avoir senti la langue de la Valkyrie sur lui, entendait encore ses gémissements.

Du revers de la main, il s'essuya le visage. *Seigneur... je viens de me lécher les lèvres pour y sentir son goût...*

Et à la douleur du désir s'était mêlée... de la *tendresse* pour elle. Peut-être même un soupçon de remords pour avoir menacé de détruire ses épées.

Cela le dégoûtait. Ce rêve était-il un ensorcellement ? Quelque chose de nouveau ?

Il se lança sur les chemins malaisés qui traversaient les forêts, arrachant sa chemise pour ne garder que son pantalon de treillis et ses boots.

Il courut, encore et encore, kilomètre après kilomètre, ignorant les branches qui lui fouettaient le torse, la brûlure de ses poumons. La foudre tomba autour de lui, les vents hurlèrent, mais il savoura la sauvagerie de cette nuit, la morsure de la pluie sur sa peau scarifiée.

N'importe quoi plutôt que succomber à ce rêve...

Elle avait réussi, il ignorait comment, à lui faire ressentir cette scène. *Un jour de premières fois*, avait-elle dit. La première fois qu'elle suçait un homme. Et il l'avait imaginée, presque aussitôt, son esprit fournissant les détails nécessaires à l'histoire de la Valkyrie. Exactement comme elle l'avait souhaité.

Declan avait même rêvé qu'il lui donnait du plaisir, à elle, une *detrus*, en la léchant. Ce qui ne faisait qu'attiser ses doutes, car sa propre expérience ne correspondait pas à ce rêve.

Contrairement à Aidan, Declan n'avait jamais léché le sexe d'une femme, n'avait jamais vraiment eu le temps pour ce genre de chose pendant qu'il faisait l'amour. Il vomissait trop tôt.

À dire vrai, il n'avait jamais vu ses partenaires prendre du plaisir non plus. Et même s'il était certain d'avoir fait l'expérience de la fellation, dans un passé lointain, avant que son corps ne soit mutilé, il ne s'en souvenait pas vraiment.

Ce n'est pas moi. Je ne veux pas d'elle pour ce genre de pratique…

La Valkyrie possédait peut-être le pouvoir de provoquer des rêves, comme certains démons, et donc, d'une certaine façon, de manipuler les pensées.

Declan contrôlait en permanence tous les aspects de son existence et vouait un véritable culte à la force et à la volonté. *La dernière fois qu'on m'en a privé…*

La Valkyrie allait payer pour avoir cherché à le séduire.

Il poussa son corps à l'extrême, jusqu'à ce que ses poumons hurlent et que ses muscles se tétanisent sous l'effet des crampes. La boue gicla, éclaboussa son corps frissonnant, mais il courut encore.

Il courut, comme si quelque chose le poursuivait.

18

Chase a fait les rêves.

Regin le comprit dès que Vincente la fit entrer dans le bureau du maître, le lendemain soir. Chase avait commencé à revivre ce qu'Aidan avait vécu avec elle, en particulier les moments les plus chauds.

Il posa sur elle un regard de faucon, possessif et, surtout, familier. Il la regardait avec les yeux d'un homme qui l'avait vue nue et avait aimé ça.

Les rêves avaient marqué le début de la fin pour chaque réincarnation d'Aidan. Normalement, cela le plongeait dans un état d'hystérie incontrôlable.

Mais, pour l'instant, cela signifiait qu'elle progressait. *Continue, Regin.*

— Laisse-nous, ordonna Chase au garde, sans la quitter des yeux.

Vincente tourna les talons sans un mot, le visage toujours aussi inexpressif.

— Il doit penser que c'est bizarre que je vienne ici, non ? demanda Regin quand elle se retrouva seule avec Chase.

— Il n'est pas payé pour penser. Il est juste censé obéir à mes ordres.

La voix de Chase était naturellement rauque, mais ce soir, elle l'était plus encore, et les oreilles de Regin s'animèrent.

— Bien. Je voulais déposer une plainte officielle contre Fegley, mais j'ai l'impression que le client n'est pas vraiment roi dans cet établissement.

De nouveau, elle s'installa sur le bureau, et sur les papiers parfaitement rangés. Il fronça les sourcils, mais ne lui ordonna pas de s'asseoir ailleurs.

— Je m'attends qu'il dépasse les bornes à tout instant. Ça va mal finir pour lui.

— Tu es extralucide, maintenant ? Ou tu racontes juste n'importe quoi ?

— Je suis juste très vieille, soupira Regin. Des types comme lui, j'en ai croisé plus souvent qu'à mon tour, et j'ai fini par les connaître. Et puisqu'on parle d'employés franchement incompétents… Dixon n'arrête pas de me regarder de derrière ses immenses carreaux qui lui donnent une tête de fouine. J'ai presque l'impression qu'elle fantasme sur ce qu'elle pourrait faire avec mes viscères. Oh, mais attends… C'est sans doute le cas !

Regin pencha la tête sur le côté avant d'ajouter :

— Mais je suis sûre qu'elle fantasme encore plus sur toi.

— Jalouse ?

Elle leva les yeux au ciel.

— Ben, évidemment.

— Je suis étonné que tu l'admettes.

— Tu étais à moi en premier. J'ai dix siècles d'avance sur elle.

— Ce que Dixon et moi faisons ne te regarde pas.

— Si c'est ton genre de fille, bien sûr, c'est toi qui vois. Je pensais juste qu'un homme comme toi voudrait une partenaire un peu plus… femme. Assez forte pour savoir par quel bout te prendre, et assez sensuelle pour te satisfaire.

Regin glissa jusqu'au milieu du bureau et s'assit carrément sur une pile de dossiers. Cette fois, il ne sembla même pas s'en rendre compte.

— Dixon est une femme, au moins. Pas une Valkyrie.

— Mais, bébé, je suis femme jusqu'au bout des griffes, souffla Regin en écartant les jambes de manière plus que suggestive, puisque Chase, assis à son bureau, se retrouva entre ses cuisses. Détache-moi les mains, et je te donnerai ce qui t'a manqué durant toute ta vie.

Declan l'en savait capable. Il aurait pu l'allonger sur ce bureau, lui arracher ses vêtements et la pénétrer, là, dans l'instant.

Elle, la femme la plus belle qu'il eût jamais rencontrée.

Et, l'espace d'une seconde, tout en lui trouva cette idée excellente.

Toute la journée, son rêve avec elle et le berserk avait occupé ses pensées. Il avait bandé par intermittence, se demandant combien de temps il allait encore pouvoir supporter la pression qui continuait à monter en lui.

Il avait été incapable de se concentrer sur son travail, qui s'accumulait dangereusement. Diriger un établissement de cette taille aurait nécessité au moins cinq personnes, et il ne déléguait que très peu. Cela ne lui avait pas vraiment coûté jusque-là. Il s'était même délibérément assommé de travail.

Mais, depuis quelques jours, il avait l'impression que les rênes lui échappaient. Professionnellement, personnellement... *sexuellement* ?

— Allez, Chase, murmura Regin. Je sens que tu es à cran. Tu es comme un baril de poudre sur le point d'exploser.

Elles te feront oublier ton objectif...

— Jamais je ne m'abaisserai à coucher avec quelqu'un de ton espèce.

Elle haussa les épaules, mais Chase crut distinguer une étincelle de douleur dans son regard.

— Bon, peut-être pas avec moi, alors. Mais pas avec Dixon non plus.

— Comment peux-tu en être certaine ?

— Je te *connais*, je te rappelle.

— Prouve-le, alors.

— Je sais que tu es en perpétuelle ébullition. Ton passé vient sans cesse bousculer ton présent. Tu m'as raconté une fois ce que cela te faisait de sentir la bête en toi : elle est là à trépigner, impatiente de sortir. Et, à voir ton expression en cet instant, je sais que tu ressens toujours la même chose.

Comment diable pouvait-elle savoir une chose pareille ?

Des années auparavant, Declan avait fini par se confier à Webb, à qui il avait fait part du sentiment permanent d'urgence qui l'étreignait. Webb avait hoché la tête, l'air entendu.

— C'est un appel, fils. C'est ce que tu sens et que tu as toujours senti.

Il revenait à Declan de canaliser cette énergie pour la mettre au service de sa vocation : la destruction des immortels.

Alors, pourquoi la tension diminuait-elle chaque fois qu'il se trouvait en présence de Regin ?

— Tu as rêvé de moi cette nuit, je me trompe ? dit-elle. Autrefois, tu rêvais sans cesse de moi, et tu me racontais tout ce dont tu te souvenais.

Aussitôt méfiant, il demanda :

— Comment as-tu fait pour provoquer ce rêve dans mon esprit ? Était-ce un sortilège ?

— Je n'ai pas ce pouvoir sur les rêves.

— N'importe quoi !

— Chase, même si j'avais le don de provoquer les rêves, comment y parviendrais-je avec le torque que j'ai autour du cou ?

Il déglutit. *Tout est possible, dans le Mythos*... Une autre créature avait pu provoquer ce rêve. Ou Regin avait pu le faire avant qu'il ne la capture.

— Tu dois regarder les choses en face : tu es un berserk et tu t'es réincarné.

Si je suis l'un d'entre eux, l'Ordre me tuera. Non, elle m'a ensorcelé. Rien de tout cela n'est réel.

Il secoua violemment la tête, comme pour remettre ses idées en place.

— Alors, comment expliques-tu ta force et la vitesse à laquelle tu cours ? demanda Regin. À moins que tu ne te shootes à un stéroïde militaire top secret qui te transforme en Hulk ?

— Je ne prends rien qui me rende plus fort.

Bien au contraire.

— Alors quoi ?

Du sang qui n'était pas le mien.

— Peut-être ai-je été blessé lors d'un combat contre un des tiens et contaminé par du sang d'immortel. Peut-être ai-je pris certaines caractéristiques des créatures que je chasse.

— Ce n'est pas comme ça que ça fonctionne. On ne prend pas une caractéristique par-ci par-là. Pas de façon permanente, en tout cas. Pas à moins de mourir avec le sang d'un autre dans les veines et d'être transformé en immortel.

Peut-être n'était-il pas en train de se changer en néoptère, alors ?

Elle sourit et lui demanda :

— Tu n'es pas déjà mort une fois, n'est-ce pas ?

Je ne sais pas. Ces êtres avaient pu lui faire tout et n'importe quoi pendant ces jours et ces nuits de torture.

Son cœur se mit à battre plus vite tandis qu'il s'efforçait de fouiller sa mémoire. *Qu'ils aillent tous au diable ! Un homme devrait pouvoir savoir s'il est déjà mort ou pas !*

— Si tu nous détestes autant, c'est que les immortels t'ont fait du mal, à toi ou à quelqu'un que tu aimais.

Étant donné tes cicatrices... déclara Regin, comme si elle avait lu dans ses pensées.

Elle désigna celles de son visage, relativement discrètes comparées à celles qui couvraient le reste de son corps.

— Donc, si je comprends bien, tu sais tout de moi ?

— Je vois que tu ne nies pas. Je suppose que tes parents ont été tués ?

« Tués » était un mot trop faible pour ce que les néoptères leur avaient fait. La bouche de ces créatures voraces s'ouvrait verticalement ; leurs lèvres, aiguisées comme des rasoirs, tranchaient la chair sans difficulté. Leur langue était préhensile et pouvait s'étirer de plusieurs dizaines de centimètres.

Declan les avait senties se glisser sous sa peau. Ce souvenir le fit frissonner.

— Chase ?

— Tu n'imagines pas que les victimes aient pu être ma femme et mes enfants, dit-il d'un ton absent. À mon âge, ç'aurait pourtant été naturel que j'aie une famille.

— Non, tu n'as jamais été marié.

— Et comment peux-tu l'affirmer ?

— Dans toutes tes vies, tu n'as jamais eu de relation durable avec quelqu'un. Je suis presque sûre que tu n'as jamais couché deux fois avec la même femme.

Exact.

— Pourquoi penses-tu cela ?

— Tu détestes ça. Tu te sens malade après, parce que ce que tu avais avec moi te manque et que tu veux me rester fidèle, ajouta Regin d'un ton plus doux.

Il serra les dents, se rappelant les fois où il s'était tout juste retenu de vomir et celles, humiliantes, où il n'y était pas parvenu.

— Aidan...

La main gantée jaillit. En un éclair, il l'attrapa par les cheveux et plaqua sa tête sur le bureau.

— Ne m'appelle plus jamais comme cela, Valkyrie. Dernier avertissement.

— D'accord, d'accord, dit-elle sans s'énerver.

Mais ses yeux avaient lancé des éclairs.

Des yeux argentés qui me regardent, ma main enfouie dans ses cheveux tandis que je la fais descendre…

Il la lâcha et la regarda avec dégoût. Mais Regin n'était pas du genre à se démonter.

— Emmène-moi dans ta chambre, on parlera là-bas, dit-elle.

— Pourquoi ferais-je une chose pareille ?

— Parce que ma place est dans ton lit.

Il l'imagina comme il l'avait vue en rêve, offerte, sa peau nue brillant dans la pénombre, les cuisses ouvertes, les boucles dorées de son sexe luisant de son désir brûlant…

Devoir, objectif, se répéta-t-il précipitamment.

— Allez, Chase…

— Dis-moi, si je t'emmène dans ma chambre et que je te mets dans mon lit, que se passera-t-il ?

— Je peux te faire un dessin, si tu veux. Un indice : je suis la prise femelle et tu es la prise mâle.

— Non, je veux dire, au bout du compte. Crois-tu que je te libérerai si tu me donnes suffisamment de plaisir ? Tu n'es pas la première *detrus* qui tente de m'offrir son corps en échange de sa liberté.

Regin éclata de rire.

— T'offrir mon corps en échange de ma liberté ? Et si j'avais juste envie de t'offrir mon corps pour le plaisir ? Peut-être que coucher avec toi me manque. Peut-être que j'en meurs d'envie.

— Ce ne serait pas étonnant. La plupart des femelles immortelles se comportent comme si elles étaient constamment en chaleur.

Elle haussa les sourcils.

— C'est *toi* qui m'as appris le plaisir.

Des bribes de son rêve continuaient à venir le hanter, sans prévenir. *Pose tes lèvres ici, Regin…*

— Et aujourd'hui, dans une autre vie, tu te moques de moi parce que ça me manque ? Arrête, Chase. Emmène-moi dans tes appartements. Tu as peur de quoi ? Que je tombe sur un pyjama à pieds ? un masturbateur Fleshlight ? J'ai envie d'un bain presque autant que tu as besoin de me regarder en prendre un. Je suis tellement plus bavarde quand je suis propre… Les créatures du Mythos sont vraiment délicates, tu sais.

— Ça, je le sais. C'est le seul aspect de votre espèce qui soit positif, à mon sens. On arrête avec ce sujet, déclara-t-il en se carrant dans son fauteuil.

Regin soupira.

— Têtu, hein ? Exactement comme un homme de ma connaissance dont le prénom commençait par un A.

— Je ne suis pas cet Aidan que tu sembles vénérer. Je n'ai rien à voir avec lui.

— Tu lui ressembles tellement que c'en est inquiétant. Comme lui, tu es un guerrier, le plus fort et le meilleur dans ton domaine. Mais ça, c'est le cas à chaque réincarnation.

La curiosité l'emporta, et Chase demanda :

— Quelles étaient les autres ?

— Tu as été chevalier, corsaire et officier de cavalerie. Tous des guerriers, donc. Mais, chaque fois, l'accent était mis sur une facette différente de la personnalité d'Aidan. La première fois, tu t'es réincarné en Treves, un chevalier français du Moyen Âge, connu à travers toute l'Europe. Il représentait la puissance et la cruauté d'Aidan.

— Comment l'as-tu rencontré ?

— Le destin. Nous étions tous les deux en France un hiver, pour le siège d'un château.

— Pourquoi n'étais-tu pas au Valhalla ?

Une lueur de tristesse teinta le regard de Regin.

— Je ne suis jamais retournée au Valhalla. Une fois qu'on a quitté cet endroit, on n'a plus le droit d'y revenir. Lucia, ma sœur préférée, et moi défendions le château du vieux comte de Lanbert.

— Pourquoi ?

— Les ancêtres de Lanbert venaient du nord et vouaient un culte aux Valkyries. Lucia et moi avions décidé de les récompenser de leurs prières et de leurs offrandes en nous mettant à leur service pour les aider à défendre leurs terres. Et puis aussi, on mourait d'ennui.

— Treves était-il votre allié ?

— Pas du tout. En fait, nous défendions le château du comte de Lanbert contre *toi*.

19

Chase haussa les sourcils.

— Contre moi ?

— Oui, oui. La prise de châteaux a toujours été ton truc. Tu t'emparais de places fortes stratégiquement situées en Europe pour le compte du roi Philippe, et tu avais jeté ton dévolu sur le château du comte de Lanbert.

Regin s'assit en tailleur, le défiant du regard de lui faire une remarque. S'asseoir confortablement avec les mains attachées dans le dos était quasiment impossible.

Il se renfrogna, mais ne dit rien.

— Chaque jour, ton armée se rapprochait un peu plus, au rythme des tirs de vos trébuchets. Nous savions que ce n'était qu'une question de temps avant que vous ne preniez le château. Tes hommes étaient d'une loyauté fanatique, et tu étais un stratège hors pair. Lucia n'avait presque plus de flèches, et mes lames étaient émoussées à force de trancher des os. Nous n'avions pas dormi depuis plusieurs jours…

Quand elle se mit à décrire la scène – l'odeur de la fumée et du goudron, la poussière des murailles abattues flottant longtemps dans l'air, les bruits de la forge qui fonctionnait sans arrêt –, il se renfonça dans son fauteuil, et la tension de ses épaules diminua.

Elle lui fit le récit des semaines de combat, des offensives des fantassins, des tirs de flèches, et il se détendit un peu plus encore, croisant les mains derrière sa tête. Visiblement, il aimait cette histoire.

— Puis est arrivé le jour du face-à-face final. Les trébuchets étaient chargés, et si proches que l'on entendait le grincement des cordes. Avant de les faire tirer, tu es venu jusqu'au pont-levis, sur un étalon au regard fou. Le combat s'est calmé, jusqu'à ce qu'on n'entende plus qu'une flèche siffler ici et là. Tu étais grand. Pas autant qu'aujourd'hui, mais dans ton armure tu étais massif. J'aurais su que tu étais Treves même si tu n'avais pas eu ton étendard en main, une bannière rouge ornée de deux corbeaux en vol.

— Des corbeaux ?

Il s'était tendu de nouveau.

— C'est le symbole de Wotan, tu te souviens ? À ce moment-là, nous avons cru que sa présence sur le drapeau de Treves n'était qu'une coïncidence.

Elle lui lança un regard en coin.

— Tu connais ce symbole ?

Chase secoua la tête.

— Continue.

Elle hésita un instant, puis reprit :

— Pour une raison que j'ignore, tu as levé les yeux vers le rempart que je défendais, et tes yeux se sont rivés sur moi.

— Peut-être parce que tu brilles, remarqua Chase d'un ton agacé.

— J'étais vêtue de la tête aux pieds, dit-elle avec un sourire doucereux. À Lanbert, tu as hurlé : « Renonce à ton château, ou je le fais raser. » Cet ultimatum ne me convenait pas vraiment, alors évidemment, j'ai fait part de mon opinion.

— Qui était ?

— Que tu ferais mieux d'aller copuler avec un porc. En ancien français, ça sonnait vraiment bien. Mais en m'entendant tu as sursauté sur ta selle, et ton cheval a eu l'air encore plus fou. Tu m'as lancé « Tu défends ce rempart, femme ? » et j'ai répondu : « Jusqu'à la mort, connard. » Encore une fois, ça sonnait beaucoup mieux en ancien français.

— Tu as provoqué un chef ennemi alors que ses forces étaient bien supérieures à celles dont tu disposais ?

— Qu'est-ce que tu pouvais faire, de toute façon ? Nous bombarder encore plus fort ?

— Alors, qu'a-t-*il* répondu ?

— *Tu* as répondu : « Lanbert, envoie-moi la femme vêtue de noir en guise de trophée, et ce soir, nous signerons la paix. » Tout le monde en est resté le cul par terre. Treves, qui mettait fin à un siège sans avoir obtenu la victoire ? Tu avais conquis des dizaines de châteaux, sans jamais perdre une bataille. Et le plus choquant, là-dedans, c'était que tu voulais une femme !

— Pourquoi était-ce si choquant ?

— Parce que Treves appartenait à un ordre *monastique* de chevaliers. Damoiselles, passez votre chemin. Lucia et moi, on ne savait pas trop quoi penser de tout ça. Tu ne pouvais pas savoir ce qu'était une Valkyrie, mais pour quelle autre raison aurais-tu voulu de moi ? Évidemment, Lucia a fait les plaisanteries de corps de garde habituelles, et on s'est mises à rigoler comme des baleines.

Plusieurs siècles après avoir enduré les tortures de Cruach, Lucia avait enfin réappris à rire.

— Vous n'aviez pas peur ?

Regin leva les yeux au ciel.

— Je n'ai peur de rien. Et puis, on trouvait vraiment drôle que tu dises à Lanbert de m'envoyer à toi. Le vieux comte ne pouvait pas plus me donner d'ordres que je ne peux demander à Wotan de sortir de son sommeil. Mais ma curiosité avait été piquée, et il fallait que je sache à quoi tu voulais en venir. Quand je suis sortie du château, tu es venu à ma rencontre.

Regin n'oublierait jamais l'allure qu'il avait. De près, elle s'était mieux rendu compte de sa stature, mais n'avait pas vu tout de suite son visage, caché derrière son heaume. Et puis, il avait le soleil dans le dos, et elle, dans les yeux, donc.

— Treves et moi... on s'est tout de suite entendus.

Elle se souvenait encore de sa voix.

— *Tu es venue pour te sacrifier ?*

— *Ne m'as-tu pas vue au combat, chevalier ? Je ne me sacrifie en rien en agissant ainsi.*

— *Femme, à la minute où tu as franchi cette porte, tu es devenue mon trophée.*

Elle avait levé le menton.

— *À moins que ce ne soit toi qui sois devenu le mien.*

— Tu m'as ordonné de retirer ma cape. Même si je n'obéissais jamais aux ordres de personne, j'éprouvais toujours un certain plaisir à impressionner les gens avec ma luminescence, un truc carrément cool. Alors, j'ai retiré ma capuche. Tu as eu un petit hoquet, mais de ton côté tu me réservais une surprise aussi. Au moment où ton étendard cachait le soleil, tu as soulevé la visière de ton heaume. J'ai vu tes yeux gris, et j'ai failli tomber dans les pommes.

D'abord, Treves avait semblé déconcerté, répétant dans un murmure : « Je ne t'ai jamais vue mais tu hantes mes rêves. » Puis son regard était devenu plus appuyé, et il avait planté son étendard dans le sol.

— Avant que j'aie eu le temps de dire ouf, tu m'as prise par la taille et tu m'as hissée sur ton cheval, devant toi. À tes hommes, tu as lancé : « Le siège est fini ! »

Regin observa un instant la réaction de Chase. Il semblait ailleurs, l'écoutait à peine.

— Et nous avons vécu heureux pour l'éternité, conclut-elle, ce qui était à des années-lumière de la vérité.

— Tu t'arrêtes là ?

— Tu sembles très préoccupé. Tu n'aimes pas mon histoire de chevalier ?

Elle-même n'en aimait pas la fin, assurément. Treves avait agonisé dans ses bras et était mort avant le lever du jour suivant. Elle n'avait pu que le regarder s'éteindre. Après avoir traversé la moitié de l'Europe, Brandr avait réussi à les rejoindre au moment où Treves poussait son dernier soupir.

— Je t'ennuie, là, ou quoi ?

C'était la première fois en un millénaire que Regin posait cette question. Chase haussa les épaules sans répondre, le visage fermé.

Que se passe-t-il dans cet esprit compliqué ? Elle avait toujours pu deviner ce que pensait Aidan, mais cet Irlandais la désarçonnait en permanence. Elle glissa de nouveau jusqu'au bord du bureau.

— Tu préfères sans doute qu'on arrête les bavardages et qu'on passe aux bisous ? C'est compréhensible.

Devant son regard fermé, elle secoua la tête.

— Non ? Alors, je vais te donner un petit conseil. Gratis. Tu as probablement du boulot par-dessus la tête, et ça te gonfle. Mais tu n'étais pas destiné à diriger cet endroit, Chase. Tu es un chasseur, un guerrier né pour être au cœur de l'action.

— Crois-tu vraiment que j'aie besoin de tes conseils ou que je souhaite les recevoir ?

— Je suis bien plus âgée que toi, tout de même.

— Et tellement plus immature, pourtant.

— C'est clair. Tu peux me dire à quoi tu penses ?

Il y eut un long silence, puis il dit enfin :

— Si chaque réincarnation personnifiait un aspect d'Aidan, comment étaient les autres ?

— Gabriel, l'Espagnol, c'était l'humour et le sexe. Edward, mon jeune officier de cavalerie anglais, c'était...

Elle se tut un instant, tant le souvenir de cet amour-là lui était cher.

— Edward, c'était l'amour pur.

— Tu penses que je suis une de ces réincarnations. À ton avis, qu'est-ce que je représente ?

— Je pense que tu pourrais être tout à la fois. Mais, pour l'instant, tu es le côté sombre d'Aidan. Tu coules, Chase, et au fond, tu sais que je suis ta bouée.

— Je trouve intéressant que tu me parles d'un homme qui a tourné le dos à tout ce qui faisait sa vie, un chevalier qui a mis fin à un siège pour une femme, et que, tout de suite après, tu me conseilles de ne pas diriger cet établissement.

— Je t'ai juste raconté ce qui est arrivé à Treves. Et puis, ce n'était pas le toutou du roi. Depuis le début, il remettait en question les décisions de Philippe. Il lui avait déjà tenu tête plus d'une fois. La rumeur disait que Treves pouvait prendre le trône à tout moment.

Raison pour laquelle Philippe avait déjà un tueur sous la main. Quand Treves avait désobéi à l'ordre du roi en refusant de prendre le château de Lanbert, le roi avait ordonné qu'on l'empoisonne.

Pour m'avoir choisie, moi, plutôt que la victoire, Treves est mort.

Le regard de la Valkyrie se perdit au loin, ses yeux changeant de couleur. Quand elle le regarda de nouveau, elle lui demanda :

— Dis-moi, maître, as-tu déjà tenu tête à ton patron ?

Un peu plus tôt, il s'était dit que cette histoire était juste un élément d'un plan sophistiqué, qu'elle servait l'objectif de la Valkyrie. Elle venait de confirmer ses doutes.

Chaque mot qu'elle avait prononcé avait été soigneusement choisi pour amener Declan à baisser sa garde.

— Si je ne me conduis pas comme ton chevalier, c'est que je suis un toutou, donc ? Je devrais trahir l'œuvre de toute ma vie rien que pour toi, c'est ça ? dit-il avec dégoût.

— Je pourrais te rendre plus heureux que l'Ordre ne le fait.

Elle était si sûre d'elle !

— Ce bonheur-là ne m'intéresse pas. Et je ne remets pas les ordres en question parce que je crois en notre objectif final : la protection de l'humanité. De *mon* espèce.

— Moi, je pense que tu as envie de laisser tout cela derrière toi pour venir avec moi. Je t'attends, Chase, je ne fais rien de plus.

— Abandonner ma mission ? Jamais, Valkyrie ! Qui l'accomplirait alors ?

Il serra les poings. Personne ne l'avait jamais mis autant en colère. Il était censé ne pas ressentir d'émotion, c'était sa nature. Et il s'injectait chaque soir des concoctions destinées à l'abrutir. Alors, pourquoi était-il encore pris de crises de fureur ?

Sans réfléchir, il se dirigea vers le placard contenant ses dossiers et en sortit un, tout écorné, rempli de photos – des photos des victimes de cette guerre. Chaque fois qu'il doutait du bien-fondé de son combat, chaque fois que la douleur qui vrillait son corps devenait insupportable, il sortait ce dossier. Rien ne renforçait plus efficacement sa détermination.

Il voulait lui montrer ce contre quoi il se battait et observer sa réaction.

Il jeta quatre photos sur son bureau.

— Sans moi, la meute de vipères changeformes qui s'est abattue sur cet orphelinat s'attaquerait encore à des proies faciles.

Sur les clichés, on voyait des corps d'enfants et de religieuses bouffis, vidés de leur sang.

— Ils ont été tirés de leur lit en plein milieu de la nuit, puis mordus, jusqu'à être paralysés. Ils ne pouvaient même pas crier.

Elle regarda les photos, les lèvres serrées. Il en jeta une autre sous ses yeux.

— Et ça ?

On y voyait des victimes de wendigos, démembrées, les os apparents.

— Les wendigos leur ont sucé la moelle alors qu'ils étaient encore vivants. J'ai éliminé toute la meute. Pas un n'en a réchappé. Même les humains qui avaient été transformés ont été supprimés.

Sentant peut-être qu'il valait mieux ne pas faire de commentaire, la Valkyrie resta silencieuse.

Les photos suivantes le mettaient dans un état proche de la transe. Son père et sa mère étaient attachés sur le sol, leur chair dévorée jusqu'à l'os. Leurs visages étaient à jamais figés dans une expression d'horreur absolue.

— Et les néoptères ? dit-il d'une voix tremblante. J'en ai éliminé des dizaines pendant mes vingt ans au service de l'Ordre !

Sans savoir pourquoi, il lui mit sous le nez la photo de ses parents.

Et, maudite soit-elle, il vit l'émotion teinter son regard. Son poing s'abattit violemment sur son bureau.

— Je t'interdis d'éprouver de la compassion pour eux ! C'étaient de simples mortels, que tu n'aurais même pas remarqués !

Elle se leva d'un bond, furieuse.

— Mais si, figure-toi, j'ai de la compassion pour eux ! C'est pour cela que j'ai tué toutes les créatures de ce genre que j'ai croisées dans ma vie ! Tu enfermes des immortels qui pourraient être tes alliés…

— M'allier à vous ? Mais vous êtes des incapables ! Ta propre sœur a dit que tout ce que tu savais faire, c'était te battre pour rire et te shooter à je ne sais quoi !

Ils étaient face à face, se touchaient presque.

— C'est toi qui m'accuses de me shooter, Major Tom ? Alors que la plupart du temps tu planes hors de cette atmosphère ?

Il ignora sa remarque.

— Tu ne sers aucune cause, tu n'as aucune raison d'exister.

De nouveau, il vit un éclair de douleur passer dans les yeux de la Valkyrie.

— J'ai un objectif, connard ! T'as déjà entendu parler de Cruach, le dieu du sacrifice humain et du cannibalisme ? Tous les cinq cents ans, il se réveille, avec une idée en tête : transformer tous les mortels en tueurs fous cannibales. Avec ma sœur, *je* me bats contre lui ! *Moi !* Je l'ai déjà affronté à deux reprises. Mais cette fois, ça risque de tourner au carnage. Je te parle d'apocalypse, là !

Declan avait déjà entendu le nom de Cruach, mais l'Ordre ne possédait que des informations très succinctes sur cet être. *Encore une menace immortelle. Encore des infos bonnes à prendre…*

— En ce moment même, je devrais être en train de l'affronter, mais tu m'as enfermée ici !

Elle retroussa ses lèvres pour montrer ses dents et rappeler à Chase ce qu'elle était vraiment.

— À cause de toi, Chase, le monde entier est au bord de l'apocalypse. Mortels *et* immortels courent le plus grand des dangers !

Il parlerait de cela à Webb. Ensemble, ils mettraient sur pied un plan d'action.

— Alors, je n'ai peut-être pas de jolis dossiers illustrant mon travail pendant ces derniers siècles, avec plein de photos de mes trophées, mais ça ne change rien au fait que j'ai déjà mis un dieu K-O deux fois et que mon objectif est de remettre ça !

Un voile rouge descendit sur les yeux de Chase, qui hurla :

— Des *trophées* ?

Il appuya sur un bouton pour appeler Vincente.

— Emmène-la hors de ma vue !

Avant que je ne l'étrangle.

20

Tard cette même nuit, Declan sombra dans un sommeil agité, tourna et se retourna dans son lit, l'esprit assailli par les rêves...

— Quel genre de créature es-tu ? demanda Treves à la femme qui se trouvait devant lui.

— Tu ne te souviens donc pas de moi ?

Dans la tente du chevalier, le visage de la jeune femme semblait plus lumineux encore. Ses yeux et ses cheveux brillaient comme le soleil à travers un morceau d'ambre.

— Je ne t'ai jamais rencontrée, ni vue avant ce matin.

Sauf en rêve. Et pourtant, dès qu'il avait entendu sa voix, il avait eu comme un pincement au cœur.

— Es-tu une sorcière ?

Une sorcière qui m'aurait jeté un sort ?

— Non, je ne suis pas une sorcière.

Elle retira ses épées et son manteau, révélant d'étranges vêtements : un pourpoint de protection en cuir raidi par-dessus une chemise de lin raffinée et une tunique si courte que ses cuisses étaient visibles au-dessus de ses bottes. Des cuisses souples, à la peau lisse, faites pour accueillir les hanches d'un homme – même s'il ne pouvait parler d'expérience.

— Je suis une Valkyrie, une immortelle. Une des filles adorées de Wotan, dit-elle comme si ces mots pouvaient avoir un sens pour lui. Tu n'as jamais entendu parler de nous ?

— Je n'ai eu vent que de mythes venus des terres du Nord.

Il se souvenait maintenant que les Valkyries étaient un genre de déesses guerrières.

Et cette créature pensait qu'il allait la croire ? Mais pourquoi pas, après tout ? Comment expliquer, sinon, sa peau luminescente, ses petits crocs pointus et les griffes roses qui terminaient ses doigts délicats ?

Il retira un gantelet pour passer le dos de sa main sur les pommettes saillantes de la Valkyrie et sentit ses propres paupières s'alourdir. La peau de cette femme était d'une douceur irréelle. À chaque caresse, il s'émerveillait un peu plus qu'une telle créature soit désormais en sa possession. *Mon trophée, et mérité, qui plus est.*

Apprendre qu'il avait renoncé à ce château irriterait son roi, dont il mettait la patience à rude épreuve depuis quelque temps. *Il est possible qu'il ait déjà réclamé ma tête.* Peu importait. Tandis qu'il contemplait la Valkyrie, Treves savait qu'elle valait tous les risques qu'il prenait pour elle.

De toute façon, rendre des comptes à un autre était un joug qu'il n'avait jamais vraiment supporté. Son roi et lui devraient discuter de cela. *Sinon, je lui arrache sa couronne.*

— Tu sais que je suis Treves. Quel est ton nom ?

— On m'appelle Regin la Radieuse.

— Un nom on ne peut plus approprié, belle.

Il voulut glisser une petite natte derrière l'oreille de Regin et ouvrit de grands yeux. Son oreille était pointue !

— Une oreille de Valkyrie ?

Cette créature le captivait. Il prit sa main et la posa sur sa joue, faisant glisser les petites griffes sur sa peau.

— Pourquoi ai-je l'impression de te connaître ?

Et pourquoi avait-il le sentiment d'être amoureux, déjà ? Au point de redouter qu'ils ne se séparent un jour…

— Nous nous sommes rencontrés, il y a des lustres de cela. Mais si je te le raconte, tu croiras que je suis folle.

Elle semblait osciller entre tristesse et excitation, visage fermé un instant, sourire lumineux l'instant d'après.

— Pas plus folle que moi, qui ai rêvé d'une femme que je n'avais jamais vue.

Depuis le début du siège de ce château, en effet, il n'avait plus rêvé que d'elle.

— Dans une autre vie, tu étais un berserk, un guerrier de la garde de Wotan. Tu servais mon père. Et tu projetais de m'épouser.

L'épouser ? Il s'approcha encore.

— J'ignore qui tu crois que je suis, mais je serai cet homme avec plaisir.

Elle plongea son regard dans celui de Treves.

— Tu t'appelais Aidan le Fier.

Et de toute évidence, son affection pour cet Aidan avait été profonde.

— Pourquoi penses-tu que je suis cet homme ?

C'était une erreur, elle le prenait pour quelqu'un d'autre. *Mais je ne peux pas renoncer à elle.*

Je ne veux *pas*.

— J'ai vu tes yeux briller comme ceux d'un berserk. Et je *sens* que c'est toi. Le fait que tu aies rêvé de moi le confirme sans doute possible.

Comme il la fixait d'un air dubitatif, elle ajouta :

— Tu as été réincarné. Un autre corps abrite désormais ton âme.

Cela pouvait-il être vrai ? Son âme avait-elle pu survivre à travers les âges ?

D'aussi loin qu'il se souvînt, il faisait des cauchemars mêlant anges et démons dans un paysage de neige, dans un froid mordant. Ces cauchemars le hantaient à un point tel qu'il avait craint à une époque de perdre l'esprit. Depuis toujours, il avait mal dans la poitrine. Ses parents avaient craint que son cœur ne soit trop faible, qu'il ne meure jeune. Devenu homme, il s'était fait guerrier pour échapper au tourment qui était le sien, apaisant ses sombres pensées par des actes plus sombres encore.

Aujourd'hui, la douleur avait disparu. Son cœur avait peut-être toujours été en bonne santé. En tout cas, désormais, il ne battrait plus que pour cette femme.

— Comment ai-je pu revenir sur terre ?

— Quand tu es mort dans mes bras, il y a des siècles de cela, tu as juré que tu reviendrais pour moi. J'ignore comment tu y es parvenu. Certaines choses, dans le Mythos, ne nous sont jamais révélées.

— Le Mythos ?

— C'est notre monde. Un monde d'immortels, dans lequel vivent mythes et légendes.

Elle est immortelle, pas moi.

— Je t'interdis de retourner dans ce monde, Valkyrie, déclara-t-il, la voix tremblant à la seule idée de la perdre. Ta place est à mes côtés.

Le visage de la Valkyrie brilla plus encore.

— Alors, rappelle-moi pourquoi je t'ai choisi parmi tous les hommes.

— Comment le saurais-je ? Je...

Il s'interrompit. Elle avait commencé à dénouer les liens de son armure, lui signifiant clairement ses intentions. Arracher sa cotte de mailles et sa tunique lui prit bien trop de temps à son goût.

Pourtant, alors même que son membre viril se dressait dans ses pantalons, il lui fallut avouer :

— Ma douce, je n'ai encore jamais été avec une femme.

— Mais si. Tu ne t'en souviens pas encore, c'est tout, répondit-elle avec un sourire, avant de commencer à se déshabiller.

Il suivit d'un regard attentif ses doigts agiles qui délaçaient son pourpoint de cuir. D'un mouvement, elle le fit tomber à ses pieds, puis elle quitta sa tunique, ne gardant que sa chemise. Elle était si courte qu'il apercevait son entrejambe, et si transparente qu'il voyait parfaitement ses seins.

Ce ravissant spectacle le laissa bouche bée.

— De toute ma vie, je n'ai jamais rien désiré d'autre que toi.

Tu es ma vie. J'ignore comment, mais je le sais…

Elle se hissa sur la pointe des pieds pour déposer de tendres baisers dans son cou, sur son torse.

— Retire tes bottes, souffla-t-elle.

En un instant, ce fut fait.

— Et tes pantalons.

Il les arracha presque.

Elle recula en direction du lit en lui faisant signe de la suivre. Puis elle retira sa chemise et s'allongea, si belle qu'il en eut le souffle coupé.

C'était la première femme à partager sa couche. *Et la dernière.*

Il s'allongea à côté d'elle, et elle prit son sexe dressé, referma sa main autour. Sous l'effet de cette soyeuse caresse, il donna malgré lui un coup de reins, et un grognement monta dans sa gorge.

Ses caresses étaient lentes et appuyées, et bientôt, la tête lui tourna. La pression dans son sexe monta encore d'un cran quand elle passa le pouce sur le sommet du gland, appréciant visiblement la moiteur qu'elle y trouva.

— Ah… ma douce… je vais…

Sans le lâcher, elle le poussa à s'allonger. Quand elle l'enjamba pour le chevaucher, il la fixa, stupéfait, réalisant à peine qu'il était sur le point de la posséder complètement.

Elle plaça le membre dressé sous elle, puis descendit lentement. À chacun des soupirs qu'elle poussait, sa poitrine se levait et s'abaissait, tentatrice. Il couvrit de ses mains cette chair souple, la pétrit avec délices.

Sentir son étroit fourreau se refermer sur son membre faillit faire jaillir sa semence. Il serra les dents, pour ne pas se couvrir de honte.

Elle le fit glisser en elle le plus loin possible, plantant dans le torse du chevalier ses petites griffes de Valkyrie.

Car c'est ainsi que les choses doivent se passer.

Devenait-il fou ? Cette pensée s'évanouit lorsqu'elle se releva, avant de redescendre sur lui, trempée, frémissante. Et, encore une fois, elle remonta, redescendit…

Elle a besoin que je la contrôle, que je maîtrise sa force.

Comment pouvait-il savoir une chose pareille ? Il sentit pourtant que c'était la vérité et la prit par la taille pour la forcer à s'allonger à son tour. Quand il lui écarta les cuisses et s'installa entre elles, elle poussa un gémissement de plaisir. Sous ses coups de boutoir, ses seins se mirent à tressauter.

Il se baissa pour l'embrasser. Lorsque sa bouche se posa sur ses lèvres, celles-ci s'ouvrirent, et sa petite langue vint à la rencontre de la sienne. La goûter ainsi lui fit tourner la tête de nouveau.

— C'est si bon… murmura-t-il contre ses lèvres.

Comme les pavots à opium.

Aussitôt, les souvenirs l'assaillirent. Des éclaboussures de sang sur la neige. Sa frustration de ne pouvoir être avec elle alors qu'il aurait fait n'importe quoi pour la rejoindre. Le besoin irrépressible et sauvage qu'il avait de la posséder.

Il redressa la tête.

— Personne ne me séparera de toi, Regin.

Quand il eut conscience que même son accent avait changé, il fut frappé de stupeur.

Je suis l'homme dont elle a parlé.

Donc, elle lui appartenait.

— Tu es à moi, femme.

— A… Aidan ?

Le sang courut plus vite dans ses veines tandis que la fièvre s'emparait de lui.

— Je suis revenu pour toi.

Son amour pour elle battait dans sa poitrine, à l'unisson de son désir.

Elle ouvrit de grands yeux. Ses iris étaient de l'argent pur.

— Tu t'es souvenu de moi !

— Dès l'instant où j'ai pris tes lèvres.

Elle se cambra sous lui.

— Mais comment ? Comment as-tu pu revenir ?

Il l'ignorait. Mais cela n'avait pas d'importance. Il la possédait, allait et venait en elle, voilà tout ce qui comptait.

— Rien ne me séparera de toi. *Rien !* souffla-t-il en prenant le visage de Regin entre ses mains. Dis-moi que tu m'appartiens.

Il sentit ses griffes entrer dans sa chair. Elle ondulait sous lui, venait à lui à chaque coup de reins.

— Je t'appartiens. Tu m'as tellement manqué !

Il sentit le sexe de la Valkyrie enserrer le sien, comprit qu'elle était sur le point de jouir. *Je vais lui faire connaître l'extase. Je vais la faire crier de plaisir.*

— Jouis avec moi ! hurla-t-elle.

Et, plongeant frénétiquement en elle, ce fut ce qu'il fit.

Declan se réveilla brusquement, le dos cambré, la main sur son sexe, sur le point de jouir.

— Regin ! hurla-t-il quand il se répandit.

Il continua de se caresser, imaginant que son poing était son petit sexe étroit tandis que, jet après jet, sa semence brûlante retombait sur son torse. Il hurla jusqu'à en perdre la voix, jusqu'à ce que, enfin, la pression diminue, puis disparaisse…

Alors, allongé sur son lit, haletant, il se rendit compte qu'il ne ressentait plus ni douleur, ni angoisse, ni tension. Juste les derniers soubresauts de l'éjaculation la plus puissante qu'il avait jamais eue.

Il s'était masturbé en rêvant à une *detrus* et avait joui si fort que son sperme avait presque touché son menton.

Je ne savais pas que je pouvais jouir avec cette intensité.

Comment avait-il fait pour se passer d'un tel plaisir ?

Il poussa un grognement, se complaisant dans une espèce de satisfaction malsaine. Les remords viendraient bien assez tôt. Pour l'instant, il restait allongé, épuisé, stupéfait.

Malade.

Que lui arrivait-il ? Tout comme le chevalier Treves dont Regin avait parlé, Declan avait l'impression de devenir fou. Et, à l'instar de Treves, il commençait à avoir d'étranges pensées, comme si quelqu'un était en lui.

Pour finir, Treves avait été possédé par Aidan, les souvenirs du berserk prenant le pas sur ceux du chevalier.

Putain, je veux pas que ça m'arrive. C'était un ensorcellement. Regin était une tueuse-née, une femelle surnaturelle, immortelle. Merde, il ne voulait pas ressentir ce genre de chose pour elle.

Va courir. Va t'entraîner. Va tuer quelqu'un. Mais il se sentait léthargique. Pas ensommeillé, juste… bien.

Malgré cela, la morsure de l'humiliation ne tarda pas à se faire sentir. Il était là, comateux de plaisir après s'être caressé en pensant à une *detrus*...

Qu'est-il arrivé à ta volonté de fer, Dekko ? Lâchant un juron amer, il se força à se lever et à s'essuyer le torse. *Évite-la. Ignore-la. Lutte contre ce...*

Sa ligne privée sonna. Webb.

Juste au bon moment, pour compléter le tableau de l'humiliation et du remords. Declan se dirigea vers sa console et répondit.

— Ça n'a pas l'air d'aller, fils. Tu as perdu ta voix ?

Quelque chose dans le ton de Webb le mit immédiatement sur ses gardes. La paranoïa s'emparait de nouveau de lui.

— Non, non.

Juste la tête.

Webb alla droit au but.

— J'ai eu des échos assez dérangeants sur la Valkyrie et toi.

— En provenance de Fegley, assurément.

Vincente était lui aussi au courant des agissements de Declan, mais pas un instant il ne le soupçonna.

— Peut-être. Le fait est que j'ai entendu des choses assez déconcertantes.

— Elle me livre des informations. Des informations que *vous* m'avez ordonné d'obtenir.

— Alors, pourquoi aucune transcription de vos entretiens n'a-t-elle été mise en ligne ?

Parce que Declan avait besoin de les corriger un peu. Il ne tenait pas à ce que tout le monde sache que la Valkyrie exigeait ses baisers.

— Elles le seront très bientôt, répondit-il d'un ton sec qu'il n'avait jusque-là jamais employé avec son supérieur.

Il y eut un long silence.

— Écoute, fils. Garder des monstres hideux sous clé est relativement facile. Faire la même chose avec des monstres au visage d'ange et aux yeux innocents est très, très difficile. Ceux qui parlent comme nous, qui s'habillent comme nous, qui copient notre espèce de toutes les manières possibles éveillent de la compassion en nous. Toi, tu es ici parce que la compassion est un mot qui ne fait pas partie de ton vocabulaire. Tu es dépourvu d'émotions de ce genre.

Declan repensa alors à l'entraînement qu'il avait subi – les privations de sommeil, le manque de nourriture, les simulations de combat à balles réelles. Il se souvint de la crosse d'un fusil le frappant à la tempe tandis que son supérieur hurlait : « Tu es plus monstrueux que toutes les créatures qui t'attendent... »

Il n'avait que dix-sept ans quand on lui avait montré des photos de ce que les *detrus* faisaient aux mortels. Des heures et des heures d'images horribles, pendant des jours. Sans dormir. Au bout du compte, il avait perdu connaissance.

Aujourd'hui encore, je me punis avec ces photos...

— Ils chercheront à te faire douter, poursuivit Webb. Ils te pousseront à remettre ta mission en question. Est-ce le cas ?

— Absolument pas, répondit Chase d'un ton aussi convaincu que possible.

Mais il refusa de s'expliquer, de tenter de persuader Webb qu'il était encore solide.

Il tenait bon, sa haine était aussi vivace qu'au premier jour.

Webb poussa un soupir – de soulagement, apparemment.

— Bien. De toute façon, je serai là la semaine prochaine.

La semaine prochaine ? Non ! Pas déjà ! Mais Declan savait que c'était inévitable, et il se contenta de répondre :

— Très bien.

Je dois en finir avec cette obsession pour la Valkyrie. Il aurait beau jouer l'indifférence, Webb verrait clair dans son jeu en un éclair.

— J'ai hâte de voir le nouvel élément de notre collection. Est-ce que tout est prévu pour la capture de Malkom Slaine ?

Ma prochaine acquisition. Slaine était un démon vampire, une créature rare. Par le biais d'un rituel inconnu, un démon pouvait être empoisonné avec du sang de vampire. Il possédait alors les pouvoirs et la force des deux espèces en même temps. Familièrement appelées vémons, ces créatures étaient, d'après la rumeur, les êtres les plus puissants du Mythos, plus puissants encore qu'un Lycae dans la force de l'âge.

On ne connaissait que quatre vémons vivants. Declan voulait les détruire et enterrer à jamais l'histoire de leur genèse.

— C'est en cours.

Declan avait envoyé Carrow la sorcière chez Slaine – dans une dimension infernale appelée Oubli – afin d'attirer celui-ci dans un piège. En échange, il avait promis de libérer Carrow et sa jeune cousine.

Un mensonge facile. Depuis son ensorcellement, Chase éprouvait une haine particulière envers les sorcières. Et la plus jeune avait déjà tué vingt soldats, avec ses pouvoirs surnaturels.

Carrow devait revenir dans moins d'une semaine. D'après lui, elle avait six chances sur dix d'accomplir sa mission.

— Pour l'instant, tout se déroule comme prévu.

— Parfait, dit Webb. Et pendant mon séjour, nous prendrons un peu de temps pour nous, toi et moi.

Histoire de ne pas parler que boulot et de sortir un peu de toute cette folie.

On parlera sport et gonzesses, alors ? En dehors de son travail, Chase n'avait pas de vie. Rien.

— Ce sera avec grand plaisir, dit-il néanmoins.

Ils raccrochèrent, et Declan regarda autour de lui. Cette pièce, sa chambre, était toute sa vie en dehors de son boulot. La prison elle-même était l'œuvre de sa vie. Et il était sur le point de perdre tout cela.

Mais franchement, qu'est-ce que tu as vraiment à perdre là-dedans, Dekko ? Il n'avait pas de famille, pas d'amis. Pas de femme.

Pas de paix. Depuis toujours, il aspirait à trouver la paix intérieure. Jamais il n'avait connu cela. Il ne pouvait qu'imaginer ce que devait être une vie qui ne soit pas faite que de malheur.

Declan avait croisé des hommes dont l'expression disait : « Tout est pour le mieux dans le meilleur des mondes » et les avait enviés d'éprouver un tel contentement. Son propre père était ainsi, confiant, satisfait. Du moins jusqu'à ce que Declan se mette à faire des cauchemars, alors qu'il n'était encore qu'un enfant. Ensuite, quand il avait commencé à traîner avec cette bande de junkies, à quatorze ans, son père n'avait plus jamais été confiant.

Écouter la Valkyrie, être simplement près d'elle avait fait naître en lui un contentement semblable à la paix qu'il recherchait. Et le rêve de cette nuit…

Pourquoi ne pas profiter d'elle ? lui souffla son esprit.

Non. Elle sapait sa détermination. Et sans détermination, il perdrait le peu de dignité qu'il était parvenu à préserver ces vingt dernières années. Quel que soit le pouvoir qu'elle essaierait d'exercer sur lui, il y résisterait.

Se laisser contrôler par une de ces créatures ? *Plus jamais.*

Elle ne le briserait pas. Sa volonté était plus forte que la sienne. Plus forte que celle de n'importe qui.

Je la briserai.

Et c'était pour cette raison – et cette seule raison – qu'il brûlait de la revoir.

21

— Vous avez... euh... utilisé toutes vos actions, madame, murmura Thad.

— Et toi, tu as utilisé toutes tes vérités, Tigrou, rétorqua Natalya d'une voix rauque. Bon, demande-moi une vérité.

Non, pas si tôt le matin. Faut arrêter, là, pensa Regin.

Sa deuxième semaine dans ce trou à rats commençait tout juste. Allongée sur le lit du haut, elle tentait d'ignorer que se déroulait à côté d'elle le dernier épisode de la série *Le bon gars qui tourne mal*, avec Natalya en guest-star, dont la voix se rapprochait dangereusement de celle d'une reine du porno.

Thad était réellement un bon gars. Au cours de ces interminables journées, il s'était révélé être à la fois gentil et affable. Du moins quand il ne se retrouvait pas face à des images traumatisantes, comme le passage dans le couloir de cerunnos ou de démons ailés et cornus.

Il avait manifesté de la curiosité, aussi. La conversation type entre Regin et lui pouvait se résumer ainsi :

— Faut avoir un certain âge, pour boire, dans le Mythos ?

— Non. Le lycéen que tu es peut se biturer au prémix tous les soirs.

— Et le mariage, ça existe ?

— Oui, parfois. Ça dépend des espèces, en fait.

— Et l'église ?

— Comment tu définis « église » ?

Mais il commençait à montrer des signes de fatigue. Ses yeux étaient cernés, et il avait perdu du poids, flottait dans son jean. Il ne touchait pas au bouillon que l'Ordre leur servait, à lui et à Natalya. Le joueur de foot se transformait en coureur de marathon.

Regin avait fini par conclure qu'il était en partie vampire. Un halfelin, sans doute. Tandis que Natalya passait son temps à regarder s'il bandait dans son sommeil – « Deux mots, Valkyrie : pollutions nocturnes. Non, je plaisante, mais j'ai réussi à te faire jeter un coup d'œil ! » –, Regin, elle, avait remarqué qu'une autre partie du gamin était au garde-à-vous.

Ses crocs sortaient et se rétractaient à intervalles réguliers. Le gamin sympa qui ne parvenait pas à les appeler autrement que « madame Natalya » et « madame Regin » était un vampire, au moins en partie.

Emma, la nièce adorée de Regin, était mi-vampire, mi-valkyrie, mais elle ne pouvait pas s'exposer au soleil, alors que Thad, de toute évidence, si. Alors, à quelle autre espèce appartenait-il ?

Et pourquoi est-ce que je le trouve quand même sympa ?

D'abord Emma, et maintenant, Thad. Regin commençait à en avoir ras la casquette de ces créatures vampiriques non maléfiques qui venaient remettre en question son animosité ancestrale pour leur espèce.

— Une vérité, donc ? demanda Thad à Natalya. Alors, avec combien de mecs est-ce que vous avez... enfin, tu vois, quoi.

— Avec combien de mecs j'ai couché ? J'ai plusieurs siècles au compteur, je te rappelle, donc si on part sur une rotation tous les six mois en moyenne... fais le calcul. Je ne dirais pas toute une armée, mais plusieurs bataillons, certainement. Ça te dirait de t'engager ?

Thad se mit à bredouiller, mal à l'aise.

— Et toi ? reprit-elle. Combien de filles as-tu butinées, Tigrou ?

Regin *entendit* rougir le gamin.

— J'ai eu des tonnes de copines, dit-il. Je suis quarterback au foot, quand même. Je cours après tout ce qui bouge.

— Tu n'as pas répondu à ma question.

Tête baissée, il avoua à mi-voix :

— Entre les entraînements et les scouts, j'ai pas vraiment eu le temps de trouver... comment dire... la fille idéale, quoi.

Natalya soupira.

— T'es carrément irrésistible, quand tu dis ça. Maintenant que tu l'as trouvée, la fille idéale, tu peux défaire ton pantalon. Action.

— Pardon, madame ? dit-il en s'étranglant.

Thaddeus Brayden, vénéré comme un dieu du foot dans sa petite ville texane de Harley, n'avait de toute évidence jamais rencontré de femme de la trempe de Natalya.

— Bien sûr qu'on devrait dormir ensemble, avait roucoulé la fey le matin même. Je ne suis rien de plus qu'une bonne fée marraine. Si on partage le même lit, je pourrai réaliser *tous* tes rêves.

Regin la laissait faire, parce que, dans cette cellule, ils étaient tous susceptibles d'être exécutés à n'importe quel moment. Et parce que, en temps normal, l'être totalement amoral qu'elle était n'aurait vu aucun mal à ce que Thad le puceau fasse grimper Natalya aux rideaux.

Attendez juste que je dorme. Pour l'instant, elle fixait le plafond et réfléchissait à la situation dans laquelle elle se trouvait avec Chase.

Après leur dispute, la semaine précédente, Chase l'avait ignorée, la laissant se languir dans sa cellule. Elle ignorait s'il éprouvait quelque chose pour elle, si la mémoire allait lui revenir, s'il allait bientôt l'embrasser, et elle en avait plus qu'assez de ruminer comme ça.

Regin ne pratiquait pas l'introspection, elle agissait. Parfois, elle tombait juste ; souvent, elle se plantait. Et elle n'arrivait jamais vraiment à faire la différence entre les deux.

Parce que l'introspection, se regarder le nombril, tout ça, ça l'ennuyait sérieusement.

Mais là, apparemment, elle allait devoir faire face à une espèce de conflit intérieur. Une crise du style « d'un côté... mais de l'autre », comme celles auxquelles ses sœurs étaient confrontées de manière régulière et qui, d'ordinaire, la faisaient bien rigoler.

Elle n'éprouvait pas ce genre de truc, elle, voilà tout. Elle faisait ce qu'elle avait à faire, et elle dormait comme un bébé.

— Putain, ça craint, murmura-t-elle.

Mais elle devait se rendre à l'évidence : cette fois, elle était en plein dilemme.

D'un côté, son grand berserk était revenu à elle, et les souvenirs qu'elle avait des moments passés avec lui la bouleversaient. *Chaque jour, je t'aimerai plus que le précédent...*

De l'autre, comment pouvait-elle laisser cette horreur se poursuivre ? Ses amis, d'hier et d'aujourd'hui, vivaient un enfer. *Comme Carrow*.

Le bouche-à-oreille, dans la prison, faisait circuler une rumeur dont Regin priait pour qu'elle soit fausse. On racontait que Chase avait forcé la sorcière à se rendre dans la dimension démoniaque d'Oubli – alias l'enfer – pour séduire un démon vampire à la brutalité légendaire. Chase avait obtenu sa coopération en menaçant de tuer une autre prisonnière : la cousine de Carrow, Ruby, une enfant de sept ans.

L'Ordre avait enlevé Ruby après avoir assassiné sa mère. En apprenant la nouvelle, Regin avait eu un haut-le-cœur.

Elle se tendit en entendant les talons de Dixon claquer dans le couloir. *Une employée du mal qui vaque à ses occupations maléfiques*.

Pour Regin, au début, rien n'était pire que les visites de Fegley, mais Dixon le battait largement dans le domaine de la méchanceté.

La voir se pâmer devant Chase mettait Regin hors d'elle. Comme s'il y avait une chance que ces deux-là finissent ensemble !

Mais le pire, c'était quand Dixon regardait Regin. Elle lui donnait l'impression d'avoir faim de la voir sur sa table de dissection.

Regin en avait la chair de poule. Elle n'avait rien d'une froussarde, mais la menace de la vivisection avait fini par l'atteindre. Les prisonniers partaient en direction des labos, et quand ils revenaient, ils n'étaient plus les mêmes. On les avait... *modifiés*.

Elle venait d'entendre Thad déglutir et murmurer : « Je dois enlever mon jean ? Complètement ? » quand deux gardes arrivèrent devant la cellule.

Regin bondit de son lit. Chase l'avait envoyé chercher ? *Ou suis-je sur le point d'être examinée ?*

— On vient chercher Brayden. Changement de cellule, dit un des gardes.

Thad se leva aussitôt, en proie à la panique. Discrètement, il chercha la main de Natalya.

— Ça va aller, mon grand. Ça va aller.

Ce transfert ne surprenait Regin qu'à moitié. Peu d'autres cellules étaient mixtes, à sa connaissance.

— Il faut qu'on emploie la manière forte, ou vous allez coopérer ?

Natalya et elle échangèrent un regard. Elles savaient toutes les deux que résister aux gardes ne servirait à rien, sinon à faire encore plus peur à Thad.

Regin secoua la tête.

— Reste calme, gamin. Et souviens-toi : je ne quitterai pas cet endroit sans toi.

— Tout pareil, ajouta Natalya. Tu as ma parole.

Et elle retira sa main à contrecœur.

Les gardes emmenèrent Thad, qui avança en regardant derrière lui, pour les voir le plus longtemps possible.

Regin avait la gorge serrée. Elle avait vu les yeux du jeune garçon briller. Elle se tourna vers Natalya.

— Allez, Nat, on savait toutes les deux qu'ils finiraient par l'envoyer chez les mineurs. Depuis qu'il était sorti de son abrutissement, je m'attendais qu'on nous sépare...

— Ça ne rend pas les choses faciles pour autant.

Plusieurs heures passèrent, puis elles entendirent des cris étouffés venant des cellules proches de l'entrée. Elles coururent vers la paroi de verre et virent passer les deux mêmes gardes, traînant le corps inerte de Thad en direction de l'autre bout du couloir.

Il était trempé, grelottant, avait les pupilles aussi larges que des soucoupes.

— Ils m'ont dit que j'étais un vampire, souffla-t-il à l'intention de Regin et de Natalya. Vous... vous allez vouloir me tuer, maintenant...

Sa tête retomba. Il avait perdu connaissance.

Hurlant des obscénités aux gardes, Natalya frappa la paroi de verre du plat de la main, crachant, hurlant, donnant des coups de pied, les yeux noirs de fureur. Regin hurla elle aussi, serrant les poings si fort qu'elle se fit saigner. Penser qu'ils avaient fait du mal à Thad et que Chase n'avait pas tenu sa promesse lui donnait des envies de meurtre.

Vincente passa alors devant leur cellule.

— Il va être mis dans une nouvelle cellule, maintenant, dit-il à voix basse. C'est pour vous que vous devriez vous faire du souci.

Regin se laissa tomber contre la vitre. *Seigneurs, donnez-moi juste encore une chance de faire tomber Chase. Juste une…*

Alors qu'il parcourait la prison pour les ultimes préparatifs en vue de la visite de Webb, Declan décida qu'il était temps de faire venir la Valkyrie une nouvelle fois dans son bureau.

Son piège était en place pour Malkom Slaine, il ne restait plus qu'à attendre. Il avait réuni et trié toutes les informations que Regin lui avait données sur les Valkyries, les berserks, et l'imminence d'une apocalypse.

Et il s'était écoulé suffisamment de temps maintenant pour qu'il n'ait plus envie de l'étrangler en la voyant.

Leur dernière rencontre l'avait mis hors de lui ? Le rêve qu'il avait fait la nuit suivante, si érotique qu'il eût été, avait encore accru son ressentiment. *Jusqu'au menton…*

Encore une fois, la Valkyrie l'avait fait partir en vrille. Mais, encore une fois, il avait retrouvé l'équilibre. Si elle avait décidé de le convaincre qu'il était un berserk, elle allait devoir trouver mieux que ses histoires à dormir debout et ses rêves provoqués.

Il exigerait des preuves irréfutables. En attendant, il allait lutter bec et ongles.

— Maître Chase, dit Vincente derrière lui.

Il ralentit le pas.

— Vous avez… euh… vous avez reçu un message.

— Je le lirai dans mon bureau.

— Le message n'est pas arrivé par les canaux habituels, dit Vincente en tendant à Chase un dossier contenant une transcription.

— D'où vient-il, alors ?

— Il a été enregistré par le mouchard que vous avez installé en Louisiane. En remontant le fil, j'ai établi qu'il correspondait à une Aston Martin rouge immatriculée cette année à La Nouvelle-Orléans.

— Et alors ? Quelqu'un a dû conduire cette voiture, et une conversation a été enregistrée. Les mouchards se déclenchent à la voix.

— Le véhicule n'a pas été démarré. Et il n'y avait qu'une personne à l'intérieur. Lisez juste la transcription, chef. Et je suggère que vous le fassiez en privé.

— J'ai autre chose à faire pour le moment. Dis-moi de qui ça vient et je verrai.

Vincente baissa la voix.

— Ça vient d'une Valkyrie appelée Nïx. Elle a laissé ce message à votre intention, en se servant de *votre* mouchard.

Comment diable Nïx avait-elle trouvé le dispositif ? Et que voulait-elle lui dire ?

Sans un mot, Declan prit le chemin de son bureau. À peine la porte franchie et refermée derrière lui, il ouvrit le dossier.

Début de la transcription.

Test. Saluuuut ? Y a quelqu'un ? Test, test. Un, deux, un, deux. Pipi, popo, pupu. Alpha, bravo, disco, tango, canard.

Coucou, c'est Nïx ! Je suis celle qui sait tout, déesse incandescente, incomparable et irrésistible ! Mais assez parlé de ce que tu penses de moi. Temps magnifique aujourd'hui à La Nouvelle-Orléans. Vent d'est avoisinant les cinq nœuds, petits nuages qui ressemblent à des lapins… Mais assez parlé de ce que tu penses de moi !

Venons-en aux choses sérieuses…

Écureuil !

Où en étais-je ? (Long silence.) Qu'est-ce que je fais dans la voiture de Regin ? Bertille, sors de ce narguilé immédiatement !

Ah oui, je me rappelle ! Je suis venue laisser une piste à l'intention du maître Declan Chase. Si vous êtes un mortel de l'équipe de décodage, sachez qu'entre Dekko et moi, c'est une loooooongue histoire et qu'il piquera une crise de berserk (hi hi hi) s'il ne reçoit pas ce message.

Chase, une petite devinette pour toi : qu'est-ce qui est beau mais monstrueux, a les dents longues et acérées, le caractère plutôt doux, et est incapable de mentir ?

C'est ça. L'Ennemi de Toujours peut t'être d'une grande aide. Alors, sers-toi de lui.

P.-S. Si tu continues, ton petit nom s'épellera r-e-g-r-e-t.

Sur ce, je te dis adieu. Ne t'inquiète pas, on se voit très vite…

(Sons étouffés.) Qui c'est le gentil petit écholocateur à sa maman ? Mais ouiiii ! C'est toi ! Gnou-gnou-gnou !

Fin de la transcription.

Declan se laissa retomber contre le dossier de son fauteuil.

— Seigneur… murmura-t-il.

Pourquoi diable Nïx communiquait-elle avec lui ?

Et elle faisait allusion au fait qu'il était un berserk. *Lutter jusqu'au bout…* Pourquoi disait-elle qu'ils se verraient bientôt ? Peut-être organisait-elle une expédition destinée à libérer Regin ?

Des regrets à propos de quoi ?

Il appela Vincente.

— Quelqu'un d'autre a-t-il vu cela ?

— Seulement celui qui a transcrit le message.

— Enterre-le. Et fais venir Lothaire.

22

— Dieux du ciel, maître… dit Lothaire dès que les gardes l'introduisirent dans le bureau de Chase. Essaie de la contenir.

— De contenir quoi ? demanda Chase.

Lothaire serra les poings dans son dos.

— Cette énergie qui t'anime, cette frénésie qui émane de toi par vagues puissantes.

Et qui le distrayait de l'envie brûlante d'éviscérer cet humain.

Il y avait quelque chose de fou dans le regard de Chase. Il était en train de sombrer dans la démence.

— Je ne vois pas de quoi tu veux parler, vampire.

Il était pâle, et ses cicatrices avaient plus de relief que d'ordinaire.

Je déteste les cicatrices. Physiquement, je suis parfait. Pourquoi les autres ne le seraient-ils pas ? Partout où allait Lothaire, les gens s'arrêtaient sur son passage et le regardaient. Bien sûr, ils finissaient toujours par partir en courant.

— Tu ne vois pas ? Ah, si seulement je savais mentir avec autant d'aisance moi aussi.

Le maître ne répondit pas, mais l'observa avant de reprendre :

— Tu sembles plus… sain d'esprit, aujourd'hui.

— Hélas, je ne peux pas en dire autant de toi, loin de là.

Dément, et pas tout à fait mortel. Mais qu'était-il donc, à la fin ? Lothaire se posait la question depuis des jours.

— Nous allons donc devoir nous retrouver à mi-chemin.

Je n'ai pas le temps de perdre la tête… à cause de toi.

— Tu ne guéris pas comme je m'y attendais, remarqua Chase.

La torture avait laissé Lothaire au bord de l'épuisement.

— C'est parce que l'hospitalité du maître Chase laisse à désirer.

L'Ordre ne fournissant pas de sang aux vampires, cela faisait plusieurs semaines que Lothaire ne s'était pas nourri. Il ne pouvait donc presque pas se régénérer.

Sous sa chemise, les cendres remplaçaient encore la chair. Il y avait des trous dans sa peau qui laissaient entrevoir ses côtes.

Il faillit éclater de rire. *Plus aussi parfait, finalement.* Mais Chase emporterait ses cicatrices dans la tombe. *Moi, je guérirai dès que je me nourrirai.*

Si seulement Lothaire avait pu attaquer Chase et boire son sang… À cette pensée, ses crocs le démangèrent, ses yeux se rivèrent sur le cou de l'humain.

Chase s'en aperçut.

— Sale fils de pute ! Tu envisages de boire mon sang ?

Quand j'en aurai vraiment envie, tu le sauras, parce que mes crocs seront plantés bien profond dans ta gorge, rétorqua Lothaire avec un haussement d'épaules, avant de se tourner pour examiner le bureau de Chase.

Le seul indice de la personnalité du maître dans cette pièce était justement qu'il n'y en avait aucun. Lothaire alla jusqu'à une fenêtre, contempla le paysage pluvieux. Elle était là, dehors, quelque part. Son salut et sa perte à la fois. Il se demanda si la vitre était très solide. *Bois Chase, et brise-la…*

Mais il ne pouvait quitter cet endroit sans son anneau.

— Que veux-tu, maître ?

— Tu es le plus vieil immortel ici, et on dit que tu connais plus de choses sur le Mythos que quiconque.

— Vrai, et vrai.

Depuis des siècles, Lothaire sortait la nuit pour boire le sang de ses ennemis, et avec chaque goutte, il avait aussi acquis du savoir.

Ses victimes étaient légion.

— Plus important encore, tu es un vampire-né, donc tu ne peux pas mentir. Et j'ai besoin d'informations.

— Pourquoi devrais-je t'en donner ?

— Parce que sinon je te torturerai.

Chase avait dit cela avec un tel naturel, se considérant encore comme le seul maître de cet établissement et de tous ceux qu'il abritait. Mais cela n'allait plus durer longtemps.

— Pourquoi pas ? J'ai vraiment savouré ta frustration, la dernière fois, quand tu n'es pas arrivé à me faire dire un mot.

Même quand ces lampes avaient fait fondre sa chair sur ses os…

— Bien, qu'il en soit ainsi, alors.

Idiot ! lui souffla son But Suprême. *Si tu ne survis pas à la Dorée, ta femme sera en danger.* Et pour survivre, Lothaire avait besoin d'obtenir certaines choses de Chase.

— Je me demande vraiment pourquoi tu n'as pas cherché à marchander avec moi. Les immortels aiment ça, tu sais.

Je suis bien placé pour le savoir. L'ennemie jurée de Lothaire, Nïx, était peut-être la Savante, mais lui était l'Exécutant. Sa mission était de faire payer leurs dettes aux gens. Au cours des millénaires, il avait réuni une véritable armée d'endettés.

Et tout ce que je fais, je le fais pour servir mon But Suprême.

— Que veux-tu ? demanda Chase.

— Mon anneau.

— Hors de question.

— Le conserver ici, c'est attiser la fureur d'un pouvoir qui dépasse l'imagination.

La Dorada, la Dorée, sorcière du mal absolu. *Les eaux reculent un peu plus chaque jour…*

Juste avant son enlèvement, Lothaire avait passé des semaines dans les zones les plus reculées de l'Amazonie, à la poursuite de Lucia, l'archer valkyrie, et de son amant loup-garou partis à la recherche du tombeau caché de la Dorada. Au dernier moment, Lothaire s'était glissé à l'intérieur du tombeau pour dérober l'anneau sur le corps momifié de la Dorada, conscient que, ce faisant, il déclenchait l'inondation du tombeau et provoquait le réveil de la sorcière.

Un sourire mauvais se dessina sur ses lèvres. Il avait laissé la Valkyrie et le loup-garou dans le pétrin, avec la responsabilité de gérer le cataclysme qui avait suivi.

— Un pouvoir qui dépasse l'imagination ? répéta Chase d'un ton impatient. Je suppose qu'il ne me reste plus qu'à prendre le risque, alors. À moins que tu ne me dises ce que peut faire l'anneau.

Le sourire de Lothaire s'effaça.

— Non. Je ne te le dirai pas.

Aujourd'hui, c'est moi qui suis dans le pétrin, enfermé ici à la merci de la Dorada, pris au piège sans l'anneau.

Elle viendrait à coup sûr avec sa garde rapprochée, la plus sanguinaire qui fût.

— Je répondrai à une seule de tes questions, du moment qu'elle n'a de rapport ni avec moi ni avec l'anneau, si tu fais apporter dix kilos de chlorure de sodium dans ma cellule.

Le maître ne put dissimuler sa surprise.

— Tu veux... du sel de table ? Pourquoi ?

— Pourquoi ? C'est une question qui a un rapport avec moi, il me semble.

Chase eut l'air furieux.

— Je ne peux pas accéder à ta demande.

— Tu peux autoriser tout ce que tu veux. Tout passe par toi, ici, c'est toi qui me l'as dit. C'est ton royaume. Appelle ton larbin, là, et ordonne-lui de déposer du sel dans ma cellule. C'est aussi simple que cela.

— Je te donne ma parole que ce sera fait.

— Mais tu ne tiens pas parole, maître Chase. Tu as promis à la sorcière qu'elle et ses amis seraient libérés si elle te ramenait le démon Malkom Slaine. Or, nous savons tous les deux que ce ne sera pas le cas, même si elle réussit. Ce serait idiot de ta part.

Chase n'eut même pas la décence de rougir. Un long moment s'écoula, puis il fit venir Vincente.

— Je veux que dix kilos de sel soient déposés dans la cellule de Lothaire. Tu as bien entendu. Exécution.

Lothaire inclina la tête.

— Pose ta question.

— Les réincarnations existent-elles ? J'ai besoin de savoir s'il y a des êtres réincarnés parmi vous.

Chase tenait vraiment à obtenir une réponse à cette question. Et il tenait vraiment à ce que ce soit « non ».

— Bien sûr que ça existe.

Chase s'affaissa sur lui-même et blêmit.

— J'en connais même quelques-uns, des réincarnés. Ils ont tous une dette d'honneur envers moi.

Mais, après tout, c'était le cas de la plupart des acteurs clés du Mythos. *Quand le moment sera venu de rembourser, le monde tremblera...*

Lothaire observa Chase. Il paraissait consterné, inquiet, avec une pointe d'agressivité. D'après les rumeurs qui circulaient dans la prison, Chase s'intéressait particulièrement à Regin. Et maintenant, il posait une question sur les réincarnés ?

Un large sourire découvrit ses canines effilées.

— Et avec ta question, maître, tout devient clair. La dernière pièce du puzzle se met en place. Le berserk légendaire qui revient chercher Regin la Radieuse, c'est *toi* ! Cela me fait vraiment bizarre de te dire cela, mais *nié za chto* – peu importe : bienvenue. Bienvenue dans le Mythos...

23

Le Mythos – un terme que Declan avait toujours raillé.

J'appartiens peut-être à ce monde.

En proie à une intense paranoïa, il se rendait à la cellule de Regin avec, en tout et pour tout, une paire de menottes et une résolution implacable. Il avait le sentiment que tous les regards des détenus étaient posés sur lui, mais après tout, sans doute percevaient-ils son tourment. Comme Lothaire l'avait perçu.

Il est temps de faire face à la réalité, Dekko. Regin dit peut-être la vérité.

Lothaire lui avait confirmé l'existence d'êtres réincarnés. Non, Lothaire avait spécifiquement désigné Chase comme la réincarnation du berserk Aidan.

Si Declan acceptait l'idée qu'il était une réincarnation, alors comment ne pas accepter celle qu'il était un berserk ?

Cela signifiait qu'un seigneur de guerre mort depuis des lustres se battait pour s'emparer de son esprit déjà bien tourmenté.

Et je cède du terrain, je le sens.

C'était la première fois que Declan vivait un amoindrissement de son pouvoir et, plus important, de sa volonté. La première fois depuis la nuit où ces choses l'avaient attaché et s'étaient nourries de lui…

Est-ce que j'appartiens à leur monde plus encore que je ne le craignais ?

Il passa devant les cellules sans voir les détenus. *Me regardent-ils ?*

Il sombrait dans la folie, cette folie qui le guettait depuis longtemps.

Quand il se tourna enfin pour faire baisser les yeux à une créature, il aperçut son reflet dans la paroi vitrée. Seigneur… ses yeux rougeoyaient-ils ?

Il savait manipuler les tests psychologiques, mais comment dissimuler une telle réaction physique ?

Et mentir à Webb serait très difficile. Il imaginait déjà la déception et le dégoût dans le regard du commandant.

Non, Declan ne pouvait pas accepter cela. Il ne pouvait tout simplement pas tirer un trait sur toute son existence. *Tu vas rejeter tout ça en bloc.*

Raison pour laquelle ses pas le menaient jusqu'à la cellule de Regin. Elle était la clé de toute cette histoire. N'avait-elle pas dit qu'il se souviendrait de tout dès leur premier baiser ?

Il était prêt à tenter le coup. Le moment était venu de prouver que l'un d'eux mentait.

Chase se tenait devant la cellule de Regin, le regard embrasé, l'air stupéfait.

Pour une raison qu'elle ignorait, la façade glaciale, sans âme, du maître se brisait devant ses yeux.

Il ouvrit la cellule sans respecter le protocole de sécurité habituel, entra et la saisit par le bras, l'obligeant à se lever.

Regin ne résista pas, se laissa passer les menottes. Natalya ne put s'empêcher de protester :

— Putain, mais qu'est-ce qu'il fait, là ?

— C'est peut-être ma dernière chance, laisse courir, lui souffla Regin dans leur langue ancienne.

La fey recula.

— Bonne chance, alors, répondit-elle.

La porte de la cellule se referma derrière eux. Chase entraîna Regin dans le couloir, la tenant d'une main de fer.

— Lâche-moi, Chase !

— Silence !

Quand ils passèrent devant la cellule de Carrow, Regin constata qu'elle ne s'y trouvait pas, mais que trois autres détenues avaient été mises là. Deux sorceri : Portia, la Reine de la Pierre, et Ardente, la Reine des Flammes. Deux figures emblématiques du mal absolu. Et il y avait Ruby, la petite sorcière orpheline, emprisonnée dans cette maison des horreurs. Chase avait-il lui même tué sa mère ?

La fillette regarda Regin. Ses yeux verts étaient rougis par les larmes, mais elle releva le menton et essuya son nez d'un revers de manche dans un geste de défi. *Cette gamine est exactement comme Carrow.*

Mais si Chase parvenait à ses fins, Ruby ne sortirait sans doute jamais de cet endroit. À cette pensée, la colère de Regin monta en flèche.

Quand ils passèrent devant Brandr, celui-ci tapa sur la paroi vitrée.

— Qu'est-ce que tu vas faire d'elle, Aidan ? Calme-toi !

Chase ne répondit pas, serra un peu plus le bras de Regin et hâta le pas.

Le rugissement de colère de Brandr résonna dans toute la prison.

Dès qu'ils furent dans le bureau, Chase la prit par la taille et la hissa sur le dossier du canapé.

— Tu voulais qu'on s'embrasse, Valkyrie ?

Maintenant ? Il n'était pas le seul capable de fureur. Elle allait devoir vraiment prendre sur elle pour ne pas le repousser avec une grimace de dégoût. Parviendrait-elle à contrôler son humeur, pour une fois ?

— Réponds-moi.

Reste cool, Regin. Souris, sois enjôleuse. Ne dis rien que tu pourrais regretter. Mais elle ne trouvait rien à dire qui ne soit pas désobligeant !

— La tempête se déchaîne, dehors. Et tes yeux ont pris la couleur de l'argent. Pourquoi trembles-tu ?

— J'attends... ton baiser, réussit-elle à prononcer.

Il poussa un soupir agacé, la lâcha.

— Tu ne vas pas m'embrasser ?

— Pas tant que je ne suis pas certain que tu ne me mordras pas, Valkyrie.

La Valkyrie se mordit les lèvres, comme pour retenir ses paroles. Chase n'avait jamais vu cette facette colérique et abrupte chez elle. Et cela ne lui plaisait pas qu'elle se taise ainsi. Il s'était habitué à ce qu'elle lui fasse part de ses pensées à tout instant.

Qu'elle puisse ne pas être sensible à ses attentions ne l'avait pas effleuré une seconde. Du coup, il ne savait plus vraiment comment s'y prendre. Elle n'était même pas de la même espèce que lui – *Dieu m'en préserve !* –, et cela faisait vingt ans qu'il n'avait embrassé personne.

— Mais qu'est-ce que tu as, bordel ?

Enfin, elle parla. Tout sortit d'un coup, précipitamment.

— Qu'est-ce que j'ai ? Tu poses la question ? Mais qu'est-ce que je pourrais *ne pas* avoir ? On avait passé un accord, tous les deux. Je te racontais mes histoires, et tu ne torturais pas mes amis. Mes amis comme Carrow.

Ah, c'était donc ça ?

— Tu te doutais que je l'apprendrais. Tu sais que les détenus parlent entre eux, quand même !

Il ne prit même pas la peine de nier.

— Je reçois la transcription quotidienne de ce qui se dit dans la prison, en effet.

— Donc, tu étais au courant, mais tu t'en foutais. Tenir une promesse faite à une sous-créature comme moi, ça n'a pas de sens, c'est ça ?

— Elle n'a pas été torturée, Valkyrie. Pas par moi, en tout cas.

— Tu l'as forcée à se rendre dans une dimension infernale. C'est pas de la torture, ça, pour toi ?

— Pas au sens strict du mot.

— Est-ce toi qui as tué la mère de la petite sorcière ?

Il fronça les sourcils.

— Un autre s'en est chargé avant moi. J'étais ici quand c'est arrivé.

— Seigneurs, tu as l'air de le regretter.

— Comme tu l'as déjà souligné, mon travail ici m'empêche de chasser.

— Je ne parlais pas de chasser les sorcières ! s'écria Regin.

— Ce sont des êtres sournois et mauvais.

— Avec leurs ennemis, peut-être.

Elle avait visiblement du mal à contenir sa colère. Dehors, la foudre continuait à tomber.

— Et Thad ? Encore une promesse non tenue ?

— On l'a à peine touché.

— Ce n'est qu'un gamin ! Et dans combien de temps recommenceras-tu à m'empoisonner ? Combien de temps avant que tu demandes à Dixon de me charcuter, comme elle rêve de le faire ?

Il repoussait l'examen de Regin, mais ne pourrait pas continuer indéfiniment.

La remarque de la Valkyrie ne laissait rien augurer de bon concernant son objectif... Mais quand elle parlait du passé, il lui semblait qu'elle se détendait toujours un peu.

— J'ai réussi à repousser ton passage au labo jusqu'à présent parce que tu me racontais des histoires. Et je crois que c'est le moment pour moi d'en entendre une nouvelle.

Comme elle ne semblait pas réagir, Declan décida de marchander. Obtenir des concessions du vampire de cette manière s'était avéré assez facile.

— Tu as dit que tu voulais deux choses de moi. Ce soir, je suis prêt à t'en offrir une, peut-être même deux. En échange d'une histoire, je te laisserai prendre un bain.

Il crut distinguer une lueur calculatrice dans l'œil de la Valkyrie. Mais lorsqu'elle sourit et que la lueur disparut complètement, Chase pensa qu'il s'était trompé.

— J'ai effectivement envie de prendre un bain. Et toi, tu as *très* envie de me regarder en prendre un.

La plus belle femme qu'il eût jamais vue voulait prendre son bain devant lui. Et il était juste assez lâche pour accepter.

Il se dirigea vers la porte secrète percée dans un mur de son bureau.

— Alors, suis-moi.

24

— Voici donc l'antre de Declan Chase, murmura Regin en regardant autour d'elle.

J'y suis ! Elle avait réussi à se contrôler et en avait été récompensée.

Les appartements de Chase ressemblaient à son bureau : impersonnels, sombres, et d'une propreté inquiétante. Ils étaient répartis sur trois niveaux. Dans l'un se trouvaient un lit immense et une console informatique de taille tout aussi impressionnante ; dans le deuxième, une cuisine et ce qui ressemblait à une armurerie. Le troisième était un coin fitness, avec les appareils nécessaires. Il n'y avait pas de fenêtre.

Sombre et sinistre.

— Cet endroit te ressemble, dit-elle avec un sourire forcé.

Il s'installa à la console, vibrant de tension. Il avait dû se produire quelque chose qui l'avait profondément bouleversé. Mais elle se moquait de savoir quoi. Elle n'était ici que pour provoquer sa chute. L'homme qui se trouvait devant elle avait prouvé qu'il n'était pas digne de rédemption.

D'une démarche chaloupée, elle le rejoignit et découvrit un système de surveillance informatique plus pointu qu'elle n'aurait pu l'imaginer.

— Waouh. Regardez-moi ça. La NASA a appelé, elle voudrait récupérer Houston.

Quelle découverte ! Les humains avaient réellement du pouvoir – ils étaient organisés, bien financés, déterminés – et ils allaient s'en servir pour détruire le Mythos.

Chase ne lui laissait pas le choix : elle devait le neutraliser.

Elle s'approcha, fit mine de s'asseoir. Tout en la fixant, il poussa une pile de dossiers sur le bureau, lui faisant de la place sans même y penser.

Elle s'installa.

— Tu me regardes souvent, sur ces écrans haute définition ?

— De temps en temps.

— Moui… Et maintenant, tu peux me regarder en chair et en os. En live, nu intégral, dans ton bain. Sois gentil, retire-moi les menottes. Sauf si tu penses que je peux te mettre K-O, ajouta-t-elle avec un regard aussi aguicheur que possible.

Il hésita.

— Sois tu me les retires, soit tu me déshabilles et tu me donnes mon bain toi-même, reprit-elle. C'est à toi de choisir.

Elle le vit déglutir, comme s'il imaginait très bien la seconde solution. Mais il claqua des doigts, lui faisant signe de se retourner.

— Tourne-toi. Et regarde droit devant toi.

Regarder devant elle ? Bizarre… Mais, sans lui laisser le temps de changer d'avis, elle pivota prestement pour lui montrer son dos.

Elle l'entendit retirer un gant, eut très envie de jeter un œil par-dessus son épaule. Que ne voulait-il pas qu'elle voie ?

La main couverte de cicatrices de Declan semblait monstrueuse à côté de la peau lumineuse et parfaite de la Valkyrie. Cela lui rappela à temps sa résolution.

Jamais je ne lui laisserai voir ces marques.

Après lui avoir retiré les menottes, il remit vite son gant. Elle descendit du bureau et fit quelques pas dans la pièce. Il lui prêta à peine attention tandis qu'elle examinait le réfrigérateur, ouvrait les placards, les tiroirs.

Elle voulut ouvrir le placard à armes, mais il était fermé à clé.

— Qu'est-ce qu'il y a, là-dedans ? Ton arsenal perso ?

Précisément. Mais il ne répondit pas. Lassée d'attendre, elle poursuivit son inspection, puis se dirigea vers la salle de bains. De là, elle lança :

— Je saute dans le bain ! Mon histoire suivra. Je te pique juste un peu de savon et de shampoing.

Et elle fit couler l'eau.

Il entra juste au moment où, nue, elle pénétrait dans l'eau, ses petites fesses exquises offertes au regard, ses boucles blondes recouvrant délicatement sa chute de reins.

Il recula en trébuchant, aussitôt en érection. Passant une main sur sa bouche, il se mit à faire les cent pas devant la porte. *Va la regarder. Elle est nue, mais elle a encore son torque. C'est toi qui tiens les rênes.*

— Je suppose qu'il est inutile de chercher à te faire changer d'avis, pour ce qui est de me laver ? lança la Valkyrie. Le dos, seulement ? Ou le devant ?

C'était un être interdit, mais là, Declan regrettait presque de ne pouvoir faire les deux. Il baissa les yeux sur ses mains gantées.

De la vapeur sortait de la salle de bains. Quand il sentit la sueur perler sur sa lèvre supérieure, Chase détesta un peu plus encore les épaisseurs de vêtements qu'il était forcé de porter. Étouffant un juron, il entra et trouva la Valkyrie allongée dans la baignoire, le corps disparaissant sous une montagne de bulles. Elle leva une jambe, fit glisser ses mains dessus… et il s'imagina suivre le parcours de ses mains avec sa bouche.

La plupart des immortels ignoraient la pudeur, mais Regin se comportait comme s'ils avaient joué cette scène des centaines de fois. *Un homme regardant une femme qui prend un bain.* Bien sûr, dans l'esprit de la Valkyrie, ils avaient effectivement vécu cela des centaines de fois.

D'un mouvement aussi décontracté que possible – pas évident, avec une érection pareille –, il s'assit sur le petit banc qui longeait le mur, laissant ainsi une certaine distance entre eux.

Elle lui sourit.

— Rejoins-moi.

— Sûrement pas.

Sentir cette peau glissante contre la sienne ? Une partie de lui en frémissait d'envie, l'autre se recroquevillait sur elle-même. Il ne pouvait qu'imaginer la réaction de Regin face à ses cicatrices.

Declan n'était peut-être pas digne de vivre, mais il avait sa fierté, et il refusait de risquer cette humiliation.

— Tant pis pour toi.

Elle se lava les cheveux, découvrant le bout de ses oreilles. Pointu. Encore un exemple de sa monstruosité.

Pourtant, fasciné comme il l'était, il devait reconnaître qu'il trouvait cela franchement attirant.

Quand elle se laissa brièvement glisser dans l'eau pour se rincer les cheveux, les bulles s'écartèrent, révélant presque sa poitrine. Ses seins étaient-ils à la hauteur de ce qu'il avait vu dans ses rêves ?

Il n'avait pas confiance en cette femme, avait parfois envie de l'étrangler, la haïssait peut-être, même. *Mais si je pouvais voir ses seins…*

— Hum, hum… Pour en venir à mon histoire…

Elle avait surpris son regard rivé sur sa poitrine.

— Je t'écoute.

— Ce soir, je vais te raconter quand tu t'es réincarné en Gabriel, un pirate lubrique. Tu m'as trouvée il y a cinq cents ans, pendant la dernière Accession.

N'était-ce pas là la réincarnation chez qui dominaient l'humour et le sexe ? Or, si Regin avait de l'humour et racontait des choses très osées, Declan se savait au contraire dénué d'humour et n'était pas un amant fabuleux. Et il voyait mal cet état de fait changer dans un avenir proche.

Declan avait été jaloux d'Aidan, et même de Treves, mais ce pirate allait à coup sûr lui faire péter un câble.

Regin se détendit dans le bain ou, du moins, donna cette impression. Elle était en mission.

Elle n'était peut-être pas la meilleure des conteuses, mais elle comptait faire tomber Chase et ne reculerait devant rien pour y parvenir.

Tout ce qu'il me faut, c'est un baiser.

Elle allait lui décrire de façon détaillée la façon dont Gabriel l'avait séduite, puis le combat sensuel qui avait, chaque nuit, opposé leurs volontés respectives dans la cabine somptueusement décorée du pirate. Elle avait lutté pour repousser l'Espagnol, afin qu'il ne soit pas victime de la malédiction, mais il avait usé de tous les moyens possibles pour la séduire.

— Gabriel était un corsaire qui ne rendait de comptes qu'à sa reine, commença-t-elle. Son drapeau, un étendard pourpre avec deux corbeaux en vol, répandait la peur chez tous ceux qui avaient le malheur de le voir.

Tiens, Chase venait-il de sursauter en l'entendant raconter cela ?

— Il a abordé le navire sur lequel je me trouvais et m'a capturée.

— Comment l'as-tu reconnu ?

— Ses yeux étaient de braise. Exactement comme les tiens quand tu m'as agressée dans la rue.

Calme-toi, Regin !

Voyant la mâchoire de Chase se tendre, elle reprit rapidement :

— Il savait que quelque chose nous unissait. Il n'a pas cherché à nier ce lien, il l'a accepté. Il a tourné le dos à sa reine et à son pays pour commencer une nouvelle vie avec moi.

Regin se tut, se souvenant de l'entêtement de Gabriel. Rien n'avait pu le dissuader de la suivre. Elle avait eu beau dire, elle avait eu beau essayer de le mettre en garde, rien n'y avait fait.

— Tu dois me croire ! Si tu ne me libères pas, tu mourras d'une horrible mort. Je suis maudite. Tu sais ce que ça veut dire, « malédiction ». Tu es espagnol, bons dieux !

— La malédiction serait de vivre sans toi à mes côtés.

— Ramène-moi à terre, au moins.

Il fallait qu'elle consulte une sorcière pour essayer de sauver Gabriel avant qu'il ne meure, pour tenter de trouver un moyen de lutter contre le sort.

— À terre ? Nous n'arriverons pas aux Indes avant plusieurs mois.

— Aux Indes ? avait-elle hurlé.

— *Sí.* Et d'ici là, tu te seras donnée à moi.

Pour finir, Regin n'avait pas vraiment eu le choix...

— Je n'ai pas envie d'entendre l'histoire de l'Espagnol, dit soudain Chase.

Elle le regarda et cligna des yeux. *Et merde. Encore un plan qui foire.*

— Je croyais que j'étais là pour ça.

— Je veux entendre ce que tu diras à la prochaine réincarnation d'Aidan, déclara-t-il avec une lueur rusée dans le regard. Ce que tu lui diras... à propos de moi.

25

La Valkyrie haussa ses sourcils blonds.

— À propos de toi ?

— C'est cela.

Elle se mordit la lèvre inférieure.

— Je lui dirai… je lui dirai que Declan Chase a libéré tous mes amis et mes alliés, avant de me laisser gifler Fegley jusqu'à ce qu'il se fasse dessus.

Declan la regarda d'un air maussade.

— Ensuite, je lui dirai que je ne savais pas grand-chose de Chase, jusqu'à ce qu'on s'enfuie ensemble et qu'il m'emmène dans sa ville natale de…

Elle s'interrompit, comme si elle attendait qu'il termine à sa place.

Pourquoi ne pas se prêter au jeu ? Elle avait déjà compris d'où venait son accent. D'ailleurs, il ne se donnait même plus la peine de le dissimuler quand ils étaient ensemble.

— Sa ville natale de Belfast.

Visiblement surprise qu'il ait répondu, elle pencha la tête sur le côté et le regarda. Ses cheveux mouillés glissèrent sur une épaule luminescente.

— C'est ça. Belfast. Je lui dirai qu'il m'a fait découvrir la ville tout en me parlant de lui. En me disant ce qu'il aimait et ce qu'il n'aimait pas, par exemple…

Ce qu'il aimait ou n'aimait pas ? Declan n'avait pas de réponse toute prête à cette question. Enfin, il savait ce qu'il haïssait – ses ennemis – et ce qu'il aimait par-dessus tout – les éliminer.

Sentant peut-être qu'il calait, elle suggéra :

— Il aimait... euh... les armes. Et faire du sport.

Elle n'était pas si loin que ça de la réalité. Il hocha la tête.

— Il détestait les bulles qui l'empêchaient de voir la poitrine d'une Valkyrie à la peau brillante.

Ça, je ne risque pas de le nier...

— Après avoir visité la ville, nous nous sommes installés dans une station balnéaire chic d'Irlande...

— Dans un chalet, l'interrompit-il en croisant les bras. Il t'aurait emmenée dans un chalet dans la montagne, ou dans un cabanon au bord de la mer. Chase ne fréquentait pas les stations balnéaires à la mode.

L'ombre d'un sourire joua sur les lèvres de la Valkyrie, qui sembla ensuite s'étonner de sa propre réaction.

— Un chalet, donc, dans les montagnes de Mourne, au sud de Belfast.

— Tu connais cette région ?

Son père l'avait emmené en randonnée là-bas quand il était gamin.

— J'y suis allée une fois ou deux, ou des centaines de fois au cours du dernier millénaire. Donc, on s'est installés dans le chalet, et on a exploré la lande. C'est là que Chase a découvert à quel point je pouvais être marrante. On a beaucoup, beaucoup ri, on a mis une pagaille monstre dans la région, jusqu'à ce qu'on ait chassé tout le monde dans un rayon de quinze kilomètres autour de notre chalet. Mais ne t'inquiète pas, hein, aucun mortel n'a été maltraité pendant l'évacuation de la zone.

— Ravi de l'entendre.

Ces foutues bulles disparaissaient à une lenteur d'escargot. Il ne voyait toujours pas ses seins.

— Mais, tout le temps, nous savions l'un et l'autre comment se terminerait la nuit. Nous prolongions délibérément ce moment. Devant le feu, je lui ai fait boire de la Guinness et manger…

— Des huîtres de la baie de Galway.

De nouveau, elle retint un sourire. Elle aimait ce jeu. Plus précisément, elle aimait qu'il s'y prête. Mais, après tout, n'était-elle pas la Valkyrie joueuse, celle qui faisait des farces sans arrêt ?

— Quand il a été rassasié, je n'en pouvais plus. Je mourais de lui montrer à quel point il m'avait manqué. Nous avons décidé de prendre un bain ensemble, devant le feu…

Il ouvrit la bouche, sur le point de lui dire qu'une chose pareille n'arriverait jamais, mais elle parla à sa place.

— Au début, il n'était pas très pour, parce que…

Cette fois, ce fut Chase qui sourit quand elle se tut. *Tu es toute seule sur ce coup-là, ma belle. Et tu n'auras bientôt plus pied.*

— Bien tenté.

Elle redressa le menton d'un air fier.

— Il n'était pas très à l'aise, à cause d'un tas de raisons que nous avons finalement mises à plat. Toutes. Je lui ai rappelé que ce n'était que moi, sa Regin, et personne d'autre. Et que je l'avais vu sous bien d'autres aspects, et fréquenté dans bien d'autres vies.

Le regard de Chase se fit lointain quand elle ajouta :

— Nous avions vécu tant d'épreuves ensemble ; il nous était impossible de nous cacher quoi que ce soit l'un à l'autre. Alors, Declan a compris que je ne le jugerais jamais, qu'il pourrait toujours avoir confiance en moi. Il s'est détendu, et nous avons commencé à nous embrasser, à nous caresser, à explorer le corps l'un de l'autre par petites touches délicates.

La voix de la Valkyrie devenait rauque. Declan était au bord de l'explosion. Son corps n'était que tension, mais le tourment quittait peu à peu son esprit. *Voilà ce que c'est que de se sentir normal*, pensa-t-il. La Valkyrie avait réussi à faire en sorte qu'il se sente… bien.

— Bientôt, nous avons été tous les deux au bord de l'explosion. Il a vu que mes griffes se recourbaient pour lui…

— Et je suppose qu'elles sont recourbées, en ce moment, dit Declan. Montre-les-moi.

Elle sortit les mains de l'eau pour lui montrer ses petites griffes roses.

Recourbées pour son homme. Il déglutit.

— Tu es excitée, là.

— Je ne le nie pas.

— Alors, s'il te plaît, femme, continue ton histoire.

Elle eut un sourire, puis reprit :

— Il m'a sortie du bain et m'a allongée sur le tapis.

D'un mouvement du menton, elle indiqua celui qui se trouvait à côté de la baignoire.

— Tapis qui, étrange coïncidence, ressemblait beaucoup à celui-ci.

— Et qu'avez-vous fait, sur ce tapis ?

— Nous étions ruisselants tous les deux, notre souffle était court. Il s'est agenouillé entre mes cuisses. Sa main a couru sur mon corps, l'a caressé, centimètre après centimètre. Du bout de l'index, il a fait le tour de mon nombril, une fois, deux fois…

— Et ensuite ?

Elle sourit en entendant l'impatience dans le ton de Chase.

— Ensuite, ses doigts ont plongé vers mon sexe. C'est cela que tu veux entendre ?

— Oui, c'est ça.

— Il m'a effleurée et a poussé un grognement, avant de me dire d'une voix rauque combien il aimait que je sois trempée pour lui.

La trouverais-je dans cet état, là, maintenant ? Seigneur, oui, il en était certain.

— Il a commencé à me caresser doucement, tandis que je me cambrais pour venir à sa rencontre.

Je pourrais la caresser, pensa-t-il soudain. Il était détendu, n'aurait pas à se dépêcher d'en finir, à serrer les dents tout en essayant de jouir. *Je pourrais jouer avec elle. Toute la nuit.*

Mais il portait des gants. Comment réagirait-elle si elle voyait ses mains ? Son corps ?

— Quand il a enfin glissé ses doigts en moi, je gémissais de désir.

Elle a besoin qu'on se glisse loin en elle. Il frissonna intérieurement.

— Mais Chase était impitoyable. Il les faisait aller et venir en moi lentement, il me préparait.

Elle avait commencé à haleter. Il voyait presque ses seins, maintenant.

— Il te préparait, répéta-t-il.

Aurais-je pensé à le faire moi aussi ?

— Il savait que deux cents ans s'étaient écoulés depuis la dernière fois où j'avais fait l'amour.

— Deux cents ans ?

Et Declan qui pensait être resté chaste pendant une éternité !

— Je lui suis fidèle. Depuis toujours. Mais Chase m'aurait préparée de toute façon, parce qu'il est énorme.

Elle baissa les yeux sur son érection, qui tendait son pantalon. Quand ses yeux devinrent argentés, il se surprit à écarter les genoux pour qu'elle voie mieux. Les lèvres entrouvertes, elle s'avança vers lui, tandis qu'il tirait le banc pour faire de même.

— Nous sommes comme des aimants, souffla-t-elle.

— Mets-toi à genoux, ordonna-t-il. Que je te voie.

Tant qu'à aller en enfer… Elle obéit sans hésitation, offrant ses seins à son regard.

Il passa une main tremblante sur son visage. Ses seins étaient parfaits. Ronds, avec des aréoles marron clair et des pointes fières, bien hautes.

Un sentiment de déjà-vu l'assaillit soudain. Il perdait l'esprit…

Elle posa les mains sur le rebord de la baignoire et se pencha vers lui. Elle tremblait tant que ses seins frémissaient. Des gouttelettes d'eau glissaient sur ses courbes tentatrices. Ses mamelons étaient si durs qu'elle devait avoir mal.

Pas autant que mon sexe devant un tel spectacle. Il se retenait difficilement de passer une main sur son membre pour se soulager.

— Continue.

— Il… il s'est allongé sur moi, a retiré ses doigts pour glisser son membre en moi. Lentement, très lentement, il s'est enfoncé en moi tandis que je tremblais de plaisir…

— Attends.

Les yeux plissés, il se pencha en avant à son tour, jusqu'à ce qu'il sente l'électricité que dégageait Regin. *C'est comme une drogue.* Quand leurs visages ne furent plus qu'à quelques centimètres l'un de l'autre, il souffla :

— Il n'a pas embrassé ces jolies petites oreilles, ni passé la langue sur ces mamelons durcis par le désir ?

Moi, je l'aurais fait. Je n'aurais pas pu m'en empêcher.

Il lui sembla l'entendre étouffer un gémissement.

— C'était la première fois, et il ne voulait pas que je jouisse avant qu'il m'ait possédée. Il sait combien j'aime jouir quand je le sens en moi, mais parfois, l'orgasme vient trop vite.

Dieu tout-puissant.

Il dut toussoter avant de pouvoir demander d'une voix éraillée :

— Ah bon, vraiment ?

— Oui. Et puis, il savait que nous avions tout le temps pour ça. Il envisageait de me faire l'amour au moins…

Chase ne la laissa pas finir.

— Il voulait te baiser tant de fois que tu en perdrais le compte, dit-il en la regardant dans les yeux.

Dehors, le tonnerre gronda, après la foudre provoquée par Regin. Elle était en feu pour… Declan Chase ?

La froideur habituelle, dans son regard, avait cédé la place à un reflet coquin. Il avait les joues rouges, et cela soulignait la finesse de ses traits – sa mâchoire ciselée, ses pommettes larges, ses lèvres charnues et fermes…

Sans qu'elle sache comment, il avait retourné la situation et jouait les tentateurs, lui laissant entrevoir ce qu'Aidan avait été quand le désir s'emparait de lui : un être charnel, un tantinet joueur, et malgré cela seul maître à bord.

Chase était pourtant si différent d'Aidan. Il était tellement compliqué qu'elle n'arrivait jamais à savoir ce qu'il pensait précisément. Son accent épais lui donnait la chair de poule.

Et cette façon qu'il avait de la regarder…

Ces yeux brûlants de désir avaient un drôle d'effet sur elle. Cet Irlandais tordu et sexy lui faisait tourner la tête.

Seigneurs, sa bouche était si proche. Elle voulait la sentir sur la sienne.

— Continue, Regin.

— Nos langues s'enlaçaient, nos lèvres étaient scellées, si bien que nous respirions l'un pour l'autre. Mes griffes se sont enfoncées loin dans les muscles de ses fesses, pour l'attirer plus profondément en moi, même si la puissance de ses coups de reins me laissait pantelante.

Chase émit un grognement et posa une main sur son sexe, la faisant sursauter. Lorsqu'il prit conscience de ce qu'il venait de faire, ses joues se colorèrent un peu plus encore, et il serra ses poings gantés.

— Et ensuite ?

— Au moment où j'ai cru m'évanouir de plaisir, il m'a prise contre lui, a plongé plus loin encore et a frémi. J'ai essayé de tenir, mais je n'ai pas pu m'empêcher de jouir. Il m'a murmuré à l'oreille qu'il sentait mon sexe enserrer le sien et qu'il allait me donner ce qu'il me fallait. Qu'il allait jouir tellement fort que je penserais qu'il me déchirait. Puis il a jeté la tête en arrière, et il a hurlé…

— Est-ce que tu as senti son sperme ? demanda Chase, le souffle court.

— Il m'a inondée, gémit-elle, autant à cause de la question que de ses souvenirs. Il m'a inondée, et c'était si brûlant que j'ai joui de nouveau.

Ils avaient dû atteindre la limite, pour Chase. Sans un mot, il se pencha en avant et la sortit de la baignoire.

Declan la posa sur le meuble de la salle de bains et se glissa entre ses jambes.

— Chase ?

Ce qu'elle vit dans ses yeux la laissa sans voix. Il la parcourait du regard, se repaissait de sa beauté.

Elle ruisselait, et il suivit les gouttes d'eau sur son cou si fin, puis le long de son épaule si délicate. De là, elles s'engouffraient entre ses seins pour atteindre son ventre plat et continuaient, plus bas, attirant son regard sur la toison blonde entre ses jambes. Exactement comme dans ses rêves.

Il faillit tomber à genoux devant ce spectacle.

— Tu es si belle, Valkyrie.

Et je n'ai aucune idée de ce que je vais faire avec toi. Il n'avait voulu que l'embrasser, au début, mais désormais, il lui fallait… plus.

— J'ai besoin de te toucher.

J'ai besoin d'explorer ce corps.

Quand avait-il éprouvé un désir aussi ardent pour la dernière fois ?

— Je suis à toi, Chase. Tu peux faire ce que tu veux de moi. Mais retire tes gants.

La frustration l'étreignit.

— Tu penses que je n'en ai pas envie ?

Il savait ce qui se murmurait à la prison : tous pensaient qu'il détestait toucher ou être touché. En cet instant, il voulait la sentir plus que toute autre chose. Mais lui montrer ses mains…

Une idée lui vint.

— Ne bouge pas d'ici, Regin. C'est bien compris ?

Elle se redressa, mima un salut militaire qui fit rebondir ses seins. Il ravala un grognement et alla vers sa chambre.

Il fouilla dans tous ses tiroirs, souleva toutes les piles de vêtements méticuleusement rangés jusqu'à ce qu'il trouve ce qu'il cherchait et revint vers elle en le brandissant comme un trophée.

Elle haussa les sourcils.

— Euh… je crois que j'ai pas la tenue qui convient, là.

Toujours avec ce reflet coquin dans les yeux, Chase était revenu avec un nœud papillon de smoking. Sans un mot, il le noua autour de la tête de Regin, lui bandant les yeux.

Ensuite, elle l'entendit arracher ses gants d'un geste impatient.

Un peu plus tôt, il lui avait ordonné de regarder droit devant elle, quand il lui avait retiré ses menottes. Et maintenant, ça. Pourquoi ne voulait-il pas qu'elle voie ses mains ?

Elle attendit qu'il fasse quelque chose, impatiente elle aussi. Elle sentait son regard sur son corps nu et le soupçonnait d'hésiter quant à la partie à toucher en premier.

Finalement, il effleura son épaule du bout des doigts. Elle frissonna.

— Aussi douce que de la soie, murmura-t-il.

Seigneurs, cela faisait si longtemps qu'un homme ne l'avait pas caressée.

Il eut un autre moment d'hésitation, assez long, puis il passa un doigt sur le bout pointu d'une de ses oreilles.

Elle se mit à gémir.

— Tu aimes ça ?

— Oui...

Se demander où il allait la toucher ensuite devint insupportable.

Quand il caressa le bout de son autre oreille et que la pointe de ses seins durcit jusqu'à être douloureuse, il retint son souffle.

Touche-les, le supplia-t-elle intérieurement.

Mais il passa un doigt sur son menton.

— Tu sembles si délicate, Regin. Et c'est tellement trompeur.

Elle ne voyait pas, mais imaginait la scène. Chaque hésitation signifiait qu'il s'interrogeait sur la partie à choisir, à sentir. Comme s'il la goûtait.

Et elle voulait le goûter, elle aussi. Quand elle leva les mains, il eut un petit rire.

— Non, non, Valkyrie. Il n'y a que moi qui touche.

Et il fit glisser un doigt de sa cheville jusqu'à son genou.

Elle ravala un cri, baissant les mains.

Un homme vicieux, et compliqué...

Il effleura sa lèvre inférieure de son pouce et elle gémit, se retenant de sortir sa langue pour le lécher.

Elle sentait que cette mise à l'épreuve sensuelle était sur le point de la faire chavirer.

— Chase… est-ce que tu… aimes ce que tu sens ?

Un long silence s'écoula. Puis le doigt de Chase fit le tour d'un de ses mamelons, lui arrachant un petit cri. Elle se cambra, pour en redemander, et il murmura :

— J'aime beaucoup, oui.

26

Declan n'avait jamais rien vu d'aussi beau que ce qu'il avait devant les yeux. La Valkyrie tremblait, haletante ; la pointe de ses seins était dure. Sa réaction à ses caresses, les petits bruits qu'elle faisait, sa bouche expressive, sa peau sensible et si douce l'avaient amené au bord de l'explosion.

Il aurait pu se masturber là, tout de suite, mais la titiller ainsi l'excitait comme jamais rien ne l'avait excité. Dans ce jeu, il imposait sa volonté à la Valkyrie. S'il décidait de la maintenir au bord de la vague, alors elle y resterait. Cette idée était érotique en diable.

Comment avait-il fait pour se passer de tout cela si longtemps ? Pour se passer du contact sous ses mains de la peau souple d'une femme ?

Pendant vingt tristes années, il avait réussi à se convaincre qu'il était un être froid dénué de sentiments, que les besoins d'un homme n'étaient pas les siens.

Mais plus maintenant. *J'ai besoin d'elle.*

— Où veux-tu que je te touche, Regin ?

Elle projeta un peu plus encore sa poitrine en avant.

— Ici ?

Mais il ne caressa pas ses seins – pas encore. Il se pencha, effleura le bout de son oreille de ses lèvres. *Ses petites oreilles sexy*. Elle frissonna violemment.

— Chase !

Il attendit un moment, puis tendit le bras et lui griffa doucement les fesses.

Ses gémissements se firent plus rapides.

Je pourrais l'amener à l'orgasme rien qu'en faisant cela. Jamais il n'avait rien éprouvé d'aussi intense. C'était comme si un mystère longtemps irrésolu était soudain élucidé.

Elle posa une main à plat sur son ventre et la fit descendre lentement.

Elle allait se caresser ? Devant lui ? Il émit un grognement à l'idée de la voir frotter son sexe. Mais non, ce serait pour une autre nuit.

— Non, Regin.

— Alors, laisse-moi te toucher, dit-elle en tendant la main vers son torse.

— Pose tes mains, immédiatement ! ordonna-t-il. Glisse-les sous tes fesses.

Elle serait horrifiée de sentir le relief des cicatrices sur sa peau.

— Mais, Chase…

— Obéis !

Elle hésita, puis obtempéra. Il la récompensa en passant une nouvelle fois ses lèvres sur son oreille. Et il murmura, au creux de celle-ci :

— Est-ce que tu mouilles ?

Elle ne put que gémir en guise de réponse.

— Montre-moi, alors.

Il fit glisser un doigt vers l'intérieur de sa cuisse, et elle écarta les jambes, révélant son sexe humide et luisant. Devant ce spectacle, Chase sentit son membre palpiter et redouta de se répandre.

Il ne contrôlait plus rien, ou presque. *Il faut que je la touche, que j'explore sa chair.*

Du dos de la main, il lui caressa le ventre, s'arrêta sur son nombril, lui arrachant une exclamation, puis descendit un peu plus bas.

— Tu sais ce qui vient ensuite, tu me l'as décrit tout à l'heure.

— Chase ! Mais que fais-tu ? Je suis au bord de l'orgasme !

Sa peau brillait plus que jamais. Il allait la faire jouir. De l'autre main, il lui caressa enfin un sein, en frotta durement la pointe si sensible.

— Ô seigneurs ! souffla-t-elle en se léchant les lèvres.

Cette petite langue... Declan avait imaginé son baiser, en avait rêvé. Il ne pouvait plus s'interdire de goûter à ses lèvres si douces. *Prendre son cri quand elle jouira...* Sans cesser de la caresser, il se pencha et s'apprêta à poser sa bouche sur celle de Regin.

— Chase ?

Ce fut comme si le charme se brisait. Jusque-là, elle se cambrait, venant au-devant de ses caresses, son corps tout entier le suppliant d'aller plus loin. Mais soudain, elle s'écartait de lui.

— Attends, je... Juste une minute... Laisse-moi réfléchir.

— Tu me supplies depuis tout à l'heure, et maintenant...

Elle baissa la tête.

— Je ne peux pas faire ça, murmura-t-elle.

Il lui prit le menton, la força à redresser la tête.

— Oh que si, tu peux. Et tu vas le faire.

Ses oreilles se mirent à bouger.

— Chut. Il y a quelqu'un.

— Tu dis cela pour...

Mais il l'entendit à son tour. Des pas, dans ses appartements, venaient vers la salle de bains. Il allait tuer l'idiot qui osait les interrompre, alors qu'il attendait ce moment depuis si longtemps.

Voyant qu'elle levait un bras pour retirer son bandeau, il remit prestement ses gants.

— Écarte-toi d'elle, fils.

— Webb.

Ici. Trois jours plus tôt que prévu.

Quand Declan jeta une serviette sur Regin, il vit à son regard qu'elle n'y comprenait plus rien. Il s'approcha et murmura :

— Je te protégerai.

Puis il se tourna vers son supérieur, ravalant une terrible envie de montrer les dents, car ce dernier avait vu Regin nue.

— Declan, nom de Dieu, mais que fais-tu avec cette détenue ?

Je risque toute mon existence...

Regin ne savait pas si elle devait en vouloir à ce Webb ou le remercier de les avoir interrompus.

Comment les choses avaient-elles pu déraper à ce point avec Chase ? Elle était censée lui jeter un sort, et c'était tout le contraire qui venait d'arriver.

Webb la considéra avec dégoût. Elle plissa les yeux. *J'en ai autant à ton service.*

Il était imposant. Pas aussi grand que Chase, mais plus costaud. Il portait un uniforme militaire, et ses cheveux poivre et sel étaient coupés en brosse.

À en juger par la réaction de Chase, Webb était son supérieur. Pourtant, Chase lui fit face en redressant les épaules et déclara :

— Je la veux.

Webb écarquilla les yeux, et son front se rida.

— Tu... quoi ?

Ça alors, je suis aussi surprise que lui sur ce coup-là. Elle noua la serviette autour de sa poitrine et descendit du meuble.

Chase tendit un bras protecteur devant elle.

— Je continuerai à faire ce que vous me demanderez, mais elle m'appartient.

— Non, mais tu entends ce que tu dis ?

— Vous allez me laisser l'emmener jusqu'à un bâtiment plus ancien, un endroit où moi seul irai la voir.

Chase, disant à un supérieur comment les choses allaient se passer désormais ? Et avec une arrogance... C'était magnifique... et tellement familier. Aidan avait exigé de Wotan qu'il lui accorde l'*ohalla*, et maintenant, Chase exigeait Regin comme son dû.

— Non, fils, tu ne désires pas cette créature. Elle a juste réussi à te le faire croire. Demande-lui pourquoi elle souhaitait tant que tu te rappelles cet Aidan.

— De quoi parlez-vous ?

— Dis-lui, femme, ordonna Webb. Dis-lui de quelle façon tu as essayé de le tuer.

Et merde.

— Qu'est-ce que c'est que cette histoire ? demanda Chase en se tournant vers elle.

— Elle croit que tu es la réincarnation de son amant.

— Oui, oui, elle me l'a dit.

— T'a-t-elle dit aussi que tous les hommes avec qui elle a couché sont morts quelques heures à peine après ? Elle pense que toutes les réincarnations de son amant sont condamnées à périr dès qu'elles la possèdent.

Merde, merde, et re-merde !

— Dis-moi que c'est faux, lui demanda Chase.

Elle leva les yeux vers lui, sachant qu'il lui fallait mentir, mais...

— Je ne peux pas...

— Et puis, ses lèvres ont un pouvoir spécial, un peu comme un narcotique, continua Webb. C'est pour cette raison qu'elle essaie depuis le début de te convaincre de l'embrasser. Elle avait prévu de te séduire. Ensuite, tu aurais péri comme les autres, et elle aurait pu s'évader.

— Comment savez-vous cela ? demanda Chase sans desserrer les dents.

— J'ai lu les transcriptions de ce qui se raconte dans sa cellule. Nous avons réussi à tout faire traduire par une nouvelle source. Elle a expliqué à sa codétenue que c'était son plan – ta mort.

Comment ça, une nouvelle source ? Quand je saurai qui...

Chase donna un coup de poing dans le mur, juste à hauteur de la tête de Regin.

— Espèce de salope, dis-moi que ce n'est pas vrai !

Il semblait perdu, et sa douleur était palpable. Regin retint son souffle.

— Qu'espérais-tu que je fasse exactement, Chase ? Que j'attende gentiment mon tour pour la torture ?

Il serra les poings un peu plus fort encore. La fureur l'habitait tout entier. Alors, elle le regarda droit dans les yeux.

— Vas-y, maître. Frappe-moi. Cela me rendra les choses plus faciles.

Cette fois encore, Declan en fut incapable. Qu'elle soit maudite !

— Qu'on l'emmène hors de ma vue ! hurla-t-il.

Webb attrapa Regin par le bras et la fit sortir de la pièce.

— Declan, je t'attends dans mon bureau dans une heure. Cela te laissera le temps de réfléchir à tout ça.

Et ils disparurent, le laissant seul dans ses appartements, au bord de la folie.

C'est terminé, alors. Ce désir qu'il avait éprouvé. Ce plaisir. *Du plus haut sommet au gouffre le plus profond.*

Il s'assit devant sa console et regarda la cellule de la Valkyrie pour la dernière fois.

T'es vraiment un connard, Dekko. Tu savais bien qu'il ne fallait pas lui faire confiance.

Il vit Webb jeter Regin dans la cellule. Elle avait encore la serviette nouée autour d'elle, et ses vêtements en boule dans les bras. Son premier mouvement fut de regarder la caméra. Ses yeux étaient argentés.

Declan serra son poing ganté, le leva devant l'image. Et brisa l'écran.

27

— Jamais je n'aurais imaginé cela de toi, dit Webb.

Sa posture militaire était encore plus prononcée ce soir, lui qui d'ordinaire se détendait un peu en compagnie de Chase.

— Jamais de toi, fils.

La réaction de Webb le crucifiait. Declan respectait cet homme plus que n'importe qui d'autre. Admettre qu'il avait failli à son devoir était déjà difficile, mais que Webb soit au courant de sa transgression était insupportable.

— Tes autorisations vont être revues à la baisse. Ton empreinte ne fonctionnera plus pour les entraves des détenus.

Pas de lavage de cerveau ? Pas de bannissement ?

— Et Fegley reprendra tes captures.

— Vous lui confiez Malkom Slaine ?

— Fegley est fidèle à la cause. Jusqu'à la moelle.

— Le pouvoir qu'il a déjà ici lui monte à la tête.

— Contrairement aux détenues qui montent à la tête de certains ? Écoute, tu sais que je te considère comme un fils. Ton travail ici n'est pas terminé. Je vais essayer d'étouffer cette histoire.

De résoudre les problèmes à ma place, encore une fois.

— Mais je dois être sûr d'une chose, Declan. Es-tu capable de surmonter ton obsession pour cette Valkyrie ?

— Vous pouvez considérer que c'est fait.

Il n'éprouvait aucune tristesse, aucune douleur, aucune tension. Il se sentait plus froid que de la cendre.

La Valkyrie avait clairement prévu de l'assassiner. La séduction, le charme... tout cela n'était que des conneries.

Il avait été une proie facile, avide de prendre ce qu'elle semblait lui offrir.

Au moins avait-il connu – brièvement – la paix, jusqu'à ce qu'il découvre la vérité.

Et maintenant, il savait exactement ce qui lui manquait... *Je la déteste !*

— Comment pourrais-je te croire ? demanda Webb. Tu as enfreint absolument toutes les règles en la recevant dans tes appartements. Plus que tout autre, tu devrais savoir de quoi ces créatures sont capables. As-tu pensé à tes parents ? Quelle serait leur réaction s'ils savaient que tu as noué des liens étroits avec une femelle qui n'est pas humaine ?

Declan regardait droit devant lui. Il s'en voulait bien plus que Webb ne pourrait jamais lui en vouloir.

— C'est nous contre eux. Il n'y a pas de demi-mesure. Tu es soit de notre côté, soit de celui des *detrus* qui se sont *nourris* de ta famille. De toi. Alors, que fait-on, Declan ?

— Je suis fidèle à l'Ordre.

— Bien. Alors, tu accompagneras Fegley pour la capture de Slaine. Tu l'assisteras, pour une fois. Juste par précaution.

Cette idée le révulsait.

— Pourquoi ?

— Parce que tu es le seul capable de maîtriser ce démon s'il se déchaîne dans notre dimension. Ensuite, tu quitteras l'île pendant quelque temps.

— *Ensuite ?*

Qui interrogerait Slaine ? Qui ferait en sorte que son sang soit détruit de façon que personne ne soit jamais tenté de reproduire un être aussi vil que lui ?

Webb posa ses doigts les uns contre les autres, un geste dont Chase s'apercevait aujourd'hui qu'il l'avait adopté. Il avait tellement « copié » Webb...

— Je venais ce soir te donner des informations assez intéressantes, de celles qui te plaisent le plus. Mais je ne suis plus certain que tu mérites cette mission, maintenant...

Declan se tendit brusquement.

— Vous avez trouvé des néoptères.

Leurs nids étaient rares. Cela faisait plusieurs années que Declan n'en avait pas trouvé.

— Oui. Dans le sud de l'Australie.

À quelques heures de l'île à peine en hélicoptère. C'était peut-être l'occasion de se racheter, pour Declan. Et la possibilité de faire ce qu'il aimait par-dessus tout.

Massacrer des néoptères. *Une haine si violente que sa brûlure est froide.*

— Il faut que j'y aille. J'en ai besoin.

Webb le dévisagea.

— En effet. Je crois que c'est exactement ce dont tu as besoin.

La puanteur de la chair pourrissante assaillit Declan et ses hommes tandis qu'ils approchaient de l'entrepôt abandonné. L'odeur de victimes passées.

Ils avaient donc trouvé le nid de néoptères. Enfin.

Son équipe et lui avaient quitté l'île immédiatement après la capture – réussie – de Slaine, et depuis presque une semaine ils arpentaient les quais sombres du sud de l'Australie.

Il fit signe à la moitié de ses hommes de se placer à l'arrière du bâtiment afin de bloquer la seule autre sortie. Ils étaient équipés de lunettes infrarouges et avaient sorti leurs pistolets. Pas de lanceurs de charge, ce soir. La frappe allait être chirurgicale.

Declan avait sorti son épée. Il était prêt à se salir les mains.

Il avait réussi à suivre la mission Slaine sans étrangler Fegley, ce qui, en soi, était un exploit. Il était resté en arrière, pour le cas où… En fait, il n'avait rien fait, sinon regarder quelqu'un d'autre mener à bien *sa* mission.

Il avait même gardé le silence quand Fegley l'avait défié. Apparemment, le gardien-chef avait tout compris : l'intérêt de Declan pour la Valkyrie, qui avait provoqué la restriction des pouvoirs du maître dans l'enceinte de la prison.

— Chase le Golden Boy ne serait donc pas si parfait que ça… avait-il commenté. Pris la main dans le sac, pour ainsi dire.

Declan se concentra. Il ne fallait pas qu'il pense à autre chose qu'à sa mission présente. Déjà, il était à cran. Cela faisait plusieurs jours qu'il n'arrivait plus à dormir.

Quand ils atteignirent l'entrée, il fit signe à ses hommes d'activer leurs lunettes, puis feignit de faire de même, même s'il n'en avait jamais eu besoin.

À l'intérieur de l'entrepôt régnait une puanteur sans nom. Quatre corps étaient attachés, bâillonnés, mutilés. Un homme, une femme et deux enfants. *Une famille*.

Les souvenirs menacèrent de submerger Declan – lui aussi avait été ainsi attaché et torturé, avait attendu la mort. L'avait suppliée de venir.

Devant les blessures infligées aux quatre corps, il frissonna. Ses cicatrices se firent hypersensibles, comme s'il sentait de nouveau les coupures qui les avaient causées.

Un néoptère mâle fondit sur lui et le frappa avec une telle violence qu'il fut projeté en l'air. Quatre autres attaquèrent d'un seul mouvement.

Declan sentit le sang dans sa bouche, arracha ses lunettes. Son cœur se mit à battre dans ses oreilles, ses muscles prirent de l'ampleur.

Il cracha du sang et fonça dans le tas.

Les murs étaient recouverts d'une épaisse couche de sang et de chairs déchirées quand Declan plongea son épée dans le dernier néoptère, épinglant le corps puissant au sol.

C'était le quatrième qu'il abattait. Son équipe s'était occupée du cinquième.

Penché au-dessus de la créature, Declan lui avait percé le thorax pour l'immobiliser. Il tourna prestement son épée dans la plaie pour empêcher le néoptère de trop se débattre. Le monstre le fixait de ses yeux à facettes. Quand il propulsa sa langue préhensile, Declan la punit d'un nouveau tour de lame, incapable de dissimuler le plaisir qu'il prenait à la chose.

Ses hommes le regardaient faire, mal à l'aise. Tous étaient des soldats endurcis, des mercenaires, des tueurs, et ils étaient *surpris* ?

Il n'avait jamais éprouvé de sentiment de camaraderie à leur endroit. Pour eux, servir l'Ordre était un boulot comme un autre. Pour Declan, c'était sa vie.

Jamais ces soldats ne pourraient comprendre la satisfaction que lui procurait une telle vengeance, parce qu'ils n'avaient pas eu à gagner le droit de se venger.

Le moment venu, il écrasa sa botte sur la tête du néoptère et retira son épée pour donner le coup de grâce.

Mais, en levant son arme, Declan hésita.

Pendant des années, il avait redouté les effets du sang de néoptère, s'était demandé sans fin pourquoi ils l'avaient forcé à boire celui de leurs morts. Aujourd'hui, il comprenait que c'était sans doute pour qu'il reste conscient et en vie. Ils l'avaient nourri pour pouvoir à leur tour se nourrir de chair fraîche.

Il y avait une explication plus probable aux extraordinaires capacités physiques de Declan…

Avait-il accepté le fait qu'il était un berserk ? Non. Mais penser que c'était possible lui avait permis de tourner la page sur une terreur ancienne : la crainte que les néoptères n'aient une influence sur sa vie.

Ils ne lui prendraient jamais plus que ce qu'ils lui avaient déjà pris – des jours de sa vie, des morceaux de sa chair…

Ma famille.

Avec un hurlement sauvage, il abaissa son épée, décapita la créature. *C'est fait*.

Il inspira profondément pour se calmer, ordonna à son équipe de nettoyer l'endroit et sortit dans la nuit humide pour essuyer son épée.

N'ayant plus de pistes dans cette ville, ils seraient de retour à la prison avec plusieurs jours d'avance sur le planning prévu. C'était sans doute aussi bien. Une fois l'adrénaline retombée, il serait complètement vidé.

En balayant d'un regard circulaire le quai mal éclairé, il reconnut que la Valkyrie avait eu raison sur un point. Gérer un établissement comme la prison, torturer chaque jour que Dieu faisait, ce n'était pas pour lui. Lui était un chasseur, jusqu'au bout des ongles. Sa place était au cœur de l'action.

Regin, une fois encore, occupait ses pensées.

Il n'éprouvait pourtant plus rien pour elle, se moquait complètement de ce qui allait lui arriver. Il ne la haïssait pas, mais ne ressentait rien quand il pensait à elle.

Oui, il était froid comme la cendre.

Alors, pourquoi avoir ordonné à Vincente de veiller sur elle pendant mon absence ?

28

Declan arriva à la base à 6 heures le matin suivant, boitant, le regard vidé par l'épuisement, son treillis couvert de sang.

Il rentrait « à la maison » après le combat, comme dans le rêve d'Aidan.

Après s'être lavé, le berserk avait retrouvé la Valkyrie impatiente de le voir, en manque de lui, le regardant comme s'il était un héros.

Son visage s'illumine quand elle me voit.

Maintenant, Dieu l'en préserve, les pieds de Declan auraient voulu le conduire jusqu'à la cellule de Regin. *C'est ça, Dekko. Pour qu'elle puisse t'achever…*

Il se força à regagner ses sinistres appartements d'un pas chancelant. Il avait juste besoin de dormir. Ensuite, il aurait les idées plus claires.

Il regarda autour de lui, se demandant comment il avait fait pour ne pas se rendre compte que cet endroit était sa prison aussi. Un espace sans vie, sans âme. Exactement comme son existence.

Ici, personne ne l'avait jamais tendrement embrassé, aucune femme n'avait attendu son retour. Aucune famille. Rien que le vide.

Ces foutus *detrus* avaient une vie plus digne de ce nom que la sienne.

Il se laissa tomber dans le fauteuil, devant la console, luttant contre l'envie irrépressible de regarder Regin. Cela faisait une semaine… Juste un petit coup d'œil.

Il se brancha sur la caméra de sa cellule. Elle dormait, en chien de fusil, vêtue seulement d'un tee-shirt et d'une culotte. Ses cheveux étaient épars sur ses épaules.

Douloureusement belle.

On attendait de lui qu'il haïsse cette femme autant que les créatures qu'il venait d'éliminer ? Qu'il mette sur le même plan son espèce et la leur ? Impossible.

Il poussa un long soupir. Drogue ou pas, cette existence sans émotion était clairement derrière lui. Il éprouvait des sentiments, aujourd'hui, des sentiments puissants.

J'ai tellement envie d'elle. Même quand elle souhaite ma mort.

Et pourquoi souhaiterait-elle autre chose ? Combien de fois lui avait-il dit qu'il allait l'exécuter ou qu'il prenait plaisir à la faire souffrir ?

Il ne pouvait lui en vouloir de son comportement – elle l'avait pris au mot et avait cherché à se protéger, faisant ce qu'il fallait pour ne pas être sur la liste des « immortels morts ».

À la guerre, tous les coups sont permis. Mieux vaut ne pas prendre les choses personnellement. Il était adulte. Quand on est capable d'infliger de la souffrance, mieux vaut se préparer à souffrir soi-même.

Mais, pour être honnête, c'était sa propre réaction – une déception telle qu'il en avait souffert physiquement – qui l'avait mis hors de lui.

Declan voulait ce qu'il avait cru pouvoir trouver avec elle. Il en avait plus besoin que d'une aiguille pleine.

On frappa à sa porte. Si tôt, c'était sans doute Dixon. Et puisqu'on parlait d'aiguille… *T'as intérêt à avoir ce qu'il me faut, toubib.*

Il éteignit l'écran, la fit entrer. Elle avait une boîte dans les mains. *Parfait*.

En le voyant, elle ouvrit de grands yeux derrière ses immenses lunettes.

— Ces missions de destruction te laissent vraiment sur le flanc. Tu n'as pas dormi ?

— Pas un instant.

Il avait été trop occupé à traquer les néoptères et trop résolu à ne pas rêver à Regin.

— Je vois. Et puis, tu devais être préoccupé, aussi.

C'était peut-être de la parano, mais Chase avait l'impression que Dixon se comportait bizarrement avec lui depuis quelque temps. Elle était plus réservée. Sans doute avait-elle deviné ce qui s'était passé entre lui et la Valkyrie. Si Fegley l'avait compris, Dixon l'avait forcément compris aussi.

— Je vais tâcher de rattraper un peu de sommeil, maintenant, dit Declan, les yeux rivés à la boîte de Dixon.

— Tu vas en avoir besoin. Webb t'a programmé pour l'interrogatoire de Slaine.

— Il n'a pas encore été interrogé ?

Peut-être son supérieur ne lui avait-il pas retiré toute sa confiance, finalement.

— Slaine était en trop mauvais état après sa capture par Fegley. Ça fait des jours qu'il se traîne.

Declan avait été témoin de la capture, avait vu l'impressionnante puissance dont avait fait preuve le démon. Jamais il ne l'avouerait, mais lui-même aurait été incapable de faire mieux que Fegley.

— C'est programmé pour quand ?

— 18 heures. Ça t'en laisse douze pour te retaper.

Elle montra la boîte.

— Ce nouveau dosage t'y aidera. Comme tu me l'as demandé, il est beaucoup plus fort. Ça devrait te permettre de tenir au moins deux jours.

À peine eut-il la boîte entre les mains qu'il ouvrit la bouche pour renvoyer Dixon, mais celle-ci dit simplement :

— Repose-toi.

Et elle s'en alla.

De nouveau seul, il ralluma l'écran et observa la Valkyrie. Il aurait donné n'importe quoi pour se glisser derrière elle, la prendre contre lui et dormir d'un sommeil de plomb.

Pensée dangereuse. *Je vais prendre ma dose, maintenant, avant de faire une bêtise.*

Il ouvrit la boîte, remplit la seringue. Dans sa poitrine palpitait un manque indéfinissable. Sa veine se gonfla, affamée. Il plongea l'aiguille dedans. Ce besoin-là, au moins, il pouvait le satisfaire.

Bon sang, c'est fort. Comme autrefois.

Il alla s'affaler sur son lit, l'aiguille encore plantée dans le bras. Le produit courut dans ses veines, prit d'assaut son cerveau, troubla ses pensées. Malgré cela, il lui revint un souvenir que la fureur avait jusque-là occulté.

Juste avant qu'il ne tente d'embrasser Regin, elle lui avait dit qu'elle ne pouvait pas faire ça...

Les ténèbres l'engloutirent.

Quand Regin ouvrit les yeux ce matin-là, le bouche-à-oreille avait de nouvelles infos pour elle. Chase venait de rentrer d'une mission, après une absence de plusieurs jours.

Et elle ne savait pas trop quoi penser de ce retour.

Toute la semaine, elle avait été assaillie par le doute. Chaque fois qu'elle se reprochait de ne pas avoir embrassé Chase, le souvenir lui revenait du bien-être éprouvé avec lui, de l'intensité érotique du jeu qu'il avait joué avec elle. Ce soir-là, l'espace d'un très court instant, Regin avait été séduite par Declan Chase.

Jusqu'à ce que Webb vienne casser l'ambiance.

Cet homme était visiblement très proche de Chase. Il l'avait appelé « fils », et Chase le regardait avec un véritable respect.

Mais après l'interruption de Webb, Chase avait été dégoûté par Regin, honteux de ce qu'il avait fait avec elle. Elle ne parvenait pas à oublier la blessure qu'elle avait entendue dans sa voix, la douleur qu'elle avait lue dans son regard brûlant.

Maintenant, elle attendait son « examen », consciente que l'échéance était proche. Chase lui en voulait, jamais il n'interviendrait en sa faveur.

Le temps passait avec une abominable lenteur. Natalya lui racontait des batailles passées pour la distraire, sans grand succès. Regin était constamment perdue dans ses pensées.

Seule bonne nouvelle dans ce marasme : Carrow avait réussi à sortir vivante d'Oubli et à attirer sa cible, Malkom Slaine, dans les filets de l'Ordre. Regin avait vu le vémon – à coup sûr la brute la plus impressionnante et la plus repoussante qu'elle avait jamais croisée – le jour de son arrivée, traîné dans le couloir à demi mort.

Pourtant, après tous les risques pris par la sorcière pour remplir sa part du contrat et sauver Ruby, Chase n'avait pas tenu parole et ne les avait pas libérées. *L'enfoiré*.

Et, pour autant qu'elle sache, on n'avait revu ni Thad ni MacRieve...

Du gaz se mit à siffler au-dessus de sa tête. De petits nuages apparurent, émanant du plafond. Bien qu'elle s'y attendît, Regin les regarda avec incrédulité.

— Je suis tellement désolée, Valkyrie, murmura Natalya.

Regin poussa un cri de frustration, se mit à frapper la paroi de verre, retenant sa respiration le plus longtemps possible. *Lutte !*

La vue qui se trouble, les paupières qui deviennent lourdes… Elle et Natalya tombèrent sur le sol, inanimées.

Quand Regin rouvrit les yeux, elle était sanglée sur une table, maintenue par des liens qu'elle n'était pas en mesure de briser. Ses griffes étaient aiguisées comme des rasoirs, mais elle ne pouvait pas s'en servir.

Une intraveineuse sortait de son bras, des électrodes couvraient sa peau. Elle tourna la tête et vit Dixon ainsi que d'autres scientifiques en blouse blanche. Dans un coin se tenait Fegley, un sourire méchant sur les lèvres.

Chase n'était pas là ? Regin regarda la caméra, au plafond. Il observait sans doute la scène depuis le confort de son bureau. Mais elle refusait de lui offrir le spectacle qu'il attendait. Elle ne crierait pas, ne pleurerait pas.

Il avait déclaré qu'un jour elle le supplierait d'arrêter, mais elle préférait pourrir en enfer plutôt que de faire une chose pareille. Elle était Regin la Radieuse, immortelle fille de dieux.

— Je propose qu'on commence, suggéra Dixon, dont les yeux brillaient par-dessus son masque, comme si elle était fascinée par la tâche à accomplir. Nous avons beaucoup à faire en assez peu de temps.

Scies à os et scalpels étaient alignés sur une table. Quand Regin vit le métal brillant d'un ouvre-thorax, le courage lui manqua. Elle se tourna vers la caméra.

— Chase ! Tu dois te souvenir de moi ! Si tu laisses une chose pareille se produire, tu le regretteras amèrement !

— Le commandant Webb nous a fait part de l'intérêt particulier qu'il portait à cette détenue, remarqua un des scientifiques d'un ton léger.

Regin poussa un cri.

— Je lui mangerai le cœur, au commandant Webb !

Le stress qu'elle dégageait fit vaciller les lumières. Tous les techniciens courbèrent les épaules, regardant autour d'eux.

— Docteur Dixon, son pouls est à deux cent cinquante et continue à grimper.

Quand Dixon leva son scalpel, Regin regarda la caméra.

— Je peux supporter cela, Chase. Mais toi, y arriveras-tu ?

29

Des coups frappés à sa porte tirèrent Declan du sommeil.

Vincente, à coup sûr. Il regarda son réveil. *Non, il ne peut pas être 17 h 30.* Il avait dormi presque douze heures ?

Des heures d'un sommeil profond, ténébreux, sans rêve.

Voir l'aiguille encore plantée dans son bras éveilla en lui une honte un peu fébrile. Il retira l'aiguille et se leva. D'un pas hésitant, il gagna la salle de bains.

Cette unique dose l'avait bien secoué. *Ça devrait te permettre de tenir au moins deux jours.*

On frappa de nouveau.

— J'arrive, bordel ! Une minute ! hurla Declan.

Dans la salle de bains, il s'arrêta et regarda le meuble sur lequel il avait caressé la Valkyrie. Une nouvelle fois, ses paroles lui revinrent : « Je ne peux pas faire ça. »

Et elle s'était écartée de lui, non ?

Mais même si elle avait finalement décidé de ne pas mettre son plan à exécution, que restait-il de vrai dans cette soirée ? Il se demanda si elle l'avait désiré, lui, ou si elle avait simplement réagi aux caresses d'un homme. Elle avait dit ne pas avoir eu d'amant depuis deux siècles, mais sans doute n'était-ce là qu'un mensonge de plus…

Il se regarda dans le miroir et reconnut à peine son reflet. Pupilles dilatées, peau moite. Il se détourna, dégoûté, et entra dans la cabine de douche.

Sous une eau brûlante, il se récura le corps, lavant toutes les traces de sa chasse et de la stupeur dans laquelle celle-ci l'avait ensuite plongé pendant douze heures. Il fit rouler ses épaules, sans parvenir à chasser la tension qui lui nouait les muscles.

Quand il posa les mains à plat sur le mur carrelé, son regard s'arrêta sur les traces d'aiguille sur ses bras. *Aussi camé qu'à Belfast*. Declan ne s'était jamais vu comme un junkie depuis cette époque, mais comment aurait-il pu le nier, aujourd'hui ? Il lui faudrait se shooter jusqu'à la fin de ses jours pour oublier ce qu'il éprouvait pour la Valkyrie.

Il avait connu la paix avec elle. Il ignorait comment, mais elle était la clé. Et on voulait la lui refuser ?

Seigneur, mais que voulait-il d'elle exactement ? N'ayant jamais connu de plénitude dans aucun domaine de son existence, il n'avait pas la moindre idée de ce dont il avait besoin.

Tout ce qu'il savait, c'était qu'il voulait *plus* de Regin. Plus de temps avec elle, plus de contacts…

Plus.

Il comprenait clairement à présent que c'était elle qu'il avait attendue toute sa vie. *Je ne peux pas reprendre mon existence d'avant. Sinistre. Sans âme. Douloureuse. Non, je m'y refuse*. Plutôt se tirer unc balle dans la bouche.

Il devait donc faire un choix. Soit il acceptait Regin comme compagne, acceptait sa nature et ce qu'elle était.

Soit il se supprimait.

Il poussa un long soupir, se rendant à l'évidence. Il ne la voyait pas comme il voyait les autres. Plus maintenant. La chasse aux néoptères n'avait fait que cristalliser le débat intérieur qui l'animait déjà.

Quand il la regardait, Declan ne voyait pas une vile *detrus*. Il voyait… sa femme.

Il pouvait l'accepter telle qu'elle était.

Son regard glissa sur les cicatrices qui couvraient son corps. Regin, elle, ne pourrait jamais l'accepter.

Retour à la case départ, Dekko. Quelle ironie, hein ?

Il haïssait ces cicatrices. Jetant la tête en arrière, il hurla sa frustration et planta son poing dans le carrelage. *Putain, j'ai tellement envie d'elle.*

La douleur, dans sa main, lui fit presque du bien. Alors, il recommença, encore et encore, jusqu'à ce que les débris de carreaux s'amoncellent autour de ses pieds.

Il leva le visage, le plaça sous le jet. *Prends-la, et va-t'en d'ici.* Il pouvait l'amener à l'aimer. Il y avait forcément un moyen. Il avait connu des situations plus favorables, mais d'autres, aussi, bien pires.

Et quoi ? Tourner le dos à son devoir ? À Webb, le seul ami qu'il ait jamais eu ?

Doucement, doucement… réfléchis. Ce soir, après l'interrogatoire, il irait courir, pour réfléchir à la situation, en analyser les tenants et les aboutissants. Il parcourrait toute l'île s'il le fallait, mais il prendrait une décision.

Il se sécha, puis passa son treillis, ses boots et un pull. En dernier vinrent les gants tant détestés. Ils étaient trop serrés, aujourd'hui, en particulier pour sa main droite ensanglantée.

À vrai dire, tous ses vêtements le gênaient, comme si sa peau le démangeait. Il défit d'un cran le bracelet de sa montre. 17 h 50.

Il sortit de ses appartements en claquant la porte, manquant de renverser Vincente, qui attendait toujours. Le gardien lui emboîta le pas.

— Maître Chase, je frappe et j'appelle depuis des heures.

— Plus tard.

Declan venait d'apercevoir Webb, qui attendait devant la porte de la salle d'interrogatoire.

— Mais c'est urgent...

— Ah, pile à l'heure, comme d'habitude, fils, dit Webb avant de se tourner vers Vincente. Ce sera tout, merci.

Le gardien tourna les talons, après un regard énigmatique en direction de Declan.

— Nous avons eu d'excellents échos concernant ta mission, continua Webb. Du bon boulot. Et largement dans les temps, en plus.

Declan avait toujours savouré les louanges du commandant. Aujourd'hui, il se sentait coupable. *J'envisage de le trahir, lui ?* L'homme qui lui avait donné un foyer, un travail, un but dans la vie ?

— Merci, chef.

— Nous attendons beaucoup de l'interrogatoire de Slaine. Je compte sur toi.

— Bien.

Webb lui donna une tape dans le dos.

Lorsque Declan entra dans la salle, la taille imposante de la créature, ses crocs de vampire, ses cornes de démon l'impressionnèrent de nouveau. Non, Regin n'avait rien d'un monstre. Ce mâle immense, lui, en avait tous les aspects.

— Pourquoi m'avez-vous enlevé ? demanda le vémon avec un fort accent, en tirant sur ses liens.

— Chaque chose en son temps, Slaine.

Declan sentit la sueur perler sur sa lèvre supérieure. Seigneur, ce shoot le faisait encore vibrer, et il n'avait rien mangé de la journée. Ses mains tremblaient. Slaine allait-il s'en rendre compte ?

Dixon entra sur ces entrefaites, prête à collecter divers échantillons sur le vémon.

— Son sang a déjà été prélevé, dit Declan. Je veux qu'il soit détruit à la seconde où le labo en aura terminé avec les examens.

Si un mortel buvait ce sang...

— Mais les ordres...

— Détruis-le !

Elle hocha la tête, mais sans le regarder. La paranoïa s'empara de nouveau de Chase.

Dixon récupéra les tubes et s'en alla.

— Qu'est-ce que vous me voulez ? répéta Slaine.

— Nous nous intéressons beaucoup à toi. À ta *genèse*. Aujourd'hui, tu vas me raconter ça. Et demain, les médecins de mon équipe t'examineront, pour voir ce qui te rend plus rapide, plus fort.

— Pour en fabriquer d'autres comme moi ?

— Pour faire en sorte que jamais ton espèce ne soit recréée.

— Peut-être que si tu... pleurais, simplement ? suggéra Natalya en s'asseyant à côté de Regin, sur le lit.

Regin était allongée sur le côté, recroquevillée autant que le lui permettait son horrible blessure. Sous son tee-shirt, la peau avait enflé le long d'une ligne agressive d'agrafes suintantes. Et elle ne brillait pratiquement plus.

— Laisse-moi tranquille, dit-elle d'une voix blanche.

Au prix d'un réel effort, elle changea de côté, tournant le dos à la fey.

Ignore le fil de métal qui maintient tes côtes en place, ignore les agrafes qui trouent ta peau.

Il en fallait plus pour dissuader Natalya, qui lui caressa les cheveux.

— Ça fait du bien de pleurer, parfois. Enfin, c'est ce qu'on m'a dit. J'ai jamais essayé, perso. Mais je sais une chose, c'est que la douleur va bientôt commencer à diminuer.

Ce n'était pas seulement la douleur physique qui affligeait Regin – même si celle-ci avait été la pire qu'elle avait jamais endurée. L'humiliation brûlait en elle aussi.

Pendant toute sa vie d'adulte, elle avait été une créature à qui on ne cherchait pas de noises. Aujourd'hui, elle avait été vaincue, alors qu'elle se trouvait entre les mains d'un homme qui aurait dû la défendre.

Ça avait dû rigoler un max, chez les démons et les vampires !

— *Ils ont bien tout remis en place sous le capot, Valkyrie ?*

— *Sympas, tes piercings.*

— *L'acier chirurgical, ça te va vraiment bien.*

Alliés et ennemis l'avaient tous vue au plus bas. Et ceux qui ne l'avaient pas vue savaient avec quelle intensité elle avait réagi. Comme le lui avait rapporté Natalya :

— Un vrai réacteur nucléaire. Ta foudre et ton tonnerre ont fait trembler tout le bâtiment.

Regin avait voulu être forte. Elle était décidée à tout endurer. C'était pour cela que sa réaction l'avait surprise. Elle se connaissait par cœur – en mille ans, elle avait eu le temps d'apprendre. Et soudain, on l'avait *modifiée*.

Dans cette salle d'opération, elle ne s'était pas reconnue. Elle s'était comportée comme n'importe qui, pas comme une Valkyrie vaillante et résolue.

— Chase m'avait promis que je le supplierais, murmura-t-elle. Et il avait raison.

Une Valkyrie suppliant des *mortels* d'avoir pitié d'elle. Sa honte était infinie.

— Le maître était là ?

— Il a ordonné l'examen, mais n'a pas eu les couilles de se montrer. Fegley était là, avec son sourire habituel. Et puis Dixon, évidemment.

Regin n'oublierait jamais le regard du médecin derrière ses lunettes ignobles – calme, appliquée, tandis qu'elle tâtait et sciait. Ni haine ni sens du devoir. Dixon était réellement convaincue que Regin n'était rien de plus qu'un animal dont la dissection allait servir le progrès scientifique.

Derrière, ses collègues avaient continué à discuter tandis que Regin hurlait, à l'agonie...

Elle frissonna. Natalya posa une main sur son épaule.

— Il y a une chose qui devrait te faire un peu de bien – et planter de nouveau la peur dans le cœur de tes ennemis.

Car cette épreuve pouvait avoir d'autres conséquences que les blessures dont souffrait Regin. Chaque fois qu'une créature du Mythos était perçue comme faible, les autres sonnaient l'ouverture de la chasse. Si Regin parvenait un jour à s'évader de cet endroit, sa défaite face à Dixon la mettrait en danger.

— Et c'est quoi, cette chose ?

— Un trophée, que tu récupéreras sur Chase et que tu trimballeras comme un accessoire à la mode. Je posséderai un souvenir de Volos avant de mourir, moi aussi.

Malgré la douleur, la curiosité de Regin fut piquée.

— Qu'est-ce qu'il t'a fait ?

— Il m'a torturée pendant deux ans, en faisant de moi sa chose. Ensuite, j'ai été mise aux oubliettes durant six ans. Jusqu'à ce que son neveu me rende visite.

— Celui que tu as tué.

— C'est ça. Toutes les nuits, dans cette cellule, je préparais ma vengeance. Chaque rat que j'ai attrapé et mangé cru pour pouvoir subsister, chaque coup de fouet barbelé n'a fait que me rendre plus dure. Je ne peux pas te dire combien de fois j'ai imaginé la mort de Volos. Avant de le pulvériser, je lui demanderai de saluer son neveu de ma part. Je vois la scène si clairement dans mon esprit, t'as pas idée.

Des veines noires traversaient ses iris.

— Il faut qu'on se tire d'ici d'abord, dit Regin. Et là, tout de suite, je suis pas très optimiste sur nos chances de réussite.

— Tu te sens abattue parce que tu ressasses ce que Chase t'a fait, alors que tu devrais penser que tu vas bientôt l'obliger à *céder*. Allez, Regin, dis-moi. Comment est-ce que tu le tuerais ?

Regin serra les dents et se redressa pour s'asseoir.

— Un coup d'épée du gosier jusqu'aux couilles. Juste assez profond pour le tuer, mais pas trop vite. Qu'il ait le temps de comprendre et d'avoir peur, naturellement.

— Naturellement. Et Fegley ?

— Je lui couperais les parties, puis je lui percerais la fémorale.

— Et pour Dixon ?

Regin commençait à apprécier ce jeu.

— Je la forcerais à avaler des lames de rasoir pour qu'elles la découpent de l'intérieur.

— Ah, ça commence à devenir intéressant ! La célèbre et fière Valkyrie refait surface, je la vois. Réfléchis, Regin. La vengeance est à notre portée. Faisons un pacte : promettons de nous aider l'une l'autre à prendre notre revanche.

— Ça marche.

D'un revers de manche, Regin s'essuya les yeux.

— Natalya ?

— Oui ?

— Cette petite conversation m'a fait du bien.

30

Quelques heures plus tard, Declan concéda sa défaite face à Slaine. Mais ce n'était que momentané. Même si le démon méprisait Carrow, qui l'avait attiré dans les filets de l'Ordre, il la désirait toujours. Il était même convaincu qu'elle était la compagne que le destin lui réservait.

Je vais me servir de ça. Menacez celle qui occupe le cœur d'un homme, et il fera tout ce que vous voudrez.

C'est pitoyable, songea-t-il, même s'il redoutait sa réaction au cas où quelqu'un pointerait sa lame sur la gorge de Regin.

Dans le couloir, il remarqua une nouvelle fois que Dixon évitait son regard, se détournait même pour ne pas lui faire face. Un peu plus loin, il croisa un Fegley narquois, frottant sa matraque dans le creux de sa paume.

Vincente était introuvable, alors qu'il avait de toute évidence quelque chose à lui dire. En regagnant ses appartements, Chase sentit l'inquiétude le gagner.

Assis devant sa console, il alluma l'écran et se brancha sur la cellule de Regin. Elle était recroquevillée sur le lit du bas, dos à la caméra. Sa codétenue fey allait et venait dans la petite pièce.

On frappa à sa porte. Webb entra.

— Tu auras plus de chance la prochaine fois, avec Slaine.

Son ton était étrange, son expression presque... coupable.

Même Webb se mettait à être bizarre ? *Faut que je réduise les doses.* La paranoïa le tenait à la gorge.

— J'ai besoin d'emporter l'anneau du vampire sur le continent, pour des examens complémentaires, dit Webb. Et je dois transférer un prisonnier, aussi. Malheureusement, il faut que je parte ce soir, avant que la tempête n'arrive sur nos côtes.

Declan n'écoutait qu'à moitié, gardant un œil sur l'écran. La peau de Regin brillait-elle moins ?

— L'anneau est dans mon coffre.

— Je l'ai déjà pris.

— Quel prisonnier devez-vous transférer ?

— La détenue que tu es en train de regarder.

Au moment où Webb disait cela, Regin se retourna sur son lit, révélant une rangée d'agrafes sous le bord de son tee-shirt.

Vivisection.

La pièce se mit à tourner autour de lui.

— Quoi ? La Valkyrie a été...

— Examinée ? Bien sûr. On a fait ça pendant que tu te reposais, aujourd'hui. J'espérais lui faire quitter la prison avant que tu en aies terminé avec le démon.

Webb soupira, puis reprit :

— Mais je n'ai jamais réussi à te cacher quoi que ce soit. Enfin, pas grand-chose, en tout cas.

Declan se leva d'un bond.

— Non. Elle n'était pas programmée pour l'examen, dit-il lentement. Une autre créature était prévue.

— Mais j'ai décidé de la faire examiner avant son transfert.

Declan se laissa tomber contre la console et rembobina la bande correspondant à la salle d'examen. Quand il lança la vidéo, Regin, attachée sur la table d'opération, venait de se réveiller.

Il ne put que regarder, horrifié, le cœur battant, au bord de l'implosion.

Cet examen avait été pratiqué des centaines de fois sur son ordre, mais il n'avait jamais vraiment compris...

Lorsqu'ils ouvrirent Regin, sans anesthésie, elle se mit à hurler, se tordant pour tenter de se libérer. Les larmes roulèrent de ses yeux stupéfaits. Dehors, le tonnerre gronda, encore et encore, faisant trembler la caméra.

Elle avait *tout* senti.

Quand ils lui brisèrent la cage thoracique, Declan s'accrocha au bord du bureau et en écrasa le bois. Jamais il ne s'était senti aussi malade. Pas même la nuit où sa famille avait été assassinée.

Quand Regin eut perdu toute sensibilité, juste avant qu'elle ne puisse plus parler, elle supplia Chase d'arrêter tout cela. Et Fegley lui dit :

— Mais à ton avis, qui a ordonné qu'on te fasse subir ça ? Tu pensais qu'il ne se vengerait pas ?

Sale connard de menteur ! Je vais lui broyer la tête !

Dans un rugissement de fureur, Declan se tourna vers Webb.

— Pourquoi avez-vous fait ça, nom de Dieu ? Pourquoi ? hurla-t-il.

Il ne reconnaissait plus sa propre voix. *Elle m'a appelé en pleurant, pour que je la sauve...*

— Allons, allons... calme-toi, dit Webb d'un ton mal assuré.

Il a peur de moi.

Il a raison.

— Il ne s'agit que d'un examen sur des milliers. Pourquoi te formalises-tu pour une *detrus* qui a cherché à te tuer ?

Non, elle m'a arrêté avant que je l'embrasse.

— Elle t'a ensorcelé. Ce soir, je lui fais quitter l'île, pour que tu puisses te défaire de ce sort. Je vais régler ce problème comme j'ai réglé le dernier.

Webb se passa une main sur le visage. Il semblait soudain beaucoup plus vieux que son âge.

— Ensuite, tu reprendras ta vie où tu l'as laissée. Au service de l'Ordre.

Declan se sentit pris d'une rage meurtrière, à laquelle s'ajouta très vite un sentiment de désarroi. Car il voulait tuer l'homme qu'il considérait jusque-là comme un père.

— Tu as envie de me faire du mal, n'est-ce pas, fils ? Après tout ce que j'ai fait pour toi ? Ne vois-tu pas que tu es victime d'un sortilège ?

Ce n'était pas un sortilège. *Sauf si Regin me l'a jeté quand j'étais encore un enfant.* Il avait attendu toute sa vie...

— Répondez-moi ! Pourquoi avez-vous ordonné qu'on lui fasse cela ?

— Nous devons découvrir les points faibles des Valkyries. Elles pourraient s'avérer plus dangereuses pour l'Ordre que les autres factions du Mythos. D'ailleurs, cette chose luminescente cherche déjà ta mort. Passe la bande sur laquelle on la voit discuter avec son amie la sorcière.

Declan obtempéra, même s'il imaginait sans difficulté ce qu'elle avait pu dire.

Il vit les gardes traîner Regin devant la cellule de Carrow. La peau de la Valkyrie était grisâtre, ses jambes ne la portaient plus. Declan distingua les agrafes, au-dessus du col de son tee-shirt, et plus bas, sur son ventre plat.

La bile monta dans sa gorge.

— Carrow... C'est... c'est toi ? demanda-t-elle en toussant du sang. J... je ne vois pas...

Carrow avait bondi jusqu'à la paroi vitrée.

— Je suis là !

— Tue-le, sorcière ! Jette un sort à Chase. C'est lui qui a ordonné ça. C'est Aidan le Fier. D... dis-le à mes sœurs.

Declan se mordit le poing.

Regin avait eu raison de vouloir le tromper et de faire tout ce qu'elle pouvait pour s'évader. *Qu'espérais-tu que je fasse exactement, Chase ? Que j'attende gentiment mon tour pour la torture ?* Elle savait quel sort lui était réservé.

Et je ne l'ai pas protégée.

— Fils ?

Webb reculait, et Declan s'aperçut soudain que c'était parce qu'il marchait vers lui d'un pas menaçant.

— Je comprends ce que tu ressens, dit Webb en grimpant les quelques marches du niveau suivant. Il est peut-être temps pour toi de savoir contre quoi tu te bats, pour comprendre pourquoi tu éprouves cette attirance pour elle.

— De quoi voulez-vous parler ?

— Fils... tu es... tu es un berserk.

— Vous saviez donc... Depuis combien de temps ?

— Nous avons su dès le début que tu étais différent. Tu as tué deux néoptères avec une batte de base-ball quand tu avais à peine dix-sept ans. Dixon ne l'a compris que très récemment, après avoir étudié le berserk que nous avons capturé. Tu es toujours mortel, mais tu as des marqueurs clés en commun avec lui.

Je suis de leur monde.

— Mais si vous saviez que j'étais différent...

Il se tut. Soudain, tout s'éclairait.

— C'est vous qui m'avez envoyé Dixon pour m'aider à camoufler mes symptômes !

Comme Webb ne niait pas, il reprit :

— C'est vous qui lui avez demandé de me shooter pour que vous puissiez me contrôler, pour que je reste un bon petit soldat ?

— Les choses ne se sont pas passées comme cela, fils. Elle a suggéré… un régime médical amélioré, et j'ai accepté. Et cela avait l'air de te convenir.

— Vous avez pourtant vu à quel point j'ai eu du mal à me désintoxiquer, la première fois ! Pourquoi ne pas m'en avoir parlé et m'avoir laissé chercher une autre solution ?

— Je voulais te protéger. Tu avais déjà eu plus d'obstacles à surmonter que n'importe quel autre jeune homme. J'ai eu peur que la découverte de ta vraie nature ne te mette en miettes.

Avant Regin, c'était le risque, oui. Declan fronça les sourcils. *Les mâles de cette espèce… enfin, de* mon *espèce n'ont qu'une partenaire, que le destin leur attribue.*

Toute sa vie, il s'était demandé après quoi il courait, y pensant chaque seconde. Cela avait failli le rendre fou.

Declan ouvrit la main avec laquelle il avait brisé le carrelage de la douche. Enfin, il pouvait cesser de se poser la question. Regin était sienne. C'était elle qui lui était destinée, qu'il devait posséder et protéger. Il leva les yeux vers Webb. Cet homme avait fait souffrir sa femme. L'avait mise hors de sa portée, peut-être à jamais.

— Vous vous êtes forcément demandé si la Valkyrie n'était pas ma femme. Et pourtant, vous lui avez fait subir ces horreurs ?

— Hé, attends une minute ! Tu m'avais dit que tu avais surmonté ton obsession. Si je me souviens bien, tu l'as même traitée de salope. J'étais censé lire dans tes pensées, peut-être ?

— Arrêtez de raconter des conneries ! Pourquoi me cacher tout ça, alors ? Pourquoi me faire quitter l'île ?

— Les Valkyries sont une réelle menace. Si nous voulons développer une arme contre elles, c'est grâce à ce sujet que nous y parviendrons. Nous devons trouver le moyen d'empêcher les Valkyries de générer de l'énergie.

Nous avons un début de solution, mais il nous faut la tester sur elle.

— Ce *sujet* ?

Declan se rua en avant, saisit Webb à la gorge.

— Ce sujet est ma femme !

Et elle a pleuré pour que je lui vienne en aide…

Le regard de Webb se teinta de peur. Il voulut parler, mais Declan serra plus fort.

J'ai aimé cet homme comme un père ?

Soudain, il y eut une saute de courant, les lumières vacillèrent. *Ma putain de taule n'a pas de saute de courant.*

La radio de Webb crachota :

— Commandant, nos réseaux de sécurité captent des interférences étranges. On pensait qu'il s'agissait encore de la foudre de la Valkyrie, mais c'est autre chose…

Encore la foudre de la Valkyrie… Les éclairs qu'avait provoqués chaque coup porté, chaque mutilation. *Et moi, je dormais, chargé jusqu'à la gueule, pendant que Dixon la charcutait.*

Sur l'ordre de cet homme. *Punis-le.* Il serra plus fort.

La radio cracha encore :

— Commandant Webb ? Quelque chose approche.

Declan sentit la pression augmenter, comme si l'air devenait plus lourd. Mais il ne pensait qu'à éliminer cet homme.

— Elle est à moi. Personne ne touche à ce qui m'appartient. Vous ne l'emmènerez pas. Je la protégerai, dussé-je y laisser la vie.

Regin n'avait pas cherché à détourner Declan de son objectif. *Elle est mon objectif.*

— Commandant, nous avons besoin de votre autorisation ou de celle du maître Chase pour déclencher une alerte roug…

— Aaaaannnnneauuuuuu ! hurla une créature.

Jamais il n'avait entendu un cri pareil.

Les paroles de Lothaire à propos de l'anneau lui revinrent à l'esprit. « Elle arrive, elle arrive. Et elle va vouloir le récupérer. » Il avait décrit une créature purement maléfique, qui s'abattrait sur eux...

Cette nouvelle menace fit diversion. La fureur de Declan s'atténua. Faisant appel à ce qui lui restait de sang-froid, il lâcha prise. Webb recula en titubant. Il sifflait plus qu'il ne respirait et se frottait le cou.

Declan lança le code, puis se tourna vers lui.

— Hors de ma vue. Prenez l'hélico et disparaissez. Immédiatement. Avant que je ne finisse ce que j'ai commencé.

Une sirène se mit à sonner. Les lumières vacillèrent de nouveau, puis s'éteignirent complètement. Aucun groupe électrogène ne se mit en marche, aucune lumière de sécurité ne s'alluma. Bientôt, la sirène se tut.

Ténèbres. On n'entendait plus que les bourrasques d'un vent de plus en plus violent, dehors.

Une force inconnue avait mis en échec tous les systèmes de sécurité, et les systèmes censés les seconder.

Webb se dirigea vers la sortie de secours en se frottant la gorge.

— Je m'en vais. Mais souviens-toi : tu as une cible dans le dos. Toutes les créatures qui se trouvent ici veulent ta peau.

C'est pour ça que je vais les laisser dans leurs cages.

Declan croisa le regard de Webb et devina, à l'expression qu'il y trouva, que ses propres yeux scintillaient.

— Si je vous revois, je vous bute.

— Alors que je t'ai sauvé la vie ? J'ai été un père pour toi pendant plus de vingt ans.

— Et c'est pour cela que vous êtes encore en vie.

Trois coups résonnèrent successivement. L'abaissement des portes blindées des trois ailes du bâtiment s'était déclenché, scellant les trois couloirs qui menaient aux cellules. Webb et Declan savaient tous deux ce que cela signifiait : au moins une cellule avait été ouverte sans autorisation.

L'abaissement des portes blindées déclenchait la destruction de la prison, sur une séquence d'une heure, qui ne pouvait être interrompue que par un officier *après* que le bâtiment avait été sécurisé.

— Es-tu en mesure de sécuriser l'établissement ? demanda Webb à Declan.

Il devait essayer. L'ouverture non programmée d'une cellule était considérée comme une situation extrêmement critique. Il n'y avait pas d'évacuation du personnel possible. S'il échouait, tous les êtres présents dans la prison, détenus ou pas, mourraient dans l'explosion.

Declan régla sa montre et courut jusqu'à son armurerie. Il enfila un gilet pare-balles, puis son double holster, équipé de ses deux Glock. Après avoir attaché son épée à son côté, il attrapa deux fusils d'assaut MK17 et prit des boîtes de balles antiblindage.

Il se tourna vers la porte, prêt au combat.

Au moment où il sortait, Webb lui lança :

— Si tu m'envoies un message radio avant la fin de la séquence, je couperai le compte à rebours à distance. Bonne chance, fils.

Declan se raidit et répondit sans se retourner :

— Je ne suis pas votre fils.

31

— Aaaaannnnneauuuuuu !

Regin se rua vers la paroi vitrée en grimaçant – *ignore le fil de fer, ignore les agrafes* – pour examiner le couloir plongé dans l'obscurité.

— Qu'est-ce qui se passe, Nat, à ton avis ?

Quelques instants avant que l'électricité ne s'éteigne brusquement, elle avait entendu un hurlement de fureur, avait cru qu'il s'agissait de Chase. *Eh oui, mon gars. J'ai survécu à ta petite séance d'expérimentation scientifique.* Heure après heure, elle guérissait. Physiquement, du moins.

Après ce hurlement, Natalya et elle avaient senti un poids malveillant descendre sur elles et entendu un nouveau cri étrange.

Natalya la rejoignit devant la paroi vitrée.

— Je ne sais pas, mais c'est peut-être pour nous l'occasion de nous tirer.

Regin baissa les yeux sur son torse. Jusqu'où pouvait-elle aller dans cet état ? À l'extérieur, la plaie en était au stade du bourrelet rougeâtre, enflammé. Le processus de régénération avait commencé. Mais à l'intérieur, comment savoir ? Elle fit quelques mouvements, en déduisit qu'elle pouvait bouger sans difficulté. Mais la douleur, elle, était à la limite du supportable.

Et elle ne voulait pas risquer de ralentir Natalya, ni qui que ce soit d'autre.

Tandis que, dehors, la tempête redoublait de violence, le bourdonnement des conversations dans le couloir se fit assourdissant. Les détenus répétaient tous la même chose : « La Dorada. »

Regin leva les yeux au ciel.

— Mais c'est quoi, c'est qui, cette Dorada ? Ça me fait penser à une chips, moi...

— Aaaaannnnneauuuuuu !

— Une chips qui serait vraiment très en colère.

— C'est la sorceri Reine des Ors et du Mal, murmura le changeforme qui occupait la cellule d'à côté. On dit qu'elle est venue chercher Lothaire, l'Ennemi de Toujours.

— Aaaaannnnneauuuuuu !

— Tu veux ton anneau ? hurla Lothaire, un peu plus loin dans le couloir. Alors, viens le chercher, salope !

— Hou, on dirait que Lothaire est grave dans la mouise.

Bien fait pour lui.

Le changeforme dit alors une chose qui attira l'attention de Regin.

— Au début du couloir, la Dorada a retiré les torques des autres sorceri et de quelques membres du Pravus.

— Alors, il va y avoir des évasions, dit Natalya. Dès que l'un d'entre eux sera suffisamment fort pour briser la paroi vitrée.

Regin souffla longuement, ravalant une grimace de douleur.

— Comme Portia et Ardente.

Les deux sorceri qui se trouvaient dans la cellule de Carrow, et dont on disait qu'elles étaient amantes depuis des siècles.

Portia, la Reine de la Pierre, pouvait déplacer l'Everest jusqu'à son jardin si elle avait envie de se mettre à l'escalade. Ardente, la Reine des Flammes, pouvait projeter du feu depuis ses paumes, et même se transformer en flamme. Un seul coup de sa part pouvait grièvement blesser un immortel. Un humain, ou un jeune immortel, n'avait aucune chance face à cette créature.

Carrow et sa petite cousine Ruby étaient prises au piège, enfermées avec ces sorceri. *Seigneurs, ayez pitié d'elles.*

— Volos est capable de la faire voler en éclats d'un seul coup de pied, dit Natalya.

La créature dont elle parlait mesurait au moins deux mètres cinquante et était bardée de muscles.

— Je vais pouvoir l'affronter ici. Enfin.

Le sol se mit à vibrer sous leurs pieds. Le ciment se craquela, de petites fissures apparurent.

— Tu crois que c'est ce que je crois ? demanda Natalya.

— On dirait que Portia s'est mise au boulot. Gare à tes fesses, dit Regin. Thad doit péter de trouille. Si on sort d'ici, on le prend au passage et on file jusqu'à la cellule de ma copine sorcière.

— OK.

— Portia fait sortir une montagne de rochers, annonça le changeforme.

Les vibrations s'accentuèrent.

— Si une montagne sort de terre, est-ce que ça ne veut pas dire que ce qui se trouve autour va se casser la gueule ? demanda Natalya.

— Dans le mille, répondit Regin. Et nous, justement, on est pile sur ce qui se trouve autour.

Dans le couloir, de la fumée commença à se répandre.

— Oups. Ardente a été libérée, on dirait.

Carrow parviendrait-elle à échapper à ces deux-là, avec une petite fille sur les bras ?

Un peu partout dans le couloir, on entendait le verre se briser, indiquant que d'autres créatures se libéraient.

— La Dorada arrive, murmura le changeforme. Aaah, seigneurs, la voilà…

Quelques secondes passèrent, puis la Dorada apparut. Elle était à moitié momifiée, mais trempée. Pas ragoûtante, quoi.

Regin émit un long sifflement.

— *Le Retour de la momie* croise *Des dingos m'ont bouffé la tête*.

Des bandes de gaze putréfiée pendaient du corps de la créature. Son visage était dégoulinant de pus, et il en manquait des morceaux, ainsi qu'un œil.

Autour, telle une meute de chiens, se trouvaient une dizaine de wendigos. Ils étaient aussi contagieux que les goules, mais beaucoup plus rapides, et bien plus intelligents, ce qui n'était pas compliqué. Un crachat de tuberculeux était plus intelligent qu'une goule.

— T'as vu l'or ? souffla Natalya, impressionnée.

La Dorada portait deux bijoux en or franchement cool : une couronne sur sa tête toute bosselée, et un plastron sur un alignement de côtes étonnamment intact. À chaque pas, des pétales d'or voletaient jusqu'au sol.

— Dans l'ensemble, elle est à hurler, mais je ne vais pas faire la difficile, dit Regin.

Elle donna un coup de poing dans la vitre, ignorant la douleur qui irradia jusqu'à sa poitrine.

— Hé, beauté ! Viens faire sauter mon collier, s'te plaît.

— Non mais ça va pas ? T'es folle ou quoi ? souffla Natalya.

— Qu'est-ce que tu veux qu'elle me fasse ? Qu'elle m'ouvre le torse ? Qu'elle m'enferme ? On a un pacte à honorer, je te rappelle.

Elle se tourna vers la Dorada et lança :

— Allez, quoi, ma biche, rapplique un peu tes fesses à bandelettes par ici. Et fais-moi sortir !

Elle donna un nouveau coup de poing dans la paroi. La Dorada tourna la tête dans sa direction. Son œil fixa Regin.

— Purée, c'est glauque, quand même. Écoute, Gollum, si tu me délivres, je t'aide à trouver l'élu de ton cœur.

Regin aurait juré qu'en cet instant, la bouche de la sorceri s'était ouverte sur un sourire édenté. Puis la créature s'éloigna.

— Non, non, non ! hurla Regin. Je vais devenir très méchante, là ! Tu peux pas me refuser un coup de main !

Mais elle avait disparu, abandonnant Regin et Natalya à leur triste sort, avec leur torque autour du cou, et les soldats du Pravus qui déboulaient. Une fois les humains éliminés, ils viendraient affronter leurs vrais adversaires.

Nous.

Sortant de son antre, Declan pénétra dans le bâtiment où se trouvaient les labos et évalua la situation d'un regard.

Au bout du couloir, devant la cloison blindée de plusieurs tonnes, une trentaine de soldats avaient installé une barricade secondaire, exactement comme ils l'avaient fait lors des multiples exercices auxquels ils étaient soumis.

Pour la lumière, ils avaient improvisé, éclairant le couloir à l'aide de torches électriques et de feux de détresse installés au hasard.

À l'endroit où il se trouvait, c'est-à-dire à l'opposé de la cloison blindée, des dizaines de scientifiques et autres membres du personnel, terrifiés, se serraient les uns contre les autres. Ils avaient docilement rejoint cet endroit, ainsi que l'indiquaient les consignes à suivre en cas de danger, et comme ils l'avaient fait à de nombreuses reprises lors de tests. Il lui sembla vaguement qu'ils avaient l'air soulagés de le voir.

Dixon ne figurait pas parmi eux. Si elle avait été là, il l'aurait jetée aux loups.

Vincente, le gardien loyal qui avait vraisemblablement essayé de prévenir Declan du sort réservé à Regin, n'était pas là non plus.

Mais Fegley, lui, était là. *Et je n'ai pas le temps de le tuer maintenant.*

Le besoin de défendre cet endroit brûlait en Declan. *Ma terre. Mon territoire.* Il écarta de ses pensées Regin et les révélations de Webb. S'il ne parvenait pas à sécuriser l'établissement, tout serait perdu. *Et elle aussi.*

Il pointa un doigt sur Fegley et dit simplement :

— Toi, c'est comme si t'étais mort.

L'homme fit la grimace. À la barricade, Declan s'adressa à l'officier supérieur :

— Où se sont produites les évasions ?

— Dans le couloir numéro deux, chef. Des soldats coincés derrière la cloison nous ont confirmé par radio l'ouverture d'une vingtaine de cellules. Il y a une espèce d'*ernat* inconnu, là-dedans, une créature venue de l'extérieur. Rien ne peut l'arrêter. Aucune de nos armes n'est efficace contre elle. J'ignore comment, mais elle arrive à désactiver les torques de certains prisonniers.

Impossible. Mais après tout, il était aussi impossible qu'elle pénètre dans ces lieux.

— Quels prisonniers ?

— Les plus violents, chef.

Le couloir numéro deux était celui où se trouvait Regin.

— Pourquoi n'avez-vous pas gazé le couloir ?

Chaque gardien avait sur lui des grenades de gaz innervant, et un masque spécial pour s'en protéger. Cela faisait partie de l'équipement standard.

La radio grésilla, quelqu'un hurla de l'autre côté. Declan s'empara du micro et ordonna :

— Lancez vos grenades, immédiatement !

Pas de réponse.

— Confirmez l'ordre, et exécution !

— Chef, la sorceri... soulève une... et des flammes...

Dans le fond, on entendait des cris de terreur. Des parois de verre continuaient à voler en éclats, ouvrant d'autres cellules.

— Gazez-les, bordel !

On entendit d'étranges gargouillis, puis ce fut le chaos.

Les gardes qui entouraient Declan commencèrent à paniquer. Le sol se mit à vibrer sous leurs pieds. Et un bruit s'éleva, un bruit que Declan n'aurait jamais cru entendre.

Les murs d'acier des cellules du couloir numéro deux grinçaient et gémissaient en se... pliant.

Au même moment, une force inconnue s'abattit sur la cloison blindée, entamant le métal de près de deux mètres d'épaisseur.

Les civils hurlèrent.

— Si la cloison cède, feu à volonté, ordonna Declan.

Les gardes empoignèrent leurs armes – fusils d'assaut, fusils-mitrailleurs, lance-grenades.

Lui-même arma son fusil et l'épaula.

Les hommes qui l'entouraient étaient des soldats endurcis, choisis par l'Ordre, mais ils savaient ce qui les attendait s'ils tombaient aux mains de ces ennemis.

Un sort pire que la mort.

De nouveau, un coup d'une puissance inimaginable s'abattit sur la cloison, puis un autre.

— En joue...

La cloison céda dans une gerbe d'étincelles, comme une porte que l'on ouvre d'un coup de pied. Une onde de choc suivit, brouillant la vue de Declan, lui vrillant les tympans. Il y avait de la poussière et de la fumée partout.

De la large brèche s'envolèrent des démons ailés. Des cerunnos se faufilèrent derrière eux.

— Il faut les retenir ! hurla Declan en tirant sur les démons, vidant un chargeur en quelques secondes.

Il en abattit quatre, puis se rua vers la brèche, pour affronter la menace au plus près. Ses hommes le couvrirent, faisant siffler une volée de balles autour de sa tête.

Un seul coup d'œil dans le couloir lui coupa le souffle. Des dizaines de détenus avaient été libérés, la cloison blindée menant au couloir numéro deux avait été percée aussi, et... une *montagne* s'élevait en plein milieu.

Deux femelles sorceri se tenaient là. Declan reconnut Portia et Ardente, la Reine de la Pierre et la Reine des Flammes. Toutes deux s'étaient débarrassées de leur torque, ce qui signifiait qu'elles étaient en pleine possession de leurs pouvoirs diaboliques.

D'un geste de la main, Portia faisait monter l'énorme rocher.

Ardente, à côté d'elle, réduisait en fumée tous les soldats qui avaient été pris au piège derrière la cloison blindée. Un simple coup dans la poitrine, et ils ne formaient plus qu'un petit tas de cendres.

Si ce rocher continuait à monter, tous les bâtiments seraient détruits. Declan ne pourrait sauver personne.

Il ne pourrait pas sauver Regin.

Regin. Il comprenait enfin ce que ses victimes avaient ressenti lorsqu'il torturait leur moitié : le besoin irrépressible de protéger leur âme sœur.

Je dois éliminer les sorceri. Aux soldats, il lança de nouveau :

— Couvrez-moi !

Et il plongea dans l'enfer.

En traversant le chaos du combat, il comprit brièvement que les créatures qui ne portaient plus leur torque appartenaient toutes à l'alliance du Pravus.

Cet être venu de l'extérieur n'était là pour libérer qu'une seule armée.

Et maintenant, les membres du Pravus fondaient sur leurs ennemis affaiblis du Vertas.

Regin était blessée et probablement toujours prisonnière de son torque. Si la paroi de verre de sa cellule était brisée, elle se retrouverait sans protection. Et, appartenant au Vertas, elle serait prise pour cible…

Enfin, il eut suffisamment de place pour lever son fusil et viser Portia. Il pressa la détente, la maintint appuyée, mais avant que la pluie de balles n'atteigne sa cible, Ardente la fit fondre d'un jet de feu.

Puis la Reine des Flammes se tourna vers lui, le regard méchant. Une boule de feu apparut dans sa main levée. Il visa, vida un chargeur, mais elle avait déjà lancé la boule, qui arrivait sur lui à la vitesse d'une fusée.

Un coup destiné à tuer.

Touché en pleine poitrine, Declan explosa littéralement.

32

La Dorada est ici, songea Lothaire.

Ici, oui. Exactement comme il l'avait prédit.

Nïx, son ennemie jurée, voyait peut-être l'avenir, mais Lothaire, lui, était fin psychologue. Il pouvait deviner avec une très grande précision ce que les êtres du Mythos allaient faire.

Cette garce de momie était venue chercher son anneau – elle était capable de retrouver partout sur terre la trace de celui qui l'avait touché en dernier. Mais elle était aussi là pour se venger. Et elle se fichait comme d'une vieille chaussette qu'il ait travaillé pour son camp pendant la guerre entre le bien et le mal.

— Je t'avais dit qu'on s'évaderait bientôt, lança-t-il à l'intention du vémon qui se trouvait dans la cellule d'en face.

Depuis l'arrivée de Malkom Slaine, Lothaire n'avait cessé de chercher à s'assurer sa loyauté, lui expliquant patiemment l'intérêt d'avoir des alliés dans le Mythos.

Lui-même avait passé des accords avec toutes les espèces – pour le But Suprême, il était prêt à tout. Par le passé, il avait combattu aux côtés d'une Valkyrie, alors que tout ce qu'il désirait, c'était lui faire la peau, et s'était allié à diverses démonarchies qui le prenaient pour le diable en personne.

Il avait même ravalé un peu de son abondante fierté et juré fidélité à un roi vampire – qui occupait le propre trône de Lothaire.

Pourtant, même s'il était en partie vampire, Slaine détestait les sangsues. Il restait assis dans sa cellule, obsédé par sa sorcière, ourdissant sa vengeance, rejetant toute idée d'alliance avec un vampire aux yeux rouges.

Alors que je sais tant de choses de ce monde, quand Slaine en connaît si peu…

Alors qu'il était esclave à Oubli et que je vais bientôt récupérer mon royaume.

Le sol trembla sous lui. Alors, comme ça, Portia faisait sortir une montagne ? La rumeur disait donc vrai : la Dorada retirait leur torque aux détenus.

Du moins à ceux qui servaient le mal. Il savait pourtant qu'il ne pouvait espérer qu'elle lui rende ce service.

Il y eut des bruits de métal qu'on tord. Les murs se mirent à bouger, à se déformer. Le verre de la paroi ne tiendrait plus très longtemps sous une telle pression.

Peut-être pourrait-il s'échapper avant que la Dorada ne l'atteigne ?

Non. Il l'entendait approcher, déjà.

Il l'avait cherchée, s'était attiré ses foudres en connaissance de cause et ne pouvait s'en prendre qu'à lui-même. Mais pour cet anneau, il aurait tout fait – le But Suprême l'exigeait –, même s'il n'avait jamais imaginé qu'il aurait à affronter la Dorada dans cet état.

— D'une façon ou d'une autre, cette histoire prend fin ce soir, dit Lothaire en faisant les cent pas dans sa cellule, aussi prêt que possible pour ce combat si l'on tenait compte du fait qu'il portait encore son torque et qu'il mourait de faim.

Cela faisait des semaines qu'on refusait de lui donner du sang, et après la torture infligée par Chase, il ne s'était pas complètement remis – il lui manquait encore de la peau à certains endroits.

Au moins cet enfoiré lui avait-il donné du sel. Lothaire en remplit ses poches.

Tout le monde, dans le Mythos, savait que la morsure ou la griffure d'un wendigo étaient contagieuses et capables de transformer n'importe quel être, y compris un immortel, en une ordure de cette espèce. Mais on ne savait pas grand-chose d'autre, dans la mesure où peu de gens étaient sortis intacts d'une rencontre avec eux.

Pourtant, des siècles plus tôt, un magicien avait découvert l'effet du sel sur ces créatures – un magicien mort sous les crocs de Lothaire, lui transmettant malgré lui sa mémoire et son savoir.

— Je suis prêt à en découdre, Dorada ! lança Lothaire.

Quelques secondes plus tard apparut juste à côté de la cellule de Slaine un cadavre ambulant entouré d'une meute bruissante et écumante de wendigos.

La Dorada était encore plus hideuse que lors de leur dernière rencontre, à peine quelques semaines plus tôt. Il plissa les yeux. Il l'avait crue invincible, et pourtant, des marques de brûlures étaient visibles sur sa peau en décomposition. Les mortels avaient tiré et l'avaient blessée.

Pourquoi n'avait-elle pas attendu de se régénérer et de recouvrer toute sa puissance avant de venir l'attaquer ? *Elle était trop impatiente de me voir ?*

Ardente apparut alors et, d'une boule de feu, fit sauter la paroi vitrée de la cellule de Slaine. Puis la Dorada retira son torque au vémon. *C'est pas croyable !* Lothaire n'avait pas senti en Slaine un être particulièrement mauvais. Et il était rare qu'il se trompe, dans ce domaine.

Arrête tes conneries. Je ne me trompe jamais.

La Dorada glissa alors jusqu'à la cellule de Lothaire, et hurla :

— Aaaaannnnneauuuuuu !

— Mais tu sais bien que je l'ai *pas*, ta bagouze, *suka*.

La Dorada leva son bras flétri. D'un seul élan, les wendigos se ruèrent sur la paroi vitrée. Ils revinrent à la charge autant de fois que nécessaire, répandant sang et mucus contagieux, si bien que chaque éclat de verre en était couvert lorsque la paroi céda.

L'odeur qui se répandit alors dans la cellule – les puanteurs mêlées des wendigos et de la Dorada – faillit le faire défaillir.

Mais au moment où les créatures chargèrent, Lothaire plongea les mains dans ses poches et leur jeta du sel. Sur leur peau décharnée, les grains provoquèrent aussitôt d'intenses brûlures, à la manière du soleil sur la peau des vampires.

Il visa leurs visages, pour les aveugler. La chair putride se mit à fumer, mais les wendigos continuèrent d'avancer.

Il évita leurs griffes aiguisées comme des couteaux, donna des coups de poing, en envoya plusieurs au tapis. Mais d'autres arrivaient et attaquaient de nouveau.

Du coin de l'œil, il aperçut Slaine, qui escaladait les gravats des murs de sa cellule.

— Slaine ! lança-t-il. J'ai besoin d'un coup de main, là.

La Dorada se tourna vers le vémon et hurla :

— Aaaaannnnneauuuuuu ?

Slaine secoua la tête et s'éloigna à grands pas.

Si tu n'es pas avec moi, tu es contre moi, pensa Lothaire en repoussant une nouvelle charge des wendigos. *Tu as pris la mauvaise décision, là…*

Sans relâche, il lança du sel sur les créatures enragées. Mais, sous ses pieds, les tremblements du sol s'accentuaient, à tel point qu'il avait du mal à garder l'équilibre.

Au-dessus de sa tête, le plafond se tordit, se fendit. Le bâtiment tout entier menaçait de s'effondrer. Il menait un combat perdu d'avance.

Soudain, sous les pieds des wendigos, une faille apparut, s'élargit... Cinq wendigos disparurent dans le trou béant. Les autres s'accrochèrent aux bords du gouffre, s'agrippant aux tiges d'acier qui renforçaient le béton.

Lothaire leur écrasa les doigts à coups de botte, les faisant tomber les uns après les autres.

De l'autre côté du trou, la Dorada lui hurla quelque chose.

— Ben t'as qu'à venir me finir, vieille bique ! hurla Lothaire en retour.

Mais il sentait ses muscles faiblir. Son corps avait été mis à mal par les wendigos... C'était donc ainsi que finiraient les choses ?

La Dorada allait le retenir loin de ce qu'il désirait si ardemment ? Tous ces siècles de lutte, tous ces sacrifices...

À cette pensée, la fureur monta en lui, courut dans les veines où avait autrefois coulé du sang royal. *Pense à elle. Si jeune, si belle. Pense à ces yeux innocents te regardant avec une peur délicieuse*.

Un voile rouge descendit sur ses yeux. Le sol trembla une nouvelle fois. Au bord de la faille, la Dorada vacilla.

Rassemblant ses dernières forces, il courut jusqu'au bord et sauta vers une petite plate-forme rocheuse qui s'était formée juste en dessous d'elle. Rapide comme l'éclair, il referma la main sur la cheville de la Dorada, poussa un rugissement et tira.

La Dorada cria et tomba sur le dos. Se tenant par le bout des doigts d'une main, Lothaire tira et tira encore, luttant contre cette incroyable puissance.

Enfin, elle plongea, passant par-dessus la plate-forme. Mais, dans sa chute, elle se rattrapa à la jambe droite de Lothaire, y planta ses griffes.

— Rejoins tes chiens, salope ! dit-il en lui donnant un coup de pied qui lui écrasa la moitié du visage.

Un autre coup fit sauter son unique œil.

Un dernier…

La Dorada disparut dans le vide. Son cri résonna longtemps… puis ce fut le silence. Ce trou devait faire des centaines de mètres de profondeur.

Le soulagement de Lothaire fut de courte durée. Les parois de la faille commencèrent à se rapprocher, comme une bouche qui se refermait. Une bouche avec des tiges d'acier en guise de dents…

Il fallait qu'il remonte sur le bord. Couvert de sueur, voyant trouble, il tenta de sauter pour attraper les tiges d'acier les plus proches de la surface. Plus haut… plus haut…

Raté.

Alors, il tenta d'escalader. Mais ses muscles étaient épuisés, avaient soif de sang. Il allait lâcher prise.

Un doigt glissa. Puis un autre…

33

Partout, on se battait. Sous les yeux de Regin et de Natalya, mais hors de leur portée.

La montagne continuait à s'élever, et tout le bâtiment tremblait. Les parois vitrées d'autres cellules cédaient à la pression, mais la leur tenait bon.

Tout ce qu'elle et la fey pouvaient faire, c'était regarder le chaos sur le pas de leur porte. Toutes les créatures du Vertas avaient leur torque, mais toutes celles du Pravus s'en étaient débarrassées.

Regin posa ses paumes sur la vitre.

— Allez, coach, fais-moi entrer sur le terrain…

— J'ai super envie de jouer, putain, poursuivit Natalya.

Des groupes de changeformes s'affrontaient, mammifères vertas contre amphibiens pravus. Des démons ailés parcouraient le couloir, tirant des humains vers des coins sombres pour les violer à plusieurs, tandis que des hordes de vampires se nourrissaient sur eux. Volos apparut soudain, sa crinière brune attachée en une queue-de-cheval, ses sabots couverts de débris cartilagineux.

À quelques mètres de là, cinq succubes affamés avaient jeté leur dévolu sur Uilleam MacRieve. Ils n'avaient plus de torque, ce qui signifiait qu'ils étaient au bas mot cent fois plus puissants que le Lycae. Ils attaquèrent ensemble et le plaquèrent contre la vitre de la cellule de Regin.

— Brise la paroi, MacRieve !

Il donnait des coups de poing, mais les succubes esquivaient toutes ses attaques et répondaient par des caresses.

— Chuis un peu occupé, là, Valkyrie !

Il luttait comme si sa vie en dépendait, rugissant, se démenant dans tous les sens.

— C'est bizarre, murmura Regin à Natalya. La plupart des mecs que je connais ne se débattent pas pour échapper à ces traînées.

Les succubes savaient rendre les hommes fous de désir.

— S'il tombe sous le charme, je te jure, je regarde ailleurs, moi, reprit-elle.

— Je suis sûre que s'il se bat, c'est parce qu'il a déjà trouvé sa moitié.

Regin se rembrunit. Si c'était le cas, coucher avec une autre femelle le détruirait, même dans ces circonstances.

Les succubes étaient les plus forts, et ils finirent par plaquer MacRieve – un Lycae dans la force de l'âge – sur le sol. Quel choc ce devait être pour lui…

Quand l'une des femelles lui arracha son tee-shirt, il lui cracha au visage.

— Sales putes ! Allez pourrir en enfer !

Sous ses mains, Regin sentit la vitre bouger. Elle se fendit en plusieurs endroits.

— Natalya, à trois, on fonce dedans. Fort. Toi, plus fort que moi, rapport à mes coutures et tout ça.

Nataly hocha la tête, et elles reculèrent toutes les deux jusqu'au fond de la cellule.

— Un… deux… trois !

Elles coururent, donnèrent un violent coup d'épaule dans la vitre. La paroi explosa, et elles passèrent à travers. Sous le choc, des éclats de verre furent projetés dans le couloir, déchirant les succubes au passage.

Toujours allongé sur le sol, MacRieve ne fut presque pas touché. Il se releva d'un bond et termina le travail, tranchant la gorge des cinq succubes d'un coup de griffe.

— Tous mes remerciements, Regin.

Slash !

— Et à ton amie, aussi.

Slash !

— *De nada*, loup-garou, répondit Regin en regardant autour d'elle, à la recherche d'une épée, d'un bout de tuyau en plomb, de n'importe quoi.

Natalya s'empara de morceaux de verre assez grands qu'elle glissa dans les manches de son blouson, pour plus tard. Puis elle en ramassa d'autres, un peu plus petits, qu'elle plaça entre ses doigts, prêts à être lancés.

La mitraillette d'un gardien mort attira l'œil de Regin. Plaçant le pied dessus, elle la releva et l'attrapa.

— Tu t'es déjà servie d'un de ces trucs ? demanda Natalya.

Les êtres du Mythos les considéraient avec mépris. Ces armes étaient si ridiculement *humaines*...

— Écoute, j'ai vu *Terminator*... Ça doit pas être bien compliqué, si ? Maintenant, il faut trouver Tigrou !

— Hou là, intervint MacRieve. Tu vas où, comme ça, Valkyrie ? La sortie, c'est de l'autre côté. Je vais vous aider à y arriver saines et sauves.

— Laisse tomber. On a quelqu'un à trouver par là.

Il pointa un doigt dans l'autre direction.

— Et moi par là. Bonne chance, les filles.

Et il s'en alla.

Natalya et Regin coururent aussi vite que les blessures de cette dernière le leur permettaient. Tout en cherchant Thad, Regin s'efforçait aussi de repérer Fegley, Dixon, et surtout Chase.

— Là ! C'est pas lui ? Au bord de ce grand trou ? dit-elle en désignant le fond du couloir.

À travers la fumée, elle n'était pas sûre.

Natalya écarta ses cheveux de son visage.

— Si, c'est lui. Attends... Mais qu'est-ce qu'il fait ? C'était pas la cellule de Lothaire, ça ?

— Si. Et c'était là que la Dorada se dirigeait.

Elles tentèrent d'attirer l'attention de Thad, mais trop de gens se battaient, partout.

— Nat ! Va le chercher ! Vite, je te couvre !

— C'est parti !

Natalya fonça droit devant, suivie de Regin qui peinait un peu. Le sol était de plus en plus irrégulier et s'effondrait ici et là, comme s'il faisait des bulles qui éclataient les unes après les autres. Des poutres en feu commençaient à tomber du plafond.

Pourtant, malgré le chaos et le bruit, les oreilles de Regin se mirent soudain à bouger. Elles captaient quelque chose.

— On a de la compagnie ! lança-t-elle à Natalya.

Des changeformes pravus avaient senti leur odeur et suivaient leur trace.

En quelques instants, elles furent encerclées par le rebut du Mythos, une collection variée de créatures aux yeux de vipère, à la langue fourchue et au corps couvert d'écailles. Certaines avaient des dents de crocodile et la peau blindée.

Regin arma sa mitraillette et la plaqua contre sa hanche.

— Franchement, c'est pas une bonne idée, leur lança-t-elle. Je vais vous réduire en bouillie avec ce truc.

Le plus grand changeforme éclata de rire. Un éclat de verre lui coupa la jugulaire aussi sec. Natalya. Regin visa et pressa la détente. Les balles sifflèrent.

Elles déchiraient les torses, entraient là-dedans comme dans du gruyère, coupaient les corps en deux.

— Hou ! Ça me plaît ! hurla Regin. Gare à vos couilles !

Quand il n'y eut plus une seule créature debout, la douleur vrillait le torse de Regin, et ses oreilles sifflaient. Considérant son fusil fumant, elle se dit qu'elle était un peu amoureuse de lui.

— Allez, on y va ! dit Natalya.

— Attention, derrière toi !

Volos venait d'apparaître, leur coupant la route, si imposant qu'il occupait toute la largeur du couloir.

— Vous avez tué cette méchante femme, monsieur.

Lothaire leva les yeux. Un jeune garçon était penché par-dessus le bord et regardait dans la faille. Lothaire n'avait aucunement tué la Dorada, il avait juste gagné un peu de temps.

— Je vous ai vu faire. On va tous s'en sortir, maintenant !

Il retint une envie de lui rire au nez en disant : « Ah bon, j'ai l'air de m'en sortir, là ? » Sa cause était plus grande que sa petite personne. Et désormais, la victoire était possible. Il avait juste besoin qu'on l'aide à sortir de ce pétrin.

Il sourit à l'immortel bien naïf qui se tenait au-dessus de lui. *Et puis, j'ai besoin de reprendre des forces, là.*

— Tu me donnes un coup de main, s'il te plaît ?

— Bien sûr.

Le gamin s'allongea sur le sol et tendit le bras dans le vide.

— Je m'appelle Thaddeus Brayden. Vous pouvez m'appeler Thad.

Lothaire prit la main que lui tendait Thaddeus, les yeux rivés sur son cou, juste en dessous du torque, les crocs déjà prêts à s'y planter.

Comme toujours, il devait faire très attention à ceux sur qui il se nourrissait – il était à jamais sur le fil du rasoir –, et plus jeunes étaient ses proies, mieux c'était.

Thaddeus le tira du trou avec une force étonnante.

— Comment vous vous appelez, vous ?

Quel genre de créature était-ce ? En général, Lothaire le devinait tout de suite, mais il ne parvenait pas à identifier l'espèce à laquelle appartenait ce gamin.

— Je suis Lothaire. L'*Allié* de Toujours.

Ce n'était pas tout à fait un mensonge. Une femme l'avait autrefois appelé ainsi.

— Bon, reprit-il. Direction la terre ferme, maintenant.

Ils s'éloignèrent du trou béant, gagnant un endroit où le sol était plus stable.

— Je suis ravi de faire votre connaissance, monsieur Lothaire.

— Je te dois une fière chandelle, mon garçon, répondit Lothaire en le prenant par les cheveux pour lui tirer la tête en arrière et exposer son cou.

— M... mais qu... qu'est-ce que vous faites ? bredouilla Thaddeus en se débattant bien inutilement.

— Et dorénavant, j'aurai aussi une dette de sang envers toi, souffla Lothaire.

Et il se pencha pour plonger ses crocs dans le cou du gamin et aspirer longuement...

34

— Non, Flicka, je t'assure que c'est pas une bonne idée de nous chercher, ce soir, lança Regin au roi centaure.

Bien sûr, il n'avait plus de torque et avait réussi à trouver non pas une, mais deux épées.

— Tu nous laisses passer, c'est tout.

Il approcha encore, agitant ses épées avec une rapidité surnaturelle, sans quitter Natalya des yeux.

— Enfin, le temps de la vengeance est arrivé.

— La Valkyrie ne t'a rien fait, dit Natalya. Laisse-la partir.

— Elle est une des chefs du Vertas. Et nous avons aujourd'hui l'occasion de vous écraser tous.

Regin ajusta calmement son arme.

— T'es une cible facile, là. Y a matière à trouer, en ce qui te concerne. Et mon nouveau passe-temps, c'est la chasse au gros gib...

Il chargea.

— Regin ! Tire ! hurla Natalya.

— Je vais le fumer ! hurla la Valkyrie.

Elle pressa la détente. Rien.

Elle cogna l'arme contre son genou levé, réessaya. *Et merde.*

Volos fondit sur elles, toutes épées dehors. Une tonne de centaure mâle très, très en colère.

Regin esquiva l'assaut et lui jeta son arme – qu'il trancha d'un coup d'épée. Natalya lui lança six tessons de verre, qui se plantèrent dans ses flancs, mais il ne sembla même pas les sentir.

La fey poussa un hurlement et se jeta sur le flanc du centaure, qu'elle larda de coups de griffes empoisonnées. Le centaure ne réagit même pas.

Et Regin comprit pourquoi. Le torque avait neutralisé tous les pouvoirs de la fey, poison compris.

Stupéfaite, Natalya resta bouche née, tandis que Volos, après une ruade, fonçait sur Regin.

Le feu. Sur moi ? Réveille-toi…

Declan se força à ouvrir les yeux, à quitter les ténèbres.

Merde ! Son gilet pare-balles – qui lui avait sauvé la vie – était en feu. Il se redressa et s'en débarrassa.

Il examina les alentours, à la recherche des sorceris, mais celles-ci avaient déguerpi, certaines, sans doute, de l'avoir tué.

Pendant qu'il était inconscient, la montagne de la Reine de la Pierre s'était élevée jusqu'à ébranler toute l'infrastructure de la prison. Alors, il comprit. Il n'était plus question de contenir les détenus, ni de reprendre le contrôle de l'établissement. Le bâtiment était sur le point de s'effondrer. Il n'y aurait pas de compte à rebours à interrompre, pas d'autodestruction à empêcher.

Combien de temps restait-il avant que la séquence arrive à son terme ? Il regarda sa montre. Moins de trente minutes.

Moins de trente minutes pour mettre Regin en sécurité, et une seule option merdique possible.

Dès qu'il se leva, les créatures alentour le regardèrent, oreilles ou nez aux aguets. Des regards fondirent sur lui.

— La Lame, entendit-il murmurer. C'est le Maître.

Ils attaquèrent. Declan arma son fusil et ouvrit le feu, vidant un nouveau chargeur.

Ils étaient trop nombreux. Pas le temps de recharger. Il remit son fusil sur l'épaule, sortit son épée et se tailla un chemin en direction de la cellule de Regin.

Il ralentit soudain, pencha la tête. Un cri. *C'est la voix de Regin.*

Par-dessus le pandémonium, les rugissements et les explosions, sans savoir comment, Declan l'avait entendue.

Il se remit en route, évitant les ennemis plutôt que de les affronter. Bientôt, le bruit autour de lui sembla s'assourdir, et il n'entendit plus que les battements de son cœur.

Son corps se mit à changer. Le sang pulsait vers ses muscles, qui l'absorbaient comme des êtres assoiffés et grossissaient, se développaient.

Et il comprit enfin ce qui lui arrivait. La fureur sacrée. *Une bête se réveille en moi.*

Pour la première fois de sa vie, il ne résista pas, s'abandonna à cette force. Jamais il n'avait senti ainsi cette transformation. *Parce que je n'ai jamais fait ce pour quoi je suis fait.*

La protéger.

Lothaire s'écarta du gamin et cracha le sang qu'il avait dans la bouche.

Du sang qui était en partie vampire, mais mélangé à quelque chose qu'il ne parvenait pas à identifier. Lothaire n'était pas souvent surpris, mais là, un peu quand même.

Nous ne buvons pas au cou des nôtres ! Maintenant Thaddeus à bout de bras, il le fit tourner devant lui.

— Mais t'es quoi, toi ? dit-il en le secouant. T'es quoi ?

Le gamin le fixa avec un regard de chouette.

— On… on m'a dit que j'étais un vampire.

Lothaire cracha une nouvelle fois.

— Eh bien, « on » n'a résolu qu'une moitié de l'énigme, dit-il en le lâchant d'un air dégoûté, les crocs affreusement douloureux.

— Vous… vous allez me mordre encore ? demanda Thaddeus, le visage tourné vers le chaos qui régnait un peu plus loin.

Lothaire chercha dans la même direction une autre victime.

— Tu peux me considérer comme insensible à ton charme.

Et il s'éloigna. Devant lui, on s'écartait précipitamment.

— Euh… bon, ben, d'accord. Je vais vous suivre, si ça ne vous dérange pas. Je vous laisse… ouvrir la voie.

— Tu es aussi insignifiant qu'une mouche, en ce qui me concerne, répondit Lothaire sans ralentir.

— Je vais prendre ça comme une réponse affirmative… On va où, alors ?

— Trouver la Lame, répondit Lothaire d'un ton absent.

Et mon anneau. Enfin. Il prit la direction du bureau de Chase.

Quand des goules les assaillirent, il les élimina sans sourciller. Toute créature suffisamment stupide pour s'attaquer à lui le payait de sa vie.

Le gamin commençait à le considérer avec vénération.

Et c'était bien normal.

— Attendez, monsieur Lothaire ! lança Thad en courant derrière lui. Il y a mes copines, là-bas ! Enfin, c'étaient mes copines. Peut-être qu'elles voudront me tuer, maintenant que je suis un vampire, et tout. Mais elles sont en train de se battre contre ce machin immense, là, moitié cheval, moitié homme. Est-ce que vous pouvez le tuer et les sauver ?

Par-dessus son épaule, Lothaire lui jeta un regard glacial.

— Aider une Valkyrie et une fey ?

Le gamin déglutit.

— Euh… on dirait que vous me devriez plus rien, après ?

Lothaire se tourna vers le centaure. Volos ne lui avait jamais prêté allégeance.

Celui qui n'est pas avec moi…

Regin sauta en arrière, évitant de peu les sabots de Volos, et trébucha sur un corps décapité. Natalya évitait les coups d'épée, mais il était trop rapide. *Ce n'est qu'une question de temps.*

Le regard de Regin se posa sur un autre fusil, encore entre les mains d'un gardien à terre. Elle voulut s'en emparer, mais l'homme n'était pas mort. Quand elle tira sur l'arme, il tira à son tour. De l'autre main, il retenait ses viscères.

En jouant ainsi à « Scions du bois », elle vit soudain Thad, à quelques dizaines de mètres de là.

— Tigrou ! Dieux merci, tu es vivant !

Il la regarda, eut un sourire un peu gêné.

— Euh… tu ne vas pas me tuer ? demanda-t-il.

— Bien sûr que non, gros bêta ! lança-t-elle.

Le sourire de Thad s'élargit. Et Regin vit alors en compagnie de qui il se trouvait.

Thad suivait Lothaire comme un chiot. Le gamin montra le vampire, puis, levant le pouce, fit signe à Regin que tout était OK.

— Non, Thad ! Éloigne-toi de lui !

Elle arracha enfin l'arme des mains du gardien et mit Lothaire en joue.

Clic. Clic. Vide ? *Bon sang, mais c'est pas vrai ! Je déteste les armes à feu.*

C'est alors que Lothaire se glissa derrière Volos et, d'un coup de griffe, lui sectionna les tendons des jambes arrière. Volos vacilla, ses jambes se pliant d'une étrange façon.

En un éclair, Lothaire fut devant lui, évitant les coups d'épée comme s'il savait chaque fois dans quelle direction le centaure allait frapper. Puis, calmement, il tendit un long bras et trancha la gorge de Volos. Le sang jaillit.

Quand Lothaire plaça sa main sous le flot pour en boire une gorgée, Thad s'écria, horrifié :

— Beurk, arrêtez ! C'est dégueu !

— C'est meilleur que le lait maternel, répondit Lothaire avant de s'éloigner, comme s'il s'était juste arrêté pour refaire son lacet.

Volos, toujours debout, lâcha une épée pour porter une main à sa gorge béante. Natalya en profita pour s'emparer de l'arme, avec laquelle elle trancha les mollets de Volos, qui tomba en avant.

— Tu passeras le bonjour à ton neveu ! lui lança la fey avant de lui couper la tête en poussant des cris de victoire.

Vengeance. Et d'un. Plus qu'un.

— Prends ton trophée, Nat, et on se tire.

Tandis que Natalya coupait la crinière du centaure, Regin attrapa Thad par l'épaule.

— Qu'est-ce que tu fichais avec Lothaire ?

— Il s'en va ! répondit celui-ci en montrant le vampire du doigt. Il faut qu'on reste avec lui !

— Pas question, gamin. Ce vampire, c'est les emmerdements garantis. Il est mauvais comme la gale.

— Tous les vampires ne sont pas mauvais ! Moi, je le suis pas ! Et puis, il vient de vous sauver, toutes les deux, non ? Il est suffisamment fort pour nous sortir de là. Après qu'on aura trouvé la Lame.

— La Lame ?

Regin regarda Lothaire, qui traversait le champ de bataille d'un pas décidé. On aurait dit un chasse-neige dégageant le passage. *Lothaire peut m'amener jusqu'à Chase*.

— Je vais le suivre, dit-elle en arrachant la seconde épée des mains de Volos.

— Parfait ! répondit Natalya. Mais fais gaffe, Thad. Et prends ça.

Elle lui tendit son épée, préférant caler d'autres tessons de verre entre ses doigts.

— Tu attaques d'abord, tu poses des questions ensuite. OK ?

Quand ils rattrapèrent Lothaire, celui-ci les considéra d'un œil méfiant, mais ne prit pas la peine de les éliminer.

Lorsqu'ils passèrent devant la cellule de Carrow, Regin jeta un coup d'œil à l'intérieur, mais il n'y avait plus personne depuis longtemps. Elle ne vit pas de tas de cendres, donc elle garda espoir. Brandr non plus n'était pas dans sa cellule.

Elle aperçut Chase juste au moment où Lothaire se tendit, devant elle. Le vampire continuait à se battre pour avancer dans le couloir, parvenant à éliminer des dizaines de créatures.

— Il est à moi, lâchèrent en chœur le vampire et la Valkyrie.

Lothaire se tourna vers elle, menaçant, son visage ensanglanté aussi dur que le marbre d'une statue.

— Chase reste en vie pour le moment, ou c'est toi qui y passes.

Regin levait son épée et allait entamer la discussion quand des vampires arrivèrent par téléportation et les encerclèrent.

Des vampires aux yeux rouges. Des membres de la Horde.

— Nous te cherchions, Lothaire, dit le plus grand d'entre eux. Tu pensais vraiment qu'on ne découvrirait pas que tu avais trahi le Pravus ?

— De toute évidence, l'Ennemi de Toujours s'est allié au Vertas, ajouta un autre. Voilà qu'il travaille maintenant avec une Valkyrie, une fey et un...

Il fit un geste en direction de Thad.

— Tu as libéré le roi des démons furies. Il garde le Puits avec sa reine. Personne ne peut le reprendre.

— C'est moi qui ai fait ça ? s'étonna Lothaire. Ah oui, je me souviens, maintenant.

Il parlait d'un ton nonchalant, mais ses yeux se teintaient de rouge.

Regin avait entendu dire qu'il avait libéré Rydstrom, un roi démon du Vertas et, sur le moment, s'était posé des questions sur ses motivations. Mais elle avait appris ensuite que Lothaire avait obtenu une importante contrepartie pour sa coopération : la promesse de Rydstrom de lui donner *tout* ce qu'il voudrait à l'avenir.

— Bon, on fait quoi, là ? soupira Lothaire. J'ai un truc urgent à faire, moi.

Les vampires restèrent bouche bée devant tant d'arrogance. Puis ils s'approchèrent de Lothaire, de Natalya et de Thad, trois d'entre eux s'occupant de mettre Regin à l'écart.

— Tu as massacré un si grand nombre d'entre nous, Valkyrie, dit l'un d'eux. Le moment est venu de payer.

— Nous n'allons pas te tuer, dit un autre. Pas tout de suite.

Ils glissèrent autour d'elle, la frappant puis disparaissant avant qu'elle ait pu répondre d'un coup d'épée. Le torque la rendait si lente...

D'un revers de main, un vampire lui éclata une lèvre. Elle sentit ses agrafes tirer.

Un autre coup l'envoya glisser sur le sol couvert d'éclats de verre, sur lequel elle laissa une traînée rouge.

Le troisième vampire souleva son corps inerte par le cou, la fit tournoyer au-dessus de lui et la projeta contre un mur, qui s'effondra sur elle avant qu'elle ait eu le temps de s'écarter. Son corps n'était plus que douleur ; elle se sentait perdre connaissance.

Mais les vampires n'en avaient pas fini avec elle. L'un d'eux la prit par les cheveux pour la tirer des décombres. Elle hurla.

Et, comme dans un rêve, elle entendit Chase lui répondre d'un rugissement.

Soudain, l'éclat d'une lame brilla sur la gorge d'un des vampires. Sa tête tomba à terre.

Les deux autres se tournèrent vers leur assaillant.

Chase. Juste là. Les yeux rougeoyants, le corps plus grand, plus musclé sous l'effet de la fureur sacrée.

Les sangsues se ruèrent sur lui. À une vitesse surnaturelle, il coupa la gorge de la première et saisit la deuxième par le cou. Et il serra, serra. Cette puissance brute… Les yeux du vampire sortirent de leurs orbites juste avant que Chase ne le décapite.

Puis il se jeta sur les décombres, souleva comme s'il s'agissait de plumes les blocs de béton qui la recouvraient.

— Tiens bon, Valkyrie.

Avec une douceur inattendue, il la prit dans ses bras, la serra contre lui.

— Je vais te sortir de là.

— Je te déteste.

Elle était trop faible pour lutter contre lui. *La tête qui tourne*. Perdre connaissance maintenant, avec des ennemis partout ? Son instinct de Valkyrie lui hurlait de faire attention.

— Déteste-moi autant que tu veux, mais laisse-moi te sauver la vie.

Tandis que Chase l'emmenait, elle vit que Lothaire continuait à se battre. Mais où étaient Natalya et Thad ?

Ils avaient réussi à s'en sortir ? Oui, Natalya avait mis la main sur un lanceur de charge et en menaçait tous ceux qui l'approchaient, tandis qu'elle et Thad s'éloignaient du chaos. Thad, qui cherchait Regin des yeux en criant son nom.

Regin voulut lui répondre…

— Non, Valkyrie, dit Chase en posant sa main gantée sur sa bouche, avant de partir dans la direction opposée.

Il ne la retira que lorsqu'ils se trouvèrent à l'abri.

— Pourquoi… me sauver ? demanda-t-elle.

Mais le visage dur de Chase devenait flou. Il se pencha sur elle et grogna :

— Parce que je protège ce qui m'appartient.

Et ce fut le noir.

35

Declan tenait le corps inerte de Regin d'un seul bras. De l'autre, il maniait l'épée, taillait pour eux un chemin parmi les monstres.

Toujours animé de cette incroyable puissance, il frappait sans effort dans le tas. À chaque mouvement de l'épée, une tête tombait, s'ajoutant au carnage. Partout gisaient des corps entremêlés. Des créatures répugnantes dévoraient des soldats, en violaient d'autres. Certains êtres avaient des armes, ce qui signifiait que l'armurerie de la prison avait déjà été pillée.

Baissant les yeux, il vit un bras de femme sectionné, dans une manche de blouse blanche. Les lunettes de Dixon, brisées, gisaient tout près, dans une mare de sang. Impossible qu'elle ait survécu à un tel massacre.

Donc, Vincente manquait au rapport, Fegley était probablement mort, et Dixon était en morceaux…

Le sol bougea sous ses pieds. Des rochers s'élevaient encore, des flammes jaillissaient. Toute la zone était instable, pouvait céder d'une seconde à l'autre. Il n'avait plus beaucoup de temps.

S'il trouvait un camion, il pourrait aller jusqu'à un petit terrain d'aviation, pas très loin. Il y avait là-bas un vieux bimoteur qui démarrerait peut-être. Mais la fourrière était beaucoup trop loin.

Avec un peu de chance, il resterait un véhicule dans la zone de chargement de l'entrepôt. Chase s'y dirigea, évaluant en chemin la gravité des blessures de Regin. Il y avait trop de sang pour se faire une idée précise des dégâts, mais il constata que les agrafes avaient tenu. Elle guérirait. Elle brillerait à nouveau.

J'y veillerai personnellement.

En la sauvant des vampires, il avait eu envie de hurler son droit sur elle, son devoir de protection. L'instinct qui lui dictait de la posséder, d'en faire sa femme et de la défendre grandissait en lui, et il s'y soumettait totalement. Il n'avait plus rien d'autre qu'elle, et plus aucune raison de lutter contre les sentiments qu'il éprouvait.

Je suis prêt à mourir pour la protéger. Penser cela ne le choquait pas, au contraire. Cela ne faisait que confirmer ce dont il se doutait depuis des semaines.

Arrivé à l'entrepôt, il poussa la double porte. À l'intérieur, des trous dans le toit laissaient passer la pluie, et le sol ne cessait de bouger. Il faisait sombre, mais Declan y voyait comme en plein jour. Encore un mystère résolu. Les berserks étaient nyctalopes.

Là, un camion ! Il courut dans sa direction, mais ralentit en approchant. Un morceau de poutre avait écrasé le moteur.

— Bordel de merde !

Plus que vingt et une minutes. Il fit demi-tour.

Et tomba nez à nez avec Brandr, l'épée levée.

Le berserk regarda Regin, et son visage se décomposa. Juste avant qu'il ne charge, Declan crut l'entendre murmurer :

— Il n'a pas pu compter sur moi.

Declan leva son épée, la pointa sur le berserk.

— Je ne veux pas me battre contre toi, dit-il.

Cet homme avait protégé Regin. Ce que Chase pensait de lui n'avait pas d'importance.

— Et je n'en ai pas le temps, ajouta-t-il.

Il lui sembla que Brandr grandissait, qu'une lueur vacillante brillait dans ses yeux, mais le torque l'empêchait d'atteindre l'état de fureur sacrée.

— Donne-la-moi !

— Dans tes rêves !

— Alors, nous allons nous battre…

Brandr se figea.

— Des wendigos. Tout près. Je les sens.

Des yeux rouges apparurent dans un coin de l'entrepôt, bloquant l'unique sortie. Des dizaines de créatures avançaient, les crocs sanguinolents, leurs griffes crissant sur le sol en béton.

Declan serra Regin un peu plus fort contre lui.

— Oh, putain.

Elle bougea dans ses bras, chercha à lui donner un coup de poing, mais ne se réveilla pas.

— Ouais, comme tu dis, murmura Brandr. Oh, putain.

— Nous sommes au moins d'accord sur une chose : nous voulons sauver Regin. Je te propose qu'on oublie nos différends pour tenter d'y parvenir.

— Retire ton gant, la Lame, et libère-moi de ce torque. Sinon, on n'a aucune chance.

— Je ne peux pas le désactiver.

— Et je devrais te croire, peut-être ?

— Je… je te le jure sur… le Mythos.

Si étranges fussent-ils dans sa bouche, les mots étaient sortis tout seuls.

Brandr poussa un juron.

— Si tu oses ne serait-ce que m'égratigner, Chase, je te pulvérise.

Declan posa Regin contre le mur du fond.

— Même chose, Brandr, dit-il en se retournant pour faire face à la menace.

Le plus grand des wendigos émit un son guttural, et toute la meute chargea.

Declan et Brandr se battirent côte à côte, leurs épées tournoyant vigoureusement, tranchant gorge après gorge.

— Quand tout sera terminé, dit Brandr en décapitant un wendigo dans un jaillissement de sang marron, elle part avec moi.

— Il faudra me passer sur le corps, répondit Declan en tranchant un cou à son tour.

— C'est pas un problème. Après ce que tu nous as fait, à elle et moi ? Tu veux continuer tes expérimentations sur elle, c'est ça ?

À chaque coup d'épée, Declan éprouvait le même sentiment de déjà-vu. Il savait toujours comment Brandr allait frapper, sentait à quel moment il lui fallait s'écarter pour lui permettre de frapper. Il y avait une étrange complémentarité entre eux, même s'ils continuaient à se disputer.

— Ce n'est pas moi qui ai fait ça à Regin – je n'en ai même pas donné l'ordre ! Je n'étais pas au courant.

Slaaash !

— Me prends pas pour un con !

Swiiiiip !

— C'est la vérité !

— Peu importe, la Lame. C'est arrivé sous ta direction. C'est toi qui l'as capturée. C'est toi le responsable. Putain, mec, sa peau est terne !

Le berserk avait raison. *Et c'est à cause de moi.* Il devait se racheter.

— J'essaie de la sortir d'ici vivante. Il y a un avion. Mais nous n'avons plus beaucoup de temps.

— C'est le cadet de nos soucis, pour le moment.

Pour chaque wendigo abattu, un autre semblait apparaître et s'approcher. Brandr et Declan combattaient maintenant dos à dos, avec Regin au milieu. *C'est ainsi que se battent les berserks. Dos à dos, en protégeant le trophée.*

Quand la meute s'approcha un peu plus, menaçante, et que Declan esquiva de justesse un coup de griffe acérée, Brandr lui lança par-dessus son épaule :

— Ils sont trop près. Et trop nombreux. Je vais m'occuper de Regin, et ensuite, de toi.

Declan agita frénétiquement son épée.

— On n'en est pas encore là !

Mais, au fond de lui, il savait que Brandr avait raison.

Une nouvelle fois, il esquiva un coup de justesse. Ils n'avaient plus de place pour se battre…

Soudain, dans la gorge, dans les jambes des wendigos se plantèrent des éclats de verre. Les créatures vacillèrent, cherchèrent désespérément à s'en débarrasser. Declan en profita pour plonger son épée dans quelques cous.

— On se posera des questions plus tard !

Brandr et lui profitèrent des blessures infligées aux wendigos pour les éliminer les uns après les autres. Enfin, il n'y en eut plus pour prendre la relève.

Devant un parterre de corps secoués de convulsions et de têtes aux yeux ouverts, Brandr finit par lancer :

— C'est qui, là-bas ?

De l'ombre sortit d'un pas nonchalant la fey Natalya, des tessons de verre entre les doigts, un lanceur de charge en bandoulière.

— Hééééé, salut les ennuis, murmura Brandr.

Elle hocha la tête.

— Avec un E majuscule, si tu veux bien.

Elle était suivie par le jeune halfelin tout essoufflé, le regard un tantinet halluciné, l'épée couverte de sang de wendigos, un énorme sac sur le dos. Un sac qui contenait quoi ?

— Je me trompe ou on a entendu parler d'un avion ? demanda Natalya.

Declan l'ignora, essuya son épée sur sa botte pour en retirer le sang contaminé avant de la remettre dans son fourreau, puis se baissa pour prendre Regin dans ses bras.

Elle est encore inconsciente. Quelle était la gravité de ses blessures ? *Elle a forcément fait une hémorragie interne quand le mur lui est tombé dessus.* Il ne cessait de se répéter qu'elle allait s'en sortir. Combien de fois avait-il maudit la capacité de régénération des immortels ?

— Ils ont déjà annoncé l'embarquement ? demanda la fey. Je suis membre privilégié, et je préférerais un plateau-repas végétarien.

Declan se dirigea vers la sortie avec Regin.

— Arrête tes conneries, lança-t-il par-dessus son épaule. On est complet.

Il laisserait Brandr monter à bord parce qu'il lui devait un service, mais les autres *ernats*, pas question.

La fey devint menaçante.

— Et un petit coup de jus, ça te dit, la Lame ?

Il entendit le grésillement, reconnaissable entre tous, d'un lanceur de charge que l'on arme et se retourna lentement.

— Tu n'as que quelques coups, là-dedans.

— Raison pour laquelle je ne m'en suis pas servie contre les wendigos. Et de toute façon, il ne m'en faut qu'un pour te mettre hors jeu.

Il suffirait d'un coup, effectivement, pour l'électrocuter.

— Réfléchis, Chase, continua Natalya. Si on croise d'autres créatures – et j'en connais pas mal qui veulent t'éliminer –, on pourra t'aider.

— Elle n'a pas tort, intervint Brandr. Y a encore beaucoup de wendigos dans les parages ?

— Des dizaines.

Brandr poussa un juron à mi-voix.

— Et ce truc venu de nulle part, là, la Dorada, en a amené une armée. Côté goules ?

— Des centaines.

— Alors, on a besoin d'elle, décida Brandr. Et du gamin.

— On a besoin du lanceur de charge et de rien d'autre, riposta Declan.

La fey ne cédait pas. Ils perdaient du temps.

— Il nous reste quelques minutes pour atteindre l'avion avant que cette île disparaisse. Si vous tombez en chemin, je marcherai sur vos cadavres !

Sur quoi, Declan se mit à courir, quitta l'entrepôt, traversa un immense hall plein de fumée et sortit dans la tempête.

Il pleuvait à seaux, mais cela ne ranima pas Regin. La piste vers laquelle il se dirigeait était désaffectée depuis la construction de celle que les avions-cargos utilisaient aujourd'hui pour atterrir, décharger et redécoller dans la foulée.

Une silhouette attira soudain l'attention de Chase, à la même hauteur que lui, mais à une centaine de mètres de là. C'était Vincente, qui courait main dans la main avec le succube qui l'avait séduit. Il était torse nu, et sa compagne n'avait visiblement plus faim…

À quelques mètres derrière eux, un vampire les poursuivait, épée en main, et les rattrapait rapidement.

— Vincente ! hurla Chase pour le prévenir.

Mais la tempête faisait rage, et Vincente ne l'entendit pas.

Le vampire frappa. Au dernier moment, le succube poussa Vincente sur le côté et prit le coup au bras. Vincente se retourna et tira dans le visage du vampire avec un fusil d'assaut, avant de ramasser sa compagne ensanglantée.

Declan n'y comprenait rien. *Le succube a pris le coup à la place d'un mortel.*

— Vincente ! hurla-t-il de nouveau.

Cette fois, le gardien tourna la tête dans sa direction. Leurs regards se croisèrent, et Chase lui fit un signe, mais Vincente secoua la tête. Quand Declan indiqua sa montre – *Ça va sauter, mon gars* –, Vincente fit signe qu'il avait compris et courut en direction de la forêt.

— Bonne chance, Vincente, dit Declan en poursuivant son chemin.

Au loin, il aperçut la manche à air déchirée du hangar qui claquait dans le vent.

— On y est presque, murmura-t-il à Regin.

Jusque-là, ils n'avaient croisé aucun autre *ernat* – du moins aucun qui ait décidé d'en découdre.

— Il est où, ton aéroport ? demanda la fey tandis qu'ils approchaient.

— Sous tes yeux.

— Ah bon ? C'est un hangar ou une grange ? Je suis un peu perdue, là.

Les larges portes coulissantes étaient cadenassées. D'une main, il arracha la chaîne, se surprenant lui-même. Cette force… Puis Brandr et lui tirèrent les deux battants. Dans le hangar se trouvait un vieil appareil de reconnaissance, un avion à hélice pouvant accueillir six personnes.

Brandr haussa un sourcil dubitatif.

— C'est *ça*, l'avion ?

Sans perdre de temps, Declan grimpa les quelques marches de la rampe et ouvrit la porte du Cessna.

— Il nous emmènera où nous devons aller, dit-il en allongeant Regin sur les sièges arrière, avant de s'installer dans le cockpit.

— Y a pas d'autre moyen de quitter ce rocher ?

Il y en avait un, un bateau amarré sur la côte ouest de l'île. Mais c'était encore plus loin. Y arriver à temps était impossible.

— Tu montes ou pas ?

Brandr monta et s'installa à la place du copilote.

— Nécessité fait loi, comme on dit, hein ?

La fey et l'halfelin montèrent derrière lui. Le sac à dos de ce dernier prenait tout un siège. Natalya allait fermer la portière quand elle hésita.

— Tiens, tiens, regardez qui vient nous faire un petit coucou.

Lothaire se tenait devant le hangar. Il avait deux MK17 en bandoulière et une épée couverte de sang à la main. Ses vêtements étaient troués par le feu, révélant par endroits une peau constellée de morsures et d'entailles.

— Comment t'as fait pour t'en sortir, avec tous les vampires qui sont à tes fesses ? demanda Natalya.

— Je suis bon, c'est tout, répondit Lothaire d'une voix monocorde.

— Peut-être, mais tu montes pas dans cet avion, vampire, dit-elle en armant son lanceur de charge.

Thad jeta un coup d'œil dehors.

— Laisse-le monter, Nat !

Brandr et Declan se retournèrent en même temps et lancèrent d'une seule voix :

— Hors de question !

Lothaire posa sur l'arme de Natalya un regard flou, puis pencha brusquement la tête sur le côté.

— Je me fiche bien de monter dans cet avion, de toute façon. Nous parlerons quand vous reviendrez.

Sur quoi, il fit demi-tour et sortit du hangar.

Revenir ?

— Ces vampires de la Horde, grommela Declan en démarrant les moteurs. Tous barrés.

Les deux moteurs démarrèrent au quart de tour, les hélices se mirent à tourner, et Declan garda son soulagement pour lui.

Un autre miracle ? La jauge annonçait un réservoir plein. Mais depuis combien de temps le carburant reposait-il là-dedans, Dieu seul le savait.

— C'est quoi, la distance qui nous sépare de la terre ferme ? demanda Natalya, assise sur les genoux de Thad.

— Mille deux cents kilomètres.

Brandr ravala un petit rire.

— Ce truc n'ira jamais aussi loin !

— Il y a une autre île, pas loin. La base arrière.

En fait, une piste en terre et un campement.

— Nous chercherons comment faire là-bas.

Il regarda sa montre. Il restait deux minutes avant qu'explosent les bombes incendiaires.

— Tiens, on a encore de la compagnie ! dit Thad, le visage collé au hublot. Y a des wendigos sur la piste.

Pas le temps de faire les vérifications d'usage. Declan poussa la commande des gaz, et l'avion avança en hoquetant. Une fois qu'il eut sorti l'appareil du hangar, Declan remonta le long de la piste et se positionna au plus court pour éviter la troupe de wendigos qui approchait.

Pour décoller, il lui fallait atteindre une vitesse de cent vingt kilomètres-heure. Cent vingt, avec des moteurs froids, une piste courte et de fortes bourrasques. En bout de piste, une rangée de pins pliait à l'unisson sous le vent, tel un mur mouvant. *Les éviter à tout prix.*

Les freins mis, il poussa l'accélérateur à fond, fit ronfler les moteurs, grimper les aiguilles des compte-tours. Par-dessus son épaule, il lança à Thad :

— Ça a intérêt à être important, ce qu'il y a dans ton sac, gamin !

— C'est hyperimportant !

Lâchant un juron, Declan desserra les freins, et l'appareil fut propulsé en avant. Il gagna de la vitesse, encore, encore…

À tout moment, Declan s'attendait que l'onde de choc de l'explosion le fasse dériver et partir en vrille.

— Dis donc, ils arrivent très vite, là, les arbres, remarqua Natalya.

— Putain, Chase ! hurla Brandr. Mets la purée !

— Je suis à fond, répondit-il, la gorge serrée.

Quatre-vingts. Quatre-vingt-dix.

À la dernière seconde, il tira sur le manche à balai. Le nez de l'appareil se souleva. Ils décollèrent.

— Allez. Alleeeeez… Plus haut !

Il retint son souffle. Le train d'atterrissage effleura au passage le sommet des pins. Décollage réussi.

Ils montèrent jusqu'à l'altitude minimum de sécurité, et Declan ferma brièvement les yeux.

— C'est bon.

Les trois passagers conscients poussèrent un soupir de soulagement.

— On y est arrivés ! s'exclama Thad. C'est vraiment supercool ! On a battu les wendigos ! Et c'est la première fois que je prends l'avion !

Ah non, pas exactement, songea Declan au moment où Natalya faisait remarquer à Thad :

— Réfléchis, gamin, tu l'as forcément pris à un moment. Tu es arrivé ici en avion, quand les hommes du maître t'ont enlevé – toi, un gamin de dix-huit ans – à ta mère, à ta grand-mère et à ta vie bien tranquille au Texas, ajouta-t-elle avec un regard méchant en direction de Declan.

Thad se tourna vers le hublot.

— Elles me manquent…

Puis il ajouta d'un ton léger :

— En fait, je viens d'avoir dix-sept ans.

Natalya fit une drôle de tête.

— Oh.

— Hé, Nat ! Regarde en bas !

Declan jeta un coup d'œil en direction de la prison. Ou de ce qu'il en restait.

En son centre avait poussé une montagne, qui surplombait un gigantesque incendie. Des blocs de ciment volaient dans les airs au-dessus des ruines. Malgré la pluie battante, les flammes montaient très haut. On eût dit un enfer grimpant vers le ciel.

L'œuvre de ma vie.

— On récolte ce qu'on a semé, la Lame, murmura Natalya.

Elle avait raison. Tout ce qu'il avait fait – les efforts déployés, la discipline endurée – était ce soir réduit à néant. Il n'avait plus de foyer, plus de travail. Plus de vie. Et plus un seul ami, après la trahison de Webb.

Car c'était bien une trahison, Declan le voyait clairement, désormais. *Il savait que Regin était mienne.* Et pourtant, Webb lui avait fait endurer les pires souffrances.

Il lança un regard vers Regin, toujours allongée au fond de l'appareil. Qu'allait-il faire, maintenant ? Où aller ? Il n'était sûr que d'une chose : il voulait être avec elle – et elle ne l'accepterait jamais.

— Je croyais que l'île allait disparaître, fit remarquer Brandr.

Declan jeta un coup d'œil à sa montre. La destruction de l'île aurait dû avoir lieu neuf minutes plus tôt.

— Elle aurait dû exploser.

Il examina les alentours de la prison. Pas une seule détonation. Quelque chose avait dû brouiller les systèmes de mise à feu.

— Et ça, qu'est-ce que c'est ? demanda Brandr en pointant un doigt devant eux.

Declan plissa les yeux, essuya le pare-brise d'un revers de manche. Un nuage de silhouettes noires arrivait dans leur direction. Il réduisit les gaz, descendit un peu pour les éviter, mais elles descendirent elles aussi.

Il comprit ce que c'était juste au moment où Brandr lâchait :

— Des démons ailés.

Il y en avait des dizaines. Ils attaquèrent en nuée, leurs griffes déchirant le fuselage et les ailes.

Declan tira sur le manche, faisant plonger brusquement l'appareil. L'alarme du moteur numéro un se déclencha.

Brandr s'agrippa au tableau de bord tandis que l'avion tombait en piqué.

— Qu'est-ce qu'ils veulent ?

— À mon avis, dit Natalya, ils veulent la tête du maître sur un plateau !

Le moteur numéro un se mit à faire un drôle de bruit, de la fumée s'en échappa, et il rendit l'âme. L'aile tribord était en piteux état, l'autre ne tenait plus que par un fil. Le moteur numéro deux rugissait, luttant pour garder l'avion en l'air.

Le manche se mit à vibrer violemment quand Declan tenta de manœuvrer en direction de la piste.

— On va se poser.

Mais si des pins fermaient une extrémité de la piste, un amas rocheux bouchait l'autre.

Il faut que je ralentisse. Il n'y avait rien d'autre à faire. Manœuvrer un appareil en aussi mauvais état était impossible.

Brandr le regarda avec un soupçon de compassion dans les yeux. Parce qu'un mortel ne sortirait probablement pas vivant du crash.

Et qu'aucun mortel ne mourrait avec plus de regrets que Declan. Il n'aurait plus la possibilité de se réconcilier avec Regin. Ne l'embrasserait pas. Ne la posséderait pas.

Il avait eu trop honte de ses cicatrices pour les lui révéler, avait été trop lâche pour prendre le risque qu'elle le repousse. *T'aurais dû saisir ta chance, Dekko*. Il avait presque envie de croire qu'il reviendrait dans une autre vie.

— Je suis désolé, la Lame, hurla Brandr par-dessus les hurlements du moteur. Il semblerait que tu sois sur le point de tirer ta révérence. Encore une fois.

— Emmène-la loin de cette île, c'est tout ce que je te demande ! hurla Declan en retour.

Il regarda une dernière fois Regin. Sortirait-elle vivante de cet enfer ? Elle était en piteux état, semblait si fragile. Son corps résisterait-il à de nouvelles agressions ?

— Et tu dois le faire avant six jours !

Avant que l'Ordre n'ordonne la destruction finale de l'île.

— On dirait presque que tu tiens à elle !

— Protège-la, berserk, dit Declan. Jure-moi que tu la protégeras !

— J'ai déjà fait ce serment.

Brandr se leva et alla s'asseoir à côté de Regin, qu'il prit dans ses bras.

— Rapproche-toi, dit-il à Natalya. Je peux te protéger du choc aussi.

La fey s'installa près de lui, puis tira Thad et le serra dans ses bras.

— Natalya ? demanda ce dernier d'une voix tremblante.

— Tout ira bien, mon grand, affirma-t-elle. Si j'avais reçu une livre pour chaque crash que j'ai vécu…

Mais son visage trahissait sa peur.

Le sol approchait à une vitesse vertigineuse. Le cœur de Declan battait à tout rompre, cognant dans ses oreilles.

Mais il entendit malgré tout Brandr murmurer :

— À la revoyure, Aidan.

36

Lothaire se tenait sous la pluie battante et regardait l'appareil revenir vers la piste dans un hurlement de moteur.

Il se pinça la base du nez. Il avait ordonné aux démons ailés de le ramener au sol en douceur. Et c'était tout le contraire qui était sur le point de se produire.

Si Chase mourait, tout ce qu'il savait sur l'anneau disparaîtrait avec lui. Lothaire avait mis son bureau à sac, mais ne l'avait pas trouvé.

L'appareil toucha le sol sur le dernier quart de la piste, sur le ventre. Au moment de l'impact, le fuselage se cassa en deux. Le cockpit continua sa course à toute vitesse en direction d'une barre rocheuse.

Une aile et son moteur se séparèrent, explosant dans une boule de feu qui vit vibrer la nuit. L'onde de choc renversa le cockpit et l'autre aile, qui allèrent s'écraser sur le côté de la barre rocheuse.

Lothaire s'y rendit au pas de course. Si Chase était encore en vie, il pourrait boire à son cou et récupérer ainsi la mémoire du maître.

À cette idée, ses canines le démangèrent. *J'ai tellement faim...* Il allait devoir faire attention à ne pas vider ce type.

En approchant du cockpit dévasté, il sentit l'odeur du carburant. Le moteur, fumant, tournait encore. Des flammes s'en échappaient. Quelques secondes, et ce serait l'explosion.

Chase était encore vivant – tout juste. Blessé à la tempe, il avait le visage couvert de sang, ce qui ne fit qu'accroître l'appétit de Lothaire. La structure de l'appareil lui écrasait la partie inférieure du corps, des morceaux de métal bloquaient ses jambes.

Sous le regard impassible de Lothaire, Chase attrapa ses jambes derrière les genoux et tira fort, mais il était littéralement cloué.

Et les démons ailés fondaient sur la carcasse de l'avion comme des vautours sur une charogne.

Pour eux, comme pour certains autres démons, Lothaire était le diable incarné, né pour ramener tous les démons en enfer. Naturellement, c'était lui qui était à l'origine de cette rumeur. Et là, il montrait les crocs.

— J'avais dit « en douceur ».

— Il a fait piquer l'avion alors qu'on s'y attendait pas, grommela l'un d'eux.

— Disparaissez.

La peur dans les yeux, ils s'envolèrent d'un seul et même élan, leurs grandes ailes noires attisant les flammes.

Lothaire s'agenouilla près de Chase.

— Où est mon anneau ?

— Va te faire foutre, sangsue ! répondit Chase en brandissant l'épée qu'il avait encore à son côté.

Mais il n'eut pas le temps de frapper. Lothaire lui saisit le poignet, le forçant à lâcher son arme.

— Je reconnais cette lame. Tu m'as frappé avec, et tu as retourné l'épée dans la plaie.

Lothaire s'empara du fourreau et examina sa nouvelle épée.

— Je vais la garder en souvenir de toi. Je suis un sentimental, moi.

Puis il prit le bras du maître.

— Et maintenant, pour me débarrasser de cet infâme collier...

Chase résista, mais le vampire lui arracha son gant.

D'autres cicatrices ? Des bourrelets de chair couvraient le dos de la main de Chase.

Lothaire haussa les épaules et posa le pouce de Chase sur la serrure du torque.

— Quand je serai libre, nous tâcherons de voir exactement quel niveau de douleur tu peux supporter sans perdre connaissance. Je n'arrêterai pas tant que tu ne m'auras pas dit où se trouve mon anneau, ajouta-t-il en se penchant vers l'oreille de Chase.

— Mon empreinte ne fonctionnera pas, répondit ce dernier avec un sourire méchant.

— Menteur.

Lothaire posa une nouvelle fois le pouce de Chase sur la serrure. Puis il lui arracha l'autre gant pour essayer avec l'autre pouce. Rien.

— Si tu veux qu'on t'enlève ton torque, il faut aller voir Fegley. Dis-lui que tu viens de ma part.

— Tu n'es pas au courant ? Le gardien-chef est mort. Ardente l'a brûlé vif.

Après lui avoir arraché une main pour s'en servir de clé. Mais cette *suka* n'avait pas voulu la lui céder, avait même menacé de la brûler si Lothaire approchait d'elle.

Donc, je suis toujours prisonnier.

— Mais tu peux m'être utile quand même, Chase. Tu connais un autre moyen de quitter cette île.

— Évidemment.

— Alors, tu vas m'en parler. Mais il faut peut-être que je t'arrache un bras d'abord ?

En buvant le sang de Chase, Lothaire récupérerait sa mémoire, et donc les détails de cet autre moyen de quitter l'île. Mais ces souvenirs volés étaient difficiles d'accès, et malgré son entraînement, il ne parvenait jamais à les faire remonter à la surface à volonté.

La plupart des souvenirs venaient sous forme de rêve. *Je vais devoir dormir combien de temps avant de pouvoir me tirer d'ici ? Avant d'attraper cette…*

Chase se contorsionna tandis que les flammes se rapprochaient dangereusement de ses jambes, les léchant presque. Il tendit un bras en direction de Regin, comme s'il la voyait. Il avait peur, c'était manifeste, mais pas pour lui.

La négociation était donc possible.

— J'espère que ta femme s'en sort mieux que toi, dit Lothaire. Si elle a survécu au crash, elle doit être à la merci de ces démons ailés. De vrais diables concupiscents. Ils ne la tueront pas, non. Ils feront d'elle leur concubine pour les siècles à venir. Et ils se reproduiront avec elle, aussi, bien sûr.

Chase hurla, tira de nouveau sur ses jambes.

— Tu veux plus que toute autre chose la récupérer, murmura Lothaire. Tu le veux tellement que ne pas pouvoir l'atteindre te crucifie.

Chase se débattit plus violemment encore.

— Maintenant, tu comprends ce que c'est que d'être retenu loin de sa compagne alors qu'elle est en danger. Ce que c'est que de voir un ennemi se vanter de ses prouesses alors que tu es pris au piège, incapable de la défendre. Mais que ferais-tu si je te libérais et que tu puisses aller jusqu'à elle ?

— Fais-le ! Libère-moi !

— Mon anneau. Il me le faut absolument.

— Il a quitté l'île ce soir. J'ignore pour quelle destination.

— *Blyad' !* Et qu'est-ce que tu as d'autre à me dire ? Comment comptes-tu effacer l'ardoise que tu as chez moi ?

— D'ici à six jours l'Ordre bombardera toutes les installations de l'île, dit Chase d'une voix éraillée. Mais il y a un bateau, à quelques jours de marche. Je jure de t'y conduire si tu me libères maintenant.

Quelques jours ? *Ça allait être vraiment très juste.*

Lothaire aurait besoin de sang d'ici là. En temps normal, il ne se nourrissait qu'une fois par semaine environ, mais il était en phase de régénération. Et il allait avoir besoin de toute la force possible pour compenser les effets du torque.

— Disons que cela me dédommagera pour le vol de mes biens et pour l'emprisonnement que tu m'as fait subir pendant des semaines. Tu seras mon guide... et mon prisonnier. Ensuite ? demanda-t-il en regardant ses griffes, qu'il avait très noires.

— Comment ça, ensuite ?

— Pour te racheter de m'avoir affamé et torturé, tu proposes quoi ?

Le regard de Chase partit dans tous les sens, paniqué.

— Je... je n'en sais rien ! Bordel, sors-moi de là, je n'arrive plus à réfléchir !

— Je ne supporte plus de voir tout ce délicieux sang couler pour rien. Quel gâchis, vraiment...

Le maître pâlit un peu plus encore.

— Tu ne boiras pas mon sang, charogne !

— Quand tu m'as torturé, souviens-toi, je t'ai dit que je te le ferais payer de la pire des façons.

Et comme toujours, j'avais raison. Lothaire faillit soupirer. *Le monde est si prévisible que c'en est ennuyeux.*

— Jusqu'à ce qu'on se tire de cette île, je veux que tu me *cèdes* ton sang.

Je le soumettrai à ma morsure. Rien n'humilierait plus un homme comme Chase. Pour lui, ce serait tomber plus bas que terre. Lothaire était calculateur – il choisissait de servir le But Suprême plutôt que d'obéir à ses propres sentiments –, mais il était aussi très rancunier.

— Jamais !

La chaleur des flammes et l'odeur du carburant répandu enveloppaient Declan.

— Libère-moi, c'est tout !

Cette frustration... Il allait brûler vif sans pouvoir atteindre Regin. Et s'il mourait, qui emmènerait sa Valkyrie loin de cette île avant que l'Ordre ne frappe ?

— Quelqu'un paiera pour tout ce que tu as fait, pour tous les dégâts que tu as causés. Ta femme, peut-être ? Oui, je devrais aller lui percer la peau tout de suite. Si elle est encore vivante.

— Je t'interdis...

— Pauvre Regin. Si ça se trouve, elle perd son sang, là, ou bien elle s'apprête à passer au barbecue, comme toi. Elle avait l'air si faible... Il est possible aussi qu'elle s'éteigne définitivement. Tss, tss... Voir la force de vie d'un être légendaire comme elle disparaître à jamais juste parce que tu ne veux pas me céder quelques gouttes de ton sang... et aussi un ou deux souvenirs, si possible...

— Non ! *Non !*

Lothaire se leva.

— Son sang doit être absolument exquis.

— Ne la touche pas !

Si tu touches ce qui m'appartient, je te punirai.

Lothaire s'agenouilla de nouveau.

— Je veux tout le sang que tu pourras me donner, maître. Chaque fois et de toutes les façons que je le désirerai, jusqu'à ce qu'on quitte cette île.

De toutes les façons ? Declan ne comprenait pas ce que le vampire voulait dire. Il n'arrivait plus à réfléchir. La carcasse de métal chauffait autour de lui, lui brûlait la peau. Il aurait donné sa vie pour sauver celle de Regin, mais laisser un *detrus* boire son sang ? Sentir de nouveau une de ces créatures se nourrir sur lui ?

— Bon, c'est pas grave. Je reviendrai avec sa tête, comme ça, vous pourrez griller tous les deux ensemble.

Lothaire se leva et s'éloigna.

— Je le ferai ! Je le jure ! lâcha Declan, ravalant un cri tant il avait mal. Sors-moi de là, maintenant !

— Très bien.

Le vampire dut s'y reprendre à plusieurs fois, mais il tira Declan de son piège de tôle froissée. Comme ce dernier se mettait péniblement à genoux, Lothaire arracha deux ceintures de sécurité et s'en servit pour lui attacher les mains dans le dos.

— À quoi tu joues, bordel ?

Lothaire posa une main sur le côté de son visage, l'autre sur son épaule.

— Non ! Mais qu'est-ce que tu fais ?

— Je me paie. Ou plutôt, j'accepte ton paiement. Je t'ai promis que tu le saurais quand j'aurais envie de boire à ton cou. Parce que mes crocs seraient plantés loin dans ta chair.

Le vampire se pencha en murmurant :

— Et là, ils sont sur le point de l'être. Sur ton invitation.

Declan vacilla et poussa un rugissement de fureur. *Un* detrus *se nourrit sur moi ! Il touche ma peau ! L'horreur recommence...*

— Je t'assure que ça peut être un moment assez agréable, si tu te détends un peu.

Declan se débattit, sans succès. Il sentit le souffle du vampire dans son cou juste avant que ce salaud ne lui perce la peau. Il n'y eut pas la douleur qu'il attendait. Juste un profond dégoût.

La rage. L'indéfinissable humiliation...

Lothaire aspira profondément, suça, téta longuement. Quand il poussa un grognement, Declan frémit de répulsion. Il sentait ses forces l'abandonner un peu plus à chaque gorgée.

Enfin, le vampire le lâcha et s'accroupit.

— Ton sang est carrément chargé, dit-il, admiratif, avant de se lécher les babines. En puissance et en plein d'autres choses. Je crois bien que je plane, là. Mais, putain, ça me plaît.

— Tu voulais mes souvenirs, sangsue ? Je te les cède avec plaisir.

La torture, la misère, la haine, il pouvait tout prendre !

— Et étouffe-toi avec, connard ! lança-t-il avec un rire de dément.

37

Le sang du maître était délicieux et chargé en stupéfiants. Pourtant, il laissait un goût amer dans la bouche...

Mais peu importait. Lothaire ne se souvenait pas de la dernière fois où il avait bu un sang aussi puissant. La régénération de sa peau s'amorça rapidement, tandis qu'il sentait la force se répandre en lui.

De ses innombrables victimes, rares étaient celles qui l'avaient à ce point « remonté ».

Les berserks. Ces créatures rares. Qui l'aurait cru ?

S'il pouvait boire un tel sang *et* retirer son torque...

— Saleté de parasite ! Je te tuerai !

Les muscles de Chase semblaient prendre du volume, ses yeux brillaient, mais survivre à ce crash avait probablement utilisé l'essentiel de sa fureur de berserk.

— Reconnais que ça t'a un petit peu plu, maître, dit Lothaire en le soulevant pour le mettre debout.

— Un jour, je te couperai la tête.

— Arrête, Chase. Les mots peuvent faire mal, tu sais.

Declan ouvrit la bouche pour répliquer, puis serra les dents.

— On n'en a pas terminé, tous les deux.

Sous la pluie, il claudiqua en direction de Regin, suivant les traces laissées par la glissade du cockpit.

Lothaire le suivit, gardant un œil sur son nouvel investissement et sa réserve de sang. Quand ils atteignirent la seconde moitié de l'avion, le berserk, la fey et Thaddeus s'extirpaient tout juste de la carcasse.

La joue de Natalya était ouverte. Thaddeus semblait indemne et lança plusieurs « whoopy » à la texane, avant de hurler en direction du ciel :

— Putain, on est vivants !

Brandr tenait Regin, toujours inconsciente, dans ses bras. Il avait un œil au beurre noir, et du sang coulait de son nez. Regin ne semblait pas avoir subi d'autres blessures que celles qu'elle avait déjà.

Quand Chase, dans un soupir de soulagement, s'affaissa, Lothaire le tira violemment vers le haut pour qu'il se tienne plus droit.

Chase serra et desserra les poings dans son dos. Il aurait tant voulu la prendre dans ses bras…

— T'as envie d'elle à ce point ? murmura Lothaire à son oreille. Peut-être que t'aurais pas dû laisser tes valets la charcuter comme ils l'ont fait. Mais bon, je dis ça, je dis rien…

Natalya empoigna son lanceur de charge.

— Qu'est-ce qu'elle fait là, la sangsue ? Encore ?

Mais son arme avait été abîmée dans le crash.

— Chase est mon prisonnier, et la Valkyrie vient avec nous.

Brand hocha lentement la tête.

— T'es vraiment aussi dingue qu'on le dit.

Lothaire allait devoir se débarrasser de ces trois-là.

Mais je peux aussi me servir d'eux… Il les jaugea, l'un après l'autre. Une armée pour le moins disparate.

La fey avait des dons, le berserk savait manier l'épée. La force cachée de Thaddeus pourrait s'avérer utile. Pour le moment, le gamin tirait de l'arrière de l'avion un sac à dos bourré à craquer. Apparemment, il avait pensé à prendre des provisions. Pas bête.

— Chase va me montrer comment quitter l'île, dit Lothaire. Il connaît un autre moyen de s'échapper. Nous pourrions vous emmener avec nous. En échange de quelque chose.

Natalya leva les yeux au ciel.

— Ben voyons. En échange de quoi ?

— Vous me promettez loyauté et fidélité jusqu'à ce que nous quittions cet endroit. Vous jurez de ne pas chercher à me faire du mal.

Brandr secoua la tête.

— Cette chose, là, la Dorada, elle va venir te chercher. À moins que tu ne l'aies tuée ?

— Elle est hors d'état de nuire pour quelque temps.

La Dorada avait été imprudente, en s'attaquant à lui avant d'être suffisamment régénérée. Il avait su en tirer profit.

Natalya pressa la main sur sa joue blessée.

— Est-ce qu'on a le choix, de toute façon ?

— Non, sauf si vous voulez rester ici. Et Chase m'a informé que l'Ordre n'allait pas tarder à répliquer. Donc, c'est soit l'union, soit la mort.

— Bon, alors on y va, là ! intervint Thaddeus. Je veux me tirer d'ici, moi ! Loyauté, fidélité, tout ce que vous voulez ! Je le jure !

— Je le jure aussi, dit Natalya sans desserrer les dents

Brandr fronça les sourcils.

— Je le jure.

Lothaire se tendit. Une nouvelle odeur flottait dans l'air. Une odeur nauséabonde. À travers la pluie, il aperçut des yeux brillants, dans les bois.

— Des wendigos. Sur trois côtés.

Quand Declan vit les créatures approcher, son être tout entier lui hurla de mettre Regin à l'abri. Les wendigos étaient trois fois plus nombreux qu'avant.

— Je ne vois qu'une direction possible, dit Natalya en se tournant vers la forêt, juste derrière eux.

— Non. Avec ces torques, on n'arrivera pas à leur échapper, dit Brandr en essuyant son nez ensanglanté. Et on foncerait droit vers leur terrain de prédilection. Il faut qu'on se batte.

— Tu rigoles ? À nous tous, on a déjà eu du mal à en battre trois fois moins que ça !

— Si on court et qu'ils nous rattrapent, tu sais ce qui arrivera : ils nous contamineront. Je préfère encore mourir en me battant !

— Vous pourriez courir, et je resterais en arrière pour les combattre, proposa le vampire. Je ne sais pas pourquoi, mais je me sens en très grande forme, là.

Il lança un regard amusé en direction de Chase, qui grinça des dents.

— Et je pense être assez efficace face à ces nuisibles, ajouta-t-il en tripotant quelque chose dans sa poche.

Natalya jeta son arme hors service.

— Donc, Lothaire, tu vas les combattre avec la noirceur de ton cœur, c'est ça ?

Lothaire se tourna vers Declan.

— Les mortels ont toujours un trou de souris quelque part. Il y a bien un abri sûr quelque part sur cette île, non ? Quelque part où vous seriez tous en sécurité cette nuit ?

Chase commençait à connaître le regard calculateur de Lothaire. Il répondit d'un hochement de tête sec, ne prenant plus la peine de dissimuler la haine qui l'animait.

— Et que me demanderas-tu pour combattre les wendigos ?

Que pouvait-il encore vouloir de plus ?

— À l'avenir, chaque fois que je te demanderai quelque chose, tu le feras. Quoi que ce soit. Sans hésitation. Fais-en le serment.

— Ne passe jamais de marché avec les vampires, murmura la fey. À la fin, c'est toujours toi qui trinques.

Trop tard.

Brandr secoua la tête.

— Tu ne peux pas promettre un truc pareil, encore moins à un vampire.

— Bon sang, mais vous croyez que j'ai le choix ? demanda Chase.

— Ces types, c'est le mal incarné, insista Brandr. Je les ai combattus toute ma vie, je sais de quoi je parle. Merde, si ça se trouve, je me suis même déjà battu contre *lui* !

— C'est assez peu probable, dans la mesure où tu es encore vivant, dit calmement Lothaire.

Brandr voulut se jeter sur lui, le poing levé, mais Natalya s'interposa.

— Les wendigos approchent, dit Lothaire. Je vais avoir besoin de ta réponse, Chase.

— Ne fais pas ça, le prévint Brandr.

— C'est la seule façon de sauver la Valkyrie, et tu le sais, dit Lothaire. N'est-ce pas ce que tu souhaites pardessus tout ?

Brandr poussa un juron.

Parce qu'il sait que je vais accepter ce marché, et n'importe quel autre marché, si c'est pour la protéger ?

— J'en fais le serment, dit Chase.

Mets ça sur ma foutue note.

— Parfait, dit Lothaire, le regard brillant déjà d'excitation à la perspective de ce nouveau combat. Allez-y. Je vais les arrêter.

Thaddeus posa son sac à dos sur le sol.

— Je vais rester avec M. Lothaire et me battre, dit-il, avant de se tourner vers Brandr pour ajouter : Toi, emmène Natalya et Regin en sécurité.

Lothaire se tourna lentement vers Thad, menaçant.

— Non, jeune Thaddeus, tu ne restes pas.

— Je peux vous aider…

Le poing de Lothaire partit brusquement et s'écrasa sur le menton de Thad, qui tomba sur son sac.

— Va-t'en.

Fusillant Lothaire du regard, Natalya aida Thad à se relever. Le gamin essuya sa lèvre fendue, fixant le vampire, stupéfait. Quand il se redressa complètement, ses yeux lançaient des éclairs noirs.

— Allons-y, dit Brandr. On n'a plus beaucoup de temps.

Thaddeus reprit son sac, et Natalya s'empara de leurs seules armes, deux épées. Brandr portait toujours Regin.

Ils s'éloignèrent. Mais, à l'orée de la forêt, Declan se tourna vers Lothaire.

— Comment sauras-tu exactement où nous allons ?

Le vampire eut un petit rire. Ses crocs luisaient.

— Tu ne te débarrasseras pas si facilement de moi, maître. Je ferai comme si tu étais une proie, et je te chasserai.

38

Le petit groupe s'enfonça dans la forêt, avec Declan à sa tête. Il prit la direction d'un bâtiment abandonné dans lequel il avait séjourné dix ans auparavant, lors de l'annexion de l'île.

En bruit de fond, il entendait les combats qui continuaient, les explosions, ainsi que des tirs sporadiques.

Peut-être Lothaire serait-il décapité pendant la bataille à venir ? *Cela me priverait du plaisir de le faire moi-même...*

Il voyait d'autres créatures bouger dans les bois, mais pas de wendigos. *Pas encore*.

Les bourrasques étaient violentes et gênaient leur progression. Penchés contre le vent, ils avançaient péniblement sur un chemin escarpé, en direction d'un des nombreux massifs qui tapissaient l'intérieur de l'île.

En temps normal, il aurait parcouru ce chemin au pas de course, mais l'accès de fureur qui lui avait permis de sortir vivant du crash l'avait aussi affaibli.

Et il avait perdu du sang.

Pire, Lothaire semblait avoir bu tout ce qui restait de médicament dans son sang.

Mais il tenait malgré tout à prendre Regin dans ses bras.

— Détache-moi, demanda-t-il à Brandr.

— Pour que tu puisses la porter ? Non. Maintenant que je l'ai, je ne la lâche plus.

— Alors, libère-moi pour le cas où nous croiserions un ennemi.

— Tu *es* un ennemi, dit Natalya. T'es peut-être mêlé à cette étrange histoire de réincarnation avec Regin et Brandr, mais nous deux, on se connaît que depuis quatre semaines, et ça n'a pas été tout à fait la lune de miel, entre nous. Si j'ai bonne mémoire, il y a eu la décharge électrique qui t'a permis de me capturer, l'emprisonnement, la menace de torture, l'abstinence forcée...

Brandr la regarda d'une drôle de façon quand elle précisa ce dernier point, avant de renchérir :

— Regin et moi, on a beau être mêlé à la même histoire que Chase, comme tu dis, ça ne nous a pas empêchés de nous retrouver attachés sur une table et disséqués sans anesthésie. Nos cages thoraciques ont été ouvertes, puis refermées avec du fil de fer. Tout ça sous ses ordres.

— Pas pour Regin, osa préciser Declan.

— Ah oui, c'est vrai. T'étais pas au courant, pour elle. C'est toi qui gères la boutique, mais tu savais pas.

— Y a vraiment un autre moyen de quitter cette île ? demanda Thaddeus, derrière eux.

Il était à bout de souffle. Son sac était visiblement beaucoup trop lourd. Il y avait là-dedans au moins une semaine de vivres.

— Oui.

— Alors, dis nous lequel, exigea Brandr.

Declan le fusilla du regard.

— Vous êtes encore des immortels, pour moi. La fey a raison, nous sommes des ennemis. Et j'ai comme l'impression que connaître la réponse à cette question me gardera en vie.

— On n'était pas forcés de se haïr, dit Brandr. C'est toi qui as tout fait foirer, Aidan.

— Ne m'appelle pas comme ça !

— Aidan ou connard, c'est du pareil au même, répondit Brandr en le poussant. Tout ce que t'as à faire, là, c'est la fermer et avancer.

Recevoir des ordres de cet homme mettait Declan hors de lui, mais il n'avait plus assez de force pour briser ses liens, plus d'autre choix que de leur montrer le chemin.

Ils continuèrent ainsi en silence pendant au moins une demi-heure et atteignirent enfin les anciens laboratoires de recherche, un bunker percé à flanc de montagne. Il s'agissait des premières installations modernes de cette île, bâties dans les années mille neuf cent cinquante.

Declan les mena dans les profondeurs de ce labyrinthe qui s'enfonçait loin, très loin dans la montagne. Quand le chemin sembla s'achever dans un cul-de-sac rocheux, il prit sur la droite et continua.

— Une illusion d'optique, murmura Thad. Trop cool.

Ils arrivèrent enfin à l'entrée du bunker, épaisse porte métallique couverte de lichen et de mousse.

— Très bien, dit Brandr. Comment est-ce qu'on entre ?

— Détache-moi, que je puisse taper le code.

— Dis-moi comment faire, je m'en charge.

Devant l'expression implacable de Brandr, Chase lâcha :

— Retire la mousse. Il y a un pavé digital en dessous. J'espère que je me souviens du code.

Brandr s'exécuta, et Declan lui dicta une série de chiffres.

Des cliquètements se firent entendre, des rouages tournèrent. La porte s'ouvrit dans un grincement. Declan entra, suivi des autres. À l'intérieur, l'air était vicié, il régnait une obscurité totale. Le scintillement de Regin était si faible qu'on l'apercevait à peine.

Brandr referma la porte derrière eux dans un claquement sonore et la verrouilla, puis Declan les guida dans un escalier étroit qui descendait jusqu'à une grande salle. La salle d'examen. Des rangées de tables métalliques équipées de sangles étaient alignées en son centre. Sur les côtés, le long des murs, se trouvaient des cages, tandis que des bureaux étaient installés au fond et près de l'entrée.

Des grilles de ventilation immenses couvraient le plafond. Des taches de sang maculaient encore le sol carrelé. Aux murs étaient accrochés des outils d'un autre temps.

— Brrr, cet endroit me fout les chocottes, murmura Thad.

Brandr se frotta la poitrine, revivant probablement les tortures qu'il avait endurées.

— Ceux qui étaient dans les cages devaient regarder ?

— Regin va péter un câble quand elle verra ça, ajouta Natalya.

Declan regarda autour de lui, tentant de considérer cet endroit de leur point de vue. Les travaux de recherche de l'Ordre n'avaient pas beaucoup changé en soixante ans, mais les procédés, eux, étaient différents. Dans les nouveaux labos, l'atmosphère était stérile, aseptisée.

Là, tout était cru, évident, ne laissant aucune place à l'imagination.

Regin péterait effectivement un câble. Avec raison. Chase la regarda, dans les bras de Brandr. Elle était trempée, frissonnante. *Et toujours inconsciente*.

Brand la déposa délicatement sur un des bureaux, puis explora l'endroit.

— Il y a d'autres salles ?

— D'autres salles d'examen, plus petites, et des toilettes. Il devrait encore y avoir de l'eau.

— Et une clé pour retirer les torques ?

— Non. Pas de clé.

Declan avait besoin de sentir Regin près de lui. Il s'assit sur le bureau voisin de celui sur lequel reposait la Valkyrie, ignorant le regard mécontent de Brandr.

— Je pense qu'on va pieuter ici ce soir, annonça Brandr aux autres. Ça nous laissera un peu de temps pour nous remettre.

— Et manger, dit Thad en posant son sac à dos sur un autre bureau.

Il en sortit des barres énergétiques et des bouteilles de Coca. Natalya, Brandr et lui entreprirent aussitôt de répartir le butin entre eux.

— D'où tu sors tout ça ? demanda Brandr.

— Thad a fait une razzia dans les réserves de l'intendance. Question pillage, c'est un bon. J'étais très fière de lui.

Thad la regarda, rayonnant.

— Faut dire que la devise des scouts, c'est *Toujours prêt*.

Declan se rappela alors qu'il n'avait pas mangé depuis dix-huit heures et qu'il n'avait plus de médicament dans les veines pour contenir son appétit. Le manque commençait à se faire sentir. Déjà, il oscillait entre la faim et la nausée. Il avait faim de nourriture, mais ressentait le manque de son injection quotidienne avec une intensité fébrile.

Mais plutôt mourir que de leur demander de quoi manger.

Ils venaient de terminer leur repas quand on cogna à la porte. Tout le monde se figea.

— C'est forcément Lothaire, dit Natalya. Vous êtes sûrs qu'on laisse entrer ce vampire ?

Thad toucha sa lèvre encore tuméfiée.

— Il m'a quand même mis un sacré pain.

— Nous lui avons tous juré loyauté et fidélité, je vous rappelle, dit Brandr en se dirigeant vers l'escalier. Et puis, il va nous aider à garder Chase en vie le temps nécessaire. Alors il entre.

Quelques instants plus tard, il reparut avec le vampire.

Plus la peine d'espérer que Lothaire meure, donc.

Le vampire examina la pièce d'un regard blasé.

— Vous pouvez pousser un soupir de soulagement, je suis de retour.

Il avait récupéré en chemin un blouson de treillis à capuche et un chapeau de toile. Des coups de griffes avaient déchiré son pantalon et sa chemise, et du sang coulait d'une blessure à son torse.

Mon sang. Saleté de sangsue. Declan serra les poings, même s'il avait conscience que Lothaire les avait tous sauvés, ce soir. Et qu'il pouvait leur être utile dans les jours à venir.

Mais à quel prix ? *Ne passe jamais de marché avec les vampires.*

Lothaire sauta sur une des cages et s'assit, dos contre le mur. Puis il entreprit de se débarrasser de ses nombreuses armes -- dont l'épée de Declan. Un vampire se battait avec *son* arme. *Exactement comme j'avais menacé de le faire avec celle de Regin.*

— Effectivement, te voilà de retour, dit Natalya. Mais tu as été griffé par les wendigos. Tu vas te transformer et devenir l'un des leurs.

— Heureusement, j'ai du sel, répondit Lothaire, qui sortit une poignée de sel de sa poche et entreprit de frotter ses blessures avec.

Natalya haussa les sourcils.

— Le sel interrompt la métamorphose ?

— As-tu une idée du nombre de personnes que j'ai dû vider pour arriver à découvrir cela ?

— C'est bon à savoir. Alors, dis-nous, comment ça se passe, dehors ?

— On continue à se battre. La prison n'est plus qu'un énorme jeu de massacre.

— Qu'est-ce qu'on fait, maintenant ?

— On demande des infos à Chase, dit Lothaire en grimaçant, car il abordait une entaille particulièrement profonde. Combien de temps avant l'arrivée des troupes de mortels ?

— Il n'y aura pas de troupes. J'ai dit que l'Ordre allait frapper. Je n'ai pas précisé comment. En fait, l'île sera bombardée d'ici à cent cinquante heures.

— Pourquoi attendre autant de temps ?

— C'est un protocole à plusieurs niveaux. Chacun se déclenche en fonction de la réussite du précédent, et en tenant compte du temps nécessaire à cette réussite. L'île est truffée de bombes incendiaires qui sont censées entraîner sa destruction totale, mais pour une raison que j'ignore, elles n'ont pas explosé.

— Des technopathes ont pu les détecter et les détruire, dit Natalya.

C'était ce que Declan soupçonnait.

— L'Ordre ne peut pas procéder à une attaque aérienne avant six jours et demi. Ils ne frapperont pas avant vendredi après-midi.

Il ne manqua pas de remarquer qu'il avait utilisé le « ils » plutôt que le « nous ».

Sa vie dans l'Ordre était terminée. Mais Webb s'était trompé. Declan ne jouerait pas le jeu des *ernats* plus que nécessaire.

Malheureusement, pour le moment, ils étaient tous dans la même galère, contraints d'avancer ensemble.

— En attendant, il y a d'autres adversaires à affronter.

— Une partie des vampires et des démons vont simplement se téléporter, maintenant qu'ils n'ont plus leur torque, dit Lothaire.

— Une partie ? s'enquit Thad en buvant son Coca.

— D'autres resteront pour régler leur compte aux membres du Vertas pendant que ceux-ci sont affaiblis. En tout cas, c'est ce que je ferais, moi. En fait, je téléporterais des membres de ma lignée jusqu'ici pour les exterminer tous.

Brandr émit un sifflement.

— Tous à la pêche miraculeuse, quoi.

— Et ensuite ? demanda Thad. Comment est-ce qu'on sort d'ici ? Comment on rentre chez nous ?

— Il y a un bateau, amarré sur la côte ouest de l'île. En passant par la forêt, c'est à environ trois jours de marche.

— La forêt, qui est l'habitat naturel des wendigos, remarqua Brandr. Ça va grouiller de partout.

— La seule autre solution est de passer par la montagne, en restant au-dessus de la limite des terres boisées. C'est deux jours de plus.

Thad rota, une main devant la bouche.

— Chuis jamais allé à la montagne !

— Bon, ben, va pour la montagne, conclut Natalya. Ça n'a pas l'air si difficile. Il faut juste qu'on reste en vie un moment, puis on sera chez nous.

Declan regarda Regin. Ensuite, elle le quitterait sans se retourner. Ou peut-être se souviendrait-elle qu'il l'avait sauvée des vampires et éprouverait-elle de la gratitude envers lui. *C'est ça, de la gratitude. Dans tes rêves.*

— Quand on sera sur le continent, on pourra trouver une sorcière qui désactivera les torques, reprit Brandr. Regin est très copine avec plusieurs d'entre elles.

Il se tut, puis se tourna vers Declan.

— Attends une seconde. Tu as dit que le continent se trouvait à mille deux cents kilomètres de l'île. Vers quel genre de bateau est-ce que tu nous emmènes ?

— Un très gros bateau.

— Et moi, je vais faire quoi, après ? demanda Thad. Je peux rentrer chez moi aussi ?

Tout le monde se tourna vers Declan. Il y eut un long silence, puis il répondit :

— Non. Ta famille est une famille de mortels, donc elle ne risque rien. Mais si tu retournes chez toi, un maître t'enlèvera de nouveau et t'emmènera dans une autre prison.

— Parce qu'il y a d'autres endroits comme ça ? s'écria Natalya, horrifiée.

Declan haussa les épaules. *Quatre autres*.

— Merci de me rassurer, pour maman et mamie. C'est sympa.

De la gratitude chez ce gamin, après tout ce qu'il avait subi...

— Dis donc, est-ce qu'il existe un programme de protection des témoins, pour des gens comme nous ?

— On trouvera une solution pour toi et ta famille, dit Natalya. Je te le promets.

Puis elle se tourna vers Lothaire.

— Alors, vampire, raconte. C'est qui, la Dorada ?

— Ah oui, qu'est-ce qu'elle avait, là, à nous soûler avec son aaaaannnnneauuuuuu ? demanda Thad.

— Et comment a-t-elle réussi à entrer dans ma prison, j'aimerais bien le savoir, ajouta Chase.

Lothaire semblait aux anges. D'un ton dégoulinant de condescendance, il lâcha :

— Les enfants, ce n'est pas encore l'heure de l'histoire.

Puis, fermant les yeux avant de leur tourner le dos, il ajouta :

— Avertissement à quiconque envisagerait de m'approcher pendant mon sommeil : je l'étranglerai avec ses propres viscères.

Declan était sur le point d'exiger une réponse quand il entendit un gémissement étouffé. Regin se réveillait-elle enfin ?

Oui, ses yeux bougeaient derrière ses paupières, ses sourcils aussi. Il se pencha sur elle, serrant les poings. Il trouverait un moyen de se réconcilier avec elle. Jamais elle ne rencontrerait d'homme aussi déterminé que lui. *Je ferai en sorte qu'elle veuille de nouveau de moi...*

Elle ouvrit les yeux, le regarda.

Et émit un sifflement haineux.

Regin se redressa brusquement, fixant Chase droit dans les yeux. Qu'était-il en train de faire ? Il rôdait autour d'elle alors qu'elle était sans défense ?

Elle ne l'était plus, désormais.

Elle se jeta à sa gorge, enfonça ses griffes autour de sa pomme d'Adam.

— Je vais te tuer ! hurla-t-elle.

Et il ne se défendit pas.

Brandr se rua sur elle, la força à lâcher prise.

— Non, Valkyrie ! dit-il en la prenant par la taille pour l'éloigner de Declan. Tu ne peux pas faire ça !

— C'est toi qui le dis !

Elle se débattit et donna un coup de tête en arrière, heurtant Brandr en plein visage.

Chase ne bougea pas. Il était tendu comme la corde d'un arc, son cou saignait.

— Je ne peux pas te laisser faire cela, Regin, murmura Brandr

— Pourquoi ?

— Il connaît un moyen de quitter l'île, un bateau, à quelques jours de marche d'ici. Il va nous y conduire. Et tu sais que je ne peux pas te laisser le tuer de toute façon, ajouta-t-il à son oreille.

— Est-ce que tu as vu ce qu'il m'a fait ? Ils m'ont ouverte, sur son ordre !

— Je n'ai pas donné cet ordre, intervint Chase, le regard brûlant. J'ignorais tout de ce que l'on t'a fait !

Brandr la lâcha et se plaça entre elle et Chase.

— Et je suis censée te croire ? Comment pouvais-tu ne pas savoir ? Tu étais parti en voyage ?

D'après Natalya, elle avait émis plus d'électricité qu'un réacteur nucléaire.

Et malgré tout, une petite partie d'elle aurait aimé qu'il soit parti en voyage et qu'il n'ait absolument aucune responsabilité dans cette histoire.

— Je te jure que je n'étais pas au courant, répondit-il, évasif. Et que j'aurais tout arrêté si je l'avais été.

Il ment, au moins en partie. Elle était trop fatiguée pour réfléchir, trop abîmée. Elle regarda autour d'elle, incrédule, et ne vit que des scies, des scalpels, des tables d'examen et des cages.

— Seigneurs, mais où est-on ?

Elle porta une main à sa poitrine, se sentit vaciller. Cet endroit ressemblait à un entrepôt d'instruments de torture.

Puis elle vit Lothaire, assis sur une des cages, se détendant un peu, les mains croisées derrière la tête, comme s'il venait de faire un somme.

— *Lui ?*

Elle leva les bras, chercha dans son dos des épées qui ne s'y trouvaient pas.

— Vous avez une idée de ce qu'il a fait aux Valkyries ? Mais qu'est-ce qui vous prend à tous, là ? Je… je ne peux pas supporter leur présence… je ne peux pas…

Elle avait du mal à respirer.

— Je ne… peux pas rester… ic…

Elle se mit à tousser, et ses jambes se dérobèrent sous elle. Elle tomba à genoux sur le sol dur et froid, tandis que du sang coulait de sa bouche.

39

Declan bondit pour l'aider, ignorant la main ensanglantée qu'elle leva pour le repousser.

Brandr le tira en arrière.

— Elle ne veut pas que tu la touches !

Il s'agenouilla auprès de Regin.

— Écoute-moi, Valkyrie. Le fil de fer qui a servi à recoudre ta cage thoracique ne se résorbe pas tout seul. Les agrafes non plus. Je vais devoir les couper pour les retirer.

Le regard argenté de Regin se vida de toute vie.

Nom de Dieu, non, pas ça.

— Elle guérira toute seule. Elle se régénérera, dit Chase.

Les immortels se régénèrent toujours.

Brandr lui jeta un regard noir.

— J'ai eu droit au même traitement, tu te souviens ? Il m'a fallu plus d'une journée pour arracher ces agrafes de mon torse. J'ai dû plonger à la recherche du fil de fer, en défaire les nœuds et le sortir. Et tout ça entre les moments où je perdais conscience. Au moins Regin aura-t-elle quelqu'un pour l'aider.

Regin, qui toussait toujours, crachait du sang. Chaque quinte tirait un peu plus sur ses agrafes.

L'estomac de Chase se noua quand il comprit que Brandr avait raison. Il fallait le faire.

— Est-ce qu'il y a des pinces pour retirer les fils, ici ? demanda Brandr. Et un anesthésiant quelconque ?

— À l'époque, ils faisaient des points de suture. Et tous les produits chimiques ont été sortis du bunker.

Brandr prit Regin dans ses bras.

— Je vais avoir besoin d'une lame.

Lothaire eut un sourire narquois.

— Tu as le choix. Il y en a partout, ici.

Natalya trouva un scalpel et le tendit à Brandr, l'air grave. Ce dernier, d'un mouvement du menton, indiqua une paire de pinces.

— Tu peux m'apporter les pinces coupe-câble, là, fey ?

On ne s'en servait pas pour couper les câbles. Declan s'avança.

— Je vais m'occuper d'elle.

— Ne… me… touche… pas ! hurla Regin.

D'où il se trouvait, Lothaire dominait la situation. Il soupira bruyamment.

— Quoi que vous fassiez, faites vite. Si la tempête se calme, la foudre que va provoquer la Valkyrie sera aussi efficace qu'un phare dans la nuit, pour le Pravus. Et moi, j'ai besoin d'un peu de repos avant d'affronter une autre armée d'immortels.

— Laisse-moi faire, Chase, dit Brandr.

Sans doute Declan faisait-il un peu confiance au berserk, puisqu'il le laissa porter Regin jusqu'à une salle d'examen plus petite.

Du seuil de la salle, il regarda Brandr la déposer sur la table métallique, puis retirer son tee-shirt et le glisser sous la tête de la Valkyrie.

— Regin, quand tu sentiras que tu perds pied… laisse-toi aller. Ne résiste pas. Ça va être très dur.

— Tu sais bien qu'avec… des ennemis dans les parages, je ne… peux pas. Le vampire. Chase.

Je ne suis pas ton ennemi. Plus.

Brandr lui caressa doucement les cheveux.

— Juste pour une fois, essaie de mettre en sourdine tes instincts de Valkyrie. Je ne laisserai personne te faire du mal. J'ai attendu mille ans pour te protéger. Alors, laisse-moi faire, maintenant.

Il alla jusqu'à la porte et, juste avant qu'il ne la claque au visage de Chase, celui-ci croisa le regard de la Valkyrie. Il ouvrit les lèvres pour dire quelque chose – *Je veux prendre ta douleur, que tu ne souffres plus jamais* –, mais aucun mot ne sortit de sa bouche.

Declan se mit à faire les cent pas. Il ne l'avait pas protégée. Depuis leur rencontre, il n'avait cessé de la faire souffrir. Quand il l'avait neutralisée dans une rue mal famée. Quand il l'avait empoisonnée.

Et lorsqu'elle avait le plus besoin de moi, j'étais en plein trip dans ma chambre. Elle n'a pas pu compter sur moi.

Chaque fois que Brandr retirait une agrafe, Declan entendait Regin étouffer un cri. La tension nouait tous ses muscles, s'ajoutant aux symptômes du manque. Il n'était pas loin de claquer des dents.

Quand elle poussa un premier vrai cri, un rugissement jaillit de sa poitrine en guise de réponse. Qu'était devenue son implacable volonté ? Et son absence d'émotion ?

Combien de fois Webb lui avait-il dit : « Ce genre de sentiment t'est inconnu » ?

C'est faux. L'angoisse qui le rongeait finit par le submerger, et il faillit se plier en deux de douleur.

Il y eut un autre cri et, immédiatement après, le claquement d'un éclair. Dans la grande salle, tout le monde se regarda, mal à l'aise.

La tempête s'intensifia, fit vibrer le bunker, au point que même Lothaire sembla inquiet.

Regin se mit à crier.

— Non, Brandr, non ! Attends juste…

Quand elle hurla, Declan se cogna la tête contre le mur carrelé. *Tout ceci est ma faute.*

Il faut que je sois près d'elle. Il tira sur ses liens, sentit son cœur se mettre à battre plus fort pour envoyer du sang dans ses muscles. Encore, encore… Au troisième cri, il se libéra et se rua sur la porte.

Natalya se planta devant lui.

— Écarte-toi, ordonna-t-il.

Rien ne peut me séparer d'elle.

Au moment où il levait les mains pour pousser la fey sur le côté, Brandr ouvrit la porte. Son torse nu était éclaboussé de sang. Il eut à peine un regard pour les mains libres de Declan, se tourna vers la fey.

— Elle ne parvient pas à perdre conscience, et l'étape suivante va être très moche.

— Parce que ça ne l'était pas, jusqu'à présent ? demanda Declan.

— Comment dire ? Ta connasse de docteur Dixon a vraiment joué au boucher, avec elle.

Parce qu'elle était pressée de terminer le boulot avant que je sorte de mon abrutissement.

— Le fil de fer s'est retrouvé pris dans la cage thoracique, et certains os ont déjà commencé à se recalcifier par-dessus. J'ai besoin de quelqu'un pour lui tenir les épaules. Soit toi, dit-il à Natalya, soit le gamin.

— Je vais le faire, évidemment, répondit la fey.

— Sers-toi des sangles, suggéra Declan.

— J'aime l'aisance avec laquelle tu proposes ça.

— J'ai essayé, dit Brandr. Mais Regin doit être absolument immobile, sinon le fil de fer lui percera le cœur. Je ne peux pas la sangler au niveau de la poitrine, la blessure est trop large.

Declan se passa une main sur le visage.

— Ils n'auront pas la force suffisante pour la maintenir immobile.

— Tandis que toi, oui ? dit Brandr. Il est clair que tu commences à considérer Regin comme tienne…

Lothaire pouffa.

— … et tu voudrais me regarder l'ouvrir ?

Natalya tira Brandr sur le côté.

— Tu n'envisages quand même pas sérieusement une chose pareille ? Ce monstre est sur le point de nous faire une crise psychotique.

Declan n'essaya pas de nier. Il dit simplement :

— Je ne vous demande rien.

Brandr l'observa.

— Peut-être qu'il *devrait* voir ça.

Quand Natalya capitula, Brandr tourna les talons et regagna la salle d'examen.

Suis-je prêt à voir cela ? Declan inspira profondément. *On récolte ce qu'on a semé.* Il entra et s'arrêta net devant la scène qui l'attendait.

Brandr serrait la main ensanglantée de Regin dans la sienne, et Regin le regardait en pleurant, secouant misérablement la tête.

— On… on peut continuer demain ?

Elle était torse nu. Un bourrelet de peau cousue remontait au milieu de son torse. Entre ses seins, Brandr avait coupé ce bourrelet et tiré la peau jusqu'à découvrir ses côtes. En plein milieu dépassait l'horrible fil de fer.

Declan porta son poing à sa bouche pour s'empêcher de vomir.

— Il n'y en a plus pour longtemps, lui promit Brandr, et ensuite ce sera fini pour toujours. Ferme les yeux, Regin. Si tu me fais confiance, ferme-les.

Elle hésita longtemps, puis les ferma.

Alors seulement Declan s'approcha de la table. Il vit immédiatement pourquoi Brandr avait besoin que Regin soit parfaitement immobile. Il allait devoir glisser la pince coupante tout contre son cœur.

Combien de fois Declan avait-il maudit la capacité de régénération des immortels ?

En cet instant, il priait pour que celle de Regin se manifeste.

Regin flottait entre deux eaux, son esprit refusant de sombrer dans l'inconscience alors même que Brandr lui ouvrait la poitrine.

L'horrible petit bruit – *clip, clip* – résonnait dans la salle. Elle crut qu'elle le suppliait d'attendre un peu, pour lui laisser le temps de se remettre, après l'ablation des agrafes.

Je le supplie comme une trouillarde.

Elle parlait d'un ton geignard, telle une petite fille qui quémande quelque chose. Elle se faisait horreur.

Seigneurs, était-ce Chase qu'il venait de laisser entrer ? Elle ouvrit les yeux, mais un voile trouble gênait sa vision. Était-ce cette brute qui lui tenait les épaules ? Elle tenta de se débattre, mais rien ne le faisait bouger.

— Lâche-moi ! Lâche-moi !

— Regin, arrête de bouger. Je t'en prie.

La voix de Chase lui sembla épaisse. Elle se débattit encore. Le métal griffa l'os.

— Bons dieux, Chase ! s'énerva Brandr en retirant les pinces. Il ne faut pas qu'elle bouge, merde !

— D'accord, répondit Chase.

Et ses grandes mains lui couvrirent le nez et la bouche.

La terreur s'empara de Regin. Il l'étouffait ? *Je ne peux plus respirer !* Elle donna des coups de pied, planta ses griffes dans les mains de Chase.

Au lieu de l'aider à s'échapper, Brandr murmura :

— T'es bien le salaud le plus froid que j'aie jamais rencontré.

Les ténèbres engloutirent Regin, et ce fut presque une bénédiction.

Quand Declan retira ses mains du visage de Regin, Brandr le regarda comme s'il était un monstre.

— Qu'est-ce que tu attends ? grogna Declan. Occupe-toi d'elle tant qu'elle est inconsciente !

Je ne pourrai pas faire ça deux fois.

Les petites griffes de Regin étaient encore plantées dans ses mains. Brandr secoua la tête et se remit au travail.

— J'y suis presque. Mais c'est tout emmêlé.

Couper, démêler, couper.

— Plus qu'un morceau...

Un geyser de sang jaillit de la poitrine de Regin.

— Putain, c'est quoi, ça ?

Elle entrouvrit les yeux.

— Merde... elle se réveille, grogna Brandr.

Mais sa tête tomba sur le côté. Et ses yeux ne regardaient rien. Non, elle ne se *réveillait* pas.

— Regin ! rugit Declan.

Son cœur avait été perforé et s'était arrêté. Il n'y avait plus d'air dans ses poumons.

— Qu'est-ce que tu as fait ? cria-t-il en levant les yeux vers Brandr.

— Hé, je suis pas chirurgien – j'essaie juste de rattraper les conneries que *tes* potes ont faites !

Et il retira précipitamment le dernier morceau de fil de fer.

Declan prit une main de Regin entre les siennes, souhaitant de toutes ses forces que s'activent ses pouvoirs de régénération, ces pouvoirs surnaturels qui sortaient toutes celles de son espèce du précipice de la mort, encore et encore. *Vis, Regin. Vis !*

Brandr terminait juste quand elle inspira brusquement, comme quelqu'un qui remonte à la surface après être resté trop longtemps sous l'eau. Ses paupières se fermèrent. La vie était revenue, mais elle restait sans connaissance.

— Il en faudrait plus pour la tuer, dit Brandr.

Alors, pourquoi était-il aussi visiblement soulagé, pourquoi passait-il un bras sur son front en sueur ?

— Elle guérira rapidement si nous trouvons le moyen de maintenir sa peau en place pendant quelques heures. Mais il n'y a rien pour faire des sutures.

Tandis qu'il cherchait une solution, son regard se posa sur les mains de Declan, mais il n'en parla pas.

— Peut-être qu'en nouant du tissu autour de son torse…

— Je vais la tenir, déclara Declan. Pour que les lèvres de la plaie restent l'une contre l'autre.

Brandr le considéra longuement.

— Est-ce que j'ai tort de te faire confiance ?

— Encore une fois, je ne te demande rien.

Brandr hocha la tête.

— OK, mais seulement jusqu'à ce que la blessure se ferme ou que Regin recommence à prendre conscience. Si elle se réveille contre toi, elle va se débattre et rouvrir ses blessures.

Declan la souleva très doucement de la table et s'assit par terre, contre le mur. Le dos de Regin reposant sur son torse, il passa un bras sur sa poitrine, l'autre autour de sa taille et la plaqua contre lui. Sa tête roula sur son épaule. Elle était si petite, si frêle. Sa peau était froide. *Éteinte.*

— Je reviens dans un moment voir comment elle va.

Une fois la porte fermée, Declan poussa un long soupir et posa le front sur l'épaule de Regin. Il voyait trouble.

— Regin… murmura-t-il d'une voix éraillée. Reste avec moi, petite fille courageuse. Tiens le coup.

Son corps guérirait sans doute, mais son esprit ? Elle lui avait dit que les effets de la torture s'accumulaient avec le temps...

Incapable de s'en empêcher, il se mit à frotter sa joue contre celle de la Valkyrie, répétant son nom dans un murmure.

— Regin, Regin... Je jure sur le Christ... j'aimerais pouvoir prendre ta douleur. Je ne laisserai plus personne te faire du mal. Jamais.

Il se figea soudain. Leurs visages étaient mouillés.

— Tu pleures, ma belle ?

Il redressa brusquement la tête, en plein désarroi.

Non. Ce n'était pas Regin qui pleurait.

40

Il faut que je dorme, songea Lothaire. *Pour avoir des infos sur l'anneau. Je n'ai plus beaucoup de temps.*

Mais il rouvrit les yeux quand Brandr sortit de la petite salle d'examen. Le berserk semblait abasourdi. Ses yeux fatigués brillaient d'une lumière particulière. Il chercha la fey et se tendit en la voyant.

Au regard sans équivoque qu'il lui adressa, elle se leva, le souffle court.

— Co… comment va-t-elle ?

— Elle s'en sortira, dit-il en se dirigeant droit sur elle.

Mais Lothaire n'était pas le seul à comprendre ce qui était en train de se passer. Les yeux du jeune Thaddeus lançaient des éclairs.

Sans s'arrêter, Brandr prit la main de Natalya et murmura :

— Besoin de toi. Et tu as besoin de moi.

Elle regarda Thaddeus. Celui-ci se tendit à son tour, prêt à passer à l'action. Mais il ne fit pas un geste, et elle suivit le berserk, comme hypnotisée.

Quand ils disparurent dans l'obscurité, Thaddeus donna un coup de pied dans une table. Lothaire soupira.

— Mais tu ne voulais pas d'elle, de toute façon. Son sang est un poison pour ceux de ton espèce. Si tu avais couché avec elle, tu aurais éprouvé le besoin de boire à son cou. Et à ton âge, tu n'aurais pas eu le self-control suffisant pour te retenir. Ta vie vaut plus qu'un coup en passant, non ?

— Mais pourquoi vous me parlez, d'abord ? Vous m'avez éclaté la lèvre, tout à l'heure.

— C'est vrai.

— Et c'était pour... m'éviter un danger ? Un truc comme ça ?

— J'avais besoin que tu débarrasses le plancher.

— Vous n'avez pas répondu à ma question, grommela Thaddeus en se laissant glisser contre le mur pour s'asseoir par terre et téter sa bouteille de Coca.

— Ce n'est pas la boisson qu'il te faut, *paren'*. J'ai vu comment tu réagissais à l'odeur du sang de la Valkyrie.

Les canines de Thaddeus avaient poussé, et il s'était mis à bander, s'était tortillé sur son siège pour le dissimuler. Son expression avait oscillé entre le désir et le dégoût.

Si Lothaire ne s'était pas approvisionné juste avant en carburant à indice d'octane élevé auprès de Chase, il aurait peut-être aussi été remué.

— Je te donne une semaine, disons deux avant que tu aies envie de mordre quelqu'un.

— Mais je ne sais pas comment... mordre... ou boire. Vous pourriez m'apprendre ?

— Et en échange, que pourrais-tu faire ? Jouer au foot pour moi ? User mon jean juste comme il faut ?

Lothaire agita une main lasse.

— Dites-moi au moins ce que je suis.

Mais Lothaire ne le savait pas *exactement*. Alors, il se contenta de répondre :

— Tu ne me dois plus rien. Ou presque. Et ce serait bien que tu t'en tiennes là.

Il n'avait pas le temps d'entraîner un apprenti vampire. Des choses plus importantes l'attendaient.

Lothaire avait besoin que Chase et la Valkyrie brisent la glace.

Mon But Suprême l'exige.

Si Nïx avait piloté le Vertas, il devait tout aussi facilement pouvoir piloter le Pravus – il voyait l'échiquier avec une telle clarté, avec des centaines de coups d'avance. Cette devineresse pouvait prédire les actions des gens ; Lothaire pouvait prédire leur réaction.

Aujourd'hui, s'il la jouait fine, la Valkyrie pouvait se retrouver avec une dette de sang envers lui. Mais d'abord, il devait lancer deux pions sur le même chemin. Comment amener Chase dans le lit de Regin ? Comment raviver leur légende ?

En me servant de mon immense talent, si nécessaire.

Ne bouge pas. Pas un seul muscle, s'ordonna Declan. Plus longtemps Regin dormirait, en se régénérant, plus longtemps il la tiendrait dans ses bras.

Et il avait *besoin* de la sentir contre lui. Le manque l'étreignait, violent.

En temps normal, les médicaments qu'il s'injectait étaient progressivement éliminés de son système. Là, ils avaient purement et simplement quitté ses veines, aspirés brusquement par une saleté de vampire.

Il était couvert de sueur et devait serrer les dents pour les empêcher de claquer. Ses jambes le démangeaient, il était parcouru de tremblements, mais il luttait pour rester immobile et surtout, surtout, ne pas la réveiller.

Car le contact avec elle calmait l'essentiel de ses symptômes.

Il lui avait fait du mal, et elle le détestait. Pourtant, la tenir dans ses bras l'apaisait comme jamais rien ne l'avait apaisé jusque-là. Et, il le comprenait maintenant, cet apaisement était exactement ce qu'il avait cherché chaque fois qu'il s'était planté une aiguille dans les veines. *Mais plus jamais…*

Une heure passa, puis deux.

Elle venait de bouger pour la première fois quand Brandr reparut. Il était trempé jusqu'aux os et semblait de meilleure humeur.

— Elle guérit, dit-il en se penchant sur Regin. Sa peau se reforme.

La plaie était violacée, mais elle s'était effectivement refermée. Declan relâcha son étreinte à contrecœur pour laisser Brandr prendre Regin.

— Où l'emmènes-tu ?

Le regard de Brandr se posa une nouvelle fois sur les mains nues de Declan, mais il ne fit pas de remarque sur ses cicatrices.

— Dans l'autre pièce, avec nous.

— Alors, mets-lui quelque chose sur le dos, bordel !

Brandr haussa les sourcils.

— Aidan est dans ce corps, c'est sûr. Quelque part.

Avec délicatesse, il mit son tee-shirt à Regin, puis la porta dans l'autre salle.

Une fois seul, Declan trouva les toilettes, chercha un lavabo dont le robinet fonctionnait encore et se nettoya le visage, avant de se regarder dans le miroir. Ce qu'il vit lui arracha un soupir.

Ses yeux... rougeoyaient.

Parce que je suis un berserk. Et que l'esprit de l'ours s'éveillait en lui. *Mes yeux changeront au gré de mes émotions*.

Ils rougeoyaient en cet instant parce qu'il était en proie à la honte et au remords. *Je l'ai perdue...*

Il avait compris qu'il avait le choix : posséder Regin ou mettre un terme à son existence. Il était sous pression depuis trop longtemps.

Et, ainsi qu'il l'avait prédit des années auparavant, cette pression, ce mal-être était sur le point de le briser.

Perdue... Cela rendait la décision plus facile.

Quand Declan regagna la grande salle, Brandr contait fleurette à la fey, sous le regard furibond de Thad. Lothaire, toujours perché sur sa cage, semblait dormir. *Sans doute impatient de voir mes souvenirs. Je te les offre de bon cœur, la sangsue.* Regin n'était pas là. L'inquiétude s'empara aussitôt de lui.

— Elle s'est réveillée ? Où est-elle ?

— Elle est allée dehors faire un brin de toilette, lui répondit Thad.

Declan tourna aussitôt les talons.

— Je ne la suivrais pas, si j'étais toi, dit Brandr. Elle est à cran, et elle a pris une épée. Même blessée, elle est capable de te tuer.

— Laisse-lui un peu de temps, intervint Natalya. Qu'elle panse ses plaies en privé.

— Je ne peux pas la laisser comme ça dehors. Pas toute seule.

Brandr secoua la tête.

— Une Valkyrie armée âgée de mille ans et au bord du pétage de plomb grand format ? Qui serait assez dingue pour vouloir aller la caresser à rebrousse-poil ?

Moi. Declan courait déjà vers l'escalier et la porte du bunker. Il sortit dans la tempête et se mit à courir sur le terrain accidenté.

Il trouva Regin non loin du bunker, dans une petite clairière. Elle était à genoux dans la boue, torse nu, et les éclairs tombaient juste au-dessus d'elle. Ses cheveux trempés couvraient son dos, ses oreilles pointues dépassant de sa crinière ondulée.

Elle avait posé à côté d'elle son tee-shirt et son épée et examinait ses blessures, les touchant délicatement ici et là.

Le remords l'accabla. S'il acceptait l'idée que certaines créatures du Mythos n'étaient pas des monstres – comme Regin et Brandr –, alors ses commandants avaient eu raison.

Je suis plus monstrueux que ces créatures.

Ce mal-être toute sa vie, et maintenant le remords ? *Un fardeau bien lourd pour un seul homme.*

Regin offrit son visage à la pluie battante et murmura quelque chose en direction du ciel. Son expression était celle de la fureur pure.

Quand Declan vit cela, il comprit que jamais personne ne pourrait la convaincre de lui pardonner. Jamais.

Alors, c'est terminé.

Lentement, elle passa son tee-shirt, puis tendit la main vers son épée. En un éclair, elle fut debout, prête à frapper. La foudre tomba juste derrière elle, mais elle ne sursauta même pas.

— Le moment est venu de mourir, Chase.

Les yeux de Chase brillaient dans l'obscurité, teintés de... de *honte* ?

— Fais ce que tu as à faire.

— Tu penses que je bluffe ?

Ce type était un dément qui avait fait souffrir ses amis et emprisonné des enfants. Il l'avait enlevée et avait laissé des mortels la charcuter.

— Dépêche-toi ! hurla-t-il.

Devant son expression de douleur et de désespoir absolus, elle resta bouche bée. Quel genre de vie avait-il pu avoir pour en arriver là ?

Laisse tomber, ça n'a pas d'importance.

Il avança dans la clairière, plus furieux à chaque pas, comme s'il lui en voulait de ne pas l'attaquer.

— Alors, tu t'en sers, de ton épée ?

Regin serra le pommeau.

— As-tu un dernier souhait ?

— Qu'on en finisse, répondit-il en avançant. Pourquoi hésites-tu ?

Elle l'ignorait !

— Tu veux m'éliminer ? Oui, tu as toutes les raisons de le souhaiter. Alors, fais-le maintenant !

Quand il n'y eut plus que quelques mètres entre eux, il avança brusquement. Elle leva l'épée, plaça la pointe sur son cœur.

Mais ne parvint pas à enfoncer la lame.

Il avança jusqu'à ce que la pointe lui entame la peau.

— Mais fais-le, nom de Dieu ! Je croyais que tu voulais te venger, Valkyrie ! Toutes tes souffrances, j'en suis responsable ! Depuis le début !

La foudre tomba, aussitôt suivie du craquement du tonnerre. Autour d'eux, le vent hurlait.

— Sais-tu à quoi je pensais, avant de te capturer, à La Nouvelle-Orléans ? Je me disais que tu n'étais qu'une mission de plus à accomplir avant de rentrer chez moi. Un autre *detrus* à ajouter à mon tableau de chasse. À ma *collection* personnelle. Ce soir-là, je t'ai frappée avec mon épée. Et j'ai retourné la lame dans la plaie, tu te rappelles ?

Elle ne s'en souvenait que trop bien. La douleur, la trahison… *La première d'une longue série…*

— Et n'oublie pas non plus quand je t'ai torturée. Le poison était si puissant que tu t'es démis l'épaule pendant tes crises. Oh, et la vivisection ? J'ai dû en ordonner des centaines comme la tienne. Des milliers, peut-être. Persuadé, chaque fois, d'avoir raison de le faire.

— Parce que tu penses que les immortels sont des animaux ?

— Moins que des animaux.

Et, comme s'il citait quelqu'un, il poursuivit :

— Vous êtes des abominations cachées parmi nous. Ambassadeurs du mal, vous êtes les ennemis de l'espèce humaine. Perversion de l'ordre naturel, vous vous multipliez de façon incontrôlable. Vous êtes un fléau que l'homme doit éradiquer.

— Alors, pourquoi me sauver de ces vampires, ce soir ? Pourquoi autoriser la vivisection, puis venir à mon secours maintenant ? Tu aurais pu empêcher Dixon et ses chiens de me découper !

— Tu veux savoir pourquoi je ne l'ai pas fait ? Parce que j'étais en plein trip, dans ma chambre, Regin. J'avais une aiguille plantée dans le bras et je planais. Pendant qu'on te charcutait, j'étais dans un autre monde, et celui-ci n'existait plus.

Elle ouvrit la bouche, mais ne dit rien.

— Pense à tout ce que j'ai infligé à tes amis et à tes alliés. C'est mon boulot, de faire souffrir les créatures comme toi. Je les enlève à leurs familles, à leurs foyers, pour les torturer. Fais en sorte que cesse mon malheur, femme ! Tue-moi !

Son regard était hanté, ses cils humides, sa voix rauque.

Seigneurs, il était complètement défait. En miettes. Elle le regarda dans les yeux, et une image étrange, très vague se fit jour dans son esprit. Elle, le visage baigné de larmes... Pourquoi ne parvenait-elle plus à se souvenir ?

Et soudain, il la saisit par les épaules pour la plaquer contre lui, qu'elle plante son épée en lui.

41

— Non !

La Valkyrie leva une jambe au dernier moment et le repoussa, puis jeta son épée de l'autre côté de la clairière.

Elle ne l'avait pas plantée dans le torse de Declan, alors qu'il avait voulu la forcer à le faire.

— Pourquoi tu n'y arrives pas ? hurla-t-il.

— Je ne sais pas !

Elle semblait perdue, troublée.

— Tu veux vraiment que je le fasse ? Tu es si malheureux que ça ?

Face à son épée, quelques instants plus tôt, il avait accepté la mort. Mais il se rendait compte maintenant que mourir, c'était laisser Regin avec un protecteur de moins. Il devait d'abord lui faire quitter l'île.

— Tu ne mérites pas ma pitié, dit-elle.

Sa voix se brisa, ses yeux s'embuèrent, et cela fit plus mal à Declan que n'importe quel coup d'épée.

— Non, tu as raison. Je ne la mérite pas.

Pourtant, il aurait voulu lui expliquer pourquoi il avait agi ainsi, pourquoi les immortels étaient devenus ses ennemis, pourquoi il avait cru que son espèce devait être contrôlée.

Et pourquoi cette tâche lui était finalement revenue.

La formation qui a fait de moi un monstre.

Mais il savait que jamais il ne parviendrait à le lui faire comprendre.

— J'ai déjà été torturée, Chase. Mais jamais comme ça. Ils parlaient golf et cinéma tout en…

Elle ravala un sanglot.

— … tout en jouant avec mon utérus.

Une envie de meurtre monta en lui. Il aurait voulu hurler sa colère, réconforter Regin, pulvériser tous ceux qui avaient osé la toucher.

— Tu m'avais assuré que je les supplierais. Ça, pour supplier, j'ai supplié. Et je m'en voudrai à jamais de l'avoir fait. Je t'ai supplié, *toi*, d'intervenir pour les arrêter ! Tu ne peux pas comprendre ce que c'est ! Ce sentiment de viol…

— Peut-être que je comprends mieux que tu ne le crois.

La gorge tranchée de Colm, mes parents dévorés vivants. Sentir la chair qu'on arrache de mon corps…

Mais ses mots ne firent que la mettre plus en colère encore.

— Tu l'as vu des milliers de fois, alors tu sais tout de la torture, c'est ça ? Tu me dégoûtes ! Tu ne sais rien. *Rien !*

Non, elle ne pouvait pas balayer ainsi ce qu'il avait enduré.

— Je sais tout ! rugit-il en arrachant son pull.

Elle poussa un petit cri, se figea, clignant des yeux comme si elle avait du mal à croire ce qu'elle voyait.

— Ne me dis pas ce que je peux comprendre ou pas !

Il se tourna pour lui montrer son dos. Quand il lui fit face de nouveau, elle semblait horrifiée.

— Je connais la douleur, Regin ! Je sais ce que cela fait d'être à la merci de quelqu'un !

La foudre tomba une nouvelle fois. Elle recula d'un pas, puis d'un autre.

Elle m'échappe à jamais. Il lui tendit la main, mais elle secoua lentement la tête.

— Laisse-moi, Chase. Je ne sais pas ce que tu veux de moi, je ne sais pas ce que tu imagines entre nous, mais oublie tout. Nous deux, c'est… mort !

Et elle reprit le chemin du bunker, une main sur la bouche, comme si elle avait la nausée.

Il la regarda s'éloigner de lui, et un souvenir lui revint soudain. Un souvenir lointain, qui remontait à l'époque où les médecins de l'Ordre lui avaient retiré ses pansements.

Devant ce qui restait de son torse, sa première pensée l'avait étonné, car elle n'avait aucun sens. En regardant, horrifié, sa peau zébrée de cicatrices, il avait pensé : *Elle ne voudra jamais de moi dans cet état.*

Regin courut jusqu'au bunker, perdant de l'énergie, la vomissant de son corps.

Il y avait des cicatrices sur le torse, le dos, les mains de Chase. Des bourrelets incurvés presque artistiques. Il avait été torturé. Et il en subissait encore le contrecoup.

À l'intérieur de ses avant-bras, il y avait d'autres marques, nombreuses.

Voir ces cicatrices l'avait rendue malade. Elle avait aussitôt imaginé la douleur qui les avait causées.

Qui lui avait fait cela ? Elle se souvenait d'avoir entendu Declan parler de sa haine des immortels, se rappelait s'être dit que certains avaient dû leur faire du mal, à lui et à sa famille. Il n'avait jamais nié.

Elle pouvait établir un scénario plausible. Un groupe d'immortels avait tué ceux qu'il aimait. Declan, lui, avait survécu à l'horreur et rejoint l'Ordre pour se venger.

Elle ralentit. Un souvenir cherchait à faire surface dans sa mémoire, sans y parvenir…

Pas étonnant qu'il nous déteste.

Elle poussa violemment la porte du bunker, grimaça car cet effort raviva sa douleur. Dès qu'elle aurait mis la main sur une arme digne de ce nom, elle s'en irait. Et le plus tôt serait le mieux, car elle ne pouvait pas envisager de côtoyer Chase.

Chase, avec ses yeux de chien battu, son air perdu et son manque d'affection criant.

Merde, les dilemmes, c'est pas mon truc ! Si elle détestait quelqu'un, elle le détestait, point. Et elle avait juré de se venger de Chase.

Alors, pourquoi éprouvait-elle de nouveau cette attirance pour lui ? Pourquoi avait-elle envie de faire demi-tour et de chasser cette tristesse de son regard ? *Chut, calme-toi, seigneur de guerre...*

Aidan était si beau et fier. C'était un vrai roi parmi les siens. Jusqu'à la fin de sa vie, il n'avait jamais connu la défaite.

Chase était... usé. De toute évidence, il avait vécu une tragédie tôt dans son existence. Si chaque réincarnation soulignait une facette d'Aidan, alors Declan Chase était la pire.

La douleur et la haine personnifiées.

Son corps avait été mutilé, mais son visage... En s'éloignant, elle avait émis de la foudre et l'avait illuminé.

La lumière de l'éclair l'avait embelli. On aurait dit une espèce d'ange tourmenté, sombre.

Et cette beauté tragique, associée à ce désir brut, éveillait en elle ce qu'aucune incarnation d'Aidan n'avait éveillé jusque-là.

Quand elle entra dans la salle d'examen, Lothaire la regarda depuis son perchoir, suivant ses mouvements de ses yeux rouges et inquiétants.

— Quoi ? Tu veux ma photo ?

Bientôt, elle lui demanderait des comptes, à lui aussi, pour ce qu'il avait fait subir à des Valkyries par le passé.

Mais elle devait guérir un peu plus, avant. *Je dois pouvoir rapporter ses canines à mes sœurs*. Après l'avoir éliminé.

— Certains d'entre nous essaient de dormir, *suka*.

— Toi, connard, tu la fermes. Si tu crois que je ne vois pas ce que tu mijotes !

Il poussa un sifflement détaché et grommela, avec cet accent russe si prononcé :

— Je t'aurai. Goutte après goutte.

Au fond de la salle, Thad dormait, assis contre le mur. Natalya somnolait, la tête sur les genoux de Brandr. Regin fronça les sourcils en les voyant, mais continua de chercher une arme. Elle avait laissé l'épée dehors.

Brandr déposa délicatement la tête de Natalya sur le sol et rejoignit Regin.

— Chase est toujours vivant ?

— Malheureusement.

— C'est Aidan, j'en suis sûr. J'ai eu du mal à le croire, moi aussi, mais maintenant, j'en suis convaincu. Qu'est-ce que tu cherches ?

— Il me faut une arme, mais je ne veux pas prendre la dernière épée.

— Tu t'en vas ?

— Si je reste, je vais le tuer. J'ai juré sur le Mythos de me venger en l'éliminant.

— Regin, si tu l'avais vu quand tu étais inconsciente, la façon dont il a réagi en voyant dans quel état tu étais… Tu as largement été vengée.

Elle n'en était pas convaincue.

— Dans quelques jours, l'Ordre va bombarder l'île. Il n'y a qu'un moyen de la quitter : un bateau amarré sur la côte ouest, de l'autre côté de ces montagnes. Si tu n'embarques pas sur ce bateau, tu signes ton arrêt de mort.

— Je vous y retrouverai. Si je n'arrive pas à temps, partez sans moi.

— Tu ne peux pas partir toute seule.

Il est possible que je ne le sois pas. Dans la clairière, juste avant l'arrivée de Chase, elle avait senti... la présence d'une Valkyrie. Une de ses sœurs se trouvait-elle sur l'île en ce moment même ?

— Le chemin sera dangereux, dit Brandr. Et ça me coûte de le dire, mais Chase est le plus fort d'entre nous.

— Un chien fou est toujours puissant, mais ne lui confie jamais ta vie !

— Tu resterais, si je lui mettais une laisse et lui attachais les mains ?

Comme elle hésitait, il ajouta à mi-voix :

— Tu ne quitteras pas cette île vivante, sans lui. Et comme j'ai juré de te protéger, je n'en sortirai pas vivant non plus.

— Et Lothaire ? chuchota Regin.

— Le vampire s'est battu contre les wendigos, ce soir, pour nous permettre d'arriver jusqu'ici. Chase a été obligé de passer un marché avec lui.

— Il a passé un marché avec une sangsue ?

— Pour te sauver, oui. Écoute, je ne te demande pas de lui pardonner. Mais peut-être juste d'essayer de le comprendre.

— Sais-tu combien de nos amis et alliés ont été emprisonnés sur cette île ? Combien sont morts ce soir ? Combien de vies ont été bousillées ? Il est derrière tout ça ! Il pense que nous sommes des animaux... toi compris !

— Mais je le sais, tout ça ! Je veux juste que tu sois consciente du fait que, ce soir, il a fait des sacrifices pour toi. Qu'au moins, il essaie de s'amender.

— Et qu'est-ce que tu veux que je fasse ? Que je lui conte fleurette... pour qu'il meure, de toute façon ?

— Regin, c'est la première fois que je côtoie vraiment Aidan depuis qu'il est mort. Tu l'as retrouvé, toi, par le passé, même si c'était très brièvement chaque fois. Moi, je suis toujours arrivé trop tard. J'ai vu le chevalier pousser son dernier soupir. J'étais avec toi quand nous avons enterré le cercueil vide de l'Espagnol. Le cavalier, j'ai tenté de le prévenir, et je suis arrivé quelques secondes avant qu'il ne soit abattu. Alors là, je voudrais juste... je voudrais voir ce que ça fait de l'avoir de nouveau avec moi.

Il manque à Brandr, aussi.

— Mais il n'est plus pareil, dit-elle d'un ton plus doux. Tu serais déçu.

— Alors, tu le laisseras tomber une fois qu'on aura quitté l'île. Attendre encore quelques jours, ça ne devrait pas être si difficile, si ?

Malgré la tempête, Declan entendit quelqu'un approcher, mais il était trop fatigué pour chercher à cacher ses cicatrices.

Qu'ils aillent tous au diable. Qu'ils voient tous à quoi il ressemblait vraiment...

Brandr arriva, les sourcils froncés. Mais il ne dit rien, se contenta de faire le tour de la clairière, donnant un coup de pied dans un caillou ici, lançant un bâton là.

Colm faisait la même chose, quand il avait quelque chose à dire et qu'il ne savait comment aborder le sujet.

— Dis ce que tu as sur le cœur, berserk.

— J'aimerais savoir ce que tu fais là.

Je suis assis sous la pluie comme un con. J'ai envie de hurler à la mort parce que je l'ai perdue. Pourtant, il ne l'avait jamais eue ! Il l'avait toujours su : un seul regard à sa peau mutilée, et elle fuirait. Pourquoi avait-il espéré une autre réaction ?

Comme Declan ne répondait pas, Brandr demanda :

— C'est un immortel qui t'a fait cela ?

— Oui. Ils s'y sont mis à plusieurs.

— Dis-moi que tu les as tués.

Les yeux de Brandr brillaient dans le noir. On aurait presque dit qu'il était… malheureux pour Declan.

Ce dernier hocha la tête.

— Ce qui explique pourquoi tu nous détestes tous.

— Ça faisait aussi partie de mon boulot, de vous détester. Et puis, on ne m'a jamais expliqué qu'on pouvait ne pas vous haïr.

— Et ces marques, Chase ? demanda Brandr en montrant les avant-bras de Declan. Tu prends quoi ?

Honteux, Declan baissa les yeux.

— Tu trembles, maintenant. Tu vas supporter le manque ?

— Le plus dur est passé.

Regin m'a aidé à le surmonter, sans le savoir… Mais ce n'était pas encore terminé.

— Et tu vas rester clean ?

— C'est mon objectif.

Brandr hésita, puis dit :

— Regin va s'en aller.

Declan se leva d'un bond.

— Hors de question…

— À moins que tu ne sois attaché, comme un prisonnier. J'ai trouvé des sangles dans la salle d'examen.

Comme c'est pratique !

— Tu sais comme moi que si la fureur monte en moi, je peux rompre n'importe quels liens.

— Et elle sait que ça lui laisse une fenêtre de tir assez grande pour te buter.

— Si j'accepte les liens, elle reste ?

Brandr hocha la tête.

Declan remit son pull et tendit l'épée de Regin à Brandr. Ensemble, ils regagnèrent le bunker, et Declan se laissa attacher.

À l'intérieur, Thad et Regin étaient assis ensemble contre le mur, la tête de la Valkyrie posée sur l'épaule du gamin. *Ne le massacre pas. Il est jeune.*

Quand Natalya fit signe à Brandr de la rejoindre, le berserk se laissa glisser par terre à côté d'elle. Lothaire somnolait toujours.

Declan s'assit de l'autre côté de la salle, à l'écart des autres, se sentant, une fois de plus, rejeté. Il fit de son mieux pour ne pas regarder Regin. Et échoua.

Les cernes sombres sous ses yeux et la pâleur de son visage étaient autant de coups de poignard pour lui. La voir dans cet état décuplait ses remords.

Quand leurs regards se croisèrent, il ne chercha pas à cacher ce qu'il ressentait. *J'ai tellement envie de toi. Je ferais n'importe quoi pour revenir en arrière et tout changer. Pour que mon corps ne soit plus couvert de ces horribles stigmates.*

Avec une expression hostile, elle se détourna. Quand Thad passa un bras autour de ses épaules, elle se pelotonna contre lui.

Declan serra les poings, résistant à l'envie de rompre ses liens pour l'arracher des bras de l'halfelin.

Bientôt, ses jambes se remirent à trembler, puis son corps tout entier. Il posa la tête contre le mur, fixa le plafond. Ce n'était pas aussi insupportable qu'avant, mais sans Regin dans ses bras, c'était pire pour lui.

J'ai besoin d'elle. Il serra les dents, luttant pour garder ses jambes immobiles…

Lothaire s'éveilla en sursaut, haletant, se tâtant la poitrine. Il semblait épuisé et suait à grosses gouttes.

Declan le fixa d'un regard mauvais. *Le vampire vient de voir ma séance de torture en rêve.*

Et quand les yeux de Lothaire se posèrent sur lui, il murmura :

— Étouffe-toi avec, connard…

42

Regin s'éveilla brusquement. Elle s'était encore endormie contre Thad, qui ronflait à côté d'elle.

Une nuit et une matinée s'étaient écoulées, pendant lesquelles ils avaient dormi par intermittence, récupérant autant que possible en attendant que, dehors, les combats se calment un peu.

Elle se frotta les yeux et regarda autour d'elle. Beaucoup d'instruments de torture, mais pas de tortionnaire. Chase et tous les autres avaient quitté la salle.

Quand Thad enfouit son visage dans son cou, posant ici et là ses lèvres entrouvertes, elle lui donna une petite tape sur l'arrière de la tête.

— Hé, joue pas les vampires avec moi, c'est pas le moment !

Il se redressa brusquement, les crocs pointus.

— Aaaaah ! Où suis-je ?

Regin regarda ses crocs, puis un peu plus bas.

— Bons dieux, mais t'es toujours au garde-à-vous, toi, c'est dingue ! Y a des toilettes, au fond. Va t'astiquer le jonc ou je sais pas quoi, mais fais quelque chose !

Rougissant violemment, Thad tira son tee-shirt vers le bas et grommela :

— Je... Excuse-moi... Je sais pas ce qui m'arrive.

— Soit t'allais me mordre, soit t'allais m'embrasser, ou les deux. Et ça, c'est hors de question, gamin !

T'aurais plus de chances avec Natalya – même si, de ce côté, on est proche du zéro opportunité.

Devant son regard mortifié, elle soupira :

— Écoute, j'ai eu une nuit un peu difficile, et c'est toi qui prends, c'est tout.

— Ah, je vois. Pas de souci. Et... euh... donc, pour Natalya, c'est mort ?

— Ouais, Brandr t'a cassé ton coup. Désolée. Mais un jour tu rencontreras quelqu'un de moins dangereux pour toi...

Elle se tut. Natalya descendait l'escalier.

Thad se leva d'un bond, se recoiffant d'une main.

— De-bout, les marmottes ! Il faut se le-ver ! lança la fey d'un ton léger, apparemment reposée et détendue. Allez, il est midi, et on a un bateau à prendre !

Et clairement, t'as baisé cette nuit, toi, pensa Regin avec une pointe de jalousie. Dès son retour à La Nouvelle-Orléans, elle prendrait un amant. Ras le bol, de rester fidèle à Aidan.

Elle en prendrait même deux, tiens. Et pendant qu'on y était, elle connaissait une meute de changeformes léopards qui n'arrêtaient pas de lui tourner autour. *Je leur donnerai leur chance à tous.*

Elle se leva. L'ensemble de ses muscles protesta à l'unisson.

— J'arrive, j'en ai pour cinq minutes, dit-elle en se dirigeant vers les toilettes.

Natalya ébouriffa les cheveux de Thad, plus décontenancé que jamais, et suivit Regin. Tandis que celle-ci se passait de l'eau sur le visage, elle se hissa sur le lavabo d'à côté.

— Alors, qu'est-ce que tu dis de toutes ces révélations ? Je suppose que ça va gêner un peu tes projets de vengeance. Vu que c'est pas Chase qui a ordonné qu'on te torture, et tout...

— Ça veut juste dire qu'il reste en vie.

— Enfin bon, le plus important, c'est que moi, j'aie pu me venger.

Regin se servit de son tee-shirt pour s'essuyer le visage, puis jeta un œil à sa blessure.

— Ta peau est complètement refermée, dit Natalya, impressionnée.

— Il y a eu beaucoup d'éclairs, cette nuit, ça aide. Encore quelques heures, et je serai comme neuve.

— Mais tu ne scintilles pas.

Regin haussa les épaules.

— Ça ne reviendra peut-être pas.

Quand sa mère avait perdu sa luminescence, elle ne l'avait jamais récupérée. Après que Wotan et Freyja l'avaient sortie des griffes des vampires qui avaient tué tout le monde dans son village, sa peau n'avait plus jamais brillé comme avant. Et elle était restée couverte de cicatrices de morsures.

J'ai appris à compter sur ces cicatrices. Sans jamais comprendre combien cela lui était douloureux.

— Au fait, tiens, dit Natalya en tirant un soutien-gorge de sa poche pour le tendre à Regin. C'est la première fois que j'ai de la lingerie qui ne m'appartient pas dans la poche. Et sans doute pas la dernière.

Regin retira son tee-shirt pour le mettre, en se jurant de brûler tous ses vêtements dès son retour.

Natalya se pinça les joues en se regardant dans le miroir, prit quelques poses.

— Alors, tu vas faire quoi avec Chase, maintenant ? Revoir ta position ? T'adoucir un peu ?

La veille, Regin avait failli changer d'avis par deux fois : quand elle avait découvert la peau couverte de cicatrices de Chase, puis lorsqu'elle avait vu combien il souffrait du manque. Il était resté dans son coin, tremblant en silence dans l'obscurité. *Vivre ça seul...*

Puis elle s'était souvenue de tout ce qu'il lui avait fait.

— Il a un passif un peu trop lourd, non ? Par le passé, chaque fois que quelqu'un m'a enlevée, empoisonnée ou poignardée, je ne lui ai pas laissé de seconde chance, je me suis vengée. C'est une sorte de principe, si tu veux. Alors là, je vais monter sur ce bateau, et à la première occasion, je me tire le plus loin possible de ce type. Ça me paraît assez fair-play, non ?

Elle retrouverait Lucia et reprendrait sa vie là où elle l'avait laissée.

— Tu ne ressens rien, alors ? Même pas une toute petite attirance ?

— Rien du tout, répondit-elle, ignorant la moue ironique de Natalya. En parlant d'attirance... Brandr et toi, ça donne quoi ? Thad était drôlement déçu.

— Il n'a que dix-sept ans. Il est en pleine transformation. Mais, de toute façon, avec Brandr, il n'y a rien de sérieux.

— Ben voyons...

— Pour tout te dire, c'était pas si génial que ça. J'avais peur de l'empoisonner, même avec le torque, et il avait peur de me faire mal. Alors, en gros, on s'est envoyé en l'air, mais avec des moufles. Va prendre ton pied, dans ces conditions... Mais tu veux que je te dise un truc dingue ? J'arrête pas de regarder Lothaire, ajouta Natalya en baissant la voix. Je l'ai vu en train de se laver, tout à l'heure, il était torse nu... Waouh, qu'est-ce qu'il est bien foutu ! Et son visage... c'est un sans-faute, on dirait une sculpture. Et ces yeux mi-clos, là...

Sans rien dire, Regin se dirigea vers la porte.

— Quoi ? s'indigna Natalya en la suivant. Cite-moi un truc qui ne soit pas parfait chez lui !

— Ses crocs coupants comme des lames de rasoir, par exemple ? suggéra Regin par-dessus son épaule. Le fait qu'il doive son physique à un régime alimentaire liquide ? Et ces yeux qui te font grimper au rideau, là... ils ont la couleur du *sang*.

— Oh, c'est des détails, tout ça, grommela Natalya.

Elles retrouvèrent Thad devant la porte des toilettes et, ensemble, ils montèrent l'escalier pour sortir du bunker. Il tombait toujours des cordes, et le vent était déchaîné. Le ciel bas ne promettait aucune amélioration proche. Super.

Regin, en tant que Valkyrie, supportait des températures extrêmes, mais cela ne voulait pas dire qu'elle aimait être trempée et glacée.

Ils suivirent le relief rocailleux jusqu'à la clairière la plus proche. Des sommets étaient visibles au loin, tous plus sinistres les uns que les autres.

Les autres les rejoignirent là. Les mains de Chase étaient attachées devant lui, cette fois – sans doute une délicate attention de Brandr, le chien toujours fidèle.

Le maître ne l'approcha pas, n'essaya pas de lui parler, mais lui lança un regard sombre et possessif.

Non, rien du tout. Moins que rien.

Declan s'aperçut soudain que la peau de Regin brillait toujours aussi peu. Sa blessure était assurément refermée, pour l'essentiel au moins, car elle ne semblait plus gênée dans ses mouvements. Mais sa peau restait couleur cendre.

Et si elle ne retrouvait jamais sa luminescence ? *Je trouverai un moyen de réparer cela, même si c'est la dernière chose que je fais.*

Regin le regarda quand il les rejoignit, puis l'ignora. Ce n'était guère étonnant, après tout ce qu'il lui avait fait. Et encore, ça, c'était avant qu'il lui montre ses cicatrices.

Toute la nuit, il s'était demandé ce qu'il lui avait pris de faire cela.

Elle contempla le paysage qui les entourait d'un air dégoûté. À leurs pieds s'étendait un tapis de sapins, mais où ils se trouvaient, la montagne était nue. La zone était trop aride et escarpée pour que des arbres y poussent.

Il avait toujours aimé les paysages désolés, mais elle, qui vivait près du bayou, dans une région chaude... Et si cet endroit lui déplaisait, cela n'allait qu'empirer quand ils prendraient de l'altitude. La pluie ne cesserait plus, les vents seraient plus violents encore.

Elle écarta une natte trempée de son visage.

— Encore une journée au paradis.

Une autre femme pourrait-elle me haïr plus que Regin ne me hait ?

La Valkyrie reporta son attention sur Lothaire, qui semblait encore très affecté par ses cauchemars. Si les vampires s'appropriaient les souvenirs de ceux dont ils avaient bu le sang, comment aurait-il pu en être autrement ?

Declan s'était dit un jour qu'il ne souhaitait à personne de vivre ses tourments passés, même pas à son pire ennemi. *Mais finalement, si.*

— Comment tu vas faire pour tenir le coup, dans la journée ? demanda Regin au vampire.

— Le temps est couvert, j'ai une alimentation de première qualité, et un chapeau de l'armée qui devrait faire l'affaire, dit-il en posant un doigt sur le large bord de son couvre-chef en toile. Et toi ?

— Et ta copine, la Dorada, elle ne va pas venir te chercher ?

Il se figea, comme s'il cherchait à l'entendre.

— Pas tout de suite. Mais elle viendra.

— Un conseil, la sangsue : garde tes distances, ou je te transforme le cul en passoire.

Instinctivement, elle leva les bras pour prendre ses épées. Des épées qui ne pourraient jamais être remplacées. Elles avaient probablement disparu lors de l'effondrement de la prison.

Lothaire soupira.

— Regin l'Éloquente.
— Connard.
Elle les doubla tous sans un regard.
— Dis-moi juste où on va, lança-t-elle à Declan.
— Si tu veux la position exacte, nous allons à l'ouest, à…
Sans hésitation, elle se tourna vers l'ouest et se mit en marche. Natalya et Thad lui emboîtèrent le pas et tous trois commencèrent à discuter, la conversation consistant essentiellement à répondre aux incessantes questions de Thad.
Brandr resta en arrière avec Declan, et Lothaire ferma la marche.
— Je ne t'ai jamais vu aussi dépité, murmura Brandr à Declan.
— Tu ne me connais que depuis… Oh, tu veux dire en tant qu'Aidan ?
— Même mourant, tu semblais plus enthousiaste que ça.
Comme Declan ne répondait pas, Brandr lâcha un juron.
— Écoute, ce n'est pas fini. Elle a des sentiments pour toi.
— Ça, tu peux le dire. Des sentiments très forts. La haine, par exemple.
— Si c'était vraiment le cas, pourquoi n'a-t-elle pas réussi à te tuer ?
— Elle m'a dit que je ne méritais pas sa miséricorde.
Declan se tendit, sentant Lothaire approcher.
— Tu parles de la Valkyrie, maître ?
— Ne m'appelle pas comme cela ! Je ne suis plus un maître.
D'ailleurs, que suis-je ?
Il n'était plus rien.
— T'as pas toute la vie devant toi, là. Dès qu'elle aura quitté l'île, elle te lâchera comme une vieille chaussette.

Et je la suivrai. C'est ainsi qu'iront les choses, désormais.

— Après un millénaire passé à chasser les sangsues, jamais je n'aurais pensé prononcer cette phrase un jour, mais… le vampire a raison. Tu dois la reconquérir avant que nous arrivions au bateau.

— La *re*conquérir ? s'exclama Declan à mi-voix. Mais je ne l'ai jamais conquise !

Une seule fois, il avait eu le sentiment d'un vrai lien entre eux : quand elle était dans ses appartements, dans sa baignoire. Elle lui avait raconté des choses si ensorcelantes que, l'espace d'un instant, il avait envisagé de libérer tous les *ernats* avec qui elle était alliée et de fuir avec elle jusqu'à Belfast.

Sur le moment, cela lui avait paru être de la folie. Aujourd'hui, il voyait cela comme une chance qu'il n'avait pas su saisir.

Mais non, il se trompait. Il n'y avait pas eu de lien, juste une comédie parfaitement interprétée dont l'objectif était de le tuer. Elle avait peut-être renoncé au dernier moment, mais l'intention avait bien été là.

— Non, c'est foutu.

— Tu peux gagner son cœur, insista Brandr.

Declan faisait confiance, dans une certaine mesure, à Brandr. Il avait prouvé sa loyauté à plusieurs reprises, mais Declan devait reconnaître qu'il y avait autre chose. Comme s'ils se connaissaient depuis des lustres…

Et voilà que ses paroles faisaient naître en lui un soupçon d'espoir. Peut-être en savait-il suffisamment sur Regin pour l'aider. *C'est ça ! Essaie d'attraper le vent, t'auras plus de chance.*

— Comment ? s'entendit-il demander.

Merde, j'ai dit ça à haute voix ?

Thad les attendit pour marcher avec eux. Il avait toujours son sac à dos.

— Alors, de quoi vous parlez ? demanda-t-il en se plaçant à côté de Lothaire.

— De la façon dont Chase peut reconquérir la Valkyrie.

Par-dessus son épaule, Chase lui lança un regard meurtrier.

— Ben, les mecs, commença Thad d'un ton solennel. Je pense que ça mérite une roteuse, ça.

Declan fronça les sourcils en entendant le *plop* d'une canette que l'on ouvre.

— Tu as pris de la *bière* avec toi ? C'est ce qu'il y a dans ton sac ?

— Regin m'avait dit qu'il n'y avait pas de limite d'âge pour l'alcool, dans le Mythos. Et puis je pensais que j'allais mourir, et tout. Mais j'ai pas que de la bière, hein. J'ai aussi des capotes, de l'après-rasage, du dentifrice, les trucs de base, quoi.

Donc, nous n'avons pas de nourriture.

— Alors, comme ça, t'avais prévu de baiser au moins une fois avant de mourir ? dit Brandr.

— Ben oui. Jusqu'à ce que tu me casses mon coup, comme a dit Regin.

Ah, je reconnais bien là le franc-parler de ma Valkyrie.

Brandr haussa les épaules.

— Qu'est-ce que tu veux que je te dise ? À part « fais tourner les bières » ?

Thad en tendit une au berserk, puis une à Lothaire, qui haussa les sourcils sans la prendre.

— T'en veux une, DC ? demanda le gamin.

Chase se raidit.

— Je ne t'ai pas entendu m'appeler comme ça, non.

Thad lui tendit une canette avec un grand sourire.

Cette situation était complètement surréaliste. Il se trouvait sur un sentier de montagne, au sommet du monde, en compagnie d'un vampire honni, d'un vampire en devenir et d'un berserk.

Et jamais, depuis ses années de gang dans les rues de Belfast, il n'avait passé un moment pareil, « entre potes », pour ainsi dire.

Je suis en train de perdre la tête... Non, c'est déjà fait, je crois. Et merde. Il tendit ses mains liées et accepta la bière.

— Désolé, elle est tiède, dit Thad.

— C'est comme ça que je l'aime, répondit Declan, même s'il ne se rappelait pas quand il avait bu une bière pour la dernière fois.

Thad avala une gorgée.

— Alors, vous en êtes où, Regin et toi ?

— Si tu veux un conseil, Chase, tu dois la convaincre qu'Aidan est en toi, quelque part, intervint Brandr. Et peut-être essayer de te comporter un peu plus comme lui.

— Être plus comme Aidan, répéta Declan, incrédule.

Déjà que j'ai du mal à être moi... Il ignorait ce qu'il était, et il lui fallait imiter quelqu'un d'autre ?

— Commence par être franc avec elle, suggéra Brandr. Aidan lui disait toujours ce qu'il pensait. Et il la traitait comme une reine.

Lothaire eut un rire méprisant.

— Jamais rien entendu de pire, comme conseil !

Là, je suis d'accord.

Brandr bomba le torse.

— Et pourquoi ça, sangsue ? Elle aimait Aidan autrefois. Elle peut l'aimer de nouveau.

— Précisément. Elle aimait *Aidan*, dit Lothaire. Je l'ai connu, moi, Aidan le Fier. Aucun mortel n'aurait pu tuer autant de vampires de la Horde sans que j'entende parler de lui. Et je sais que c'était un Viking blond et courageux, considéré comme un dieu par bien des hommes. Les femmes le voulaient dans leur lit et les hommes voulaient lui ressembler. Il était un peu comme moi, finalement, soupira le vampire.

Puis il désigna Declan du menton.

— Tandis que là, on a un Irlandais avec des cheveux noir corbeau, le corps couvert de cicatrices, un caractère sournois et un cœur sec. Et qui réalise l'exploit d'être autant détesté par les mortels que par les immortels.

Bon, ça commence à bien faire, là... Mais Lothaire avait raison. Declan n'arrivait pas à la cheville d'Aidan, l'homme que Regin avait visiblement tant aimé.

Il éprouva une bouffée de haine pour cet homme, et ce n'était pas la première fois. Cette jalousie le dévorait. *Même si je suis Aidan.*

— J'ai un bien meilleur plan, dit Lothaire.

— Pourquoi vous l'aidez ? demanda Thad. Vous n'aidez jamais personne, d'habitude.

Lothaire soupira bruyamment.

— Je suis un incorrigible romantique.

Incorrigible romantique, mon cul. À quoi jouait Lothaire ? Qu'avait-il à gagner en l'aidant ?

Brandr ricana.

— La source millénaire du mal le plus pur qui se met à faire dans le conseil matrimonial ? Non, merci.

— S'il suit mon conseil et que ça ne marche pas, alors il sera libéré d'un des pactes qu'il a passés avec moi.

Declan avait été si préoccupé par Regin qu'il en avait oublié à quel point il était lié à Lothaire. Il devait son sang au vampire, et ce n'était pas tout – *il peut exiger n'importe quoi de moi. Ce qui signifie que dès qu'il cessera de m'être utile, je le tuerai.*

Brandr secoua la tête.

— Si ça ne marche pas, Chase risque de la rebuter un peu plus encore.

— C'est possible, ça ? Je ne crois pas, dit Lothaire. Bon, première chose, Brandr ne doit rien lui dire. On ne joue pas l'intermédiaire. Oh, Regin, ajouta-t-il en imitant Brandr, il a été torturé, il est très malheureux, il t'aime tellement, et en plus, le pauvre, c'est un toxico…

— Tu te dopes, DC ?

Thad était horrifié.

— Je me dopais, répliqua Declan d'un ton sec. Tu mets ça au passé.

Brandr était hors de lui.

— Si j'ai essayé de faire l'intermédiaire, c'est parce que Chase a besoin d'aide. De toute l'aide qu'on pourra lui apporter.

Lothaire leva brièvement les yeux au ciel.

— De toute évidence, Chase n'aime pas partager. Ce qui devrait exciter la curiosité de la demoiselle quant à ce qu'il a dans la tête. C'est une Valkyrie qui a l'exécrable habitude de vouloir que tout soit bien comme il faut. Elle a besoin de réparer les choses et les torts. Et si quelque chose ici a besoin d'être réparé…

D'un geste, il désigna Declan de la tête aux pieds.

— On ne fait pas plus tordu que ça, il me semble.

Declan ne dit rien, même si ce raisonnement lui paraissait assez solide. *Putain, Dekko, t'acceptes les conseils d'une sangsue qui te fait du chantage au sang, maintenant ?*

Il serra les dents si fort qu'il *faillit* ne pas demander :

— Deuxième chose ?

— Ignore-la, dit Lothaire. Regin a l'habitude d'être le centre d'attention, partout où elle va. Dans son milieu, elle est celle qui vole la vedette, rit fort, se fait remarquer, contrairement à la Valkyrie silencieuse avec qui elle est toujours. Si tu l'ignores, Regin deviendra encore plus curieuse, voudra en savoir plus sur toi.

Ignorer Regin ? Alors qu'en cet instant même son regard était figé sur l'ondulation de ses hanches ? Il avait besoin de la voir. Sans ces coups d'œil, le désir se faisait insupportable.

Brandr claqua des doigts devant ses yeux.

— Oh oui, ça va super bien marcher, ça, je sens.

— Si, si, ça va marcher à fond ! dit Thad en proposant d'autres bières.

Declan et Brandr déclinèrent l'offre, mais Thad ouvrit une autre canette pour lui.

— Moi, j'ai ignoré Sally Ann Carruthers pendant tout un semestre. Et un après-midi, quand ma mère est rentrée du boulot, elle l'a trouvée qui m'attendait. Et écoutez bien : Sally Ann était *nue* dans mon lit. Maman l'a sortie de là en la tenant par l'oreille.

Un sourcil en accent circonflexe, Brandr se tourna vers Lothaire.

— Et quelle est la suite du plan ?

— Ce soir, nous ferons en sorte qu'elle puisse s'isoler un peu. Et Chase fera appel à la violence pour briser la glace.

— La violence, répéta Declan.

— Vis par l'épée, aime par l'épée, répondit Lothaire.

Thad rota.

— Je sais pas trop, pour la violence. On m'a appris à respecter les femmes, moi.

— Il la respectera le lendemain matin. Ou pas.

Puis Lothaire leur exposa son plan pour la nuit à venir. À chaque mot, Declan se rendait compte que cette stratégie, bien que perverse, se tenait. Il allait devoir se découvrir un peu plus, mais si ça marchait…

— Alors là, je dois dire, c'est plus dans mes cordes, dit Thad. Mais j'ai quand même un conseil à te donner, DC. C'est ma mamie qui me l'a dit : quand un homme fait une connerie, il y a toujours une chose qu'il oublie de faire, c'est de s'excuser, tout simplement. N'oublie pas, toi. En attendant, moi, je vais voir si mes copines ont soif.

Sur quoi, il rejoignit Regin et Natalya.

Brandr semblait résigné à adopter le plan de Lothaire, mais il ajouta :

— Si ça marche, Chase, tu ne pourras quand même pas l'embrasser.

— Parce que ses lèvres droguent les hommes ? Est-ce seulement vrai ?

— Aidan m'a avoué une fois que ses lèvres étaient comme une drogue, mais je ne pense pas qu'il parlait littéralement. D'ailleurs, vous étiez bouche contre bouche la plupart du temps, alors… Mais je pense quand même que cela te rappelle plus rapidement ta vie passée.

La perspective de s'abandonner aux souvenirs d'Aidan ne lui était plus si désagréable. Surtout s'ils effaçaient les siens. Ne plus se souvenir de la torture, de la drogue, du mal fait à Regin. Ne se rappeler que le plaisir d'être respecté plutôt que craint par ses hommes, adoré plutôt que détesté par Regin.

— Tu crois vraiment à tout ça ?

Des choses plus étranges s'étaient produites dans le Mythos, mais Declan avait déjà reçu un sort et savait quel effet cela faisait. Ne sentirait-il pas le danger, désormais ?

— Je l'ai vu se produire trop souvent, dit Brandr. Alors, tu ne l'embrasses pas, et tu ne te laisses pas emporter par la fureur sacrée. Et surtout, surtout, tu ne la possèdes pas.

Ne pas la posséder ? Si cette Valkyrie ouvrait les cuisses et voulait que Declan lui fasse l'amour ?

Il plongea son regard dans celui de Brandr.

— Comprends-moi bien : si j'ai la moindre occasion de conclure, je la saisis, putain, je la saisis.

43

Il y a quelqu'un, là, dans l'obscurité ? Qui me regarde ?

Les oreilles de Regin tressautèrent. Elle se figea dans l'eau du petit ruisseau qu'elle avait trouvé, pas très loin de leur campement.

Les sourcils froncés, elle inspecta les alentours – un plateau marécageux niché haut dans la montagne. À cet endroit, le ruisseau s'élargissait pour former un petit bassin, avant de tomber dans le vide. Elle avait de l'eau jusqu'à la poitrine.

Son épée et ses vêtements lavés étaient sur un gros rocher, à quelques pas du bord.

Une seconde passa. Puis une autre. C'était peut-être juste la pluie, qui tombait toujours.

Elle continua sa toilette, frottant du sable sur ses bras à grands gestes saccadés, redoutant de verser de nouveau dans l'introspection.

Leur triste groupe avait marché tout l'après-midi et une grande partie de la nuit, puis avait décidé de faire une pause jusqu'à l'aube. Regin aurait pu continuer – sa blessure était complètement guérie –, mais Brandr, Chase et Natalya avaient besoin de manger et étaient partis chasser.

Thad aussi avait commencé à faiblir. Les trois bières qu'il avait bues n'avaient rien arrangé. Il s'était mis à maugréer, évoquant sa famille, ses amis, son lycée qui lui manquaient.

— Il faudrait qu'il boive du sang, le gamin, pas de la bière, avait dit Regin à Natalya.

— T'es volontaire, Valkyrie ? avait répondu la fey.

Regin aimait beaucoup Thad, mais proposer à un vampire, même sympa, de se nourrir sur elle, c'était hors de question. Ne pas détester un vampire était une chose, remplir une canette vide avec son sang et la lui offrir en était une autre...

Chase l'avait ignorée tout l'après-midi, exactement comme quand elle se trouvait dans sa cellule. Incapable de supporter cette indifférence, elle avait fini par prendre Brandr à part, exigeant de savoir ce que les quatre hommes s'étaient dit. « Demande à Declan », avait-il répondu avec un haussement d'épaules.

Elle lui avait donné une claque sur l'arrière de la tête et s'était éloignée, furieuse.

Mais elle ne cessait de penser à Chase, aux cicatrices qu'il lui avait montrées. Elles semblaient anciennes, il devait donc être très jeune quand on les lui avait infligées...

Le souvenir qui lui avait traversé l'esprit la veille lui revint soudain, et elle se rappela la photo qu'il lui avait montrée, celle d'un couple mangé vivant par des néoptères.

Les plaies arrondies, soigneusement tracées sur les deux corps, étaient identiques aux cicatrices de Chase. Elle se souvint alors de sa voix blanche quand il en avait parlé, de la tension dans ses épaules. De la façon dont il avait tapé du poing sur son bureau.

Elle ouvrit la bouche. *C'étaient ses parents.*

Le père et la mère de Declan Chase.

Avait-il vu les néoptères dévorer sa famille tandis que sa propre chair était déchirée ?

Le couple devait avoir une quarantaine d'années. Donc Chase était jeune quand ces créatures s'étaient… nourries sur lui. Elle porta une main à sa bouche.

Il avait dû s'en sortir de justesse. Comment revenait-on de la terreur ?

Elle leva les yeux vers le ciel nuageux. Ce n'était pas parce qu'elle comprenait ses motivations qu'elle lui pardonnait ses crimes pour autant. Il n'avait peut-être rien eu à voir dans ce qu'elle avait subi entre les mains de Dixon, mais il l'avait quand même torturée, les avait enlevés, elle et ses amis, pour les enfermer sur cette île, véritable enfer sur terre.

MacRieve et Carrow étaient-ils seulement sortis de la prison vivants ? Était-ce le vémon Malkom Slaine qu'elle avait aperçu dans le couloir, poursuivant la sorcière ? Regin avait affronté un vémon, autrefois, et avait eu de la chance d'en sortir vivante. Ces créatures étaient d'une force et d'une rapidité phénoménales. Si Slaine cherchait à se venger, qui pourrait protéger Carrow ?

Et à cause de Chase, Regin n'avait pas pu retrouver Lucia. Elle ignorait comment s'en sortait sa sœur. Serait-elle désespérée au point d'affronter Cruach toute seule ?

Regin se laissa couler. Que cherchait-elle en Chase de toute façon ? Il n'était pas question de *happy end*, avec lui. Il méprisait les immortels. Et depuis la veille, ce type n'était plus qu'un junkie à la rue et sans emploi, avec dans le dos une cible grande comme le Mythos.

Et ça, c'était s'il vivait. S'ils ne s'embrassaient pas, s'ils ne couchaient pas ensemble. Dans le cas contraire, il casserait sa pipe avant que quiconque ait le temps de dégainer une épée ou un flingue…

Elle remonta à la surface et se figea quand elle le sentit approcher. *T'as pas pu m'ignorer plus longtemps, hein, l'Irlandais ?* Lentement, elle tourna la tête et le vit, debout au bord du ruisseau.

Les mains détachées. *Bon sang, Brandr…*

Mais c'était surtout son air déterminé qui ne lui disait rien qui vaille, sourcils froncés au-dessus de ses yeux gris.

Déterminé à faire quoi ?

Ses vêtements semblaient trop petits pour lui, comme s'il avait grandi et grossi pendant la journée, ce qui n'avait pas de sens…

Il fit mine de retirer son pull. *Il pense quoi, là ? qu'il va venir se baigner avec moi ?*

— La piscine est prise, Chase, passe ton chemin.

Il ne bougea pas. Elle ouvrit la bouche pour lui lancer quelque remarque caustique bien sentie, mais les mots ne franchirent pas ses lèvres. Il passait son pull par-dessus sa tête, révélant son torse.

Les cicatrices semblaient plus aplaties que la veille, plus étirées. Comme s'il avait grandi, encore. Tout en examinant son torse, elle réalisa que son regard était autant attiré par les cicatrices que par les muscles qu'elles couvraient.

Un véritable travail de sculpteur. Son regard glissa sur la succession d'arrondis et de vallons, sur le nombril, descendit jusqu'à la taille du pantalon de treillis, la naissance de la ligne de poils… et plus bas. Sa gorge se serra. Sous le pantalon, son sexe se tendait déjà.

Elle se redressa brusquement, chercha un autre endroit où poser les yeux. Autour du cou, il portait des plaques d'identité militaires ; une grosse montre de soldat ceignait son poignet. Avec les boots noirs, le treillis et les accessoires, il était pas mal. Pas mal du tout, même, malgré les cicatrices.

Était-il aussi beau que l'avait été Aidan ? Non. Mais il était intrigant.

Une chose était sûre : il semblait savoir ce qu'il voulait, et qui était sur le point d'en faire les frais.

Maître Chase était… *sexy*.

Il s'assit sur un rocher pour retirer ses boots. Dans cette position, ses abdominaux roulèrent sous sa peau, et elle les fixa, éblouie.

Puis il se leva, une main sur sa braguette, tira sur la fermeture Éclair. Elle allait lui dire d'arrêter. Dans une seconde.

Sans se baisser, il laissa son pantalon tomber sur ses pieds et fit un pas en avant pour s'en débarrasser.

Respire, Regin. Il était presque complètement en érection, maintenant. Son membre se dressait sur un tapis de poils noirs. Des tressautements l'agitaient tandis qu'il continuait à s'étirer sous ses yeux. Ses testicules, juste en dessous, se tendaient eux aussi.

Il avait toujours été gâté par la nature, mais là... Elle sentit ses griffes sortir, impatientes.

Arrête de regarder sa queue comme ça, traînée.

Mais il n'y avait pas que son sexe. Le reste de son corps avait presque autant d'effet sur elle. Ses jambes étaient puissantes, viriles, poilues juste comme il faut. Ses hanches étaient minces, ses muscles souples.

Elle était fascinée. Mais quand il fit un pas en avant, elle reprit ses esprits.

— Merci pour le spectacle, c'était sympa.

Et elle se détourna pour reprendre sa toilette.

— Un conseil, quand même : tu ne m'approches pas, maître. C'est compris ?

— Je ne suis plus un maître. Je n'appartiens plus à l'Ordre.

Elle haussa les épaules.

— Juste parce que ton lieu de travail a disparu ?

— Je ne suis plus un maître, parce que tu refuserais d'être la femme d'un maître.

Et il entra dans l'eau.

44

Declan s'approcha doucement.

D'une certaine manière, il s'agissait d'une opération militaire. Mais jamais un objectif n'avait eu autant d'importance pour lui. Et jamais un plan d'attaque n'avait éveillé en lui un tel dilemme.

Se déshabiller devant elle avait été un réel supplice. Attaquer un nid de cerunnos ? La routine. Prendre une forteresse démon ? Un jeu d'enfant.

S'offrir au regard scrutateur de Regin en sachant qu'elle allait sans doute le rejeter ? L'horreur absolue.

Sans savoir comment, il avait réussi à rester immobile tandis qu'elle l'examinait tranquillement. Quelque chose lui disait qu'elle ne le trouvait pas répugnant. Seigneur Dieu, elle pensait peut-être même le contraire. Quand ses yeux s'étaient mis à scintiller, son sexe s'était raidi.

T'as rien à perdre, Dekko. Si ça ne marchait pas, au moins serait-il délivré d'un des serments qu'il avait faits au vampire.

Les épaules délicates de la Valkyrie se crispèrent quand il se plaça derrière elle. Sans réfléchir, il tendit la main et écarta ses cheveux pour découvrir sa nuque. Puis il se pencha pour embrasser la peau si lisse, au-dessus du torque...

Elle jeta un coude en arrière, le heurta au menton.

— Pas touche !

Ainsi qu'il l'avait espéré, ce coup n'était que le premier d'une longue série. Elle fit volte-face et le frappa à la joue.

Il encaissa et l'embrassa dans le cou.

— Arrête ! dit-elle en le frappant une nouvelle fois au menton.

Il posa sa lèvre ensanglantée de l'autre côté de son cou.

— Non, mais ça va pas ?

Un nouveau coup faillit lui démonter la mâchoire. Mais il effleura la pointe de son oreille de sa joue. Chaque fois qu'elle le frappait, il répondait par un baiser ou une caresse.

— C'est censé me faire mal, Valkyrie ? Tu frappes comme une petite fille.

— Une petite fille ? s'exclama Regin en le frappant plusieurs fois dans le bas du dos, le poussant à sortir du bassin.

Jamais il n'avait été aussi heureux d'être battu. Bien sûr, il ne se serait peut-être pas autant réjoui si elle avait été en pleine possession de sa puissance de Valkyrie, et s'il n'avait pas été au bord de la fureur sacrée.

Quand il remonta sur la berge à reculons et trébucha, elle sortit à son tour et sauta à califourchon sur lui pour mieux lui boxer le visage.

Plutôt que de la repousser, il posa ses mains sur ses seins parfaits, émit un grognement en sentant leur poids dans le creux de ses paumes. C'était moelleux et doux. Les pointes de ses seins étaient dures… Malgré lui, il donna un coup de reins sous elle.

Elle chassa ses mains, et il ne protesta pas.

— Tu me chatouilles, Valkyrie, et j'ai l'impression que tu aimerais que je te chatouille en retour.

Était-elle seulement consciente qu'ils étaient nus tous les deux et qu'elle le chevauchait ? Il sentait la chaleur de son sexe contre lui, sa moiteur aussi, dans l'air frais.

— Je pourrais rester comme ça toute la nuit, ma belle.

— Connard ! hurla-t-elle entre deux coups sur son sternum. Si je n'arrive pas à te faire mal, c'est à cause de toutes les saloperies de drogues qui courent dans tes veines !

Il plongea son regard dans le sien.

— Plus jamais je n'y toucherai.

— Mais c'est peut-être aussi parce que toutes ces horribles cicatrices amortissent mes coups ! dit-elle en griffant les bourrelets disgracieux.

Il eut honte. Et sentit la colère monter en lui. *Elle ne pourra jamais voir au-delà de ces marques.* Il le savait depuis longtemps.

Mais quelque chose le frappa soudain.

— Je suis peut-être abominable, Regin, mais tes griffes se recourbent.

Elle l'avait vu nu, et malgré tout elle était excitée. Sur le point de pousser un rugissement triomphant, il se sentit devenir plus agressif et, du bout des lèvres, effleura la pointe d'un de ses seins.

Elle eut un instant d'hésitation, puis lui donna un violent coup du revers de la main.

— Ah... Tu ne te défends plus aussi prestement, Valkyrie.

Il lui prit les bras, les plaqua sur ses flancs et effleura son autre sein. Elle se débattit, mais il en prit la pointe entre ses lèvres, goûta ce bouton délicieux, fit tourner sa langue autour... et, dans un grognement rauque, se mit à le sucer, à l'aspirer dans sa bouche.

Avait-elle gémi ? Son sexe palpitait douloureusement.

— Chase, lâche-moi, dit-elle d'une petite voix. Pour que je puisse te toucher.

Enfin ! Sans lâcher son sein, il libéra ses bras, posa les mains sur ses hanches.

— Tu veux que je te caresse, la Lame ?

Elle plaqua les mains sur ses cuisses, y planta ses griffes et remonta d'un mouvement sec, traçant de profonds sillons bientôt sanguinolents.

— C'est tout ce que tu obtiendras de moi ! De la douleur !

Il suça encore plus fort, sentit la pointe de son sein pulser contre sa langue. De la douleur ? Il n'avait rien senti.

Seigneurs, la bouche de Chase était si chaude sur son sein, ses lèvres si hermétiquement fermées autour de son mamelon...

Il vibrait ; les muscles de son torse se contractaient avec souplesse et sensualité sous elle. Elle n'avait jamais réalisé à quel point le corps de Chase était immense comparé au sien. Tellement semblable à Aidan.

Et tellement différent, aussi. Chase était un Celte à la voix grave et à la langue diabolique.

Ses lèvres la tentaient, mais pour l'instant, le frapper lui faisait plus de bien que tout le reste. Elle le repoussa, lui donna une claque.

— Vas-y, Regin. Fais ce que tu dois faire.

— C'est mon intention.

Ces trois dernières semaines, elle avait été comme une Cocotte-Minute, et aujourd'hui, elle était sur le point d'exploser. Chaque coup était comme un nœud qu'elle défaisait en elle. Il n'était pas le seul à éprouver de la fureur, et voir le sang se répandre sur lui après ses coups aidait Regin à apaiser sa rage.

Il avait un œil au beurre noir. Sa lèvre avait éclaté. Sa pommette était ouverte. Ses jambes saignaient.

Et il bandait encore comme un étalon.

Il la prit par les hanches et l'installa un peu plus bas sur lui, l'appuya contre son érection.

— J'ai tellement envie de toi. C'est comme une fièvre qui brûle en moi.

Elle repoussa ses mains.

— Pourquoi est-ce que je voudrais de toi, moi ? Tu penses vraiment que je vais oublier tout ce que tu m'as fait ?

— Non, pas oublier. Mais je peux sauver ce qui existe entre nous. Je suis prêt à faire tout ce qu'il faudra.

— Sauver, tu dis ? Figure-toi que je me suis souvenue d'un autre truc. Tu m'as *étouffée*, hier soir ! C'était difficile ? Dis-moi !

Et elle le frappa à l'oreille

Sur le visage de Chase, une expression glaciale prit le pas sur la cruauté qu'elle avait espéré ne plus jamais voir.

— J'ai juste mis ma main sur ta bouche et ton nez jusqu'à ce que tu perdes conscience. Il n'y a rien de difficile là-dedans.

— Salaud !

Et elle le frappa d'un nouveau revers de main.

— *Bien sûr que c'était difficile !* rugit-il. C'est une des choses les plus difficiles qu'il m'ait été donné de faire ! Brandr risquait de te perforer le cœur, putain ! C'est arrivé quand même, d'ailleurs.

— Tes mains ne tremblaient pas, pourtant !

Nouvelle claque.

— Parce qu'il le fallait ! Tu étais en train de mourir ! Et je… je ne pouvais rien faire !

Tiens, Chase éprouvait-il une émotion autre que la haine ? De vagues souvenirs lui revinrent à l'esprit. Son visage mouillé par des larmes, Chase lui murmurant à l'oreille de tenir bon pour lui…

— Est-ce que la grande méchante Lame a perdu le contrôle de ses émotions, hier ? *Clac !* Est-ce que me voir dans cet état t'a brisé le cœur ? *Bang !* Est-ce que tu as versé de grosses larmes ?

D'un mouvement rapide, il se redressa, la mit sur le dos et se plaça au-dessus d'elle en lui maintenant les bras au-dessus de la tête.

— Oui, j'ai pleuré sur toi comme un petit bébé. Je suis capable d'émotion, Regin. Te voir dans cet état m'a tué ! Et ça m'a vraiment, vraiment fait chier, Valkyrie. Parce que je me suis rendu compte que j'étais incapable de vivre sans toi.

Declan cala ses hanches entre les cuisses de Regin. Le désir de la posséder le consumait.

— Tu seras toujours la seule, Regin. Il n'y aura jamais que toi.

De sa main libre, il dirigea son membre dressé vers son sexe.

— Non, Chase ! hurla-t-elle en se débattant. Jamais ! Tu ne peux pas faire cela. Pas de sexe !

Elle haletait, sa poitrine se soulevant frénétiquement, les pointes de ses seins dressées.

— Cela voudrait-il dire que tu éprouves quelque chose pour moi, Valkyrie ? Peut-être que tu aimerais que je vive, maintenant ?

Il se pencha pour l'embrasser, mais elle détourna la tête.

— Ne m'embrasse pas, siffla-t-elle, ses yeux lançant des éclairs.

— Aucun baiser, d'aucune sorte, vraiment ?

Tandis qu'elle se débattait toujours, il la fit glisser jusqu'à un carré herbu.

— Qu'est-ce que tu fais ?

Ramenant les poignets de Regin devant elle, il s'agenouilla entre ses jambes.

— Je veux juste te goûter, Regin. Je rêve de faire cela depuis longtemps.

— Pas question ! répondit-elle en serrant les cuisses.

Mais, de l'épaule, il réussit à les écarter et plongea en direction du triangle de boucles blondes.

— Un baiser, un seul, et je m'arrête.

— Chase, non !

Il posa la bouche sur son sexe et donna un coup de langue qui la fit taire.

— Mmm…

Elle était délicieuse et trempée. Son sexe palpitait. Il avait prévu de lui demander si elle voulait qu'il arrête. *Impossible.* Il se baissa un peu plus, sa langue se glissa plus loin.

Elle poussa un gémissement, et la foudre tomba au-dessus d'elle. C'était la permission qu'il attendait.

Il relâcha ses mains, qu'elle posa aussitôt sur sa tête – pas pour le repousser, mais pour glisser les doigts dans ses cheveux. C'était la première fois qu'elle le touchait sans colère.

Encore. Il aspira son nectar.

— Regin, laisse-moi aller jusqu'au bout.

Quand elle ondula contre sa bouche, son membre palpita plus fort encore, et une perle de semence apparut.

À chaque mouvement de ses hanches, il donnait un coup de reins, écartant un peu plus les genoux, imaginant glisser son membre loin en elle, plus loin que ne pouvait aller sa langue.

Les éclairs déchiraient le ciel, et Chase savait ainsi qu'il faisait ce qu'il fallait. À chaque baiser, la peau de la Valkyrie retrouvait un peu de sa luminescence, et quelque chose qui ressemblait à de la joie emplit Chase. *Je suis capable de la satisfaire*. Avec le temps, il saurait l'apprivoiser, réparer le mal qu'il avait fait.

— Tu es si bonne… grogna-t-il entre deux coups de langue. Chaude… trempée… divine.

En l'entendant, elle eut un cri étranglé, et ses cuisses achevèrent de s'ouvrir pour lui. Elle s'abandonnait. Elle l'*invitait*. D'un doigt, il caressa le bouton rose et brillant.

— Glisse ton doigt en moi, murmura-t-elle.

Et quand il s'exécuta de bonne grâce, elle se mit à secouer la tête.

— Encore, n'arrête pas... Encore !

— Tu as besoin de me sentir en toi, hein, ma belle ?

Il la lécha d'un coup de langue affamé et glissa un second doigt en elle.

— Chase, je vais jouir !

— Vas-y, vas-y, jouis pour moi, Valkyrie !

Sa langue redoubla de vigueur, tandis que ses doigts allaient et venaient en elle.

— C'est bien, bébé, c'est bien... Allez, je veux te voir jouir...

Elle hurla son nom quand la vague de l'orgasme la submergea et saisit sa tête pour la plaquer contre son sexe. C'était si fort qu'il faillit se répandre sur l'herbe. Tout en la léchant toujours plus avidement, il sentit un frisson remonter le long de son dos et ses testicules se tendre. Mais il s'interdit de jouir tant qu'il n'aurait pas tiré de Regin tous les cris, tous les frémissements de l'orgasme.

Il ne se retira que lorsqu'elle le repoussa doucement. Mais quand sa barbe naissante effleura l'intérieur de ses cuisses, elle se remit à vibrer.

Elle resta longtemps allongée, les yeux dans le ciel, puis se redressa sur les coudes et plongea son regard dans celui de Chase. Son expression était indéchiffrable.

— Regin ? Dis quelque chose. Je n'aime pas quand tu es silencieuse comme ça.

Chase avait été carrément efficace. Bing ! Il avait tout soigneusement préparé, puis avait exécuté son plan avec brio. *Je vais agacer la Valkyrie soupe au lait, et quand elle sera bien énervée, elle ne contrôlera plus rien.*

Et, conformément au plan, elle se retrouvait nue sur un tapis d'herbe, avec Declan Chase entre les cuisses.

L'arroseur arrosé. Elle avait été... prévisible. Et tout lui avait échappé.

Et menaçait de lui échapper de nouveau. Quand le regard de Chase quitta son visage pour revenir à ses jambes et à son sexe, elle lâcha :

— N'y pense même pas.

Il se rembrunit et se redressa, avec l'air d'un gamin à qui on vient de retirer son nouveau jouet. Il était tendu à craquer, ses muscles roulaient sous sa peau, son sexe se dressait de désir.

— Putain, Chase, c'était quoi, ça ?

Il s'était servi de la personnalité de Regin contre elle-même, et elle était tombée dans le piège. Mais elle lui rendrait la monnaie de sa pièce. Elle allait le titiller, l'amener au bord de l'orgasme et le planter là.

Je vais lui faire le coup de la femme fatale ! C'était ce que ses sœurs auraient fait. L'arroseur ne s'avouait pas vaincu...

— Qu'est-ce que c'était ? Ça me paraît évident, non ? Mais je peux te faire un dessin, si tu veux.

Elle ouvrit de grands yeux et planta son poing dans la boue, juste à côté de l'herbe.

— Un indice : une délicieuse fente...

Splatch. Sans réfléchir, elle lui avait jeté de la boue à la figure. *Au temps pour la femme fatale !*

— Bon Dieu, mais qu'est-ce qui te prend ? s'exclama-t-il en crachant, incrédule.

Splatch et re-splatch. Il avait de la boue sur tout le torse, maintenant. Devant sa réaction, elle faillit éclater de rire.

— T'as envie de jouer, c'est ça ?

Il l'attrapa par la cheville et l'attira vers lui pour lui étaler une poignée de boue sur les cuisses. Elle voulut s'échapper, mais il recouvrit son ventre d'une belle couche marron, puis s'occupa de ses seins.

— Connard !

Elle se vengea sur ses mollets. Le ton montait nettement.

Il la lâcha pour récupérer des munitions à deux mains.

— Regin, dit-il, menaçant. On peut faire les choses de deux façons...

Splatch. Elle avait eu ses cuisses. Ne restait plus qu'un endroit... Une cible de choix...

Il suivit son regard.

— N'y pense même pas. Je te préviens : si tu fais ça, tu nettoies.

Splatch.

45

Declan baissa les yeux sur son entrejambe couvert de boue.

— Petite sorcière...

Il lâcha la boue qu'il avait entre les mains, saisit Regin, la plaqua contre lui et se dirigea vers le petit bassin.

Prenant son élan, il la jeta dans l'eau, puis plongea derrière elle. Elle refit surface et écarta ses cheveux de ses yeux tandis qu'il nettoyait la boue de son visage.

— Je t'avais prévenue, dit-il en la prenant par le poignet pour porter sa main à sa poitrine et lui faire nettoyer la boue. Tu salis, tu nettoies.

Elle le fusilla du regard, le maudissant sans doute, mais l'autre main de Chase se posa sur sa poitrine, et elle ne dit rien.

— Et je vais faire pareil, souffla-t-il.

Il passa le pouce sur la pointe de son sein, et elle ferma les yeux. Quand il lui lâcha le poignet et caressa ses deux seins, elle émit un petit cri.

Un instant s'écoula, puis un autre.

— Saleté, va, murmura-t-elle.

Et, d'elle-même, elle posa les mains sur le torse de Chase et se mit à le nettoyer délicatement. Chaque geste découvrait un peu plus de peau scarifiée. Mais elle ne marqua aucune hésitation, suivit même quelques-unes des cicatrices du bout du doigt.

Je tuerais pour savoir ce qu'elle pense en cet instant.

D'une main, il lui caressa le ventre, la nettoyant comme il l'avait promis ; de l'autre, il retira la boue de ses cuisses.

Elle fit de même, laissant courir ses paumes sur ses jambes, et il sentit ses genoux fléchir quand elle monta un peu plus haut.

— C'était censé se terminer comment, dans ton plan ? murmura-t-elle en effleurant son entrejambe.

— Je te faisais l'amour, répondit-il en lui pétrissant les seins.

Elle se cambra, venant à sa rencontre.

— Cela n'arrivera pas.

— Alors, disons que si je parviens à te redonner du plaisir, j'aurai atteint mon but.

Il pinça délicatement le bout de ses seins, la faisant vaciller.

— Je veux être un bon amant.

Maintenant qu'il savait comment lui donner du plaisir, il voulait être le meilleur.

— Et toi ? souffla-t-elle en empoignant son membre. C'est douloureux, non ?

Il frémit de tout son corps.

— Horriblement, proféra-t-il d'une voix rauque.

Elle le caressa lentement.

— Mais ça, c'est si bon…

— Je nettoie, c'est tout.

— Continue comme ça, ma belle, et tout ira bien.

Elle le regarda de ses yeux argentés, serra son sexe dans son poing.

— C'est dommage, parce que j'avais d'autres projets…

Si elle ne voulait pas faire l'amour, alors… Il resta interdit. *Elle veut me sucer ?*

Il serra les dents, retenant sa semence tandis que Regin le nettoyait scrupuleusement.

Deux fois, il fut sur le point de se répandre, quand elle passa le pouce sur le sommet de son gland, puis quand elle le soupesa tout en le nettoyant. Jusqu'à cet instant, il n'avait pas imaginé pouvoir apprécier un tel geste à ce point.

— Voilà, c'est fait, annonça-t-elle enfin d'une voix étranglée. Propre comme un sou neuf. On pourrait manger dessus.

La gorge serrée, il se pencha vers elle.

— Il n'y a qu'un moyen de vérifier.

Sans le lâcher, elle se tourna vers le bord du bassin.

Regin était agenouillée sur un carré d'herbe, entre les jambes d'un homme gigantesque, une main refermée sur son membre dressé. Et elle n'avait pas le sentiment de s'être fait avoir, mais plutôt d'avoir du pouvoir.

C'est rien de plus qu'un truc qui nous fait envie, se rassura-t-elle. Exactement comme Brandr et Natalya.

— Tu mènes ton homme par le bout de la queue, ma belle ?

La voix rauque de Chase la fit frémir. Sa poitrine exigeait déjà ses caresses. Ce salaud de Celte la mettait dans tous ses états.

— Ça pose problème ?

Il secoua la tête.

Sans le quitter du regard, elle se pencha et donna un petit coup de langue sur le gland turgescent.

Il retint un cri.

— Dieu tout-puissant !

Un coup de langue plus appuyé, sur le contour, le fit frémir de la tête aux pieds.

Il s'appuya sur un coude pour la regarder. De l'autre main, il lui caressa les cheveux.

— Je veux voir ton beau visage. J'ai attendu toute ma vie de vivre un instant pareil avec toi.

Le cœur de Regin se mit à battre la chamade. *Non, c'est juste un truc comme ça, en passant.*

Chase ne pensait pas la même chose, c'était évident. Tout en posant les lèvres sur le sommet de son sexe, elle leva les yeux. Le regard sobre, il semblait concentré, les yeux brillants de désir.

Quand elle referma ses lèvres sur lui, il soupira :

— Vas-y, prends tout.

Et en cet instant, elle en avait envie.

Il replia les genoux, bascula légèrement le bassin et plaça une main derrière la tête de Regin. Ses cuisses tremblaient, tous ses muscles étaient contractés. L'extase était proche.

— Tu aimes ? demanda-t-elle.

— Non, je déteste.

Elle faillit sourire. Sa façon de réagir la séduisait de plus en plus. Ses grognements sourds, ses efforts si évidents pour se retenir.

La main, derrière sa tête, tremblait aussi quand il l'attira plus près, glissant son sexe plus loin entre ses lèvres.

Rien n'avait jamais excité Regin aussi intensément que ça. Ses seins étaient douloureux, et son clitoris palpitait, exigeant une caresse. Elle glissa une main entre ses jambes et se caressa, les yeux fermés. Plaisir absolu.

Quand elle gémit, il souffla :

— Pour que ce soit encore meilleur, je ne vois qu'une chose : je voudrais que tu jouisses encore une fois autour de ma langue.

Elle ouvrit les yeux. Déjà, il la faisait pivoter et l'allongeait contre lui, face à son membre dressé, tandis qu'il se plaçait devant son sexe.

Les mains plaquées sur ses fesses, il poussa un gémissement et enfouit sa bouche entre les cuisses de la

Valkyrie. Elle sentit son souffle chaud, ses longs coups de langue.

— Chase !

Déjà, elle était au bord de l'orgasme. Quand il leva un genou et donna un coup de reins, elle prit son membre dressé dans sa bouche et le suça, affamée.

— Oooh…

Il l'agrippa plus fermement encore et se glissa plus loin entre ses lèvres.

Mais quand elle prit ses testicules et les caressa, il hurla :

— Aaah ! Encore ! Tu vas me faire…

Elle planta les griffes de son autre main dans les fesses musclées de Chase et l'attira en elle. Il sursauta, surpris.

— Seigneur tout-puissant ! Je vais jouir, Regin ! rugit-il avant de se remettre à la lécher.

Oui, oui, oui ! Suçant toujours plus fort, elle ondulait contre sa bouche, sentant l'orgasme monter, l'inonder. Elle hurlait autour de son membre engorgé quand il explosa, libérant sa semence.

Les vagues du plaisir la submergèrent encore et encore, et elle l'aspira, loin, toujours plus loin.

46

— Le Ciel soit loué, femme. Une expérience pareille vous fait vite changer de point de vue sur l'existence.

Il la souleva pour l'allonger contre lui. La meilleure façon de remettre un homme sur le droit chemin ? Une fellation super hot par une Valkyrie. Il comprenait enfin à quoi servaient vraiment ses petites griffes !

Une pluie fine se mit à tomber sur leurs corps encore brûlants. Il enveloppa Regin dans ses bras avec un grognement de satisfaction. *La paix absolue, pour la première fois de ma vie.*

La tension avait disparu, remplacée par un sentiment proche de l'euphorie. Oui, euphorie et excitation couraient en lui. Espérer plus avec elle était possible, désormais.

Sa femme. Un avenir qui valait le coup qu'on se batte pour lui. Tout ce qui lui avait tant manqué dans l'existence.

Et plus encore.

— Ça n'aurait pas dû arriver, murmura Regin.

— J'argumenterai contre ce point jusqu'à mon dernier souffle. Nies-tu avoir pris du plaisir ? Tu brilles autant que le jour, et tu as joui violemment. Deux fois.

— Oh, je t'en prie ! Ça faisait plus de trois semaines que j'avais pas pris mon pied. J'aurais grimpé au rideau en jouant avec des couches.

— Je prends note.

Elle se raidit.

— Ça ne change rien.

— Ça change tout, au contraire ! Tu es attirée par moi...

Et je peux te satisfaire.

— Pour le reste, on trouvera une solution.

— Pour ta haine viscérale de mon monde, par exemple, on fait quoi ?

Il lui prit le menton, la força à lever la tête.

— Montre-le-moi, ce monde ! Que je voie pourquoi j'avais tort de le haïr.

— C'est trop ancré en toi.

— Ça l'était peut-être, mais je sens que ça change. *Tout* change en moi. Je ne reconnais même plus ma droite de ma gauche.

— Tu n'es pas *fini*.

— Oui, c'est ça, exactement.

— Il faut que j'y aille.

Comme elle faisait mine de se lever, il la plaqua contre lui et lui donna une tape sur les fesses pour qu'elle ne bouge pas.

— Tu restes là. Avec moi.

— Qu'est-ce que tu attends de moi, Chase ?

La question le décontenança.

— Mais... tout. Tu es mienne, Regin. Laisse-moi te dire comment vont se passer les choses. Je vais vous faire quitter cette île, à toi et à tes amis, puis toi et moi, nous tâcherons de trouver où planter nos racines.

Les lèvres de Regin bougèrent, mais aucun son ne sortit de sa bouche.

— Tu restes sans voix. Je n'aurais jamais cru cela possible. Écoute, reprit-il en lui mordillant le bout de l'oreille. Je n'ai plus que quatre ou cinq décennies de vie devant moi – une paille, comparé à toi –, mais je te veux à mes côtés jusqu'à mon dernier souffle, alors il va bien falloir que tu t'y fasses.

— Qu'est-ce qui te donne le droit d'exiger tout cela ?

— Si ton Aidan s'est effectivement installé en moi, alors j'ai le droit de me servir de sa femme pendant quelques années. Et je veux qu'on passe un accord là-dessus dès maintenant.

— Hors de question, Chase. Tu ne peux pas coucher avec moi.

— Tu en as envie.

Il la regarda longuement avant d'ajouter :

— Seigneur, non. Tu en as besoin.

— Peu importe.

Elle n'avait pas nié !

— C'est à cause de la malédiction ?

— Entre autres choses.

— Comme quoi ? Ah, je sais. Tu as peur de tomber enceinte ? Je n'y avais jamais pensé.

Il se rappela avoir erré dans ce qui avait été sa maison pendant dix ans et s'être dit que c'était un endroit triste et silencieux. Sans âme. Comme son existence tout entière.

Aujourd'hui s'ouvrait devant lui un nouveau champ des possibles. *Je pourrais devenir… papa.* Un sourire se dessina sur ses lèvres.

Il eut conscience, surpris, que sa vision des choses avait changé du tout au tout. Car la perspective d'une grande maison sous la foudre, avec plein de petites Valkyries et de petits berserks, lui semblait soudain idéale.

— Regin, j'ai de l'argent de côté. Je peux m'occuper de toi et de nos enfants.

— Euh… je ne parlais pas de ça. Les Valkyries ne sont fertiles que si elles mangent pendant quelques semaines.

Il l'ignorait. Et trouva cela fascinant.

— Mais puisque tu en parles... Regarde les choses en face, mec. T'es un toxico sans emploi et SDF. Pas génial, pour un père.

Regin, qui allait toujours droit au but.

— Plus jamais je ne toucherai à cette merde. Je n'ai plus besoin de contrôler ma force ni d'oublier ce qui m'entoure. J'ai besoin d'être à la hauteur pour protéger ce qui m'appartient.

Il la serra contre lui, posa ses lèvres sur ses cheveux.

— Pour ce qui est du boulot, j'ai suffisamment d'argent pour que tu puisses continuer à rouler en Aston Martin, Valkyrie. Et pour acheter une maison. Ou deux.

Comme elle haussait les sourcils, il précisa :

— Pendant vingt ans, je n'ai absolument rien dépensé de mon salaire plus que substantiel. Et j'ai reçu des primes pour beaucoup de mes captures. Alors, dis-moi ce qui te tracasse vraiment.

— Et si tu engendres... un monstre ? N'oublie pas que tu parles d'engrosser une *detrus* et qu'il n'y a rien de pire, dans ton monde...

— Je t'interdis d'employer ce mot pour parler de toi-même. C'était une erreur de ma part de ne pas voir qu'il existait des différences entre les immortels. Il y en a des bons et des mauvais, comme chez les mortels.

— En ce qui me concerne, tu t'en aperçois un peu tard, dit-elle en le repoussant pour se lever.

Il la laissa partir en soupirant. Sans son corps contre le sien, il eut soudain froid, et se sentit vraiment nu. Tant d'années passées à éviter tout contact, et voilà qu'il ne désirait plus qu'une chose : sentir le petit corps chaud de la Valkyrie contre lui.

Quand elle se dirigea vers ses vêtements, voir ses petites fesses le refit durcir de plus belle.

— Reste avec moi, dit-il d'une voix rauque.

Avait-il dit cela d'un ton péremptoire ? Il la vit se raidir, puis commencer à se rhabiller.

— Hors de question.

Un moment s'écoula, puis il soupira et lâcha :

— Je suis désolé.

Regin se figea.

— Qu'est-ce que tu as dit ? demanda-t-elle sans se retourner.

— Je suis désolé de t'avoir fait souffrir à plusieurs reprises et d'avoir blessé ceux que tu aimes.

Elle se retourna.

— Des excuses ? Ça a dû te demander un sacré effort, dis donc.

— Je pensais faire mon devoir. Avec toi, avec tous les immortels. Je suivais aveuglément les ordres de mon supérieur. Nous... sommes allés trop loin.

Il se passa une main sur le visage.

Ce regard hanté. Elle se sentit attirée par la douleur de Chase, éprouva soudain le besoin de l'apaiser. Aidan n'avait jamais eu besoin d'elle. Mais cet homme, là, devant elle, avait besoin d'elle pour s'en sortir.

— C'était Webb, ton supérieur ?

Il fit oui de la tête.

— Vous aviez l'air proches, tous les deux.

— C'était à la fois mon père et mon meilleur ami. Il m'a sauvé la vie en me tirant des griffes d'une meute de néoptères. Ce sont eux qui m'ont fait ça.

Ces créatures étaient l'horreur incarnée. Elle l'avait toujours soupçonné, mais elle en avait maintenant la confirmation.

— Quel âge avais-tu ?

Au lieu de lui répondre, il lui tendit la main.

— Je t'en parlerai si tu passes le reste de la nuit à mes côtés.

— On dirait Lothaire, qui met toujours des conditions à tout.

— Il n'a peut-être pas tort.

Elle leva les yeux au ciel et s'assit à un mètre de lui, remontant les genoux contre sa poitrine nue. En un éclair, il la ramena contre lui.

Elle poussa un soupir, vaincue.

— Alors, t'avais quel âge ?

— Dix-sept ans.

— C'étaient tes parents, sur la photo que tu m'as montrée ?

Elle le sentit se tendre contre elle.

— Oui.

— À ma connaissance, personne n'est jamais sorti vivant d'une attaque de néoptères.

— Webb m'a tiré de là avant qu'ils ne me finissent.

Pour Regin, les pièces du puzzle se mettaient en place peu à peu. La famille de Declan avait été massacrée, lui avait été mutilé. Et l'homme qui l'avait sauvé luttait contre les immortels.

— Il m'a donné une raison de continuer à vivre. Et m'a appris tout ce que je sais.

Ce qui signifiait qu'il avait subi un lavage de cerveau. Et à un très jeune âge. Declan Chase n'avait jamais eu le choix.

— Et Webb, on en fait quoi, maintenant ?

— S'il apprend que je suis vivant et que j'ai déserté, il mettra un contrat sur ma tête.

Dans la voix de Chase, elle crut distinguer une pointe de tristesse.

— C'est dur…

— Je… j'ai failli le tuer.

— Quoi ? Pourquoi ?

— C'est lui qui a ordonné ta vivisection. En me le cachant. Il avait découvert que j'étais un berserk, donc il avait probablement découvert aussi que tu étais celle que le destin me réservait. Et malgré cela, il t'a fait souffrir. Quand la Dorada est arrivée, j'étais en train de l'étrangler.

Il serra les poings. Son regard était noir.

Il avait fait du mal à l'homme qu'il considérait comme son père ? À cause d'elle ? Elle avait entendu son rugissement de bête blessée, cette nuit-là…

— J'en ai terminé avec l'Ordre, avec Webb. Tu es ma seule amie au monde, Regin.

Il pense qu'on est amis ?

— À quel moment as-tu commencé à sentir autre chose pour moi ?

— Le soir où tu es venue prendre un bain a marqué le commencement de la fin, en ce qui me concerne. J'ai même envisagé de m'enfuir avec toi à Belfast. Serais-tu partie avec moi, ce soir-là ?

Tellement vite qu'il en aurait eu la tête à l'envers. Mais elle ne devait pas le pousser dans cette voie. Plutôt que de répondre, elle effleura l'intérieur de ses avant-bras.

— Et là, il s'est passé quoi ?

— Je m'injectais une drogue pour contenir ma fureur et ma force. Une drogue qui contenait un opiacé.

— Tu as fait ça longtemps ? Certaines traces semblent assez anciennes.

— Plus de dix ans.

Il hésita avant d'ajouter :

— Avant ça… je me piquais à l'héroïne. Quand j'étais jeune, à Belfast.

Seigneurs !

— Parce que tu t'es toujours senti mal ? À l'intérieur ?

Sa vie passée luttant contre sa vie présente, les cauchemars, les souvenirs…

Il haussa les épaules, mais ne nia pas.

Elle aurait dû le trouver alors qu'il était encore jeune, avant que la vie ne l'abîme. Au lieu de fuir la dernière réincarnation d'Aidan, elle aurait dû la protéger. Le poids du remords pesa dans sa poitrine.

Fidèle, moi ? J'ai abandonné Aidan à son destin. Et laissé le jeune Declan Chase à la merci du monde.

Comme s'il sentait son tourment, Declan passa un bras autour de son cou et la rapprocha un peu plus de lui pour la regarder dans les yeux.

— Viens, ma belle. Ne parlons plus de cela. Tu es avec moi maintenant, et c'est ce qui compte.

Et malgré tout ce qui s'était passé, Regin posa la tête contre son torse, avant de l'enlacer à son tour.

— Mais je veux que tu comprennes que je n'essaie pas de prendre la place d'Aidan. Je sais que j'en suis incapable. Tu l'aimais trop.

Non. Pas d'un amour irremplaçable, en tout cas. Pour Regin, une Valkyrie reconnaissait celui que le destin lui réservait quand il ouvrait les bras et qu'elle se sentait prête à courir s'y réfugier à jamais. Regin avait été très près de cela avec Aidan, mais elle avait lutté contre ses sentiments.

— Je... je ne l'aimais pas.

Je ne me suis pas autorisée à l'aimer.

— Quoi ? Pourquoi n'es-tu pas tombée amoureuse de lui ?

— J'avais besoin de lui, corps et âme. Mais je ne lui ai jamais donné mon cœur.

Chase leva les yeux vers le ciel et esquissa un sourire. Mille ans plus tôt, Aidan avait eu la même expression. Celle de l'anticipation.

— Alors, ça veut dire que je peux encore le conquérir.

Un moment s'écoula, puis son souffle devint plus profond, régulier, et il s'endormit. Ses yeux s'agitèrent sous ses paupières, et il resserra son étreinte.

Il rêve. Les yeux pleins de larmes, elle lui murmura :

— Chut... calme-toi...

47

Elle ne peut pas rester sur le champ de bataille avec moi, songea Edward en suivant du regard Regin qui allait et venait dans sa tente, tournant autour de ses innombrables armes, laissant courir ses mains sur sa veste et le casque de son uniforme de cavalerie.

Son adorable visage était songeur, sa peau luminescente éclairait les murs de toile. Déjà, les soldats la prenaient pour une sorcière qui l'avait envoûté.

Elle ne pouvait pas rester ici avec lui, et il n'arrivait pas à se séparer d'elle. Donc, il allait rejoindre son monde. En tant qu'époux, espérait-il. Pourtant, la Valkyrie se montrait... récalcitrante.

— Tu es trop jeune, Edward.

— J'ai vingt-cinq ans. Les hommes de mon âge se marient.

— Les hommes de ton âge ne tournent pas le dos à tout leur univers. Finis ton tour de la péninsule, puis retourne dans ta belle maison de Londres. Épouse une mortelle qui porte des robes et n'a pas les oreilles pointues. Moi, je ne t'apporterais rien d'autre que le malheur.

Quand elle souleva son tapis de selle et découvrit, brodé dessus, le blason de la famille d'Edward, elle se figea.

— Deux corbeaux en vol ? Edward, tu dois me laisser partir. Tu dois m'oublier.

Il eut un sourire un peu triste.

— Et qu'est-ce qui te fait croire que je serai capable de l'un ou de l'autre ?

Elle ne comprenait pas la profondeur de ses sentiments, ne la comprendrait jamais. Il se leva, la rejoignit – ne pas la toucher était trop difficile à supporter. Il posa une main sur ses frêles épaules. Il brûlait de l'embrasser, mais elle le lui interdisait.

Combien de temps tiendrai-je encore sans goûter ses lèvres ?

— Regin, ce sera toujours toi. Cette malédiction ne peut pas être plus forte que ce que j'éprouve pour toi.

— C'est exactement ce que m'a dit Gabriel. Le jour de sa mort.

— Ce n'est qu'une coïncidence, mon amour. Tout ceci n'est qu'une succession de coïncidences. Aidan a combattu les vampires toute sa vie. Est-il bien surprenant qu'il ait été assassiné par l'un d'entre eux ? Treves avait à de nombreuses reprises provoqué la colère de son roi – un lâche qui l'a fait empoisonner. Et Gabriel ? Seigneur, Regin, combien de corsaires ont péri dans un naufrage ?

— Tu oublies une chose : l'enchaînement des événements. Toutes ces morts ont eu lieu quelques heures à peine après qu'ils m'eurent possédée charnellement. Je suis ta malédiction ! Pourquoi n'arrives-tu pas à l'accepter ?

Declan s'éveilla en sursaut et regarda autour de lui, inquiet. *Je ne suis pas dans une tente ?* L'espace d'un instant, il se demanda où il se trouvait.

Puis il vit Regin. Elle était levée, habillée, et brillait comme un soleil sous la pluie qui tombait toujours.

Elle pencha la tête dans sa direction. Sous son regard, il résista à l'envie presque irrépressible de se couvrir. *Tout ceci est encore très nouveau pour moi.*

Mais elle ne sembla pas faire attention à ses cicatrices, et il se détendit, repensant à la façon dont elle avait dormi, pelotonnée contre lui. Il avait éprouvé un véritable sentiment de plénitude à la tenir ainsi.

La plénitude. Cette notion lui avait été étrangère jusque-là, au point qu'il n'aurait su comment la décrire.

La sentir dans ses bras, savoir que là était sa place atténuait les derniers symptômes du manque, lui offrait quelque chose d'infiniment plus agréable que ce que la drogue lui avait jamais apporté.

Il songeait à l'attirer de nouveau à lui quand elle dit :

— Il faut qu'on rejoigne les autres.

— Oui, je sais, soupira-t-il en se levant pour mettre son pantalon.

Regin le regarda sans pudeur, et il se dit que ce qu'elle voyait lui plaisait peut-être.

Mais quand il enfila son pull, tous deux froncèrent les sourcils. Le vêtement était trop petit.

— Tu n'étais pas censé... dégonfler ? Je parle des muscles.

— Mais je n'ai pas atteint la fureur sacrée. C'est peut-être parce que je n'ai rien pris ?

— Euh... ta dernière dose ne remonte qu'à avant-hier.

Et, entre-temps, un vampire a bu mon sang. Il haussa les épaules.

— À quoi rêvais-tu avant de te réveiller ? demanda-t-elle en frissonnant de froid.

— Tiens, dit-il en retirant son pull. Ce truc ne prend pas la pluie. Tu auras chaud, comme ça. Allez, mets-le.

Elle leva les bras en soupirant, et il lui enfila le pull, qui lui descendit jusqu'aux genoux. Au passage, il en profita pour la prendre contre lui et poser le menton sur sa tête.

— Tu ne veux pas m'enlacer ?

— Je ne veux pas te laisser espérer. Réponds à ma question, maintenant.

— Je rêvais de toi et d'Edward, dans sa tente. Vous discutiez de la malédiction. Il pensait la même chose que moi en ce moment – c'est de la connerie.

Elle le repoussa jusqu'à ce qu'il la lâche.

— Edward est mort le lendemain.

— Comment ?

— Un tireur a pris ses troupes pour cible. Il m'a poussée pour que j'échappe à la balle. L'arrière de sa tête a été... arraché. Un mortel a sacrifié sa vie pour une blessure dont j'aurais mis à peine une journée à me remettre. Quatre fois, je me suis retrouvée veuve ou presque. Et si on continue comme ça, je le serai bientôt une cinquième fois.

— Si ce qui s'est passé hier soir est mon destin, Regin, je suis volontaire pour une centaine de missions similaires.

— Je t'interdis de te moquer de moi, ou de ce qui s'est passé ! Chaque fois, j'ai cru perdre la raison. Aidan s'est vidé de son sang dans notre lit. J'ai tenu Treves dans mes bras tandis qu'il hurlait de douleur sous les effets du poison. Mon pirate ? Mon beau Gabriel ? Une violente tempête a brisé son galion, un mât est tombé et l'a écrasé. Il est mort sur le coup, son corps a été emporté par une vague, et je... je n'ai pas pu le retrouver. Je... je n'ai pas pu le ramener à bord...

— Arrête, ma belle, arrête ! Cette malédiction ne nous touchera pas, je te le dis !

— Après tout ce que tu as vu dans le Mythos, comment peux-tu croire une chose pareille ?

— La malédiction existe, ça, je le crois. J'ai été maudit par une sorcière et je me souviens de ce que cela fait. Je le sentirais si une autre malédiction planait sur moi.

Du revers de la main, il caressa la joue soyeuse de la Valkyrie. S'habituerait-il un jour au luxe d'un tel geste ?

— J'ignore comment t'en convaincre, mais je le sens, au plus profond de moi. Nous sommes à l'abri.

— Même s'il n'y avait pas de malédiction, et même si j'arrivais à te pardonner ce que tu m'as fait, je ne peux pas oublier ce que tu as fait à mes amis. Tu as beaucoup de choses sur la conscience.

— Et si j'arrive à vous faire quitter l'île, à toi et à tes amis, me pardonneras-tu ?

Elle secoua la tête.

— Il resterait Carrow, Ruby et MacRieve. Et Lucia, aussi. Tous sont en danger de mort à cause de toi.

— Lucia ? Comment ça ?

— Mon rôle est d'être à ses côtés quand elle affronte Cruach.

— Tu sais que je ne contrôle pas son destin.

— L'enjeu est crucial pour moi, Chase. Jamais je ne pourrai te pardonner si Lucia se retrouve à combattre seule un ennemi aussi vil parce que j'ai « d'autres engagements ». Elle est tout pour moi.

— Alors, ma décision est prise. Je m'occuperai d'eux un par un.

Regin roula les manches trop longues du pull.

— Comment ?

— Je ne monterai pas sur le bateau avec vous.

— De quoi tu parles ?

— Je parcourrai cette île à la recherche de tes amis d'abord.

— Tu te feras tuer avant même que la malédiction ne puisse le faire.

— Si l'autre solution est de ne plus t'avoir à mes côtés, alors tant pis. Et puis, tu oublies que c'était mon boulot, la chasse aux immortels. Et je suis sur *mon* île. Je les trouverai.

— Et Lucia ?

— Elle est restée en vie jusque-là. Alors, je compte sur elle pour qu'elle vive mille ans et quatre semaines. Si j'arrive à mettre tout le monde à l'abri, tenteras-tu l'aventure avec moi ?

— Et la maléd...

— Ne réponds pas tout de suite, l'interrompit-il sèchement.

Cette histoire de malédiction le mettait hors de lui. Il sentait avec certitude, au plus profond de lui, qu'il avait un avenir avec Regin. Alors, il se refusait à discuter avec elle de quelque chose qui ne leur arriverait pas.

— Réfléchis-y, c'est tout.

Tandis que Regin et Chase retournaient au campement, elle l'observa discrètement.

Jusque-là, elle l'avait trouvé attirant, séduisant, sexy, même. Mais ce matin, il était... bouleversant.

Ses cheveux mouillés fouettaient ses joues. Son pantalon de treillis moulait si bien ses fesses musclées que les griffes de Regin se recourbaient douloureusement. Et ce regard d'acier, avait-il toujours été aussi incroyable ?

Ce qu'ils avaient fait la veille lui avait de toute évidence profité. Pendant la nuit, il s'était étoffé et avait perdu une bonne vingtaine d'années de tension. La raideur de son cou et de son dos avait disparu. Maintenant que ses lèvres n'étaient plus figées en une ligne sinistre, elle voyait ses dents blanches parfaitement alignées et fantasmait sur ce à quoi ressemblerait son sourire.

Lui-même n'en savait sans doute rien. Il n'y avait pas une seule ride de rire au coin de ses yeux, pas même la naissance d'une.

— Tu veux ton pull ? demanda-t-elle alors qu'ils approchaient du campement.

Il eut un regard noir.

— Toi, tu veux que je le mette ?

— Je m'en fous.

Il écarta une natte du visage de Regin.

— Alors, je préférerais savoir qu'il te tient chaud.

Quand ils rejoignirent le reste du groupe, tous les regards convergèrent sur son torse scarifié.

Brandr parut troublé, mais compatissant. Thad resta bouche bée, et Natalya fit la grimace. Lothaire ne prit pas la peine de cacher son mépris.

Chase redressa le torse, releva le menton, et le cœur de Regin battit dans sa poitrine. Le bel Aidan n'avait jamais eu à reculer devant quelqu'un, n'avait jamais connu l'humiliation. Mais Chase méritait peut-être ces regards de la part de ceux qu'il avait fait souffrir. *Éloigne-toi de lui. Laisse-le vivre cela seul.*

Pourtant, sa main choisit de prendre celle de Chase, et ses doigts, les idiots, éprouvèrent le besoin de se glisser entre les siens.

Dans le regard qu'il posa sur elle en serrant sa main, elle vit quelque chose de nouveau.

De la tendresse.

Ce fut Brandr qui brisa le silence.

— Bien, allons-y, maintenant. Nous avons beaucoup de chemin à faire aujourd'hui.

Tandis qu'ils se mettaient en route, elle tenta de plaisanter un peu, parce que Chase s'accrochait à elle comme à une bouée.

— Alors, la grande méchante Lame aurait-elle senti un drôle de truc dans son petit cœur, là, tout de suite ?

Il plongea ses yeux dans ceux de Regin et, d'une voix grave, répondit simplement :

— Oui.

48

Une seule journée peut faire une telle différence, songea Declan tandis que tous les six avançaient sur le sentier de montagne.

En si peu de temps, il était passé du plus profond des abîmes au plus haut des sommets.

Certes, ils fuyaient sous la tempête pour sauver leur peau, mais il se sentait si léger… Ces dernières heures, il avait guidé Regin à travers les bourrasques et la pluie cinglante, la protégeant des deux. Et chaque fois qu'il l'avait regardée pour voir si tout allait bien, les yeux de la Valkyrie avaient scintillé… d'intérêt.

Quand le groupe fit une pause avant un passage particulièrement escarpé, il la retint en arrière et se pencha pour l'embrasser dans le cou. Elle le laissa faire.

— J'en avais envie depuis qu'on a quitté le ruisseau, lui souffla-t-il à l'oreille. As-tu réfléchi à ma proposition ?

Elle s'écarta.

— Ta proposition ? Ça ressemblait plus à une décision, sur le moment. Donc, dans ce monde imaginaire où nous formons un couple et où mes amis sont sains et saufs – et où il n'y a pas de malédiction qui menace de te tuer –, qu'est-ce qu'on fait de notre temps libre ?

— Tu voulais qu'on devienne des alliés, avant. Nous pourrions être des partenaires. Je pourrais continuer à chasser les néoptères et les cerunnos. Et quelques vampires de la Horde…

— Tu me laisserais t'accompagner ? Tu n'aurais pas peur que je ne sois blessée ?

— Je t'ai vue te battre. Je plains toute créature ennemie qui croisera ton chemin. Tu es la femme la plus douée que j'aie jamais rencontrée. Et de toute façon, je ne laisserais jamais personne te faire du mal.

— Mouiiii… Et tu n'avais pas parlé d'un endroit où nous pourrions planter nos racines ? Sache que j'en ai déjà un. Lucia et moi avons toujours prévu d'habiter au bord de la mer, à côté l'une de l'autre. Une Valkyrie comme voisine, qu'est-ce que tu en penses ?

— Il va falloir trouver autre chose pour me faire peur. Pour une séance plus aboutie que celle du ruisseau, je suis prêt à m'installer dans le grenier de Val-Hall. Quand je pense à tes petites griffes, maintenant, ajouta-t-il à mi-voix, je frissonne. J'en ai encore des traces sur les fesses.

— Ça pose problème ?

— Un seul jour sans, et ma colère sera terrible. Et puis, une maison au bord de la mer, ça me plaît, comme idée. Je t'ai dit que j'aimais la montagne, mais j'aime aussi la mer. J'ai grandi sur la côte irlandaise, tu sais.

— Et avec ma famille, tu te comporterais comment ?

— Je me ferais rare, je crois.

Comme Regin fronçait les sourcils, il corrigea :

— Je m'en sortirais très bien. Et j'ai déjà un ticket avec ta sœur Nïx. Elle m'a envoyé un message, il y a une semaine.

— Quoi ? Comment ?

— J'avais placé un mouchard dans ta voiture. Et elle m'a fait passer un message par le biais de ce foutu appareil.

— Qu'est-ce qu'elle disait ?

— Que je devais interroger Lothaire et qu'on se verrait bientôt, tous les deux.

Cela faisait deux jours maintenant que Regin sentait la présence d'une Valkyrie. Nïx était-elle sur l'île ?

— Et ?

— Et elle a baragouiné d'autres trucs auxquels je n'ai rien compris.

— Nïx ne baragouine pas. Tout ce qu'elle dit a un sens.

— Elle m'a dit que mon petit prénom serait « regret ». Et elle avait raison. Je vais passer le reste de mes jours à essayer de me faire pardonner ce que je t'ai infligé.

— Hou là, Chase, calmos. Tu fais comme si tout était réglé entre nous. Et franchement, moi, j'ai rien réglé du tout.

— Tu m'as fait part de tes conditions, et je vais agir en fonction de ça.

— Il faudra que tu me dises comment tu comptes te dérober à une malédiction séculaire, ça m'intéresse.

Il allait répondre quand Brandr lui lança :

— Hé, Chase ! Il faut qu'on discute du chemin le plus sûr pour grimper là-haut. Celui où il y aura le moins de mines, tant qu'à faire.

— J'arrive !

À Regin, il murmura :

— On reprendra cette discussion plus tard.

Il lui prit la main pour retourner près des autres, puis, après lui avoir donné une pichenette sur le menton, il rejoignit Brandr.

Natalya entama aussitôt la conversation.

— Ça fait des heures que j'attends pour te parler. Mais je ne voulais pas interrompre Chase – qui pose les mains sur toi dès qu'il a trente secondes. Vous êtes super romantiques, tous les deux.

— De quoi voulais-tu me parler ?

— Juste de ta vengeance. Ça a dû être drôlement sanglant, hier soir. Bien sûr, je ne peux qu'imaginer ce que ça a donné, puisqu'il n'y avait pas une seule trace visible sur Chase ce matin. Juste une aura de bonheur béat.

— Il cicatrise vite, c'est dingue ! Je lui ai mis des coups en pleine figure, pourtant. Une trentaine au moins.

Natalya eut un sourire ironique.

— Tu brilles comme si on t'avait passée au Miror.

— La ferme, fée Clochette.

— Je sais pas ce que tu caches sous tes jupes, mais le mec a changé.

Regin le regarda tandis qu'il parlait avec Brandr. Il semblait encore un peu bourru, un peu mal dégrossi, mais la tension, sur son visage, avait diminué.

Il avait accepté, à contrecœur, de remettre son pull – il était si grand qu'il la gênait pour marcher – et en avait retroussé les manches, exposant ses avant-bras musclés. Ses cicatrices, de loin, ressemblaient à des tatouages d'art tribal.

Et elle voulait bien être pendue s'il ne grandissait pas d'heure en heure. Les drogues qu'il avait prises jusqu'à présent avaient peut-être effectivement gardé le berserk en lui sous contrôle...

Natalya fit un petit signe à Thad. Le gamin était assis sur un gros rocher et essayait de faire la conversation à Lothaire, mais ce dernier ne semblait pas au mieux de sa forme.

— Alors ? dit la fey à mi-voix. Maintenant que t'as goûté à Chase, est-ce que tu vas le garder ?

— Je ne peux pas ignorer la malédiction, dit Regin d'un ton ferme.

Même si elle était vraiment tentée de le faire – de prendre ce séduisant Irlandais, de l'emmener derrière un rocher et d'assouvir tous ses fantasmes.

— Qu'est-ce qu'il donne, à côté de l'original ? D'Aidan, je veux dire.

— Ils sont pareils pour beaucoup de choses.

Et ces similitudes l'attendrissaient. Mais il y avait aussi d'indéniables différences.

Chase semblait accepter l'idée qu'elle combatte, ce qu'Aidan n'aurait probablement jamais toléré.

Aidan la plaçait sur un piédestal, flatté d'être avec une Valkyrie. Chase, lui, voulait être son… *ami*.

Le voir ainsi parler avec Brandr – tous deux si grands, hochant la tête de conserve à propos du chemin à suivre – raviva en elle de nombreux souvenirs. Comme autrefois, elle sentait l'existence d'un lien fort entre les deux hommes.

Mais Chase n'aura pas le temps de le voir s'affirmer et grandir.

49

— Donc, ça veut dire qu'un de mes parents biologiques était vampire ? demanda Thad à Regin et à Natalya.

C'était le cinquième jour de marche. Chase et Brandr cheminaient derrière eux en discutant, pendant que Regin et Natalya animaient la deuxième journée de l'atelier vampire. Elles avaient lancé cet apprentissage intensif essentiellement pour contrer tout ce que « M. Lothaire » avait raconté à Thad :

— Tu peux apprendre tout seul à te téléporter, devenir invisible ou presque pour épier les gens... Le sang de Valkyrie a un goût proche de l'ambroisie... Voler de l'argent aux humains est satisfaisant à la fois financièrement et spirituellement... Les femmes adorent qu'on les morde – et mentent quand elles affirment le contraire...

Regin jeta un coup d'œil derrière elles, cherchant le vampire, posant sans y penser la main sur l'épée qu'elle portait à la hanche. Lothaire avait de nouveau disparu. Il partait souvent de son côté.

— Le plus probable, c'est que c'était ton père, dit Natalya à Thad. Les vampires femelles, il n'y en a pratiquement plus.

Thad sembla horrifié.

— Il n'y a plus de femmes ?

Natalya le réconforta d'une petite tape sur l'épaule.

— Tu peux sortir avec d'autres espèces, Tigrou. T'inquiète. J'ai déjà pensé à une ou deux nanas qui seraient ravies de libérer le tigre que tu as dans le moteur. Il y a cette nymphe…

— Ah non ! Il faudra me passer sur le corps, là, intervint Regin. Ces filles, c'est des putes, ni plus ni moins.

Thad se gratta la tête.

— M. Lothaire dit que tous les mâles ont besoin d'une nymphe ou deux enchaînées au pied de leur lit. Comme animaux de compagnie.

Natalya faillit s'étrangler.

— Bon, ça suffit, je ne veux plus que tu adresses la parole à Lothaire.

Mais force était de constater que Lothaire, ces derniers jours, s'était avéré utile.

Si leur petite équipe croisait sur son chemin des groupes de démons, il arrivait toujours à point nommé pour calmer la situation. Les démons l'adulaient comme s'il était Elvis ; cela leur évitait une bagarre et leur faisait gagner du temps.

Arriver au bateau à temps allait être difficile. Ces cinq derniers jours, ils avaient beaucoup marché dans la montagne, mais les tempêtes incessantes et le vent avaient ralenti leur progression. Le deuxième jour, ayant repéré des hordes de wendigos dans la forêt, plus bas, ils étaient montés jusqu'au sommet du massif, pour plus de sécurité, et cela leur avait pris du temps, encore.

Regin, de son côté, sentait en permanence la présence d'une autre Valkyrie, sans parvenir à la localiser vraiment. Elle n'était donc pas partie à sa recherche. Elle en avait parlé à Chase, mais il lui avait juré qu'aucune autre Valkyrie n'avait été emprisonnée sur l'île.

— Dis, Nat, est-ce que mes canines ont poussé ? demanda Thad d'un ton accablé. Sois franche.

Regin écouta d'une oreille la fey s'extasier devant ses crocs – « si virils, si, si, je t'assure » –, tout en regardant

Chase du coin de l'œil. Un peu plus tôt, il avait essayé de discuter avec elle, mais elle n'était pas d'humeur, et maintenant, elle était perdue dans ses pensées, sur le point de faire de l'introspection comme une pauvre humaine.

Elle craignait d'être un peu plus que séduite par cette réincarnation. « Raide dingue de lui » aurait mieux convenu pour décrire ce qu'elle ressentait.

Et ça, c'était tout bonnement impossible.

Mais, seigneurs, cet homme l'attirait à tous points de vue. Regin aimait son côté compliqué et le fait qu'il fasse des efforts. Elle l'admirait d'avoir surmonté tant d'épreuves et de lutter encore pour devenir un homme meilleur.

D'autres hommes se seraient lamentés sur leur sort ou auraient maudit le destin. Pas Chase. Lui, il se relevait, se reprenait en main et repartait pour un tour.

Ces quatre dernières nuits, ils les avaient passées ensemble, à l'écart du reste du groupe. Il n'avait jamais essayé de l'embrasser ou de lui faire l'amour, comme s'il savait qu'elle mettrait automatiquement un terme à leur accord. Une fois leur désir assouvi, Regin se pelotonnait contre lui, et ils parlaient jusqu'à l'aube. Il lui caressait les cheveux, et elle parcourait ses cicatrices du bout du doigt, regrettant de ne pouvoir lui faire oublier la douleur qui les avait causées.

La veille, il lui avait finalement raconté les jours et les nuits passés aux mains des néoptères. Son ton était sec, comme celui d'un militaire au rapport, mais il avait réagi physiquement à ses souvenirs. La sueur avait perlé à son front, son regard avait perdu toute lumière.

Ensuite, il s'était endormi profondément, et elle était restée éveillée, se demandant comment il avait supporté pareil supplice.

Et dans quel but ? Pourquoi avoir survécu aussi longtemps si c'était pour mettre aujourd'hui un terme à sa vie ?

Il dormait peu, mais quand c'était le cas il rêvait encore à ses vies passées. Une nuit, il avait revécu la bataille navale au cours de laquelle Gabriel avait abordé le bateau de Regin. Une autre nuit, il avait expérimenté les jeux sexuels auxquels l'Espagnol aimait jouer avec elle. Elle avait ouvert les yeux en sentant les doigts de Chase se glisser loin en elle et l'avait vu se caresser.

Son regard intense s'était posé sur sa bouche, et quand il s'était léché les lèvres, elle avait lâché précipitamment :

— Pas de baiser !

— Je ne peux plus attendre, Valkyrie, avait-il soufflé. Maintenant que mon trophée est en vue…

Chaque rêve avait fait monter la panique en elle. Bientôt, il se souviendrait de tout, et Aidan prendrait le dessus.

Declan Chase, l'homme, n'existerait plus ; sa vie ne serait plus qu'un souvenir et son corps périrait bientôt.

Le cycle se déroulait, la malédiction se poursuivait, inéluctablement.

— J'ai besoin de ton aide, murmura Declan à Brandr.

Regin marchait devant, en compagnie de Thad et de Natalya.

Brandr haussa les sourcils.

— Tu sais bien que c'est ce pour quoi je suis ici.

Declan le savait. Ces derniers jours, Brandr s'était avéré être un allié sur lequel il pouvait compter. Malgré tout, Chase avait encore du mal à demander de l'aide aux autres.

— Comment puis-je faire pour que Regin oublie cette malédiction ?

Il était au comble de la frustration. Dans son esprit, leur objectif premier – quitter cette île – était atteint, ou presque. Toutes les conditions de Regin avaient été respectées. Restait cette malédiction.

Declan entendait éliminer tout ce qui pouvait les séparer et faire ce qu'il fallait pour que Regin devienne sa femme. Ces derniers jours en sa compagnie avaient été fantastiques. Jamais il n'avait connu de moments plus agréables. Avec elle, il n'avait pas à corriger son accent, ni à cacher son corps. Il ne sentait plus aucune pression.

Jamais il n'aurait imaginé vivre un jour une telle complicité avec une femme. Il aimait sa façon de penser, aimait qu'elle dise des horreurs et lui lance de la boue au visage. Regin avait du chien.

Sa belle avait une âme.

Ils avaient beaucoup parlé pendant ces nuits, avaient fait connaissance. Elle lui avait confié sa peur secrète – les fantômes – et son addiction aux jeux vidéo. Et puis, elle était drôle. Cela faisait des décennies qu'il n'avait pas ri, mais plus d'une fois il avait esquissé un sourire en l'entendant énumérer les choses qu'elle forçait les démons à manger.

Il y avait un sujet, cependant, qu'elle refusait d'aborder. Le passé lointain. Elle redoutait qu'il n'ait d'autres souvenirs et que cela ne déclenche la malédiction.

— Qu'est-ce que tu suggères, Brandr ? Parce qu'il est hors de question que je lâche l'affaire.

— De toute façon, soyons lucides, tu ne peux pas.

— Non, c'est vrai. Je suis accro. Et j'aimerais vraiment qu'elle le soit aussi.

— As-tu envisagé de devenir immortel ?

Trois semaines plus tôt, il aurait pris cette suggestion comme une insulte. Aujourd'hui, elle lui faisait regretter de ne pouvoir l'être.

— Tu crois que j'ai envie de rendre immortel un corps pareil ? Et puis, je connais les risques inhérents à la métamorphose. Tout ce que je veux, c'est quelques dizaines d'années avec elle.

— Tu ne les auras pas. Si tu couches avec Regin, tu mourras, point. La seule solution qu'il te reste, c'est de devenir immortel *avant* de la posséder.

— Et comment je fais ? Tu sais que la métamorphose n'est pas sûre à cent pour cent.

L'élément déclencheur qui permettait à une créature ou à un mortel de se transformer en une autre espèce était la mort – et cela ne marchait pas toujours.

Les démons ne se transformaient pratiquement jamais. Il existait plus de Lycae transformés, mais il fallait souvent une dizaine d'années à un loup-garou de ce type pour parvenir à contrôler la bête en lui – quand il y arrivait.

— Est-ce qu'on peut transformer un berserk en un berserk immortel ?

— Je n'en ai pas la moindre idée mais, a priori, je dirais non. Je n'ai jamais entendu parler d'une chose pareille. Ceux qui ont le plus de chances de transformer d'autres créatures sont les vampires. Et là, ça ne marchera pas.

— Non. Je les méprise trop pour en devenir un.

— Et on sait ce que Regin pense d'eux…

— Elle les déteste parce qu'ils ont tué son homme.

— Pas seulement. L'espèce à laquelle appartenait sa mère a été éradiquée par des vampires.

— Oh. Je ne savais pas.

— Et puis, si tu devenais vampire, tu serais incapable de résister à son sang de Valkyrie. Et elle ne pourrait jamais passer l'éternité aux côtés de l'un d'eux. Il faut regarder les choses en face, Chase : ton seul espoir, c'est l'abstinence.

Declan surprit Regin en train de les épier. Ses yeux étaient argentés.

— Autant dire que je n'ai aucune chance, dit-il sèchement. Mais j'ai du mal à m'en convaincre, Brandr. Je suis fort, plus que je ne l'ai jamais été. Et maintenant que j'ai une raison de vivre, je ne vais pas renoncer si facilement.

— Si seulement c'était aussi simple... Écoute, Regin est alliée avec les sorcières. Elles pourront peut-être t'aider, elles – si tu te retiens jusqu'à La Nouvelle-Orléans.

— Les sorcières refuseront de me rendre service.

— On peut trouver un arrangement. Mais je le répète, tu dois attendre...

Il s'interrompit en voyant Lothaire approcher.

— Qu'est-ce que tu veux, la sangsue ?

Le vampire passa la langue sur ses crocs.

— Que Chase respecte sa part du marché.

50

— Allez, maître, viens, ne fais pas ton timide, murmura le vampire, les yeux rivés au cou de Declan. J'ai la dalle.

— Ne m'appelle pas comme ça !

Il regarda un peu plus bas, au-delà d'un gros rocher, où les autres les attendaient. Brandr était censé dire à Regin qu'ils étaient partis en éclaireurs, mais Declan n'était pas tranquille.

Et puis, il n'aimait pas faire des cachotteries, ni céder son sang de manière si éhontée.

— Tu n'es pas censé boire aussi souvent, reprit-il. Les vampires d'un certain âge peuvent tenir des semaines. Tu as vraiment envie de me prendre d'autres souvenirs ?

— Ce qui reste ne peut pas être pire… si ?

Declan haussa les sourcils, mais Lothaire se contenta de dire :

— Quoi qu'il en soit, j'ai perdu beaucoup de sang en me battant contre les wendigos, et j'ai besoin de recharger mes batteries.

Declan serra les dents et remonta sa manche. *Je suis tombé si bas…*

Mais il n'avait pas le choix. S'il avait eu encore quelques doutes quant à son appartenance au Mythos, ceux-ci s'étaient envolés. Declan se sentait désormais lié par le serment qu'il avait fait.

— Ça sera plus rapide si je bois à ton cou, dit Lothaire. Et je sais que tu veux qu'on fasse vite. Tu n'aimerais pas que ta femelle te prenne en flagrant délit de morsure, n'est-ce pas ?

— Hors de question.

— Il me semble avoir précisé quand nous avons conclu notre accord que c'était quand je voulais, et de la manière que je voulais.

Declan serra les poings tandis que Lothaire se plaçait derrière lui.

— Tu n'es qu'un parasite.

Jamais je ne pourrais devenir un vampire. Saloperies de sangsues !

— Les mots font mal, je te l'ai déjà dit, Chase. Tu devrais plutôt me remercier. Il semblerait que mon conseil ait marché, pour la Valkyrie. Et puisqu'on parle femelles, tiens, je risque de te donner un petit nom gentil pendant que mes crocs seront plantés dans ton cou. Ne te formalise pas, surtout.

Et le vampire se pencha.

Plus qu'un jour, et ce marché prendra fin. Un seul jour.

Declan serra les dents quand Lothaire lui perça la peau avec un grognement. Le vampire le maintenait fermement par les épaules, produisant d'écœurants bruits de succion. Il était vorace et aspirait, aspirait encore…

Par-dessus le rugissement du vent, Declan entendit soudain un cri d'horreur et leva les yeux.

— Seigneur ! Regin !

— T'es accro à quel genre de trucs pervers, exactement ? s'écria-t-elle avant de partir en courant.

Lothaire buvait au cou de Chase, et ce dernier le *laissait faire*…

Pas étonnant que Brandr se soit tenu en travers du passage, comme un garde, lui ordonnant de ne pas bouger. Ses oreilles s'étaient mises à remuer, en alerte.

Quelque chose se tramait. Alors, elle s'était imaginé que Chase avait entraîné Lothaire à l'écart pour le tuer – pas pour le *nourrir* !

Elle s'était éclipsée pour les suivre discrètement parce qu'elle voulait interroger Lothaire avant qu'il meure.

Le pire, c'était qu'il lui avait fallu plusieurs secondes avant de réagir devant cette scène. Voir Lothaire boire au cou de Chase l'avait pratiquement hypnotisée. Le visage viril de Chase était tendu, son regard gris fixait le sol, tandis que Lothaire était d'une beauté à couper le souffle. Ses cheveux blancs caressaient l'épaule de Chase.

La lumière et l'obscurité. L'un, terrible ; l'autre, tragique.

Et Lothaire était… en érection.

— Seigneurs ! s'écria-t-elle avant de repartir en courant par où elle était arrivée.

Pourquoi n'était-elle pas tombée sur Chase faisant une gâterie à Brandr ? Ça, ça aurait été chaud !

— Regin, attends !

Chase se mit à courir derrière elle, le cou déchiré, dégoulinant de sang. Il avait dû s'arracher à la morsure de Lothaire.

— Je n'avais pas le choix ! dit-il en l'attrapant par le bras. Il fallait que je passe ce marché avec lui. Sans son aide, nous n'aurions pas survécu une journée.

Elle se dégagea d'un mouvement brusque.

— Il peut apprendre des choses sur moi à travers ton sang ! Sur moi, et sur mes sœurs ! Oh… Il peut même voir tout ce qu'on a fait tous les deux ! Je ne veux pas que cette sangsue connaisse notre intimité !

Lothaire arriva d'un pas tranquille et étouffa un petit rire.

— Comme si je ne vous matais pas de loin, chaque fois. D'ailleurs, vous tenez bien le coup, hein. Vous m'impressionnez. Bravo.

Il se lécha les lèvres, sous le regard furieux de Chase et de Regin.

— J'ai fait un serment, lui dit Chase. Je suis tenu de le respecter. Tu peux comprendre ça, non ?

— Très bien. Mais tu aurais dû garder tes distances avec moi jusqu'à ce que le serment soit levé.

— Je savais que je n'avais que quelques jours avec toi.

Brandr, Natalya et Thad les avaient rejoints.

— Qu'est-ce qui se passe ? demanda Brandr. Bon sang, Regin, tu ne fais donc jamais ce qu'on te dit de faire ?

Elle lui fit un clin d'œil.

— Il t'a fallu mille ans pour t'en apercevoir ?

— Valkyrie, lui dit Lothaire, je n'ai rien vu de tes sœurs que je ne savais déjà. Pour l'essentiel, j'ai eu droit à la torture de Declan par mes anciens alliés les néoptères.

Regin se tourna vers Lothaire.

— C'est à moi que tu parles ? Tu veux vraiment qu'on se batte, la sangsue ?

Une nouvelle fois, elle leva les mains à la recherche de ses épées et les ramena vides. Furieuse, elle posa une paume sur celle qu'elle avait au côté.

— Alors, allons-y ! Mes sœurs et moi savons ce que tu as fait à notre reine. Tu as caché Furie quelque part, et pendant des décennies tu l'as torturée. Selon la rumeur, tu l'as ensuite enterrée sous la mer, où elle se noie à jamais.

Mais Lothaire eut une moue méprisante.

— Je t'assure que je ne sais pas où se trouve Furie.

— Et moi, je sais d'une source très sûre que tu le sais. C'est ton vieux roi qui l'a dit.

— Vieux roi qui était fou à lier et qui est mort sans avoir recouvré sa santé mentale.

Regin fixa le vampire. Lothaire était physiquement incapable de mentir.

— Alors… où est-elle ?

— Je te répète que je l'ignore.

Chase leva une main, exigeant le silence.

— Écoutez !

D'un claquement de doigts, il fit signe à Regin de lui donner son épée. Elle obtempéra sans la moindre hésitation. En un mouvement souple et fluide, il l'attrapa et la relança aussitôt en direction des pins, un peu plus bas.

Un cerunno déroula son corps de serpent, évitant la lame de justesse.

— Il faut l'attraper ! s'écria Regin comme il rampait hors de leur vue à la vitesse de l'éclair.

— Le temps qu'on descende, il aura disparu depuis longtemps, dit Lothaire. Question vitesse, ils sont imbattables, ceux-là. Et toi, en plus, tu ferais mieux de courir dans la direction opposée, parce que le soir de notre évasion j'ai vu les cerunnos s'allier au Pravus. Il y avait des vampires, des changeformes et quelques sorceri – Portia et Ardente, pour être précis.

— Alors, ces salopes vont nous chercher ! Il faut qu'on les attaque en premier !

Lothaire eut un rire forcé.

— Elles sont trop puissantes. Et pour le moment, tu n'es pas beaucoup plus forte qu'un mortel. Face à une créature capable de faire bouger les montagnes, tu penses avoir quoi, comme chance ?

— Dès que Portia saura que nous sommes sur cette montagne, elle la soulèvera, intervint Natalya.

Lothaire se tourna vers Chase.

— Toi et moi, nous sommes plus rapides que les autres. Nous devons éloigner le Pravus de cet endroit et du reste du groupe. Faire beaucoup de bruit en descendant le plus vite possible, et espérer qu'ils nous suivront. Sinon, ce massif tombera.

Chase approuva d'un mouvement de tête, puis se tourna vers Brandr.

— Emmène les autres jusqu'au bateau. À l'ouest d'ici, il y a une cabane, avec un mouillage dans une petite crique abritée du vent. Nous vous y retrouverons avant le coucher du soleil.

— Non, non, non, c'est merdique, ce plan, intervint Regin en se plantant entre les deux hommes. D'abord, une Valkyrie ne fuit pas, elle se bat.

— On n'a pas beaucoup de temps, là, soupira Lothaire.

Chase attira Regin près de lui et lui murmura à l'oreille :

— Si tu ne le fais pas pour toi, fais-le pour protéger Thad et Natalya.

L'enfoiré ! Il jouait sur la corde sensible de la loyauté. Et ça marchait !

Quand il s'écarta, elle répéta :

— N'empêche, c'est quand même un plan merdique. Je sais me battre, moi, je pourrais vous aider !

— Je ne doute pas que tu saches te battre. Et c'est uniquement pour cette raison que j'accepte de ne plus t'avoir sous les yeux.

La confiance qu'avait Chase en ses capacités continuait à étonner Regin.

— Mais, en l'occurrence, Lothaire et moi sommes plus rapides que toi et les autres, reprit-il. Et tu sais que c'est l'option la plus logique.

Elle le savait, effectivement, mais cela l'agaçait vraiment beaucoup.

Comme elle faisait la moue, il ajouta :

— Si, pour une raison ou pour une autre, nous ne réussissons pas à vous rejoindre pour le lever du soleil, prenez le bateau et partez.

Chase se tourna vers Brandr.

— Tu t'occupes d'elle.

Brandr répondit d'un hochement de tête solennel.

— Emmène-moi avec toi, murmura Regin en norvégien ancien.

Le visage de Chase s'assombrit.

— C'est la meilleure solution, ma belle.

Puis, pour tenter de détendre l'atmosphère, il lui prit le menton.

— La grande méchante Valkyrie aurait-elle peur pour moi ?

— Oui, répondit simplement Regin en le regardant dans les yeux.

Il la serra contre lui, enfouit son visage dans ses cheveux.

— Fais attention à toi, Regin. Je n'en ai pas pour longtemps.

Le But Suprême exige que l'on agisse, songeait Lothaire tandis que Chase et lui couraient à travers les broussailles. *Et je suis sur le point d'obéir.*

— Tu fatigues, maître. Est-ce que j'ai trop bu ?

Chase était épuisé, mais pas seulement parce qu'il manquait de sang. Il se sentait vidé, comme après une fureur sacrée.

— Je t'ai dit de ne pas m'appeler comme ça, nom de Dieu ! répliqua-t-il entre deux inspirations.

De nouveau, il eut un regard en direction de la Valkyrie.

— T'as l'air inquiet. Moi, je suis sûr que Regin s'en tirera très bien. C'est plutôt pour nous dans cette forêt que tu devrais te faire du souci.

— S'il m'arrivait quelque chose, que faudrait-il pour que tu acceptes de veiller sur elle ? Et faire en sorte qu'elle quitte cette île en vie ?

— Plus que ce que tu as à donner. Comme un premier-né, par exemple, pour aller avec ceux que j'ai déjà. Que j'aie toute la collec, tu vois.

— Je vois. Bouge ton cul, alors. On arrive à une clairière.

Ils sortirent de la forêt, débouchèrent sur un plateau dénudé. Chase s'arrêta et balaya la scène du regard.

— Putain, mais c'est quoi, ça, Lothaire ?

Des membres du Pravus – il y avait là des démons de feu, des vampires de la Horde, des changeformes – s'étaient réunis autour d'un temple de pierre improvisé par Portia. La structure évoquait Stonehenge, avec un toit, et les flammes d'Ardente léchaient les pierres à la manière d'êtres vivants. Portia et Ardente sortirent du temple et les regardèrent avec intérêt.

Lothaire pencha la tête, impassible.

— C'est un marché. Toi, contre ma liberté.

— Espèce de fils de pute !

Chase se rua sur Lothaire, mais un groupe de vampires se téléportèrent pour le retenir.

— Je te livre à eux en échange de la main coupée de feu Fegley. Enfin, de son pouce, plus exactement, expliqua Lothaire tandis que les vampires rouaient Chase de coups. Quant à ton avenir… le Pravus a prévu de se réunir ici au coucher du soleil et de procéder à un sacrifice dans les règles.

Chase se débattit comme un beau diable, mais les vampires le plaquèrent contre une pierre dressée et l'y attachèrent.

— Depuis quand est-ce que tu prépares ton coup, salaud ?

— Ardente est venue me voir ce matin. Dès qu'elle s'est rendu compte qu'elle ne t'avait pas tué dans la prison.

Apparemment, les deux sorceri auraient aimé les attaquer avant, mais elles se méfiaient du jeune Thaddeus. Enfin, Lothaire avait découvert ce qu'il était vraiment.

Elles avaient eu raison de se méfier.

Tandis que les vampires continuaient à battre Chase, Ardente lança à Lothaire la main en putréfaction.

— Ta prime, Lothaire.

— *Spasiba.* Avec mes remerciements les plus sincères.

Il saisit le pouce boursouflé et le pressa contre son torque. Rien. Il retourna la main, essaya dans l'autre sens. Toujours rien.

— Ma chère Ardente, je suis désolé, mais l'empreinte du gardien ne fonctionne pas.

Elle éclata de rire, et des flammèches jaillirent de sa bouche.

— Je n'ai jamais dit qu'elle marcherait. J'ai simplement juré que c'était bien celle de Fegley.

Portia eut un rire méchant.

— Allons, Lothaire, ça fait déjà plusieurs jours que la main a été... moissonnée. Avec la pluie, elle s'est décomposée.

Les chiennes ! Comment avaient-elles pu oser jouer à ce petit jeu avec lui ?

Il n'avait rien vu venir, n'avait pas prévu ça... Il y avait une nouvelle variable, désormais. Sa faiblesse. Son incapacité à retirer son torque.

Je suis si près de réussir à quitter cette île. De réussir à la sauver. La fureur aiguisa ses crocs. Mais son maître exigeait le calme.

Lothaire leur adressa son plus beau sourire, celui qu'il réservait d'ordinaire à ses prochaines victimes.

— Sommes-nous prêts à négocier mon départ de cette île ? Un de ces démons, ou un de mes frères vampires, pourrait me téléporter très rapidement.

— Qu'est-ce que tu proposes en échange ? demanda Portia.

— La Valkyrie, répondit Lothaire.

51

Où est-il ? se demandait Regin en faisant les cent pas au bord de l'eau. *Je deviens folle, sans lui.*

Ils étaient arrivés sur la côte quelques heures plus tôt. Comme Chase l'avait promis, ils y avaient trouvé un bateau, dans une petite anse abritée. Il s'agissait d'ailleurs plus d'un navire, vu la taille de l'embarcation. On aurait dit une de ces grosses vedettes qu'utilisaient les gardes-côtes.

Thad et Natalya se trouvaient à bord, où ils s'étaient fait du café et étudiaient les cartes marines, tandis que Brandr attendait sur la plage avec elle.

La nuit n'allait pas tarder à tomber.

— Je n'aime pas ça. Chase devrait déjà être là.

— Je ne t'ai jamais vue aussi inquiète, dit Brandr en se laissant tomber sur le sable. Mais ce n'est pas normal. Il y a quelques jours à peine, tu voulais sa tête.

— Beaucoup de choses se sont produites depuis.

Elle n'était pas juste inquiète. Elle était malade d'inquiétude pour Chase. Malade dans le genre je ronge mes griffes, je me tire les cheveux et je fais les cent pas pendant des heures. Parce qu'il était possible qu'elle soit… amoureuse de Declan Chase.

À cette pensée, le remords l'assaillit. Elle ne s'était pas autorisée à aimer Aidan parce que c'était un mortel, mais dès lors qu'il s'agissait de Chase, elle n'avait plus aucune maîtrise de ses émotions.

Cela n'avait aucun sens. Autrefois, elle avait protégé son cœur parce qu'elle redoutait qu'Aidan ne meure de vieillesse. Aujourd'hui, elle savait que Chase pouvait mourir à tout moment, mais elle n'arrivait pas à étouffer ses sentiments pour lui.

Et la seule raison à cela, c'était qu'elle désirait son Irlandais revêche, balafré et complètement barré plus qu'elle n'avait jamais désiré Aidan.

Brandr lança un galet dans l'eau calme de l'anse.

— Et ce matin, tu as littéralement pété un câble en voyant Lothaire boire son sang.

— Quand j'ai compris que mes yeux allaient finalement cesser de me brûler, je me suis calmée. Je comprends ses raisons. Ça ne me plaît pas, mais je comprends.

— Tu imagines ce que ça a dû être pour un homme comme Chase, de se laisser sucer le sang par un vampire ?

Oui, elle l'imaginait. Son Celte faisait de son mieux. Il luttait pour tirer le meilleur parti de ce que le destin lui avait réservé.

— Bons dieux, mais où est-il ? On n'aurait jamais dû se séparer…

— Valkyrie, dit Lothaire.

Il se tenait en lisière de la forêt. Seul.

Regin fut prise de panique.

— Où est Chase ?

Je ne peux pas le perdre ! Pas encore une fois ! Ses lèvres découvrirent ses crocs.

— Je vais te tuer, sale sangsue !

Je dois rejoindre Regin. Depuis sa capture, Declan attendait que ses forces lui reviennent. Et voilà que le soleil se couchait.

Il était presque sûr qu'en lui prenant son sang Lothaire avait retardé la montée de la fureur en lui. Le vampire le savait sans doute aussi et s'était servi de cela pour affaiblir Declan aujourd'hui. Combien de temps les effets de cette morsure se feraient-ils encore sentir ?

Il faut que je me libère. Regin savait sûrement qu'elle ne devait pas faire confiance à Lothaire. Elle ne se laisserait pas avoir comme Declan. Elle détestait ce vampire.

Mais si Lothaire lui raconte que j'ai été blessé ? Elle avait dit qu'elle se ferait du souci pour Declan, et le vampire pouvait se servir de ça.

Declan devait s'échapper avant que Lothaire ne la persuade de venir jusqu'à ce campement sinistre, bourré d'ennemis.

Ces créatures l'avaient battu, encore et encore, riant de sa douleur, se moquant de ses cicatrices.

Entre deux passages à tabac, il avait écouté leurs conversations. Soit elles pensaient qu'il ne les entendait pas, soit elles s'en fichaient parce qu'il allait bientôt mourir.

Il avait ainsi appris que Carrow et sa pupille avaient réussi à quitter la prison, ainsi que Malkom Slaine, qui les avait protégées toutes les deux. Il savait aussi que MacRieve avait organisé les changeformes du Vertas en bataillons qui se cachaient dans les montagnes et tendaient des pièges aux membres du Pravus.

Apparemment, trois des êtres pour qui Regin s'inquiétait étaient donc encore vivants…

Les deux sorceri approchèrent du temple, suivies d'une cour d'êtres grouillants impatients d'assister au spectacle.

— La nuit tombe, maître, dit Portia. Fais ta prière.

Declan n'avait aucune raison de croire que sa fin serait moins douloureuse que celle de Fegley, brûlé vif.

Mais une seule chose lui importait : protéger Regin de ces deux créatures du mal.

À quelques dizaines de mètres de là, des voix s'élevèrent soudain. Il tourna brusquement la tête. *La voix de Regin*.

Lothaire la forçait à avancer dans la clairière. Il lui avait attaché les mains dans le dos.

— Tu m'as vendue, la sangsue ? hurlait-elle. Je te tuerai !

Declan se débattit, tira sur ses liens.

— Alors, tu nous amènes la Valkyrie ? demanda Ardente d'un ton las.

— Elles sont tellement crédules, dit Lothaire. C'est comme amener un agneau à l'abattoir. Mais celle-ci devrait vous intéresser tout particulièrement. C'est la chérie du maître. C'est pour ça qu'elle est ici. Il m'a suffi de lui dire qu'elle pouvait sauver Chase si elle m'accompagnait.

— Non ! hurla Declan. Lothaire, ne fais pas ça !

Ardente l'observa un moment.

— Étonnant. Tu as prévu quoi, pour elle ? demanda-t-elle ensuite à Lothaire.

— De lui briser la nuque, parce que j'aime bien ça. C'est mon péché mignon, en quelque sorte. Ensuite, j'aimerais la vider de son sang, mais bien sûr le coup de grâce revient à mon aimable hôtesse.

— Je t'arracherai ta putain de tête, vampire !

Enfin, Chase sentait son cœur battre plus fort, son sang courir dans ses muscles. Mais il n'arrivait pas à atteindre l'état de fureur sacrée.

Ardente fit un signe à Lothaire, laissant des étincelles dans l'air.

— Je t'en prie.

Regin vacilla. Le vampire glissa un bras autour de sa tête, une main sous son menton. Puis, de l'autre, il chercha à atteindre son épaule.

— Non ! Nooooon !

Les yeux de Regin trouvèrent enfin Declan et semblèrent vouloir lui dire quelque chose...

Le vampire tira ses bras dans des directions opposées. Declan vit la tête de Regin pivoter brusquement. Toute expression disparut de son visage, son corps devint mou, et elle tomba à terre.

Il poussa un rugissement de fureur. *Elle n'est pas morte. Non.* Elle s'en sortirait, s'il arrivait à la libérer.

Et ces enfoirés qui hurlaient leur joie ! Il étouffa un nouveau hurlement, sentant la force du berserk monter en lui. *Ça y est, une main de libre.*

— Viens, Ardente, dit Lothaire. À toi l'honneur.

La sorcière fit apparaître une épée de feu au creux de sa paume. Jouant à l'intention de la foule, elle la leva au-dessus d'elle, fit quelques mouvements. Tous les regards étaient sur elle.

Deux mains.

La foule se mit à psalmodier le nom d'Ardente. *Punis-les.* Un voile rouge recouvrit ses yeux. Ses pensées devinrent chaotiques.

Dans un effort d'une violence totale, Declan s'arracha de la pierre levée. Tout en se dirigeant vers Regin, il empoigna les vampires qu'il trouva sur sa route et les cogna les uns contre les autres, leur faisant éclater le crâne.

Sans jamais la quitter du regard, il massacra tous ceux qui se mirent en travers de son chemin, les démembra sans effort. *Tu approches.* Le sang était partout autour de lui.

Rien ne me retient loin d'elle.

52

Trois... deux... un.

D'un coup de pied, Regin frappa la sorceri aux chevilles et la fit tomber. L'instant d'après, elle écrasa sa botte sur la gorge d'Ardente. Au même moment, Thad, Natalya et Brandr arrivèrent, brandissant leurs armes. Lothaire sortit son épée et se débarrassa d'un seul coup de lame de deux démons.

Le plan de la sangsue fonctionnait. *Je vais peut-être lui laisser la vie.*

Quand Regin, indemne, se libéra du faux lien qui tenait ses poignets, elle découvrit le regard fou de Declan. Son esprit devait être en plein chaos, à présent. Elle ne l'avait jamais vu aussi grand, aussi berserk. Il pulvérisa sans effort démons et vampires pour la rejoindre.

Lothaire lança une épée à Regin.

— Je t'avais dit que ça marcherait, dit-il d'un ton léger, alors qu'il massacrait ses anciens alliés.

Toujours à terre, Ardente articula alors :

— Meurs, Valkyrie.

Et elle se releva d'un bond, levant son épée de feu.

Mais Regin avait déjà frappé.

— Toi, je vais te faire ta fête. Les bras vont t'en tomber.

Littéralement.

Les deux bras de la sorceri tombèrent sur le sol dans un nuage de cendres. Ardente poussa un hurlement. De ses membres sectionnés coulaient des traînées de feu. Mais Portia gardait toujours un œil sur Ardente, et un énorme rocher roula soudain en direction de Regin, écrasant tout le monde sur son passage.

Regin plongea sur le côté au dernier moment, et la pierre écrasa la tête d'Ardente.

Portia se rua sur elle en hurlant. Une nuée de ce qui ressemblait à des criquets la suivit. Mais ce n'étaient pas des criquets.

Du sable.

— Lothaire ! hurla Regin. Tue Portia !

Entendant cela, tous les autres démons et vampires se tournèrent vers lui.

— Lothaire nous a trahis ! *Encore !*

Une douzaine d'entre eux se téléportèrent aussitôt, emmenant leurs blessés avec eux. Lothaire se tourna vers Portia.

— Si tu n'es pas avec moi… dit-il d'un ton léger.

Décidant de remettre le combat à plus tard, la sorceri empoigna la chevelure d'Ardente et s'accrocha à un vampire sur le point de se téléporter. Ils disparurent tous les trois.

Regin trouva de nouveau le regard de Chase. Celui-ci continuait sa progression, implacable.

Derrière lui gisaient ses victimes, enchevêtrement de corps décapités dont certains étaient encore agités de soubresauts. Sa rapidité était stupéfiante. Des siècles plus tôt, il lui avait confié avoir accompli d'incroyables exploits pour la retrouver.

Elle le comprenait mieux aujourd'hui. *Un ours affamé en hiver…*

Non loin de lui, Thad, Natalya et Brandr se battaient, dos à dos, éliminant ce qui restait de cerunnos et de créatures qui ne pratiquaient pas la téléportation.

Bientôt, il y eut du sang partout, mais plus d'adversaires vivants.

Il ne restait qu'eux six.

Chase se rua vers Regin. Celle-ci replaça son épée dans son fourreau et courut vers lui.

— Chase !

Quand il la prit dans ses bras et la serra contre lui, elle s'accrocha à lui de toute la force de son être. *J'ai couru dans ses bras.*

Son compagnon pour l'éternité. *Je n'ai pas pu empêcher mon cœur de battre pour lui.*

— J'ai eu tellement peur !

— Rien ne me séparera de toi, dit-il d'une voix rauque. Rien.

Mais il fixait ses lèvres.

— Non, Chase ! s'écria-t-elle.

Les mots de Declan lui faisaient peur. C'étaient des mots du passé. *Est-il trop tard ?* Elle tenta de le repousser, mais il posa la bouche sur la sienne, plongea sa langue entre ses lèvres avant qu'elle ait pu s'écarter.

— Nooooon !

Elle le frappa jusqu'à ce qu'il s'écarte enfin.

— Doux comme du miel, souffla-t-il. Les autres se trompaient. Tu n'es pas une drogue. Tu es meilleure…

Il voulut recommencer, mais elle lui donna un coup de tête contre la pomme d'Adam.

— Chase, arrête ça tout de suite !

Aux autres, elle lança :

— Il est en train de se souvenir. Aidez-moi !

Quand Natalya, Brandr et Thad s'approchèrent, Chase reposa Regin, mais ne la lâcha pas. Et il posa sur les trois autres un regard véritablement menaçant. Il avait du sang sur le torse, de larges traits rouges croisant ses cicatrices.

— Rien ne me sépare d'elle.

C'était un berserk au plus fort de sa fureur sacrée. Un souffle puissant soulevait son torse sous ces effrayantes cicatrices – un spectacle terrible pour la plupart des gens – et pourtant, le cœur de Regin battait pour lui. *Il est magnifique.*

Brandr s'avança.

— Je ne peux pas te laisser la prendre, mon ami…

Chase lança son poing. Un véritable boulet de canon frappa Brandr en plein visage, le souleva dans les airs. Il retomba de tout son poids sur le sol, inerte.

Quand Chase regarda les autres, Natalya et Thad levèrent les mains.

— On va vous laisser régler ce problème tous les deux, marmonna Natalya. On vous attend au bateau, d'accord ?

Puis elle et Thad se penchèrent vers Brandr, le prirent chacun par un bras et l'emmenèrent.

— Tu ne m'en veux pas, alors, la Lame ? demanda Lothaire. Ça arrive à tout le monde de se tromper, non ?

Devant le regard de Chase, il n'insista pas.

— OK, OK. Je serai au bateau. On reparlera de tout ça plus tard.

Donc, je ne peux plus compter que sur moi, songea Regin. *Il faut que j'échappe à Chase.*

— Seigneurs… Je n'ai vraiment pas envie de faire ça…

Quand il se tourna vers elle, elle frappa. Un seul coup, violent, du pommeau de son épée contre la tempe de Chase.

53

— Regin ! rugit Declan, en proie à la confusion la plus totale tandis qu'il la poursuivait à travers la forêt battue par la pluie et le vent.

À chaque pas, sa vitesse augmentait, et les souvenirs d'un lointain passé lui revenaient en rafales.

J'embrasse les douces lèvres de Regin à la lumière d'un feu tandis que, dehors, le blizzard souffle. Je ris avec elle sur un lit de fourrures. Je lui apprends le plaisir.

Mais ces souvenirs étaient ténus à côté de ceux de ces cinq derniers jours.

Je couvre de baisers le corps de Regin à la lumière de sa foudre, tandis que les bourrasques nous balaient. Allongés côte à côte, nous nous parlons en murmurant. J'apprends comment lui donner du plaisir…

Elle était sienne. Elle possédait à jamais son cœur et son âme.

Alors, pourquoi le fuyait-elle maintenant, au moment où il avait le plus besoin d'elle ?

Il la rattrapa peu à peu, tandis qu'elle s'engageait dans un canyon qui allait se rétrécissant, pour finir en cul-de-sac.

— Tu ne peux pas continuer à fuir, Valkyrie.

Elle sauta par-dessus le petit ruisseau qui courait au milieu, cherchant encore un moyen de s'échapper.

— Va au diable ! dit-elle en brandissant son épée. Je m'en servirai s'il le faut !

Il s'approcha.

— Rien ne peut nous séparer.

Ni le temps. Ni la mort. Il plongea en avant, s'empara de l'épée et la jeta au loin.

— Pourquoi te refuses-tu à moi ?

— Il le faut ! Tu ne peux pas faire ça.

— Je le peux, et je vais le faire.

D'un geste, il glissa un bras autour de sa taille et l'attira contre lui.

— J'ai tellement besoin de toi, Regin.

Le regard de la Valkyrie prit des reflets argentés, mais son expression s'était durcie.

— Si tu veux me posséder ce soir, je me battrai.

— Du moment que je te possède…

Quand Chase se baissa pour l'embrasser, Regin le frappa de toutes ses forces.

Il s'écarta, fit la moue. Il n'avait pas mal. Non, il était déconcerté. Le coup ne l'avait même pas étourdi. Il était plus fort que jamais, et plus rapide, aussi. Et elle portait le torque.

Elle était donc dans l'impossibilité absolue de le vaincre.

Se battre était dans la nature de la Valkyrie, certes – mais elle s'était battue contre Aidan, autrefois. *Et regarde où ça m'a menée.*

Peut-être qu'en restant calme, elle pourrait le sortir de cet état ? Avec cette idée en tête, elle leva une main et lui caressa la joue.

— J'ai besoin de ton aide.

Il fronça les sourcils.

— Il faut que je te parle. Et pour cela, j'ai besoin que tu sois calme.

Elle lui dégagea délicatement le front.

— Voilà. Détends-toi.

Quand la démence s'effaça du regard de Chase, elle reprit :

— Je veux être avec toi pendant plus longtemps qu'une nuit. Et pour cela, il ne faut pas qu'on continue sur cette voie.

— Rien ne m'empêchera de te posséder ce soir même. *Rien.*

— Alors, tu vas de nouveau faire de moi une veuve ? Tu n'as donc aucune affection pour moi ?

— Je t'aime, Regin, nom de Dieu ! Et je veux que tu m'aimes en retour ! cria-t-il.

Je ne peux pas le perdre.

— Attends encore un peu, Aidan...

La folie gagnait de nouveau son regard. Il jeta la tête en arrière et poussa un long rugissement. Dans son cou, les veines battaient fébrilement.

— Je t'en prie, Aidan, calme-toi !

Quand il la regarda, ce fut pour hurler :

— Je ne suis pas Aidan, bordel ! Tu parles à *Declan*, là ! Tu ne me vois donc pas, femme ?

Elle cligna des yeux sous la pluie.

— Tu... tu n'es pas Aidan ? Quoi ? Comment ?

Il secoua violemment la tête, luttant pour contrôler ses émotions.

— J'ai ses souvenirs en tête, pas le contraire ! Il est une partie de moi, c'est tout.

— Tu es toujours... Declan ?

Cela ne s'était jamais produit ! L'issue de l'histoire serait-elle donc différente ? *Ou peut-être que tu te fais un film.*

— Oui, je suis Declan. Je ne serai jamais ton Viking parfait, Regin ! J'ai commis des fautes impardonnables. Je n'ai ni famille ni amis, et mes hommes ne m'aiment pas. Je suis couvert de cicatrices. Et je te demande d'être à moi malgré tout !

Tu es celui que je veux. Elle frissonna de peur.

— Mais… la malédiction ?

— Elle n'a aucun pouvoir sur moi, ou sur nous. Le passé n'a aucune prise sur nous !

Il lui caressa la joue, encore et encore.

— Arrives-tu à me voir, *moi* ? À voir l'homme que je suis ? Accepte-moi, Regin, parce que rien ne me retient en ce monde, sinon toi.

Mille ans plus tôt, Aidan avait pris ses mains dans les siennes et lui avait demandé de l'accepter. La suite avait été tragique.

— Declan… j'ai peur. Je redoute ce qui peut arriver.

— Mais tu sais que c'est différent, cette fois. Tu le sens forcément.

Il se pencha, prit sa bouche, poussa un petit grognement au contact de ses lèvres, mais fut délicat, contrôlant sa force brutale pour elle.

Seigneurs, elle l'aimait tant.

Par le passé, quand la frénésie le saisissait, elle n'avait jamais pu faire autrement que de se soumettre à la bête en lui. Aujourd'hui, c'était comme si une partie d'elle-même longtemps endormie s'éveillait, appelant ses baisers, ses caresses.

Lui résister allait contre tous ses instincts. Elle ne pouvait pas nier cette attirance viscérale, pas quand son cœur désirait Declan avec la même fièvre que son corps.

J'ai tellement envie de lui, je l'aime tant…

En elle, le dilemme grandissait. Elle avait peur, mais elle avait faim, aussi. Et bientôt, ce fut elle qui approfondit leur baiser. Elle déplorait sa faiblesse, mais elle savourait les lèvres fermes de Declan, jouait avec sa langue.

Quand il répondit à ses coups de langue par d'autres, plus audacieux encore, elle frémit de tout son corps. Il l'embrassa ainsi jusqu'à ce qu'ils respirent l'un pour l'autre, jusqu'à ce qu'elle s'abandonne à ce plaisir, s'apercevant à peine qu'il la déshabillait, puis se déshabillait. Elle ne se rendit compte qu'elle était nue que lorsqu'elle sentit la pluie sur sa peau sensible.

Lorsqu'elle s'allongea sur leurs vêtements, elle haletait de désir ; il semblait sur le point d'exploser quand il se glissa entre ses cuisses.

Le corps de Declan était dur, prêt, ses muscles saillants. Son membre était une lourde tige tendue vers elle.

Il y eut un éclair, dont la lumière donna du relief à ses cicatrices. Chacune d'elles rappelait sa force et sa volonté de vivre.

Un mâle magnifique.

Tandis qu'elle parcourait d'un regard amoureux ce corps splendide, il contemplait le sien avec la même intensité.

— Regarde-toi, ma belle Regin. Crois-tu que je t'abandonnerais à un autre ? Tu es mienne.

Il plongea la main dans les cheveux de la Valkyrie et la leva jusqu'à lui.

— Dis mon nom. Je veux t'entendre le prononcer.

— Declan... souffla Regin.

Il se pencha, suça le lobe de son oreille.

— Je vais te faire l'amour jusqu'à ce que tu hurles, jusqu'à ce qu'on oublie tout autour de nous.

Elle retint un cri.

— Mais d'abord, il faut que je te prépare.

Il s'écarta, le regard brûlant fixé sur son sexe.

— Écarte les cuisses pour moi.

Elle obéit, impatiente, et il se pencha. Bientôt, elle sentit son souffle chaud contre sa chair, tandis qu'il jouait avec ses boucles et faisait se dresser la pointe de ses seins.

— Jamais je ne m'en lasserai...

Il posa sa bouche ouverte sur son sexe, enroula sa langue autour de son clitoris.

— Oh… oui… oui ! cria-t-elle tandis que le tonnerre faisait trembler les parois du canyon.

Ses grognements sourds… sa bouche affamée. Déjà, elle se sentait au bord de l'extase.

Quand il glissa un doigt en elle, il murmura, satisfait :

— Tu es trempée, ma belle…

Et il introduisit un deuxième doigt, allant et venant juste assez loin pour la préparer, en la maintenant au sommet de la vague.

Mais bientôt, le plaisir flirta avec la douleur.

— Declan, je t'en supplie… souffla-t-elle, à l'agonie.

— Qu'est-ce que tu veux, Regin ? Dis-le-moi, et je te le donnerai.

Elle ne pouvait pas lutter contre cela. *C'était inévitable*. Mais c'était différent, cette fois, parce que Declan était resté lui-même.

— Je te veux… en moi.

— Tu veux mon sexe, alors… Je vais te faire jouir tellement fort avec…

Elle poussa un cri étranglé. Oui, c'était ce qu'elle voulait. Elle en vibrait, faisait onduler son bassin sans pudeur pour l'accueillir.

Il se redressa, déposa de petits baisers partout sur son corps, faisant traîner ses plaques militaires sur sa poitrine. Longtemps, il s'arrêta sur ses seins, en suça les pointes, les aspira entre ses lèvres.

— Oui, oui ! C'est bon ! hurla-t-elle en remuant la tête.

Il s'agenouilla entre ses cuisses et, d'un geste précis, puissant, lui prit les hanches pour l'amener vers lui. Puis il empoigna son membre. Quand l'énorme gland trouva la moiteur de Regin, elle poussa un cri. Declan avait les yeux mi-clos, semblait lui aussi au bord de l'extase.

Il fit d'abord glisser son gland de haut en bas sur le sexe de Regin, poussant un grognement chaque fois qu'il s'introduisait un peu plus entre ses plis intimes.

— Mmm… tu es si étroite. Si mouillée.

Murmurant son nom, elle se mit à basculer le bassin pour se frotter à lui, de plus en plus vite.

— Oui, c'est ça, ma belle, bouge sur moi ! Répands ton nectar partout sur mon sexe.

Ces mots l'amenèrent tout au bord de l'extase. Quand il glissa son gland tumescent en elle, elle exigea :

— Plus loin…

— Je dois faire doucement…

— Plus loin…

Elle planta ses griffes dans ses fesses tendues.

— Ah ! Regin !

Il entra en elle d'un seul coup, la combla de son sexe massif et palpitant.

— Tu es mienne ! rugit-il, triomphant.

Son sexe était raide en elle, forçait le passage, obligeant le corps de Regin à s'adapter à lui, à l'accepter. Quand il s'enfonça plus profondément, elle s'abandonna dans un cri, son étroit fourreau se contractant autour du sexe de Declan.

— Declan !

Secouée par l'orgasme, consumée par le plaisir, elle le fixa de son regard argenté.

— Je te sens jouir…

Et quand les vagues du plaisir atteignirent leur point culminant, elles ne perdirent pas en intensité, mais la plongèrent dans une frénésie extatique. Autour d'eux, la foudre tombait sans relâche.

Redressé sur les bras, la tête baissée, les dents serrées, il donna un formidable coup de reins pour se placer parfaitement et entamer un va-et-vient puissant.

Au troisième coup de boutoir, il arrondit le dos, leva son beau visage. Son expression était celle de l'agonie.

Au quatrième, il hurla :

— Regin !

Et sur son visage, l'agonie céda le pas à l'extase, au moment exact où elle le sentit éjaculer.

De longs jets chauds se répandirent en elle, encore et encore. Il se mit à aller et venir frénétiquement, l'inondant sans relâche… jusqu'à ce qu'elle jouisse de nouveau.

54

— Besoin… encore… lâcha Declan, haletant, quelques instants seulement après qu'elle lui avait donné un plaisir plus intense que tout ce qu'il aurait pu imaginer.

Il était sur elle, le cœur battant à tout rompre, son sexe encore enfoui en elle. Lentement, le brouillard de l'orgasme s'évapora, mais il n'était pas rassasié. Loin de là.

— Je… je ne peux pas m'arrêter…

Il avait des souvenirs très diffus de tels ébats avec Regin, mais cela était malgré tout très nouveau pour lui. Les souvenirs étaient trop lointains, n'avaient rien de réel.

Elle, en revanche, était bien réelle. *Jamais je ne la laisserai à un autre.*

— Mais qui dit qu'il faut s'arrêter ? murmura-t-elle, son corps si chaud et si moelleux sous le sien.

Ses yeux argentés et sa peau brillaient dans la nuit, ses sourcils blonds étaient tendus par la passion.

— Ma femme en veut encore ? dit-il en reprenant lentement ses va-et-vient, se délectant de la moiteur de leurs sucs mêlés.

— Toujours, dit-elle d'une voix éraillée par les cris.

Il se redressa sur les bras.

— Dis-moi ce qui te plaît, Regin.

Il voulait lui donner tout le plaisir du monde, être l'homme dont elle se souviendrait avant tous les autres. Il voulait explorer son corps, le connaître comme si c'était le sien.

— Vas-y, je te dirai.

Surveillant sa réaction, il se mit à bouger doucement entre ses cuisses.

— Tu aimes, ça ?

Elle laissa retomber ses bras au-dessus de sa tête.

— Non, je *déteste*.

Mais quand il donna de petits coups de reins rapides, pénétrant loin en elle, elle se mit à remuer la tête, et l'étincelle du plaisir s'alluma de nouveau entre eux.

Il la prit par les hanches et, à travers les boucles soyeuses de son sexe, chercha du pouce le bouton durci de son clitoris. Quand il le caressa, elle planta les talons dans le sol pour s'arc-bouter et venir à sa rencontre.

— Tu veux bouger sur moi ?

Alors, il se mit à genoux et la hissa sur lui.

Aussitôt, elle referma ses bras autour de son cou, ouvrit les lèvres pour goûter à ses baisers. Glissant sa langue dans sa bouche, il se délecta de son goût si sucré, puis plaqua les mains sur les fesses de Regin et l'empala sur son membre d'un coup de reins. Elle gémit.

Les genoux écartés, il plongea en elle de toute sa puissance. Quand elle le serra contre lui et que ses seins effleurèrent le torse de Declan, il se cambra. Ignorant délibérément les picotements dans le bas de son dos, la douleur dans son entrejambe, il se retint de jouir avant elle.

Encore un coup puissant, puis un autre… Elle se mit à gémir de façon continue, les jambes nouées autour de la taille de Declan, bougeant les fesses sous ses mains. *Elle va jouir…*

L'amenant encore plus près de lui, il s'enfonça en elle jusqu'à ce que leurs peaux claquent l'une contre l'autre, jusqu'à ce qu'elle renverse la tête en arrière et ne puisse plus rien faire que le laisser la besogner de toutes ses forces. La bouche contre son cou trempé de sueur, il demanda :

— Tu vas jouir pour moi, encore une fois ?

— Oui ! Ouiiii !

La main dans ses cheveux, il la força à le regarder.

— Et tu veux que je t'inonde encore une fois ?

— Oui ! Ouiiii... hoqueta Regin.

— Alors, fais ce qu'il faut, murmura-t-il à son oreille. Viens chercher ma semence avec ton petit con étroit.

— Declan ! hurla-t-elle en jouissant autour du membre qui la comblait.

Un grognement guttural monta de la poitrine de Declan quand il sentit l'étroit fourreau enserrer son sexe et l'attirer plus loin encore en elle.

— Je veux te sentir ! gémit-elle. Oui, oui ! Je te veux loin ! Je te veux !

À ces paroles, le plaisir le submergea, ses yeux se retournèrent dans leurs orbites.

— Je suis à toi. Sens-moi en toi !

Et, dans un dernier coup de reins brutal, il explosa, expulsant sa semence d'un jet brûlant.

Chase la tenait comme s'il avait décidé de ne plus jamais la lâcher, une main derrière sa tête, l'autre agrippant ses fesses.

Quand ses râles extatiques se turent contre le cou de Regin, elle le serra dans ses bras, le corps encore vibrant de plaisir. Ils restèrent ainsi accrochés l'un à l'autre, comme s'ils craignaient que quelque chose ne cherche à les séparer.

Combien de temps restèrent-ils ainsi ? Elle n'aurait su le dire. Mais quand elle réussit à ouvrir les yeux, l'aube était là, et le soleil dardait ses rayons au-dessus de la forêt dans un ciel sans nuages. Elle entendit le bruit des vagues et le cri des mouettes. Ils devaient être près du rivage.

— Jamais je ne te laisserai partir, dit Declan en pressant sa joue contre la sienne. Je t'aime.

Et il était toujours Declan, avec les souvenirs de Declan, ce qui était bien. Parce qu'elle aimait Declan Chase. *Je veux mon Irlandais.*

Le sable avait-il commencé à couler dans le sablier ?

Il posa la tête sur le sol, passa un bras autour du cou de Regin et la fixa d'un regard déterminé.

— Tu m'appartiens, ma belle. Ce sera toujours toi.

Ce sera toujours moi – mais sera-ce toujours toi ? La lumière crue du jour fit monter l'angoisse en elle. *Qu'ai-je fait ?* Elle avait réussi à se convaincre que ce serait différent, cette fois. Elle aurait dû le repousser plus fermement. Mais elle avait tellement eu envie de l'aimer...

Certaines choses avaient peut-être changé, avec cette réincarnation, mais le résultat serait le même. Quatre fois déjà, l'homme qu'elle avait aimé avait perdu la vie quelques heures après l'avoir possédée. Quatre fois, elle avait enterré son amant alors que son corps portait encore les traces de leurs ébats.

Elle frémit. *Seigneurs, comment ai-je pu ?* Chase allait mourir ; le sablier allait se vider. Et cette fois, elle ne survivrait pas à cette perte.

Quand les larmes brillèrent dans ses yeux, il se redressa.

— Qu'y a-t-il ? Qu'est-ce que tu as ? Chut, bébé, ne pleure pas.

Déjà, le soleil ne brillait plus. Une fine bruine s'était mise à tomber. Regin laissa son regard se perdre au loin.

— Parle-moi, ma belle. Tu sais que je n'aime pas quand tu es silencieuse. C'est à cause de la malédiction ? Rien ne nous séparera jamais. Je le sentirais, non, si ma fin était proche ? Je n'ai jamais été à ce point en paix. Et c'est une paix... pure.

Elle se dégagea d'un mouvement agacé.

— Et moi ? Et ma paix, tu en fais quoi ?

Elle se releva et vacilla soudain, réalisant une chose. Aidan n'avait jamais été maudit. C'était elle, qui l'était. Elle qui devait souffrir, pleurer son amant. *Pour que je vive à jamais avec ce manque.*

Elle ramassa son jean trempé, le passa, puis enfila son tee-shirt.

— Quand tu mourras, cette fois, je ne veux pas que tu reviennes, dit-elle à Chase.

Il se leva d'un bond, enfila son pantalon d'un mouvement brusque.

— Quoi ? Mais de quoi tu parles ? Regarde-moi ! Pourquoi tu ne me regardes pas ? Seigneur, Regin, tu te conduis comme si j'étais déjà mort !

Elle essuya ses larmes d'un revers de manche.

— Parce que c'est comme si tu l'étais.

Declan ne l'avait jamais vue comme ça. Ses yeux étaient complètement argentés, mais aucune étincelle ne brillait en eux. Elle ne le regardait pas. Comme si elle en était incapable.

Quelques instants plus tôt à peine, il s'était senti plus en paix avec lui-même que jamais. Et voilà qu'elle semblait au comble du désespoir.

— Il faut qu'on aille au bateau, dit-elle d'un ton distant. On n'a plus beaucoup de temps.

— Tu ne veux pas que je revienne parce que je ne suis pas l'Aidan que tu as connu ?

Elle attendait Aidan depuis deux siècles. Comment aurait-elle pu ne pas être dévastée, dans ces conditions ?

— Écoute, je ne sais pas pourquoi je suis encore ici. Peut-être que je me suis trompé quelque part, que j'ai enrayé le cycle...

Car il était encore Declan, c'était indéniable.

— J'ai en tête les souvenirs d'Aidan, mais ils sont très lointains, comme les rêves que j'ai faits.

Bizarrement, j'ai l'impression d'avoir été là le premier.

— C'est exactement ça, Chase. Je ne veux pas que tu reviennes parce que tu n'es qu'un Celte complètement barjo et couvert de cicatrices.

Il entrouvrit la bouche. *En fait, je n'ai jamais eu ma chance avec elle. Pas en étant moi-même.*

Il passa une main sur sa peau abîmée, abattu, ravalant un hurlement de frustration. Que pouvait-il lui dire ? *Je ne veux pas ressembler à ça. Je ne veux pas être cet…*

— Et je n'ai jamais désiré Aidan comme je te désire, murmura-t-elle.

Il avait sûrement mal entendu.

— Je ne te comprends pas…

Elle ne pouvait pas l'avoir préféré au Viking parfait.

— Je ne peux pas te perdre encore une fois. Depuis mille ans, il n'a été question que de *ta* lutte, de *ton* retour ! Mais tu as pensé à ce que je vis quand tu m'abandonnes ? Les siècles d'attente, la solitude, et ensuite, cet espoir ridicule quand je te retrouve enfin, alors que je sais comment ça va se terminer – et dans quel état je serai. Brisée. Tu vas mourir, Chase. Bientôt. Je ne peux rien y faire. Je le sais, parce que j'ai essayé encore et encore. Et si je compte un tout petit peu pour toi, tu ne me feras pas revivre cet enfer. *Ne reviens pas.*

La pluie s'était remise à tomber.

— Regin, attends.

— Je me suis trompée depuis le début. Ce n'est pas moi qui fais ton malheur, Chase, c'est toi qui fais le mien.

Un avion militaire passa juste au-dessus d'eux dans un hurlement de moteurs.

Ils se regardèrent.

— Viens ! cria Chase en la prenant par la main pour l'entraîner vers la petite anse.

Tandis qu'ils approchaient du rivage en courant, ils entendirent Thad.

— Regin, c'est toi ?

— On arrive ! cria-t-elle.

— Non !

— Quoi ?

Ils débouchèrent ensemble dans la crique. Natalya, Thad et Brandr se tenaient devant la cabane, mais derrière eux, le mouillage était… vide.

— Quelqu'un nous a piqué notre bateau, dit Natalya.

— Ce connard de Lothaire, soupira Declan en se passant une main dans les cheveux. C'est forcément lui !

— Je suis là, la Lame, juste derrière toi.

Le vampire se tenait en lisière de la forêt pour ne pas s'exposer à la lumière du jour.

— Alors, qui m'a piqué mon bateau ?

— Va savoir. Ils ont profité du fait qu'on se battait contre le Pravus.

— Mais personne ne connaissait cet endroit !

D'autres avions de chasse passèrent au-dessus de leurs têtes, suivis d'un sifflement reconnaissable entre tous. *Charge utile déployée.*

— Tous à couvert ! lança Declan en entraînant Regin vers la forêt et en la protégeant de son corps.

Tout le monde se mit à terre, sauf Lothaire, qui étouffa un bâillement.

Sous Declan, Regin redressa la tête.

— Tu me couvres alors que c'est toi, le mortel ?

Les explosions firent vibrer l'air tranquille de la matinée, assourdissantes, proches. Mais le sol ne trembla pas, aucun arbre ne s'effondra. Des cendres et divers débris se mirent à tomber lentement, recouvrant la plage en même temps que la pluie. Les avions – et leurs bombes – avaient explosé en vol.

Declan se leva, aida Regin à faire de même.

— Qu'est-ce qui s'est passé, Chase ?

Tandis que Regin et lui levaient les yeux vers le ciel, stupéfaits, il marmonna :

— Aucune idée. Je…

Quelque chose s'abattit dans son dos. Une douleur inimaginable lui vrilla le corps tout entier.

La morsure du métal.

Il hurla et poussa Regin pour la mettre à l'écart.

55

Poussée par Chase, Regin tomba sur le sol et roula sur elle-même, l'esprit focalisé sur le bruit mouillé de l'acier dans la chair. Un peu perdue, elle se releva et resta interdite.

Une lame transperçait de part en part le torse de Chase. À chaque battement de son cœur, du sang jaillissait autour de la pointe effilée.

— Noooooon !

Chase avait saisi la pointe de l'épée et cherchait à la repousser, geste ô combien futile. Et derrière lui se tenait… Malkom Slaine.

Regin se rua sur le vémon, toutes griffes dehors.

— Je vais te tuer, Slaine !

Brandr se tenait juste derrière elle, mais deux traits d'énergie pulsée les envoyèrent dans les airs. *L'énergie de Carrow ?*

La sorcière vint se placer aux côtés de Slaine.

— C'est quoi ton problème, Valkyrie ? On vient de te tirer des mains du maître !

D'un geste, elle fit signe au vémon de récupérer son épée.

Slaine semblait plongé dans un profond désarroi.

— J'ai mal fait, *ara* ?

Il commença à tirer sur son épée, et du sang coula de la bouche de Chase.

— Non, Malkom, bien sûr que non ! répondit Carrow avant de s'adresser à Regin. Tu m'as dit de tuer le maître, quand tu es rentrée de la vivisection. Tu me l'as ordonné, même.

Quand Chase s'effondra, Regin se laissa tomber à genoux à côté de lui.

— Non ! Non ! sanglota-t-elle. Je ne veux pas que ça recommence !

La foudre tomba tout près. Des éclairs zébraient le ciel sans discontinuer. Chase leva une main vers son visage, lui caressa la joue.

— Je suis désolé, ma belle.

Brandr donna un coup de poing dans un arbre, rugissant de chagrin.

— Ne dis rien, Chase, on va te guérir.

— Tu avais raison… Je ne reviendrai pas, Regin.

— N… non ! Je ne pensais pas ce que je disais !

— Je ne te referai pas subir cette épreuve.

— Quoi ? Tais-toi ! Tu dois revenir ! T'es obligé, t'as pas le choix !

— Je t'aime… trop. Trouve un immortel qui t'accompagnera pour toujours, dit-il en serrant les dents.

Elle savait combien il lui était difficile de prononcer ces paroles.

— Mais c'est toi que je veux !

Elle aurait peut-être dû lui caresser tendrement le visage, mais elle lui empoigna le menton et lui secoua rudement la tête.

— C'est toi que je veux, tu entends ? Je t'aime, idiot !

Il la regarda longuement.

— Mais… c'est vrai. Seigneurs, c'est vrai. Tu m'aimes.

— Je suis vraiment désolée, Valkyrie, dit Carrow. Je ne savais pas que tu étais tombée amoureuse de lui ! On t'a entendue crier, et on se battait depuis le matin…

Regin se tourna vers elle.

— Tu es de la caste des guérisseuses. Guéris-le !

— Je ne peux pas ! J'ai utilisé ce qui me restait de jus pour faire sauter les avions de combat et leurs bombes. Et tu sais que les sorts de guérison consomment des tonnes d'énergie.

— Alors, emmène-le à Andoain et trouve une autre sorcière qui puisse le faire.

— Regin, cet homme a sans doute tué la mère de Ruby, qui était ma cousine. Et il a torturé Slaine, mon futur mari.

Slaine posa sa grosse main sur l'épaule de Carrow et se redressa fièrement.

— Aucune sorcière n'acceptera d'aider Chase, conclut Carrow.

Carrow et Slaine ? Non. J'y crois pas.

— Chase n'a pas tué ta cousine. Je t'en prie, tu es mon amie, aide-moi !

Carrow examina Chase.

— Il est en trop mauvais état. La seule qui pourrait le guérir, c'est Mariketa, et cette opération l'a encore plus vidée que moi. Elle a trouvé l'île – un exploit en soi – et a même conçu ça.

Elle brandit un pouce qui scintillait.

— C'est une empreinte clé pour les torques.

Elle s'approcha de Regin – suivie de près par Slaine, très protecteur – et appuya le pouce sur son torque.

Le collier, source de tant de frustration, tomba à ses pieds, mais, trop préoccupée par l'état de Chase, Regin s'en aperçut à peine. Elle avait posé le regard sur l'imposante carrure de Malkom Slaine.

— Alors, j'ai… j'ai besoin du sang de ton homme !

Chase manqua de s'étrangler.

— Tu… tu as perdu l'esprit ?

Carrow secoua la tête.

— Malkom est une anomalie. Nous ne savons pas quels seraient les effets de son sang.

Lothaire se racla la gorge.

— Euh... je n'ai pas pu m'empêcher de vous entendre... Il semblerait que vous recherchiez du sang d'immortel ?

Regin se tourna vers lui.

— Allez, vampire, au boulot.

— Non ! s'exclama Chase. Ne fais pas de moi une de ces créatures !

— C'est la seule façon pour toi de rester en vie, dit Regin. Tu dois pouvoir surmonter ta haine !

— Et toi, tu y arriverais ?

— Qu'est-ce que tu veux dire ?

— Je... je suis au courant, pour ta mère, et pour tout ce que les vampires t'ont fait. Si j'en deviens un... Je te perdrai, Regin.

— Et tu préférerais mourir plutôt que de me perdre ?

— Évidemment !

— Mais enfin, t'es bête ou quoi ? Personne ne perd personne ! Tu prends le sang, un point, c'est tout. Je me fiche de ce que tu es, du moment que tu es avec moi.

Elle se tourna de nouveau vers Lothaire.

— Je t'en prie, fais-le tout de suite !

Le vampire examina ses griffes noires.

— Il faut quand même que je vous prévienne. J'ai déjà bu son sang. S'il boit le mien à son tour, cela nouera des liens indéfectibles entre nous. Encore plus que si je devenais simplement son roi.

— Je m'en fiche ! Fais-le !

— Il y a un prix à payer.

L'expression favorite du vampire.

— Non ! rugit Declan. C'est lui qui a orchestré tout ça ! Il a toujours su qu'on en arriverait là. Il a tout fait... pour nous réunir alors qu'il savait que j'allais mourir. Je t'interdis de lui promettre quoi que ce soit !

Chase se tut, cracha encore du sang. Il était épuisé.

— On va mettre deux, trois petites choses au point, reprit Regin en regardant Lothaire. Sans notre aide, tu n'arriveras pas à quitter cette île. Fais ce que je te dis, et je te jure d'obtenir de mon amie sorcière qu'elle te retire ton torque.

Carrow en resta bouche bée.

— Tu me demandes de libérer un des vampires les plus vils qui soient…

— Le plus vil, corrigea Lothaire. Si tu veux bien, ma fleur.

— … pour sauver un des mortels les plus vils qui soient ?

— Si tu ne le fais pas, Carrow, alors ton futur époux aura tué le mien.

La sorcière leva le pouce.

— OK, d'accord. On retire le torque !

— Époux ? murmura Chase, avant de secouer la tête. Je lutterai contre la métamorphose.

Ses yeux se fermaient tout seuls. Il pâlissait à vue d'œil.

— Tu lutteras si ça te chante. Moi, je suis décidée.

Il avait perdu tant de sang, et cela ne s'arrêtait pas. Il baignait désormais dans une mare écarlate qui ne cessait de s'agrandir.

Brandr tomba à genoux à côté de Regin.

— Fais-le, mon ami. Nous n'avons plus beaucoup de temps.

Regin caressa le visage de Chase.

— Si tu m'aimes, tu feras ce sacrifice pour moi. Rien ne nous sépare, tu te souviens ?

— Tu retournes mes paroles contre moi ? Pense à ce que tu t'apprêtes à faire…

Il ferma les yeux, sa tête tomba sur le côté. Prise de panique, Regin posa une oreille sur son torse, cherchant les battements de son cœur. Il était encore vivant. Il avait juste perdu connaissance. Par-dessus son épaule, elle appela d'un ton sec :

— Lothaire !

Le vampire s'installa de l'autre côté de Chase et mordit son propre poignet.

— Il faut lui maintenir la bouche ouverte.

Brandr s'exécuta, et Lothaire fit couler un généreux filet de sang directement dans la bouche de Chase. Puis le berserk referma la bouche de Chase, jusqu'à ce que celui-ci avale.

— Et maintenant ? demanda Regin.

Le vampire se leva, épousseta ses mains.

— Maintenant, il faut attendre. Le maître se réveillera d'ici à trois jours, ou il mourra...

Lothaire se tendit soudain, regarda sur le côté.

— *Nïx*, murmura-t-il.

Regin tourna la tête. À travers la pluie, elle repéra la devineresse qui marchait sur la plage dans leur direction. Nïx ? Était-ce elle, la Valkyrie dont elle avait senti la présence ?

Elle avait de la crème solaire blanche sur le nez, des tongs à talons, une capeline, et Bertille perchée sur une épaule. Sur son tee-shirt, on pouvait lire : « J'ai perdu mon cœur sur l'île aux Immortels. »

— Nïx ! hurla Regin. Est-ce que Chase vivra ?

— Mais, ma chérie, c'est au destin d'en décider, maintenant.

— À la maison, tu m'avais demandé ce que j'étais prête à faire pour rompre la malédiction. Et à l'époque, j'avais répondu « tout, ou presque ». Aujourd'hui, je te dis « tout » ! Je suis prête à tout ! Alors, dis-moi ce que je dois faire, Nïx !

— Tout ce qui pouvait être fait l'a été. Maintenant, dès que tout le monde sera là, Malkom nous fera le plaisir de nous téléporter loin d'ici. N'est-ce pas, mon grand ? Carrow, en attendant, sois une gentille sorcière et offre une tournée de liberté à tous les amis de Regin. Et à... lui, dit-elle en montrant Lothaire.

— Valkyrie, dit ce dernier en esquissant un petit salut.

— Vampire, le salua-t-elle en retour.

Sur son épaule, la chauve-souris battit des ailes agressivement.

Regin prit la tête de Chase sur ses genoux et lui caressa frénétiquement les cheveux. La main de Brandr se posa sur son épaule, et elle se mit à pleurer.

— Qu… qu'est-ce que tu fais ici, Nïx ?

— Tu sais ce que c'est, j'avais des miles qui arrivaient à expiration. Et exactement comme tu l'avais dit, j'avais besoin d'un peu de vacances.

— Comment va Lucia ? A-t-elle affronté Cruach sans moi ?

— Cruach n'est plus de ce monde ! Elle et Garreth MacRieve l'ont éliminé pour de bon.

Cruach est mort. Regin avait du mal à le croire.

— Les deux amoureux sont ici, sur l'île, continua Nïx. Impatients de te retrouver.

Lothaire s'approcha de Carrow.

— Libère-moi, et fais vite.

— Ah oui, dit Nïx. Il faut qu'il soit au mieux de sa forme avant que le loup n'arrive. Surtout qu'en Amazonie, tu as brisé le cou de sa copine, juste avant de réveiller la Dorada.

— Il a fait quoi ? s'exclama Regin.

— Vite, sorcière, siffla Lothaire entre ses dents.

— Hé, ho, tu ne me parles pas comme ça, la sangsue, répondit Carrow en le fusillant du regard. Même en baisse de régime, je peux encore te jeter un sort d'amour qui te fera tomber raide dingue… du soleil.

Elle posa l'empreinte sur le torque du vampire. Quand le collier tomba, Lothaire fit quelques étirements du cou, puis, au lieu de disparaître aussitôt, se téléporta jusqu'à Nïx.

Un vampire immense à la peau d'albâtre et aux traits d'une perfection inquiétante regardait de haut une minuscule Valkyrie au regard vide et au sourire énigmatique.

Entre eux, la tension était palpable. Même Regin, malgré le chagrin qui la submergeait, le sentit.

— L'Accession ne va pas tarder à se produire, n'est-ce pas ? dit Lothaire.

— Comme au bon vieux temps, répondit Nïx avec un clin d'œil. Hélas, la Dorada sera de la fête aussi, et pendue à tes basques, je préfère te prévenir.

— Je serai prêt. Dis-moi, tu as probablement déjà vu ce moment, Phénïx. Allons-nous devoir nous battre, comme avant ?

Phénïx ?

Nïx pencha la tête sur le côté.

— Que te dit ton But Suprême ?

— Que la reine blanche ne prendra jamais le roi noir.

Il la salua de façon très solennelle.

— À bientôt, pour notre prochain match.

— Il n'y aura pas de prochain match, vampire.

Les sourcils froncés, l'Ennemi de Toujours disparut.

D'un air détaché, comme si elle ne venait pas d'affronter la créature la plus redoutée du Mythos, Nïx se dirigea vers Regin.

— Tss, tss... dit-elle en se penchant vers Chase. C'était un gamin si gentil. Il m'a serrée dans ses bras pour me dire au revoir, ce jour-là, à la fête foraine, quand bien même il pensait que je n'étais qu'une vieille bique de cartomancienne.

Regin leva la tête.

— Tu l'as *vu* ?

— Vu qui ?

— Nïx !

— Regin !

Inspire. Souffle lentement. Caresse le front de Chase. Ne deviens pas aussi folle qu'elle.

Lucia et Garreth MacRieve arrivèrent alors, main dans la main.

— Regin ! Dieux merci, tu vas b… C'est qui, ce type ?

— C'est celui dont je t'avais parlé, murmura Carrow.

Lucia ouvrit des yeux comme des soucoupes.

— Ce n'est pas celui qui… t'a torturée ?

— C'est compliqué, Luce. Je… Aide-moi juste à le ramener à Val-Hall.

— L'aider, lui ? grogna MacRieve. Alors qu'il a torturé mon cousin Uilleam ? Qui, soit dit en passant, ne devrait pas tarder et a la ferme intention de massacrer ce mortel.

Brandr s'avança. Il n'avait plus de torque.

— Il faudra qu'il me passe sur le corps d'abord.

Ses yeux lançaient des éclairs, et ses muscles prenaient du volume.

Natalya souffla sur ses griffes empoisonnées.

— Et sur le mien.

Thad bomba le torse.

— Et sur le mien aussi.

Garreth semblait prêt à en découdre. Lucia banda son arc, déchirée entre Regin et MacRieve. Un long hurlement s'éleva alors non loin de là, puis on entendit des pas qui approchaient.

C'était Malkom. La tension retomba.

— Il m'a torturé aussi, dit-il.

Génial, encore un qui le déteste.

— Tu as eu ta vengeance, vémon. Que veux-tu d'autre ?

— J'ai eu Carrow grâce à lui, répondit Malkom. Je ne cherche pas à me venger, mais à le remercier.

Carrow leva les yeux vers son homme, l'air abasourdi.

— Alors, commençons par le téléporter hors de cet enfer.

56

Chase garda le lit pendant deux jours à Val-Hall, pâle, immobile, son rythme cardiaque si sporadique que, parfois, Regin crut que c'était fini.

Tandis qu'elle luttait pour ne pas perdre espoir, Brandr, lui, avait usé le tapis jusqu'à la trame à force de faire les cent pas.

Personne ne savait ce qui allait advenir, pas même Nïx, qui avait juste répété « un gamin si gentil... » d'un air absent.

Une nouvelle matinée commençait, et Regin s'assura une nouvelle fois que les rideaux étaient bien fermés. Il ne fallait pas que la lumière atteigne Chase.

— Peux-tu rester avec lui, Brandr ? Je dois descendre un moment.

Faire un truc idiot.

— Bien sûr.

Elle se pencha et embrassa le front moite de Chase, puis, saisissant son épée, elle quitta la chambre, descendit l'escalier et sortit de Val-Hall.

Thad et Natalya se tenaient dans la véranda, installés dans la balancelle, et buvaient un café tout en montant la garde avec Nïx.

Les sœurs de Regin avaient d'abord vu d'un assez mauvais œil la présence chez elles d'un demi-vampire comme Thad et d'une fey comme Natalya, mais Regin avait insisté pour qu'ils restent.

— Est-ce que DC va s'en sortir ? demanda Thad.

— Évidemment, répondit Regin d'un ton enjoué.

Mais elle entendait bien, dans sa propre voix, l'assurance un peu hystérique de ceux qui font face au peloton d'exécution.

— Ne sois pas trop longue, Regin ! lui lança Nïx. Et si tu vois Bertille, dis à cette petite polissonne que l'heure du dodo est passée depuis longtemps !

Hou là. Nïx est vraiment gaga de cette bestiole.

Regin paya son passage d'une poignée de cheveux aux spectres qui montaient la garde. Entre leur présence dissuasive et leur force brutale, ces créatures volantes empêchaient quiconque de sortir du manoir de Val-Hall, ou d'y entrer.

Le jardin, c'était une autre histoire. Regin lança un regard noir en direction de la foule qui traînait dans l'allée menant au manoir. Ces vautours attendaient tous soit de fêter la mort de Chase, soit de le tuer.

La seule chose qui les empêchait d'avancer, c'était le portail récemment réparé, renforcé par un sort de résistance jeté par Carrow.

Regin se débarrassa de ces importuns à deux mains, n'hésitant pas à les empoigner par les parties pour les secouer un bon coup, tout en articulant : « Va te faire foutre » à l'intention de chacun. Puis elle prit la direction du marais tout proche.

Au bord de l'eau, elle s'arrêta près d'un monument qui détonnait vraiment en plein bayou : une pierre runique norvégienne recouverte de mousse, « prêtée » par un muséum d'histoire naturelle scandinave.

Elle inspira profondément, puis s'agenouilla devant la pierre et s'éclaircit la voix.

— Es-tu là, Wotan ? murmura-t-elle. C'est moi, Regin.

Elle eut un petit rire nerveux.

— Je sais que vous dormez, Freyja et toi, et que t'adresser une prière est sans doute une perte de temps. Mais il faut que j'essaie. Je suis prête à tout tenter, alors...

Nouvelle inspiration.

— Wotan... j'ai besoin que tu me rendes un mégaservice et que tu sauves la vie de Declan Chase, alias Aidan le Fier...

Elle se tut. *C'est complètement stupide.* Sa place était aux côtés de Chase, pas devant un caillou – un caillou à qui elle venait de parler ! *Et s'il meurt pendant que je suis ici ?* Sa gorge se serra, mais elle se concentra de nouveau sur la pierre.

— Écoute, reprit-elle, je sais que je ne suis pas ta fille préférée, que je ne l'ai jamais été. Mais je suis quand même ta fille ! Si tu punis Aidan pour son orgueil et sa démesure, alors sache que c'est moi aussi que tu punis. Non, moi, tu me détruis.

Elle tenta de se taire, mais les mots sortirent malgré elle.

— Je te déteste pour ça ! Comment as-tu pu me faire un truc pareil ? Je subis cette malédiction depuis mille ans, alors que j'aurais dû vivre avec lui pendant tout ce temps !

Sa voix se brisa, tandis que des larmes roulaient sur ses joues.

— S'il te plaît... Je t'en supplie, laisse-le-moi, cette fois.

Rien. Seul le clapotis de l'eau lui répondit dans la nuit. Elle ne s'était pas attendue que la foudre tombe, mais elle aurait aimé un signe, quelque chose qui lui redonne espoir.

Au lieu de quoi, elle prenait conscience de son insignifiance et de l'inutilité de ses prières.

Cela la mit hors d'elle.

Elle se releva d'un bond et commença à donner des coups de pied dans la pierre. Cela lui fit un bien fou.

— Je ne t'ai jamais rien demandé ! hurla-t-elle en se défoulant.

Puis elle dégaina son épée et l'abattit avec une telle violence sur la pierre runique que la vibration de la lame remonta jusque dans son bras.

— Mais réveille-toi, bon sang !

Elle frappa encore.

— Je ne peux pas le perdre encore une fois !

Elle lâcha l'épée, se mit à cogner avec les poings. Exactement comme l'avait fait Aidan, des siècles plus tôt.

Le corps secoué de sanglots, elle frappa, encore et encore.

— L... laisse-le-m... moi, hoqueta-t-elle.

Une main se posa sur son épaule, et elle se figea. C'était Lucia.

— Seigneurs, Regin, tu le désires à ce point ? J'ai encore du mal à comprendre... Carrow dit qu'il t'a torturée.

Regin se redressa, essuya ses larmes.

— On a eu des débuts un peu houleux, OK. Mais depuis quand je fais les choses normalement, moi ?

Lucia hocha la tête, lui concédant ce point.

— Et t'es mal placée pour parler, toi, t'es avec un loup-garou, reprit Regin.

— Nous sommes fiancés, précisa Lucia. En fait, on attendait juste de te retrouver pour organiser une grande cérémonie. Un truc royal, hein.

Lucia, si réservée, acceptait d'être le centre de l'attention d'un événement pareil ? Elle devait vraiment y tenir, à son MacRieve.

— Il était d'accord pour que tu m'attendes, le loup ?

— Je lui ai dit que jamais je ne pourrais faire quelque chose d'aussi important sans mon bras droit.

Regin tenta de sourire, n'y parvint pas.

— Mmm... en fait, c'est la moindre des choses, dans la mesure où vous ne m'avez pas attendue pour liquider Cruach.

Après tous ces siècles, Lucia était enfin libérée de son pire cauchemar.

— Je n'avais pas le choix, Regin. Vu que tu étais occupée de ton côté avec... tes débuts houleux.

— Est-ce que Lothaire t'a vraiment brisé le cou ?

— Oh oui, répondit Lucia en se frottant inconsciemment la nuque. Et Garreth a pété un câble.

— J'ai du mal à croire que tu sacrifies ton don d'archer pour MacRieve.

En cessant d'être chaste, Lucia, qui pouvait tout faire avec un arc, perdrait automatiquement ses capacités phénoménales dans ce domaine.

— Avec qui je vais traîner, moi, si tu deviens une Mme Tout-le-monde sans talent ?

Lucia haussa les sourcils.

— Je n'ai pas eu à sacrifier mon don. Il s'avère que je le pratique depuis assez longtemps pour que ça n'en soit plus un.

Donc, tout allait bien pour elle.

— Waouh ! C'est génial, ça ! Tu mérites ce bonheur, tu as attendu si longtemps...

Mais moi aussi !

— Allez, viens, dit Lucia en se penchant pour essuyer les larmes de Regin. Ça commence à sentir le roussi au manoir. Il y a de plus en plus de gens qui font la queue pour supprimer ton homme.

— Je les tuerai tous.

— Et même si le cousin de Garreth n'est pas dans la foule, il cherchera à se venger, c'est certain. Apparemment, Chase l'a fait... disséquer. Tuerais-tu aussi le cousin de mon fiancé ?

Regin se tapota l'oreille.

— Non mais allô ? T'es sourde ou quoi ? J'ai dit : « Je les tuerai tous. » Y compris les Lycae qui tenteront de le supprimer. Sauf si tu t'arranges pour édicter un décret royal qui déclare mon homme intouchable.

— Tiens, mais c'est pas bête, ça... Je pourrais le faire, non ?

— Tu pourrais.

Regin ramassa son épée, regarda une dernière fois la pierre runique et posa sa main dessus, bien à plat, en hurlant intérieurement : *Je t'en supplie !*

Lucia passa un bras autour de ses épaules.

— Tu sais bien que Wotan ne peut pas t'entendre.

— Je me disais qu'il n'y avait pas de mal à essayer.

— Le sang de Lothaire est puissant. Ça peut encore marcher. Mais tu ne peux pas te tourner vers notre père pour ça.

Pourtant, tandis qu'elles regagnaient Val-Hall, une douce brise balaya le visage de Regin, à la manière d'une caresse.

Les yeux de Declan s'ouvrirent soudain, et il prit une grande bouffée d'air. *Où suis-je ? Où est Regin ?* Il se redressa, regarda autour de lui.

Brandr était là.

— Tout va bien, mon ami. Tu es en sécurité, et ta femme aussi. Elle ne va pas tarder à rentrer.

Et comme le tonnerre faisait vibrer les murs, il ajouta :

— Nous sommes à Val-Hall.

Declan se détendit un peu et prit le temps d'examiner la pièce dans laquelle il se trouvait. S'il n'avait pas deviné, en y sentant son odeur, qu'il était dans la chambre de Regin, la décoration aurait suffi à le mettre sur la voie.

Partout sur les murs il y avait des posters de groupes, qui allaient d'ABBA à Phish. Il remarqua aussi des appareils de fitness et de nombreux jeux vidéo. Des guirlandes lumineuses datant de Noël pendaient encore au plafond, agrémentées de crocs de vampires. Des rideaux à effet *tie and dye* soigneusement tirés bloquaient toute la lumière, en dehors de quelques rais microscopiques qui filtraient çà et là.

Et le lit était fait avec des draps *Star Wars*.

— Tu es guéri, dit Brandr. Ta blessure est complètement refermée.

Declan baissa les yeux. Aucune nouvelle cicatrice ne s'était ajoutée à celles qu'il avait déjà.

Toute sa vie, il avait fait ce cauchemar : ce coup d'épée, et les larmes de Regin.

Son chagrin lui avait fait plus de mal que n'importe quelle lame d'acier.

— Alors, je suis un vampire, maintenant.

Une déception amère s'empara de lui. Regin dirait peut-être qu'elle l'aimait tel qu'il était, mais il ne pourrait jamais plus marcher sous le soleil avec elle. Et si le fait qu'il boive du sang la dégoûtait ?

Penser qu'il allait devoir se nourrir ainsi lui donna la nausée. Il avait beau savoir que le sang de Lothaire courait dans ses veines, il avait du mal à s'en convaincre.

— Tu es un immortel, et c'est tout ce qui compte, lui dit Brandr.

— Combien de temps suis-je resté inconscient ?

— Deux jours. Tiens, dit Brandr en lui tendant un jean. Je suis sûr que tu es impatient de voir Regin.

Quand Declan se leva pour s'habiller, il crut entendre quelqu'un hurler son nom, dehors.

— Qu'est-ce que c'était ?

Brandr eut un regard gêné.

— Il doit y avoir une dizaine de personnes, dehors. Et il est possible qu'elles soient venues essayer de se venger, parfois même pour des choses que tu n'as pas faites. Il semblerait que tu représentes l'Ordre à leurs yeux et que les êtres du Mythos soient un peu... en colère contre toi.

Voilà ce que j'apporte avec moi, Regin.

— Il ne reste que trois cents berserks mortels environ, mais c'est à toi qu'il revient de les diriger, Aidan. Tu n'as qu'un mot à dire, et nous affronterons tes ennemis.

— Je ne suis pas Aidan. Et j'ai l'intention de régler mes problèmes tout seul.

— Tu n'es pas Aidan ? Mais tu as possédé Regin. La malédiction...

— Aidan fait partie de moi, mais il est mort depuis longtemps. Je reste un Irlandais balafré et revêche.

Regin voulait qu'il soit cela, il s'en souvenait. Du moins le voulait-elle avant qu'il ne devienne vampire...

— Tu as accès à ses souvenirs ?

— Oui, bien sûr. Je me souviens de toi, à l'époque d'Aidan. Toi, le jeune prétentieux qui tenait toujours sa garde trop bas, plaisanta-t-il, avant de reprendre son sérieux. Je me souviens aussi que tu avais fait une promesse, il y a de cela bien longtemps. Une promesse que tu as tenue pendant des siècles. Je protégerai Regin, désormais. Declan, je te délivre de ta promesse. Tu as été un ami digne de ce nom. À ce titre, tu as droit à ma gratitude éternelle.

Brandr le regardait bizarrement. Ce n'était pas étonnant, étant donné les circonstances, mais tout de même... Pourtant, il ne dit rien, se leva et traversa la pièce, donnant au passage un coup dans un punching-ball, poussant du pied une boule de bowling rose...

Declan soupira.

— Dis ce que tu as sur le cœur, berserk.

— Tes yeux rougeoyaient pendant que tu me parlais. Et quand tu étais inconscient, j'ai remarqué que...

— Lâchez les chiens, les filles ! hurla Regin.

Declan bondit, courant vers l'endroit d'où venait sa voix, Brandr sur ses talons. Il arracha de ses gonds la porte de la chambre, sortit sur le palier, posa une main sur la rambarde de l'escalier, en écrasa le bois.

— Regin ! vociféra-t-il en courant vers la porte d'entrée.

Et il se rua dehors... en plein soleil.

57

— Laisse-le-nous !

— Ça n'a rien à voir avec toi, Valkyrie.

— Il doit payer de sa vie !

Les membres du Mythos en avaient après Chase, en conséquence de quoi Regin en avait après eux.

Mais en entendant son ordre, Lucia soupira.

— Vraiment, Regin ? Lâchez les chiens ?

Elle se tenait devant le portail, la main posée sur le levier magique.

— Tu le fais ou tu la fermes, Luce. J'en ai ras le bol de voir ces connards, ras le bol de les entendre. Allez, go !

Lucia leva les yeux au ciel.

— Bon… Tu me trouveras dans la véranda, avec Nïx, à jouer les rabatteurs.

Et elle ouvrit le portail.

Tandis que des êtres de tout poil se ruaient vers Val-Hall, Regin tira son épée, prête à faire couler le sang.

— Regin !

— Chase ?

Osant à peine le croire, elle se retourna. Il était vivant !

Brandr et lui étaient sortis en courant de Val-Hall, mais quand ils avaient tenté de passer la barrière des spectres, ceux-ci les avaient renvoyés d'où ils venaient. Littéralement.

Declan se releva, furieux, et chargea de nouveau, heurtant la rangée de spectres à la manière d'un train de marchandises percutant une barrière. Les spectres hurlèrent. *Ceux-là, alors, qu'est-ce qu'ils piaillent, c'est pas possible.*

Au troisième essai, il avait atteint le sommet de la fureur sacrée. Nïx jeta négligemment une natte aux spectres, qui s'empressèrent de le laisser passer, sans lui opposer la moindre résistance.

Comme il approchait d'elle, Regin resta bouche bée, et, autour d'elle, le fracas se tut. Chase était immense et semblait vraiment dangereux. Ses muscles roulaient sous ses vêtements, ses yeux brûlaient d'une férocité sauvage.

Et elle l'aimait tellement !

— Chase ! cria-t-elle en se jetant dans ses bras. Tu es vivant ! Et... euh... vraiment costaud, ajouta-t-elle en frottant sa joue contre son torse.

Il se détacha d'elle quelques instants et lança à ses assaillants un regard aussi impitoyable que menaçant, au point que même le plus fort d'entre eux recula. Puis il fit passer Regin derrière lui, bomba le torse et poussa un rugissement sourd.

Quand tous les excités refoulèrent en une seule vague, se retranchant derrière le portail comme s'il allait les protéger, il se tourna vers elle, inspira longuement, comme pour se calmer, et demanda enfin :

— Mais que faisais-tu, Regin, on peut savoir ?

Elle redressa le menton.

— J'allais les griller. Tous.

Il eut un regard amusé.

— Et tu ne t'étais pas attaché une main dans le dos ? Pas très fair-play, ma belle.

Puis il passa un bras autour de ses épaules.

— Je ne veux pas que tu te battes à ma place. J'ai fait tout ce que l'on me reproche, et je suis prêt à en payer le prix.

— Et puis quoi encore ? Je t'ai enfin trouvé, tu ne crois pas que je vais te laisser partir aussi facilement ?

— Nous ne pouvons pas fuir éternellement. Je dois affronter tous ceux qui me défieront.

— Écoute-moi bien. Pendant que tu faisais ton petit somme, j'ai pas mal discuté avec nos alliés. Tu ne le savais pas, mais ta femme est une ambassadrice de premier plan, une qui parle bien, et tout. Mes sœurs disent toujours que je suis allée à l'école de la diplomatie du coup de poing dans la gueule, mais qu'elles aillent se faire foutre si elles peuvent pas comprendre, hein ?

Chase hocha gravement la tête.

— Qu'elles y aillent.

— Enfin, bref, j'ai réussi à réunir une sacrée bande d'alliés. Du costaud, vraiment. Et ces imbéciles, là, ils ont pas dû lire leurs mails. Les Valkyries sont toutes partantes. Un coup contre toi, c'est un coup contre elles. Du côté des sorcières, tout est pardonné. Malkom Slaine est même très embêté de t'avoir planté ! Carrow et lui n'arrêtent pas de penser à ce qu'aurait été leur vie si tu n'avais pas capturé Carrow. Ils parlent même de t'envoyer une carte pour Beltane, t'imagines ? Donc, les Valkyries, c'est bon, les sorcières, c'est bon. Ah, et j'ai parlé à Brandr, aussi. Et écoute un peu ça…

— Les berserks, c'est bon ?

— Merde, tu me bousilles mon effet, là.

— Regin, je ne peux pas dépendre de toi, ni de personne d'autre, pour régler mes problèmes. J'ai commis ces erreurs tout seul. Cela signifie que je dois faire des sacrifices.

Depuis la véranda, Nïx toussota discrètement.

— Personne ne sacrifie quoi que ce soit.

Puis elle haussa la voix, s'adressant à toutes les créatures encore dans les parages.

— Declan le Fier est sous ma protection. Si vous le tuez, vous risquez mon courroux.

Des éclairs zébrèrent le ciel ensoleillé, et la foudre tomba ici et là, comme autant de bombes qui firent fuir tous les importuns.

— Mais que ça ne vous empêche pas de lui mener la vie dure, hein ! lança Nïx à leur intention.

Ciel ensoleillé ? *Ensoleillé…*

— Mais qu'est-ce que tu fais ? hurla Regin à Chase. Tu ne brûles pas ? Comment est-ce possible ? Où sont tes crocs ?

Il passa sa langue sur ses dents.

— Je n'en ai pas.

— Alors, comment as-tu fait pour guérir ?

Comme Nïx se levait pour rentrer, Regin prit la main de Chase et courut derrière elle.

— Hé, là, la devineresse ! Pas si vite ! Comment se fait-il qu'il supporte le soleil ?

Nïx cligna des yeux.

— Mais où sont-ils tous passés ? On parlait de quoi, déjà ? Ah ouiiii ! Je me souviens ! Chase est immortel, désormais.

Puis elle regarda tour à tour Brandr, Lucia, Natalya et Thad.

— Et on va tous aller manger une bonne glace pour fêter ça ! Sauf qu'on n'a pas de congélateur !

— Nïx. Pourquoi ne s'est-il pas transformé en vampire ?

— Sans doute parce qu'il n'est jamais mort.

Regin se tourna vers Declan.

— Alors, je vais pouvoir te garder ? Pour toujours ?

— Euh… oui. Même si je n'y comprends rien.

— Moi, je crois comprendre, intervint Brandr. Quand tu étais inconscient, j'ai regardé tes plaques militaires.

Au dos de l'une d'elles est soudé un petit médaillon gravé du symbole de Wotan. Ce symbole t'a accompagné sur un étendard, un drapeau naval, un blason, et il a même été tatoué sur ton torse. Ton combat contre le Pravus a sans doute été le deux centième.

Le cœur de Declan se mit à battre plus vite. Si cela pouvait être vrai...

— J'en déduis que tu as conquis l'*ohalla*, mon cher frère, conclut Brandr. Le compte des batailles ne cessait pas à chacune de tes morts. Il suivait l'âme, et non le corps.

— Mais Wotan ne voulait pas que je l'obtienne. À cause de mon passé.

— Je suggère qu'on ne se pose pas trop de questions - qu'on ne s'en pose pas du tout, d'ailleurs, intervint Regin. Tu es immortel, et tu es un berserk. C'est tout ce qu'on a besoin de savoir.

Merci, Wotan. Merci, merci, merci...

— Un berserk immortel, murmura Chase.

Brandr lui donna un coup de poing dans le bras.

— Il t'en a fallu, du temps, hein ?

— Pourquoi ne s'est-il pas transformé en Aidan ? demanda Regin à Nïx.

— Chase est trop puissant. Et le sera toujours. Et il te veut trop pour lui tout seul pour se contenter de jouer les doublures.

Chase regarda la devineresse, intrigué.

— Pourquoi avoir déclaré que tu me protégeais ?

— Je veille sur toi depuis que tu es tout petit.

Et, prenant l'accent irlandais, Nïx lança :

— Hé, mon garçon, par ici ! Tu veux que je te dise la bonne aventure ? Tu veux un médaillon qui porte chance ?

— C'est toi qui m'as donné le médaillon...

— Oui. Et avant que tu me demandes pourquoi j'ai laissé toutes ces horreurs t'arriver, sache une chose : le malheur t'a endurci, a fait de toi un homme fort. Sans lui, tu n'aurais été qu'un murmure dans l'esprit d'Aidan. Et Declan Chase convient mieux à Regin, dit Nïx en tapotant celle-ci sur la tête. Ma sœur, elle ne fait pas dans la perfection.

Chase resta silencieux un long moment, puis un sourire à couper le souffle se dessina sur ses lèvres. Un sourire qui fit battre le cœur de Regin.

— Alors, elle est faite pour moi.

Les montagnes de Mourne
Un mois plus tard

Un feu crépitant éclairait l'intérieur rustique du chalet. Un plateau de coquilles d'huîtres et une canette de Guinness vide étaient posés sur la table.

Declan et Regin se détendaient dans une grande baignoire posée devant la cheminée. Elle était assise dos contre lui, et il avait refermé les bras autour d'elle.

Fidèle à sa parole, il lui avait fait l'amour tant de fois qu'elle ne pouvait les compter. Et comme elle le lui avait confié, ils avaient vécu trop de choses ensemble pour ne pas en profiter à fond.

— Alors, où est-ce qu'on sème la pagaille, aujourd'hui ? demanda-t-elle d'un ton absolument détendu.

— À toi de choisir. Mais après, il faudra peut-être qu'on commence à faire ce qu'il y a sur notre liste. Nous marier, trouver une maison, faire les boutiques pour te trouver de nouvelles épées…

Simplement heureux de partager le présent et d'envisager l'avenir ensemble, ils n'avaient encore pas fait grand-chose. Avant de partir pour l'Irlande, ils avaient néanmoins installé Thad et sa famille à La Nouvelle-Orléans – dans le cadre du programme de relogement des témoins tout récemment mis en place par le Mythos.

Regin et Nïx avaient décidé qu'il valait mieux pour le jeune garçon qu'il reste dans les parages. Ainsi, les Valkyries pourraient les protéger de l'Ordre, lui et sa famille, et guider Thad vers l'immortalité.

Thad s'était avéré être moitié vampire, moitié fantôme, un des mélanges les plus rares du Mythos. En grandissant, il deviendrait un hybride puissant, aux capacités inédites. Indéniablement un joueur clé dont l'équipe Vertas ne saurait se passer.

Le Fonds de Restitution Declan Chase avait donc acheté une charmante petite propriété dans le quartier résidentiel de Garden District pour la famille Brayden. Regin n'avait pas encore vraiment annoncé à Declan qu'il l'avait achetée quand Thad s'était rué dans ses bras et lui avait tapé dans le dos.

— DC, je suis tellement content que tu t'en sois sorti. Et merci, hein, vraiment, merci d'avoir fait venir maman et mamie à La Nouvelle-Orléans.

Declan avait eu un regard interrogateur en direction de Regin.

— J'ai fait venir sa mère et sa mamie à La Nouvelle-Orléans ?

Regin avait répondu oui d'un hochement de tête.

— Et elles sont tombées à la renverse en voyant la maison. On leur a dit que tu étais un parent éloigné vivant en Irlande...

Malheureusement, certains êtres ne pouvaient pas être achetés par le Fonds de Restitution. Uilleam MacRieve, par exemple, était résolu à faire couler le sang, et rien ne parvenait à l'en dissuader.

Anticipant l'intervention de Lucia, il était passé à Val-Hall, mais Nïx s'était occupée de lui.

— Je lui ai simplement dit qu'un de tes descendants était destiné à l'un des siens, avait-elle expliqué à Regin.

Et jamais il ne privera son enfant de la créature que le destin a désignée pour lui.

— Est-ce que c'est vrai ? avait demandé Regin, dubitative.

— Sûrement, non ? Ça me paraît plausible, à moi. Et puis, je n'ai pas précisé dans combien de générations cela se produirait. Ça nous laisse le temps de voir venir...

Malgré cela, les royales épousailles de Lucia et de Garreth promettaient de se dérouler dans une atmosphère un peu... tendue. Quant aux robes de demoiselles d'honneur de Regin et de Nïx, elles étaient tout bonnement hideuses.

Natalya allait la charrier pendant des siècles, une fois qu'elle l'aurait vue avec ça. Nat et Brandr devaient eux aussi assister au mariage, mais pas ensemble. Ils avaient tenté le coup une seconde fois, mais le courant ne passait vraiment pas entre eux, et ils étaient amis, désormais.

Declan laissa courir ses doigts sur le bras de Regin.

— De quoi vous avez parlé aujourd'hui, Nïx et toi ?

— Je lui ai encore demandé qu'elle m'explique la remarque de Lothaire sur les « liens indéfectibles », mais ça n'a rien donné.

Sur le moment, Regin n'avait pas fait très attention au vampire quand il l'avait mise en garde à propos des liens possibles entre Declan et lui à l'avenir. Et maintenant, elle remuait ciel et terre pour en savoir un peu plus.

Elle et Declan se demandaient aussi ce que le serment fait à Lothaire allait entraîner.

— Je ne me sens pas lié à lui, dit Declan. Et si je parvenais à le trouver... je pourrais le tuer, juste pour te rassurer.

Le vampire avait disparu de la circulation, reparti à la recherche de l'anneau de la Dorada, ce qui signifiait qu'il serait bientôt sur les traces du commandant Webb.

Avec les souvenirs de Declan en tête, il pourrait le localiser facilement, contourner toutes les mesures de sécurité de sa propriété. Declan n'avait rien dit à ce sujet, mais Regin l'avait senti préoccupé. Elle avait suggéré qu'il appelle Webb et lui dise ce qu'il en était. En lui sauvant la vie, il remettait les compteurs à zéro. Plus personne ne devrait rien à personne.

La conversation avait été tendue, mais Webb avait finalement déclaré :

— J'ai dit à l'Ordre que tu étais mort sur l'île. Et je m'en tiendrai à cette version, mais seulement si tu cesses de lutter contre notre mission.

— Vous m'avez dit que j'étais soit de votre côté, soit du leur, avait répondu Declan. Vous aviez raison. Attaquez un seul de mes alliés, et je répliquerai.

En entendant ces mots, Regin avait compris que Declan avait définitivement quitté ce monde pour intégrer le sien. Il était devenu une créature du Mythos, et il le resterait.

Les choses n'étaient pas parfaites, mais elles en prenaient le chemin...

— Est-ce que ta sœur a du nouveau, pour le vol de mon bateau ?

— Rien du tout. Nïx n'arrête pas de chanter le générique de *La croisière s'amuse* et répète le couplet qui dit que « le bateau de l'amou-ou-our promet quelque chose à chacun pour toujou-ou-ours », mais en dehors de ça... De toute façon, on n'en a pas eu besoin, finalement.

— Peut-être, mais on m'a quand même piqué *mon* bateau, marmonna Declan.

Regin rigola.

— T'es bien un berserk, tiens.

Quand elle se retourna pour poser son menton sur ses mains, elle sentit le sexe de Declan se dresser sous elle.

— Déjà ? murmura-t-elle avec délices.

Il sourit. *Mmm... ce sourire*... Au cours du mois qui venait de s'écouler, il avait même commencé à rire avec elle. Elle était son public attitré, et il aimait la distraire.

— C'est ta faute, tu es irrésistible. Et je suis effectivement aussi possessif que peut l'être un berserk, dit-il en laissant glisser ses mains jusqu'aux fesses de Regin. Reconnais-le, quand même : tu es soulagée que je ne sois pas un vampire.

Elle secoua la tête.

— Je t'aurais pris comme tu étais.

— Et si tu m'avais laissé partir, ma belle, je serais revenu te chercher mille fois.

Elle leva la tête, effleura de ses lèvres la bouche de Declan.

— Heureusement, la cinquième a été la bonne...

Épilogue

Oyez, oyez ! Ici s'achève la légende de Declan le Fier et de Regin la Radieuse, deux amants unis et bénis par le destin.

Elle se clôt, comme bien des légendes, sur des épousailles entre une Valkyrie dont la longue attente fut récompensée et un guerrier dont les aspirations furent enfin satisfaites.

C'est une histoire de joie et de plénitude. Mettez-vous à votre aise et écoutez...

Son amour éperdu le guidant corps et âme, le sceau de Wotan gravé sur son torse, Declan devint un ami du Mythos, un champion des dieux... et, pour finir, un père attentionné.

Pleine d'espoir et secrètement convaincue qu'elle était la préférée de Wotan, Regin devint une des plus puissantes Valkyries, maîtresse de son destin, se riant de l'adversité... et, pour finir, une mère incapable de ne pas faire de farces à ses enfants.

Chérissant à jamais Regin, Declan se tient à ses côtés pour toujours. Il est sa moitié immortelle. Ses actes passés sont peut-être oubliés, la Mort a peut-être reposé sa faux à jamais.

Il est sûr d'une chose, c'est que les baisers de sa Valkyrie sont doux et que le rire de leurs enfants est un baume pour son âme.

Aujourd'hui, quoi qu'il arrive, Regin court dans ses bras.

Aujourd'hui, quoi qu'il arrive, Declan la serre contre lui et lève les yeux au ciel pour le remercier…

Extraits du *Livre du Mythos*

Le Mythos

« Les créatures conscientes quoique non humaines constitueront une strate qui coexistera avec celle des hommes, mais restera à jamais dissimulée à leurs yeux. »

• La plupart des créatures du Mythos sont immortelles et se régénèrent quand elles sont blessées. Les espèces les plus puissantes ne peuvent être tuées que par feu magique ou décapitation.

• Sous le coup d'une émotion intense, leurs yeux changent de couleur, couleur qui varie en fonction de l'espèce.

Les Valkyries

« Lorsqu'une jeune guerrière pousse un cri sauvage au moment d'expirer sur le champ de bataille, son appel monte jusqu'à Wotan et Freyja. Les dieux envoient la foudre la frapper, la recueillent en leur demeure et préservent à jamais son courage en sa fille immortelle, une Valkyrie. »

• Les Valkyries tirent leur subsistance de l'énergie électrique terrestre, puissance collective qu'elles se partagent selon leurs besoins et qu'elles restituent en cas d'émotion intense sous forme de foudre.

• Elles sont douées d'une force et d'une vivacité surnaturelles.

• Si elles ne s'entraînent pas à y résister, elles peuvent être hypnotisées par des objets brillants ou des pierres précieuses.

• On les appelle aussi « vierges guerrières ».

Les Berserks

« Le berserk solitaire ne connaît que la fureur du combat et la soif de sang... »

• Petit groupe de guerriers mortels, célèbres pour leur impitoyable brutalité, ayant juré fidélité à Wotan.

• Plus forts et plus rapides que de simples humains, ils sont capables de conjurer l'esprit de l'ours et d'en canaliser la férocité. C'est la fureur sacrée, qui les rend temporairement aussi puissants qu'un immortel.

• Quand un berserk remporte sa deux centième bataille au nom de Wotan, le dieu lui accorde l'*ohalla* – l'immortalité combinée à une puissance inédite.

L'Ordre

« Les tueurs d'immortels. Une fois capturé par l'Ordre, un immortel ne reparaît jamais... »

• Organisation internationale mise sur pied pour étudier – et exterminer – les immortels.

• Passe pour être une légende urbaine.

Les Vampires

• Les Déchus sont ceux qui ont tué en vidant leur victime de son sang. On les reconnaît à leurs yeux rouges.

• Ils se déplacent souvent en se téléportant – en glissant, suivant l'expression consacrée dans le Mythos. Toutefois, ils ne peuvent prendre pour destination que des endroits où ils se sont déjà rendus par le passé, ou qu'ils peuvent voir.

La Métamorphose

« La mort seule permet de devenir autre... »

• Certaines créatures peuvent transformer les humains – ou les autres créatures du Mythos – en êtres de leur propre espèce. Elles emploient toutes des moyens différents, mais la métamorphose nécessite forcément un même catalyseur, la mort, et le succès n'en est jamais garanti.

L'Accession

« L'heure viendra où tous les immortels du Mythos, des factions les plus puissantes – Valkyries, vampires et Lycae – jusqu'aux fantômes, changeformes, elfes, sirènes et autres, seront condamnés à s'entre-tuer. »

• Sorte de système magique de régulation de la population des immortels, qui ne cesse d'augmenter.

• Se déclenche tous les cinq cents ans. Maintenant, peut-être…

Découvrez les prochaines nouveautés
des différentes collections J'ai lu pour elle

AVENTURES
& PASSIONS

Le 6 novembre

Inédit **_Il était une fois - 4 - Une si vilaine duchesse_**

Eloisa James

Theodora Saxby n'est pas belle et personne ne veut l'épouser excepté peut-être James Ryburn, son ami d'enfance et héritier du duché d'Ashbrook. Après une demande très romantique, Theodora se laisse convaincre. Mais leur mariage vole rapidement en éclats lorsqu'elle découvre que James ne désire ni son cœur ni sa beauté, mais sa dot !

Inédit **_La saga des Bedwyn - 2 - Rêve éveillé_**

Mary Balogh

Judith Law est sans fortune et se rend chez sa tante pour y devenir domestique. En chemin, sa diligence se renverse. Elle est alors secourue par Rannulf Bedwyn. Judith dissimule sa véritable identité et s'abandonne, l'espace d'une nuit, dans ses bras. Puis, elle disparaît sans un mot. Cette passion n'était qu'un rêve. Jusqu'au jour où Rannulf se présente chez sa tante…

Quand l'ouragan s'apaise **Kathleen E. Woodiwiss**

1799. Heather Simmons, jeune orpheline, part pour Londres. Elle était loin de prévoir qu'elle se retrouverait bientôt, errant dans le port, avec un meurtre sur la conscience. C'est alors qu'elle est entraînée sur le navire du capitaine Brandon Birmingham, un riche Américain, qui fait d'elle sa maîtresse. Entre eux, commence un long duel qui se poursuivra tout au long de la traversée de l'Atlantique, puis en Caroline du Sud. Là-bas, Heather n'a plus qu'une idée en tête : transformer le désir sauvage et cruel de Brandon en amour.

Le 20 novembre

Inédit

La trilogie Fitzhugh - 3 - Par orgueil

Sherry Thomas

1896. Helena Fitzhugh, brillante éditrice, est une femme de caractère. Elle sait parfaitement qu'elle court à sa perte si sa liaison avec un homme marié venait à être découverte. Alors, lorsque David, vicomte de Hastings, lui propose de s'enfuir avec lui, pour sauver sa réputation, elle finit par accepter bien qu'elle le déteste depuis l'adolescence. Mais un accident de calèche va bouleverser ses sentiments…

Inédit

Maîtres et seigneurs - 3- Le maître de mes désirs **Karin Tabke**

1067, Écosse. Alors qu'il se bat au nom du roi Guillaume le Conquérant, Stephan de Valrey est blessé sur le champs de bataille. À son réveil, il n'a plus qu'une idée en tête : trouver un moyen de libérer ses compagnons. C'est alors qu'il croise le chemin d'Arian, belle et fière princesse galloise, en route pour son mariage. Stephen décide de la capturer et de s'en servir comme monnaie d'échange…

La fraternité royale - 3 - Une nuit avec un prince

Sabrina Jeffries

Quand Cristabel de Haversham vient lui demander son aide pour récupérer un objet qui lui appartient, Gavin Byrne, propriétaire d'un club de jeu réputé, accepte. Il est séduit par cette diablesse qui n'a peur de rien et qui manie avec brio le pistolet. Mais il n'accepte qu'à une condition : qu'elle devienne sa maîtresse !

Tendre abandon **Brenda Joyce**

Anne est dévastée. Son mari Dominick Saint-Georges, vicomte Lyons, vient de l'abandonner juste après leur mariage. Elle le déteste et n'est pas prête de lui pardonner cette humiliation. Lorsque, quatre ans plus tard, ce dernier réapparaît, elle n'en revient pas. Quel culot ! Elle refuse de le laisser entrer. Mais Dominick ne semble pas prêt à renoncer aussi facilement…

Romantic Suspense

Le 6 novembre

Inédit *Terreur mortelle* ∞ **Allison Brennan**

Lucy Kincaid, dix-huit ans, disparaît mystérieusement le jour de sa remise de diplôme. Nul besoin de chercher bien loin : elle avait rendez-vous le matin même avec un certain Trevor Conrad, rencontré sur un site de rencontres. Psychiatre judiciaire, Dillon Kincaid va tout mettre en œuvre pour tirer sa petite sœur des griffes de ce qu'il devine être un psychopathe pédophile. Et pour l'aider, Dillon requiert les compétences de Kate Donovan, un agent du FBI expert en informatique...

Le 20 novembre

Inédit *L'emprise des flammes* ∞ **Sandra Brown**

L'officier de police Jay Burgess est retrouvé inerte au lit... aux côtés de la journaliste Britt Shelley, qui jure avoir été droguée et victime d'une machination ! Raley Gannon la croit, lui. Car cinq ans plus tôt, tandis qu'il tentait d'élucider les origines d'un étrange incendie dans lequel son ami Jay Burgess avait mis sa vie en péril, un scandale avait ruiné sa carrière. Et pour cause, Raley s'était réveillé lui aussi dans un lit aux côtés d'une femme assassinée...

PROMESSES

Le 6 novembre

Inédit ***Nuit de Noël à Friday Harbor*** **Lisa Kleypas**

Holly, 6 ans, a perdu sa maman et depuis ne dit plus un mot. Mark Nolan, son oncle célibataire, a la garde de l'enfant. Il n'a qu'un but : qu'elle retrouve la parole. Maggie, elle, reprend goût à la vie après avoir perdu son mari, en ouvrant une boutique de jouets, à Friday Harbor. Un jour, Mark Nolan emmène la petite fille dans la boutique. Cet endroit est un enchantement et Maggie… une magicienne.

Passion intense

Des romans légers et coquins

Le 20 novembre

Inédit ***Houston, forces spéciales - 3 - Douce séduction***

Maya Banks

Les massages, voilà la grande spécialité de Julie Stanford, propriétaire de son propre salon de beauté à Houston. Et s'il y a un homme à qui elle rêve d'en faire, c'est Nathan Tucker. Sexy en diable, il incarne tous les fantasmes de la jeune femme. Mais elle a beau lui envoyer tous les signaux possibles, Nathan reste de marbre. Et pourtant, s'il savait tous les dons que possède Julie…

CRÉPUSCULE

Le 20 novembre

Inédit ***Chasseuses d'aliens - 5 - Sanglante extase***

Gena Showalter

Pour survivre dans les rues dangereuses de New Chicago, Ava Sans a compris dès son plus jeune âge que la seule solution qui s'offrait à elle était de devenir une chasseuse, à défaut d'une proie. Aujourd'hui agent de l'A.I.R., elle a pour mission de capturer un redoutable vampire afin de lui soutirer des informations capitales. Or, rien ne la préparait à trouver Victor McKell si séduisant…

Et toujours la reine du roman sentimental :

Barbara Cartland

« Les romans de Barbara Cartland nous transportent dans un monde passé, mais si proche de nous en ce qui concerne les sentiments. L'amour y est un protagoniste à part entière : un amour parfois contrarié, qui souvent arrive de façon imprévue.
Grâce à son style, Barbara Cartland nous apprend que les rêves peuvent toujours se réaliser et qu'il ne faut jamais désespérer. »

Angela Fracchiolla, lectrice, Italie

Le 6 novembre
L'intrigante des Highlands

10521

Composition
FACOMPO

Achevé d'imprimer en Slovaquie
par NOVOPRINT SK
Le 2 septembre 2013

Dépôt légal : septembre 2013
EAN 9782290072226
L21EPSN001074N001

ÉDITIONS J'AI LU
87, quai Panhard-et-Levassor, 75013 Paris

Diffusion France et étranger : Flammarion